BASTEI
LÜBBE

Carlton Stowers

Eine Demütigung zuviel

Ins Deutsche übertragen
von Thomas Haufschild

TRUE CRIME
Der wahre Kriminalfall

BASTEI
LÜBBE

BASTEI-LÜBBE-TASCHENBUCH
Band 13 482

Erste Auflage:
Oktober 1993
Zweite Auflage:
Dezember 1993

Originaltitel: Careless Whispers
GmbH & Co., Bergish Gladbach
Lektorat: Uta Buermann/
Dr. Edgar Bracht
Titelfoto aus Waco Tribune Herold
Das Titelfoto zeigt Cayle Kelley
Umschlaggestaltung:
Quadro Grafik, Bensberg
Satz: KCS GmbH,
Buchholz/Hamburg
Druck und Verarbeitung:
Brodard & Taupin, La Flèche,
Frankreich
Printed in France

ISBN 3-404-13482-6

Der Preis dieses Bandes
versteht sich einschließlich der
gesetzlichen Mehrwertsteuer.

Im Gedenken an
Jill Montgomery, Raylene Rice
und Kenneth Franks

Anmerkung des Verfassers

Im Verlauf mehrerer hundert Interviews hat mich niemand, der Teil dieser Geschichte ist und sich offiziell mit mir unterhalten hat, darum gebeten, seinen richtigen Namen nicht zu verwenden. Es gab jedoch einige, die nicht mit mir reden wollten. Und einige Angehörige der Polizeibehörde von Waco waren sehr wählerisch, was die Bereiche betraf, über die sie Fragen beantworten würden. Es war meine eigene Entscheidung, bestimmte Namen zu ändern, um diejenigen nicht in Verlegenheit zu bringen, die nicht in direkter Verbindung mit den Verbrechen standen. Die folgenden Namen wurden geändert: Connie Baines, Joanne Baines, Randy Baines, Marcie Blackwood, James Blankenship, Carl Casey, Donna Cawthorn, Ronnie Cole, Brenda Douglas, Jimmy Garcia, Terry Hough, Jarry Jackson, Johnny Johnston, Linda Kelton, Roger Lowe, Lou Martinez, Albert Everett Mendoza, Kyle Moore, Clint Olson, Julio Ortega, Fran Peters, Danny Powers, Kasey Rowe, Kerry Rowe, Glenda Thomas, J. D. Williams, Roy Willis, Lonnie Joe Wynn und Ricky Young. Alle anderen Namen sind echt.

Vorwort

Es war an einem Aprilabend des Jahres 1984, einem dieser Abende, die wie dafür geschaffen waren, im Garten zu sitzen, Eistee zu schlürfen und mit einem alten Schulfreund, den ich seit fast zwanzig Jahren nicht mehr gesehen hatte, über vergangene Zeiten zu plaudern. Ned Butlers Mutter hatte mich hin und wieder über seinen Werdegang auf dem laufenden gehalten; deshalb wußte ich, daß er im Büro des Staatsanwaltes des McLennan County beschäftigt war, aber während der letzten beiden Jahrzehnte hatten wir uns lediglich Weihnachtskarten geschrieben. Dann rief er plötzlich an und sagte, er wäre gerade auf dem Flughafen. Ich bestand darauf, daß er auf einen Sprung vorbeikam, bevor er nach Waco weiterfuhr.

Erst nachdem wir uns einige denkwürdige Footballspiele ins Gedächtnis gerufen hatten, wobei wir bewußt gewisse Fakten außer acht ließen und uns so gegenseitig bestätigen konnten, was für tolle Spieler wir doch gewesen waren, und erst nachdem wir uns mächtig über diverse junge Damen aufgeregt hatten, die uns damals in Abilene zugunsten wohlhabenderer und stattlicherer Klassenkameraden dreisterweise den Laufpaß gegeben hatten, wandte sich unser Gespräch der Art und Weise zu, auf die wir unseren jeweiligen Lebensunterhalt verdienten.

Soweit ich mich erinnere, brachte ich ein paar kümmerliche Ausflüchte für die Tatsache hervor, daß keines meiner Bücher einen Preis gewonnen hatte oder in die Bestsellerlisten vorgestoßen war, und Ned erzählte mir im Gegenzug von einem Fall, den er gerade für die Gerichtsverhandlung vorbereitete.

Während sich im Sommer 1982 die Bluttaten ereignet hatten, die als die Lake-Waco-Morde bekannt wurden, war ich in Kalifornien gewesen, und ich erinnerte mich noch, daß ich einige Zeitungsartikel über die brutalen Gewaltverbrechen gelesen hatte. Je mehr Ned von dem bevorstehenden Prozeß erzählte, desto mehr faszinierte mich die Geschichte. Noch bevor er an jenem Abend ging, hatte ich beschlossen, dem Gerichtsgebäude des McLennan County einen Besuch abzustatten. Ich kam zu der Überzeugung, daß es interessant sein würde, Ned Butler als Vertreter der Anklage zu sehen.

»Wer weiß?« sagte Ned lächelnd, als er lange nach Mitternacht rückwärts aus der Auffahrt fuhr. »Vielleicht wird dich der Fall so sehr faszinieren, daß du ein Buch darüber schreibst.«

Die Absicht, die Ned Butler mit seinem Überraschungsbesuch verfolgt hatte, ist mittlerweile klar ersichtlich. Er war vorbeigekommen, um mir eine Idee einzuimpfen, und dafür bin ich ihm unbeschreiblich dankbar. Sein nebenbei geäußerter Vorschlag hat mich während der letzten zwei Jahre dazu veranlaßt, die Denkweise von Mördern zu erforschen, zu begreifen, wie die Gesetzesorgane auf solche Verbrecher reagieren, und vierundzwanzig Monate darauf zu verwenden, die wahren Hintergründe einer Tat zu erforschen, die als eines der zutiefst absonderlichen und komplizierten Verbrechen angesehen werden muß, die jemals begangen wurden.

Gäbe es Leute wie Ned Butler nicht, wäre dieses Buch eine unmöglich zu bewältigende Aufgabe gewesen. Er und einige andere haben dankenswerterweise viel Zeit damit zugebracht, mir Antworten zu geben und Einblicke zu gewähren, die mich letztendlich mit meinem Thema vertraut gemacht haben. Als Gegenleistung verlangten sie lediglich von mir, ein ehrliches und glaubwürdiges Buch zu schreiben.

Die Gefahr einer Danksagung an diejenigen, die mir behilflich waren, ist offensichtlich: Trotz aller guter Vorsätze wird es einige geben, deren Namen ich unabsichtlich ausgelassen habe. Deshalb beginne ich diese Aufzählung mit einer Entschuldigung. Außerdem gibt es einige Leute, die bereit waren, mir zu helfen, aber aus einer Vielzahl von Gründen anonym bleiben wollen. Das Dankeschön an sie ist genauso laut und herzlich, wie an die hier erwähnten.

Die Anklagevertreter und Verteidiger, die im Gerichtssaal Gegner waren (und manchmal auch außerhalb), waren mit ihrer Zeit sehr großzügig: Staatsanwalt Vic Feazell (und seine Frau Berni), Beisitzer John Ben Sutter, der obengenannte Ned Butler (und seine Frau Carla), die Stellvertretenden Staatsanwälte Pat Murphy, Dave Deaconson und DeAnna Fitzgerald; sowie die Anwälte Dick McCall, Jack Holcomb, David Anderson, Rod Goble, Claude Giles, Lisa Donaldson, Guy Cox, Bill Vance, Walter (Skip) Reaves, Hayes Fuller und Russ Hunt.

Larry Scott, der Polizeipräsident von Waco, leistete dringend benötigte Unterstützung, ebenso wie die Kriminalbeamten Ramon Salinas und Dennis Baier. Das gleiche gilt für Jack Harwell, den Sheriff des McLennan County, und für Captain Dan Weyenberg. Ebenfalls vielen Dank an Deputy Constable Gene Thorpe, William Johnston, den Rechtsberater der Polizeibehörde von Waco, und an Jack Daniels vom Heim der Methodistischen Gemeinde.

Tommy Witherspoon vom *Waco Tribune-Herald* teilte großzügig sein Wissen mit mir, ebenso wie die Fernsehberichterstatter Marilyn Moritz und Paul Gately. Ein dankbares Nicken geht auch in Richtung der Fotografen, deren Namen neben den abgedruckten Aufnahmen verzeichnet sind.

Dr. Homer Campbell und James Ebert leisteten mir bei mehr als einer Gelegenheit angenehme Gesellschaft beim Abendessen und schafften es schließlich, mir die Grundzüge der forensischen Zahnkunde zu erklären. Dr. Jerry Vale war ebenfalls ein geduldiger Helfer. Und die Besuche, die Dr. M. F. G. Gilliland mir gestattete, waren für mich wertvoll, und ich weiß sie zu würdigen.

Zu denen, die freundlicherweise ihre persönlichen Erinnerungen mit mir teilten, gehören Karen Hufstetler, Gene Deal, Gayle Kelley, Christine Juhl, Patty Pick, Dana Diamond, Patti Deis, Penny McNutt, Pat Torres, Bobby Brim, Lou Booker, Linda Hedrick, Karen Cannon sowie Dorothy und Ojeda Miles.

Besonderer Dank gebührt den Familien der Opfer: Nancy Shaw, Rod Montgomery, Brad und Gloria Montgomery, Jan und Robert Thompson, Richard Franks, Sandra Sadler und Kay Sanders.

Für Hintergrundinformationen zu Wacos bewegter Vergangenheit bin ich Patricia Ward Wallace und ihrem hervorragenden Buch *Waco: Texas Crossroads* zu Dank verpflichtet.

Pat Stowers, die Dame des Hauses, ermutigte mich nicht nur während der Zeit der Nachforschungen und des Schreibens; sie erwies sich auch an den Tagen, an denen ich nicht im Gerichtssaal sein konnte, als hingebungsvolle Protokollantin, ordnete die Akten, erledigte Besorgungen, las die weitschweifenden ersten Entwürfe und brachte wertvolle Kritik an. Und wenn es eine Herausgeberin gibt, die sich noch liebevoller und engagierter ihrer Aufgabe widmet als Freddie Goff, dann habe ich sie noch nicht kennengelernt. Ihre Anregungen waren von unschätzbarem Wert, und auch für ihre Begeisterung bin ich ihr in höchstem Maße dankbar.

Wenn dieses Buch die Botschaft enthält, die ich zu vermitteln hoffe, dann ist dies zu guter Letzt und in weiten Teilen das Verdienst von Deputy Sheriff Truman Simons. Als ein Mann, der zeit seiner langen und beeindruckenden Karriere im Dienst des Gesetzes die Öffentlichkeit gescheut hat, war er mir in derart großem Umfang behilflich, daß ich nicht einmal versuche, in die Einzelheiten zu gehen. Es genügt wohl, wenn ich sage, daß ohne seine Unterstützung, seine Aufrichtigkeit und sein uneigennütziges Interesse an dem Projekt das gesamte Buch ein Ding der Unmöglichkeit gewesen wäre. Und der Umstand, daß seine Frau Judy einen Journalisten, der sich in ihrer beider Leben drängte, freundlich aufnahm, war eine viel größere Hilfe, als ihr wahrscheinlich klar war.

Eine letzte Anmerkung: Alle Begebenheiten und Gespräche in diesem Buch basieren auf den Erinnerungen zumindest einer der beteiligten Parteien; zumeist sind es mehrere. Der Wortlaut der Gespräche wurde natürlich neu formuliert, aber er hält sich so eng an eine genaue Wiedergabe, wie das Erinnerungsvermögen meiner Quellen dies zuläßt. Ich bin sicher, die Wahrheit wird deutlich.

ERSTER TEIL

Eine Million Male haben wir Dich vermißt.
Eine Million Male haben wir geweint.
Wenn Liebe Dich hätte retten können,
Wärst Du niemals gestorben.
Das, was wir am tiefsten empfinden,
Läßt sich am schwierigsten in Worte fassen.
Mein Schatz, wir haben Dich geliebt,
Du warst etwas ganz Besonderes.
Oft sitzen wir da und denken an Dich,
Und daran, wie Du gestorben bist.
Und daß wir uns nicht von Dir verabschieden konnten,
Bevor Du Deine Augen geschlossen hast.
Niemand kann unsere Einsamkeit nachempfinden,
Und niemand sieht uns weinen,
Sieht all die Tränen unserer blutenden Herzen,
Während die anderen schlafen.
Wenn uns in diesem Leben nur ein Wunsch gewährt würde,
Ein Traum, der Wahrheit werden könnte,
Würden wir von ganzem Herzen zu Gott beten,
Für das Gestern und für Dich.

Ein Gedicht, das anläßlich des ersten Todestages von Jill Montgomery in der *Waxahachie Daily Light* veröffentlicht wurde.

Der Polizist hatte einige Minuten stumm dagestanden und auf die Leiche des jungen Mädchens hinabgesehen. Ebenso wie die Blonde war auch sie ein hübsches Mädchen gewesen, mit langem dunkelbraunem Haar. Um ihren Hals lag noch immer eine goldene Kette mit einem herzförmigen Medaillon; die Kette war zerrissen, ein Teil davon steckte in einer der Wunden des Mädchens. Es trug noch immer runde blaue Ohrringe, und an zwei Fingern steckten Ringe. Man schien sie mit ihrer eigenen Bluse geknebelt zu haben, und ihre Hände waren hinter dem Rücken mit einem Stoffstreifen gefesselt, der wahrscheinlich von einem Handtuch abgerissen worden war. Die Leiche war bereits sehr blaß, und nachdem der Polizist versucht hatte, eine ihrer Zehen zu krümmen, war er zu der Überzeugung gelangt, daß sie schon einige Zeit lang tot sein mußte. Ameisen und Bohrasseln krabbelten über ihren blutbefleckten Leib, und Fliegen hatten bereits Eier in ihrer Nasenhöhle abgelegt. Er wußte, daß schon bald die Larven ausschlüpfen würden.

Ihre Augen standen halb offen, ein milchig-grauer Glanz war an die Stelle ihrer natürlichen Farbe getreten. Der leblose starre Blick eines Mordopfers zog die Aufmerksamkeit des Polizisten immer ganz besonders auf sich. Die Augen waren wie einst funkelnde Murmeln, denen man das Licht entzogen hatte: matt, reglos, kalt.

Er schüttelte leicht den Kopf und versuchte, sich den Mörder bildlich vorzustellen. »Gott, wenn ich nur durch deine Augen sehen könnte«, flüsterte er.

Dennoch veränderte sich der Gesichtsausdruck des Polizisten nicht im geringsten. Die Jahre, die er mit Ermittlungen in Mordfällen zugebracht hatte, hatten ihn gelehrt, jedes vielleicht empfundene Gefühl zu verbergen. Um einen solchen Mordfall mit der notwendigen Sorgfalt bearbeiten zu können, mußte er versuchen, völlig unbeteiligt zu bleiben, was manche Leute vielleicht als Gefühllosigkeit mißdeuteten. Tatsächlich hatten einige seiner Kollegen des öfteren geäußert, niemanden zu kennen, der sich beim Anblick eines Toten unbeeindruckter gezeigt hätte. Sie sagten im Scherz, daß er sich sofort neben die Leichen kniete, sie anfaßte und genau untersuchte, als ob er einen Hund nach Flöhen abgraste. Diesen Kerl schien nichts erschüttern zu kön-

nen. Es war die einzige Art und Weise, auf die der Polizist seine Ermittlungen sorgfältig durchführen konnte.

Als er so dastand und auf die Leiche des Mädchens hinabsah, die Hände tief in den Hosentaschen vergraben, trat der Captain auf ihn zu und legte ihm eine Hand auf die Schulter. Einen Moment lang sprach keiner von beiden ein Wort, dann schüttelte der Captain den Kopf. »Ich habe schon ein paar harte Fälle gesehen, aber so etwas noch nie«, sagte er. »Nichts, was sich mit dem vergleichen ließe, was diesen armen Kindern angetan wurde. Die Schweine haben ihnen nicht ein Stückchen Würde gelassen. Nicht ein Stückchen. Ich glaube, das ist es, was mich am meisten trifft.« Er hatte Tränen in den Augen, als er sprach.

»Es trifft mich auch, Captain«, sagte der Polizist. Er atmete hörbar ein. »Es trifft mich verdammt tief.«

Kapitel 1

Der Bauarbeiter Sidney Smith und sein Schwager Joseph Chambers hatten den größten Teil des Tages ziemlich erfolglos an den Ufern des Lake Waco geangelt. Sie hatten ein paarmal ihre Standorte gewechselt und gehofft, die eine besondere Stelle zu finden, an der entweder die Karpfen oder die Barsche anbeißen würden. Schließlich machte Chambers, der von der erbarmungslosen Hitze müde und von ihrem Pech enttäuscht war, den Vorschlag, mit dem Angeln aufzuhören, irgendwo ein paar Biere zu trinken und dann nach Hause zu fahren. Aber Smith trat am folgenden Tag eine neue Arbeitsstelle an und würde daher während der nächsten Zeit wenig Gelegenheit zum Angeln haben. Es war noch nicht einmal fünf Uhr, es würde noch einige Stunden hell bleiben, und er kannte noch eine weitere Stelle an der sie ihr Glück versuchen konnten, bevor sie aufgaben.

Ein paar Wochen zuvor hatte er ein paar ansehnliche Karpfen aus dem seichten Wasser am anderen Ende des Sees gezogen, das im Speegleville Park lag. Er überredete seinen Schwager, dorthin zu fahren und es noch einmal zu versuchen.

Um auf die Speegleville-Seite des Sees zu gelangen, fuhr Smith auf den Highway Sechs, über die Zwillingsbrücke und nahm dann die Abzweigung zu einem der Zufahrtswege, die zur Einfahrt des großen Staatsparks führten, der überwiegend von Anglern und Campern besucht wurde. Nachdem er in den Park hineingefahren war, lenkte er seinen Pickup einige Meilen über die gewundene Asphaltstraße und bog dann auf einen schmalen, unbefestigten Weg ein, der in das dichtbewaldete Gebiet führte, das die Uferlinie des Sees säumte.

Es war kein Weg im eigentlichen Sinn, lediglich ein ausgefahrener Pfad, der entstanden war durch die Pickups einiger Angler, durch Camper, die ihre Zelte in den abgelegeneren Ecken des Parks aufschlagen wollten, und durch abenteuerlustige junge Liebespaare, die aus anderen Gründen nach Abgeschiedenheit suchten. Die Bäume bildeten einen belaubten Schirm über dem Weg, und obwohl die Sonne noch hoch am wolkenlosen Himmel stand, wurde das Licht in einem solchen Ausmaß gedämpft, daß es plötzlich den Anschein hatte, die Abenddämmerung wäre hereingebrochen. Chambers, der noch nie zuvor im Speegleville Park gewesen war, fand, daß dieser Ort ›so gespenstisch wie die Hölle‹ gewesen sei.

»Man könnte hier draußen verlorengehen, und niemand würde einen je finden«, sagte er.

Sidney Smith grinste. »Wir sind fast da«, gab er zurück. Ein paar Sekunden später verschwand das Lächeln aus seinem Gesicht.

»Was, zur Hölle, ist das?«

Er brachte den Wagen ruckartig zum Stehen. Weniger als zehn Meter vor ihnen lag an einer Wegkreuzung etwas, das ein menschlicher Körper zu sein schien, dessen Beine in einen der ausgefahrenen Pfade hineinragten.

Minutenlang blieben die beiden Männer im Fahrerhaus des Pickups sitzen und versuchten, sich darüber klarzuwerden, ob sie gerade die Opfer eines schlechten Streichs wurden oder ob sie auf etwas wesentlich Ernsteres gestoßen waren. Es konnte sich ja auch um eine Puppe handeln, die jemand dort hingelegt hatte, um den Nächstbesten zu erschrecken. In diesem Fall hätte der Spaßvogel auf ganzer Linie gesiegt.

»Das ist keine Puppe«, stelle Chambers schließlich fest und brach damit das Schweigen, das sich über sie gesenkt hatte, als sie diesen Ort nachdenklich betrachteten. Smith sagte nichts, stimmte seinem Schwager jedoch im stillen zu, als er aus dem Pickup ausstieg und langsam auf den ausgestreckten Körper zuging.

Er mußte nicht allzu nah herangehen, um sich davon zu überzeugen, daß hier etwas Furchtbares vorgefallen war. Unter einem kleinen Baum am Straßenrand lag die leblose Gestalt eines jungen Mannes. Auf der Vorderseite seines T-Shirts war etwas verschmiert, das Smith für Blut hielt. Der Mann schien auch eine Art Knebel im Mund zu haben.

Sidney Smith hatte noch nie zuvor eine Leiche gesehen, aber er war sich sicher, daß der Mann nicht mehr lebte. Regungslos starrte er den Körper einige Sekunden lang an, blinzelte nicht einmal, versuchte, eine Bewegung festzustellen. Es gab keine.

Schließlich, als ob er aus einer Trance erwachte, drehte er sich um und lief zurück zum Pickup. »Wir müssen jemandem Bescheid sagen«, stieß er mit offensichtlichem Entsetzen hervor. »Der Junge ist tot.«

Er setzte mit dem Wagen auf dem Weg zurück, bis er wenden konnte und fuhr dann wieder auf die asphaltierte Straße zu. Smith wußte, daß Gene Thorpe, ein Polizeibeamter des McLennan County, der auch als Nachtwächter im Park arbeitete, in einem Wohnanhänger nahe des Bootshafens lebte, nur wenige Meilen entfernt. Er hoffte, daß Thorpe zu Hause wäre.

Smith fuhr so schnell er konnte die enge Parkstraße entlang und sprach kein Wort, bis sie Thorpes Wohnanhänger fast erreicht hatten. Bleich und fassungslos wandte er seinen Blick nicht von der Straße ab, bis es endlich aus ihm herausbrach.

»Mein Gott, Joe, er hatte noch immer eine Sonnenbrille auf! Lag da tot herum und trug noch immer eine Sonnenbrille! Verdammt!«

Sidney Smith fühlte sich, als ob er krank würde. Oh, wie er sich wünschte, sie hätten mit dem Angeln aufgehört und wären früh nach Hause gefahren.

Constable Thorpe, ein stämmiger Mann mittleren Alters mit einem immerwährend müden Gesichtsausdruck, war soeben von der Arbeit nach Hause gekommen und wollte sich gerade hinsetzen, um vor dem Abendessen noch die Nachrichten zu sehen. Die Mitteilung, die ihm die beiden verstörten Angler machten, verärgerte ihn deshalb eher, als daß sie ihn beunruhigte. Vermutlich hatte irgendein alter Angler zuviel Sonne abbekommen, einen Hitzschlag erlitten und war gestorben, dachte er. Das war während der erbarmungslosen Hitzewellen, die Mitteltexas jedes Jahr im Juli heimsuchten, schon öfter vorgekommen. Thorpe hatte noch nie verstehen können, wie sich jemand dieser kochenden Hitze aussetzen konnte, wenn es nicht absolut notwendig war.

Es lag keine Eile in seinen Bewegungen, als er sich die Cowboystiefel anzog, die er erst wenige Minuten vorher losgeworden war. Wie auch immer der Fall aussehen mochte, er wußte, daß ihn die Angelegenheit einige Zeit beschäftigen würde. Bevor er den Anhänger verließ, rief er im Büro des Sheriffs an. »Sieht so aus, als hätten wir einen verdächtigen Todesfall hier draußen im Speegleville Park«, teilte er dem Einsatzleiter mit. »Schicken Sie besser ein paar Leute her, sobald Sie können. Ich werde veranlassen, daß jemand sie an der Einfahrt des Parks erwartet, um ihnen den Weg zur Fundstelle der Leiche zu zeigen.« Stirnrunzelnd legte er auf und ging zu seinem Wagen. Smith und Chambers stiegen wieder in den Pickup und brachten ihn zu dem Ort, an dem sie ihre grausige Entdeckung gemacht hatten.

Thorpes Einstellung änderte sich grundlegend, sobald er die bewaldete Stelle erreichte, an der der Tote lag. Das war eindeutig kein Opfer eines Hitzschlages. Die Leiche war die eines Teenagers. Sie hatte offenkundig Stichwunden in der Brust und trug einen Knebel im Mund. Aus der Art, wie die Arme auf den Rücken gebogen waren, schloß Thorpe sofort, daß man ihm auch die Hände gefesselt hatte. Er wies Smith und Chambers an, zurück zur Einfahrt des Parks zu fahren und die angeforderten Beamten zum Schauplatz des Verbrechens zu führen.

Beim Anblick des toten Jugendlichen war jeder Gedanke an sein Abendessen und die verpaßten Nachrichten verschwunden. Irgendwo läuft ein echter Verrückter frei herum, dachte er bei sich. Und trotz der drückenden Hitze, die sogar einen tiefen Atemzug zur Qual werden ließ, fröstelte ihn plötzlich.

Patrol Sergeant Truman Simons, ein erfahrener Mann, der seit siebzehn Jahren im Dienst der Polizeibehörde von Waco stand, war von durchschnittlicher Statur, in guter körperlicher Verfassung und einen Meter achtzig groß, aber irgend etwas an seiner Haltung vermittelte den Eindruck, er wäre sehr viel größer. In seinem kantigen, gutaussehenden Gesicht, seinem ungezwungenen Lachen und seiner sanften Art war ein ländliches Erbe immer noch sehr deutlich zu erkennen. Sein Haar und sein ordentlich gestutzter Schnurrbart waren braun, ebenso wie seine Augen, mit denen er seine Gesprächspartner vollkommen offen anschaute – ein Ausdruck seines ruhigen Selbstbewußtseins. Wenn er nicht in Uniform war, trug er für gewöhnlich Jeans, Stiefel und ein Westernhemd.

Schon seit einigen Wochen hatte Simons während der Spätschicht Dienst gehabt – von 5 bis 1 Uhr – und seine Frau in der letzten Zeit kaum gesehen. Wenn sie zur Arbeit am Institut für Technik und Ingenieurwesen ging, schlief er noch, und wenn er in den frühen Morgenstunden zurückkam, lag sie bereits im Bett. Sie würden beide froh darüber sein, wenn er wieder zu einer anderen Schicht eingeteilt würde. Eines der Dinge, die er am meisten vermißt hatte, waren seine Besuche bei ihren Softballspielen. Judy Simons war hübsch und sehr weiblich – sie hatte im College in einigen Musicalkomödien die Hauptrolle gespielt – aber sie besaß auch eine ausgelassene Wesensart, einer der ersten Charakterzüge, die ihren Ehemann fasziniert hatten. Sie freute sich immer auf die Saison der Frauensoftball-Liga, und während der letzten Sommer hatte Truman ihre Mannschaft trainiert. Er war immer begierig, Einzelheiten von den Spielen des vorherigen Abends zu hören, und fuhr oft auf eine Tasse Kaffee zu ihr ins Büro, wenn er die Revierdienstpläne ausgeteilt und seinen Papierkram erledigt hatte.

Für Simons war der Streifendienst bestenfalls langweilig. Trotzdem machte es ihm gelegentlich Spaß, wieder seine Runde zu drehen, denn nach langwierigen Einsätzen in Sonderkommissionen, in der Nachrichtenzentrale oder im Planungsstab, war dies eine gute Methode, den Kopf wieder freizubekommen. Der Streifendienst war sein Druckventil, eine Möglichkeit, für einige Zeit den Anforderungen der konzentrierten Ermittlungsarbeit zu entfliehen. Aber er wurde dieses Dienstes immer sehr schnell überdrüssig, und er stand in dem Ruf, eigenmächtig eine Menge Zeit damit zuzubringen, seine Nase in Fälle zu stecken, die nicht in seinen Zuständigkeitsbereich fielen.

In den Augen vieler Angehöriger seiner Behörde, einschließlich einiger seiner Vorgesetzten, war Truman Simons eine Art Abtrünniger. Er konnte auf eine beachtliche Anzahl aufgeklärter Fälle verweisen, von denen ihm viele von Kollegen übertragen worden waren, die es leid gewesen waren, ständig in Sackgassen zu laufen. Aber man raunte sich zu, daß er seine Fälle nicht immer streng nach Vorschrift löste. »Ich weiß nicht, wie er es anstellt«, hatte Bob Fortune, ein Kriminalbeamter der Polizei von Waco, einmal zu einem seiner Kollegen gesagt, nachdem Simons eine besonders komplizierte Serie von Vergewaltigungen aufgeklärt hatte, »und ich will es auch gar nicht wissen.« Seine versteckte Andeutung war offenkundig gewesen.

Wenn Simons ermittelte, konnte immer eine stattliche Zahl von Festnahmen und Verurteilungen registriert werden. Und wenn er herausfand, daß ein anderer Polizist in irgend etwas Illegales verwickelt war, zögerte er nicht im geringsten, dies an eine höhere Stelle weiterzumelden. Einmal verhaftete er einen Kollegen, den er dabei erwischt hatte, wie er einen Geldschrank aufbohrte, und hinterher fiel ihm auf, daß einige Mitglieder der Belegschaft sich ihm gegenüber plötzlich erheblich weniger freundlich verhielten als zuvor. Bei einer anderen Gelegenheit, als er mit der Untersuchung eines Heroinfalls betraut war, berichteten ihm mehrere Prostituierte von wiederholten Fällen, in denen ein bestimmter Polizeibeamter sie vor die Wahl gestellt hatte, ihm Drogen zu besorgen und mit ihm zu schlafen oder verhaftet zu werden. Nachdem er genügend Informationen gesammelt hatte, die ihn davon überzeugten, daß die Anschuldigungen zutreffend waren, daß der Beamte tatsächlich während des Dienstes Drogen nahm und, wie man es im Polizeijargon ausdrückte, sich des öfteren einen ›Freistoß‹ verschaffte, meldete Simons seine Erkenntnisse dem Vorgesetzten des entsprechenden Polizisten. Einige Tage darauf stellte der Beschuldigte ihn zur Rede und ließ nicht von der Behauptung ab, die belastenden Informationen seien gefälscht. Simons zeigte
ihm die Notizen, die er sich während der Gespräche mit den Prostituierten gemacht hatte.

»Hör mal«, sagte der Polizist zu ihm, »ich verspreche dir, daß so etwas nie wieder vorkommen wird. Was würdest du dazu sagen, wenn wir es diesmal einfach vergessen würden? Du weißt doch, daß ich ein guter Bulle bin.« Simons antwortete ihm, daß er daran ernstlich zweifelte.

Schließlich wurde die Angelegenheit zu den Akten gelegt. Dem Mann wurde gestattet, weiterhin bei der Polizeibehörde zu arbeiten, und schon nach kurzer Zeit erzählte er der gesamten Belegschaft, daß Simons versucht habe, ihn fertigzumachen, und daß man Simons nicht trauen könne. Ein Jahr danach wurde ebendieser Beamte in einundzwanzig Fällen von Einbruchdiebstahl angeklagt.

Truman Simons kam schließlich zu der Überzeugung, daß er Polizisten wirklich nicht mochte. Es gab zu viele, die diese Tätigkeit lediglich wegen des falschen Gefühls von Autorität ausübten, das der Beruf ihnen vermittelte. Er entwickelte eine wachsende Abneigung gegen die verworrene Bürokratie der Behörde. Als er den starken Verdacht hegte, daß ein Polizist einen Häftling im städtischen Gefängnis umgebracht hatte, begann er, sich mit dem Fall zu beschäftigen, wurde aber schon bald aufgefordert, die Sache zu vergessen oder sich einen anderen Beruf zu suchen. Die Zusammengehörigkeit, die angeblich zwischen Polizisten herrschte, war nichts weiter als ein Wunschbild der Fernsehserien. In Wirklichkeit schien er besser mit den Huren, Zuhältern und Drogenhändlern auszukommen, die vermeintlich seine Gegner waren, als mit den meisten seiner Kollegen.

Manchmal, so kam es ihm vor, war seine Meinung über die Polizei vorteilhaft für ihn. In gewisser Weise half sie ihm tatsächlich, wenn er mit Kriminellen zu tun hatte, die auch glaubten, daß die meisten Bullen Arschlöcher waren, denen man nicht trauen konnte. Vor kurzem hatte er jedoch gründlich darüber nachgedacht, welchen Verlauf seine eigene Karriere nehmen würde.

Als klassischer Rebell hatte Truman Simons sich zu der Zeit bei der Luftwaffe verpflichtet, in der seine Altersgenossen ihr erstes Jahr an der High-School abschlossen. Beim Militär hatte er dann zwar einen gleichwertigen Abschluß erlangt, aber nachdem seine vierjährige Dienstzeit vorüber war, verspürte er kein Verlangen, aufs College zu gehen. Statt dessen arbeitete er für kurze Zeit als Mechaniker bei seinem Vater und dann als Vorarbeiter in der Werkstatt des Ford Traktorenwerks, bis er eines Tages im Radio hörte, daß die Polizeibehörde von Waco nach neuen Leuten suchte. Ohne ein ernstliches Interesse an der Sache oder größere Kenntnisse im Bereich der Strafverfolgung, beschloß er, sein Glück zu versuchen.

Aus einer Gruppe von einhundert Prüflingen war Simons einer von acht Kandidaten, die zu einem Bewerbungsgespräch gebeten wurden. Später war er einer von insgesamt zwei Anwärtern, die eingestellt wurden.

Trotz der Tatsache, daß er im Alter von fünfundzwanzig Jahren der jüngste Angehörige der Behörde gewesen war, der es jemals zum Sergeant gebracht hatte, hatte er diesen Dienstgrad auch noch mit vierzig inne. Diejenigen, die zum Lieutenant aufstiegen, hatten gerahmte Diplome hinter ihren Schreibtischen hängen und nahmen in der Baylor Universität am anderen Ende der Stadt ständig an Fortbildungskursen teil. Simons hielt das für Zeit- und Geldverschwendung. Er hatte mehr als einen guten Polizisten kennengelernt, der durch zuviel Ausbildung verdorben worden war, und er war der festen Überzeugung, daß Kriminalfälle durch harte Arbeit und viele Stunden auf der Straße gelöst wurden, und nicht durch die Lektüre von Lehrbüchern. Außerdem hatte er gar nicht das Bestreben, in den Rang eines Lieutenants aufzusteigen, denn das war ein Schreibtischjob, und er konnte sich nicht vorstellen, nicht mehr auf der Straße zu sein und sich unter die Leute zu mischen.

Simons war nach einem kurzen Besuch bei seiner Frau gerade wieder vom Parkplatz gefahren, als der Einsatzleiter seinen Funkruf abschickte. Es war kurz nach achtzehn Uhr. Der Beamte Briam Reynolds, der Untersuchungsbeamte Jimmy Wilcox und Sergeant Simons sollten sich unverzüglich melden. Die Anforderung von drei Polizeibeamten deutete unmittelbar darauf hin, daß etwas Außergewöhnliches vorgefallen war. Wenn ein Untersuchungsbeamter verlangt wird – das ist derjenige, der die notwendige Ausrüstung für die Fotografie, Vermessung und Spurensuche an einem Tatort mit sich führt – ist es sehr wahrscheinlich, daß ein Gewaltverbrechen vorliegt.

Noch bevor der Einsatzleiter ihn davon unterrichtete, daß sie sich mit Angehörigen des Büros des Sheriffs im Speegleville

Park treffen würden, um einen verdächtigen Todesfall zu untersuchen, hatte Simons eine ziemlich klare Vorstellung davon, welche Art Fall sie erwartete. Er machte sich sofort auf den kürzesten Weg zum Park am Seeufer.

Er war erst ein paar Straßen weit gekommen, als ihn ein Funkruf von Brian Reynolds erreichte und nach seinem Standort fragte. Reynolds sagte, er wolle sich noch schnell mit Simons treffen, bevor sie zum Park fuhren.

Einige Minuten darauf bog Simons auf einen Parkplatz an der Kreuzung des Highway Sechs und der Bosque Avenue ein. Reynolds war bereits da und wartete in seinem Wagen. Simons parkte neben ihm und kurbelte das Fenster herunter, damit sie miteinander reden konnten.

»Sarge«, fragte Reynolds, »was, glaubst du, erwartet uns da draußen?« Er schien nervös zu sein.

Simons war belustigt. Es war allgemein bekannt, daß Reynolds eine fast ängstliche Abneigung gegen jede Art von Ermittlungen hegte, die mit Leichen zu tun hatten. »Brian, das läßt sich ziemlich schwer sagen, bevor wir da sind«, antwortete er. »Es könnte ein Selbstmord sein oder vielleicht irgendein alter Angler, der mit einem Herzanfall umgekippt ist. Ich weiß es einfach nicht.«

»Der Einsatzleiter hat gesagt, die Leute des Sheriffs wären bereits dahin unterwegs«, gab Reynolds zurück. »Sollten wir die Sache nicht vielleicht ihnen überlassen?« Reynolds war eindeutig bemüht, eine Möglichkeit zu finden, die Fahrt zum Speegleville Park zu vermeiden.

Simons lächelte. »Hör mal, Brian, ich glaube, es ist für uns das beste, einfach hinzufahren und uns anzusehen, was passiert ist. Wenn es sich um etwas handelt, für das nach meiner Meinung die Leute des Sheriffs zuständig sind, dann überlassen wir ihnen die Angelegenheit. Aber wenn es in unseren Bereich fällt, werden wir den Fall übernehmen müssen.« Er kurbelte das Fenster hoch und beendete dadurch das Gespräch. Dann fuhr er zurück auf den Highway, und Reynolds folgte ihm.

Als sie sich der Zwillingsbrücke näherten, hinter der die Abzweigung zum Park lag, ordneten sich Jimmy Wilcox und Detective Ramon Salinas hinter ihnen ein. Ein paar Minuten später führte der wartende Pickup alle vier Wagen zu der Stelle im Waldgebiet, an der man die Leiche gefunden hatte.

Noch bevor Simons aus seinem Streifenwagen ausstieg, wurde ihm klar, daß die Untersuchung problematisch werden würde. Einige Fernsehberichterstatter, die den Polizeifunk abgehört haben mußten, liefen bereits herum, außerdem drei oder vier Deputies, einige weitere Beamte und ein paar der Parkangestellten. Simons bemerkte, daß einer von ihnen seinen kleinen Sohn mitgebracht hatte, einen Jungen, der nicht älter als neun oder zehn war. Er schüttelte ungläubig den Kopf. Über dem ganzen Ort lag bereits eine Volksfeststimmung. Von seinem Standort auf dem Weg konnte Simons erkennen, daß die Leiche die eines Jungen war, etwa achtzehn Jahre alt, bekleidet mit Jeans, Tennisschuhen und einem blutbefleckten orangefarbenen T-Shirt. Er ließ sich auf Hände und Knie hinunter und kroch unter den tiefhängenden Ästen hindurch, um sich das Opfer von nahem anzusehen. Binnen kurzem stellte er fest, daß man dem Toten mehrere Stichwunden im Brustbereich beigebracht hatte. Als er auf die leblose Gestalt hinabsah, versuchte er, sich die höllische Angst vorzustellen, die der Jugendliche vor seinem Tod hatte erleiden müssen.

Er hob den Kopf und entdeckte Ramon Salinas, der ihm ein Polaroidfoto entgegenhielt. »Schau dir das mal an«, sagte Salinas. Noch immer unter dem Baum hockend, sah Simons zunächst auf das Foto und dann zurück auf den Jugendlichen. Auf dem Bild hatte der Junge die gleichen Sachen an, das gleiche orangefarbene T-Shirt, die Jeans, die gleiche Sonnenbrille, die er jetzt trug. Es war fast, als ob man das Foto gemacht hätte, direkt bevor der Junge umgebracht wurde.

Simons gab Salinas das Bild zurück. »Das ist er«, sagte er.

»Wir haben seit heute morgen eine Vermißtenanzeige über ihn«, erläuterte Salinas. »Er war vermutlich mit zwei jungen Mädchen aus Waxahachie zusammen. Niemand hat seit gestern abend etwas von ihnen gesehen oder gehört.«

Simons kam unter dem Baum hervorgekrochen und wies die Deputies und die anderen Beamten, die in der Nähe standen, an, die Gegend nach weiteren Leichen abzusuchen. Da niemand besonders eifrig zu sein schien, die Leitung der Untersuchung zu übernehmen, würde er es tun.

Er sah immer noch auf die Leiche des jungen Mannes hinab und betastete dessen Arme, um festzustellen, wie lange er schon tot war, als er einen Aufschrei hörte. Ungefähr fünfundzwanzig Meter entfernt, im Unterholz auf der anderen Seite des Weges, lag die nackte Leiche eines jungen Mädchens. Simons eilte hinüber und fand sich auf einem Schauplatz wieder, der sogar noch beängstigender wirkte als der, den er gerade verlassen hatte. Man hatte dem Mädchen, einer hübschen Blondine, ein Stück rotweißen Stoffs um den Mund und einen BH um ihren rechten Knöchel gebunden. Auch sie war durch mehrere Stiche getötet worden. Und Simons wußte, daß irgendwo ganz in der Nähe noch eine weitere Leiche lag.

Er blickte sich um und entdeckte das Knie des anderen Mädchens, das ein kleines Stück über das Buschwerk hinausragte. Er lief auf sie zu und erkannte, daß auch sie nackt war und daß man sie ebenfalls gefesselt und geknebelt hatte. An ihrem Körper waren ungleich mehr Blut und Stichwunden auszumachen als an den anderen Leichen. Man hatte ihr außerdem die Kehle durchgeschnitten.

Die vermißten Teenager – Kenneth Franks, Raylene Rice und Jill Montgomery – waren wieder aufgetaucht.

Die Entdeckung der Leichen hatte unter den Beamten und Zuschauern ein reges Durcheinander von Aktivitäten ausgelöst. Simons bemerkte plötzlich, daß die Leute überall in dem Gebiet herumliefen und versuchten, einen Blick auf die Leichen zu erhaschen. Allein die brutalen Morde hatten ihn schon wütend gemacht, doch jetzt schrie er Brian Reynolds zu: »Sorg dafür, daß diese verdammten Leute verschwinden! Ich will niemanden in der Nähe der Leichen sehen, bis wir die Möglichkeit gehabt haben, alle Spuren zu sichern.«

Ein Kameramann des Fernsehens, der in der Nähe von Kenneth Franks' Leiche stand, wandte ein, daß er seine Arbeit zu erledigen habe. Simons warf erst ihm und dann Reynolds einen finsteren Blick zu. »Wenn dieser Hurensohn nicht abhaut, nimm ihn fest«, schnauzte er. »Ich will, daß sich alle von hier wegbewegen. Sofort!« Der Kameramann murrte, zog sich dann aber mit den anderen zurück.

Als sich Simons' Aufmerksamkeit wieder den Mordopfern zuwandte, gingen ihm unzählige Fragen durch den Kopf. Es gab an den Fundorten der Leichen keine Hinweise darauf, daß ein Kampf stattgefunden hatte. Es waren keine Blätter abgerissen und keine Äste geknickt worden. Lediglich in der Nähe von Jill Montgomerys Körper gab es einen verschwindend geringen Hinweis darauf, daß jemand dort gewesen war. Der Kopf einer Sonnenblume war umgeknickt worden, und darauf schienen Blutflecken zu sein. Man hatte die Opfer höchstwahrscheinlich an einem anderen Ort umgebracht und ihre Leichen dann dort abgeladen, wo man sie entdeckt hatte. Beim Transport von Jills Körper zur Fundstelle konnte der Mörder die Sonnenblume gestreift haben. Aber warum hatte der Mörder – oder, was wahrscheinlicher war, mehrere Mörder – nicht einfach alle Leichen an einem Ort deponiert, es dabei bewenden lassen und sich so schnell wie möglich aus dem Staub gemacht?

Kenneth Franks an einer Stelle zu plazieren, wo man ihn leicht finden konnte, und dann die Mädchen an getrennten und abgelegeneren Orten zurückzulassen – spielte da jemand irgendein verrücktes Spiel mit ihnen?

Nichts ergab einen Sinn. Wie konnte es dem Jungen, nach allem, was er offensichtlich durchgemacht hatte, gelungen sein, seine Sonnenbrille auf der Nase zu behalten? Auch eine Packung Zigaretten steckte noch immer unter dem linken Ärmel seines T-Shirts. Sein verwaschenes rotweißes Stirnband saß ordentlich an seinem Platz, als ob man es ihm, ebenso wie die Sonnenbrille, nach seinem Tod wieder aufgesetzt hätte. *Welcher Art von Bestie waren diese Kinder in die Arme gelaufen?* fragte sich Simons. *Was, zur Hölle, ging hier vor?*

Er überdachte die Möglichkeit, ob die Morde das Werk eines psychopathischen Killers sein konnten, eines Irren, der das Leben von drei jungen Menschen nur zum Spaß ausgelöscht hatte. Wahrscheinlich nicht. Trotz der brutalen Art der Verbrechen sagte ihm seine Erfahrung, daß ein Psychopath, der diese

Morde nur wegen des Gefühls der Erregung begangen hatte, zumindest eine der Leichen vermutlich stärker verstümmelt hätte. Die anderen wären dann lediglich getötet worden, um Zeugen zu beseitigen.

Sogar die Möglichkeit, daß es sich einfach nur um ein Sexualverbrechen handelte, schien nicht sehr wahrscheinlich. Wenn jemand auf der Suche nach einem Vergewaltigungsopfer gewesen wäre, hätte er sich nicht für zwei Mädchen entschieden, die eindeutig in Begleitung eines Jungen waren. Die Parks im Gebiet des Lake Waco boten leider jede Menge besserer Gelegenheiten, ein einzelnes Mädchen oder sogar zwei Mädchen ohne männliche Begleitung zu überfallen.

War das hier, wie einige der Beamten bereits argwöhnten, das Ergebnis irgendeines geplatzten Drogengeschäftes? Nein, er war der Meinung, daß mehr dahintersteckte.

Während Simons diese Überlegungen anstellte und dabei das Gebiet nach eventuellen Spuren absuchte, schlug er die Richtung zu Raylene Rices Leiche ein und sah, wie ein Aufsichtsbeamter des Parks eine Decke über ihren Körper breitete. Den Jungen hatte er bereits zugedeckt. Simons schrie von neuem:

»Nehmen Sie diese verdamme Decke von ihr weg!«

Der Mann sah hoch, fuhr zusammen und gab dann ärgerlich zurück: »Hören Sie mal zu, Mann, hier laufen eine Menge Leute herum, und diese Mädchen haben keinen Faden mehr am Leib. Mir scheint, das mindeste, was wir tun können, ist, sie zuzudecken. Außerdem sind Sie hier draußen nicht auf städtischem Gelände, und ich bin mir gar nicht mal sicher, ob Sie überhaupt das Recht haben, die Ermittlungen zu leiten.«

»Bis mir jemand das Gegenteil befiehlt«, sagte Simons, »*leite* ich die Ermittlungen, und ich will nicht, daß diese Leichen mit irgend etwas zugedeckt werden, bis wir nicht getan haben, was wir tun müssen. Wenn die Leute den Anblick nicht ertragen können, dann sollen sie machen, daß sie von hier verschwinden. Nehmen Sie Ihre verdammten Decken, legen Sie sie zurück in Ihren Pickup, und bleiben Sie mir einfach aus dem Weg. Bewegen Sie Ihren Arsch kurzerhand von hier weg, und lassen Sie uns unsere Arbeit machen.«

Simons' Wut richtete sich nicht so sehr gegen den Parkangestellten persönlich, als vielmehr gegen die sehr große Wahrscheinlichkeit, daß dieser durch sein Handeln die Probleme noch verschlimmert hatte, die sich den Polizisten bei der Spurensuche in diesem Fall stellen würden. In einem Mordfall gehörte es zu den Aufgaben der Laborkräfte, festzustellen, ob an einer Leiche fremde Haare oder Fasern haften. Durch das Zudecken von Kenneth und Raylene hatte der Aufsichtsbeamte fast mit Sicherheit dafür gesorgt, daß die Leute im Labor Haare und Fasern finden würden, die nichts mit den Morden zu tun hatten.

Der ganze Ort des Geschehens, dachte Simons, verwandelte sich langsam in einen gottverdammten Rummelplatz. Die Texas Rangers waren eingetroffen, ebenso weitere Deputies des Sheriffs und andere Polizeibeamte sowie noch mehr Reporter und Parkangestellte. Plötzlich liefen mehr als vierzig Leute in dem Gebiet herum, in dem man die Leichen gefunden hatte. Die Situation geriet langsam außer Kontrolle.

Er war erleichtert, als schließlich Lieutenant Marvon Horton eintraf und die Leitung der Ermittlungen übernahm. Simons beschäftigte sich nicht länger mit dem aussichtslosen Unterfangen, das Gebiet räumen zu lassen, sondern wandte seine ganze Aufmerksamkeit den Leichen zu.

Obwohl er selten mit anderen Polizisten darüber spricht, beharrt Simons darauf, daß er schon immer in der Lage gewesen sei, am Schauplatz eines Verbrechens eine gewisse Gewalttätigkeit wahrzunehmen, die dort in der Luft liege. Er sagte, sie bleibe dort zurück wie eine Art beklemmende Ablagerung, eine schreckliche, fast greifbare Mahnung, daß sich an einem ganz bestimmten Ort etwas unvorstellbares Böses ereignet habe. Simons ist tatsächlich bei mehreren Gelegenheiten an die Schauplätze von Verbrechen zurückgekehrt, die er Jahre zuvor untersucht hatte, und er hatte jedesmal festgestellt, daß die Atmosphäre der Gewalt noch immer vorhanden war, so faßbar wie zu der Zeit der ursprünglichen Ermittlungen.

In den dunklen Wäldern des Speegleville Parks verspürte er kein solches Gefühl. Das einzige an diesem Fall, über das er sich absolut sicher war, war die Tatsache, daß die drei Jugendlichen nicht dort umgebracht worden waren, wo man ihre Leichen entdeckt hatte. Sie waren an einem anderen Ort getötet und dann hierhergebracht worden. Er war davon fest überzeugt.

Nachdem er mehrmals von einer Leiche zur anderen gegangen war und vergeblich versucht hatte, einen Sinn hinter etwas so Sinnlosem wie der Ermordung dreier Jugendlicher zu entdecken, fühlte er sich zu dem dunkelhaarigen Mädchen zurückgezogen. Aus irgendeinem Grund schien Jill Montgomery seine Aufmerksamkeit mehr in Anspruch zu nehmen als Raylene Rice und Kenneth Franks.

Die Schnittverletzungen an ihrer rechten Hand deuteten darauf hin, daß sie sich heftiger gewehrt hatte als die anderen. Und außer den tödlichen Stichwunden waren da eine Reihe oberflächlicherer Schnitte – Foltermale – an ihrem Hals und ihrer Brust. Sie war nicht leicht oder schnell gestorben.

Aus Gründen, die er sich nicht erklären konnte, hatte Truman Simons das Gefühl, daß die Mörder es höchstwahrscheinlich hauptsächlich auf sie abgesehen hatten. Während andere Polizisten damit beschäftigt waren, einige Bierdosen aufzusammeln, die in der Nähe der Leichen neben dem Weg lagen, und das hohe Gras und das Buschwerk in der Hoffnung auf eine Waffe zu durchsuchen, stand er lange neben Jills Leiche, sah auf sie hinab und betrachtete ihr Gesicht. Schließlich, nachdem er sich vergewissert hatte, daß niemand ihn beobachtete, kniete er sich neben sie und begann zu sprechen: »Ich weiß nicht einmal, wer du bist«, flüsterte er, »und ich weiß nicht, wie und warum dir das zugestoßen ist. Aber ich verspreche dir, daß wer auch immer es getan hat, dafür bezahlen wird. Das wird nicht einfach nur ein weiterer Mordfall in Waco, Texas, sein. Ich gebe dir mein Wort darauf. Du wirst nicht irgendein kleines Mädchen sein, das einfach so hier draußen liegengelassen wurde. Das ist nicht rechtens, und ich werde nicht zulassen, daß es geschieht.«

Bevor der Wagen der Leichenhalle eintraf, hatte Simons sich auch neben Raylene Rice und Kenneth Franks gekniet und ihnen beiden das gleiche Versprechen gegeben. Er wußte schon jetzt, daß er von diesem Fall weitaus stärker persönlich betroffen war, als er es eigentlich sein sollte.

Simons half den Leuten von der Connally Compton Leichenhalle, die Körper in die schweren schwarzen Plastiksäcke zu heben, und faßte mit an, als sie zum Wagen getragen wurden. Die Fernsehkameras schwebten noch immer wie Geier über dem Schauplatz und nahmen die grausige Totenprozession für die Zuschauer der Spätnachrichten auf.

Mehr als drei Stunden waren vergangen, seit er im Speegleville Park angekommen war, und als sie die Leichen aus dem bewaldeten Gebiet in den etwas offener gelegenen Teil des Parks brachten, wurde er sich zum ersten Mal der drückenden Hitze bewußt. Die leichte Brise, die ihm entgegenwehte, sobald er den Waldrand hinter sich gelassen hatte, fühlte sich auf seiner durchgeschwitzten Uniform fast schon kalt an.

Während die roten Schlußlichter des Leichenwagens in der Ferne immer kleiner wurden, hob Simons seinen Blick in den sternenklaren Himmel, schloß die Augen und genoß den kühlen Luftzug auf seinem Gesicht. Aber nicht lange. Er wollte so weit wie möglich weg vom Speegleville Park. Vielleicht würde die Entfernung die Bilder dieser toten Kinder schwächen, die noch immer so deutlich vor seinem inneren Auge standen.

Er half Reynolds und Wilcox dabei, die Fotoausrüstung in den Wagen zu laden, und wies sie dann an, sich mit ihm wegen ihrer Berichte im Polizeirevier zu treffen. Auf dem Weg zu seinem Auto warf er einen Blick auf Reynolds, der sichtlich erschüttert war. Sein Gesicht war aschfahl.

»Brian«, sagte er.

»Ja, Sarge?«

»Ich mache dir nicht den geringsten Vorwurf, daß du diese Art von Arbeit nicht ausstehen kannst.«

Brian Reynolds nickte und atmete tief ein. »Danke«, sagte er.

Truman Simons verließ das Revier kurz nach Mitternacht und beendete seine Schicht etwas früher als üblich. Müde, verdreckt und von Mücken zerstochen, wollte er nur noch nach Hause. Als er auf den Parkplatz ging, sah er den Leichenwagen vorbeifahren, gefolgt von Sergeant Fortune und Detective Salinas. Die Leichen waren unterwegs zum Gerichtsmedizinischen Institut von Dallas, wo die Autopsien vorgenommen werden sollten.

Das Wissen um die Untersuchungen, die irgendein Pathologe an den Leichen der drei Jugendlichen durchführen würde, ließ ihn sich noch schlechter fühlen. Die Gerichtsmediziner mußten ihre Arbeit machen, aber die distanzierte und teilnahmslose Haltung, mit der sie einen menschlichen Körper auseinandernahmen, hatte ihn schon immer gestört. Während seiner Laufbahn hatte er die Pathologen mehr als einmal um etwas Zeit gebeten – nur ein paar Stunden – damit er den Versuch unternehmen konnte, die Identität eines unbekannten Toten zu ermitteln, bevor mit der Autopsie begonnen wurde. Die Leichen nicht identifizierter Opfer wurden routinemäßig noch stärker zerlegt als diejenigen mit einem Namen und einer Krankengeschichte, die den Gerichtsmedizinern zur Verfügung stand.

Bei diesen Opfern würde der Pathologe zumindest wissen, wer sie waren. Trotzdem, nach allem was sie schon hatten durchmachen müssen, verdienten sie etwas Besseres als einen kalten rostfreien Stahltisch mit einer Abflußrinne an einem Ende, dachte er.

Normalerweise genoß Simons es, in den frühen Morgenstunden durch die Straßen von Waco zu fahren. Er mochte die friedliche Stille, die sich über die Stadt legte, sobald die meisten Leute zu Hause waren und schliefen. In dieser besonderen Nacht hallte die Lautlosigkeit jedoch buchstäblich in seinen Ohren. Obwohl er hartnäckig versuchte, nicht mehr an das zu denken, was sich vor kurzem im Park ereignet hatte, blieb seine Mühe vergeblich. Welche Art von Ungeheuer konnte jemandem so etwas antun? Wie wurden die Familien der Opfer mit der Nachricht fertig, die sie bis zu diesem Zeitpunkt zweifellos schon erreicht hatte? Warum mußten Sachen wie diese passieren? Gott, warum?

Er schlug mit der Handfläche gegen das Lenkrad und begann zu weinen. Die Gefühle, die er während des Dienstes so sorgfältig verborgen hatte, brachen nun hervor, und seine Schultern zuckten, als Tränen seine Wangen hinabliefen. Obwohl er sich mit den Konventionen der organisierten Religion nur wenig anfreunden kann, an den ultrakonservativen Predigten dieser Tage viel auszusetzen hat und seine Sprache voller gewöhnlicher Flüche ist, ist Truman Simons ein Mann tiefen und aufrichtigen christlichen Glaubens. Seine Mutter ist eine Bibelgelehrte und hat viel von ihrem Wissen und ihrer religiösen Einstellung an ihn weitergegeben. Er sagt, es sei Gott gewesen, der ihn befähigt habe, so viele von den Fällen zu lösen, die er bearbeitet hat. Er beruft sich regelmäßig auf einen Vers aus dem Matthäusevangelium: ›Glückselig sind die Friedsamen, denn sie werden die Kinder Gottes genannt.‹ Für Truman ist die Arbeit als Polizist schon immer etwas mehr gewesen als eine Möglichkeit, sich seinen Unterhalt zu verdienen.

Während er fuhr, begann er laut zu beten:

»Ich weiß nichts über diese Kinder, die wir heute abend dort draußen gefunden haben, Herr. Vielleicht waren sie gute Kinder; vielleicht hatten sie Schwierigkeiten. Aber sie haben nicht verdient, was ihnen angetan wurde. Ich hoffe, Du hast sie in Dein Königreich aufgenommen und ihnen Frieden gegeben. Aber, o Herr, es war nicht rechtens, daß sie dort draußen in diesem Zustand zurückgelassen wurden, tot und entblößt. Ich bete, daß Du uns helfen mögest, diejenigen zu finden, die das getan haben . . .«

Und bei diesen Worten trat er das Gaspedal durch. Er wollte nach Hause zu seiner Frau und seinem eigenen Kind.

Kapitel 2

Richard Franks stand vor dem Panoramafenster seines gepflegten Reihenhauses und lächelte amüsiert. Während die nahe Standuhr rhythmisch tickte und dann um Viertel vor acht ihre Glocke schlug, beobachtete er schweigend die Aktivitäten der beiden jungen Mädchen, die in der Auffahrt geparkt hatten. Sie saßen auf den Vordersitzen eines orangefarbenen Pinto und teilten sich den Rückspiegel, um ihre Frisuren und ihr Make-up zu überprüfen. Er bezeichnete das scherzhaft als ›Aufpolieren‹.

Der Anblick erwärmte ihn, denn er weckte in ihm Erinnerungen an die Verabredungen seiner eigenen Jugendzeit. Er wußte, daß sein achtzehnjähriger Sohn Kenneth in diesem Moment oben nahezu das gleiche Ritual vollzog.

Richard arbeitete als Handelsvertreter für eine Farbenfabrik, die ihren Sitz in Waco hatte, und war gerade für ein paar Tage von einer seiner Reisen zurückgekommen. Er hatte gehofft, daß er mit seinem Sohn an diesem Dienstagabend im Juli vielleicht ins Kino gehen würde, so wie sie es ziemlich regelmäßig taten. Der Zeitpunkt war ihm günstig erschienen. Einer von Kenneths besten Freunden hatte Ausgangssperre, weil er sich am Nationalfeiertag unerlaubt das Boot seiner Eltern geliehen hatte. (Richard Franks wußte nicht, daß sein Sohn den Jugendlichen auf dem verbotenen Ausflug zum See begleitet hatte.) Ein anderer Freund seines Sohnes hatte kürzlich die Spätschicht als Koch im *Brazos Landing*, einem örtlichen Restaurant, übernommen. Und außerdem war Kenneths Motorrad gerade zur Reparatur in der Werkstatt. Richard hatte gedacht, daß sein Sohn ohne Fortbewegungsmittel und ohne Freunde, die für ihn Zeit hatten, vielleicht Lust auf einen Abend in der Gesellschaft der älteren Generation verspürt hätte. Er hatte diesen Gedanken schnell wieder fallengelassen – ohne ihn überhaupt zur Sprache gebracht zu haben – als Jill Montgomery anrief.

Jill hatte zum erstenmal angerufen, gleich nachdem Richard Kenneth zum Schnellimbiß geschickt hatte, um Hamburger und Pommes frites zum Abendessen zu holen. Sie hatten gerade mit ihrem Fast-Food-Essen begonnen, als sie erneut anrief. Sie sei in der Stadt, erzählte sie Kenneth, und würde bald wieder nach Waxahachie heimfahren müssen. Aber vorher wollte sie noch fragen, ob er Lust hätte, sich für eine Weile mit ihr im Park zu treffen. Eine Freundin aus Waxahachie, Raylene Rice, war bei ihr. Vielleicht konnte Kenneth ja noch jemanden mitbringen.

Kurz nach neunzehn Uhr rief Kenneth seinen Freund Bobby Brim an, um herauszufinden, ob das Bootsabenteuer vielleicht verziehen und seine Einschränkungen aufgehoben worden waren, so daß er zum Koehne Park mitkommen konnte. Bobby fragte seine Mutter und bekam in unnachgiebigem Tonfall zu hören, daß die Ausgangssperre noch den ganzen Monat gelten würde, so wie sein Vater und sie es angeordnet hatten. Sie waren offenbar noch immer verärgert. Er ging zurück ans Telefon und teilte Kenneth mit, daß er nicht kommen konnte. »Das ist 'ne hübsche Blondine«, erzählte Kenneth seinem Freund.

»Tut mir leid«, sagte Bobby, »aber ich muß passen.«

Dann fragte Kenneth seinen Vater, ob er das Auto nehmen dürfte. Es war bis zum Koehne Park, wo er und Jill sich treffen wollten, schließlich mehr als eine Meile den Lake Shore Drive hinunter. Trotzdem kannte er die Antwort, bevor er fragte. Obwohl ihm sein Vater gelegentlich erlaubte, mit seinem Firmenwagen kurze Besorgungsfahrten zu erledigen – zum Beispiel Hamburger zum Abendessen zu holen – hatte er klar und deutlich verkündet, daß Kenneth das Auto nicht für private Zwecke benutzen durfte. Aber es konnte dennoch nicht schaden, noch einmal nachzufragen.

Sein Vater schlug vor, daß Kenneth die Mädchen doch zu sich einladen sollte. Sie konnten am Swimmingpool sitzen oder in das Klubhaus gehen, in dem im letzten Februar die Überraschungsparty zu Kenneths Geburtstag stattgefunden hatte.

Kenneth ging zurück zum Telefon, sprach kurz mit Jill und erzählte seinem Vater dann, daß die Mädchen ihn abholen würden. Sie wollten zum Koehne Park, wo sie sich an einen der Tische im Freien setzen und dabei zusehen konnten, wie die Sonne hinter dem See unterging.

Der Koehne Park, einer von sechs öffentlichen Parks, die an

den Ufern des Lake Waco liegen, war ein beliebter Ort für Jugendliche, die nach einem Platz suchten, an dem sie ihre Freunde treffen, ein kleines Bier trinken oder einen Joint rauchen konnten, ohne daß die wachsamen Augen der Erwachsenen ihnen folgten. Auf der einen Seite des Parks lag das Seeufer mit einem häufig lebhaft genutzten Bootssteg. Auf der anderen Seite führte eine enge zweispurige, gewundene Straße zu einem abgelegeneren Ort, der allgemein als der Ring bekannt war. Dort standen einige günstig plazierte Betontische und -bänke und gestatteten Besuchern einen malerischen Ausblick auf den See. Es war ein idyllisches Fleckchen. Direkt auf der gegenüberliegenden Seite des Wassers konnte man den bewaldeten Speegleville Park sehen, der vorwiegend von älteren Anglern und Campern bevorzugt wurde. Die Jugendlichen von Waco kamen lieber in den kleineren und besser erreichbaren Koehne Park.

Weil der Park so nah an seinem Zuhause lag, fuhr Kenneth Franks im Sommer mit seinem Motorrad mehrmals in der Woche dorthin. So kam er aus dem Haus und konnte sich mit seinen Altersgenossen treffen. Er brauchte sich nur eine Zeitlang im Park hinzusetzen, ohne etwas direkt geplant zu haben, um im Verlauf einiger Stunden die meisten seiner Freunde zu sehen. Da der Koehne Park am Ende des Valley Mills Drive lag, der Straße, auf der Wacos Jugendliche meistens herumfuhren, wenn sie nichts anderes vorhatten, war er der Punkt, an dem sie ihre Fahrzeuge wendeten und wieder zurückfuhren.

Als Kenneth aus seinem Zimmer kam, in frisch gewaschenen Jeans und einem orangefarbenen T-Shirt, das sein Vater ihm kürzlich gekauft hatte, fragte er, ob er sich ein paar Dollars borgen könnte. Richard nickte in Richtung des Tisches, auf dem noch immer das Wechselgeld lag, das sein Sohn vom Schnellimbiß mitgebracht hatte.

»Denk daran«, warnte er, »du mußt morgen zum Ferienkurs. Komm nicht zu spät.«

»Sie können nicht lange bleiben«, entgegnete Kenneth, während er sich ein paar Dollarscheine und ein bißchen Kleingeld in seine Hosentasche stopfte. »Ich bin früh zurück.«

»Vor Mitternacht«, sagte sein Vater.

»Okay.«

»Bis später«, rief Richard Franks ihm nach.

Er hatte keinen Grund anzunehmen, daß diese Unterhaltung ihre letzte sein würde.

Das Verhältnis zwischen Kenneth und seinem Vater war in jenem Sommer des Jahres 1982 besser, als es jahrelang gewesen war. Nach der Zerrissenheit und Bitterkeit einer Scheidung, beiderseitigen Spannungen wegen mangelnden Gehorsams und nach dem Ärger und der Frustration, die Kenneth anfänglich empfunden hatte, weil er auf Privatschulen geschickt wurde, die fern von zu Hause lagen, waren die meisten ihrer Meinungsverschiedenheiten beigelegt. Kenneth schien in den letzten Monaten wesentlich reifer geworden zu sein, und er und sein Vater hatten eine Freundschaft aufgebaut, die sogar Kenneths Freunden aufgefallen war. Aus ihrer Sicht hatte Kenneth ›Glück gehabt‹, und sein Vater war ein ›echt anständiger Kerl‹.

Das sollte besagen, daß es im Hause der Franks' nur ein Minimum an Zwang gab. Richard war gegenüber den Gewohnheiten seines Sohnes und seiner Freunde anerkanntermaßen großzügig. Er war darauf bedacht, das Verhältnis, das sich nach den angespannteren Zeiten entwickelt hatte, aufrechtzuerhalten, und er machte seinem Sohn nur wenige Vorschriften. Er war mit seinem Geld großzügig und achtete darauf, daß Kenneth gute Kleidung trug, ein Motorrad besaß und ein paar Dollar (aber nicht *zuviel* Geld) in der Tasche hatte. Sie hatten sich seit Kenneths achtzehntem Geburtstag sogar schon öfter über die Möglichkeit unterhalten, wie er sein erstes Auto bekommen könnte.

Richard und Sandra Franks hatten in Tyler gewohnt, einer ruhigen Gemeinde in Osttexas, die berühmt war für ihre Rosen und für einen Footballverteidiger namens Earl Campbell, der einmal den Heisman-Pokal gewonnen hatte. Wie es so oft der Fall ist, wußten nur wenige Leute, daß es in der Ehe der Franks' kriselte, bis sie sich schließlich 1975 scheiden ließen. Sie engagierten sich in der Methodistenkirche, es ging ihnen finanziell gut, und sie hatten zwei Söhne. Noch lange nachdem die Ehe begonnen hatte auseinanderzufallen, wahrten sie den äußeren

Schein. Nur ein paar enge Freunde wußten, daß sie während der letzten beiden Jahre ihrer zwölfjährigen Ehe regelmäßig einen Eheberater aufsuchten.

Sandra war schon seit einiger Zeit mißtrauisch gewesen, was ihr Mann anstellte, wenn er auf Geschäftsreisen war. Sie hatte während seiner von Montag bis Freitag dauernden Abwesenheit zu oft spätnachts in zu vielen Motelzimmern angerufen, die in zu vielen Städten lagen, nur um auf das eintönige und quälende Klingeln zu lauschen, bei dem nie der Hörer abgenommen wurde. Schließlich gab Richard zu, daß er sie betrogen hatte. Nicht nur einmal, sondern öfter, als er sich erinnern konnte. Er hatte versucht, dieses Verhalten abzulegen, aber die Verlockungen während seiner einsamen Reisen waren zu stark, machten fast schon süchtig. Nach ein paar Reisen, auf denen er seinen Vorsatz durchhielt und lange Stunden in seinem Zimmer damit zubrachte, zu lesen und fernzusehen, hatte er seine alten Gewohnheiten wieder angenommen. Zuerst ging er in die Motelbar, um ein paar Drinks zu nehmen und sich zu unterhalten. Bald darauf würde er sich in einem der Nachtklubs wiederfinden, die er auf seinen Reisen so gut kennengelernt hatte. Es war eine qualvolle Schwäche. Obwohl er sich bemühte, konnte Richard den sündhaften Verlockungen der Nacht einfach nicht widerstehen. Und Sandra konnte die Gewißheit nicht ertragen, daß ihr Mann ihr untreu gewesen war und es auch weiterhin sein würde. Sie war diejenige, die schließlich die Scheidung einreichte.

Während viele, die das Ehepaar kannten, angesichts der Scheidung der Franks' überrascht waren, waren sie vielleicht noch verblüffter, wie ruhig und würdevoll das Verfahren abgewickelt wurde. Einige konnten es nur schwer verstehen, aber Richard Franks liebte seine Frau und seine Kinder trotz seiner Untreue. Sogar Sandra wußte das, obwohl sie sein fortdauerndes Bedürfnis, sich während seiner Reisen Gesellschaft zu suchen, nicht verstehen konnte. Schon lange bevor sie letztendlich einen Anwalt konsultierte und das Scheidungsverfahren einleitete, war Richard der Überzeugung gewesen, daß sie das tun sollte. Er machte sie unglücklich. Und trotzdem konnte er ihr aus Gründen, die er selbst nicht verstand, nicht das eine

Versprechen geben, das die Ehe gerettet hätte. Sein Eingeständnis war auf schmerzhafte Weise aufrichtig: Er glaubte nicht, daß er der treue Ehemann sein konnte, den sie verdiente.

Dennoch waren die Trennung und die nachfolgende Scheidung schmerzhaft, für Richard genauso wie für Sandra. Beide waren deprimiert und unsicher, wie ihre Zukunft aussehen würde. Sie blieb in Tyler, und er zog nach Waco, wo das Unternehmen, für das er arbeitete, seinen Hauptsitz hatte. Allmählich ließen Schmerz, Wut und die Zweifel am Selbstwertgefühl nach, die eine Scheidung immer begleiten. Und nachdem die Zeit ihren Schmerz gemildert hatte, wurden Sandra und Richard wieder Freunde. In den folgenden Jahren sollte Kenneth Franks, der ältere der beiden Söhne des Ehepaars, derjenige sein, der die größten Schwierigkeiten mit der Scheidung haben würde.

Seit der dritten Klasse, als man entdeckt hatte, daß Kenneth an einer Lesestörung litt, hatte er seine Schulzeit in Sonderklassen und in der Gesellschaft von Nachhilfelehrern verbracht, die von seinen Eltern angestellt worden waren, um ihm durch jedes qualvolle Schuljahr zu helfen. Die Frustrationen, die seine schulischen Probleme nach sich zogen, hatten sich auch auf sein Zuhause und sein gesellschaftliches Leben ausgedehnt. Kenneth Franks konnte der Schule nicht den geringsten Spaß abgewinnen und lehnte sich deshalb gegen alles auf, was mit der Autorität und der Reglementierung in Zusammenhang stand, die ein wesentlicher Teil seiner Schulzeit waren.

Obwohl er schon immer relativ klein für sein Alter gewesen war, war er stark und athletisch und hatte viel Vergnügen am Sport. Aber die schlechten Noten, die regelmäßig alle sechs Wochen auf seinen Zwischenberichten erschienen, verhinderten, daß er jemals an einer von der Schule unterstützten Aktivität außerhalb des Stundenplans teilnehmen durfte. Er haßte die Schule wegen all der Dinge, die sie ihm vorenthielt, und wegen der Minderwertigkeitsgefühle, die sie in ihm hervorrief.

Innerhalb der festgefügten Grenzen der Schule war er eine Art Einzelgänger. Nur wenn kein Erwachsener ihn überwachte und er in der Gesellschaft seiner Altersgenossen war, kamen sein anziehendes Wesen und seine liebenswerte Persönlichkeit zum Vorschein.

Ein Jahr nach der Scheidung beschloß Sandra, eine Stellung anzunehmen, die man ihr in Lake Jackson angeboten hatte, nahe der Golfküste. Sie hoffte, dort den alten Erinnerungen entkommen und mit ihren Söhnen Kenneth und Curtis einen neuen Anfang versuchen zu können. Kenneth war das einzige Familienmitglied, das sich über den Umzug nicht freute, denn er war traurig bei dem Gedanken, seine Freunde zurückzulassen, und er befürchtete, daß die Entfernung zwischen ihrem neuen Zuhause und Waco es ihrem Vater erschweren würde, sie zu besuchen.

Die Tatsache, daß seine Mutter begonnen hatte, sich mit einem Mann namens Byron Sadler zu treffen, der ebenfalls geschieden war und eine kleine Tochter hatte, trug noch zu seinen Problemen bei. Er war bei der Scheidung seiner Eltern erst elf Jahre alt gewesen und begriff sehr wenig von dem, was geschehen war und was die Familie auseinandergerissen hatte. Die Schwierigkeiten, die Sandra und Richard gehabt hatten, waren ihm nie erklärt worden, und deshalb wußte er nur, daß sich seine Mutter von seinem Vater hatte scheiden lassen. In seinen Augen war sie die Schuldige und wurde infolgedessen zum Ziel eines tiefen Zorn, der sich in zunehmendem Maße in wütenden, feindseligen Auseinandersetzungen entlud.

Als Sandra und Byron Sadler heirateten, wurde alles noch schlimmer. Richard Franks besuchte die Jungen zusammen mit Byron und betonte, daß er persönlich ihren zukünftigen Stiefvater mochte. Er versuchte, sie davon zu überzeugen, daß sie eigentlich glücklich darüber sein mußten, praktisch zwei Väter zu haben. Aber Kenneth zeigte keine Bereitschaft, auch nur zu versuchen, sich in die neue Familie einzugliedern. Er sagte, er würde den neuen Mann seiner Mutter niemals akzeptieren.

Sandra versuchte verzweifelt, die Probleme ihres Sohnes zu lösen, und meldete ihn im nahen Galveston an der Medizinischen Fakultät der Universität von Texas für eine diagnostische Auswertung an. Sie hoffte, daß ihr ein professioneller Ratschlag vielleicht einen Weg zum richtigen Umgang mit ihrem unglücklichen Jungen zeigen könnte. Sie erfuhr jedoch nichts, was sie nicht bereits wußte. Trotz eines überdurchschnittlichen IQ hatte Kenneth Schwierigkeiten beim Lernen. Außerdem litt er an Verhaltens- und Gefühlsstörungen, die auf seiner Leseschwäche beruhten und durch seine Weigerung, die Scheidung der Eltern zu akzeptieren, noch verschlimmert wurden.

Schließlich rief Sandra unter Tränen Richard Franks an und gab zu, daß sie Hilfe brauchte. Sie konnte nicht länger damit umgehen, daß Kenneth sich beharrlich gegen ihre Anordnungen sträubte, daß er sogar in der Schule die Arbeit verweigerte und daß seine Feindseligkeit immer stärker wurde. Kenneths Elend hatte sich über die ganze Familie ausgebreitet, erklärte sie ihm. Sie hatte Schwierigkeiten, mit der Situation fertig zu werden, und befürchtete, daß sich ihre täglichen Kämpfe mit Kenneth auf Curtis und ihre neue Stieftochter auswirken würden.

Richard war sich der Probleme bereits bewußt und stimmte Sandra zu, daß Kenneth eine Umgebung brauchte, die ihm mehr Halt gab. Wegen seiner vielen Reisen und Kenneths Unreife würde es ihm unmöglich sein, seinen Sohn zu sich zu nehmen. Er bot ihr an, mit dem Leiter des Heims der Methodistengemeinde von Waco über Kenneth zu sprechen. Während ihrer Ehe hatten Richard und Sandra mit Jugendgruppen der Methodistenkirche gearbeitet und unzählige Geschichten über schwierige Kinder gehört, die man dort letztendlich mit Erfolg untergebracht hatte. Sie waren deshalb beide enttäuscht, als die Vertreter des Heims ihnen erklärten, es sei unmöglich, ihren Sohn sofort aufzunehmen. Das neue Schulhalbjahr hatte bereits begonnen, und die maximale Anzahl von Schülern war erreicht. Sie waren offensichtlich nicht die einzigen Eltern mit einem schwierigen Kind.

Richard Franks war klar, daß das Problem keinen Aufschub duldete, und deshalb machte er sich auf die Suche nach einer Alternative. Für kurze Zeit lebte Kenneth bei seinen Großeltern im ländlichen Bowie, Texas. Anfangs schien er in der neuen Umgebung aufzublühen und lernte von seinem Großvater sogar Golfspielen. Es wurde jedoch bald deutlich, daß das ältere Ehepaar schon zu lange kein Kind mehr aufgezogen hatte und dem Jungen nicht mehr die Aufsicht und Erziehung zukommen lassen konnte, die er brauchte.

Aus diesem Grund begleitete Richard Franks seinen Sohn am 16. Januar 1987 zum Kinderheim der Baptistengemeinde von Dallas. Auf Kenneths Anmeldeformular standen als Gründe für seine Unterbringung ›Konflikte zwischen Mutter und Sohn‹ sowie die ›Notwendigkeit eines individuellen Unterrichts‹. Kenneth verabscheute das Heim vom ersten Tag an bis zum Juni 1979, als er wieder nach Lake Jackson ziehen durfte, nachdem er nachdrücklich versichert hatte, sich den Regeln und täglichen Anforderungen des Familienlebens beugen zu wollen.

Seine Rückkehr nach Hause sollte nicht lange Bestand haben. Er schwänzte die Schule, hatte ständig irgendwelche Probleme und machte keinerlei Anstrengungen, sich in seine neue Familie einzugliedern, zu der sein wirklicher Vater nicht gehörte. Im August 1980 wurde Kenneth im Heim der Methodistengemeinde angemeldet, einer ausgedehnten Ansammlung von roten Ziegelhäusern, die auf einem einen halben Quadratkilometer großen Landstück unweit der Innenstadt von Waco liegt. Gegründet wurde das Heim im Jahre 1890 als eine Mission der Vereinigten Methodistenkirchen von Texas und New Mexico, und es ist vom Familienministerium ermächtigt, zweihundert Kinder und Jugendliche vom Kindergarten- bis ins High-School-Alter zu beherbergen. Es ist im allgemeinen vollbelegt, und in den letzten Jahren hat es, ganz im Zeichen der Zeit, beständig länger werdende Wartelisten gegeben. Die Heimbewohner besuchen die öffentlichen Schulen von Waco, aber in jeder anderen Hinsicht ist das Heim eine Gemeinschaft in der Gemeinschaft, und wird von Personal geführt, das sich um die physischen, emotionalen und gesellschaftlichen Bedürfnisse seiner Bewohner kümmert.

Das Persönlichkeitsprofil, das Kenneth Franks vom Betreuungspersonal ausgestellt wurde, glich dem der meisten Jugendlichen, die in dem Heim Aufnahme fanden:

Kenneth Franks ist ein unreifer, unselbständiger Heranwachsender, der mit Problemen zu kämpfen hat, die durch die Scheidung seiner Eltern ausgelöst wurden. Er lehnt sich gegen die Autorität der Erwachsenen auf, befürchtet, von seinen Eltern verlassen zu werden, und leidet unter einem starken Gefühl der Zurückweisung.

Die ersten paar Monate im Heim der Methodistengemeinde waren schwierig für Kenneth. Die endlos lange Liste von Vorschriften und das stark eingeschränkte Umfeld steigerten seine Aufsässigkeit. Zu Anfang lehnte er es ab, sich in der Schule in irgendeiner Weise anzustrengen, und schloß nur wenige Freundschaften. Nach einiger Zeit begann der frustrierte Teenager jedoch, das Leben im Heim zu akzeptieren. Durch seine sympathische Art und seine stattliche Erscheinung fand er schnell Freunde, sobald er sich einmal dazu entschlossen hatte, seine Mitschüler näher kennenzulernen. Je mehr seine Beliebtheit zunahm, um so weniger wurde seine Widerspenstigkeit. Und tatsächlich war es im Heim gar nicht so schlecht. Da es auch Mädchen offenstand, gab es einige weibliche Mitbewohner, die den Aufenthalt interessant werden ließen. Und seit er auf die High-School von Waco ging, bestand die zusätzliche Aussicht, auch dort neue Freundinnen und Freunde zu finden.

Kenneth schien froh darüber zu sein, wieder in der Nähe seines Vaters zu leben. Das Heim lag nur ein paar Meilen von Richard Franks' Haus entfernt, und fast an jedem Wochenende besorgte sich Kenneth eine Ausgeherlaubnis und fuhr zu seinem Vater. Richard diente sogar bei gelegentlichen Rendezvous als Chauffeur und kam regelmäßig ins Heim zu Besuch. Tatsächlich hielten es die Betreuer des Heims mehrere Male für notwendig, den Vater darauf hinzuweisen, daß er zuviel Zeit mit seinem Sohn verbrachte. Sie sagten, daß es für den Erfolg ihres Vorhabens, Kenneth Franks dabei zu helfen, reifer zu werden und Verantwortung zu übernehmen, notwendig war, daß er keine allzu starken Bande an äußere Einflüsse knüpfte.

Zu Anfang seines zweiten Jahres im Heim hatte Kenneth damit begonnen, merkliche Fortschritte zu machen. Obwohl er mit seinen Freunden selten über seine Mutter sprach, stellte er seinen Klassenkameraden stolz seinen Vater vor, wenn Richard auf dem Gelände auftauchte, um ihn für ein Wochenende abzuholen. Wenn sein Vater ihn zum Abendessen ausführte, wurden sie oft von einem Mädchen namens Gayle Kelley begleitet, das seine beste Freundin geworden war. Kenneth war ein liebenswerter Spaßvogel, gewann die Zuneigung seiner Mitschüler und ließ seine Betreuer häufig stöhnend die Hände über dem

Kopf zusammenschlagen. Sie blieben jedoch tolerant und sahen seine gelegentlichen Streiche als Anzeichen dafür, daß er zu einem zuversichtlicheren und selbstbewußteren jungen Mann heranwuchs. An der High-School von Waco trat er in die Golfmannschaft ein und nahm regelmäßig am Training teil, obwohl seine Wertungen nie so gut waren, daß er die Gelegenheit erhielt, mit der Mannschaft zu auswärtigen Turnieren zu fahren.

Kenneth machte es allmählich Spaß, in diesem Heim zu leben. Trotz der Einschränkungen verlieh ihm die Tatsache, daß er nicht bei seinen Eltern wohnte, ein Gefühl der Unabhängigkeit. Andererseits empfand er durch die regelmäßigen Begegnungen mit seinem Vater und durch die Telefongespräche, die er an mehreren Abenden der Woche mit ihm führte, wieder eine Familienzusammengehörigkeit, die seit der Scheidung seiner Eltern nicht mehr vorhanden war.

Und durch seine Freundin Gayle hatte er ein anderes Mädchen kennengelernt, das er sehr gerne mochte. Während Gayle seine engste Freundin blieb, hegte er für Jill Montgomery, eine hübsche Brünette mit einem frechen Blick und einem warmen, strahlenden Lächeln, andere Gefühle. Als er seinem Vater den Freundschaftsring zeigte, den er für sie gekauft hatte – ein Zeichen, daß sie beabsichtigten, ›etwas Festes‹ zu beginnen –, fühlte sich Richard Franks zu dem väterlichen Ratschlag veranlaßt, es würde vielleicht mehr Spaß machen, sich mit vielen Mädchen zu verabreden und sich ein wenig umzusehen. »Ich will mich mit keiner anderen treffen«, hatte der junge Kenneth ernst geantwortet. »Ich liebe sie.«

Bis zum Sommerbeginn des Jahres 1982 hatte Kenneth Franks' Reifeprozeß zu einigen bedeutsamen Änderungen in seinem Leben geführt. Da er das Alter erreicht hatte, in dem er selbst über seinen Aufenthalt im Heim entscheiden konnte, überzeugte er seinen Vater, ihn bei sich wohnen zu lassen. Richard gefiel das erwachsene Verhalten, das er an seinem Sohn entdeckt hatte, und so nahm er ihn nicht nur bei sich auf, sondern entschied auch, daß es an der Zeit war, sich über das Thema zu unterhalten, dem sie so lange ausgewichen waren – die Scheidung.

Richard war sich Kenneths ablehnender Haltung seiner Mutter gegenüber bewußt, und er hatte bemerkt, wie sich in ihm selbst wegen dieser Angelegenheit ein immer größeres Schuldbewußtsein aufbaute. Er beschloß, seinem Sohn die Wahrheit zu sagen, und so gestand Richard ihm, daß nicht Sandra die Scheidung verschuldet hatte. Er schilderte ihm in quälender Ausführlichkeit, daß die Scheidung in Wirklichkeit die Folge seiner Untreue und seiner Unfähigkeit, sich zu ändern, gewesen war.

Richard fragte sich nach diesem Gespräch einige Tage lang, ob seine Entscheidung richtig gewesen war, denn Kenneth hatte offensichtlich Schwierigkeiten, die Tatsache zu akzeptieren, daß sein Vater die Schuld für den Zerfall der Familie trug. Schließlich ging Kenneth jedoch auf seinen Vater zu, umarmte ihn und versicherte, er sei in der Lage damit umzugehen. Dann rief er seine Mutter an, erzählte ihr von dem Gespräch mit seinem Vater und entschuldigte sich tränenreich für die Art und Weise, wie er sich während der letzten Jahre ihr gegenüber verhalten hatte.

Das war der Anfang einer erneuten Liebe zwischen einer Mutter und ihrem Sohn und eines besseren Einvernehmens zwischen Vater und Sohn. Eine schwere Last war von ihnen genommen. Nachdem das Schweigen gebrochen und die Wahrheit ans Licht gebracht war, wurde die Beziehung zwischen Vater, Mutter und Sohn sofort gelöster. In gewisser Weise waren sie wieder eine Familie geworden.

An jenem Dienstag, dem 13. Juli, zeigte das Thermometer am Mittag bei absoluter Windstille annähernd vierzig Grad Celsius an. Es würde wieder einer dieser eintönigen, endlosen Sommertage werden, die in Texas gegen Ende Juni einsetzen und bis in die ersten Septemberwochen andauern.

Kenneth Franks stand auf dem Parkplatz der High-School und hatte gerade eine weitere todlangweilige Stunde in amerikanischer Geschichte hinter sich gebracht. Er freute sich, daß er eine Prüfung verhältnismäßig gut bestanden hatte und die Ferienkurse nur noch wenige Wochen dauern würden. Während sich die meisten seiner Freunde den Luxus erlaubten, lange auszuschlafen, oder sich mit Ferienjobs etwas Geld verdienten, hatte er sich jeden Tag frühmorgens aus dem Bett gequält, um an einem Unterricht teilzunehmen, der ihm weitere Mißerfolge während des eigentlichen Schuljahrs ersparen sollte.

Er konnte sich jetzt keinen Fehler mehr leisten. Obwohl er in diesem Fach bestehen würde, war es unbedingt erforderlich, keine Unterrichtsstunde mehr zu versäumen. Ein paar Wochen zuvor hatte er mit einer Sommergrippe zu kämpfen gehabt und war deshalb einige Tage nicht zur Schule gegangen. Man hatte ihn verwarnt, daß eine weitere Fehlstunde automatisch dazu führen würde, daß er durchfiel.

Unglücklicherweise war auch noch sein Motorrad einige Zeit lang nicht einwandfrei gelaufen und deswegen gerade zur Reparatur. Ohne Transportmittel war er darauf angewiesen, daß sein Freund Pat Torres ihn nach der Schule abholte und nach Hause fuhr, wo es nichts weiter zu tun gab, als ein Nickerchen zu machen oder Musik zu hören. Außer wenn er Pat überreden konnte, mit ihm zum See zu fahren.

»Nee, Kumpel, ich werd' zu mir fahren und mich hinhauen«, sagte Pat, als er Kenneth nach Hause brachte. »Vielleicht ruf' ich dich später noch mal an.« Die Arbeit in der Spätschicht im Restaurant begann offenbar, von Pat Torres ihren Tribut zu fordern. Kenneth hielt seine Bücher auf dem Schoß und blieb für den Rest der kurzen Fahrt wortkarg. Er war sichtlich enttäuscht, daß sein Freund an diesem Nachmittag nur Schlafen im Sinn hatte.

Als sie in die Auffahrt einbogen, seufzte er. »Danke. Ruf mich an, wenn du dich anders entscheidest.« Er lächelte nicht. Dieser Sommer war zum größen Teil ziemlich beschissen gewesen.

Zu Kenneth Franks' schlechter Stimmung trug noch wesentlich bei, daß Jill Montgomery nach ihrer Entlassung aus dem Methodistenheim von Waco zurück nach Waxahachie gezogen war, um dort bei ihrer Mutter zu leben. Sie hatte ihm erzählt, daß sie ihr letztes Schuljahr an der High-School von Waxahachie verbringen wolle.

Am Abend zuvor hatten er und sein Vater im Auto gesessen,

als ein Lied im Radio Kenneth plötzlich verstummen ließ. Seine Augen hatten sich mit Tränen gefüllt. Richard Franks war von Kenneth' unerwarteter Traurigkeit überrascht gewesen und hatte ihn nach seinen Sorgen gefragt. »Ach, nichts«, hatte sein Sohn geantwortet. »Das Lied erinnert mich nur an Jill.«

Deshalb war Richard Franks erfreut und erleichtert, als Jill an jenem Abend anrief, um Bescheid zu sagen, daß sie in der Stadt war. Er wußte, daß es seinen Sohn aufmuntern würde, sie zu sehen.

Kapitel 3

Nancy Shaw, eine Frühaufsteherin, saß in der Küche ihres Hauses am Lake Waxahachie, nippte behutsam an ihrer ersten Tasse Kaffee und genoß die Einsamkeit und Ruhe, die bald den Frühstücksvorbereitungen weichen würden. Sie mochte diese Tageszeit, wenn die Dunkelheit der Nacht in den Minuten vor der Morgendämmerung durch ein austernfarbenes Grau ersetzt wurde. In der Stille, bevor sich der Radiowecker einschalten und die hektische Stimme eines Diskjockeys vor Verkehrsstockungen und Rekordtemperaturen warnen würde, saß sie gerne einfach da und lauschte auf die leisen Geräusche, die bald von den Klängen startender Autos und rauschender Duschen übertönt werden würden. Aus dem Küchenfenster beobachtete sie, wie Rotkehlchen und Stare von Baum zu Baum flogen und dann auf dem Boden landeten, um sich ihr Frühstück zu suchen. Fasziniert verfolgte sie ihre ruckartigen, geschäftigen Bewegungen. Während dieser wenigen Augenblicke des friedlichen Erwachens fühlte sie sich immer wohl. Es war ›ihre Zeit‹, ein paar kostbare Minuten, in denen sie mit ihren Gedanken allein sein konnte.

Sie hatte letzte Nacht gut geschlafen. Genaugenommen hatte sie schon während der letzten Tage besser geschlafen. Das feindselige Durcheinander der kürzlichen Trennung von ihrem Mann – der zweiten während ihrer kurzen, stürmischen Ehe – begann endlich, sich zu legen. Und Nancys ältere Tochter Jill war zu Hause und zeigte eine neue erwachte Begeisterung für das Familienleben, was in ihr eine gespannte Vorfreude auf die nächste Zeit aufkommen ließ. Als sie sich, bevor sie die Kinder wecken würde, noch eine Tasse Kaffee eingoß, wurde ihr klar, daß sie optimistischer in die Zukunft blickte, als sie es lange Zeit getan hatte.

Dann dachte sie an die Fahrgemeinschaft, mit der sie um sieben Uhr nach Dallas fahren würde, und an ihre Stellung als Verwaltungsangestellte bei der Placid Oil Company. Sie beendete ihre kurze Mußezeit und ging ihre Töchter wecken. Jill, die für immer nach Hause gekommen war, und die schon aufgeregt von ihrem bevorstehenden letzten Schuljahr an der Waxahachie High-School redete, hatte vor, nach Waco zu fahren, um sich den Lohnscheck abzuholen, der ihr für ihre Arbeit in der Texas Rangers Hall of Fame noch zustand. Und wie es für alleinstehende und berufstätige Eltern nun mal üblich ist, mußte Nancy Shaw einige Vorkehrungen treffen.

Es war beschlossen worden, daß Jill ihre Mutter die fünf Meilen in die Stadt bis zu dem Parkplatz fahren würde, auf dem sich ihre Fahrgemeinschaft jeden Morgen traf. Auf diese Weise würde Jill den Wagen haben, um ihre dreizehnjährige Schwester Monica zu Nancys Schwester Jan Thompson zu bringen. Jan, mit der sie am Abend zuvor telefoniert hatte, war einverstanden gewesen, daß Monica bei ihr blieb, bis ihre Mutter von der Arbeit nach Hause kam.

Da ihr nicht wohl bei dem Gedanken war, daß ihre siebzehnjährige Tochter allein nach Waco fahren würde, hatte Nancy zuerst vorgeschlagen, daß Jill ihren älteren Bruder Brad darum bat, sie hinzubringen. Aber Brad hatte gerade erst eine Stelle als Maurer angenommen und erklärte, er würde erst am Wochenende mit ihr fahren können. Das würde nichts nützen, sagte Jill. Am letzten Wochenende war sie mit ihrem Vater nach Waco gefahren, um ihre Sachen aus dem Zimmer im Methodistenheim zu holen. Es war geplant, bei dieser Gelegenheit auch den Scheck mitzunehmen, aber sie hatten feststellen müssen, daß sie dazu nicht ins Museum, sondern zur Stadtverwaltung mußten, und die hatte am Wochenende geschlossen. Daher war Jill hoch erfreut, als Raylene Rice, ihre beste Freundin in Waxahachie, ihr anbot, gemeinsam mit ihrem Auto nach Waco zu fahren.

Nancy Shaw war erleichtert, daß man eine Lösung für das Transportproblem gefunden hatte, gab ihr Einverständnis zu dem Vorhaben und bestand darauf, daß Jill das Benzin bezahlte. An dem Tag vor dem Ausflug betonte sie mehrmals, daß die Mädchen vor Einbruch der Dunkelheit wieder zurück sein sollten. Raylene Rice würde gegen Mittag von ihrem Ferienjob bei der Baubehörde des Bezirks wegkommen. Die Fahrt nach Waco dauerte etwas mehr als eine Stunde auf der

Interstate 35. Sogar wenn Jill außerdem ein paar Freunde besuchte und einige letzte Sachen aus dem Methodistenheim abholte, müßten sie lange vor Sonnenuntergang wieder zurück sein.

Es hatte eine Zeit gegeben, zu der Nancy Shaw ihrer Tochter einen solchen Ausflug ohne die Beaufsichtigung durch ein Familienmitglied nicht ruhigen Gewissens erlaubt hätte. Jetzt hatte sich jedoch so manches geändert. Sie war davon überzeugt, daß Jill reifer geworden war und daß sie bereit war, sich an die Regeln zu halten. Es war ein gutes Gefühl, eines, von dem sie einmal bezweifelt hatte, daß sie es je empfinden würde.

Dem äußeren Schein nach war Jill Montgomery ein normaler, glücklicher texanischer Kleinstadt-Teenager. Sie war verrückt nach Rockmusik, schwamm leidenschaftlich gerne, zog sich modisch an, war abenteuerlustig und einem Flirt nicht abgeneigt, rauchte gerne einmal ein bißchen Gras oder trank ab und zu ein Bier. Die Jungen in Waxahachie fanden sie hübsch; ihr warmes Lächeln und ihr ungezwungenes Lachen machten die Minuspunkte wieder wett, die ihr ihre paar Pfund Übergewicht vielleicht eingebracht hätten. Sie hatte sich gelobt, in diesem Sommer ihre ohnehin bereits hübsche Figur zu verbessern. Sie war soweit, ihre kindlichen Mädchentage hinter sich zu lassen und eine Frau zu werden, und dieser letzte übriggebliebene Babyspeck würde verschwinden müssen.

Daß sie während ihres Heranwachsens mit einer Unzahl persönlicher Probleme gerungen und gegen ein lang anhaltendes Gefühl der Unsicherheit gekämpft hatte, war etwas, das sie gut verbarg. Jill Montgomery gehörte nicht zu denjenigen, die ihre Probleme anderen anvertrauten, nicht einmal ihren engsten Freunden. Deshalb waren damals, im August 1981, als bekannt wurde, daß sie Waxahachie verlassen würde, um ins Heim der Methodistengemeinde von Waco zu ziehen, viele, die sie kannten, aufrichtig verblüfft gewesen und hatten sich insgeheim gefragt, was denn so plötzlich vorgefallen war, das ihre Eltern veranlaßt hatte, sie ›wegzuschicken‹. Für die wenigen, denen Jill erzählt hatte, daß sie sich eigentlich darauf ›freue‹, ins Methodistenheim zu gehen, war die Angelegenheit sogar noch schwerer zu verstehen.

Die Einwohner kleiner Gemeinden wie Waxahachie nahmen normalerweise an, daß man nur Problemkinder, die im Begriff waren, mit dem Gesetz in Konflikt zu kommen, oder Drogenabhängige, die außer Kontrolle geraten waren, in ›Heime‹ schickte. Entweder das, oder die Eltern waren zu beschäftigt oder zu selbstsüchtig, sich um ihre Kinder zu kümmern. Auf jeden Fall war es ein sicheres Anzeichen dafür, daß etwas ernstlich nicht stimmte. Mehr als ein örtlicher Wichtigtuer nickte wissend und machte die Scheidung von Nancy und Rod Montgomery für Jills Weggang verantwortlich.

Es war nicht zu leugnen, daß die Scheidung ihrer Eltern Jill Montgomery Probleme bereitet hatte. Sie war dreizehn, als sie sich trennten, und konnte die Gründe nicht in vollem Umfang verstehen. Wenige Kinder in diesem Alter können das. Und wie die meisten Kinder geschiedener Eltern, hing sie weiterhin voller Liebe an beiden Elternteilen, lange nachdem deren Liebe füreinander vergangen war. Es war eine große Hilfe, daß ihr Vater nach der Trennung in Waxahachie blieb. Obwohl sie bei ihrer Mutter lebte, sah sie ihren Vater mehrmals in der Woche und verbrachte oft ganze Wochenenden mit ihm.

Aber wenngleich die Scheidung ihrer Eltern Jill unzweifelhaft beeinflußte, verstärkte sie in Wahrheit nur die Aufsässigkeit, die sie schon seit einigen Jahren an den Tag gelegt hatte.

Sie war mit einem geringfügigen, in ihren Augen allerdings peinlichen Sprachfehler in die erste Klasse gekommen. Anstatt sich zu bemühen, ihn zu korrigieren, entschied sie sich, im Unterricht so wenig wie möglich zu sagen. Wenn ein Lehrer sie aufforderte, eine Frage zu beantworten oder ein Gedicht aufzusagen, weigerte sie sich, auch wenn sie vollauf in der Lage war, zu tun, was von ihr verlangt wurde. Die Schule wurde zur täglichen Qual für sie, zu einer endlosen Folge von Enttäuschungen und Verlegenheiten. Als man herausgefunden hatte, daß ihre Leseprobleme von einer Dyslexie herrührten, wurde sie in eine Sonderklasse versetzt – mit guten und schlechten Auswirkungen. Ihre Noten wurden besser, aber ihre Selbstachtung litt. Sie konnte es nicht ausstehen, als eine der ›beschränkten Schülerinnen‹ angesehen zu werden. Der Druck ihrer Altersgenossen wurde mit jedem Schuljahr größer, und als sie in die neunte

Klasse versetzt werden sollte, weigerte sie sich, wieder in eine Sonderklasse zu gehen. Kaum nahm sie wieder am normalen Unterricht teil, wurden ihre Noten drastisch schlechter.

Dann kamen die Probleme mit dem unentschuldigten Fehlen. Ihre Mutter ging morgens zur Arbeit und war davon überzeugt, daß ihre Tochter zur Schule ging. Später erfuhr sie, daß Jill oft nicht einmal das Haus verließ. Und wenn sie es tat, dann um sich mit anderen Jugendlichen, die auch die Schule schwänzten, am See oder im Haus von irgend jemandem zu treffen, um dort fernzusehen und Platten zu hören.

Der Ursprung des Problems lag in der Schule, aber auch zu Hause verschlechterten sich die Dinge bald. Je mehr Jills Mutter darauf bestand, daß ihre Tochter sich hinter die Bücher klemmte, um so weniger Bereitschaft zeigte die frustrierte Jugendliche. Sie blieb abends grundsätzlich länger weg, als ihre Mutter ihr erlaubt hatte. Sie kümmerte sich nicht um die Arbeiten, die ihr im Haushalt zugewiesen worden waren. Und sie erzählte ihrem Vater, daß sie zu Hause unglücklich wäre und zu ihm ziehen wollte.

Rod Montgomery war über die zunehmend aufsässige Haltung seiner Tochter besorgt und wollte verhindern, daß sie ihn und seine Ex-Frau manipulierte, indem sie sie gegeneinander ausspielte. Doch er konnte ihr nur raten, sich zu bemühen, mit ihrer Mutter ins reine zu kommen. Er wußte, daß Jill nach etwas suchte. Was es war, wußte er nicht.

Für kurze Zeit fand sie es in der Religion. Einer ihrer Freunde ging auf die örtliche Christliche Akademie, eine private Ganztagsschule, für die die Eltern der Schüler ein vierteljährliches Schulgeld bezahlen mußten. Jill faßte den Entschluß, die öffentliche Schule zu verlassen und sich an der Akademie einzuschreiben. Sie könnte dort privaten Unterricht bekommen, erzählte sie ihrer Mutter. Sie würde sich nicht wie eine Ausgestoßene fühlen. Die Klassen waren kleiner, und deswegen kamen die Schüler auch schneller voran. Und man brachte ihnen dort bei, wie man die Bibel besser verstehen und ein christliches Leben führen konnte. Sie hatte ihre Rede gut eingeübt, bevor sie mit dieser Idee zu ihrer Mutter ging.

Nancy Shaw bemühte sich verzweifelt, ihre Tochter von

ihrem selbstzerstörerischen Weg abzubringen und zu Hause wieder ein besseres Einvernehmen herzustellen. Sie war bereit, die Idee einer Privatschule in Betracht zu ziehen, und ließ sich sogar einen Termin bei den Leitern der Akademie geben. Sie erfuhr, daß das Schulgeld ihre finanziellen Möglichkeiten überstieg. Jill löste dieses Problem selbst, indem sie sich bei dem Kindergarten der Akademie einen Job besorgte. Jeden Tag nach dem Unterricht trug sie so zur Bezahlung ihres Schulgeldes bei.

Für den Rest ihres neunten Schuljahres war Jill Montgomery ein anderer Mensch. Ihr Interesse an der Religion und der Bibel grenzte ans Fanatische und ließ sich nicht mit den vereinzelten Annäherungsversuchen vergleichen, die sie während der Sonntagsschule in der Methodistenkirche unternommen hatte. Sie lernte bis spät in die Nacht, und ihre Noten verbesserten sich, wenn auch nicht in dem Umfang, den sie erwartet hatte. Jede Nacht las sie in ihrer Bibel und betete. Und sie liebte die Arbeit mit den Kleinen im Kindergarten.

Der nächste Sommer brachte jedoch erneut einen radikalen Umschwung. Sie verlor das Interesse an der Christlichen Akademie, legte ihre Bibel beiseite und sagte, sie wollte im nächsten Herbst zurück auf die öffentliche Schule wechseln. Während sie in Gesellschaft ihrer Freunde glücklich war und aus sich herausging, wirkte sie zu Hause verdrossen und abweisend. Sie sträubte sich wieder gegen die Vorschriften und forderte ein Ausmaß an Unabhängigkeit, das im allgemeinen keiner Fünfzehnjährigen zugestanden wurde. Sie und ihre Mutter stritten sich regelmäßig. Den heftigen Wortwechseln folgten oft Tränen, und es gab Tage eisigen Schweigens. Erneut verlangte Jill, ihr Zuhause zu verlassen und bei ihrem Vater zu wohnen.

Als in jenem Herbst die Schule begann, hatten sich die Probleme verschlimmert. Noch immer lehnte Jill es ab, die Hilfe einer Sonderklasse in Anspruch zu nehmen, und ihre Noten wurden noch schlechter, als sie es vor ihrer Zeit an der Christlichen Akademie gewesen waren. Sie blieb dem Unterricht immer öfter fern.

Nancy war verzweifelt und der dauernden Anspannung müde. So sprach sie schließlich mit ihrem Ex-Mann über die Möglichkeit, daß Jill zu ihm zog. Sie bot an, ihm mündlich das

Sorgerecht zu übertragen, und Rod Montgomery willigte ein. Seit der Scheidung hatte er die aufsässige Seite seiner Tochter nur sehr selten zu spüren bekommen. Die Zeit, die sie mit ihm verbracht hatte, war angenehm gewesen, und in seiner Gegenwart schien Jill entspannt und glücklich zu sein.

Wie alles andere, das sie versucht hatten, war auch diese Lösung nicht von Dauer. Jill hatte erwartet, daß sich im Hause ihres Vater die Freizügigkeit, an der sie während ihrer Wochenendbesuche Geschmack gefunden hatte, auch auf das alltägliche Leben ausdehnen würde. Sie stellte jedoch bald fest, daß ihr Vater sogar noch strenger war als ihre Mutter. Umgehend kehrte sie zu ihrer Mutter zurück. Sie hätte einen Fehler begangen, sagte sie, umarmte ihre Mutter und versprach wieder einmal, sich an die Vorschriften zu halten und sich in der Schule mehr anzustrengen.

»Ich liebe dich, Mama«, sagte sie.

»Ich liebe dich auch«, erwiderte Nancy Shaw. So gerne sie auch glauben wollte, daß ihre Tochter ihren Zorn, ihre Frustrationen und ihre rebellische Natur unter Kontrolle bekommen konnte – und würde –, wußte sie doch, daß die Versprechungen nur kurze Zeit gehalten würden, so aufrichtig sie auch gemeint waren. »Ich liebe dich so sehr, und ich möchte, daß du glücklich bist. Deshalb müssen wir uns darüber unterhalten, was wir tun können, um dir zu helfen, dein Leben in Ordnung zu bringen. Ich habe alles getan, was ich tun konnte. Wir müssen etwas anderes versuchen.«

»Ich weiß«, gab Jill sanft zurück.

Von dem Moment an, als zum erstenmal die Idee geäußert wurde, daß sie ins Heim der Methodistengemeinde ziehen sollte, war Jill Montgomery begeistert. Für sie war es die Aussicht auf ein neues, aufregendes Abenteuer; eine Möglichkeit, wie sie schließlich sowohl der erdrückenden Autorität ihrer Eltern als auch den Lehrern der High-School von Waxahachie entgehen konnte. Sie sah es als eine Gelegenheit, die Unabhängigkeit zu erlangen, nach der sie so begierig suchte. Keine noch so nachdrückliche Warnung vor den Beschränkungen und Vorschriften, die ihr das Heim auferlegen würde, vermochte sie zu beunruhigen. Sobald sie den wachsamen Augen ihrer Eltern entkommen war, würde sie frei und auf sich allein gestellt sein. Selbst wenn es im Heim Regeln und Verordnungen gab, würde es anders sein. Sie war sich sicher, daß sie damit klarkommen konnte.

Noch bevor sie und ihre Mutter das Heimgelände besichtigt, probeweise am Unterricht teilgenommen und mit der Heimleitung gesprochen hatten, war Jill eifrig bemüht, den Umzug voranzutreiben. Was das Heim der Methodistengemeinde ihr bot, vertraute sie einem der Betreuer an, war die Gelegenheit zu einem neuen Anfang.

Doch es war nicht so einfach, wie Jill sich das vorgestellt hatte. Sie fand heraus, daß die Vorschriften in Waco weitaus umfassender waren als die, gegen die sie zu Hause fortwährend angegangen war. Nur selten stand sie nicht unter der wachsamen Aufsicht irgendeiner Autoritätsperson – Lehrer, Betreuer, Heimeltern. Sobald sie eine Regel verletzte, verlor sie ein Privileg. Und im Methodistenheim lernte sie sehr schnell, daß sogar die kleinsten Vorrechte hart erkämpft werden mußten.

Die ersten drei Monate waren schwierig. Während sich ihre Noten durch den Einzelunterricht und die streng organisierte Lernmethode ständig verbesserten, hegte Jill eine generelle Abneigung gegen das Leben im Heim und erzählte ihrer Mutter wiederholt, daß sie Waxahachie vermißte und nach Hause wollte.

Im Oktober rief sie an und sagte, daß sie weggelaufen war, weil ihre Heimeltern sie für etwas bestraft hätten, das ein anderes Mädchen getan hatte. Sie haßte das Leben im Methodistenheim, klagte sie ihrer Mutter, und würde nicht wieder zurückgehen. Man hatte Nancy Shaw davor gewarnt, daß sie mit einem solchen Vorfall rechnen müßte und nicht nachgeben dürfte. Sie bestand darauf, daß ihre Tochter wieder in die Schule zurückkehrte und zumindest bis zum Ende des Schuljahres durchhielt. Jill weigerte sich sogar, ihrer Mutter zu verraten, wo sie sich befand, und legte auf. Dann rief sie ihren Vater an.

Rod Montgomery gelang es, sie zu einem ausführlichen Gespräch mit ihm zu überreden. Jill gestand ihm, daß sie zusammen mit einigen anderen Ausreißern in einem Haus übernachtet hatte, das nur ein paar Straßen vom Methodistenheim entfernt lag. Also fuhr er nach Waco, wo sie sich mehrere Stunden lang unterhielten. Geduldig und beharrlich, ohne jeden Vorwurf, erklärte er ihr, daß sie nur wenige Alternativen hatte. Ihre Mutter war fest entschlossen, sie im Heim der Methodistengemeinde zu lassen. Und er glaubte nicht, daß sie schon bereit war, noch einmal zu versuchen, bei ihm zu leben. Ihre Wahlmöglichkeiten waren einfach: Sie konnte ins Methodistenheim zurückkehren und das Beste aus der Situation machen, oder sie konnte ins Methodistenheim zurückkehren und weiterhin unglücklich sein. Am späten Nachmittag fuhr er sie zum Heimgelände zurück.

Das war gewissermaßen Jill Montgomerys letzter Rundumschlag gegen die Autorität der Erwachsenen gewesen. Zurück im Heim schloß sie schon bald neue Freundschaften. Sie war hübsch und sympathisch und zog die Aufmerksamkeit einer Reihe von Jungen auf sich, und ihre Heimeltern erlaubten ihr, sich mit einigen von ihnen zu verabreden. Obwohl einige der Mädchen sie für hochnäsig hielten und sie ›reiches Miststück‹ nannten, weil ihre Kleidung hübscher war als die, die einige weniger wohlhabende Schüler vom Heim zugeteilt bekommen hatten, wurde Jill binnen kurzem zu einem der beliebtesten Mädchen im Methodistenheim. Ihre Noten wurden immer besser, und an den meisten Wochenenden bekam sie die Erlaubnis, zu Besuch nach Waxahachie zu fahren. Mehrmals wöchentlich rief ihre Mutter sie an, und diese kurzen Ferngespräche waren lebhaft und freundlich, ohne die früheren Spannungen.

Nancy Shaw war von den Fortschritten, die ihre Tochter zu machen schien, sehr angetan. Als die Schulleitung ihr nahelegte, es wäre besser, wenn Jill nicht ganz so regelmäßige Anrufe bekommen oder an jedem Wochenende mit dem Bus nach Waxahachie fahren würde, und darauf hinwies, daß die Kontrolle über das Leben ihrer Tochter bis auf weiteres bei ihnen liegen müßte, willigte Nancy widerstrebend ein. Wenn es zum Besten ihrer Tochter war, würde sie tun, was von ihr verlangt wurde. Sie war zu froh über Jills Fortschritte, um die Meinung der Heimleitung in Frage zu stellen.

Obwohl sie ihre Wochenendausflüge nach Hause genoß, war Jill Montgomery nicht enttäuscht, als man ihr mitteilte, daß sie öfter in Waco würde bleiben müssen. Ihre Freundin Gayle Kelley hatte sie mit einem Jungen bekannt gemacht, den sie wirklich mochte. Sein Name war Kenneth Franks, und die Heimeltern hatten ihr erlaubt, sich mit ihm zu treffen. Ihre Flirts mit anderen Jungen aus der Schule hörten auf, als sie ihre ganze Aufmerksamkeit auf Kenneth richtete. Er war stattlich und liebenswürdig, und es machte Spaß, mit ihm zusammenzusein. Jill schrieb ihrer Cousine in Waxahachie einen langen Brief und berichtete ihr von Kenneth. Sie hoffte, schrieb sie, daß er sie bitten würde, seine feste Freundin zu werden.

Die drei Jugendlichen – Jill, Kenneth und Gayle – wurden bald unzertrennlich und verbrachten den größten Teil ihrer Freizeit gemeinsam. Die anderen auf dem Heimgelände munkelten über diese Dreier-Freundschaft. Obwohl Kenneth und Gayle eng miteinander vertraut waren und oft zusammen am See oder auf Kenneths Motorrad auf dem Waco Drive gesehen wurden, gab es keinerlei Anzeichen für eine Liebesbeziehung. Gayle traf sich mit einem anderen Jungen aus dem Heim, Henry Reyes, und hatte Jill anvertraut, daß sie ihn eines Tages heiraten würde. Ein weiterer besonderer Aspekt dieser Beziehung war, daß Jill und Gayle sich ähnlich genug sahen, um Schwestern sein zu können. Sogar einige ihrer Lehrer verwechselten sie und nannten Jill ›Gayle‹ und Gayle ›Jill‹.

Gayle Kelley arbeitete nach der Schule im Souvenirgeschäft der Texas Rangers Hall of Fame in Fort Fisher, und bis zum Jahresende hatte sie auch Jill dort zu einem Job verholfen. Jill Montgomery war noch nie zuvor glücklicher gewesen. Sie hatte sich an das Leben im Methodistenheim angepaßt, hatte Freunde, einen Job und eine gute Beziehung zu ihrer Familie. Der Wechsel nach Waco, schien es, war exakt so verlaufen, wie sie es sich erhofft hatte.

Während der letzten Juniwoche des Jahres 1982 bat Jill um die Erlaubnis zu einem Wochenendbesuch in Waxahachie. Ihr Bruder Brad und seine Frau Gloria hatten einige Tage vorher angerufen und sie eingeladen, mit nach Six Flags zu fahren. Nancy Shaw rief im Heim an und genehmigte den Ausflug.

Das Wochenende verlief großartig, sie hatten viel Spaß zusammen. Den Sonnabend verbrachten Brad, Gloria und Jill im Freizeitpark von Arlington, Texas. Abends gingen sie essen. Am frühen Sonntagmorgen telefonierte Jill mit Raylene Rice, der Freundin, mit der sie während ihrer Besuche zu Hause die meiste Zeit verbrachte, und sie verabredeten, sich nach der Kirche zu treffen. Raylene versprach, Jill nachmittags, wie schon so oft zuvor, zur Haltestelle des Busses nach Waco zu bringen.

Am späten Nachmittag kam Jill ins Haus ihrer Mutter, ihren kleinen Koffer in der Hand. Überrascht warf Nancy Shaw einen Blick auf die Uhr, sie wußte, daß der Bus bereits vor einiger Zeit hätte abfahren sollen. »Was machst du denn noch hier?« fragte sie. »Du müßtest mittlerweile schon zurück in Waco sein.«

Jill blieb eine Zeitlang stumm, dann setzte sie sich auf die Couch. »Ich will nicht zurück.«

Der Unterton in der Stimme ihrer Tochter beunruhigte Nancy Shaw sofort. Das war keine aufsässige Forderung. Es war eher ein furchtsames Flehen.

»Was ist denn los, Liebes?«

»Ich will einfach nicht zurück.«

»Aber warum? Ist etwas nicht in Ordnung?« Tränen stiegen in Jills Augen.

Ihre Mutter fühlte, wie sich tief in ihrem Magen ein Knoten bildete. Irgend etwas stimmte nicht. Irgend etwas hatte sich verändert. Aus heiterem Himmel. Aber was?

»Bitte laß mich hierbleiben«, sagte Jill. »Ich kann einfach nicht dorthin zurück.«

»Aber du warst doch so glücklich ... Was ist mit deinem Job?«

Jills lautloses Weinen wurde zu einem heftigen Schluchzen. Verzweifelt flehte sie ihre Mutter an: »Du kannst mich nicht weiter wie ein nutzloses Etwas herumstoßen, Mutter!«

Erschüttert durch den plötzlichen Meinungswechsel ihrer Tochter, rief Nancy im Methodistenheim an und teilte den Betreuern mit, daß Jill Waxahachie noch nicht verlassen hatte.

Später am Abend kam Rod Montgomery vorbei, und die drei redeten bis spät in die Nacht. Jill gab keinen bestimmten Grund dafür an, daß sie nicht zurückwollte, und doch spürten ihre Eltern eine Entschlossenheit, die sie bisher noch nicht von ihr kannten.

Schließlich kamen sie überein, daß Jill bleiben konnte. Sie würden es noch einmal versuchen.

»Aber du mußt dir darüber im klaren sein, daß sich die Regeln hier nicht verändert haben«, erinnerte Nancy Shaw ihre Tochter. »Ich hoffe nur, du hast es.«

Jan Thompsons Haus ist ein warmer, freundlicher Ort, wo man nicht anklopfen mußte, bevor man eintritt. Schon als kleines Mädchen hatte Jill fast genausoviel Zeit bei ihrer Tante verbracht wie in ihrem eigenen Zuhause und war oft über Nacht geblieben, um mit ihrer Cousine Jana zu schwatzen. Nach der Scheidung ihrer Eltern war Jill mit ihren Problemen meistens zu Jan gegangen. Es hatte eine Zeit gegeben, zu der sie sich gewünscht hatte, bei den Thompsons wohnen zu dürfen. Aber das war vor dem Methodistenheim gewesen; bevor sich alles deutlich zum Besseren gewandt hatte.

Etwas mehr als zwei Wochen nach ihrer Rückkehr nach Hause betrat Jill eines Morgens die Küche ihrer Tante, dicht gefolgt von ihrer Schwester Monica. Es war nicht zu übersehen, daß sie ihrem Ausflug nach Waco aufgeregt entgegenfieberte. Obwohl es erst kurz nach neun war, als Jill ihren Lieblingsplatz am Ende der Theke, die im Haus der Thompsons die Küche vom Wohnzimmer trennte, einnahm, war sie nicht überrascht, daß ihre Tante ganz früh aufgestanden war und einen Schokoladenkuchen gebacken hatte – ihren Lieblingskuchen.

Jan, die über den plötzlichen Entschluß ihrer Nichte, wieder nach Hause zurückzukehren, im stillen besorgt gewesen war, war trotzdem froh, Jill zu sehen. Für sie war Jill wie eine ihrer eigenen Töchter, und sie hatte sich darauf gefreut, an diesem Morgen mit ihr zu plaudern. Sie hörte zu, wie Jill ihr aufgeregt und ausführlich von dem Ausflug zu einem Motorradrennen berichtete, den sie am Wochenende gemeinsam mit Brad und

Gloria unternommen hatte. Brad, sagte sie, hätte zwei Unfälle gehabt, sich dabei aber nicht verletzt. »Aber, meine Güte, Gloria ist wirklich ausgeflippt.« Sie erzählte von dem Abstecher nach Six Flags und davon, wie glücklich sie war, zu Hause zu sein. Und sie war ganz begeistert davon, ihr letztes Schuljahr an der Waxahachie High-School zu verbringen.

Jan fiel auf, daß sie den Oberstufenring ihrer Mutter am Finger trug. »Schon bald werde ich einen eigenen haben«, sagte Jill. Sie hatte außerdem beschlossen, daß sie nach dem Schulabschluß nicht aufs College, sondern auf die Sekretärinnenschule gehen würde. Ihrer Tante wurde klar, daß Jill Montgomery eine Menge Pläne gemacht hatte.

Jill hatte morgens angerufen, um zu fragen, ob Jan ihr helfen könnte, einen Riß in einem Paar Shorts zu nähen, die zu dem Oberteil paßten, das sie auf ihrer Fahrt nach Waco anziehen wollte. Jan schaute sich die Hose genau an und stellte fest, daß man das Loch nicht per Hand nähern konnte. Doch ihre Nähmaschine war kaputt. Jill probierte einige von Jans Shorts an, fand aber keine, die ihr gefielen. Sie entschieden schließlich, daß ihre abgeschnittenen Jeans ausreichen würden, und Jan vernähte die ausgefransten Ränder, während sie weiterplauderten.

»Ich habe mich gestern bei *Rip's Barbecue* beworben«, sagte Jill. »Ich brauche für den Rest des Sommers einen Job und möchte etwas Geld für Schulkleidung sparen.« Falls diese Bewerbung nicht klappte, sagte sie, würde sie es bei *Safeway* und der neuen *Pizza Hut* versuchen, die kürzlich eröffnet hatte.

Während sie sich unterhielten, warf Jill des öfteren einen Blick auf die Wanduhr in der Küche. »Ich will mich um zwölf mit Raylene treffen«, sagte sie. Sie erzählte ihrer Tante, daß sie nach Waco fahren würde, um ihren Scheck abzuholen und dann beim Methodistenheim vorbeizuschauen. »Da ist ein Mädchen, das noch eine meiner Blusen und mein RED Speedwagon Poster hat«, erklärte sie. Jan Thompson, die mit den populären Rockgruppen jener Tage nicht vertraut war, fragte sich im stillen, was wohl ein ›Red Speedwagon‹ Poster sein mochte.

»Sie glaubt, daß ich die Sachen vergessen habe«, fuhr Jill fort, »aber das habe ich nicht. Sie wird überrascht sein, mich zu sehen. Aber ich werde mein Zeug schon kriegen, bevor ich die Stadt wieder verlasse.«

Jan Thompson machte es Spaß, Jill zuzuhören; sie war so ausgelassen, so voller Energie, so enthusiastisch, was die Zukunft betraf. Jan fiel an ihrer Nichte eine neue Reife auf. Vielleicht war es schließlich doch an der Zeit für sie, wieder zurück zu Hause zu sein.

Als die Mittagszeit immer näher rückte, begann Monica, ihre Schwester zu bitten, sie auf den Ausflug nach Waco mitzunehmen. Immer wieder fragte sie Jill, dann versuchte sie es bei Jan: »Warum darf ich nicht mit? Ihr kommt doch bald zurück. Bitte . . .«

»Ich glaube nicht, daß es deiner Mutter gefallen würde, wenn ich dich mitfahren ließe, ohne sie zu fragen«, sagte Jan. »Du bleibst besser hier bei mir. Außerdem gibt es Momente, wenn große Schwestern es nicht mögen, daß ihnen kleine Schwestern hinterherlaufen.«

Jill gab ihrer Tante einen Kuß – ein Dankeschön, weil sie die Angelegenheit geregelt hatte – und ging zum Auto. Jan ging mit ihr vor das Haus und gab ihr noch einige Ermahnungen mit auf den Weg. Seid vorsichtig. Kommt früh zurück, wie deine Mutter es gesagt hat. Wenn Ihr Probleme mit dem Auto habt oder irgend etwas anderes passiert, ruft hier an.

»Das werde ich«, sagte Jill.

Sie fuhr zum Marktplatz von Waxahachie, wo sie sich mit Raylene treffen wollte. Von dort aus folgte Raylene Jill, die den Wagen ihrer Mutter zum verabredeten Parkplatz fuhr und die Schlüssel, wie Nancy es ihr gesagt hatte, im Handschuhfach hinterlegte. Dann stieg Jill in den orangefarbenen Pinto ihrer Freundin ein.

Nancy Shaw war vom Mittagessen in ihr Büro in Dallas zurückgekehrt. Sie dachte kurz daran, ihre Schwester anzurufen, um sicherzugehen, daß Jill Monica abgeliefert hatte und unterwegs nach Waco war. Aber dafür bestand wirklich keine Veranlassung. Sie wußte, daß Jan ihr Bescheid gesagt hätte, falls irgendwelche Probleme aufgetreten wären.

Als sie an ihrem Schreibtisch saß, um wieder an die Arbeit zu gehen, fiel ihr das Gespräch ein, das sie und Jill am Abend zuvor geführt hatten. Sie hatten nach dem Abendbrot im Garten hinter dem Haus gesessen und einige Zeit lang kaum etwas gesagt. Statt dessen hatten sie zufrieden die leichte Brise genossen, die schließlich die Hitze des Tages vertrieb. Nancy ertappte sich mehrmals dabei, wie sie ihre Tochter musterte. Jill hatte den Nachmittag am Pool des CVJM verbracht und versucht, einigen Kindern aus der Nachbarschaft das Schwimmen beizubringen. Mit nassen Kräusellocken und ungeschminktem Gesicht sah sie irgendwie jünger aus, fast zerbrechlich.

Jill brach letztendlich das Schweigen. »Mama«, fragte sie, »was machst du, wenn du jemanden liebst, von dem du weißt, daß er nicht gut für dich ist?«

Nancys erste Reaktion war, das Thema leichtzunehmen. Schließlich stand sie dicht vor ihrer zweiten Scheidung. »Liebes«, sagte sie lächelnd, »ich bin nicht gerade die Geeignetste, um diese Frage zu beantworten.« Jill lächelte nicht.

Ihre Mutter wußte, daß Jill am letzten Sonntagabend einen Anruf von Kenneth Franks erhalten hatte. »Sprichst du von Kenneth?«

»Ja.«

»Alles, was ich dir raten kann«, sagte Nancy nach längerem Überlegen, »ist, deinem Herzen zu folgen und deinen Kopf zu gebrauchen.« Sie wußte, daß das nicht die Art von Antwort war, nach der Jill suchte. Keine von ihnen ging näher auf das Thema ein.

Jetzt an ihrem Schreibtisch fragte sie sich, ob Jill sich mit Kenneth treffen würde, während sie in Waco war. Und würde sie mit weiteren Fragen nach Hause zurückkommen? Falls ja, dachte Nancy, würde sie sich bemühen müssen, ihr bessere Antworten zu geben.

Zur gleichen Zeit dachte auch Gloria Montgomery an Jill und an etwas, von dem sie niemandem erzählt hatte, nicht einmal ihrem Mann. An dem Abend, nachdem sie von dem Motorradrennen zurückgekehrt waren, hatte sie in der Küche das Abendessen zubereitet, während Brad duschte. Jill hatte den Tisch gedeckt; dann hatte sie beiläufig in ihrer Handtasche herumgekramt und ein gelbes Taschenmesser hervorgeholt.

Gloria war es sofort aufgefallen. »Was, um alles in der Welt, willst du damit?« hatte sie ihre Schwägerin gefragt.

»Nur zum Schutz«, hatte Jill gesagt.

Als die Mädchen ihren Wagen an einer Tankstelle in Waxahachie auftankten, fuhren Rod und Brad Montgomery vorbei, die zusammen zu Mittag gegessen hatten. Jill und Raylene lächelten und winkten. Ohne bestimmten Grund sah Rod auf seine Armbanduhr. Es war 12 Uhr 50.

Er ahnte nichts von den Fragen, die seine Ex-Frau und seine Schwiegertochter beschäftigten; Fragen, die für immer nach Antworten schreien würden.

Kapitel 4

Richard Franks überkam ein unbehagliches Gefühl, als er aus unruhigem Schlaf erwachte und versuchte, das Zifferblatt der Uhr neben seinem Bett zu erkennen. Es war 2 Uhr 30 morgens. Er blieb eine Minute still liegen und horchte auf ein Geräusch, das verraten würde, daß sein Sohn nach Hause gekommen war, während er geschlafen hatte. Da war nichts außer dem leisen Summen der Klimaanlage.

Richard war wieder einmal verärgert. Kenneth hatte versprochen, bis zwölf zurück zu sein. Aber nachdem es ein Uhr und später geworden war, hatte Richard Franks beschlossen, zu Bett zu gehen. Er würde sich am nächsten Morgen mit seinem Sohn unterhalten und ihm klarmachen, daß er Ausgehverbot hatte.

Er stieg aus dem Bett und ging zu Kenneths Zimmer, um nachzusehen, ob er nicht doch inzwischen zurück war. Aber Kenneths Bett war unberührt, und obenauf lagen die Sachen, die er angehabt hatte, bevor er sich für den Ausflug zum See mit Jill Montgomery und ihrer Freundin umgezogen hatte.

Richard seufzte müde. Was ihm an seinem Dasein als Vater am wenigsten gefiel, waren die Bestrafungen. Er haßte die erbitterten Auseinandersetzungen, die von Zeit zu Zeit ausbrachen. Er fühlte sich danach immer ausgelaugt und irgendwie aufgebracht, daß er gezwungen war, seinen Sohn zu maßregeln.

Natürlich war es in der Vergangenheit schon vorgekommen, daß Kenneth zu lange weggeblieben und manchmal sogar bis zum nächsten Tag nicht nach Hause gekommen war. Aber das war gewesen, bevor sie zu einem besseren Einvernehmen gelangt waren, bevor sich ihre Beziehung vertieft hatte. Richard hatte begonnen, seinen Sohn als Mann zu behandeln und ihm mehr Spielraum zugestanden. Er hatte lediglich verlangt, daß Kenneth das Vertrauen und den Respekt erwiderte. Und sein Sohn hatte sich daran gehalten. Mehr als einmal hatte Kenneth, kurz bevor er zu Hause sein sollte, angerufen und seinem Vater Bescheid gesagt, daß er sich aus irgendeinem verständlichen

Grund ein wenig verspäten würde. Damit konnte Richard leben.

Jetzt jedoch empfand er wieder den alten Zorn. Er wollte nicht in jene qualvolle Zeit zurückkehren, als er sich über den Verbleib seines Jungen fortwährend Sorgen machen mußte.

Nachdem die Kinder weggefahren waren, war Richard Franks unruhig gewesen und hatte im Fernsehprogramm nichts Interessantes entdecken können. Deshalb hatte er beschlossen, eine Zeitlang aus dem Haus zu gehen. Er hatte zunächst an einen Kinobesuch gedacht, sich aber schließlich dafür entschieden, eine kleine Autofahrt zu machen und zuzusehen, wie die Sonne hinter dem Lake Waco versank. Er fuhr den Lake Shore Drive entlang, am Eingang des Koehne Park vorbei, wo die Kinder wahrscheinlich bereits angekommen waren, und bog auf die Fish Pond Road ein, eine stille, von Bäumen gesäumte Straße, die durch eine von Wacos wohlhabenderen Wohngegenden führt. Im Midway Park sah er den Seglern und Ruderern zu, die sich beeilten, noch eine letzte Runde auf dem ausgedehnten See zu drehen, bevor die Dunkelheit sie zurück zur Anlegestelle zwingen würde.

Im Auto zu sitzen und die Betriebsamkeit auf dem See zu beobachten, übte einen beruhigenden, fast verzaubernden Einfluß auf Richard Franks aus. Hier konnte er abschalten, die Zeit vergessen, sich entspannen. Für einen kurzen Moment wünschte er, er hätte noch immer sein eigenes Boot. Aber durch seine häufigen Reisen hatte er es nicht mehr allzuoft benutzen können. Erst vor ein paar Wochen hatte er sich entschieden, es zu verkaufen, plante jedoch schon jetzt, sich wieder eines zuzulegen.

Es war kurz nach Mitternacht, als er nach Hause kam und feststellen mußte, daß Kenneth noch nicht zurück war. Obwohl ihm das nicht gefiel, war er nicht wirklich beunruhigt. Bestimmt befanden sich die Mädchen schon lange wieder auf dem Rückweg nach Waxahachie. Vermutlich waren sie bereits zu Hause. Aller Wahrscheinlichkeit nach hatte sein Sohn sich mit Pat Torres getroffen, nachdem dieser von der Arbeit gekommen war.

Richard zog kurz in Erwägung, zum Koehne Park hinüberzufahren, um seinen Sohn nach Hause zu holen, aber er verwarf diesen Gedanken wieder und ging zu Bett. Morgen würde noch Zeit genug sein, um Kenneth wegen seiner Verspätung zur Rede zu stellen.

Um vier Uhr morgens verspürte Richard Franks eine immer stärker werdende Mischung aus Sorge und Ärger. Er zog sich an und machte sich auf die Suche nach seinem Sohn. Er fuhr durch die pechschwarze Finsternis des frühen Morgens zum Koehne Park, suchte zunächst die Gegend um den Bootssteg ab und schlug dann die Richtung zum Ring ein. Nur die Geräusche der sommerlichen Insekten durchbrachen die Stille, als er mit geringer Geschwindigkeit an den Zedern vorbei und hin zu der offenen Fläche fuhr, wo die Betontische und Grillgeräte aufgestellt waren.

Nur ein einziger Wagen, ein orangefarbener Pinto, stand dort noch geparkt. Auf der Heckscheibe war ein Aufkleber der Waxahachie High-School angebracht. Richard Franks fuhr langsam an dem Auto vorbei, um sicherzugehen, daß sich niemand darin befand. *Verdammt*, dachte er, *sie haben ein paar andere Jugendliche getroffen und sind mit ihnen weggefahren*.

Während der nächsten Stunden fuhr er durch die Straßen von Waco und klapperte auf der Suche nach den Teenagern einen Park nach dem anderen ab, bis er schließlich wieder beim Midway Park landete, wo er früher am Abend selbst gewesen war. Dann entdeckte er einen weiteren verlassenen Wagen, der offensichtlich mutwillig verwüstet worden war. Die Scheiben waren eingeschlagen, und die Türen standen offen. Er benutzte sein CB-Funkgerät und erreichte einen Frühaufsteher, der sich selbst als ›Tornado‹ zu erkennen gab. Er bat ihn, die Polizei von dem verlassenen Auto in Kenntnis zu setzen.

Richard Franks wartete am Midway Park, bis ein Streifenbeamter auftauchte. Er erklärte ihm, daß er sich auf der Suche nach seinem Sohn befand und durch Zufall auf den verwüsteten Wagen gestoßen war. Der Beamte bedankte sich bei ihm, nahm seinen Namen und seine Adresse auf und ließ sich eine knappe Beschreibung von Kenneth und den Mädchen geben. Er versprach, er würde Richard Bescheid geben, falls er zufällig etwas über die Jugendlichen erfuhr.

Dann fuhr Franks zurück zum Koehne Park, um nachzusehen, ob die Teenager vielleicht zu dem Pinto zurückgekehrt waren.

Die Sonne ging gerade auf, als er neben dem Wagen parkte und auf ihn zuging. Die Beifahrertür war nicht abgeschlossen, und der Fahrersitz war nach vorne geklappt. Richard öffnete die Tür, sah auf die Rückbank und entdeckte etwas, was der Lederanhänger vom Schlüsselring seines Sohnes zu sein schien. Er klemmte zwischen Sitz und Rückenlehne. Richard zog die Schlüssel aus ihrem Versteck und fühlte, wie sein Ärger einer plötzlichen Furcht wich. Er wußte, daß irgend etwas fürchterlich schiefgegangen war.

Richard Franks hatte seinem Sohn immer geraten, falls er jemals in irgendeine Bedrängnis geriet, schnell seine Schlüssel zu verstecken. Während er auf den Lederanhänger sah, an dem Kenneths Hausschlüssel und der Schlüssel für sein Motorrad hingen, wußte Richard Franks urplötzlich, daß sein Sohn nicht freiwillig so lange weggeblieben war.

Er schrieb eine kurze Nachricht an Kenneth, er solle sofort zu Hause anrufen, klemmte sie hinter den Scheibenwischer des Pinto und fuhr zurück zu seinem Haus. Seine Gedanken rasten. Es war noch zu früh am Morgen, um andere Leute anzurufen, dachte er. Aber ihm fiel nichts Besseres ein.

Er weckte Pat Torres' Vater, der schlaftrunken seinen Sohn ans Telefon rief. Nein, sagte der Jugendliche, er hatte Kenneth seit gestern nachmittag nicht mehr gesehen. Er war nach der Arbeit müde gewesen und direkt nach Hause gefahren.

»Pat«, sagte Richard Franks, »ich mache mir Sorgen. Wenn es irgendeinen Ort gibt, an dem die anderen deiner Meinung nach sein könnten, dann sag es mir bitte.«

Torres erwähnte, daß Gayle Kelley sich manchmal in den Northwood Apartments bei Patti Deis aufhielt, einem Mädchen, das früher auch im Methodistenheim gewohnt hatte. Vielleicht waren sie dorthin gegangen. Er wußte die Telefonnummer nicht, aber er gab Richard die Adresse.

Patti reagierte schließlich auf das stürmische Klopfen an

ihrer Tür und erzählte dem besorgten Vater, daß sie Kenneth schon seit einiger Zeit nicht mehr gesehen hatte.

Richard wußte, daß er die Eltern der Mädchen benachrichtigen sollte, aber er war sich nicht sicher, wie er das bewerkstelligen konnte. Als er von den Northwood Apartments wegfuhr, kam ihm der Gedanke, daß sich in ihrem Wagen vielleicht irgend etwas finden würde, aus dem er eine Adresse oder Telefonnummer ersehen konnte. Zum zweitenmal kehrte er zu dem 1977er Pinto zurück, der am Picknickplatz des Koehne Parks stand.

Im Handschuhfach fand er die Anschrift von Raymond Rice. Minuten später sprach er mit einem anderen beunruhigten Vater. Rice und seine Frau waren fast die ganze Nacht aufgeblieben und hatten sich Sorgen um ihre Tochter gemacht. Dann rief Franks Nancy Shaw an. Obwohl es erst kurz nach sechs Uhr morgens war, nahm sie beim ersten Klingeln den Hörer ab. Nachdem er ihr die gleiche Geschichte erzählt hatte, wie zuvor schon dem Vater von Raylene, vertraute Richard Franks Nancy an, daß er allmählich das Schlimmste befürchtete. Er würde die Polizei benachrichtigen.

Wie Richard hatte auch Nancy Shaw eine angespannte, schlaflose Nacht verbracht und sich darüber geärgert, daß ihre Tochter nicht zur erwarteten Zeit nach Hause gekommen war. Jetzt jedoch versetzte der Tonfall von Richard Franks' Stimme sie in Besorgnis. Vielleicht war er ein Schwarzseher, dachte sie. Vielleicht hatte er nicht so oft mit einem problematischen Teenager zu tun gehabt, wie sie selbst. Sie war so fest davon überzeugt gewesen, daß Jill sich wirklich an ihre Anordnungen halten wollte. Jill wollte unbedingt in Waxahachie bleiben. Sie hatte so viele Pläne. Das alles zu riskieren, indem sie eine ganze Nacht lang wegblieb, ergab keinen Sinn. Mit einem Mal ergab nichts mehr einen Sinn, und sie verspürte das plötzliche Verlangen, zu schreien.

»Bitte rufen Sie mich an, wenn Sie irgend etwas Neues erfahren«, bat Nancy.

»Das werde ich«, sagte Richard. »Ich glaube, es wäre eine gute Idee, wenn Sie dicht bei Ihrem Telefon bleiben würden.«

Nancy Shaws Hände zitterten, als sie den Hörer auflegte.

Eine Minute später nahm sie ihn wieder ab und wählte die Nummer des Fahrers ihrer Fahrgemeinschaft. Sie würde an diesem Tag nicht zu Arbeit gehen.

Später am Vormittag rief Raymond Rice Nancy an, um zu fragen, ob sie ein Foto von Jill besaß. Richard Franks hatte die Teenager offiziell als vermißt gemeldet, und die Polizei von Waco hatte um Bilder der drei Jugendlichen gebeten. Rice sagte, daß er in Kürze nach Waco fahren, Raylenes Auto abholen und die Fotos der Mädchen mitnehmen würde. Nancy versprach, ihm eine Aufnahme in das Bestattungsinstitut zu bringen, in dem er arbeitete.

Auf der Anrichte in Jills Zimmer fand sie einen Schnappschuß, den Rod Montgomery erst vor kurzem von seiner Tochter und Raylene gemacht hatte. Sie lächelte kaum merklich. Ihr Ex-Mann schoß andauernd Fotos, aber er behielt nie welche für sich zurück. Es bereitete ihm großes Vergnügen, sie den Leuten zu schenken, die er fotografiert hatte. Auf dem Bild saßen die Mädchen auf der Motorhaube von Raylenes Wagen und blinzelten zwar ein wenig im Sonnenlicht, lächelten aber trotzdem. Nancy blieb eine Zeitlang in die Betrachtung des Fotos versunken. Die Kinder schienen so unbeschwert, so glücklich – Freundinnen, die sich um nichts auf der Welt Sorgen machten. Zum erstenmal an diesem Tag rannen Tränen über Nancy Shaws Wangen.

Trotz der Freundschaft zwischen ihrer Tochter und Raylene hatte Nancy noch nie die Bekanntschaft der Eltern des anderen Mädchens gemacht. Doch ihre erste Begegnung mit Raymond Rice sollte sich ihr unauslöschlich einprägen. Er stand im Empfangsraum des Bestattungsinstitutes und starrte konzentriert auf das Bild, das sie mitgebracht hatte. Nach einer Weile sah er sie an. »Danke«, sagte er. Mit einer verzweifelten Geste schüttelte er den Kopf. »Ich kann nicht glauben, daß all das wirklich passiert.«

Nancy wollte etwas sagen, das Hoffnung aufkommen ließe, daß alles nicht so schlimm war, wie sie beide zu befürchten begannen. Aber sie blieb stumm. Inzwischen rechnete auch sie mit dem Schlimmsten.

Auf dem Weg zurück nach Hause hielt sie an einem Lebensmittelgeschäft an, um Milch und ein Fertiggericht zum Mittagessen zu kaufen. Ihre jüngere Tochter würde hungrig werden, und sie wollte sich jetzt nicht ums Kochen kümmern müssen. Alles, was sie tun wollte, war, beim Telefon zu bleiben und auf die Nachricht zu warten, daß Jill nichts passiert war.

Als ihre Mutter das Haus betrat, spürte Monica sofort, daß irgend etwas sie belastete. Nancy erklärte ihr, daß ihre Schwester und Raylene nicht aus Waco zurückgekommen waren und daß die Polizei nach ihnen suchte.

»Ach Mama, du weißt doch, wie Jill ist«, sagte Monica. »Ihr geht's gut. Sie wird bestimmt bald kommen. Vermutlich hat sie einfach nur ein paar ihrer Freunde getroffen und beschlossen, die letzte Nacht dort zu verbringen.«

Ihre Mutter zündete sich mit zitternden Fingern eine Zigarette an. »Liebling«, sagte sie, »ich hoffe, du hast recht. Bitte Gott, ich hoffe, daß du recht hast.«

In Waco stand Richard Franks neben Raylenes Pinto und unterhielt sich mit einem Beamten der örtlichen Polizei. Er hatte ihm bereits alles gesagt, was er wußte, und ihm ein Foto von Kenneth gegeben. Er teilte dem Polizisten mit, daß Raymond Rice mit einem Foto der Mädchen nach Waco unterwegs war.

Richard blickte hinaus auf das morgendlich ruhige Wasser des Sees und fühlte sich plötzlich schwach. Das Adrenalin, das so lange wild durch seinen Körper gerast war, machte schließlich einer überwältigenden Müdigkeit Platz. »Den Kindern ist etwas Schlimmes zugestoßen«, sagte er leise. In seiner Stimme lag ein Anflug von Resignation, der den Beamten überraschte. »Ich weiß es. Jemand hat diese Kinder gestern abend von hier weggebracht. Wir werden sie in irgendeinem Graben liegend finden.« Dann richtete er seinen Blick auf das bewaldete Ufer am gegenüberliegenden Ende des Sees. »Ihre Leichen könnten sich in diesem Moment irgendwo dort drüben befinden«, sagte er, und seine Stimme brach.

»Ich würde mir nicht allzu viele Sorgen machen, Mr. Franks«, sagte der Polizist. »So etwas passiert doch andauernd.

Wahrscheinlich schlafen sie lediglich irgendwo ihren Rausch aus, das ist alles.« Richard Franks fuhr herum und starrte den Beamten wütend an. Ein plötzlicher Zorn stieg in ihm auf. »Sie irren sich«, sagte er. Er schlug mit der Faust auf die Motorhaube des Wagens. »Sie irren sich«, wiederholte er.

Während des Nachmittags harrten die Eltern ungeduldig neben ihren Telefonen aus. In Lake Jackson blieb Sandra Sadler, die am frühen Morgen einen Anruf von Richard Franks erhalten hatte, zu Hause, anstatt zur Arbeit zu gehen, und wartete auf Neuigkeiten. Nancy Shaw wartete in Waxahachie, nicht weiter als eine Armlänge von ihrem Telefon in der Küche entfernt. Rod Montgomery war ins Büro gegangen in der Hoffnung, daß die Arbeit ihn vielleicht von den Sorgen befreien würde, die ihn fast zu ersticken drohten. Er mußte jedoch feststellen, daß er zu nichts anderem in der Lage war, als dazusitzen und auf eine Nachricht zu warten. Jan Thompson hätte an jenem Nachmittag für ihre Firma eigentlich eine Verkaufsveranstaltung abhalten sollen, aber sie sagte allen ab, die sie eingeladen hatte, ohne sich die Mühe zu machen, einen Grund dafür anzugeben.

Die Familie Rice – Raymond, seine Frau Samalee und seine Tochter Raynell – fuhr nach Waco, um Raylenes Wagen abzuholen, den die Polizei bereits fotografiert und sichergestellt hatte. Sie sprachen kaum während der Fahrt.

Bis zum späten Abend war Nancy Shaws Haus zum Sammelpunkt für alle Familienmitglieder geworden. Brad und seine Frau waren da, ebenso Rod Montgomery. Bernie Shaw, Nancys von ihr getrennt lebender Ehemann, war direkt von der Arbeit dorthin gekommen.

Der Anruf kam um 21 Uhr 30.

Nancy hörte mit von Furcht gezeichnetem Gesicht eine männliche Stimme, die sich als Angehöriger der Polizei von Waxahachie zu erkennen gab. »Madam«, sagte er, »ich werde in wenigen Minuten bei Ihnen sein.«

»Warum? Haben Sie etwas Neues in Erfahrung gebracht?«

»Mrs. Shaw«, erwiderte der Beamte, »ich mache mich jetzt gleich auf den Weg.«

Eine bleierne Stille lag über dem Zimmer, als sich erwartungsvolle Gesichter auf Nancy richteten. Sie stand aschfahl da, den Telefonhörer noch in der Hand. »Sie ist tot«, flüsterte sie; dann gaben ihre Knie nach, und sie fiel zu Boden.

Ihr Sohn half ihr aufs Sofa. Hatte der Anrufer tatsächlich gesagt, daß Jill tot war? Oder befürchtete seine Mutter lediglich das Schlimmste?

»Er hat es nicht gesagt«, schluchzte sie, »aber ich weiß es. Jill ist tot.«

»Das kannst du nicht mit Sicherheit wissen«, sagte Gloria, als sie einen Arm um ihre Schwiegermutter legte. »Laß uns einfach abwarten und uns anhören, was er zu sagen hat, wenn er hier ankommt.«

Nancy Shaw nahm sie nicht einmal mehr wahr. Sie stand unter Schock.

Wenige Minuten später stand der Polizeibeamte vor der Haustür. Er hatte den Hut abgenommen, und auf seinem Gesicht lag ein ernster Ausdruck. »Sind Sie Nancy Shaw?«

»Ja.«

»Es tut mir sehr leid«, sagte er, »aber alle drei Kinder sind verstorben.«

Die letzten Worte dröhnten in ihren Ohren, fuhren wie ein Messer durch ihren Kopf. *». . . Kinder sind verstorben.«* Verstorben. Nicht tot, verstorben. Wie? Warum?

Sogar wenn der Beamte in der Lage gewesen wäre, diese Fragen zu beantworten, hätte Nancy Shaw ihn nicht gehört. Sie war in Ohnmacht gefallen.

Die Nachricht, daß man die Leichen der vermißten Jugendlichen gefunden hatte, verbreitete sich schnell. Bezirksrichter Walter Smith, der in derselben Wohnsiedlung lebte wie Richard Franks, hatte während des ganzen Tages mit den ermittelnden Beamten in Verbindung gestanden und seinen Nachbarn über ihre Fortschritte auf dem laufenden gehalten. Die Pflicht, seinem Freund mitzuteilen, daß man die Leiche seines Sohnes gefunden hatte, lag bei ihm.

Die Rices waren gerade von ihrer Fahrt nach Waco zurückgekommen, und Tochter Raynell war in ihr Zimmer gegangen und hatte den Fernsehapparat eingeschaltet. Ihr Vater kam gerade aus der Garage ins Haus, als er sie schreien hörte. Bevor er noch ins Zimmer seiner Tochter eilen konnte, kam sie auf ihn zugerannt. Sie schluchzte hysterisch. »Daddy«, stieß sie hervor, »sie sagen, daß Raylene tot ist.« Er lief hinter ihr her und hörte den letzten Teil des Berichts, der beschrieb, wie man die Leichen seiner Tochter, Jill Montgomerys und Kenneth Franks' in einem bewaldeten Park nahe des Lake Waco gefunden hatte.

Während des ganzen Heimwegs hatte Raymond Rice im stillen befürchtet, daß so etwas Furchtbares passiert sein könnte; daß er sich und seine Familie irgendwie auf die Möglichkeit vorbereiten mußte, daß die Polizei anrief und ihnen mitteilte, daß seine Tochter tot war. Aber niemals, nicht einmal in seinen schlimmsten Befürchtungen, hätte er damit gerechnet, aus den Zehn-Uhr-Nachrichten von der Tragödie zu erfahren.

Jan Thompson hatte sich die Spätnachrichten auf einem anderen Kanal angesehen. Auch dort hatte es eine Reportage über den dreifachen Mord in Waco gegeben, aber im Gegensatz zu dem Bericht, den Raynell Rice gesehen hatte, wurden hier die Namen der Opfer nicht genannt. Trotzdem wußte sie sofort, daß es Jill und ihre Freunde waren, die man gefunden hatte. Ein paar Sekunden später klingelte ihr Telefon.

Nancy Shaw würde sich später nicht mehr an die Fahrt zum Krankenhaus in Waxahachie erinnern, wo man ihr und Monica in der Notaufnahme Beruhigungsmittel gab. Erst als man sie aus dem Behandlungszimmer führte und sie den Ausdruck auf den Gesichtern der Krankenschwestern sah, wußte sie mit Sicherheit, daß der Alptraum, den sie gerade durchlebte, Wirklichkeit war. Die ruhigen, teilnahmsvollen Blicke der Schwestern bestätigten ihr, daß alles tatsächlich passierte.

Als sie wieder zu Hause waren, wurde sie ins Bett gebracht. Zu diesem Zeitpunkt nahm sie die Leute um sich herum nur noch schwach und verschwommen wahr. Das Beruhigungsmittel hatte zu wirken begonnen, hatte ihre Augenlider schwer werden lassen und ihr das Gefühl einer fließenden Schwerelosigkeit vermittelt. Ein plötzliches, lautes Geräusch ließ sie schlagartig wach werden. Sie kletterte aus ihrem Bett und kroch auf Händen und Knien auf die Schlafzimmertür zu. Sie schluchzte den Namen ihrer Tochter.

Brad Montgomery war in einem der hinteren Schlafzimmer gewesen und hatte sich die nächtliche Wiederholung der Zehn-Uhr-Nachrichten angesehen. Als er noch einmal gehört hatte, daß die Leiche seiner Schwester gefunden, daß sie ermordet worden war, hatte er mit geballter Faust gegen die Wand geschlagen. Fluchend rannte er durchs Haus, sein Vater nur wenige Schritte hinter ihm. »Ich werde da hinfahren und diesen Hurensohn finden. Ich werde herausbekommen, wer das getan hat, und dann werde ich ihm seinen verdammten Kopf wegblasen.«

Vor dem Haus gelang es Rod Montgomery, seinen Sohn einzuholen. Sie rangen kurz miteinander, und dann fielen sie beide zu Boden. »Sie wollte, daß ich sie fahre«, schrie Brad. »Ich hätte mit ihr gehen sollen. Das wäre nicht passiert, wenn ich sie mitgenommen hätte... Gottverdammt, warum bin nicht ich gefahren?«

»Es ist nicht deine Schuld«, sagte Rod. »Brad, es ist nicht deine Schuld...«

Ein paar Sekunden lang kämpften sie noch. Brad bemühte sich verzweifelt, sich von seinem Vater loszumachen. Schließlich gab er auf, und sein Körper sackte zusammen. Auf dem feuchten Rasen kniend, umgeben von der sanften Dunkelheit des Sommers, schlangen sie die Arme umeinander und weinten.

Kapitel 5

Von dem Moment an, in dem sich die Fahrstuhltür zum Kellergeschoß der Leichenhalle des Dallas County öffnet, liegt ein drückender, beißender Geruch in der Luft, der sich mit keinem anderen vergleichen läßt, den man wohl jemals wahrnehmen wird. Er ist widerlich, kupferartig, fast schon süßlich, und schnell durchdringt er die Kleidung und setzt sich in der Nase fest, ähnlich wie das Lachgas, das einem Patienten in einer Zahnarztpraxis verabreicht wird. Man sieht sich mit diesem Geruch sogar schon konfrontiert, bevor man einen kurzen, engen Flur hinabgeht und sich dann nach links wendet, hin zu dem ausgedehnten Untersuchungsraum, in dem die Autopsien vorgenommen werden.

Wie die meisten anderen Pathologen auch, nimmt Dr. Mary Gilliland diesen Geruch nicht mehr bewußt wahr. Nur wenn Polizeibeamte, die eine Leiche zur Autopsie begleiten, ihn erwähnen, erinnert sie sich, wie er ihr anfangs zu schaffen gemacht hat. Mit dem Tod geht ein ganz bestimmter Geruch einher, sagt sie, der nichts mit Chemikalien, der Entblößung der Leiche oder gar verwesendem Fleisch zu tun hat. Aber obwohl sie es versucht hat, gibt sie zu, daß sie nicht in der Lage ist, ihn zu beschreiben. Sie kann lediglich versichern, daß er unvergleichlich ist, unvermeidlich auftritt und unauslöschlich im Gedächtnis haften bleibt.

Als sie am Donnerstag, dem 15. Juli, kurz vor Mittag im Kellergeschoß eintraf, hatte man die Leichen der drei Teenager, die aus Waco hergebracht worden waren, schon auf die blauen Plastikbahren gelegt und in den Untersuchungsraum geschoben. Sie hatte bereits einen anstrengenden Vormittag hinter sich gebracht und das Mittagessen ausfallen lassen, und jetzt wußte sie, daß ihr ein langer Nachmittag bevorstand. Mehrere Tote, die infolge desselben Verbrechens oder Unfalls gestorben waren, bedeuteten immer viel Arbeit. Mit lediglich der Unterstützung durch zwei Chemotechniker würde sie alle drei Autopsien selbst vornehmen.

Das Gerichtsmedizinische Institut des Dallas County, das neben dem Parkland Hospital steht, nur ein paar Meilen von Dallas' Innenstadt entfernt, ist nicht nur für den Bezirk zuständig, in dem es liegt, sondern nimmt auch für all jene Polizeibehörden im nördlichen, mittleren und westlichen Texas gerichtsmedizinische Aufgaben wahr, für die entsprechend ausgestattete Einrichtungen wirtschaftlich nicht realisierbar sind. Folglich müssen immer zu viele Autopsien von zu wenigen Pathologen in zu kurzer Zeit durchgeführt werden. Obwohl es als eines der besten forensischen Institute der Vereinigten Staaten gilt, hat das Gerichtsmedizinische Institut des Dallas County mit den gleichen Problemen zu kämpfen, die auch vergleichbaren anderen Einrichtungen – ebenso wie den Polizeibehörden – täglich zu schaffen machen. Es gibt einfach zu viele Verbrechen, zu viel Arbeit zu erledigen.

An Dr. Gillilands Person oder äußerer Erscheinung gibt es nur wenig, das auf ihren selbstgewählten Beruf hindeuten würde. Knapp einen Meter fünfundfünfzig groß, huscht sie mit den schnellen Bewegungen eines geschäftigen Zaunkönigs umher und spricht oft mit sich selbst, während sie Mitarbeiter oder sie aufsuchende Polizisten auf eiligen Touren durch die verschiedenen Abteilungen des Institutsgebäudes begleitet. Sie ist Anfang Dreißig und strahlt eine Aura von Ernsthaftigkeit aus, die durch ihre einfache Frisur, ihre Schnürschuhe und ihre große Brille noch unterstrichen wird. Sie sieht eher wie eine typische Bibliothekarin als wie eine Medizinerin aus. Andere Frauen würden sie vielleicht als ›vernünftig‹ bezeichnen und sich damit auf ihre Art, sich zu kleiden, ihre Frisur, ihren sparsamen Gebrauch von Make-up und auf das Fehlen jeglichen Schmucks beziehen.

Diejenigen, die sie gut kennen, sprechen von ihrem einnehmenden Humor, von ihrer Fähigkeit, am Steuer ihres eigenen Flugzeugs in die Städte zu gelangen, in denen sie in Prozessen Aussagen im Zusammenhang mit ihren Autopsien machen soll, und von der professionellen Art und Weise, wie sie ihre Arbeit verrichtet. Sie ist sich der Tatsache bewußt, daß es Leute gibt, die vor dem Gedanken an einen weiblichen Gerichtsmediziner zurückschrecken, und deshalb unterschreibt sie stets mit

›M. F. G. Gilliland‹ und besteht darauf, daß sie, wenn man sie in den Medien erwähnt, entweder so genannt wird oder aber einfach ›Dr. Gilliland‹. Nur ihre engen Freunde kennen sie als ›Mary‹.

In beruflicher Hinsicht gilt sie als gründliche, gewissenhafte Pathologin. Praktisch alle, die im Gerichtsmedizinischen Institut des Dallas County arbeiten, sind sich darüber einig, daß Dr. Gilliland auf ihrem Gebiet gute Arbeit leistet.

Minutenlang ging sie von einer Bahre zur anderen, schritt langsam auf und ab, umrundete jede der Leichen, sah auf die Körper hinab. Sie hatte die Arme hinter dem Rücken verschränkt, um nicht der Versuchung nachzugeben, etwas zu berühren. Sie wollte sich zunächst einen visuellen Eindruck davon verschaffen, womit sie sich in den nächsten paar Stunden genauer beschäftigen mußte. Allein durch das Anschauen der Leichen konnte sie, wie alle guten Pathologen, manchmal schon eine Menge über den Täter aussagen.

In diesem Fall zeugten die Leichen von einer schrecklichen, wahnsinnigen Gewalt. Sie versuchte, sich die Brutalität vorzustellen, mit der man die Jugendlichen mißhandelt hatte, so daß sie jetzt leblos vor ihr ausgestreckt lagen. Schließlich schüttelte sie kommentarlos den Kopf und beschloß, bei dem jungen Mann mit ihrer Arbeit zu beginnen.

Nur eines von fünf Mordopfern, die in das Labor der Gerichtsmedizin von Dallas gebracht werden, ist eine Frau. Hier hatte sie zwei junge Mädchen, die hübsch gewesen waren und in der Blüte ihres Lebens gestanden hatten. Die Autopsien an ihnen vorzunehmen, würde keine angenehme Aufgabe sein. Das war jedoch nicht der ausschlaggebende Grund dafür gewesen, daß sie sich entschieden hatte, ihre Aufmerksamkeit zuerst auf Kenneth Franks zu richten. Da seine Leiche vollständig bekleidet gewesen war, als man sie hergebracht hatte, waren seine Kleidungsstücke katalogisiert und für die Laboruntersuchung vorbereitet worden: vom T-Shirt und der Jeans bis hin zu den weißen Socken und den Sportschuhen; die Schnürsenkel, mit denen man ihm seine Hände auf den Rücken gefesselt hatte, die Armbanduhr (die noch immer die genaue Zeit anzeigte), seine Sonnenbrille und das rotweiße Stirnband. All das würde einer Unzahl von Tests unterzogen werden. Und ebenso würde man mit dem Knebel aus orangebraunem Frotteestoff verfahren, den man ihm abgenommen hatte.

Die Dollarnote und das Kleingeld, das man in seiner Hosentasche gefunden hatte, würde man in einem braunen Umschlag verstauen, zusammen mit dem Päckchen Zigaretten, das unter dem Ärmel seines T-Shirts gesteckt hatte, und dem kleinen goldenen Ohrring, den er an seinem linken Ohr trug.

Nachdem sie die gesamte Kleidung inspiziert hatte, begann Dr. Gilliland mit der Untersuchung der Leiche des jungen Mannes. Für einen kurzen Augenblick wurde ihre Aufmerksamkeit von einer kleinen, unprofessionellen Tätowierung auf dem Bizeps seines rechten Arms angezogen: ›K. F.‹, seine Initialen. Ihr kam der Gedanke, daß er nicht wie jemand aussah, der an einer Tätowierung interessiert wäre, wie klein und unauffällig sie auch sein mochte.

In Brust und Hals fanden sich insgesamt zwanzig Stich- und Schnittwunden. Zehn von ihnen hatten das Herz getroffen, sechs hatten die Lunge verletzt, und zwei hatten die Leber durchstochen. Sie stellte fest, daß nahezu jede dieser Wunden den Tod verursacht haben könnte.

Was sie am meisten interessierte, waren die zahlreichen Schnittwunden, Foltermale, die nicht bis in den Brustkorb eingedrungen waren. Höchstwahrscheinich waren ihm diese Wunden zuerst beigebracht worden. Sie hatten starke Schmerzen verursacht, waren aber nicht lebensbedrohlich gewesen. Wer auch immer Kenneth Franks umgebracht hatte, hatte sich offenbar nicht beeilt, seine grausige Tat zu vollbringen. Man hatte den jungen Mann leiden lassen, bevor schließlich der Tod kam.

Obwohl man bei den Leichen keine Waffe gefunden hatte, stellte sie fest, daß die Klinge des Messers nur auf einer Seite geschliffen war, vierzehn bis neunzehn Millimeter breit und ungefähr dreizehn Zentimeter lang. Vermutlich ein Jagdmesser, wie es in der Mehrzahl der Fälle von Tod durch Erstechen verwendet worden war, mit deren Untersuchung sie zu tun gehabt hatte. Sämtliche Stichkanäle verliefen leicht nach unten –

jemand hatte über dem Opfer gestanden, während er es erstochen hatte – und führten von links nach rechts. Sie vermutete sofort, daß der Mörder wahrscheinlich ein Linkshänder war.

Dr. Gilliland stellte fest, daß die Schnürsenkel an den Handgelenken Spuren hinterlassen hatten, daß es an einigen Körperteilen nachweislich Insektenbisse gab und daß sich in der Nasenhöhle des Opfers Larven eingenistet hatten.

Es wurden Fotos gemacht, dann wurde Kenneth Franks' Leiche gewaschen und nochmals fotografiert. Von diesem Punkt an wurde die Autopsie zur Routine. Während ihrer Untersuchung der inneren Organe fand sie nichts Außergewöhnliches. Kenneth Franks war ein normaler, gesunder junger Mann gewesen, bis er seinem Mörder in die Hände gefallen war. Sie stellte fest, daß er nicht lange vor seinem Tod einen Hamburger und Pommes Frites gegessen hatte.

Bis sie die erste Autopsie abgeschlossen hatte, waren zwei Stunden vergangen. Dr. Gilliland, die trotz der eisigen Temperatur im Untersuchungsraum schwitzte, gönnte sich eine kleine Pause, um etwas zu trinken. Dann wandte sie ihre Aufmerksamkeit Jill Montgomery zu.

Wenn Dr. Gilliland die Leiche einer Frau untersucht, die aller Wahrscheinlichkeit nach sexuell mißbraucht worden ist, überprüft sie unwillkürlich zuerst die Hände. In einigen Fällen, in denen das Opfer sich gewehrt hat, finden sich dort Anzeichen für einen Kampf, die wertvolle Informationen liefern. Unter den Fingernägeln finden sich oft Hautfetzen, die vielleicht einem Angreifer aus dem Gesicht gekratzt wurden; und mehr als einmal hat sie Haare gefunden, die an der Fassung eines Ringes hängengeblieben waren. Diese junge Frau hatte ganz offensichtlich um ihr Leben gekämpft. Über die Finger und den Rücken ihrer rechten Hand verliefen tiefe Schnitte, zweifellos die Folge von Jill Montgomerys Versuch, sich vor dem Messer ihres Angreifers zu schützen. Es gab jedoch kein Anzeichen von verräterischen Hautpartikeln oder Haarsträhnen.

Eine Autopsie, die an einem offensichtlichen Mordopfer vorgenommen wird, unterscheidet sich weitgehend von der, die man an der Leiche von jemandem durchführt, der aus unbekannter Ursache verstorben ist. Um die Todesursachen von Kenneth Franks, Jill Montgomery und Raylene Rice festzustellen, bedurfte es nicht einmal der einfachsten Tests. Somit ähnelte Dr. Gillilands Arbeit eher der eines Detektives als der eines Arztes. Wonach sie suchte, war etwas, irgend etwas, das einen Fingerzeig auf denjenigen (oder diejenigen) zu geben vermochte, der das Verbrechen begangen hatte.

Als sie mit ihrer Untersuchung fortfuhr, nahm diese Absicht in ihr sogar noch mehr Gestalt an. Der Oberkörper des Mädchens wies siebzehn Wunden auf. Man hatte sie neunmal in die Brust gestochen und dabei Herz, Leber und Lunge verletzt. Im selben Bereich gab es weiterhin fünf ›Folter‹-Schnitte. Von ihrer linken Brust hatte man ihr offensichtlich die Brustwarze abgetrennt. Und man hatte ihr die Kehle durchgeschnitten.

Der Schaden, den das Messer des Angreifers angerichtet hatte, war so unglaublich, daß Dr. Gilliland wenig Aufmerksamkeit auf die kleinen Blutergüsse auf der rechten Schulter und der linken Brust richtete. Sie waren zweifellos weitere Anzeichen für den Kampf, der dem Tod der jungen Frau vorausgegangen war.

Was die Gerichtsmedizinerin am meisten beunruhigte, war die Tatsache, daß keine der Wunden, nicht einmal der klaffende Schnitt in der Kehle, zu einem schnellen Tod geführt haben konnte. Sie schätzte, daß Jill Montgomery, obwohl sie vermutlich kurz nach Beginn des Angriffs bewußtlos gewesen war, noch eine Stunde gelebt hatte, möglicherweise länger, nachdem ihr die letzte Wunde beigebracht worden war.

Noch bevor sie mit den Autopsien der Mädchen begonnen hatte, hatte Dr. Gilliland die Techniker angewiesen, die üblichen oralen, analen und vaginalen Abstriche vorzunehmen und auf eventuelle Spermaspuren zu untersuchen. Obwohl diese Tests negativ verliefen, stellte Dr. Gilliland rote Quetschungen in der Vagina fest. Sie war sicher, daß man das Mädchen sexuell mißbraucht hatte, obwohl es keinen Hinweis auf einen Samenerguß gab.

Es dauerte eineinhalb Stunden, bis sie die Untersuchung von

Jill Montgomerys Körper abgeschlossen hatte. Sie sah, daß die kleine goldene Halskette des Mädchens, ein Paar runde blaue Ohrringe und ein Oberstufenring der High-School von 1959 mit den innen eingravierten Initialen N. G. B. in einem Umschlag für Beweismaterial verstaut worden waren. Sie seufzte tief und wandte sich von ihrer beendeten Arbeit ab.

Während ihrer Laufbahn hatte Dr. Gilliland die Folgen praktisch jeder Todesart zu Gesicht bekommen, und sie wußte, daß diese hier langsam und qualvoll gewesen war – die schlimmste Art. *In Waco, Texas,* dachte sie im stillen, *läuft ein echter Verrückter frei herum.*

An der Leiche von Raylene Rice fand die Gerichtsmedizinerin elf Stichwunden. Die Lunge und die linke Herzkammer waren mehrfach getroffen worden, was schwere innere Blutungen verursacht hatte, und man hatte sie einmal in den Hals gestochen. Auf dem Nacken befand sich außerdem eine Wunde, die von einer aufschlitzenden Bewegung hervorgerufen worden war. Wie Jill hatte man auch Raylene die Kehle durchgeschnitten. Die kleine goldene Halskette, die sie trug, war noch immer von der offenen Wunde umschlossen.

Die Winkel einiger der Wundkanäle deuteten darauf hin, daß man sie vermutlich erstochen hatte, während sie sich in einer horizontalen Lage befand. Und wieder entstand der Eindruck einer Bewegung von links nach rechts, wie auch schon bei den anderen beiden Leichen.

Man hatte sie mit ihrem rotweißen Oberteil geknebelt und einen beigebraunen Streifen Frotteestoff dazu benutzt, ihr die Hände auf den Rücken zu fesseln. Um ihren rechten Knöchel hing ein BH, in den man mehrere Knoten geschlungen hatte. Ihre Zehnägel waren mit kastanienbraunem Nagellack bemalt.

Mit dem auffälligen Make-up um ihre Augen, den baumelnden goldenen Ohrringen und den zwei goldenen Reifen an ihrem rechten Handgelenk sah sie älter als siebzehn aus, und dennoch trug sie das Merkmal vieler junger Mädchen, die sich noch auf dem frustrierenden Weg zur Weiblichkeit befinden. Raylene Rice trug eine Zahnspange.

Obwohl die Vergewaltigungstests auch in diesem Fall negativ verliefen, gab es Anzeichen für Verletzungen im Genitalbereich.

Es war nach siebzehn Uhr, als Dr. Gilliland ihre letzte Autopsie dieses Tages abschloß. Insgesamt hatte sie achtundvierzig Stichwunden an den drei Leichen festgestellt. Sie zog ihre Chirurgenhandschuhe und den Kittel aus und gab ihren Mitarbeitern letzte Anweisungen. Dann machte sie sich daran, den notwendigen Papierkram zu erledigen, damit die Leichen für die Bestattungsinstitute in Waco und Waxahachie freigegeben werden konnten.

Nancy Shaw kann sich kaum noch daran erinnern, daß sie mit den Vorbereitungen für die Beerdigung ihrer Tochter zu tun gehabt hat. Sie weiß nur noch, daß sie darauf bestanden hat, das Kleid zu bügeln, in dem man Jill beisetzen würde, und daß sie dabei haltlos geweint hat. Immer noch unter Schock stehend, hatte sie eingewilligt, für ein paar Tage zu ihrer Schwester Jan zu ziehen. Die Aufgabe, die Vorkehrungen für das Begräbnis zu treffen, lag bei Jills Vater, ihrem Bruder Brad und dessen Frau Gloria.

Rod Montgomery, ein Mann mit einem Hang zur Genauigkeit, verbrachte beträchtliche Zeit mit dem Leiter des Boze-Mitchell Bestattungsinstitutes, Pfarrer Jay Brown von der Vereinigten Methodistenkirche von Sardis, der den Gottesdienst abhalten würde, und den sechs Sargträgern, alles Freunde seiner ermordeten Tochter. Er wollte sichergehen, daß alles reibungslos verlaufen würde, und er hatte sorgfältig einen Zeitplan erstellt und aufgeschrieben. Er wollte, daß alles perfekt war. Man würde zwei von Jills Lieblingsliedern spielen: Tom Jones' ›Green, Green Grass of Home‹ und John Denvers ›Sunshine on My Shoulder‹.

Die Beerdigung war für zehn Uhr am Sonnabend angesetzt worden, damit auch Jills Schulfreunde daran teilnehmen konnten. Es war Rods Entscheidung, daß der Sarg geschlossen bleiben würde, eine Entscheidung, die er und andere Familienmitglieder später bedauern sollten. Später würden alle sagen, daß sie Jill gerne noch ein letztes Mal gesehen hätten, bevor sie auf dem Sardis Friedhof beigesetzt wurde, der inmitten der malerischen Landschaft des Ellis County liegt, direkt vor den Grenzen Waxahachies.

Die Messe für Raylene Rice würde um vierzehn Uhr am gleichen Tag stattfinden. Obwohl er schon seit vielen Jahren Vorkehrungen für Beerdigungen traf, hatte Raymond Rice nie in Betracht gezogen, welch bittere Ironie darin lag und wie groß die Schwierigkeiten waren, diese Vorkehrungen für eines seiner eigenen Kinder zu treffen. Viele der Einzelheiten überließ er seinen Kollegen im Rudolph-Snyder-Bestattungsinstitut und dem Pastor der College Street Kirche Christi, der den Gottesdienst abhalten würde.

Für die meisten Teenager von Waxahachie würde es ein langer, aufwühlender Tag werden. Viele der Jugendlichen hatten sich noch niemals zuvor mit dem Tod eines Freundes oder einer geliebten Person konfrontiert gesehen. Jetzt würden sie plötzlich an nur einem Tag an zwei Beerdigungen teilnehmen.

Diejenigen in Waco, die sowohl mit Jill Montgomery als auch mit Kenneth Franks befreundet gewesen waren, standen vor einer schwierigen Wahl. Kenneths Beerdigung fand ebenfalls am Samstagmorgen statt, in der Kapelle des Wilkirson-Hatch-Bestattungsinstitutes in Waco. Sie war mit der Hilfe Sandra Sadlers ausgerichtet worden, Kenneths Mutter, die aus Lake Jackson eingetroffen war, kurz nachdem Richard Franks ihr am Telefon die tragische Nachricht mitgeteilt hatte. Einigen Jugendlichen aus dem Methodistenheim wurde gestattet, von Waco nach Waxahachie zu fahren, um an Jills Beisetzung teilzunehmen.

Gayle Kelley hätte aus disziplinarischen Gründen auf dem Gelände des Methodistenheims bleiben sollen. Nach einem tränenreichen Bittgesuch hatten ihre Heimeltern ihr jedoch schließlich die Erlaubnis gegeben, an Kenneths Beerdigung teilzunehmen und als einer der Sargträger zu fungieren. Bobby Brim und Pat Torres, die zu den letzten gehörten, die mit Kenneth gesprochen hatten, waren ebenfalls gebeten worden, als Sargträger zu agieren.

In der Savannah Square Wohnsiedlung, in der Kenneth mit seinem Vater gewohnt hatte, wurde eine amerikanische Flagge auf Halbmast gesetzt, und die Anwohner machten Pläne, einen Fonds aufzustellen, um die Polizei bei ihrer Untersuchung der Mordfälle zu unterstützen. Auf Richard Franks' Drängen hin wurde auf einer Versammlung des Hauseigentümervereins auch über eine Bürgerinitiative diskutiert, die die Einrichtung einer Straßenbeleuchtung und einer Sperrstunde im Koehne Park zum Ziel hatte.

Bei Kenneth Franks' Bestattung las Pfarrer Dan Hitt, ein langjähriger Freund von Richards Eltern, aus Matthäus 10:28 vor: »Und werdet nicht furchtsam vor denen, die den Leib töten, die Seele aber nicht töten können; fürchtet aber vielmehr den, der sowohl Seele als auch Leib vernichten kann.« Diese Worte fanden bei den etlichen Beamten der Polizeibehörde von Waco wenig Beachtung, die in Zivilkleidung an dem Gottesdienst teilnahmen und auf der Suche nach irgend jemandem, der verdächtig erscheinen könnte, unaufhörlich die Gesichter in der Menge musterten.

In Waxahachie wunderten sich die Medienvertreter, die aus Dallas, Fort Worth und Waco angereist waren, um von den bedrückenden Ereignissen zu berichten, über die große Anzahl von Trauergästen bei den Beisetzungen der anderen beiden Opfer. »Diese Jugendlichen haben eine Menge Freunde gehabt«, sagte ein junger Kameramann des Fernsehens später, als er und eine Reporterin auf der kurzen Fahrt zurück nach Dallas waren.

Sie hatte Erfahrung mit der Berichtertattung über Verbrechen und ihre Folgen und nickte. »Ja, aber sie hatten mindestens einen Feind.« Sie hatte von hinreichend vielen Beerdigungen berichtet, mit hinreichend vielen Familien gesprochen, die angesichts eines Mordes von hilflosem Zorn erfüllt gewesen waren, um zu wissen, wie sie sich vor den schmerzlichen Gefühlen schützen konnte, denen sie sich während einer solchen Berichterstattung ausgesetzt sah. Die Bestattungen der beiden Teenager aus Waxahachie waren seit langer Zeit die ersten gewesen, bei denen sie geweint hatte.

Auf dem Sardis Friedhof konnte man das Grab von Jill Montgomery noch Tage nach der Beerdigung leicht ausfindig machen, denn es lag an einem Hang und war von einem Berg bunter Blumen bedeckt. Viele davon waren zum Gottesdienst mitgebracht worden, aber noch Tage danach kamen weitere hinzu, niedergelegt von unbekannten Freunden und Verwandten, die in aller Stille ihr letztes Geschenk überreichen und sich verabschieden wollten. Ein Grabstein, der die letzte Ruhestätte des Teenagers bezeichnen sollte, würde jedoch noch auf sich warten lassen. Rod Montgomery, ein Mann, der während des größten Teils seines Erwachsenenlebens gewerbsmäßig Grabsteine angefertigt hatte, würde sich dieser Aufgabe annehmen. Es war ihm nie in den Sinn gekommen, daß einmal der Tag anbrechen könnte, an dem er einen Stein für das Grab seiner Tochter würde entwerfen müssen.

Kapitel 6

Die Stadt Waco liegt mitten in Texas, nahe dem geographischen Zentrum des Staates. Hundert Meilen weiter im Norden steht das hochtechnisierte Dallas, und in der gleichen Entfernung südlich befindet sich die politische Hochburg Austin. Aber außer der Tatsache, daß Charles Alderton, von Beruf Erfinder, im Jahre 1885 im Hinterzimmer von Morrisons Apotheke die Formel für ein noch heute gebräuchliches Abführmittel entwickelte, gibt es wenig, das Waco einen herausragenden Platz in der texanischen Geschichte verschaffen könnte.

Die Wirtschaft und das soziale Gewissen der Stadt sind eng mit der Baylor Universität verknüpft, der größten von Baptisten finanzierten Lehranstalt der Vereinigten Staaten. Für alle Außenstehenden ist Waco eine Stadt, die vom Konservativismus des Bibelgürtels* beherrscht wird. Einige würden es als ›Schnalle des Gürtels‹ bezeichnen, andere nennen es ›Jerusalem am Brazos River‹.

Die dunklere Seite der Stadtgeschichte ist wohlbehütet und wird außerhalb gelehrter Kreise nur selten erwähnt. Es finden sich nur wenige Hinweise auf die Tatsache, daß dieser ehemalige Lagerplatz der Hueco (Waco) Indianer in den gesetzlosen Tagen der Erschließung des Westens als ›Revolver-Kreuzweg‹ bekannt war. Historisch bewanderte Biedermänner würden am liebsten ebensogern vergessen, daß die Stadt bis 1917 für ihre zahllosen legalen Bordelle berühmt war und daß die Versammlungen des Ku-Klux-Klan in den frühen zwanziger Jahren dieses Jahrhunderts bis zu fünfzehntausend Teilnehmer anzogen, unter ihnen Gesetzeshüter, Fakultätsmitglieder der Baylor Universität und Studenten, die sich eifrig darauf vorbereiteten, das Wort von der Liebe Gottes zu verbreiten. Oder daß das Lazarusviertel, ein Schandfleck, der versteckt auf der anderen Seite

* ›Bible Belt‹; Region in den südlichen USA, die durch eine sehr konservative und bibeltreue Denkweise der Bevölkerung gekennzeichnet ist. *Anm. d. Übers.*

des Brazos lag, die einzige Wohngegend war, in der schwarze Einwohner leben durften. Sie ziehen es vor, nicht über jene Tage zu sprechen, in denen ein Schwarzer namens Jesse Washington für schuldig befunden worden war, eine weiße Frau ermordet zu haben. Ein Mob aus wütenden Stadtbewohnern stürzte sich sofort auf ihn, erhängte ihn auf dem Marktplatz von Waco mit einer Kette und verbrannte ihn dann. Später wurden seine Überreste von einem Reiter demonstrativ durch die Straßen geschleift und schließlich in einen Sack gesteckt und vor einer Hufschmiede aufgehängt.

Leon Jaworski, der berühmte Oberste Ankläger während der Watergate-Anhörungen, verbrachte seine frühen Jahre als engagierter Anwalt in Waco und fiel sofort in Ungnade, als er eine Rechtstradition brach, indem er nachdrücklich die Interessen eines schwarzen Angeklagten wahrnahm, der des Mordes an einem Weißen beschuldigt wurde. Jaworski, ein unerbittlicher Gegner der Todesstrafe, nahm Zuflucht zu solch theatralischen Gesten, wie, den Gerichtssaal mit einem unter seinem Mantel versteckten Dolch zu betreten und diesen während des Schlußplädoyers mit einer schwungvollen Bewegung hervorzuziehen. »Wenn Sie diesen Mann töten wollen«, sagte er zu den verblüfften Geschworenen, »schlage ich vor, daß Sie es gleich jetzt hinter sich bringen.« Und mit diesen Worten drückte er dem Sprecher der Geschworenen den Dolch in die Hand, während der Staatsanwalt vor Wut schäumte.

Mittlerweile kann Waco etwas mehr als hunderttausend Einwohner vorweisen und hat, wie die meisten anderen Städte der Südstaaten, seit den Tagen des unverhohlenen Rassismus und der korrumpierten Rechtsprechung Fortschritte gemacht. Mit seiner malerischen Mischung aus moderner und vorbürgerkriegszeitlicher Architektur stellt Waco in den Augen der meisten Besucher eine Stadt dar, deren akademisch geprägte Bevölkerung und deren Vielzahl von Kirchen sie insgeheim vor den chaotischen Zuständen und der Gewalttätigkeit bewahren, über die so oft auf den Titelseiten der Tageszeitungen von Houston und Dallas berichtet wird.

Direkt unter dieser friedlichen Oberfläche wird jedoch eine Stadt sichtbar, deren Verbrechensrate den Stadtrat in Unruhe versetzt. Im Ostteil Wacos, einer Gegend, in die sich nach Einbruch der Dunkelheit nur noch die mutigsten der weißen Einwohner wagen, floriert nach wie vor die Prostitution. In Justizkreisen kursieren Gerüchte über einen umfassenden Drogenhandel, und erst vor wenigen Jahren stellten die örtlichen Behörden Ermittlungen über einen prominenten Bürger der Stadt an, der anscheinend an der Spitze eines der größten Autodiebesringe der Vereinigten Staaten stand. Es gab eine immer länger werdende Liste von Beschwerden über einen Pfarrer, der Mitglieder seiner Gemeinde angeblich zum Zwecke einer ›besonderen Beratung‹ zu sich nach Hause einlud, welche Gruppensex, Drogen und Pornofilme beinhaltete. Und allein im Jahre 1982 gab es in Waco vierundzwanzig Mordfälle, von denen die Hälfte bis heute noch nicht aufgeklärt ist.

Die Nachricht von der sadistischen Ermordung der drei Teenager am Lake Waco ließ die Öffentlichkeit vor Furcht erstarren. Die Überschriften des *Waco Tribune-Herald* vom 15. Juli schrien die Neuigkeit heraus:

> EIN JUGENDLICHER UND ZWEI MÄDCHEN
> ERSTOCHEN AM SEE AUFGEFUNDEN
> Nach Polizeiangaben waren die Leichen gefesselt
> und die Mädchen nackt

Die Reporter der örtlichen Fernsehanstalten lieferten plastische Einzelheiten, und der Filmbericht, der die Polizeibeamten und Sanitäter zeigten, als sie die Leichensäcke aus dem Unterholz des Speegleville Parks trugen, stand am Anfang einer jeden Nachrichtensendung. Während der nächsten paar Wochen gingen jeder Sendung, die über die Lake-Waco-Morde berichtete, die gleichen Bilder voraus, die an jenem Abend aufgenommen worden waren. Bei der Polizei von Waco, deren Beamten von der fast allabendlichen Wiederholung schnell die Nase voll hatten, wurde dieser Film als ›die Dschungelbilder‹ bekannt.

Wie vorherzusehen war, wurden die Eltern sofort weitaus strenger, was die Freizeitaktivitäten ihrer Kinder betraf, und verboten ihnen plötzlich die sommernächtlichen Fahrten auf dem Lake Shore Drive oder Ausflüge in die Parks, die sie bis zu diesem Zeitpunkt regelmäßig besucht hatten. Die Studentinnen, die an der Baylor Universität Sommerkurse belegt hatten, nahmen ihre nachmittäglichen Sonnenbäder nicht länger abseits des auf dem Universitätsgelände gelegenen Swimmingpools. Einige beschafften sich mit Hilfe ihrer Freunde oder ihrer besorgten Väter kleine Pistolen, die sie dann in ihren Handtaschen oder in den Handschuhfächern ihrer Autos ständig in Reichweite behielten.

Viele berufstätige Mütter, die es seit langem gewohnt gewesen waren, spätabends in einem der Einkaufszentren oder Supermärkte einzukaufen, die rund um die Uhr geöffnet hatten, änderten ihre Arbeitszeiten, damit sie alle notwendigen Besorgungen direkt nach der Arbeit erledigen und vor Einbruch der Dunkelheit sicher nach Hause kommen konnten. Sogar die Kinobesitzer stellten eine spürbaren Rückgang der abendlichen Besucherzahlen fest.

Für Waco waren Verbrechen und Gewalt nichts Neues, aber dieser Fall war irgendwie anders, furchterregender. Er gehörte weder zu der Art von Delikten, die man im Morddezernat der Stadt ›Samstagabend-Bier-und Joint-Morde‹ nannte, noch war er offenbar das tragische Ergebnis eines häuslichen Streites. Die Nachrichtenmedien, die im Zuge ihrer Berichterstattung von Gewaltverbrechen für gewöhnlich auf irgendein Motiv hinwiesen, hatten nicht die leiseste Andeutung auf einen Grund für die Morde gemacht. Es gab keine Anzeichen dafür, daß die Opfer Prostituierte, Zuhälter oder Drogensüchtige gewesen waren. Falls dies der Fall gewesen wäre, hätte die Öffentlichkeit die Verbrechen eher verstehen können. Aber es hatte keinen Anhaltspunkt dafür gegeben, daß die ermordeten Teenager jemals in irgendeiner Form mit dem Gesetz in Konflikt geraten waren. Es ergab einfach keinen Sinn. Die Öffentlichkeit fürchtete sich vor dem, was sie *nicht* wußte, ebensosehr wie vor dem, was sie aus den Spätnachrichten und der Morgenzeitung erfahren hatte.

Drei Teenager waren aus keinem ersichtlichen Grund umgebracht worden, und man hatte ihre Leichen in einem Gebiet gefunden, das vielen der Einwohner nicht ganz geheuer war.

Obwohl es niemals einen wirklichen Beweis dafür gegeben hatte, waren seit Jahren Gerüchte im Umlauf gewesen, daß eine Gruppe von Teufelsanbetern in den dichtbewaldeten und abgelegenen Ecken des Speegleville Parks regelmäßig ihre Hexensabbate abhielt. In den Tagen nach der grausigen Entdeckung der Leichen drehten sich die Telefongespräche vieler Hausfrauen aus Waco um die Möglichkeit, daß irgendein perverser Satanskult mit dem Verbrechen zu tun hatte.

Beim nachmittäglichen Treffen eines Bridgeklubs vertraute die Frau eines pensionierten Polizeibeamten ihren Mitspielerinnen an, daß sie zwar ihre Quelle nicht enthüllen könnte, aber mit Sicherheit wüßte, daß die Mädchen vor ihrem Tod mehrfach mit einer Limonadenflasche mißhandelt worden waren. Ihre Gäste brachten ihr Entsetzen zum Ausdruck, sicherten ihr Vertraulichkeit zu und drängten sie, ihnen doch noch mehr Einzelheiten über diesen Fall zu verraten.

Die meisten Einwohner waren jedoch weniger auf blutige Details aus und redeten lediglich über ihre Befürchtung, daß jetzt ein mordender Wahnsinniger – eine Art geistesgestörter Triebtäter – die Straßen ihrer Stadt heimsuchte und daß die Morde am See nur die ersten einer möglichen Reihe von willkürlichen sommerlichen Bluttaten gewesen sein könnten. Sogar altgediente Polizisten, die es schon vor langer Zeit aufgegeben hatten, regelmäßig zu Hause anzurufen, um sich zu vergewissern, daß ihren Frauen nichts zugestoßen war, oder um ihnen zu versichern, daß sie ihren Dienst unbeschadet überstanden hatten, nahmen diese alte Angewohnheit wieder auf. Einige von ihnen, die während der Spätschicht arbeiteten, begannen, ihre Streifenfahrten mehrmals pro Nacht weit über die ihnen zugewiesenen Routen auszudehnen, um sicherzugehen, daß bei ihren Familien alles in Ordnung war.

In der Nacht nachdem man die Leichen gefunden hatte, hielt sich Larry Scott, der Polizeipräsident von Waco – ein großgewachsener, schlaksiger Mann, der selten lächelt – mit der Familie eines Beamten, der während des Dienstes angeschossen worden war, im Krankenhaus auf. In der Hoffnung, das Leben des Mannes retten zu können, wurde dieser gerade zum drittenmal operiert.

Während er am Ende des Flurs, direkt gegenüber dem Operationssaal, im Warteraum saß und an einer Tasse Kaffee nippte, dachte Scott an die vertrauliche Mitteilung, die ihm einer der Ärzte soeben zugeflüstert hatte. »Da müssen schon tausend Wunder passieren«, hatte der Chirurg gesagt, bevor er sich umdrehte und hinter den Türen verschwand, die Scott von dem Überlebenskampf seines Beamten trennten.

Larry Scott gehörte seit 1966 zur Polizei und war 1979 zum Präsidenten ernannt worden. Er hatte sich vom untersten Dienstgrad bis dorthin hochgearbeitet und wurde deshalb von den meisten der einhundertzweiundsiebzig Männer, denen er vorstand, gemocht. Er war keine schwierige Persönlichkeit und zögerte nicht, im Zusammenhang mit der Ermittlungsarbeit Anregungen aufzugreifen, die nicht von ihm selbst ausgegangen waren. Er trug sein Haar noch immer kurzgeschoren wie in der Armee, was den jüngeren und modebewußteren Angehörigen der Behörde Anlaß zu harmloser Kritik gab. Er war einer jener Vorgesetzten, die, wenn die Zeit es erlaubte, ihre Uniform anzogen und die Streifenbeamten gelegentlich auf ihrer achtstündigen Schicht begleiteten. Dadurch, sagte er, konnte er mehr über die Zustände in der Stadt und die Stimmung in der Truppe erfahren, als er durch wochenlange Lektüre von Berichten und Teilnahme an Einsatzbesprechungen herausfinden würde.

Als ein Beamter im Wartezimmer des Krankenhauses auf ihn zutrat und ihm von den Mordopfern berichtete, die man im Speegleville Park gefunden hatte, verschlechterte sich Scotts bislang schon düstere Stimmung noch mehr. Er stand nicht einmal auf, sondern schüttelte nur den Kopf und starrte in seinen Kaffee. »Halten Sie mich auf dem laufenden«, sagte er.

Seit den Tagen, als er die Farm seiner Familie im nahen Bosqueville nach dem High-School-Abschluß verlassen hatte, war bisher noch kein Jahr so anstrengend und voller Polizeiarbeit gewesen. Und dabei war dieses Jahr erst zur Hälfte vergangen. Der lange, heiße Sommer, die Zeit, in der die Gemüter sich ebenso wie die Temperaturen zu erhitzen schienen und in der die Verbrechensrate anstieg, fing gerade erst an.

Er war sich bewußt, daß die Anspannung in seiner Behörde auch vor diesen drei Morden bereits kurz vor der Grenze des Unerträglichen gestanden hatte. Es hatte zu viele brutale Mordtaten in einem zu kurzen Zeitraum gegeben. Ein Mann hatte zwei andere aus einem Lebensmittelgeschäft entführt, sie zu einer einsamen Seitenstraße gebracht, sie gezwungen, sich flach auf den Boden zu legen, ihnen eine Schrotflinte an den Hinterkopf gehalten und sie hingerichtet. Ein anderes Opfer hatte man in der Garage einer Autowerkstatt gefunden; der Kopf war ihm fast abgetrennt worden. Ein kleines Kind hatte tot im Wäschetrockner seiner Mutter gelegen. Ein Vergewaltiger hatte das Gelände der Baylor Universität unsicher gemacht, und wie üblich wurden gerüchteweise einige Prostituierte vermißt, die vielleicht einem Gewaltverbrechen zum Opfer gefallen waren. Das alles begann sich anzuhören wie ein Drehbuch, das der Phantasie eines unzurechnungsfähigen Schriftstellers entsprungen war. Larry Scott hatte immer öfter schlaflose Nächte, und fragte sich, wann all das ein Ende haben würde. Steuerte auch seine Stadt auf den gewaltsamen Niedergang zu, der die Großstädte bereits erreicht hatte?

Auf Ersuchen Larry Scotts war ein Psychologe der Polizei von Dallas nach Waco gekommen, um zu seinen Beamten über die hohen Belastungen ihres Berufes zu sprechen. Nachdem sie den Psychologen gehört hatten, beschlossen mehrere Beamte der Polizei von Waco, sich um eine psychologische Beratung zu bemühen. Sogar Scott hatte der Vortrag aufgewühlt.

Obwohl die Polizeibehörde von Waco zu diesem Zeitpunkt keine Sondereinheit aufgestellt hatte, wurden sofort vierzehn Beamten damit beauftragt, die Lake Waco Morde zu untersuchen. Nach ein paar Tagen wurde es notwendig, einige Streifenpolizisten zur Unterstützung heranzuziehen, um den kontinuierlichen Strom von Anrufen von Bürgern bewältigen zu können, die glaubten, über wichtige Informationen für die Ermittlungen zu verfügen. Innerhalb der ersten achtundvierzig Stunden nachdem das Verbrechen öffentlich bekannt geworden war, erhielt die Polizei durchschnittlich fünfzig Anrufe pro Stunde.

Leute, die am Abend des 13. Juli im Koehne Park gewesen

waren, riefen an, um mitzuteilen, daß sie die drei Jugendlichen dort gesehen hatten. Informationen aus zweiter und dritter Hand waren an der Tagesordnung. Ein anonymer Anrufer berichtete, daß ein Freund ihm erzählt hatte, wie er zufällig jemanden mit der Ermordung von drei Jugendlichen am See hatte prahlen hören, aber er konnte keine Namen nennen. Viele waren davon überzeugt, Raylene Rices orangefarbenen Pinto während des Tages und des Abends der Morde an einer Vielzahl von Orten in Waco gesehen zu haben. Der Inhaber eines örtlichen Minigolfplatzes war sicher, daß die drei Jugendlichen am frühen Abend des betreffenden Tages dort gewesen waren. Sie hatten Schläger ausgeliehen, sich aber wenige Minuten später entschieden, doch nicht zu spielen. Er hatte ihnen ›Regenkarten‹ angeboten, Tickets, mit denen sie an einem anderen Tag eine Runde Golf hätten spielen können, aber eines der Mädchen, eine Brünette, hatte ihn um Rückerstattung des Geldes gebeten. Er erinnerte sich, daß sie gesagt hatte, sie käme aus Waxahachie und dort gäbe es keinen Minigolfplatz. Eine Frau, die einen Apartmentkomplex verwaltete, war sich sicher, daß die Mädchen sie am Nachmittag aufgesucht und mit ihr darüber gesprochen hatten, ein Apartment zu mieten. Sie hatten ihr gesagt, sie würden später wiederkommen, um die erste Monatsmiete zu hinterlegen.

Ein offensichtlich erschütterter Anrufer erzählte von einem schwarzen Anhalter, den er in der Nacht des Verbrechens mitgenommen hatte. Er sagte, die Jeans des Mannes wären blutbefleckt gewesen, der Schwarze hätte angedeutet, daß er früher an jenem Abend am Lake Waco gewesen wäre, und er hätte nervös gewirkt und ständig hinter sich geblickt. Eine Frau rief an und teilte mit, daß ihr kleiner Sohn ein rostiges Schlachtermesser gefunden hatte, während er in der Nähe des Sees nach Blechdosen suchte. Sie war davon überzeugt, daß es sich um die Mordwaffe handelte. Ein Medium aus New York sagte: »Die Antwort liegt in den Bäumen« und legte dann schnell wieder auf. Der Eigentümer einer Pfandleihe in Waco berichtete, daß eine ältere Frau und ein junger Mann, der Kenneth Franks sehr ähnlich sah, am dreizehnten gegen Mittag in seinem Geschäft gewesen waren und einen Fotoapparat verpfändet hatten.

Die Ermittlungsbehörden so entfernt liegender Städte wie Dallas und Houston meldeten sich in Waco, da das Verbrechen Ähnlichkeiten mit anderen Delikten aufweise, die sie gerade untersuchten, und baten um ausführlichere Informationen. Die Polizei von Waco konnte ihnen nur herzlich wenig weiterhelfen.

Sie überprüften die Hinweise, die ihnen zugingen, so schnell, wie ihre Personalsituation es zuließ, aber sie endeten immer wieder in einer Sackgasse.

In einem Hinterzimmer des Polizeipräsidiums stand einer der Beamten vor dem Kaffeeautomaten. Entnervt durch das andauernde Klingeln seines Telefons, steckte er eine Münze in den Schlitz und hämmerte ungewöhnlich heftig auf den Druckknopf. »Es muß ein gottverdammtes Drogengeschäft gewesen sein, das danebengegangen ist«, sagte er zu einem Kollegen. »Das ist die einzige Möglichkeit, die einen Sinn ergibt. Auf der Straße wird es ziemlich bald Gerede darüber geben, darauf kannst du wetten. Aber wenn wir alle zwei Minuten diese beschissenen Anrufe entgegennehmen müssen, werden wir nichts davon erfahren. Jeder Spinner aus Waco will seinen Senf zu diesem Fall dazugeben.«

Nach der Untersuchung des Fundortes der Leichen führte Truman Simons einige Tage lang einen erfolglosen Kampf gegen die Mückenstiche, die er sich zugezogen hatte, während er durch das Unterholz gekrochen war. Obwohl er nicht zur Untersuchung der Morde am Lake Waco abgestellt worden war – er war Streifenbeamter, und dieser Fall wurde vom Morddezernat bearbeitet – verbrachte er einen beträchtlichen Teil seiner Freizeit damit, durch den Koehne- und den Speegleville-Park zu fahren. Gelegentlich hielt er an, um Leute zu befragen, ob ihnen irgend etwas Ungewöhnliches aufgefallen war.

Am Samstagmorgen, dem Tag, an dem die drei Teenager beigesetzt wurden, traf Simons am See auf Detective Ramon Salinas. Sie waren seit einiger Zeit befreundet, und ihre Frauen spielten zusammen in der gleichen Softballmannschaft. Obwohl Simons mit der Art, wie Salinas manchmal mit Zeugen oder Verdächtigen umsprang, nicht einverstanden war, und ihn für einen Beamten hielt, der nicht immer so unvoreingenommen war, wie er sein sollte, war er dennoch erfreut, daß Salinas zu denen gehörte, die mit der Untersuchung betraut worden waren. Er fragte nach den Fortschritten der Ermittlungen.

»Eigentlich haben wir gar nichts«, sagte Salinas. »Aber im Moment nehmen wir den Vater des Jungen ziemlich genau unter die Lupe.«

Simons war überrascht. Es gehörte zur üblichen Vorgehensweise der Polizei, zunächst die Familienmitglieder von Verbrechensopfern als mögliche Verdächtige in Betracht zu ziehen, aber die Fakten in diesem besonderen Fall deuteten schwerlich auf einen Mord innerhalb der Familie hin. »Das macht wirklich nicht gerade viel Sinn, oder? Warum sollte er warten, bis der Junge mit zwei Mädchen zusammen war, wenn er seinen Sohn loswerden wollte? Man sollte doch annehmen, daß es für ihn reichlich andere Gelegenheiten gegeben hätte.«

»Ich weiß nicht«, erwiderte Ramon. »Vielleicht dachte er, es sähe besser aus, wenn er wartete, bis der Junge in Gesellschaft war, um dann alle umzubringen. Dieser Fall nimmt sich generell ziemlich verrückt aus, egal von welcher Seite man ihn angeht.«

Obwohl sie das Thema nicht angeschnitten hatten, wußte Ramon Salinas, daß Simons unbedingt an der Untersuchung mitarbeiten wollte. Er wußte ebenfalls, daß dies nur möglich war, wenn man ihn diesem Fall offiziell zuteilte.

»Wir werden es schon schaffen«, sagte Salinas. »Es wird nur ein bißchen dauern.«

Truman Simons dachte zurück an den Anblick der drei Jugendlichen, die tot in dem bewaldeten Gebiet gelegen hatten, das sich direkt gegenüber von ihrem Standort befand. Er nickte. »Ihr müßt. Irgendein wahnsinniger Hurensohn muß dafür bezahlen.«

Mit diesen Worten ging er zu seinem Wagen zurück und winkte Salinas zu, als er wegfuhr. Er hatte kein gutes Gefühl angesichts der mangelnden Fortschritte, die die Polizei bei diesem Fall machte. Eine uralte Faustregel unter Polizisten besagt, daß die Chancen, einen Mörder jemals zu erwischen, astronomisch schlecht werden, wenn das nicht innerhalb der ersten achtundvierzig Stunden nach dem Verbrechen gelingt. Aus diesen achtundvierzig Stunden waren bereits fünf Tage geworden.

Während Simons weiterhin seine Runden um den See drehte und nicht genau wußte, wonach er eigentlich Ausschau hielt, übermannte ihn ein Gefühl der Frustration. Er fuhr zum Speegleville Park zurück und suchte noch einmal zu Fuß das Gebiet ab, in dem man die Leichen gefunden hatte. Inzwischen markierten nur noch Absteckpfähle die Stellen, wo er Kenneth Franks, Jill Montgomery und Raylene Rice zum erstenmal gesehen hatte.

Sogar bei Tageslicht ließ dieser Ort ein ungutes Gefühl in ihm aufsteigen. Die überhängenden Bäume tauchten alles in dunkle Schatten und ließen nicht den leisesten Lufthauch hindurch. Simons ging zum Ufer und konnte auf der anderen Seite des Sees den Ring im Koehne Park erkennen. Ramon Salinas Wagen war verschwunden. Truman Simons spürte, daß irgendwo dort drüben die Antworten lagen.

Salinas hatte Simons nichts von den ergebnislosen Hinweisen erzählt, denen er und andere Beamten nachgegangen waren. Und er hatte sich auch nicht veranlaßt gefühlt, ihm die weniger verläßlichen Informationen mitzuteilen, die sie erhalten hatten.

Die Mädchen hatten den Scheck, der der Anlaß für Jill Montgomerys Ausflug gewesen war, in der Tat abgeholt. Am Morgen nach der Entdeckung der Leichen hatte man die Kontrollabschnitte einiger von Jills Schecks gefunden. Sie hatten im Koehne Park verstreut in der Nähe des Ortes gelegen, an dem der Pinto geparkt worden war. Und man hatte festgestellt, daß Jill am Nachmittag des dreizehnten einen Scheck in Höhe von zweihundertsechsundzwanzig Dollar und fünf Cent in einem örtlichen Supermarkt eingelöst hatte. Früher an jenem Nachmittag waren die Mädchen kurz bei der Rangers Hall of Fame vorbeigefahren, um Lou Booker hallo zu sagen, Jills ehemaligem Vorgesetzten. Dann hatten sie in einem *El Chico* Restaurant gegessen, bevor sie schließlich Kenneth Franks anriefen. Darüber hinaus gab es keine Anzeichen dafür, wie sie an jenem

Tag die meiste Zeit in Waco verbracht hatten. Im Methodistenheim konnte sich niemand daran erinnern, daß sie vorbeigekommen waren. Es schien, als ob die Mädchen während der längsten Zeit ihres Aufenthaltes in der Stadt unsichtbar geblieben wären.

Eine Nachfrage bei den Behörden von Waxahachie, die aufgefordert worden waren, in ihrem Bereich Nachforschungen anzustellen, führte nur zu noch mehr Verwirrung und falschen Spuren. Jemand war sicher, eine dritte Person – einen mexikanisch wirkenden Mann – zusammen mit Jill und Raylene in dem Auto gesehen zu haben, ungefähr zu der Zeit, als die Mädchen vermutlich nach Waco aufgebrochen waren. Ein Anrufer war überzeugt davon, daß die Mädchen früher an jenem Tag nach Duncanville nahe bei Dallas gefahren waren, um einen Freund von Raylene zu besuchen. Ein anderes Mädchen aus Waxahachie beharrte darauf, daß Jill und Raylene sie eingeladen hatten, nach Waco mitzukommen. Nachdem sie ein paar Meilen gefahren waren, hätte sie aber ihre Absicht geändert und darum gebeten, daß die beiden sie wieder nach Hause brachten, weil ihr angeblich eingefallen war, daß sie noch etwas erledigen mußte. Später gab sie zu, daß sie die ganze Geschichte aus irgendeinem Grund erfunden hatte.

Ronnie Roark, ehemals bei der Polizei von Waxahachie und zu jener Zeit Beamter bei der Polizeibehörde des nahen Ennis, unterhielt sich mit Mike Nicoletti, einem Streifenbeamten aus Waco, und schlug vor, Jills Vater als Verdächtigen in Betracht zu ziehen. Detective Roark, der noch immer in Waxahachie wohnte, war zusammen mit Rod Montgomery aufgewachsen und hatte ihn immer für ›merkwürdig‹ gehalten. Er redete davon, daß Rod sein Haar zu einem Zopf gebunden trug, obwohl er vierzig Jahre alt war, und sagte, daß einige Leute in der Stadt glaubten, Rod sei geistig ein wenig zurückgeblieben. Und man erzählte sich, daß im Zuge der Scheidung von Rod und Nancy Montgomery auch ein heftiger Kampf um das Sorgerecht für die Kinder ausgetragen worden war.

Detective Roark erzählte Nicoletti nichts von dem Gespräch, das er am Morgen des 14. Juli mit Karen Hufstetler geführt hatte.

Er war an jenem Morgen zum Gerichtsgebäude des Ellis County gegangen und hatte mit Karen, einer Angestellten im Büro der Bezirksverwaltung, über eine falsch überwiesene Unterhaltszahlung gesprochen, die seine Ex-Frau beanstandet hatte. Karen war eine Freundin von Roarks jetziger Frau und seiner Schwägerin, und sie schien erfreut gewesen zu sein, ihn zu sehen. Während sie sich über Roarks Problem mit der falschen Überweisung unterhalten hatten, hatte sie den Anschein erweckt, als ob irgend etwas sie beunruhigte. Schließlich hatte sie gesagt, da wäre etwas, das sie ihm erzählen wollte. Sie erinnerte ihn daran, daß er in einem Vermißtenfall einmal mit John Catchings, einem Psychologen aus Dallas, zusammengearbeitet hatte. »Deshalb wirst du vielleicht nicht glauben, daß ich verrückt bin«, hatte Karen gesagt. Dann vertraute sie ihm zögernd an, daß sie in der Nacht zuvor eine ›Vision‹ gehabt hatte, in der sie gesehen hatte, wie Leuten, die sie nicht kannte, schreckliche Dinge zugefügt wurden – an einem Ort, an dem sie niemals gewesen war. Sie zeigte ihm einen kleinen gelben Block, auf dem sie sich einige Notizen gemacht hatte, und die Skizze eines der Männer, die sie die schrecklichen Dinge hatte tun sehen.

Roark sah sich das Bild an und dachte im stillen, daß sein jüngstes Kind eine bessere Zeichnung zustande gebracht hätte. Trotzdem steckte er das Blatt in seine Manteltasche und versprach Karen, zu überprüfen, ob ihre Notizen zu einem der Verbrechen paßten, die kürzlich verübt worden waren.

Nachdem die Nachrichten an jenem Abend von den drei Teenagern berichtet hatten, die ermordet in Waco aufgefunden worden waren, hatte Roark einen verzweifelten Anruf von Karen erhalten. Sie bat ihn, die Informationen, die sie ihm gegeben hatte, an die Polizei von Waco weiterzuleiten, damit man dort überprüfen konnte, ob sie in irgendeiner Weise mit den Einzelheiten des Verbrechens übereinstimmten, das man dort untersuchte. Roark hatte es ihr zugesichert.

Nur ein paar Wochen nach Jill Montgomerys Beerdigung trafen sich Nancy Shaw und Detective Roark zufällig in einem Lebensmittelgeschäft. Er drückte ihr sein Beileid über das Geschehene aus, und sagte, daß er sich selbst mit dem Fall beschäftigt hatte.

»Eines kann ich Ihnen versichern«, sagte er, »Ihre Tochter war eine Kämpferin.«

Nancy war überrascht über sein Interesse an dem Verbrechen und sein Wissen über den Fall und fragte ihn, was er damit meinte. Er erklärte ihr, daß die Finger einer von Jills Händen bei ihrem offensichtlichen Versuch, sich von dem Angreifer zu schützen, abgetrennt worden waren. Und allem Anschein nach, fuhr er fort, hatte ihre Tochter ziemlich lange leiden müssen, bis sie tot war.

Für einen Moment fühlte Nancy Shaw sich am Rande einer Ohnmacht; dann brach sie in Tränen aus und rannte aus dem Geschäft. Roark, den sie hinter seinem Einkaufswagen stehend zurückgelassen hatte, schüttelte den Kopf. Ihre Reaktion verwirrte ihn. Zur Hölle, er hatte gedacht, daß es sie interessieren würde, was ihrer Tochter zugestoßen war.

In Waxahachie gab es für Roark und die anderen örtlichen Polizeibeamten tatsächlich nur sehr wenig zu untersuchen. Trotz des für kurze Zeit kursierenden Gerüchtes, daß man die Mädchen in Waxahachie ermordet und ihre Leichen dann nach Waco transportiert hatte – die Tatsache außer acht lassend, daß Kenneth Franks nicht in Waxahachie gewesen und dennoch gemeinsam mit Jill und Raylene tot aufgefunden worden war –, ließen die wenigen verläßlichen Informationen kaum Zweifel daran, daß das Verbrechen in Waco verübt worden war. Und noch immer ergoß sich über die Polizei von Waco ein beständiger Strom von Hinweisen, von denen nur wenige vielversprechend oder nützlich zu sein schienen.

Dann gab es einen kurzen Hoffnungsschimmer, nachdem mehrere anonyme Anrufer behauptet hatten, daß ein Mädchen namens Brenda Douglas, das sich des öfteren in den Parks am See aufhielt, vielleicht einige Angaben zu den Morden machen konnte. Sie hatte ein paar Freunden von einer Unterhaltung erzählt, die angeblich am frühen Abend des 14. Juli im Koehne Park stattgefunden hatte, dem Tag, an dem die Leichen entdeckt worden waren. Ein Mann namens Terry Hough hatte versucht, mit ihrem Freund Streit anzufangen, und sollte ihr und einigen anderen erzählt haben, er wüßte, wo man drei Leichen, zwei davon junge Mädchen, im Speegleville Park abgeladen hatte. Er hatte gelacht und bewußt den Anschein erweckt, er wüßte erheblich mehr als er erzählte. Und dann hatte er gesagt, daß man die Mädchen vergewaltigt und ihnen die Kehlen durchgeschnitten hatte.

Als Ramon Salinas Brenda verhörte, war sie sich sicher, daß die Auseinandersetzung und Houghs Äußerungen ›zwischen halb neun und neun‹ an jenem Abend stattgefunden hatten. Eine Nachfrage bei den Radio- und Fernsehstationen ergab, daß der erste Bericht über die Morde um 21 Uhr 15 ausgestrahlt worden war. Falls sich Brendas Angaben als wahr herausstellten, erzählte Salinas einigen Kollegen, hatte Hough auf keinen Fall durch die Nachrichten von den Morden erfahren können.

»Vielleicht«, sagte er zu Lieutenant Marvin Horton, der offiziell die Ermittlungen leitete, »haben wir doch noch Glück gehabt.«

Während der nächsten Tage befragten die Ermittlungsbeamten all jene, die laut Brenda Douglas im Park dabeigewesen waren, als Hough von den Leichen im Speegleville Park erzählt hatte. Mit jedem Verhör, das sie durchführten, wurde die Geschichte unwahrscheinlicher. Ein Mädchen sagte, daß sie sich zwar an den Streit und Houghs Prahlerei erinnern würde, daß das Ganze aber eher gegen 18 Uhr 30 stattgefunden hätte, vielleicht um neunzehn Uhr. Eine andere erinnerte sich nur daran, daß Hough versucht hatte, einen Streit mit Brendas Freund anzufangen. Das wäre aber angeblich gegen dreiundzwanzig Uhr passiert, vielleicht sogar noch später. Eine der befragten Personen war sich absolut sicher, von Brenda gehört zu haben, daß sie Hough am Mittwochmorgen am See getroffen und daß er dann von den ermordeten Jugendlichen erzählt hatte. Wiederum ein anderer sagte, ja, er würde sich gut an den Vorfall erinnern, aber der hätte am Donnerstagabend stattgefunden, nicht am Mittwoch.

Unterdessen brachte eine Überprüfung von Terry Houghs Vergangenheit ans Tageslicht, daß er bereits bei mehreren früheren Gelegenheiten damit geprahlt hatte, in eine Anzahl von Morden verwickelt zu sein, über die detailliert in den örtlichen Medien berichtet worden war. Es war eine weitere Sackgasse.

Salinas saß wieder an seinem Schreibtisch und sichtete den beständig anwachsenden Papierberg, der sich aus den Ermittlungen ergab. Er warf einen Blick auf den erschöpften Miko Nicoletti. »Bis dieser Fall abgeschlossen ist«, sagte er, »wird der Name eines jeden Jugendlichen aus Waco, der zwischen dreizehn und fünfundzwanzig Jahren alt ist, hier irgendwo aufgeschrieben worden sein. Und sie alle sind halb verrückt.«

Nicoletti stimmte ihm zu. Am 20. Juli war die Leiterin aus dem Methodistenheim kurz nach Mittag mit einem jungen Mädchen namens Linda Kalton auf dem Polizeirevier erschienen. Linda hätte Kenneth Franks und Jill Montgomery gekannt, erklärte die Frau, und sie glaubte, daß sie vielleicht über ein paar nützliche Informationen verfügte.

Nicoletti hörte zu, als die scheinbar schüchterne Jugendliche ihre Geschichte erzählte. Offensichtlich war es nicht ihre Idee gewesen, diese Aussage zu machen. Mit einer Stimme, die kaum mehr als ein Flüstern war, erzählte sie, daß sie mitbekommen hatte, wie der Mann, dem das kleine Lebensmittelgeschäft gegenüber vom Methodistenheim gehörte, einmal gedroht hatte ›Kenneth Franks ins Krankenhaus zu befördern‹, nachdem die beiden sich gestritten hatten. Der Name des Mannes war Muneer Deeb, aber die meisten der Teenager nannten ihn Lucky.

»Weißt du noch, warum sie gestritten haben?« fragte Nicoletti.

»Ich glaube, daß Kenneth mit seinem Motorrad über den Parkplatz des *Rainbow* gefahren war – so heißt Luckys Geschäft – und ihn beschimpft oder ihm den Mittelfinger gezeigt hatte. Ich weiß, daß die beiden sich nicht ausstehen konnten. Es hatte irgend etwas mit Gayle zu tun.«

»Gayle?«

»Ja, eines der Mädchen aus dem Heim. Gayle Kelley. Sie und Kenneth waren gute Freunde, und Lucky gefiel das überhaupt nicht. Ich glaube, er wollte, daß Gayle seine Freundin wurde.« Bei diesen Worten lächelte sie.

»Was ist daran so witzig?« fragte Nicoletti.

»Ach, Lucky ist ein kleiner, unscheinbarer Kerl. Ein ganzes Stück kleiner als Kenneth. Ich erinnere mich noch, ihm damals gesagt zu haben, daß ich nicht glaubte, er wäre in der Lage, irgend jemanden ins Krankenhaus zu befördern. Selbst der Gedanke daran, daß er sich mit einem anderen prügelte, war wirklich ziemlich komisch.«

Nicoletti erwähnte sein Gespräch mit Linda Kelton in dem Bericht, den er später an jenem Tag zu den Akten nahm. Allein der Papierkram wurde langsam zu einer Ganztagsbeschäftigung.

Das Ausmaß der bereits gesammelten Informationen war nicht zu überblicken. Obwohl vieles davon unbedeutend war – Leute von der Straße, die ihnen von obskuren Verdächtigen und haltlosen Gerüchten erzählten, verängstigte Bürger, die behaupteten, daß sie, während sie mit ihren Booten auf dem See gewesen waren, sich verdächtig benehmende Leute gesehen hätten, und ähnliches – wurde es langsam unmöglich, die Informationen so aufzubereiten, daß jeder Beamte wußte, was die anderen taten. Gewissermaßen liefen zur gleichen Zeit ein Dutzend verschiedener Ermittlungen. Mehr als einmal mußten die Beamten feststellen, daß mehrere von ihnen den gleichen Hinweisen nachgingen, während andere Spuren überhaupt nicht verfolgt wurden.

Lieutenant Horton war sich des zunehmenden Durcheinanders bewußt. Er rief seine Ermittlungsbeamten zusammen und wies sie an, sicherzustellen, daß jeder jeden einzelnen der Berichte las, die täglich zu den Akten genommen wurden. Er führte nicht genauer aus, woher die Beamten die Zeit dazu nehmen sollten.

Zu Beginn der zweiten Augustwoche war die Anzahl der Ermittlungsbeamten, die ausschließlich mit der Untersuchung der Lake-Waco-Morde beauftragt waren, drastisch verringert worden. Während einige der Männer sich nur noch gelegentlich dem Fall widmen konnten, wenn ihre tägliche Arbeitslast dies zuließ, waren Detective Salinas, Lieutenant Horton und Sergeant Bob Fortune die einzigen Polizisten, die ausnahmslos diesen Fall bearbeiteten. Obwohl man der Presse erzählte, daß eine Anzahl neuer Spuren überprüft wurde und daß die Behörden zuversichtlich blieben, die Mörder noch zu fassen, führten die Ermittlungen genaugenommen zu nichts.

Schließlich wandten die Medien ihre Aufmerksamkeit anderen Dingen zu und fragten nur noch sporadisch nach dem Fall, wenn ihnen ein nachträglicher Gedanke gekommen war oder wenn mal ein Redakteur darauf drängte, daß ein Nachfolgebericht fällig war. Auf dem Belohnungskonto, das ein örtlicher Radiosender eingerichtet hatte, gingen die ersten Zinsen ein. Und die Gewalt in und um Waco setzte sich fort. Am 10. August wurde im Vorort Axtell die Leiche einer hübschen blonden Frau namen Gail Beth Bramblett in der Nähe der Eisenbahnlinie gefunden. Sie war mit drei Schüssen getötet worden.

Abgesehen von gelegentlichen Gerüchten, gab es im Fall der Lake-Waco-Morde nur noch wenige Hinweise zu überprüfen. Für kurze Zeit interessierte sich Salinas für die Aussage einer Lehrerin der High-School von Waxahachie. Während sie an einem Wochenende über einen Flohmarkt geschlendert war, der nicht weit von Dallas entfernt stattfand, hatte die Lehrerin zufällig mitbekommen, wie zwei mexikanisch aussehende Jugendliche sich über ein paar Leute aus Fort Worth unterhielten, die behauptet hatten, in die Ermordung einiger Jugendlicher an einem See, der in der Nähe von Waco lag, verwickelt gewesen zu sein. Aber nachdem die Jugendlichen bemerkt hatten, daß sie versuchte, ihre Unterhaltung zu belauschen, hatten sie begonnen, Spanisch zu sprechen. Offiziell handelte es sich bei dieser Aussage um nichts anderes, als um einen weiteren Eintrag in der beständig länger werdenden Liste von Gerüchten, die mit dem Fall zusammenhingen. Deshalb wurde ihr keine besondere Bedeutung beigemessen.

Eine junge Frau namens Donna Cawthorn meldete sich zögernd und erzählte, daß sie in der Mordnacht mit ihrem Freund im Koehne Park gewesen war und etwas Verdächtiges gesehen hatte. Sie hatten in der Nähe vom Ring geparkt, als sie zufällig einen Blick in den Rückspiegel des Wagens ihres Freundes warf. Neben dem Auto stand ein Mann, ungefähr Ende Zwanzig, etwa einen Meter zweiundsiebzig groß und zirka siebzig Kilo schwer. Er trug ein weißes T-Shirt und Bluejeans. Sie sagte, es wäre schätzungsweise dreiundzwanzig Uhr gewesen, als sie ihn zum erstenmal bemerkte.

Erschrocken machte sie ihren Freund sofort auf den Störenfried aufmerksam, woraufhin er unter die Sitzbank griff, um einen Schraubenschlüssel hervorzuholen, der dort aus Sicherheitsgründen lag. Als ihr Freund sich nach hinten beugte, um unter den Sitz zu greifen, rannte der Mann nach Norden, auf den Bootssteg zu.

Zwar hatte ihr Freund den Mann nicht gut sehen können, aber Donna Cawthorn glaubte, daß sie ihn wiedererkennen würde, wenn sie ihn noch einmal zu Gesicht bekam. Die Polizisten zeigten ihr eine Anzahl von Fotos aus der Kartei, aber sie fand niemanden, der dem Mann ähnlich sah, der ihr in jener Nacht im Park aufgefallen war. Die meisten Bilder, die sie sich ansah, zeigten Männer, deren Haar länger als gewöhnlich war, und viele von ihnen hatten Bärte. Nur wenige sahen so ordentlich aus, wie der Mann, den sie beschrieben hatte. Seine Haare waren kurz geschnitten gewesen, und er hatte keinen Bart getragen.

Am 9. September warf Truman Simons einen Blick auf Salinas' Schreibtisch und entdeckte dort mehrere Berichte, die sich auf die Morde am See bezogen. Während der Ermittlungen hatte er es sich angewöhnt, alle paar Tage die Aufzeichnungen durchzublättern, nur um zu sehen, welche Fortschritte der Fall machte. Da er seit einer Wochen nichts Neues mehr gelesen hatte, überflog er eifrig den ordentlich getippten Bericht, der auf den dritten September datiert war.

Er beinhaltete wenig mehr als eine Zusammenfassung der Erkenntnisse in dem Fall und eine Übersicht über die persönlichen Besitztümer der Opfer, die vom Labor der Gerichtsmedizin von Dallas zurückgeschickt worden waren. In der letzten Zeile des Berichts stand das einzig Überraschende. Salinas hatte geschrieben: ›Die Ermittlungen in diesem Fall werden nunmehr ausgesetzt. FALL AUSGESETZT.‹

Das Wort ›ausgesetzt‹ sprang ihm entgegen. Seit sie die Leichen von Jill Montgomery, Raylene Rice und Kenneth Franks entdeckt hatten, waren erst zweiundfünfzig Tage vergangen – weniger als acht Wochen. Und aus rein praktischen Gründen wurde der Fall jetzt geschlossen. Simons unterdrückte einen Fluch, warf den Bericht zurück auf den Schreibtisch und ging wieder in die Einsatzzentrale. Er mußte telefonieren.

Seine Jahre bei der Polizei hatten ihn gelehrt, daß ein Fall, der ausgesetzt und in der entsprechenden Schublade abgelegt wurde, im allgemeinen nur dann je gelöst wurde, wenn jemand das Revier betrat und ein Geständnis ablegte. Sobald er einmal im Aktenschrank verschwunden war, geriet er ziemlich schnell in Vergessenheit. Aus den Augen, aus den Sinn.

Einerseits ärgerte sich Simons, daß seine Kollegen schon so frühzeitig beschlossen hatten, aufzugeben. Andererseits bot sich nun für ihn die Gelegenheit, auf die er seit jener Julinacht im Speegleville Park insgeheim gehofft hatte. Er griff nach dem Telefonhörer und rief Chief Scott zu Hause an.

Scott hatte nicht gewußt, daß der Fall geschlossen worden war, und hörte ruhig zu, als Simons ihm darlegte, daß er sich in dem Fall auf dem laufenden gehalten, die Berichte gelesen und mit den Ermittlungsbeamten gesprochen hatte. Simons versuchte, diplomatisch vorzugehen und deutete an, daß ein Verbrechen solchen Ausmaßes nicht ungelöst zu den Akten gelegt werden sollte und daß vielleicht eine neue Ermittlungsmethode angebracht sein könnte.

»Was ich gerne tun würde«, erklärte er und legte sich dabei sorgfältig jedes Wort zurecht, »ist, alles noch einmal zu durchleuchten und zu versuchen, ob ich nicht vielleicht etwas herausfinden kann. Vielleicht könnte gerade jemand auf die eine oder andere neue Idee kommen, der nicht so eng mit den Ermittlungen befaßt gewesen ist, jemand, der nicht unter diesem umfassenden Druck gestanden hat.«

Simons redete jetzt schneller und ließ seinem Vorgesetzten keine Zeit, eine Antwort zu geben. Er betonte, daß er niemanden kritisieren wolle, der mit der Untersuchung betraut gewesen war. Falls man ihm gestattete, den Fall zu bearbeiten, würde er alle neuen Erkenntnisse gerne an diejenigen weiterleiten, die ursprünglich dafür zuständig gewesen waren. Er war lediglich der Meinung, daß es noch zu früh war, um aufzugeben.

»Chief«, sagte er und fühlte sich, als hätte er gerade das Schlußplädoyer einer Gerichtsverhandlung gehalten, »dieser Fall liegt mir wirklich sehr am Herzen.«

Larry Scott bemühte sich angestrengt, vor Simons die Tatsache zu verbergen, daß er wütend war, weil man ihn von der Aussetzung des Falls nicht in Kenntnis gesetzt hatte. Falls man ihm das vorgeschlagen hätte, hätte er darauf bestanden, daß die Ermittlungen fortgesetzt wurden. Es hatte zwar schon seit langem zu seiner Vorgehensweise gehört, die Leiter der entsprechenden Abteilungen über solche Fragen entscheiden zu lassen, aber in diesem Fall fühlte er, daß Lieutenant Horton, Simons' direkter Vorgesetzter, nicht den richtigen Entschluß gefaßt hatte. Am nächsten Morgen würde er zuallererst mit Horton darüber sprechen.

Seit der Zeit, während der sie beide als Streifenbeamten gearbeitet hatten, waren Larry Scotts Gefühle bezüglich Truman Simons in gewisser Weise widersprüchlich gewesen. Persönlich hatte er Simons nie wirklich gemocht. Er war sich nicht sicher, warum. Die Chemie stimmte einfach nicht. Auf der anderen Seite bewunderte er die beruflichen Fähigkeiten dieses Mannes sehr und war glücklich, ihn in seiner Behörde zu haben.

Simons war wirklich die charismatischste Persönlichkeit, der Larry Scott jemals begegnet war. Er hatte regelmäßig beobachten können, wie neue Rekruten, nachdem sie nur etwa eine Woche mit Simons auf Streife gewesen waren, versucht hatten, seinen Gang zu imitieren und sogar seine gedehnte Aussprache nachzuahmen.

Und kein Beamter der Polizei von Waco verfügte über bessere Kontakte auf den Straßen oder würde sich tiefer in einen Fall verbeißen als Simons. Er hatte schon mehr als einmal Fälle übernommen, bei deren Untersuchung andere Beamte erfolglos geblieben waren, und sie irgendwie gelöst. Dann hatte er die Fälle wieder an die ursprünglichen Ermittlungsbeamten abgegeben. Truman Simons war mit Sicherheit nicht auf Publicity aus.

Während sie miteinander redeten, dachte Scott an einige Fälle zurück, die Simons aufgeklärt hatte. Vor ein paar Jahren hatte es eine Reihe von Vergewaltigungen in Wohnsiedlungen gegeben, die die Polizei beträchtlich unter Druck gesetzt hatte. Die Ermittlungen führten die Beamten im Kreis herum, hauptsächlich deswegen, weil der Vergewaltiger nach keinem ersichtlichen Schema vorging. Er handelte weder nach einem Muster, noch beschränkte er seine Aktivitäten auf eine bestimmte Gegend. Schließlich ging eines Tages einer der den Fall bearbeitenden Beamten mit der Akte in der Hand zu Simons und bat ihn, das Material durchzusehen und zu versuchen, einen neuen Lösungsweg zu entwickeln. Nachdem er die Akte gelesen hatte, suchte Simons später an jenem Nachmittag den entsprechenden Kollegen auf und schlug ihm vor, gemeinsam eine Autofahrt zu unternehmen.

Die beiden Beamten fuhren in Waco durch eine Anzahl von Wohnsiedlungen, die sich alle ziemlich ähnlich sahen. In zwei dieser Siedlungen, die an entgegengesetzten Enden der Stadt lagen, hielt Simons an und ging eine Zeitlang umher. Nachdem er beim zweiten Halt eine halbe Stunde an spielenden Kindern, einem Swimmingpool, Grillanlagen und Parkplätzen vorbeigegangen war, die genauso aussahen, wie die, welche sie überall sonst auch gesehen hatten, kehrte Truman zum Auto zurück und sagte: »Der Kerl wird heute nacht in einer dieser beiden Siedlungen zuschlagen. Wir müssen Verstärkung anfordern.«

Es war bei weitem nicht das erste Mal, daß ein Trupp Polizisten angefordert wurde, um sich wegen einer von Simons' ›Ahnungen‹ auf die Lauer zu legen.

In den frühen Morgenstunden wurde der Vergewaltiger ausfindig gemacht, als er gerade durch das Fenster eines der im Erdgeschoß gelegenen Apartments kletterte. Sofort war er von einem Dutzend Polizisten umgeben. Simons konnte seine Vorahnung nicht erklären. Irgend etwas – ›ein Gefühl‹ – hatte ihn einfach fest daran glauben lassen, daß der Vergewaltiger an diesem bestimmten Punkt zuschlagen würde. Sonst nichts.

Als ihn einer der Ermittlungsbeamten am nächsten Tag bat, ihm zu erklären, woher er das alles gewußt hatte, beharrte Simons darauf, daß sie einfach nur Glück gehabt hätten.

»Hey«, sagte er zu dem verwirrten Polizisten, »ich habe mich trotzdem komplett geirrt. Ich hatte damit gerechnet, daß er in der Wohnsiedlung am anderen Ende der Stadt auftauchen würde.«

Die altgedienten Kollegen fanden diesen Vorfall nicht im geringsten merkwürdig. Sie konnten sich an eine Zeit erinnern, als es Simons gelungen war, während er eigentlich an einem Drogenfall arbeitete, außerdem ein Mordgeständnis zu erreichen und ein Taucherteam zum See führen, wo man in einem Wagen, der zwanzig Meter unter der Wasseroberfläche lag, die Leiche einer Frau entdeckte – und das Opfer war noch nicht einmal als vermißt gemeldet worden.

»Truman«, sagte Scott, »dieser Fall muß aufgeklärt werden. Vielleicht können Sie es schaffen.« Er hielt einen Moment inne und sagte dann: »Ja, machen Sie sich an die Arbeit, schauen Sie sich die Mordfälle genau an und sehen Sie zu, was Sie herausfinden können.«

Scott wußte, daß es in seiner Behörde ein paar verletzte Eitelkeiten geben würde, sobald bekannt wurde, daß er den Fall an Simons übergeben hatte. Aber, dachte er, sie hatten gegen die Regeln verstoßen. Sie hatten beschlossen, den Fall auszusetzen, ohne zuerst ihn um Rat zu fragen. Sie hatten es verdient zu schmoren, verdammt noch mal. Und falls Simons es schaffte, den Karren aus dem Dreck zu ziehen, um so besser für ihn. »Kommen Sie morgen zu mir ins Büro, und wir reden darüber«, sagte der Chief.

Für einen Moment herrschte Schweigen, bis Larry Scott anfing, leise zu lachen. »Wissen Sie«, sagte er, »ich habe mich schon gefragt, wie lange es noch dauern würde, bevor Sie in dieser Angelegenheit zu mir kommen würden.«

Truman Simons lachte ebenfalls. Er fühlte sich so gut, wie schon seit Wochen nicht mehr.

Kapitel 7

Am Abend des 13. Juli 1982 hatte Karen Hufstetler ruhig im Wohnzimmer ihres gemütlichen Apartments gesessen. Sie wohnte in der winzigen Gemeinde Italy, Texas, einem jener kleinen Punkte auf der Karte, einer Zwischenstation, an der man vorbeikommt, wenn man von Dallas aus ins südlich gelegene Waco oder Austin unterwegs ist. Abgesehen von seinem ungewöhnlichen Namen, resultiert Italys einziger Anspruch auf irgendeinen Grad von Bedeutung aus der Tatsache, daß Dale Evans, die frühere Heldin vieler Westernfilme und die Frau des legendären Roy Rogers, hier einen Großteil ihrer Kindheit verbracht hat. In früheren Tagen hatte Karens Vater Dale und andere Mitglieder der Familie tatsächlich regelmäßig zum Angeln am nahem Chambers Creek mitgenommen.

Nach dem Fehlschlagen einer sechsjährigen Ehe war Karen zusammen mit ihrem Sohn Carson aus Georgia zurück in das ruhige, vertraute Farmland ihrer Jugend gezogen und hatte im nahen Waxahachie eine Anstellung im Büro der Bezirksverwaltung gefunden. In den annähernd drei Jahren, die seit ihrer Scheidung vergangen waren, hatte sie sich an ihr Leben als Single gewöhnt und neue Freunde gewonnen, und ihre Arbeit machte ihr Spaß. Alles in allem erschien ihr das Leben besser als es ihr für geraume Zeit vorgekommen war.

An jenem bestimmten Tag war ihre Arbeit im Gerichtsgebäude des Ellis County anstrengender gewesen als üblich. Die sengende Sommerhitze, die über der sanft geschwungenen Landschaft des mittleren Texas lag, war zu einer ermüdenden Alltäglichkeit geworden. Die Zeit und die Menschen, deren Leben von ihr bestimmt werden, schienen in ein lethargisches Zeitlupentempo verfallen zu sein. Sogar der plötzliche Wolkenbruch, der die Region vor ein paar Tagen mit der dringend benötigten Feuchtigkeit übergossen hatte, hatte wenig Erleichterung von der drückenden, stehenden Hitze gebracht. Statt dessen hatte er die Luftfeuchtigkeit ansteigen lassen und so das Gefühl des Unbehagens lediglich noch verstärkt.

Als sie zu Hause angekommen war, beschloß Karen, auf das Abendessen zu verzichten und sich statt dessen eine Weile vor dem Fernsehschirm zu entspannen, bevor sie zu Bett ging. Normalerweise hätte sie sich zuallererst ein Essen gekocht, aber die Hitze und die Arbeit des Tages hatten ihr den Appetit verdorben. Das war ihr eigentlich ganz recht. Sie hatte schon seit einigen Wochen – mit wenig Erfolg – versucht, ein paar Pfund loszuwerden.

Carson war während des Sommers nicht da und würde am nächsten Tag seinen achten Geburtstag mit seinem Vater und den Großeltern in Georgia feiern. Karen wußte, daß ihre Lustlosigkeit zum Teil von der Einsamkeit herrührte, die sie empfand. Sie vermißte ihren kleinen Jungen und konnte es kaum erwarten, daß er wieder zurückkam.

Als das letzte Tageslicht immer schwächer wurde und das Zimmer in Dunkelheit versank, begann Karen zu dösen. Der Fernsehapparat war zwar eingeschaltet, aber sie hatte nicht einmal den Ton aufgedreht. Sie saß nicht etwa vor dem Gerät, um sich unterhalten zu lassen, sondern vielmehr, weil sie für jede Form von Gesellschaft dankbar war, auch wenn diese nur über den Schirm flimmerte.

Plötzlich, aus keinem ersichtlichen Grund, fuhr Karen erschrocken auf. Sie war sich nicht sicher, ob sie überhaupt richtig eingeschlafen war. Falls ja, so hatte sie zumindest nicht lange geschlafen. Ein Blick auf ihre Armbanduhr verriet ihr, daß es 20 Uhr 45 war.

Dann hatte sie unvermittelt den Eindruck, als würde ein anderer Fernsehschirm vor ihren Augen Gestalt annehmen. Auf ihm erschien das undeutliche Abbild eines Wagens voller Leute, der langsam durch eine bewaldete Gegend fuhr. Es sah dort fast so aus, wie auf einem von Bäumen gesäumten Pfad, der in Georgia auf dem Anwesen ihrer Schwiegereltern in der Nähe des Teiches lag. Karen konnte die Insassen des Wagen nicht erkennen, aber sie empfand plötzlich ein beklemmendes Angstgefühl.

Sie wollte zum Telefon gehen, um sich zu vergewissern, ob mit Carson alles in Ordnung war. Sie fragte sich, warum zu dieser Tageszeit ein Wagen unterwegs zum Teich sein sollte.

Wodurch war diese unerwartete Vision ausgelöst worden? Befand sich ihr Sohn unter den Leuten, die sie noch nicht erkennen konnte? Und falls ja, befand er sich in Gefahr?

Bevor sie jedoch die Nummer wählen konnte, wurden ihre Fragen beantwortet. Während sie ihr Wohnzimmer durchquerte, liefen die Bilder weiter. Das Auto rollte weiterhin den ausgefahrenen Weg entlang, und sie bemerkte, daß sich die Szene in der Nähe eines Sees abspielte, nicht eines Teiches. Was auch immer sie dort sah, es fand nicht auf der Farm in Georgia statt. Für einen Augenblick wurde ihre Besorgnis durch ein Gefühl der Erleichterung gemildert.

Die Personen in dem Wagen, drei Männer und zwei Frauen, wurden langsam immer deutlicher. Jetzt war es fast so, als würde Karen sich nicht länger in ihrer Wohnung befinden, sondern statt dessen mit einer Gruppe von Leuten, die sie nie zuvor gesehen hatte, an einen Ort fahren, an dem sie noch nie gewesen war.

Ihre Aufmerksamkeit richtete sich einen Moment lang auf das Mädchen, das auf einem der vorderen Sitze saß. Sie war eine hübsche Brünette, sah aus wie siebzehn, vielleicht achtzehn, und hatte eindeutig Angst. Der Mann am Steuer trug dichtes, schulterlanges Haar und einen fleckigen Vollbart. Sie bemerkte, daß er lachte, aber es war ein böses, irres Lachen, ohne jeden Humor. Karen empfand sofort eine starke Abneigung gegen ihn.

Obwohl das Bild noch nicht vollends an Schärfe gewonnen hatte, konnte sie auf der Rückbank zwei Männer erkennen, von denen einer wie ein Indianer aussah; der andere war ein weißer Teenager. Außerdem saß dort noch ein weiteres Mädchen, eine attraktive Blondine. Der Fahrer und der indianisch wirkende Mann tranken Bier, während das Auto immer tiefer in das bewaldete Gebiet eindrang.

Karen war verängstigt und fühlte sich schwach. Sie ging wieder zu dem Lehnsessel, auf dem sie zuvor gesessen hatte, und begann, sich zu konzentrieren. Sie fühlte, daß irgend etwas Schlimmes passierte, und die Bilder, die sie sah, wurden immer eindringlicher. Sie setzte sich und richtete ihre gesamte Aufmerksamkeit auf die Ereignisse.

Mein Gott, dachte sie, es geschieht noch einmal.

Seit der Zeit, als sie ein junges Mädchen gewesen war, hatte sich Karen Hufstetler mit der Gabe – oder dem Fluch – auseinandersetzen müssen, daß sie Dinge sah oder wußte, ohne eine Erklärung dafür zu haben. Kurz nach ihrem achten Geburtstag hatte sie geträumt, daß in einer Kurve ein Wagen von der Straße abgekommen war, der an ihrem ländlichen texanischen Zuhause vorbei zum Einkaufszentrum führte. Sie sah, wie das Auto durch den Straßengraben und auf die Weide schleuderte. In ihrem Traum war außer dem Fahrer noch ein kleiner Welpe in dem Wagen. Als die Familie am nächsten Tag beim Mittagessen saß, war von draußen plötzlich ein lautes Krachen zu vernehmen. Ihr Vater sprang auf. Er rannte zur vorderen Veranda und sah, daß ein Auto den Zaun durchbrochen hatte, der den Vorgarten umgab, und gegen einen Baum geschleudert war.

Er beeilte sich, dem verletzten Fahrer aus dem Wagen zu helfen und achtete kaum darauf, wie beharrlich seine besorgte Tochter ihn aufforderte ›auch den Hund‹ herauszuholen. Nachdem Karen nicht lockerließ, öffnete er die Türen des Autos und schaute unter den Sitzen nach, um seine Tochter zu beschwichtigen. Unter dem Fahrersitz kauerte ein verängstigter Pudel.

»Liebling, woher hast du gewußt, daß da noch ein kleiner Hund war?« fragte er.

»Einfach so«, sagte das kleine Mädchen.

Während ihre Familie und die wenigen Freunde, die von ihren Fähigkeiten wußten, sie bald als ein Medium bezeichneten, schreckte Karen vor diesem Wort zurück. Sie erklärte mehrfach, daß sie nicht bei jedem geringsten Anlaß die Zukunft vorhersagen und Ruhm, Reichtum oder Glück in der Liebe versprechen konnte. Und außerdem war ihre Gabe nichts, was sie ständig unter Kontrolle halten konnte.

Karen Hufstetler räumte ein, daß sie in bezug auf gewisse Dinge ›empfindlich‹ ist. Da sie vor den seltsamen Fähigkeiten, über die sie verfügt, schon immer Angst verspürt hat, hat sie weder versucht, sie weiterzuentwickeln noch sie gewinnbringend einzusetzen. Sie steht den meisten jener ›professionellen Medien‹, von denen heutzutage immer mehr auftauchen, in höchstem Maße skeptisch gegenüber.

Im Sommer 1979 steigerte sich ihre ›Empfindlichkeit‹ und

verschaffte ihr Zugang zu einer Welt, die sowohl furchteinflößend als auch faszinierend war. Sie war verheiratet und lebte in Silvester, einer Gemeinde im südlichen Georgia. Eines Tages hatte sie eine Vision von einem schwarzen Kind, das in Atlanta ermordet wurde. Sie ›sah‹, daß das Verbrechen in einem Teil der Stadt verübt wurde, den sie gut kannte, und die Vision war so plastisch, daß sie ein Ferngespräch mit ihrer Schwägerin führte, die in Atlanta wohnte. Sie fragte sie, ob sie irgend etwas von einem solchen Verbrechen gehört hatte.

Karen schrieb, was sie gesehen hatte: Ein Junge, höchstens fünfzehn Jahre alt, war in ein Auto gelockt, zu einem bestimmten Ort gebracht und auf eine brutale, sinnlose Art umgebracht worden. »Es wird schon sehr bald zwei weitere Morde geben«, erzählte die besorgte Karen ihrer Schwägerin, »und sie werden die Leichen dicht beieinander in der Nähe eines Sees finden. Ich habe Angst, aber ich weiß nicht, was ich machen soll. Vielleicht irre ich mich. Ich hoffe, daß ich mich irre, aber laß es mich bitte wissen, falls du etwas hörst.«

Nach wenigen Tagen rief Karens Schwägerin an und informierte sie über einen Artikel der *Atlanta Constitution*, der darüber berichtete, daß in der Nähe der Niskey Lake Road die Leichen von zwei schwarzen Kindern gefunden worden waren. Beide waren vierzehn Jahre alt gewesen, und ihre Leichen hatten weniger als hundert Meter voneinander entfernt gelegen.

Danach rief Karen noch mehrfach in Atlanta an und erzählte ihrer Schwägerin von Kindern, die umgebracht werden würden, oder von solchen, die man bereits getötet, aber noch nicht gefunden hatte. Sie wußte ihr Alter und kannte die Orte, an denen man die Leichen entdecken würde. Als die Visionen fortdauerten, vertraute sie auch ihrem Ehemann und ihrer Schwiegermutter Einzelheiten der Verbrechen an, die später in den Nachrichtensendungen durch entsprechende Berichte bestätigt wurden. Berichte, die immer regelmäßiger auftauchten.

Mittlerweile nahm die ganze Nation an den entsetzlichen Vorfällen Anteil, die als die Kindermorde von Atlanta bekannt geworden waren, eine grausige Reihe von Morden an jungen Schwarzen, die den Behörden ein Rätsel aufgab und die Anwohner in Angst und Schrecken versetzte. Für Karen war das Grauen jedoch realer und persönlicher als für all diejenigen, die die tragische Abfolge der Ereignisse in den Zeitungen oder den Spätnachrichten verfolgten. Aus Gründen, die sie nicht erklären konnte, lebte sie ständig damit.

Schließlich wandte sich ihre Schwägerin an die Polizeibehörde von Atlanta und gab zu verstehen, daß Karen vielleicht bei den Ermittlungen behilflich sein könnte. Noch bevor sie näher auf die erstaunliche Genauigkeit der Visionen ihrer Schwägerin eingehen konnte, teilte man ihr mit, daß nicht das geringste Interesse daran bestand, sich mit ›noch so einem Medium‹ zu unterhalten.

Karen schrieb unterdessen eine biographische Studie des Mannes, der nach ihrem Gefühl die Morde beging. Sie war sich sicher, daß es sich bei dem Mörder um einen Vietnamveteranen handelte, der sich beim Atlanta Veterans Administration Hospital in ambulanter Behandlung befand. Während seiner Dienstzeit in Vietnam, fühlte sie, hatte der Mann – ein Angehöriger der Militärpolizei – mitansehen müssen, wie mehrere seiner Freunde von vietnamesischen Kindern getötet wurden. Obwohl er sonst ein ruhiger, fügsamer und angesehener Mann war, überkamen ihn manchmal die Erinnerungen an seine Erfahrungen in Vietnam. Dann machte er sich auf die Suche nach Kindern, um sie zu töten. Er trug seine MP-Uniform, damit die Kinder glaubten, er wäre ein Polizist.

In jeder ihrer Visionen brachte der Mörder die Kinder an denselben Ort. Sie war erleichtert, daß sie die eigentlichen Morde niemals ›sah‹.

Karens fortwährende Besessenheit von den Morden in Atlanta trug nicht unwesentlich zu den Schwierigkeiten bei, die sie und ihr Mann zu jener Zeit miteinander hatten. Schon seit einiger Zeit ging ihre Ehe auseinander, und beide hatten sich damit abgefunden, daß kaum Hoffnung bestand, sie noch zu retten. Karen entschloß sich letztendlich, wegzuziehen, nach Texas zurückzukehren und ein neues Leben zu beginnen. Sie dachte, daß sie durch einen Umzug vielleicht auch die immer wiederkehrenden Bilder der schrecklichen Morde hinter sich lassen konnte.

Nach fast zwei Jahren wurde ein sechsundzwanzigjähriger

freiberuflicher Fotograf namens Wayne Williams gefaßt und schließlich der Morde an zwei Schwarzen aus Atlanta überführt. Beide Opfer waren männlich und älter als zwanzig Jahre gewesen. Obwohl die Verbrechen, für die man ihn anklagte, nur wenig, falls überhaupt eine Ähnlichkeit mit den Morden an den schwarzen Kindern aufwiesen, versicherten die Ermittlungsbehörden und die Medien in Atlana der Öffentlichkeit, daß der Mann, der die Stadt in Angst versetzt hatte, gefaßt worden war. Es war vorbei; die Akten wurden geschlossen.

Inzwischen hatten auch Karens Qualen ein Ende gefunden. Schon lange vor Williams' Verhaftung waren die Visionen verschwunden. Der Mann, der nach ihrem Gefühl die Morde begangen hatte, hatte aus irgendeinem Grund damit aufgehört. Sie wußte nicht, warum. Aber sogar als sie Berichte über Williams' Ergreifung und Verurteilung las, war sie nicht im mindesten davon überzeugt, daß der Mörder, den sie so oft in ihren Visionen gesehen hatte, gefaßt worden war.

Dennoch hoffte sie, daß sie niemals wieder auf diese Weise eine solch enge Bekanntschaft mit der Gewalt schließen würde. Und selbst wenn es noch einmal passieren sollte, schwor sie sich, niemals mit jemandem darüber zu reden. Es war ein Schwur, dem sie vielleicht hätte treu bleiben können, falls das, was sie in jener Julinacht des Jahres 1982 sah, nicht so persönlich, so realistisch gewirkt hätte.

Während sie in ihrem Wohnzimmer saß, überwältigt von der seltsamen, furchteinflößenden Vision, verwirrte sie die Tatsache, daß sie weder den Ort des Geschehens noch einen der Beteiligten erkannte. Bislang war da immer etwas dieser Art gewesen, und wenn es sich nur um einen vertrauten Schauplatz gehandelt hatte. Diesmal jedoch hatte sie keine Ahnung, wo sich all das abspielte.

Auch bereitete ihr Kopfzerbrechen, daß sie in ihrer Vision anscheinend zeitliche Rückblenden erlebte. Als sie das Auto in der Nähe des Sees zum erstenmal gesehen hatte, war es dunkel gewesen. Aber jetzt war es offensichtlich früher Abend, kurz vor der Dämmerung, und die zwei Mädchen und der Jugendliche saßen an einem Betontisch unweit eines Sees und unterhielten sich. Sie spürte, daß die hübsche Brünette und der Junge, der aussah, als wäre er ungefähr fünfzehn oder sechzehn Jahre alt, sich sehr gerne mochten.

Die beiden waren ein hübsches Paar, dachte Karen. Das Haar des Jungen schien kürzlich gewaschen worden zu sein, und er trug Jeans und ein T-Shirt. Das Haar des Mädchens glänzte in den letzten Strahlen der untergehenden Sonne, und sie trug Shorts und ein Oberteil aus Frotteestoff. Sie hatte nur sehr wenig Make-up aufgelegt, aber an den Fingern einer Hand trug sie drei Ringe. Karen fühlte, daß einer davon ein Geschenk des Jungen gewesen war.

Das andere Mädchen, eine schlanke Blondine, hatte ebenfalls Shorts an, trug aber mehr Make-up als die Brünette und benutzte ein schweres Parfüm. Karen konnte den Geruch in der Luft tatsächlich wahrnehmen; es war ein Parfüm, das sie fast schon erkennen konnte, dessen Duft ihr aber nicht gefiel. Während die Jugendlichen sich unterhielten, kam ein Wagen herangefahren und parkte in der Nähe. Der bärtige Fahrer, den Karen zuvor schon ›gesehen‹ hatte, stieg aus, dicht gefolgt von seinem dunkelhäutigen Begleiter. Als sie auf die Jugendlichen am Picknicktisch zugingen, konnte Karen zum erstenmal einen genauen ›Blick‹ auf die anderen beiden Beteiligten ihres rätselhaften Dramas werfen.

Der Fahrer war ungefähr einen Meter fünfundsiebzig groß und von stämmiger Statur. Seine Arme sahen sehr kräftig aus, so als wäre er Gewichtheber. Er trug weder ein Hemd noch Schuhe, und die Säume seiner Jeans waren ausgefranst. Er trank aus einer Dose *Budweiser*, und er schien bereits angetrunken zu sein.

Der Junge am Picknicktisch erkannte ihn offenbar und schien ihn der Blondine vorzustellen. Karen stellte fest, daß sein Name entweder Dale oder Dave lautete. Der ziemlich kleine Mann, der mit ihm gekommen war, konnte sich anscheinend kaum auf den Beinen halten und wankte mehr, als daß er ging. Obwohl er eine Brille mit Drahtgestell trug, war sich Karen seines glasigen Blicks bewußt. Als die beiden sich den Teenagern näherten, sagte er nichts und wurde auch nicht vorgestellt.

Die nächsten Szenen blitzten nur kurz vor ihren Augen auf. Bei Einbruch der Dunkelheit gingen die Leute in ihrer Vision auf ein Auto zu. Sie spürte, daß die Brünette sich eigentlich auf die Rückbank setzen wollte, bis der bärtige Fahrer darauf bestand, daß sie zu ihm nach vorne kam. Obwohl sie die anderen Fahrzeuginsassen wahrnahm, schien sich Karens Aufmerksamkeit hauptsächlich auf die Brünette zu konzentrieren, die auf dem Beifahrersitz saß. Bevor der Wagen die Einfahrt des Parks erreichte, baten die Mädchen den Fahrer, anzuhalten, damit sie eine öffentliche Toilette aufsuchen konnten, die direkt neben der Straße lag.

Nichts von dem, was geschah, ergab einen Sinn für Karen, die nach wie vor in ihrem Lehnsessel saß. Sie kannte keinen der Leute und erkannte auch keinen der Orte, die vor ihr erschienen. Sie fühlte sich, als würde sie in eine Privatsphäre eindringen, die sie in keiner Weise etwas anging. Und dann blieb da noch das Gefühl, daß etwas nicht stimmte, daß irgendeine böse Macht dieses ganze Szenario arrangierte.

Dann verschwanden die Bilder unvermittelt. Karen saß da und fragte sich, ob alles vorbei war. Verwirrt konzentrierte sie sich ein weiteres Mal. Da mußte noch mehr sein, dachte sie.

Schlagartig kehrte die Vision zurück. Obwohl es jetzt dunkel war, kam es ihr vor, als wäre ein hell strahlender Scheinwerfer auf das Auto gerichtet. Jetzt sah sie alles sogar noch deutlicher als zuvor. Der Wagen bog in die Einfahrt eines anderen Parks ein und fuhr in das Gebiet, in dem sie ihn zuerst gesehen hatte, jene Gegend, die sie irrtümlich für den Teich in Georgia gehalten hatte.

Karen konzentrierte sich erneut auf das Mädchen neben dem Fahrer und nahm plötzlich ein Geräusch von der Rückbank wahr. Es kam ihr so vor, als würde sie durch die Augen des Mädchens sehen, von dem sie so stark angezogen wurde. Sie drehte sich um und sah, wie der indianisch aussehende Mann sich über die Blondine hinwegbeugte und den Jungen erstach.

Karen überkam ein eisiger Schauer. Ihre Hände waren so fest zu Fäusten geballt, daß das Blut aus ihnen zu weichen schien. Obwohl sie fröstelte, war es, als hielte sie glühende Kohlen umklammert. Sie hatte recht gehabt: Etwas sehr, sehr Schlimmes passierte. Irgendwo, irgend jemandem. Aber wo? Und wem?

Karen sah, wie das Auto langsam eine Kurve entlangfuhr, in einen schmalen Pfad einbog und sich seinen Weg durch dichtes Gestrüpp bahnte, das zu beiden Seiten stand. Dann sah sie, wie der Fahrer ausstieg, die hintere Tür öffnete, die Leiche des Jungen herauszog und sie direkt neben dem Weg ablegte. Die Brünette sprang aus dem Wagen und begann zu rennen. In der tiefschwarzen Dunkelheit stolperte sie und fiel immer wieder hin.

Karen beobachtete, wie der Fahrer das Mädchen einholte und sie gegen eine mächtige Eiche stieß, so daß ihre Schultern gegen den Stamm gepreßt wurden. Dann drückte er ihr ein Knie in die Leistengegend und riß ihr das Frottee-Oberteil vom Körper. Das Mädchen versuchte, sich zu wehren, ging aber schon bald nach einem Faustschlag zu Boden. Lachend und fluchend begann der Mann, sie zurück in Richtung Auto zu zerren.

Das Bild wechselte plötzlich zu dem anderen Mann, der das blonde Mädchen aus dem Wagen gezogen hatte und jetzt mit ihr auf dem Weg stand, das Messer an ihrer Kehle. Der Fahrer zwang die Brünette auf die Beine, dann griff er in ihr Haar und riß ihren Kopf hoch, so daß sie direkt nach vorne blicken mußte, auf ihre angsterfüllte Freundin und den Mann, der sie mit dem Messer bedrohte. Sie war gezwungen mitanzusehen, wie das Messer in die Kehle des Mädchens gestoßen wurde. Karen konnte keinen Schrei wahrnehmen, nur ein entsetzliches gurgelndes Geräusch, das erklang, nachdem das Messer eingedrungen war.

Die Brünette riß sich abermals aus dem Griff des Fahres los und begann, auf den See zuzulaufen, mitten durch das dichte Unterholz hindurch, das an ihren Armen und Beinen zerrte, während sie rannte. Diesmal brauchte ihr Angreifer nicht lange, um sie einzufangen und zu Boden zu werfen.

Von diesem Punkt an zeigte Karens Vision eine grauenerregende Folge von Gewalt und sexueller Mißhandlung. Schließlich sah sie, wie der Mann einen Ring vom Finger des Mädchens abzog und einsteckte. Sogar mit einem Knebel im Mund gelang der Brünetten ein weiterer Schrei. Um sie zum Schweigen zu bringen, schnitt der Mann ihr die Kehle durch.

Während Karen die Qualen des Mädchens mit ansah, stieg eine tiefe Übelkeit in ihr empor. Es war, als empfände sie tatsächlich einen Teil der Schmerzen, die das Mädchen erleiden mußte. Dennoch konzentrierte sie sich weiterhin auf den Ablauf der Tragödie, die noch nicht an ihrem Ende angelangt war.

Sie sah, wie der Angreifer sich den Körper des Mädchens über die Schulter warf und sie an einen Platz in der Nähe des Ortes trug, an dem sein Begleiter die Leiche des anderen Mädchens abgelegt hatte. Er fesselte ihre Hände auf den Rücken, fügte ihr einige weitere Schnittwunden zu und ging dann weg. Er war überzeugt, daß sie tot war.

Bevor der Fahrer jedoch wieder auf dem Weg angekommen war, der zum Auto führte, schien er etwas zu hören. Karen beobachtete, wie er zu dem Mädchen zurückging, mehrfach auf den bewegungslosen Körper einstach, dann ihren Kopf anhob und eine Haarsträhne abschnitt.

Danach erschienen Karen Hufstetler noch einige schnappschußartige Bilder. Sie sah, wie die Männer auf die andere Seite des Sees zurückkehrten, in den Park, in dem sie die Teenager ursprünglich mitgenommen hatten. Sie sah, wie der Fahrer an die Abbruchkante trat, sich erleichterte und etwas wegwarf. Obwohl sie nicht erkennen konnte, worum es sich handelte, nahm sie ein metallisches Geräusch wahr, als es auf den untenliegenden Felsen aufschlug.

Es war weit nach Mitternacht, als die Visionen schließlich aufhörten. Karen saß eine Weile still da – entsetzt über die Vorfälle, deren Zeugin sie geworden war, weil ihr Verstand sie dazu gezwungen hatte – und fragte sich, ob sich das tragische Geschehen tatsächlich ereignet hatte. Es gab keinen See oder Park in der Nähe, der demjenigen ähnelte, den sie in ihrer Vision gesehen hatte. Sie betete, daß alles nur ein Trugbild gewesen sein möge, ein böser Alptraum. Aber sie war sich aus unbestimmten Gründen sicher, daß das, was sie gesehen hatte, wirklich passiert war. Irgendwem, irgendwo. In jener Nacht machte sie kein Auge zu.

Am nächsten Morgen fuhr Karen Hufstetler wie gewohnt zur Arbeit im Gerichtsgebäude von Waxahachie. Sie fühlte sich ausgelaugt und krank. Sie überflog die Mittwochausgabe der *Dallas Morning News*, um festzustellen, ob sich irgendein Verbrechen ereignet hatte, das dem aus ihrer Vision glich. Sie fand nichts.

Sie war nicht länger in der Lage, ihre Gefühle für sich zu behalten und bat eine der anderen Sekretärinnen, für ein paar Minuten ihre Telefonate entgegenzunehmen und sich an ihrer Stelle um die Kunden zu kümmern.

»Ist mit dir alles in Ordnung?« fragte ihre Kollegin Karen East.

»Etwas Schreckliches ist letzte Nacht passiert«, sagte Karen. »Ich kann es nicht erklären. Ich weiß es einfach. Ich muß ein paar Dinge aufschreiben.«

Sie begann, sich auf einem kleinen Block Notizen über die Vorfälle zu machen, die sie in der letzten Nacht verfolgt hatte. Und sogar während sie das tat, erschienen immer wieder Bilder vor ihren Augen. Der Fahrer, den sie erst vor ein paar Stunden in ihrer Vision gesehen hatte, war jetzt allein und ging ohne Hemd und barfuß ruhig über einen mit Kies bedeckten Parkplatz. Er wollte Videopsiele spielen. Sie wußte irgendwie, daß er ein Spiel namens ›Phoenix‹ am liebsten mochte. Sie versuchte, den Mann, den sie sah, zu zeichnen, und war frustriert über ihre mangelhaften künstlerischen Fähigkeiten. Sie konnte ihn so deutlich erkennen.

Auf der anderen Straßenseite hatte im Büro der Baubehörde der Arbeitstag bereits begonnen. Irgend jemand bemerkte, daß Raylene Rice wieder einmal spät dran war.

ZWEITER TEIL

Sie sagen, ich bin ein Unbekannter
Nur ein Fremder in der Nacht
Ein Mann ohne Gesicht
Eine Seele ohne Erleuchtung
Ein Wächter der Dunkelheit
Auf dem Weg zur Selbstzerstörung
Verweilend an einem zeitlosen Ort
Als eine Verkörperung des Teufels
Ein Leben voller Leere
Ohne eine Spur von Glück
Geblendet durch eine Einbildung
Hinabgelassen in den Boden
Schatten der Schaufeln
Die Erde auf mein Grab werfen
Ich gleite tiefer in die Dunkelheit
Und sehne mich nach dem Tod
Es gibt keinen Platz für Liebe
Im Herzen eines Narren
Es gibt nur die Einsamkeit
Eines Mannes, der erwählt ist zu verlieren
Zwei Gesichter trägt der Kopf nur eines Mannes
Das Leben gerät außer Kontrolle
Verblaßte Träume und Schreckensbilder tauchen auf
Ich sehe Gesichter, die vor mir zerfließen
Ein Mann ist fehl am Platz und ohne Hoffnung
Trügerische Illusionen werden sichtbar und vergehen
Ohne eine Spur zu hinterlassen
Was ich am Horizont erblicke
Scheint sich in den Himmel zu erheben
Aber sobald ich mich ihr nähere
Scheint die Vision zu STERBEN

Ein Gedicht, verfaßt von David Wayne Spence während seiner Haftzeit im Gefängnis des McLennan County.

Der kleine Junge erwachte oft mitten in der Nacht und war davon überzeugt, daß Tausende von Spinnen über sein Bett krabbelten. Sie waren überall – groß, schwarz und bedrohlich – und sie kamen von allen Seiten, um ihn zu holen. Wenn er aus seinem Alptraum erwachte, schrie er nach seiner Mutter, und sie kam in sein Zimmer gerannt. Während ihr verängstigter, weinender Sohn sie aus einer Ecke des Raums beobachtete, nahm sie die Decke und das Laken vom Bett und schüttelte sie aus, damit er sehen konnte, daß dort keine Spinnen waren. Da waren niemals welche, außer in der Einbildung des Jungen.

Er war sechs Jahre alt, und der Traum kam sehr oft. Ebenso wie das schreckliche Gesicht, das häufig vor seinem Schlafzimmerfenster erschien. Niemand sonst konnte es jemals sehen. Aber er sah es. Von draußen starrte das Gesicht aus der Dunkelheit zu ihm herein, und es war das Gesicht des Teufels.

Der Junge begann, die Dunkelheit zu hassen.

Sogar als er erwachsen wurde, und der Traum von den Spinnen und das Gesicht am Fenster verschwanden, hatte er immer noch Angst davor, nachts allein zu sein. Wenn er nach einer Verabredung oder einem Abend mit Freunden nach Hause kam und feststellte, daß sich sonst niemand in dem in Dunkelheit getauchten Haus aufhielt, ging er nicht hinein. Er blieb lieber in seinem Wagen sitzen und wartete darauf, daß seine Mutter oder sein jüngerer Bruder zurückkam. Manchmal schlief er die ganze Nacht in seinem Auto.

In der Gegenwart des einnehmenden, freundlichen Arztes fühlte der Mann sich jetzt gelöst und erzählte von einer Mutter, die fünfmal verheiratet gewesen war, und von einem Vater, den er nur selten gesehen hatte. Er sprach von seiner Neigung, zu schnell zu fahren und zu viel zu trinken; von seiner Angst vor Friedhöfen und seiner Enttäuschung, daß er eigentlich nichts aus seinem Leben gemacht hatte.

Obwohl er inzwischen erwachsen war, lebte er nach wie vor in der Phantasiewelt eines Jugendlichen. Er hoffte, erzählte er dem Arzt, daß er eines Tages an der Spitze einer großen Filmgesellschaft stehen und Millionen von Dollar verdienen würde. Es schien ihm nicht in den Sinn zu kommen, daß seine neun Schul-

jahre ihn zu wenig mehr befähigten, als zu den Handlangertätigkeiten, die er in den letzten Jahren verrichtet hatte.

In vielerlei Hinsicht war der Mann noch immer ein Junge, noch immer verängstigt. Er beschrieb, wie ihn regelmäßig ein unbändiger Zorn überkam und die Kontrolle über sich verlieren ließ, besonders wenn er betrunken war oder Drogen genommen hatte. Zum Beispiel war es vorgekommen, daß er – voller Wut auf seine Freundin – sich an seinem Pickup abreagiert hatte. »Ich bin einfach nach draußen gegangen, habe ihn in die Einfahrt gefahren, das Radio so laut aufgedreht, wie es nur ging, und dann damit begonnen, es meiner Karre richtig zu besorgen. Ich habe alle Fenster eingeschlagen und Beulen in die Türen, die Motorhaube und die Kotflügel getreten. Ich hab' die Scheiße aus ihm rausgeprügelt.«

Und dann, nachdem er die Geschichte erzählt hatte, lachte er.

Die Freundin, erklärte er, hatte ihm eine Menge Probleme bereitet. Es hatte eine Zeit gegeben, in der er sie immer wieder verprügelte, aber schließlich hatte er beschlossen, damit aufzuhören und zu versuchen, sie besser zu behandeln. »Das war wirklich komisch«, sagte er. »Als ich sie noch geschlagen habe, ist sie ein wirklich nettes Mädchen gewesen. Aber sobald ich das nicht mehr gemacht habe, mußte sie doch tatsächlich wieder ihr Maul aufreißen. Hat sich in eine echte Schlampe verwandelt.«

Er erzählte dem Arzt nichts davon, daß er sie gezwungen hatte, sich vor die Küchentür zu stellen, damit er mit Messern nach ihr werfen konnte, wie er es einmal bei einem Mann in einer Zirkusnummer gesehen hatte. Oder wie er ihr einmal ein Hundehalsband umgelegt und sie gezwungen hatte, eine ganze Nacht nackt im Vorgarten zu verbringen, mit einer Leine an einen Baum gefesselt. Er wollte nicht über seine sexuellen Gewohnheiten sprechen, und der Arzt drängte ihn nicht dazu.

Und wenn der Arzt Fragen stellte, deren Beantwortung zu aufschlußreich oder peinlich gewesen wäre, log er einfach. Lügen war etwas, gestand er dem Arzt ein, was er während seines ganzen Lebens getan hatte.

»Als Sie noch ein Kind waren«, fragte der Arzt, »haben Sie da jemals so etwas getan, wie ein Tier zu töten?«

»Nee. . . .na ja, vielleicht als ich noch ganz klein war. Möglicherweise einen Frosch oder so«, sagte er.

Ein Mädchen, das zur gleichen Zeit in seiner Nachbarschaft aufgewachsen ist, hat das ganz anders in Erinnerung. Sie entsinnt sich, ihn dabei beobachtet zu haben, wie er in einer Gasse unweit ihres Zuhauses streunende Katzen jagte. Wenn er sie gefangen hatte, schlitzte er sie mit seinem Taschenmesser auf.

Der Mann hatte Freunden davon erzählt, daß sein Vater oft betrunken nach Hause gekommen war und ihn dann grundlos verprügelt hatte. Aber als der Arzt ihn danach fragte, behauptete er, sich nur an eine Gelegenheit erinnern zu können, bei der sein Vater ihm gerade mal eine Ohrfeige verpaßt hatte. Allerdings hätte er regelmäßig zugesehen, wie sein Vater seine Mutter schlug, sagte er.

Er machte Andeutungen, daß er ›zu sehr an Geister und so 'n Zeugs glaubte‹, ging aber nicht soweit, zuzugeben, daß er in irgendeine Form von organisierter Teufelsanbetung verwickelt war, wie einige Leute ausgesagt hatten. Er wußte nicht, daß einige Dinge, die er geschrieben hatte, zur Analyse an einen Experten für Kulte und Satansanbetungen geschickt worden waren. Der Experte hatte erklärt, daß die Gleichnisse jenen entsprachen, die ihm bereits zuvor im Zusammenhang mit satanischem Schriftgut begegnet waren, und eine der Redewendungen, die er übersetzen konnte, erwähnte eine ›Herrin der Dunkelheit‹.

Der Mann war fünfundzwanzig Jahre alt, als er zum erstenmal mit dem Arzt redete. Noch bevor ihr Gespräch beendet war, stellte der Arzt bei ihm eine Störung des Bewußtseins fest. Der Mann war ein Psychopath, entschied er. Während seines ganzen bemitleidenswerten Lebens hatte er sich immer sofortige Befriedigung verschafft. Außerdem schien er in höchstem Maße egozentrisch, verantwortungslos, unfähig zur Treue und gleichgültig anderen gegenüber zu sein. Er nahm für sich in Anspruch zu lügen, wann immer es ihm bequem und vorteilhaft erschien.

Nach ihrer Unterredung wurde der Mann zurück ins Gefängnis gebracht. Was er dort am meisten fürchtete, war die Nacht, wenn in den Zellen das Licht ausgeschaltet wurde. »Ich habe immer Angst davor, dort hineinzugehen und mich auf meine

Pritsche zu legen«, hatte er dem Arzt anvertraut. »Manchmal sitze ich an der Tür, rauche eine Zigarette, und dann werfe ich einen Blick auf meine Pritsche und beginne zu zittern – wie verrückt zu zittern – und denke: Was wäre, wenn eine blutige Klaue emporgreifen und mich packen würde?«

Er schüttelte seinen Kopf »Ich habe immer Angst davor, irgendwann einmal so etwas zu erblicken.«

Der Arzt fühlte sich in Gegenwart des Mann unbehaglich und war froh, als er weggebracht wurde.

Kapitel 8

Der Abend des neunten September war einer jener angenehmen, fast schon kühlen Spätsommerabende, die die Einwohner von Waco dazu verleiteten, sich aus ihren klimatisierten Häusern zu wagen und den Tankinhalt des Rasenmähers zu überprüfen oder sich in den Garten zu setzen und die ersten schwachen Anzeichen zu genießen, die darauf hindeuteten, daß der Sommer sie schließlich doch noch aus seiner erbarmungslosen Umklammerung entließ. Obwohl der Herbst offiziell in nur wenigen Wochen beginnen würde, schienen sich die texanischen Sommer immer mindestens bis Mitte Oktober auszudehnen. Aber an jenem Tag war aus nördlicher Richtung ein sanfter Lufthauch aufgekommen und hatte in vielen Leuten eine plötzliche Begeisterung für Aktivitäten im Freien erweckt, da er einen willkommenen Temperaturrückgang bewirkt hatte. Überall in der Stadt führte die Veränderung des feucht-heißen, eintönigen Wetters dazu, daß die Abendessen hastig hinuntergeschlungen wurden, damit vor Einbruch der Dunkelheit noch Zeit für einen Abstecher zum See oder einen Spaziergang durch die Nachbarschaft blieb.

Nach einem ermüdenden Tag, an dem er zahlreiche Berichte geschrieben und mehrere Termine wahrgenommen hatte, hatte Gene Deal vorgehabt, an jenem Abend seinen Rasen zu mähen. Der frühere Armeeoffizier und jetzige Bewährungshelfer des McLennan County flüchtete sich von seinem Job oftmals in die Gartenarbeit. Wenn er ein paar Stunden damit verbrachte, zu mähen, zu harken und Hecken zu stutzen, verlieh ihm das immer wieder neue Kräfte. Er war ein Mann von zweiundvierzig Jahren und spielte weder Golf noch Squash. Er war weder Mitglied irgendeines Fitneßstudios, noch war er dem Joggingwahn verfallen. Er schien einfach nie Zeit dafür zu haben. Seine Bewegungstherapie war die Arbeit im Garten, und er verrichtete sie regelmäßig und entschlossen genug, um sich die gleiche Fitneß und athletische Gestalt zu erhalten, die er schon während seiner Dienstzeit in der Armee gehabt hatte.

Manchmal, wenn er Glück hatte, vertiefte er sich dermaßen in seine Aufgabe, daß er für kurze Zeit die Leute vergaß, deren Leben er irgendwie zurück auf die Bahn eines verantwortungsbewußten bürgerlichen Daseins zu lenken hatte. Es kam jedoch weitaus öfter vor, daß er sich dabei ertappte, wie er über sie nachdachte, während er das Unkraut im Garten seiner Frau jätete, die Rosenbüsche beschnitt oder Dünger auf die Blumenbeete verteilte: über den Jugendlichen, der nach seinem ersten Aufenthalt in einer texanischen Strafanstalt verunsichert wieder nach Hause gekommen war und sich jetzt von den Veränderungen überwältigt fühlte, die sich während seiner nur wenige Jahre dauernden Abwesenheit ereignet hatten; über den doppelten Verlierer, der ihm beständig versicherte, daß er kein drittes Mal mehr hinter Gittern landen würde. Täglich hörte er Leuten zu, die in sein Büro kamen und gelobten, sich niemals mehr in Drogengeschäfte verwickeln zu lassen, wiedergeborenen Christen, die die neue und wunderbare Beziehung zu Gott, die sie während ihrer Haft aufgebaut hatten, mit ihm teilen wollten, und den wenigen, die mutig und aufrichtig genug waren, ihm einzugestehen, daß sie eine Heidenangst davor hatten, ohne die Unterstützung einer Familie oder Aussichten auf eine Anstellung ganz von vorn anzufangen. Er hörte zahllose Geschichten über Freundinnen, die nicht gewartet hatten, über Eltern, die ihre vorbestraften Söhne und Töchter nicht mehr bei sich aufnehmen wollten, und über Arbeitgeber, die ihre Angestellten niemals vergessen ließen, daß sie ehemalige Sträflinge waren.

Gene Deal gehörte nicht zu denen, die gelernt hatten, ihre Arbeit im Büro zurückzulassen. Während seiner Jahre als Bewährungshelfer hatte er viele Tränen gesehen und viele Hilfeschreie gehört. Auch nach zehn Jahren ging ihm das noch zu Herzen, und so versuchte er, den Leuten die Hand zu reichen. Was er tat, war wichtig, fühlte er.

Wenn man mit Gene Deal zu tun hatte, bemerkte einer seiner Kollegen, konnte man noch immer die Menschlichkeit spüren. Er sorgte sich noch um die Leute. In seinem Beruf war das nicht immer der Fall. Trotzdem war er kein Trottel, der auf jede tränenreiche Geschichte hereinfiel. Er war stolz auf seine Fähigkeit, schon bald diejenigen, die sich aufrichtig anstrengten, ihr Leben wiederaufzubauen, von den scheinheiligen Zuchthäuslern und Lügnern unterscheiden zu können. Die Angehörigen der letztgenannten Kategorie waren die, welche ihn am stärksten frustrierten und zugleich am meisten herausforderten. Er hatte mit einer ganzen Anzahl von ihnen zu tun gehabt und dabei kaum nennenswerte Erfolge erzielt.

Im Gegensatz zu einigen anderen, die ebenfalls seit Jahren seinem Beruf nachgingen, saß er nicht einfach herum und wartete auf seine Leute – seine ›Klienten‹ nannte er sie –, bis sie ihm ihre vorgeschriebenen wöchentlichen oder monatlichen Besuche im Büro abstatteten. Trotz seiner ständig anwachsenden Zahl von Fällen bemühte er sich, engen Kontakt zu denjenigen zu halten, für die er verantwortlich war. Er half ihnen, Arbeit zu finden, und schaute dann regelmäßig vorbei, um zu überprüfen, ob sie auch wirklich arbeiteten. Er besuchte sie oft zu Hause und suchte selbst nach Anzeichen für den Fortschritt, den sie in der freien Welt machten, wie sie ihm versichert hatten. Es war nichts Ungewöhnliches für Gene Deal, daß er einen bedingt Haftentlassenen in einer Woche zwei- oder dreimal traf. Oder daß seine Arbeitstage am frühen Morgen begannen und sich bis spät in die Nacht erstreckten.

Mehr als einmal hatten ihn seine Kollegen gewarnt, daß er zu hart arbeitete. Du kannst diese Leute nicht bemuttern, hatte man zu ihm gesagt. Alles, was du tun kannst, ist, ihnen Ratschläge zu geben und dann abzuwarten, ob sie sauber bleiben. Sie sind erwachsen. Sie müssen auf ihren eigenen Beinen stehen. Du bist lediglich dazu da, sie daran zu erinnern, was sie erwartet, falls sie es noch einmal versauen.

Deal glaubte jedoch, daß er eine größere Aufgabe zu erfüllen hatte. Er versuchte, zu seinen Schützlingen vertrauensvolle Beziehungen aufzubauen. Er glaubte fest daran, daß es ehemalige Sträflinge gab, die das Recht auf eine zweite Chance verdient hatten. Und er tat alles, was in seiner Macht stand, um denjenigen, deren Akten über seinen Schreibtisch wanderten, die Gelegenheit zu verschaffen, sich zu bewähren.

Trotzdem blieb er Realist. Er wußte, daß einige seiner Klienten kaum eine wirkliche Chance hatten, in der Freiheit lange zu überleben. Seiner Meinung nach war für die meisten das größte Problem, daß sie keine Unterstützung durch eine Familie oder durch Freunde erhielten. Gene Deal hatte gelernt, daß diejenigen, die allein standen, am ehesten umfielen. David Wayne Spence, ein junger Mann, der im November 1981 zum erstenmal sein Büro betraten hatte, war ein solcher Fall.

Nachdem Spence fünfzehn Monate einer vierjährigen Haftstrafe wegen eines schweren Raubüberfalls auf ein Lebensmittelgeschäft in Fort Worth abgesessen hatte, war ihm der Rest auf Bewährung erlassen worden. Spence war unschlüssig, fast schon peinlich berührt gewesen, als er von dem Verbrechen erzählen sollte, also hatte Deal die entsprechende Akte herausgesucht. Spence war zur Zeit des Überfalls einundzwanzig gewesen. Er hatte den Laden betreten und den Kassierer mit einem Beil bedroht. Er konnte nur sehr wenig Geld erbeuten und wurde bereits wenige Stunden später verhaftet. Es war eine jener lächerlichen Straftaten gewesen, über die sich die Bewährungshelfer, ebenso wie die Polizisten, gerne während ihrer Kaffeepausen lustig machten. Als Räuber war David Spence offensichtlich ein jämmerlicher Versager gewesen.

Aber die Schwierigkeiten, in denen er an jenem Septembertag des Jahres 1982 steckte, waren weitaus ernster. Deal erhielt einen Anruf von der Polizeibehörde von Waco, die ihn von Spences Verhaftung benachrichtigte. Die Beschuldigung lautete auf schwere sexuelle Mißhandlung.

Gene Deal war nicht besonders überrascht, weder über die Tatsache, daß Spence in der Klemme steckte, noch über die Art der Beschuldigung.

An jenem Wochenende war Tag der Arbeit, und Danny Powers, der vor zwei Tagen achtzehn Jahre alt geworden war, genoß jene herrliche Art von Freiheit, die Teenager nur selten erfahren. Seine Mutter und sein Vater waren aus Bastrop, südöstlich von Austin, und legten letzte Hand an ein neues Zuhause, das sein Vater baute, und seine Großmutter, bei der er während der Abwesenheit seiner Eltern gewohnt hatte, war ebenfalls dorthin gefahren, um sich ein Bild von den Fortschritten zu machen.

Powers und seinem Freund Jimmy Garcia war es gelungen, eine Flasche Wodka zu besorgen, und am Sonntagabend hatten die Teenager am Lake Waco ein paar Stunden damit zugebracht, zu trinken und der Musik aus dem Autoradio zuzuhören. Powers, ein Jugendlicher, der wenig Erfahrung mit hochprozentigem Schnaps hatte, war schon vor Einbruch der Dunkelheit betrunken gewesen und hatte sich überreden lassen, seine Autoschlüssel Garcia zu geben, der, obwohl er keinen Führerschein besaß, weitaus fahrtüchtiger war.

Für die Jugendlichen hatte alles wie einer jener Abende begonnen, an denen sie einfach ziellos herumfuhren. Sie hatten nichts Bestimmtes vor und wollten auch nicht zu einem besonderen Ort. Sie wollten lediglich die Zeit totschlagen und die Flasche Wodka leeren, und eine Zeitlang hatten sie viel Spaß dabei. Aber als der Alkohol zu wirken begann, war ihnen der Spaß an diesem Abend vergangen, und ihre Gedanken hatten sich auf ihr Zuhause und ihre Betten gerichtet. Die Party, die ausgelassen begonnen hatte, war vorüber.

Auf dem Weg vom Park zurück in die Stadt hatten sie eine Begegnung mit einem anderen Auto voller junger Männer, die sie schnell ernüchterte. Als beide Wagen an einer roten Ampel halten mußten, gab ein Wort das andere, und schon stand eine Schlägerei bevor. Der Fahrer des anderen Wagens stieg aus, einen Schraubenschlüssel in der Hand, und forderte Danny Powers auf, sich ihm zu stellen. Bevor Powers jedoch aussteigen konnte, wurde die Ampel grün, Garcia trat aufs Gaspedal, und der Wagen raste davon.

Auf ihrem weiteren Weg zum Haus von Dannys Großmutter begegnete ihnen noch ein Auto. Garcia erkannte einen der drei Männer in dem Kombi. Sein Name war Ronnie Cole. Am Steuer saß ein bärtiger, muskulöser Mann, der älter aussah als seine Begleiter. Seine Tätowierungen und die Aufnäher auf seiner ärmellosen Jeansjacke gaben ihm das Aussehen eines Motorradfreaks. Der andere Mann, der hispanisch aussah, hatte schulterlanges Haar, trug eine Brille mit Drahtgestell und trank aus einer Dose *Budweiser*.

Garcia bedeutete Cole, neben ihnen zu halten, und sie unterhielten sich einige Minuten lang. Powers lehnte an seinem Auto und begann, von der Begegnung mit dem ›schraubenschlüsselschwingenden Hurensohn‹ zu erzählen. Er schwankte ein wenig, während er redete.

David Spence, der Fahrer des Kombis, lächelte. »Warum machen wir uns nicht auf die Suche nach ihnen und treten ihnen in den Arsch?« fragte er.

Danny Powers, dem der Alkohol noch immer jede Menge Selbstvertrauen verlieh, fand die Idee großartig. Ebenso wie Spences Freund, Gilbert Melendez. Es war ein langweiliger Abend gewesen, und eine kleine Prügelei würde ihm vielleicht neuen Schwung geben.

Die beiden Wagen fuhren zusammen los, und Spence übernahm die Führung. Sie waren erst ein paar Straßen weit gekommen, als Powers' Auto das Benzin ausging. Das schien dem mißlungenen Abend den letzten und vernichtenden Stoß zu versetzen. Plötzlich verflog die Vorfreude auf eine Schlägerei. Danny bat Spence, ihn zum Haus seiner Großmutter zu fahren.

Dort angekommen, luden Spence und seine Freunde sich selbst in das Haus ein und brachten die Überreste zweier Sechserträger Bier mit. »Ich soll niemanden hierher mitnehmen, während meine Großmutter nicht da ist«, protestierte Powers.

»Ach Scheiße, Mann, wir bleiben nur ein paar Minuten«, sagte David, als er ins Haus trat. Er ging in die Küche und überprüfte den Inhalt des Kühlschranks. »Außerdem«, sagte er und zwinkerte Powers zu, »sind die Bullen hinter uns her.«

Der junge Danny Powers, bei dem die Wirkung des Wodkas allmählich nachließ, fühlte sich wegen seiner ungebetenen Gäste langsam unbehaglich.

Er hatte guten Grund dazu.

Während der nächsten halben Stunde ließen die laute Musik und das Geschrei ihn befürchten, daß seine Tante, die nebenan wohnte, bemerken würde, daß er das Verbot seiner Großmutter mißachtete und während ihrer Abwesenheit Gäste in ihr Haus gelassen hatte. Je nachdrücklicher er sie aufforderte zu gehen, desto lauter schienen sie zu werden. Da ihnen ihr mitgebrachtes Bier ausgegangen war, tranken Spence und Melendez inzwischen aus einer Flasche Wein, die sie im Kühlschrank gefunden hatten.

Endlich wollte Ronnie Cole sich auf den Heimweg machen und verließ das Haus. Powers holte ihn im Vorgarten ein und versuchte, ihn dazu zu bewegen, Spence und Melendez mitzunehmen. Garcia, der mittlerweile auch betrunken war, kam hinzu und begann, sich mit Powers zu streiten.

Genau in dem Moment, als Powers und Garcia anfingen, sich gegenseitig anzurempeln, erschienen Spence und Melendez auf der Veranda. Die Schlägerei, auf die sie so begierig gewesen waren, würde nun doch noch stattfinden, hofften sie.

»Mach ihn fertig, Mann«, rief Melendez und schubste Powers in Garcias Richtung. »Was ist los mit dir? Hast du die Hosen voll? Glaubst du, du kannst ihn nicht schaffen? Zur Hölle. Mann, er ist kleiner als du. Er ist doch nur ein beschissenes Kind.«

Garcia, der immer nervöser geworden war, zog ein Jagdmesser hervor und bedrohte seinen Freund. »Du weißt, ich kann dir damit weh tun.«

Spence sprang auf Garcia zu und nahm ihm das Messer weg. »Mach keinen Blödsinn, Mann! Hau ihm bloß was aufs Maul!«

Während der nächsten paar Minuten entspann sich eine halbherzige Rauferei, die eigentlich mehr ein Ringkampf mit ein paar Tritten war. Offensichtlich hatte keiner der beiden Jugendlichen Erfahrung als Schläger. Schließlich weigerte sich Powers weiterzumachen. Garcia hielt sich seine Nase, die ein bißchen blutete, und ging ins Haus. Danny Powers folgte ihm ins Schlafzimmer und wollte sich entschuldigen. Plötzlich standen Melendez und Spence neben ihnen. Melendez holte aus, und seine Faust donnerte seitlich gegen Powers' Kopf. Er verpaßte ihm mehrere harte Schläge, die ihn aufs Bett warfen. Powers fing an zu weinen.

Spence, der immer noch Garcias Messer in der Hand hielt, drängte Melendez, weiterzumachen. »Vielleicht sollten wir diesem kleinen Hosenscheißer beibringen, was es heißt, ein Mann zu sein«, sagte er. Dann starrte er Powers mit wildem Blick an und befahl: »Zieh deine verdammte Hose aus!«

»Nein«, sagte Powers.

»Du machst besser, was ich sage, Arschloch, oder es könnte passieren, daß ich dir weh tue!«

Zitternd und heulend zog Powers seine Jeans aus.

»Auch die Unterwäsche«, verlangte Spence.

Als der Junge völlig nackt war, richtete Spence ihn in eine sitzende Position auf, und Melendez ohrfeigte ihn mehrmals und begann, ihn zu würgen. Schließlich stieß er ihn zurück aufs Bett.

Spence legte sich neben Powers und hielt ihm die Klinge des Messers an die Kehle. »Ich kann dich nicht ausstehen«, preßte er leise zwischen zusammengebissenen Zähnen hervor. »Ich kann dich kein bißchen ausstehen, du Scheißtyp. Ich glaube, ich sollte dir vielleicht deinen beschissenen Adamsapfel rausschneiden und ihn fressen.«

Danny Powers, der so viel Angst verspürte wie noch nie zuvor in seinem Leben, schloß die Augen und fühlte, wie sehr sein Gesicht schmerzte, während ihm Tränen über die bereits angeschwollenen Wangen und sein Kinn liefen. *Sie werden mich töten*, dachte er. *Bitte, Gott, laß nicht zu, daß sie mich töten. Bitte laß sie aufhören.*

Jimmy Garcia, der neben einer Anrichte gestanden und zugesehen hatte, wie der Alptraum begann, wollte davonlaufen, wurde doch angeherrscht, sich nicht von der Stelle zu rühren. Er konnte nichts anderes tun, als dazubleiben und mitanzusehen, was seinem Freund passierte.

»Beweg deinen Hintern hier rüber!« schrie Melendez Powers an, nachdem er ihn erneut geohrfeigt hatte. »Knie dich hier am Fußende des Betts hin, und zieh deine Arschbacken auseinander!« Powers biß sich auf die Lippe, um einen Schrei zu unterdrücken, als Melendez ihm brutal einen Finger in den After stieß.

Dann befahl ihm Spence aufzustehen. Lachend deutete er mit dem Messer auf Powers' Genitalien. »Du bist wohl ganz schön stolz auf diesen kleinen Schwengel, was?« fragte er.

Powers, zu verängstigt, um ein Wort hervorzubringen, schüttelte den Kopf.

»Ich sollte ihn trotzdem abschneiden.«

Jetzt war es Melendez, der lachte, während er den Reißverschluß seiner Hose aufzog. »Ich laß ihn meinen Schwanz lutschen.«

»Nein«, sagte Powers. »Das kann ich nicht. Das werde ich nicht tun.«

Spence ging auf ihn zu und bedrohte ihn wieder mit dem Messer. »Du machst besser, was er sagt, bevor ich dir tatsächlich was abschneide, Mann!«

»Nein«, flehte Powers noch einmal.

Wortlos beugte sich Spence über das Bett und fügte dem Jungen eine zehn Zentimeter lange Schnittwunde im Unterschenkel zu. Von diesem Moment an stand Danny Powers unter Schock.

Spence, der abwechselnd lachte und fluchte, schnitt ihn noch drei weitere Male. »Du tust, was der Mann dir sagt, oder ich bringe dich um, darauf kannst du einen lassen.«

Daraufhin erst richtete sich Powers von den blutbefleckten Laken auf. Seine Brust hob und senkte sich, als er schluchzend Melendez' Penis zögernd in den Mund nahm. »Das ist doch Scheiße«, sagte Melendez. »Blas mir einen!« Powers versuchte, dem Befehl Folge zu leisten.

»Hey, Mann, sei vorsichtig!« rief Melendez und ohrfeigte den Jugendlichen abermals.

»Scheiße, du kannst nichts richtig machen«, sagte Spence und packte Powers bei den Schultern. »Komm mit!«

Er schleifte den wankenden Jungen ins Badezimmer, zwang ihn vor dem Toilettenbecken auf die Knie, griff ihm ins Genick und stieß seinen Kopf nach unten ins Wasser.

Plötzlich stand Melendez im Türrahmen und zog Spence zurück. »Was, zur Hölle, machst du da?« fragte er. »Du wirst ihn noch umbringen.«

Spence riß Powers von der Toilette hoch. Dann stieß er ihn zu Boden und trat ihm gegen den Kopf. Aus einer Platzwunde hinter Powers' Ohr schoß sofort noch mehr Blut hervor.

Der Teenager wurde zum Bett zurückgezerrt und war gezwungen, diese verrückte Bestrafung noch einige weitere Minuten lang zu ertragen, während derer Spence und Melendez weiterhin Drohungen ausstießen und ihn wieder schlugen.

Dann war es endlich vorbei. »Okay, Arschloch«, sagte Spence, »wenn du die Bullen rufst, komme ich zurück und mach dich alle. Verstanden?«

Powers nickte.

»Falls sie uns erwischen sollten«, fügte Melendez hinzu, »wird genau folgendes passieren: Ich werde diese ganze beschissene Sache auf meine Kappe nehmen, damit mein Kumpel hier Gelegenheit hat, sich um deinen Arsch zu kümmern.«

»Ich werde nicht die Bullen rufen«, versprach Powers. Ein lautes Dröhnen hallte in seinen Ohren, und ein heftiger Schmerz pulsierte durch seinen ganzen Körper. »Ich schwöre. Laßt mich einfach nur allein. Bitte, laßt mich allein.«

Als sie gingen, weinte er immer noch, doch im Unterbewußtsein nahm er wahr, wie ihr Gelächter in der Dunkelheit widerhallte.

Am nächsten Tag erhielt Detective Ramon Salinas einen Anruf von einem seiner Informanten. Der Vater eines Jungen namens Danny Powers war von außerhalb zurückgekommen und hatte seinen Sohn schwer zusammengeschlagen und durch Schnittwunden verletzt vorgefunden. Es ging das Gerücht um, daß der Vater eine Waffe trug und auf der Suche nach den Tätern war.

Salinas ließ den Papierkram kurzerhand liegen, fuhr zum Haus der Familie Powers, redete mit Vater und Sohn und erfuhr so die schrecklichen Einzelheiten des Überfalls. Danny, dessen Gesicht noch immer stark angeschwollen war und dessen Wunden man genäht und verbunden hatte, gab ihm die Namen und Beschreibungen der Täter.

»Mister Powers«, sagte Salinas zu dem aufgebrachten Vater, »ich kann verstehen, wie Sie sich fühlen. Ich an Ihrer Stelle würde wahrscheinlich genau das gleiche tun wollen, was Sie jetzt vorhaben. Aber das ist nicht der richtige Weg. Wenn Ihr Sohn uns unterstützt, werde ich mich um die Angelegenheit kümmern.«

Zwei Tage nachdem Danny Powers eine offizielle Anzeige unterschrieben hatte, wurden David Spence und Gilbert Melendez von der Polizei verhaftet.

Gene Deal hatte seine Gartenarbeit auf einen späteren Zeitpunkt verschoben. Auf dem Weg zum Polizeirevier drehten sich seine Gedanken nicht um die Beschuldigung, die Salinas ihm gegenüber am Telefon erwähnt hatte. Statt dessen dachte er wieder einmal über die Ermordung der drei Teenager am Lake Waco nach. Seitdem waren fast zwei Monate vergangen, und es gab keine Anzeichen dafür, daß die Ermittlungsbeamten in diesem Fall irgendwelche Fortschritte machten.

Verdammt, jetzt würden sie sich anhören müssen, was er ihnen über David Spence zu erzählen versucht hatte.

Im Gegensatz zu vielen Bürgern Wacos hatte Deal den Fortgang der Untersuchungen der Mordfälle vom See nicht in der Zeitung oder im Fernsehen genau mitverfolgt. Er bekam während seiner Arbeit tagtäglich schon genügend schlechte Neuigkeiten zu hören, so daß sein Verlangen nach der dunkleren Seite der Stadt mehr als befriedigt war. Es war jedoch unmöglich, von dem grauenhaftesten Verbrechen in der jüngeren Geschichte Wacos nicht wenigstens einige Einzelheiten mitzubekommen.

Als er zuerst von den Morden hörte, fühlte er sich von der Art der Verbrechen abgestoßen und empfand Trauer darüber, daß es sich bei den Opfern um Kinder handelte. Deal hatte selbst einen Sohn, der in wenigen Jahren ein Teenager sein würde, und seine Reaktion war die der meisten Eltern in Waco. Die Möglichkeit, daß ein Psychopath die Straßen der Stadt unsicher machte, in der er lebte, flößte ihm zugleich Angst und Besorgnis ein.

Während der letzten Wochen hatten sich diese Gefühle noch verstärkt. Anfangs hatte er die Anzeichen nicht zu deuten gewußt. Aber im Lauf der Zeit war er zu der Überzeugung gelangt, daß ihm die Morde vom See viel nähergingen, als er es jemals für möglich gehalten hätte.

Am Nachmittag des 21. Juli, nur eine Woche nachdem die Leichen der Teenager im Speegleville Park gefunden worden waren, hatte Deal bei dem Apartment vorbeigeschaut, in das Spence und seine Freundin vor kurzem eingezogen waren. David hatte ihn auf dem Parkplatz getroffen, wo sie sich einige Minuten lang unterhielten, und ihn dann eingeladen, seine neue Wohnung zu besichtigen und ›seiner alten Dame‹ hallo zu sagen.

Deal bezweckte mit seinem Besuch lediglich, die neue Adresse zu überprüfen, die Spence ihm gegeben hatte. Daher verlief die Unterhaltung locker und im Plauderton. Christy Juhl, das Mädchen, mit dem David zusammenlebte, führte Deal in dem Apartment herum, in dem noch immer einige Unordnung herrschte. Sie wohnten erst seit ein paar Tagen hier, erklärte sie und erzählte begeistert von ihren Plänen für die Raumgestaltung.

Als Deal gerade wieder gehen wollte, fingen David und Christy aus einem Grund, den er nicht mitbekommen hatte, zu streiten an. Sie beschimpften sich gegenseitig, und mit sarkastischem Unterton sagte Christy irgend etwas über ›diese beiden Mädchen, mit denen du neulich abend zusammen warst‹.

Spence sprang vom Sofa auf und starrte seine Freundin mit einem kalten, drohenden Blick an. Es war ein Ausdruck, den Deal während der achtzehn Monate, seit denen er David kannte, schon einige Male gesehen hatte; ein Blick, der jedem, auf den er gerichtet war, sofort mitteilte, daß er kurz davor stand, David in die Quere zu kommen und gut beraten wäre, den Mund zu halten und sich um seine eigenen Belange zu kümmern. David Spence hatte offenbar wenig Nachsicht mit allen, die ihm widersprachen oder sich in seine Privatangelegenheiten einmischten.

Von da an sagte Christy Juhl nichts mehr während des kurzen Besuchs des Bewährungshelfers. Damals hatte Deal dem Zwischenfall wenig Bedeutung beigemessen. Sein Klient hatte augenscheinlich Probleme mit seiner Freundin. Einen Monat später begann er, sich zu fragen, ob Christys Bemerkung lediglich ein eifersüchtiger Ausbruch gewesen war – oder ob mehr dahintergesteckt hatte.

Am 20. August erhielt Gene Deal einen Anruf von einem offensichtlich beunruhigten David Spence, der ihn fragte, ob er später an jenem Tag vorbeikommen könnte.

David war nervös, lief auf und ab und redete mit hastiger, fast unverständlicher Stimme. Er wollte von Deal die Erlaubnis, die Stadt zu verlassen, etwas, was ihm nur dann gestattet war, wenn sein Bewährungshelfer es offiziell genehmigte.

»Was ist los, David?« fragte Deal. »Setzen Sie sich, und beruhigen Sie sich erst mal. Erzählen Sie mir, was passiert ist.«

»Ein paar Kerle sind hinter mir her.«

»Warum?«

»Sie sind einfach hinter mir her. Ich muß aus der Stadt verschwinden.«

»David, so geht das nicht. Wenn Sie von mir Hilfe wollen, müssen Sie mir schon erzählen, was los ist.«

Spence ging stumm noch ein paar Sekunden auf und ab, sah aus dem Fenster und setzte sich endlich Deal gegenüber. »Ich weiß zuviel über diese Morde draußen am See«, sagte er schließlich.

Jetzt war es Deal, der stumm blieb und zu verarbeiten versuchte, was Spence ihm gerade erzählt hatte. »Okay, hören Sie zu«, sagte er. »Sie werden zulassen müssen, daß ich Ihnen helfe. Wenn Sie zu wissen glauben, wer diese Morde begangen hat, müssen Sie zur Polizei gehen.«

Spences Gesichtsausdruck verhärtete sich. »Ich habe nicht gesagt, daß ich weiß, *wer* die Morde am See begangen hat.«

»Aber . . .« wollte Deal einwenden.

». . . Ich habe gesagt, daß ich zuviel *über* diese Morde weiß.«

Unvermittelt überkam Gene Deal ein eisiger Schauer. Er war sich nicht sicher, was Spence zu sagen versuchte, aber ihm kamen beunruhigende Fragen in den Sinn. Wußte David, wer die Morde begangen hatte? War er irgendwie darin verwickelt? Oder hatte vielleicht sogar er selbst die drei Teenager umgebracht? Er verspürte den Drang, dem jungen Mann, der ihm gegenübersaß, diese Fragen ins Gesicht zu schreien, aber er kannte David Spence zu gut, um es tatsächlich zu tun. Wenn er jetzt ein Verhör begann, würde David nichts mehr sagen. Er würde Deal mit dem gleichen kalten Blick anstarren, den er auch auf Christy Juhl gerichtet hatte.

Dann wirkte Spence plötzlich gelassen und ruhig, fast als hätte er auf irgendeinen unsichtbaren Knopf gedrückt. Er atmete tief ein und mit einem erleichterten Seufzen wieder aus. Sein Blick wanderte durch das Zimmer.

»David«, sagte Deal schließlich, »würden Sie mich bitte die Polizei hierüber informieren lassen?«

Spence, der sich anscheinend mit der Tatsache abgefunden hatte, daß sein Bewährungshelfer die notwendigen Papiere nicht unterschreiben würde, die es ihm gestattet hätten, die Stadt zu verlassen, zuckte die Achseln. »Meinetwegen.«

Obwohl er möglichst schnell verschwinden wollte, blieb Deal noch ein paar Minuten und drängte seinen Klienten, nicht zu unbedacht zu handeln, welche Befürchtungen er auch immer hegen mochte. Vielleicht konnte das, was David zu sagen hatte, für die Polizei von Nutzen sein. Möglicherweise würden die Informationen, über die er verfügte, sie in die Lage versetzen, ihn zu beschützen – wen auch immer er fürchtete.

»Ja, vielleicht haben Sie recht. Okay, ich werd' mit ihnen reden«, sagte Spence.

Deal fuhr auf direktem Weg ins Polizeipräsidium von Waco, und unterwegs fiel ihm auf, daß er zitterte. Obwohl er, abgesehen von den verwirrenden Andeutungen, die er soeben zu hören bekommen hatte, über keine weiteren Anhaltspunkte verfügte, konnte er sich nicht von dem quälenden Gefühl befreien, daß David Spence irgendwie in die Morde am See verwickelt war. Wenngleich er schon seit vielen Jahren beruflich mit Gesetzesbrechern zu tun hatte, kannte Deal nur wenige Beamte der Polizei von Waco. Gelegentlich hatten einige von ihnen bei ihm angerufen, weil sie sich mit einem seiner Klienten wegen irgendeines Ermittlungsverfahrens unterhalten wollten. Wenn er darum gebeten worden war, hatte er ihnen geholfen, die betreffende Person ausfindig zu machen. Aber meistens ärgerte er sich darüber, daß Ermittlungsbeamte, die mit ihren Untersuchungen nicht vorankamen, ehemalige Sträflinge automatisch als Verdächtige ansehen. Aus diesem Grund wahrte er im allgemeinen Abstand.

Das Polizeipräsidium liegt am Rande der Innenstadt. Deal betrat die hell erleuchtete Eingangshalle und bat um eine Unterredung mit dem Leiter der Ermittlungen in den drei Mordfällen vom Lake Waco. Nach ein paar Minuten brachte man ihn zu den Räumen der Kriminalpolizei und stellte ihm Ramon Salinas vor.

Mit knappen Worten, aber so ausführlich wie möglich berichtete Deal von dem Gespräch, das er vor kurzem mit David Spence geführt hatte. »Ich will nicht behaupten, daß er die Morde begangen hat«, erklärte Deal dem Beamten, »aber ich habe in bezug auf David ein schlechtes Gefühl. Ehrlich gesagt, ich glaube, daß er mit großer Wahrscheinlichkeit auf irgendeine Weise darin verwickelt sein könnte. Er macht den Eindruck, als wüßte er etwas. Und er weiß, daß ich jetzt hier bin. Er schien im Grunde zu wollen, daß ich das tue.«

»Sonst noch etwas, was Sie mir erzählen könnten?« fragte Salinas. Das war die einzige Frage, die er während der kurzen Unterredung stellte.

»Das ist alles«, sagte Deal. »Mir ist klar, daß das nicht besonders viel ist. Aber ich dachte, Sie sollten es wissen.«

Salinas stand auf und reichte dem Bewährungshelfer die Hand. »Vielen Dank für Ihr Kommen«, sagte er.

Als Deal auf den Parkplatz trat, schüttelte er den Kopf. Er merkte, daß Salinas verärgert war, und fühlte sich, als hätte er die Zeit des Beamten verschwendet. *Wenn dieser Bulle jetzt in sein Auto steigen und zu Davids Haus fahren würde, um mit ihm zu reden, solange er noch nervös und verwirrt ist, könnte er vielleicht einige Informationen über den Fall sammeln,* dachte er.

Salinas hatte jedoch nur sehr wenig Interesse gezeigt. Wenn Gene Deal hätte wetten sollen, dann hätte er darauf gesetzt, daß man David niemals verhören würde.

Er hätte gewonnen.

Eine Woche darauf erhielt Deal in seinem Büro noch einen aufgeregten Anruf. Diesmal war es Davids Mutter. Sie weinte und bat ihn, umgehend zu ihr zu kommen.

Obwohl er schon mehrfach mit ihr gesprochen hatte, seitdem er der Bewährungshelfer ihres Sohnes geworden war, wußte Gene Deal nur sehr wenig über Juanita White. Sie war vier- oder fünfmal verheiratet gewesen, hatte abwechselnd als Barmixerin und Bedienung in einigen von Wacos weniger gehobenen Bars gearbeitet und hatte ihn nie davon überzeugen können, daß sie in irgendeiner Weise aufrichtig am Wohlergehen ihres Sohnes interessiert war. Wenn es da eine liebevolle Beziehung zwischen Mutter und Sohn gab, war sie Deal nicht aufgefallen. Juanita White schien allenfalls Angst vor David zu haben. Umgekehrt schien David seine Mutter peinlich zu sein, und er hatte während ihrer Unterredungen kaum von ihr gesprochen.

Sie hatte noch immer Tränen in den Augen, als Deal an jenem Morgen bei dem kleinen Holzhaus an der North Fifteenth Street eintraf. Das Haus stand in einer langen Reihe von billigen hölzernen Gebäuden, und die Nachbarschaft konnte man zwar nicht als Slum bezeichnen, aber sie war alles andere als achtbar. Eine Straße weiter begann ein Viertel, in dem mittellose Schwarze wohnten.

»Ich muß mit jemandem reden«, sagte sie, als sie ihm auf der Veranda entgegenkam und ihn hineinbat. »Ich wußte nicht, wen ich sonst anrufen sollte.«

Juanita White war Mitte Fünfzig und trug ihr ausgebleichtes, von grauen Strähnen durchzogenes Haar schulterlang. Wie David hatte sie stechende blaue Augen, die tief in ihren Höhlen lagen und von dunklen Ringen umgeben waren. Die Jogginghose und die bedruckte Bluse konnten die fünfzehn oder zwanzig Kilo Übergewicht nicht kaschieren. Sie sah müde aus, und ihre Bewegungen waren langsam und träge.

Deal folgte ihr in das winzige Wohnzimmer. Ihm fiel auf, daß zwar keiner der Einrichtungsgegenstände zum anderen paßte, der Raum jedoch aufgeräumt und sauber war. An einer der Wände befand sich ein falscher Kamin, auf dessen Sims Fotos ihrer Kinder standen.

»Ist David in Schwierigkeiten?« fragte Deal.

»Ich weiß nicht«, antwortete sie, »aber er hat sich in den letzten paar Wochen wirklich merkwürdig benommen. Irgend etwas stimmt nicht, ist oberfaul. Ich bin mir sicher, denn ich kenne David. Und ich weiß, wann er in der Klemme steckt.«

Deal stellte keine weiteren Fragen und beschloß, statt dessen einfach nur zuzuhören, als Mrs. White ihm davon erzählte, wie David vor wenigen Tagen zurück nach Hause gezogen und seitdem sehr nervös gewesen war. Er trank viel und schlief sehr wenig. Und wenn er schlief, hatte er Alpträume und erwachte unter gellenden Schreien, die ihr Angst einjagten.

»Es hat irgend etwas mit diesen Jugendlichen zu tun, die am See ermordet worden sind«, sagte sie. »Er erzählt immerzu, daß irgend jemand hinter ihm her ist, weil er etwas über diese Morde weiß. Mr. Deal, ich habe Angst. Ich habe große Angst.« Dann brach sie wieder in Tränen aus.

Sie weinte noch immer hemmungslos, als ein paar Minuten später plötzlich David zur Tür hereinkam und überrascht war, Deal im Wohnzimmer seiner Mutter sitzen zu sehen. Ohne jedoch seinem Bewährungshelfer viel Aufmerksamkeit zu schenken, ging er geradewegs auf seine Mutter zu, blieb vor ihr stehen und starrte wortlos und drohend auf sie herab. In dem Raum lag eine Spannung, die die Luft elektrisch aufzuladen schien.

»Ihre Mutter sagt, daß Sie sich immer noch über irgend etwas Sorgen machen«, sagte Deal.

David blickte unverwandt zornig auf seine bestürzte Mutter und stieß feindselig hervor: »Ich mache mir überhaupt keine beschissenen Sorgen.«

Wieder einmal wählte Gene Deal die Nummer der Polizei von Waco und versuchte, Detective Salinas zu erreichen. Seit ihrem ersten Treffen war es jetzt das dritte Mal, daß er dort anrief. Die ersten beiden Male hatte er lediglich fragen wollen, ob Salinas bereits mit Spence gesprochen hatte. Diesmal jedoch wollte er ihm von Mrs. Whites Sorgen erzählen. Doch er landete erneut bei einer weiblichen Stimme, die seine Nachricht entgegennahm und versprach, sie bei der nächsten Gelegenheit an Salinas weiterzuleiten.

Als Deal an jenem Abend zu Bett ging, hatte seine Frau längst gemerkt, daß etwas ihn völlig in Anspruch nahm. Sie waren lange genug verheiratet, daß sie alle Anzeichen kannte. Er hatte während des Abendessens kaum ein Wort gesprochen, und das abendliche Fernsehprogramm schien ihn viel mehr interessiert zu haben als sonst. Das war seine Art, ein Gespräch über eine Angelegenheit zu vermeiden, die ihn sehr beschäftigte.

»Irgend etwas stimmt nicht«, sagte sie.
Ihr Mann nickte. »Ja.«
»Willst du darüber reden?«
Ohne Umschweife erzählte er ihr, was ihn so sehr belastete: »Der Kerl, der die drei Jugendlichen am See ermordet hat, ist einer meiner Klienten«, sagte er und schaltete dann das Licht aus.

Bevor er sich in der Nacht, in der David verhaftet wurde, ins Gefängnis begab, um mit ihm zu reden, suchte Deal noch einmal Detective Salinas auf und ließ sich eingehend die Anklagepunkte erläutern. Offensichtlich war es Spence, der dem Teenager all die Schnittwunden zugefügt hatte, erzählte Salinas.
»Haben Sie die Waffe?« fragte Deal.
Salinas zeigte ihm das Jagdmesser, das man bereits zu den Beweisen genommen hatte.
Deal betrachtete es. »Gibt es eine Möglichkeit, zu prüfen, ob dies das gleiche Messer sein könnte, das auch bei den Morden am See benutzt worden ist?«
Salinas erklärte ihm in wenigen Worten die gerichtsmedizinischen Methoden, die man manchmal anwandte, um Stichwunden mit einer bestimmten Art von Klinge zu vergleichen. Er erzählte Deal jedoch nicht, daß er nicht länger für die Ermittlungen in den drei Mordfällen zuständig war.

Kapitel 9

Es war fast vier Uhr morgens, als Truman Simons, der seine nächtliche Streifenfahrt soeben hinter sich gebracht hatte, Kaffee in einen Plastikbecher goß, daran nippte und auf den Ordner hinabsah, den er sorgfältig direkt vor sich auf den Schreibtisch gelegt hatte. Es vergingen noch mehrere Minuten, bis er ihn schließlich aufschlug und damit anfing, die Berichte zu lesen, die man während der Ermittlungen im Fall der Lake-Waco-Morde zu den Akten genommen hatte.

Den größten Teil dieses Materials kannte er schon, aber es war das erste Mal, daß ihm die komplette Akte vorlag. Als er mit der Lektüre begann, hatte er keine genaue Vorstellung davon, wonach er eigentlich suchte. Einen zwei Monate alten Fall zu übernehmen, an dem bereits mehrere andere gearbeitet hatten, war wie der Versuch, ein Puzzle zusammenzusetzen. Es gab eine Menge einzelner Teile, von denen sich offenbar keines an seinem Platz befand. Er konnte davon ausgehen, daß einige Teile fehlten – wären sie dagewesen, hätte man den Fall längst gelöst. Dennoch hoffte er, irgendwo noch eine unbeantwortete Frage zu entdecken, vielleicht jemanden, den man übersehen und nicht befragt hatte. Einen Ansatzpunkt zu finden, würde am schwierigsten sein.

Er hatte erst wenige Seiten gelesen, als sich Sergeant Dennis Baier zu ihm gesellte. Simons hatte Chief Scott um einen Beamten gebeten, der ihm bei den erneuten Ermittlungen helfen würde, und hatte anklingen lassen, daß ihm Baier am liebsten wäre. Baier war jung und energisch, und er war Simons zum erstenmal aufgefallen, als sie bei einigen Drogenfällen zusammengearbeitet hatten. Baier war ein gelehriger Polizist, der sich nicht nur gut mit dem Gesetz auskannte, sondern auch der Meinung war, daß man es buchstabengetreu befolgen mußte. Er gehörte weder zu denen, die andauernd auf die Uhr sahen, noch zu denen, die sich pausenlos beklagten.

Außerdem schien er zu begreifen, wie Simons arbeitete. Während einige Kollegen im Hinblick auf Simons' bisweilen unorthodoxe Methoden und seine gelegentlichen ›Ahnungen‹ verständnislos den Kopf schüttelten, hatte Baier miterlebt, daß viele dieser Ahnungen mit gelösten Fällen endeten.

Noch bevor er mit Chief Scott gesprochen hatte, hatte Simons Baier gewarnt, daß wahrscheinlich einige Angehörige der Behörde nicht besonders glücklich darüber sein würden, daß ein Fall, bei dem sie versagt hatten, erneut aufgerollt wurde. Das machte ihm nichts aus, versicherte Baier seinem zukünftigen Partner. Der Fall mußte aufgeklärt werden, und er hielt es für unwichtig, wer dafür eine Belobigung erhielt.

Auf den ersten Eindruck bildeten sie ein seltsames Team. Simons, der High-School-Abbrecher, der ständig Bluejeans und Flanellhemden trug, und Baier, der ansehnliche, gutgekleidete Stadtjunge, der an der Baylor Universität Kriminologie- und Psychologiekurse belegt hatte; der störrische Polizeiveteran, der noch immer Sergeant war, und der aufstrebende junge Beamte, der sich genau an die Dienstvorschrift hielt. Simons war mit seinem Dienstgrad zufrieden; Baier hingegen hatte Ambitionen, die Karriereleiter so schnell wie möglich emporzusteigen.

Dennoch waren es gerade diese Unterschiede gewesen, die Simons veranlaßt hatten, um Baiers Unterstützung zu bitten. Der ältere Sergeant wußte so gut wie kein anderer, daß er manchmal dazu neigte, die Ermittlungen zu schnell voranzutreiben und eifrig nach vorne zu drängen, wenn eine Situation mehr Geduld erfordert hätte. Dennis Baier, der viel methodischer vorging und auf die Details achtgab, würde dazu beitragen, das notwendige Gleichgewicht herzustellen. Und da Baier mit den bisherigen Ermittlungen nichts zu tun gehabt hatte, konnte er die Angelegenheit mit einer gewissen Distanz betrachten. Obwohl man ihn erst jetzt offiziell mit dem Fall betraut hatte, war Truman Simons genaugenommen seit jener schwülen Julinacht im Speegleville Park darin verwickelt gewesen.

Sie lasen die Berichte der Reihe nach, begannen mit der ersten Vermißtenmeldung über Kenneth Franks und endeten mit Salinas' Bekanntmachung, daß der Fall ausgesetzt worden war. Sobald Simons eine Seite gelesen hatte, gab er sie an seinen Partner weiter; gelegentlich machte er sich Notizen. Keiner von beiden sprach, bis sie die Akte durchgearbeitet hatten.

»Der einzige Name, der bei mir ein Licht aufgehen läßt, ist dieser Bobby Brim, der Freund von Kenneth Franks«, sagte Baier und rieb sich die Augen. »Ich kenne ihn. Ich würde gerne noch einmal bei ihm ansetzen. Darüber hinaus sehe ich nicht allzu viele Möglichkeiten.«

Simons nickte zustimmend und nahm dann sein Notizbuch zur Hand. Das Gespräch des Streifenbeamten Nicoletti mit Linda Kelton, dem Mädchen aus dem Methodistenheim, hatte sein Interesse geweckt.

»Dieser Kerl, den sie erwähnt hat«, sagte er, »der, dem der kleine Lebensmittelladen gegenüber vom Heim gehörte, treibt sich oft draußen bei *Skaggs* herum. Ich habe ihn sogar schon mal getroffen. Er stammt aus Jordanien oder Saudi-Arabien oder irgendeinem anderen dieser Länder am Ende der Welt. Ist schon irgendwie merkwürdig.«

Trotz Linda Keltons Aussage, gehört zu haben, wie der Mann namens Muneer Deeb Drohungen gegen Kenneth Franks ausgestoßen hatte, fand sich in der Akte kein Hinweis darauf, daß irgendein Beamter ihn jemals vernommen hatte.

»Der Kerl hat offensichtlich eines der Opfer gekannt und kennt vermutlich eine Menge der Kinder aus dem Heim«, sagte Simons. »Es ist zwar nicht sehr wahrscheinlich, aber vielleicht kann er uns von Nutzen sein.«

»Dieser Ansatz ist so gut wie jeder andere«, sagte Baier, als sie aufstanden und sich streckten. »Aber jetzt fahren wir erst einmal nach Hause und hauen uns aufs Ohr.«

Während Simons während der Nachtschicht arbeitete, schaute er manchmal beim *Skaggs* Supermarkt in Valley Mills vorbei, um dort einen Kaffee mit seinem Freund Willie Tompkins zu trinken, einem ehemaligen Kollegen, der nach zehnjähriger Dienstzeit kürzlich aus dem Polizeidienst ausgeschieden war, um Pastor einer kleinen Baptistengemeinde im nahen Moody zu werden. Das Evangelium zu predigen, brachte nicht besonders viel Geld ein, und so hatte Tompkins bei dem Supermarkt, der rund um die Uhr geöffnet war, eine Stelle als Nachtwächter angenommen.

Simons wußte, daß Willie, ein stämmiger Schwarzer von ungezwungener Wesensart und starkem Ehrgeiz, bei der Polizei nicht etwa gekündigt hatte, weil er dem Verlangen nachgeben wollte, hauptberuflich als Geistlicher tätig zu sein, sondern vielmehr, weil er grundsätzlich übergangen worden war, wenn Beförderungen angestanden hatten. Die Verantwortlichkeit seiner Kirche gegenüber war lediglich ein Vorwand gewesen, zu dem er Zuflucht genommen hatte, weil er nicht alle Brücken zur Behörde hinter sich abbrechen wollte. Tatsache war, daß Willie Tompkins auch während seiner Zeit als uniformierter Beamter schon einige Jahre lang gepredigt hatte. Simons hoffte im stillen, daß einmal der Tag kommen würde, an dem Willie zur Polizei zurückkehrte.

In jenen Nächten, wenn Simons vorbeikam, um sich mit Tompkins zu treffen, saßen die beiden Männer an einem der Tische nahe der Feinkostabteilung und tranken Kaffee, der ihnen von einer hübschen jungen Kassiererin namens Patty Pick serviert wurde. Es war während eines jener frühmorgendlichen Besuche gewesen, daß Simons Muneer Mohammad Deeb zum erstenmal gesehen hatte. Deeb hatte das Geschäft in Begleitung von zwei jungen Frauen betreten, zwei Schwestern, die Kasey und Kerry Rowe hießen.

»Das mußt du dir mal ansehen«, sagte Tompkins und nickte in Richtung der Mädchen, die bereits mit einem Einkaufswagen einen der Gänge entlangschlenderten. »Die ziehen diesem armen kleinen Kerl das letzte Geld aus der Tasche. Achte drauf, sie werden diesen Einkaufswagen jetzt mit allen möglichen Lebensmitteln vollpacken, und er darf dann die Rechnung bezahlen. Das macht er immer. Und er bekommt nicht sehr viel dafür.«

Simons sah in ihre Richtung und runzelte die Stirn. »Was hat er für ein Problem?«

»Ach, er will bei den beiden groß rauskommen. Er glaubt, daß er dazu mit Geld um sich werfen muß. Eines der Mädchen arbeitet hier. Die andere, Kasey, führt ihn vor, als würde er einen Ring durch die Nase tragen. Sie klimpert mit den Wimpern, und er greift nach seiner Brieftasche. Er hat ihr ein Auto besorgt, zahlt einen Teil ihrer Miete und kauft ihr all diese Delikatessen.

Und weißt du, was sie mir erzählt hat? Eines Nachts, nachdem Deeb gegangen war, ist sie hierhergekommen und hat sich über ihn lustig gemacht. Mit ihrem weinerlichen zarten Stimmchen hat sie ausgeplaudert, daß sie ihm niemals gestatten würde, sie auch nur auf den Mund zu küssen. Sie sagte, sie würde sich nur mit jemandem einlassen, der zumindest einen Mercedes-Benz vorweisen könnte. Ich weiß noch, wie wir darüber gelacht haben, daß ich ihr allenfalls eine Pizza zu bieten hätte. Und sogar dann würde ich noch dermaßen Ärger mit meiner Frau bekommen, daß die ganze Angelegenheit es nicht wert wäre.«

Simons richtete seine Aufmerksamkeit auf die Frau, die den Einkaufswagen schob. Er schüttelte den Kopf. Seiner Meinung nach hätte sie bei keinem Schönheitswettbewerb eine Chance gehabt.

»Der Kerl ist ein kompletter Narr«, fuhr Tompkins fort. »Und ich habe ihm das auch schon ins Gesicht gesagt. Ich weiß nicht; natürlich kann eine Frau einen Mann verrückt machen. Ich und Patty hier, wir haben beide versucht, mit ihm über die Art und Weise zu reden, wie er sich ausnutzen läßt, aber es ist zwecklos. Er ist so hoffnungslos in Kasey verliebt, daß er ihr seinen letzten Cent geben und dann losgehen würde, um sich noch mehr Geld zu leihen. Ich kann das nicht verstehen.«

Simons sagte nichts. Lange bevor er Judy kennengelernt und schließlich geheiratet hatte, war er mit einer Frau verheiratet gewesen, die ihm in einem letzten Wutanfall entgegengeschleudert hatte, daß sie jeden Abend, wenn er zur Arbeit ging, darum betete, daß man ihm eine Kugel verpaßte, damit ihr die Mühe erspart bliebe, die Scheidung einzureichen. Er hatte selbst genügend Probleme gehabt, die Beziehung zwischen Männern und Frauen zu verstehen.

Im Lauf der nächsten paar Monate hatte sich Simons gelegentlich mit Tompkins und Deeb in der Feinkostabteilung zu einem nächtlichen Kaffee und einer Unterhaltung getroffen. Simons, der einen Teil seiner Armeezeit in der Türkei absolviert hatte und der von einigen Aspekten der östlichen Weltanschauung fasziniert gewesen war, verwickelte Deeb mehrfach in Diskussionen über die Religion und die Bräuche dessen Heimatlandes.

Deeb gelang es jedoch immer, das Gespräch zurück auf die hochtrabenden finanziellen Pläne zu lenken, die ihm im Kopf herumspukten. Er gab sich alle Mühe, den Eindruck zu erwecken, er besäße jede Menge Geld und hätte Pläne, noch viel mehr zu machen. Sein Lebensmittelgeschäft wäre nur der Anfang. Eine seiner nächsten Investitionen würde eine Spielhalle sein. Und tatsächlich waren er und Tompkins bereits eine Partnerschaft eingegangen. Willie hatte drei Videospiele gekauft, und Deeb hatte zugestimmt, sie in seinem Laden aufzustellen. Das beliebteste davon hieß ›Phoenix‹. Willie und Deeb teilten sich den Gewinn, fifty-fifty.

Deeb mochte ein Aufschneider und Narr sein, wenn es um Frauen ging, aber er schien ehrlich zu sein, glaubte Tompkins. Er erzählte Simons, daß er einmal bei Deebs *Rainbow Drive Inn* vorbeigefahren war, um seinen Anteil an dem Ertrag der Spielautomaten abzuholen, und sich dabei um zehn Dollar zu seinen Ungunsten verrechnet hatte. Noch am gleichen Abend hatte Deeb ihm das Geld gebracht. In ihrer Beziehung hatte es nichts gegeben, das Tompkins hätte vermuten lassen, Deeb wäre jemand, der das Gesetz übertreten könnte. Bis Truman Simons und Dennis Baier ihrem einstigen Kollegen an einem Septemberabend einen späten Besuch abstatteten.

Da sie wußten, daß Deeb im allgemeinen bei *Skaggs* vorbeikam, nachdem er um elf Uhr seinen eigenen Laden geschlossen hatte, waren die beiden Beamten früh eingetroffen. Als Tompkins sie sah, winkte er sie direkt zur Kaffeemaschine. Deeb wäre noch nicht da gewesen, erklärte er, aber er würde vermutlich bald kommen. »Er läßt nicht viele Nächte aus«, sagte er. »Er kommt gerne hierher, um sich an Pattys Schulter darüber auszuweinen, wie schlecht Kasey ihn behandelt.« Er sprach laut genug, daß Patty Pick, die hinter dem Feinkosttresen arbeitete, ihn hören konnte. Sie lächelte und rollte die Augen. Willie bedeutete ihr, sich zu ihnen zu setzen.

»Wir dachten nur, es könnte eine gute Idee sein, sich mit ihm zu unterhalten«, sagte Simons.

»Jetzt, wo ich genauer darüber nachdenke, glaube ich das auch«, gab Willie zurück. »Zu jener Zeit habe ich dem wirklich kaum Bedeutung beigemessen, aber direkt nachdem die Artikel über die Lake-Waco-Morde in den Zeitungen erschienen waren, haben wir uns an einem Abend darüber unterhalten. Ich saß genau hier und sagte irgend etwas davon, wie furchtbar es doch wäre, daß man die Kinder ermordet hatte. Du weißt schon, was man halt so sagt.

Und urplötzlich fängt Deeb an zu lachen. Ich meine, er hat tatsächlich gelacht. Er sagte, er wäre *froh*, daß man Kenneth Franks umgebracht hatte. Sagte, Franks hätte nur bekommen, was er verdiente. Patty stand dort und wäre ihm fast ins Gesicht gesprungen. Sie machte ihm klar, daß es nicht besonders nett war, so über jemanden zu reden, der ermordet worden war.

Nach dieser Abfuhr hat er sich quasi entschuldigt, sagte dann aber noch einmal, daß es ihm eigentlich egal wäre und daß der Junge verdient hätte, was man ihm angetan hatte. Er sagte, er würde es ihm gönnen. Er erwähnte auch irgend etwas darüber, daß er die beiden Mädchen gekannt hatte, die umgebracht worden waren; er behauptete, sie wären an demselben Tag, an dem sie ermordet wurden, in seinem Laden gewesen.

Man muß Deeb jedoch kennen. Er ist einer dieser Kerle, die immer die Klappe aufreißen. Er verschafft sich auf diese Weise Aufmerksamkeit. Der Typ will eine große Nummer sein. Du weißt, was ich meine. Aber jetzt, wo ich darüber nachdenke, erscheint mir seine Reaktion auf diese ganze Angelegenheit doch ziemlich seltsam. Sicher, Deeb ist schon immer ein merkwürdiger Kerl gewesen. Ich habe einfach nie besonders auf ihn geachtet. Ich habe ihn einfach nie für voll genommen. Jetzt glaube ich, daß ich das vielleicht doch hätte tun sollen.«

Simons drückte seine Zigarette in einem Aschenbecher aus. »Es lohnt sich garantiert, da ein bißchen nachzubohren«, sagte er. »Aber ich glaube nicht, daß wir jetzt schon mit Mr. Deeb reden sollten. Es wäre mir lieb, wenn du und Patty ihm nichts davon erzählen würdet, daß wir hiergewesen sind, okay?«

»Alles klar«, sagte Willie, und das Grinsen kehrte auf sein Gesicht zurück. »Wir normalen Bürger sind immer froh, wenn wir der Polizei helfen können.«

Auf dem Weg zu ihrem Wagen wandte Simons sich an seinen Partner. »Dennis«, sagte er, »wir werden jetzt nach Hause fahren und eine Mütze voll Schlaf nehmen. Und morgen früh machen wir uns dann an die Arbeit. Ich glaube, wir haben soeben den Anfang für einen Schlachtplan gemacht.« In Gedanken stellte er bereits eine Liste all jener Leute zusammen, mit denen sie am nächsten Tag reden würden.

Muneer Deebs Reaktion auf den Tod Kenneths Franks' hatte dem Puzzle ein interessantes neues Teil hinzugefügt, aber diese Information gehörte kaum zu der Art von Neuigkeiten, die man als Durchbruch ansehen konnte. Simons kannte den jungen, fast kindlich aussehenden Ausländer nicht besonders gut, aber er konnte ihn sich schwerlich als Beteiligten einer Gewalttat vorstellen. Vor allem schien er dazu physisch gar nicht in der Lage zu sein. Deeb war klein, wirkte zerbrechlich und ging mit einem deutlichen Hinken. Er hatte Patty Pick einmal erzählt, daß er seine Behinderung einem Auto verdankte, das ihm über den Fuß gefahren war. Er war damals noch ein Kleinkind gewesen.

Eines war sicher, dachte Simons im stillen. Der Kerl war nicht stark genug, um die Leichen der drei Teenager durch den Wald zu schleppen. Trotzdem mußte er überprüft werden. Simons wollte hören, was eine Menge anderer Leute über Muneer Mohammad Deeb dachten.

Am nächsten Morgen fuhren sie zunächst zu Bobby Brim. Baier erklärte, daß Simons und er den Fall kürzlich übernommen hatten und daß sie einige der Informationen, die bereits in den Akten standen, nochmals durchgingen. Ein weiteres Mal erläuterte Brim seine Beziehung zu Kenneth Franks und erzählte ihnen noch einmal von seiner Ausgangssperre. Dieses Verbot war der Grund dafür gewesen, daß er an jenem Abend Kenneth und die beiden Mädchen nicht in den Park begleitet hatte.

»Die Tatsache, daß du Hausarrest hattest«, sagte Baier, »hat dir vielleicht das Leben gerettet.«

»Ich weiß«, entgegnete der Jugendliche.

Seit den Morden hätte er oft darüber nachgedacht, sagte er, aber er könnte sich noch immer niemanden vorstellen, der möglicherweise einen Grund gehabt hätte, Kenneth zu töten. »Es ergibt einfach überhaupt keinen Sinn«, sagte er.

»Das siehst du ganz richtig«, sagte Simons. »Bei Fällen wie diesem ist das manchmal so.« Dann stellte er die Frage, die in den nächsten Tagen zu so etwas wie dem Kennzeichen seiner Ermittlungen werden würde:

»Was kannst du uns über einen Kerl namens Muneer Deeb erzählen?«

Die Frage schien Bobby zu überraschen. »Das ist doch dieser verweichlichte kleine Typ, dem der Laden gegenüber vom Methodistenheim gehört. Nun, er ist jemand, der Kenneth nicht leiden konnte, aber, hey, er hätte so etwas wie das, was draußen am See passiert ist, gar nicht durchziehen können. Der Kerl könnte sich selbst nicht einmal von einer Papiertüte befreien. Zur Hölle, Kenneth hätte sich darüber gefreut, einen Grund zu haben, ihm ein paar aufs Maul zu hauen.«

»Was meinst du damit?« fragte Simons.

»Na ja, da war was zwischen ihnen«, sagte Bobby. »Es hatte was mit Gayle Kelley zu tun, einer von Kenneths besten Freundinnen. Ich weiß wirklich nicht viel darüber, aber ich glaube, Deeb war irgendwie scharf auf sie, und Kenneth hielt den Kerl für ein Arschloch. Er hat Gayle immerzu erzählt, sie sollte sich von Deeb fernhalten. Ab und zu sind wir auf Kenneths Motorrad über seinen Parkplatz gefahren und haben ihm den Mittelfinger gezeigt, all so'n Zeugs halt. Ein paarmal hat sich Kenneth draußen vor seinem Laden über sein Hinken lustig gemacht und nannte ihn dann immer ›Ahab‹. Sie haben sich einige Male laut beschimpft, aber das war auch schon alles. Keine große Sache. Scheiße, Deeb hat vor seinem eigenen Schatten Angst gehabt. Sie glauben doch nicht, daß er irgend etwas mit den Morden zu tun hatte, oder?«

»Nein«, antwortete Simons. »Wir haben eine Menge Namen auf unserer Liste und versuchen, sie alle zu überprüfen.«

»Ich weiß nicht, wo sie jetzt wohnt«, sagte Bobby, »aber vielleicht möchten Sie mit Gayle reden. Sie und Kenneth waren gute Freunde, und sie hat zusammen mit Jill draußen in Fort Fisher gearbeitet.«

Obwohl keiner es dem anderen gegenüber erwähnte, fanden sowohl Simons als auch Baier es merkwürdig, daß Brim in seiner ursprünglichen Aussage bei der Polizei nichts von Deeb oder von irgendeiner Fehde, die dieser vielleicht mit Kenneth Franks austragen wollte, erzählt hatte. Und auch in Gayle Kelleys Aussage fand sich nichts Diesbezügliches. Es sah allmählich so aus, als würde man alle, die bereits von den ursprünglichen Ermittlungsbeamten befragt worden waren, aufs neue verhören müssen.

An jenem Abend fuhren Simons und Baier noch einmal zu *Skaggs*, weil sie hofften, dort vielleicht Kasey Rowe anzutreffen. Statt dessen trafen sie auf ihre Schwester Kerry und fragten sie, ob sie Deeb jemals von den Lake-Waco-Morden hatte erzählen hören.

»Nur einmal«, sagte sie. »Meine Schwester und ich haben uns darüber unterhalten, nachdem es in den Nachrichten gekommen war, und Muneer sagte, wir sollten das nicht tun. Er sagte, die Leute könnten denken, wir hätten etwas damit zu schaffen.«

»Hat er sonst noch was gesagt?« fragte Simons.

Kerry dachte einen Augenblick nach. »Ja, aber es machte überhaupt keinen Sinn. Er sagte, die Morde sollten nach etwas aussehen, was gar nicht passiert war. Und er sagte irgend etwas darüber, daß eines der Mädchen die Schwester eines Mädchens gewesen wäre, das er kannte.« Als die Beamten Kasey später in ihrem Apartment aufsuchten, konnte sie ihnen nur wenig erzählen. Sie erinnerte sich nur an ein einziges Mal, gehört zu haben, wie Deeb von den Morden sprach, und das war bei der gleichen Gelegenheit gewesen, die ihre Schwester bereits erwähnt hatte. Als die Beamten sie über ihr Verhältnis zu Muneer befragten, gab sie zu, daß er ihr Geschenke gemacht und Geld gegeben hatte, behauptete aber, daß sie lediglich Freunde wären.

Simons nahm die junge Frau während ihrer Unterredung in

Augenschein. Sie war attraktiv, gut angezogen und hatte eine gute Figur. Aber sie schien ihm kaum die überwältigende Schönheit zu sein, die einen Mann um den Verstand bringen würde. Ihre Stimme, die die Worte dehnte, als wären sie aus dickflüssigem Sirup, irritierte ihn.

»Nach dem, was ich gehört habe«, sagte er, »scheint Deeb zu glauben, daß zwischen Ihnen beiden mehr ist als nur Freundschaft.«

»Ich weiß«, sagte Kasey, und ein Lächeln erschien auf ihrem Gesicht. »Er sagt, er liebt mich, aber ich erlaube ihm nicht einmal, mich zu küssen.«

Simons wartete, bis sie außer Hörweite der Frau waren, und sagte dann zu Baier: »Falls wir uns jemals wieder mit ihr unterhalten müssen, fällt sie in deinen Zuständigkeitsbereich.«

»Na dann vielen Dank«, sagte Dennis.

Die fünfzehnjährige Linda Kelton saß in einem der Besprechungsräume des Methodistenheims mit Dennis Baier und Truman Simons. Sie hatte in demselben Gebäude gewohnt wie Jill Montgomery, und sie hatte Kenneth Franks gut gekannt. Sie sagte, sie hätte beide sehr gemocht. Aber die Besucher wollten weder über Jill noch Kenneth reden. Miss Kelton war die einzige gewesen, die Deeb während der frühen Phase der Ermittlungen als möglichen Verdächtigen erwähnt hatte.

Sie erzählte, daß sie und eine Freundin namens Fran Peters eine Menge Zeit in Deebs *Rainbow Drive Inn* verbracht hatten, bevor der Aufenthalt dort von der Heimleitung verboten worden war. »Ich weiß nur«, sagte sie, »daß schon die bloße Nennung von Kenneths Namen Deeb in Wut versetzt hat. Ich erinnere mich, wie jemand – vielleicht war es Fran – einmal Kenneth Franks erwähnt hat, und da sagte Deeb so etwas wie: ›Ich werde dafür sorgen, daß er im Krankenhaus landet.‹ Ein anderes Mal, als Kenneth auf seinem Motorrad vorbeifuhr und ihm den Mittelfinger zeigte, zog Deeb eine Waffe unter dem Tresen hervor und begann, damit herumzufuchteln. Er benahm sich wirklich wie ein Verrückter und sagte, er würde Kenneth etwas antun, was ihm überhaupt nicht schmecken würde.«

Das Bild, das sie von Muneer Deeb zeichnete, entsprach weitgehend dem, was sie von Willie Tompkins gehört hatten. Er flirtete gerne mit den jungen Mädchen aus dem Methodistenheim und ermunterte sie, in seinen Laden zu kommen, indem er ihnen Limonade, Zigaretten, Süßigkeiten, Bier und Marihuana spendierte. Linda sagte, daß es im Heim viele Mädchen geben würde, die seine Großzügigkeit ausnutzten.

»Ist er mit irgendeinem der Mädchen ausgegangen?« fragte Baier.

»Nicht das ich wüßte«, sagte Linda. »Aber . . .« Sie hielt inne.

»Aber, was?«

»Nun, er hat alle möglichen Mädchen immerzu gefragt, ob sie ihn heiraten würden. Er sagte, er würde ihnen fünfhundert Dollar zahlen.«

»Hat er dich auch gefragt?«

»Er hat jede gefragt.«

Während sie dasaßen und Linda zuhörten, sträubte sich Simons innerlich gegen den Gedanken, daß Muneer Deeb ein möglicher Verdächtiger war. Die Arten von Drohungen, die sie beschrieb, schienen eher leere Prahlerei gewesen zu sein als daß wirklich etwas dahinter gesteckt hätte. Er konnte sich nicht vorstellen, daß Deeb jemandem die Kehle durchschnitt. Er schien nicht gewalttätig oder auch nur kampflustig veranlagt zu sein.

Simons verdeutlichte dem Mädchen seine Bedenken. »Mal angenommen«, sagte er, »daß Deeb darin verwickelt war. Ein Kerl wie der hätte doch Hilfe gebraucht. Fällt dir irgend jemand ein?«

»Nun, da ist dieser Typ, der aussieht wie ein Motorradfreak und sich oft in dem Laden herumtreibt«, sagte Linda. »Der ist echt verrückt und eklig. Er jagt mir Angst ein. Deeb und er scheinen ziemlich gute Freunde zu sein.«

»Wie heißt er?« fragte Baier.

»Ich weiß nur, daß er sich selbst Chili nennt. Ich habe keine Ahnung, wie sein wirklicher Name lautet. Ich halte mich von ihm fern.«

Plötzlich wirkte Linda Kelton nervös und schien unruhig darauf zu warten, daß das Gespräch beendet war. Sie hatte zu helfen versucht, aber sie hatte nicht vor, ihnen zu gestehen, daß sie Chili nur zu gut kannte. Einen Monat zuvor hatte sie ihre erste und einzige Verabredung mit ihm gehabt.

Es gehörte zu den Gepflogenheiten des Methodistenheims, daß die weiblichen Bewohner vor einer Verabredung um Erlaubnis bitten müssen, egal ob ihr Freund nun ebenfalls zum Heim gehört oder von auswärts kommt. Erst nachdem ein Junge von einem Sozialarbeiter oder einem der Heimeltern für in Ordnung befunden wurde, darf das Mädchen mit ihm das Heimgelände verlassen. Zu diesem Zweck muß sie sich in eine Liste eintragen und dort sowohl den Namen der Person angeben, mit der sie weggeht, als auch den Ort, zu dem sie hin will. Falls sie auch nur einmal zu spät zurückkommt, wird diese Beziehung nicht länger gestattet.

Es gibt jedoch Wege, die Regeln zu umgehen. Falls zum Beispiel einem jungen Mann von der Heimleitung erlaubt worden ist, sich mit einem bestimmten Mädchen zu treffen, ist es im allgemeinen genehmigt, daß das Mädchen eine ihrer Zimmerkameradinnen einlädt, sie und ihren Freund zu begleiten. Sobald dieses Hindernis überwunden ist, ist es für diese dritte Person vergleichsweise einfach, sich mit einem Partner zu treffen, den man nicht all jenen Formalitäten unterzogen hat.

Am Abend des 10. August hatte Fran Peters eine Verabredung mit einem Jungen namens Ronnie Cole. Sie erzählte ihrer Zimmerkameradin, daß er einen Freund mitbringen würde. Linda, die während der letzten Zeit oft in ihrem Ferienjob in der Küche des örtlichen Veterans Administration Hospital gearbeitet hatte, dachte, daß eine Verabredung mit einem Unbekannten lustig zu werden versprach. Auf der Liste, in die sich die beiden Mädchen an jenem Abend eintrugen, gaben sie an, daß sie sich mit Ronnie Cole auf eine Pizza treffen würden.

Sobald Linda Kelton sich auf den Beifahrersitz des weißen Kombis gesetzt hatte, war sie gar nicht mehr so froh über ihre Entscheidung. Der Fahrer war viel älter, als sie erwartet hatte. Er trank aus einer Dose *Budweiser* und hatte vorher offensichtlich schon mehrere davon geleert. Obwohl er eine dunkel getönte Brille trug, erkannte sie ihn als den Mann, den sie schon mehrfach im *Rainbow Drive Inn* an den Videospielen gesehen hatte.

»Linda«, sagte Ronnie, »das ist Chili.«

Anstatt zum Essen zu gehen, stoppten sie nur kurz, um mehr Bier zu kaufen, und fuhren dann in den Cameron Park. Sie hielten in einer Parkbucht neben der Straße. Ronnie und Fran gingen zu einem nahe gelegenen Picknickplatz und ließen Linda mit ihrer Verabredung auf der Haube des Wagens sitzend zurück.

Obwohl sie nervös war, versuchte Linda, eine Unterhaltung anzufangen. »Warum nimmst du nicht diese Sonnenbrille ab?« fragte sie. »Es wird langsam dunkel.«

»Chili will nicht, daß du seine Augen siehst«, erwiderte der Mann mit unfreundlicher Stimme.

»Mir gefällt's hier nicht«, sagte Linda. »Laß uns von hier verschwinden.«

»Was ist los?«

»Hier in der Gegend ist zuviel Wald. Das macht mir Angst. Hier sieht es zu sehr nach dem Ort aus, an dem einige meiner Freunde umgebracht worden sind.«

Zum erstenmal lachte er und legte dann seinen Arm um ihre Taille. »Du willst mit Chili in den Wald gehen? Ich werde dich beschützen. Wenn du bei Chili bist, wird dir nichts geschehen.«

Die Art, wie er weiterhin von sich in der dritten Person redete, erschreckte sie. »Ich gehe mit niemandem in den Wald«, sagte sie. »Warum versuchst du, mir Angst einzujagen?«

»Hast du Angst zu sterben?« fragte Chili. »Hast du Angst vor dem Sensenmann? Du solltest keine Angst haben zu sterben. Niemand sollte Angst haben zu sterben.« Er lachte abermals und sagte: »Hol Chili ein Bier.«

Linda rückte von ihm weg und sagte: »Hey, ich bin nicht deine Dienerin.«

Er griff ihren Arm und wiederholte: »Hol Chili ein Bier.«

Linda war erleichtert, als Ronnie und Fran zum Auto zurückkamen. Dann schlug Ronnie vor, zu Chili zu fahren.

Eine Weile saßen sie alle im Wohnzimmer, tranken Bier und hörten Rockmusik, die aus der Stereoanlage dröhnte. Chili wirkte betrunken und mürrisch und weigerte sich, viel zu der Unterhaltung beizutragen.

Erst als Ronnie und Fran ins hintere Schlafzimmer gingen, setzte er sich neben Linda auf die Couch. Ohne ein Wort küßte er sie und begann, ihre Brust zu streicheln. Als sie ihn wegschob, lachte er. »Du wirst nett zu Chili sein«, sagte er, »und Chili wird nett zu dir sein.« Er zog sie an sich und küßte sie noch einmal. Das Unbehagen, das sie verspürte, seit sie sich beim Methodistenheim zum erstenmal ins Auto gesetzt hatte, verwandelte sich schnell in Angst.

Nach ein paar Minuten kamen die anderen ins Wohnzimmer zurück und gingen zur Eingangstür. »Hey, wo wollt ihr hin?« fragte Linda. »Haut nicht ab und laßt mich hier zurück.«

»Keine Angst, wir sind gleich wieder da«, sagte Ronnie. Linda nahm an, daß sie etwas Marihuana besorgen wollten.

Kaum waren sie gegangen, baute sich Chili mit einem Messer in der Hand vor Linda auf. »Du wirst nett zu Chili sein«, sagte er erneut und rieb die Klinge gegen ihre Brust. »Chili will dir nicht weh tun.« Während er redete, knöpfte er ihre Bluse auf und fuhr mit der Messerspitze langsam über ihre Brustwarzen. dann, während sie regungslos verharrte, ging er zur Eingangstür und schloß sie ab.

Er griff sie bei den Haaren und zog sie ins Schlafzimmer, ohrfeigte sie und zwang sie aufs Bett. Während er sich entblößte, befahl er ihr, sich auszuziehen.

»Jetzt wirst du gefickt, du Schlampe«, sagte er.

Linda Kelton weinte und flehte. »Bitte, laß mich in Ruhe. Laß mich gehen. Wenn du mich nicht gehen läßt, wirst du eine Menge Ärger bekommen.« Als er auf das Bett stieg, lachte er ein weiteres Mal. »Du dumme Fotze. Chili hat bereits eine Menge Ärger.«

Es vergingen zwei Tage, bis Linda ihrer Zimmerkameradin schließlich anvertraute, was sich ereignet hatte, während sie und Ronnie nicht im Haus gewesen waren. Sie zeigte Fran Peters die Bißspuren auf ihrer Schulter und ihren Brüsten, die ihr von dem Mann zugefügt worden waren, der sie vergewaltigt hatte.

Kapitel 10

Auf Richard Franks' Gesicht lag kein Lächeln, als er die Eingangstür seines Hauses öffnete und zu den beiden Polizeibeamten hinaussah. Die Ereignisse, die sich seit dem Tod seines Sohnes zugetragen hatten, hatten seinen Zorn auf die Ermittlungsbehörden anwachsen lassen, und er versuchte nicht länger, seine Verbitterung zu verbergen. Er hatte im Fall der Ermordung Kenneths und der beiden Mädchen nicht nur keine positiven Untersuchungsergebnisse zu sehen bekommen, sondern er hatte auch gespürt, daß praktisch jeder Beamte, der mit ihm gesprochen hatte, ihm mit einer Haltung begegnet war, die an Feindseligkeit grenzte.

Es hatte ihn zunächst erschüttert, daß man ihn als Verdächtigen ansah. Dann war er deswegen wütend geworden. Er hatte sich über die Bitte geärgert, sich einem Lügendetektortest zu unterziehen, und er hatte die Geduld verloren, als man ihn immer wieder fragte, wo er sich in der Nacht aufgehalten hatte, in der die Teenager verschwunden waren. Er wußte, daß jede Minute, die die Polizei mit dem Versuch verbrachte, herauszufinden, ob er nun in die Morde verwickelt war oder nicht, verschwendete Zeit war.

Seine Ex-Frau Sandra hatte ihn aufgebracht angerufen, nachdem Lieutenant Marvon Horton und Detective Salinas sie in Lake Jackson besucht hatten. Sie sagte, daß nur eine Frage die beiden beschäftigt zu haben schien: ob sie glaubte, Richard könnte fähig sein, ihren Sohn umzubringen.

Ein Freund hatte ihm erzählt, daß er in einem örtlichen Restaurant zufällig Zeuge geworden war, wie sich ein Beamter der Polizei von Waco über den Fall unterhielt. Der Mann hatte zu seinen Begleitern gesagt, es wäre ›nur eine Frage der Zeit, bis der Vater des Jungen gesteht, die Morde begangen zu haben‹.

Und es hatte anonyme Anrufe gegeben, haßerfüllte Stimmen in der Nacht, die darauf beharrten, sie wüßten, daß er die Jugendlichen ermordet hätte, und die ihn drängten, die Taten zu gestehen. Eine Zeitlang hatte er erwogen, seine Telefonnummer zu ändern, aber er befürchtete, daß ihn in diesem Fall womöglich auch ein Anrufer mit stichhaltigen Informationen nicht mehr erreichen würde.

Inzwischen war Richard Franks zu einem Mann geworden, der gegen eine ganze Anzahl von Feinden zu kämpfen hatte: Trauer und Wut, Frustration und Enttäuschung. Zwei Monate waren vergangen, ohne daß es ein Anzeichen dafür gegeben hätte, daß die Polizei dem Mörder seines Sohnes auch nur ein Stückchen näher war als unmittelbar nach den Morden. Er begann, die Hoffnung zu verlieren.

Truman Simons hatte bei den Verbrechen, die er untersuchte, schon immer Wert darauf gelegt, sich mit den Verwandten des Opfers in Verbindung zu setzen. Das wurde weder von der Dienstvorschrift verlangt noch war es in der Behörde allgemein so üblich. Er war lediglich der Meinung, daß die Bestätigung der Tatsache, daß jemand den Fall bearbeitete, vielleicht ein wenig Trost zu spenden vermochte. Mit zunehmendem Fortgang der Ermittlungen unterrichtete Simons die Familienmitglieder oftmals von Erkenntnissen, die von anderen Beamten als streng vertraulich eingestuft wurden. Er konnte den Familien natürlich nicht alles erzählen, aber er war davon überzeugt, daß sie das Recht hatten, soviel wie möglich zu erfahren. Es hatte Fälle gegeben, in denen das Warten auf einen Anruf von Truman Simons der einzige Hoffnungsschimmer gewesen war, den Verbrechensopfer noch gehabt hatten.

Folglich waren er und Dennis Baier an jenem Tag nicht gekommen, um Franks über seinen Aufenthaltsort zu befragen oder um herauszufinden, ob er eventuell irgendein verborgenes Motiv gehabt hatte, seinen eigenen Sohn zu ermorden. Sie wollten sich ihm lediglich vorstellen. Falls Franks über Informationen verfügte, die für die Ermittlungen von Nutzen waren, würde das nur eine Dreingabe sein.

Ein kurzes Gespräch war alles, was Simons benötigte, um sich sicher zu sein, daß Richard Franks als möglicher Verdächtiger nicht in Betracht kam. Während er zuhörte, wie der Vater mit sanfter, fast flüsternder Stimme von seinem Sohn erzählte, nahm Simons bei ihm eine überwältigende, nahezu manische

Trauer wahr. Sie hatten sich erst wenige Minuten lang unterhalten, als Franks in Tränen ausbrach.

Als Simons ihm erklärte, daß er in der Nacht, in der man die Leichen der Jugendlichen gefunden hatte, im Speegleville Park gewesen war, und ihm erzählte, wie sehr ihn ihr Tod erschüttert hatte, schien Franks' Mißtrauen den Beamten gegenüber plötzlich zu schwinden. Er suchte nach Worten. »Ich danke Ihnen für Ihre Anteilnahme«, sagte er schließlich.

Simons betonte, daß alles, was der Vater ihm über Kenneth erzählen konnte, alles, was ihm vielleicht helfen könnte, den Jugendlichen kennenzulernen, für die Untersuchung wichtig sein würde. Während der nächsten Stunde sprach Richard Franks von der guten Beziehung, die zwischen ihm und seinem Sohn bestanden hatte, und zählte die Namen von Kenneths Freunden auf. Er erwähnte seine Scheidung, erzählte den Beamten von den Problemen, die Sandra mit ihrem rebellischen Sohn gehabt hatte, und beschrieb, wie das Leben im Methodistenheim Kenneth geholfen hatte, reifer zu werden.

Er erwähnte nichts davon, daß ihn der Tod seines Sohnes an den Rand des Wahnsinns getrieben hatte. Er erzählte ihnen nichts von den Fahrten in den Koehne Park, die er seit den Morden mehrfach unternommen hatte, auf der Suche nach einem Anhaltspunkt, irgendeinem Fingerzeig, den die Polizei möglicherweise übersehen hatte. Und er erzählte ihnen auch nichts von dem Abend, als er, einsam und überwältigt von seinem Verlust, hinaus zum Speegleville Park gefahren war, in jene bewaldete Gegend, in der man die Leiche seines Sohnes gefunden hatte. Dort, wo ein kleiner Holzpfahl die Stelle markierte, an der Kenneth gefunden worden war, hatte er sich in der stillen Dämmerung niedergelegt, seine Augen geschlossen und versucht, mit seinem toten Jungen zu reden. »Mein Sohn«, hatte er gesagt, »kannst du mir mitteilen, was man dir angetan hat?«

Die anderen Ermittlungsbeamten hatten verlangt, Kenneths Zimmer zu besichtigen. Franks hatte es ihnen verweigert, denn er empfand es als eine Verletzung der Privatsphäre. Jetzt jedoch machte er selbst den Vorschlag und führte Simons und Baier nach oben zum Schlafzimmer seines Sohnes.

Es schien noch fast genauso auszusehen, wie an jenem Abend, als Kenneth heruntergerufen und seinen Vater gebeten hatte, Jill Montgomery und Raylene Rice Bescheid zu sagen, daß er in ein oder zwei Minuten kommen würde. Vor dem Fußende des Betts lag ein Paar Turnschuhe auf dem Boden. Richard ging zu einem Nachttisch und nahm eine Schachtel heraus, in der sein Sohn Briefe und Notizen aufbewahrt hatte.

Simons blätterte sie kurz durch; die meisten waren jugendliche Liebesbriefe. Mehrere stammten von Jill. »Mr. Franks«, sagte er, »ich bin nicht sicher, ob mich der Inhalt dieser Schachtel etwas angeht.«

»Mich geht er eigentlich auch nichts an«, sagte der Vater, »aber ich habe jeden einzelnen Brief gelesen. Mehrere Male. Kenneth hatte viele Freunde. Viele Menschen haben ihn geliebt. Es tut mir gut, das zu wissen.« In keinem der Briefe fand sich etwas, sagte er, daß auf irgendwelche Schwierigkeiten oder Probleme hingedeutet hätte.

Als sie wieder nach unten gingen, sagte Franks: »Falls Sie noch Zeit haben, gibt es noch etwas anderes, das Sie sich ansehen sollten.« Er führte die Beamten ins Arbeitszimmer und legte eine Videokassette in den Rekorder.

»Letzten Februar habe ich Kenneths Geburtstagsparty gefilmt«, sagte er. »Ich dachte, Sie würden sich das vielleicht gerne anschauen.«

Simons und Baier setzten sich und sahen sich schweigend den Film an. Jugendliche schnitten vor der Kamera Grimassen, lachten und tanzten. Mehrere Male kam Kenneth Franks ins Bild. Er war lebhaft und hatte offensichtlich eine Menge Spaß.

»Die Party sollte eigentlich eine Überraschung sein«, erinnerte sich Richard, »aber Kenneth hat es irgendwie vorher herausgefunden. Trotzdem hat es viel Spaß gemacht. Jill ist nicht gekommen – ich weiß wirklich nicht mehr, warum –, aber viele seiner Freunde aus dem Methodistenheim waren hier. Und seine Großeltern und sein kleiner Bruder. Es war eine schöne Party.«

Simons sah dem Film noch eine weitere Minute lang zu, dann

richtete er seine Aufmerksamkeit auf Franks. Er fragte sich, wie oft er wohl schon allein mit seinem Schmerz in diesem kleinen, dunklen Zimmer gesessen und sich das Band angesehen hatte. Er sah, daß abermals Tränen die Wangen des Vaters hinabliefen.

Schließlich war der Film zu Ende, und die Beamten standen auf, schüttelten ihrem Gastgeber die Hand und versicherten ihm, daß sie in Verbindung bleiben würden. Beide waren von dem Geschehen im Arbeitszimmer tief bewegt und empfanden in Gegenwart solch überwältigender Trauer ein befremdliches Unbehagen.

Richard begleitete sie zur Tür und dankte ihnen für ihr Kommen. Als sie weggingen, rief er Simons nach: »Mir gefällt die Art, wie Sie Ihre Arbeit angehen. Ich bin Ihnen sehr dankbar für das, was Sie versuchen zu tun. Bitte kommen Sie vorbei, wann immer Sie möchten.«

»Wir bleiben in Verbindung«, sagte Simons noch einmal. Dann, nach ein paar Schritten, hielt er an und drehte sich zu Franks um. »Dieses hübsche brünette Mädchen auf der Geburtstagsparty«, sagte er. »Wer war sie?«

Franks wußte sofort, von wem er sprach. »Sie ist diejenige, die mir bei der Vorbereitung der Party geholfen hat. Sie und Kenneth waren eng befreundet. Ihr Name ist Gayle Kelley.«

Kapitel 11

Mitte Juni 1982 hielt Gayle Kelley es nicht mehr aus. Sie hatte genug von den strengen Regeln im Methodistenheim, und beschloß, von dort wegzulaufen – wieder einmal. Seit ihrer Ankunft hatte sie das schon mehrmals getan und war immer drei oder vier Tage fortgeblieben, bevor sie sich entschieden hatte, wieder zurückzukommen. Diesmal jedoch war sie entschlossen, nicht umzukehren. In knapp einem Monat würde sie siebzehn Jahre alt werden und damit jenes magische Alter erreichen, in dem das Heim nicht mehr für sie zuständig sein würde. Aber welchen Unterschied machte ein einziger Monat schon? Sie war inzwischen mehr als bereit, auf eigenen Füßen zu stehen, ohne die Einschränkungen, die ihr die Heimeltern, die Sozialarbeiter und die Vorschriften auferlegten.

Gayle und ihre jüngere Schwester waren ins Heim gezogen, kurz nachdem ihre Mutter an einem Herzanfall verstorben war und ihr Vater eine Frau geheiratet hatte, die deutlich machte, daß sie nicht daran interessiert war, fremde Kinder großzuziehen. Zum letztenmal hatte Gayle ihren Vater an dem Oktobertag des Jahres 1980 gesehen, als er sie von ihrem Zuhause in einem Vorort von Dallas nach Waco gefahren hatte.

Nachdem sie und Jill Montgomery an jenem Freitagnachmittag ihre wöchentlichen Lohnschecks von der Texas Rangers Hall of Fame in Empfang genommen hatten, vertraute Gayle ihrer Freundin an, daß sie nicht ins Heim zurückkehren würde. Sie würde die Stadt für einige Tage verlassen und einen Bus nach Grand Prairie in der Nähe von Dallas nehmen, um ein paar Freunde zu besuchen.

»Wirst du zurück ins Heim kommen, wenn du wieder hier bist?« fragte Jill.

»Auf keinen Fall«, sagte Gayle. »Damit bin ich fertig. Wenn ich zurückkomme, werde ich zu Patti ziehen und mir einen Job suchen. Ich ruf dich in ein paar Tagen an. Aber erzähl bloß niemandem davon, wo ich bin oder so, einverstanden?«

Während des restlichen Nachmittags saßen sie hinter dem

Tresen im Andenkenladen der Hall of Fame und warteten auf vereinzelte Kunden, die Souvenirs oder Postkarten kaufen wollten. Über Gayles Pläne verloren sie kein weiteres Wort. Jill war nicht wirklich überrascht zu hören, daß ihre Freundin beabsichtigte wegzugehen. Oder daß sie daran dachte, sich ein Apartment mit Patti Deis zu teilen, einem Mädchen, das früher einmal mit ihnen im Methodistenheim gewohnt hatte.

Jill wußte, daß Gayle eigensinnig war und man sie kaum umstimmen konnte, wenn sie erst einmal eine ihrer spontanen Entscheidungen getroffen hatte. Noch nie war Jill jemandem begegnet, der so geradlinig war wie Gayle Kelley. Sie war hübsch, aufgeschlossen und zögerte nie im geringsten, ihre Meinung frei zu äußern. Einmal hatte Gayle begeistert eine Herausforderung angenommen und war völlig nackt über das Gelände des Methodistenheims gelaufen, vor dem Haus des Direktors stehengeblieben und hatte ihn in den Vorgarten gerufen. Dann war da noch dieser Sicherheitsbeamte des Heims gewesen, der sie angehalten und wegen ihrer späten Rückkehr von einer Verabredung zur Rede gestellt hatte. Gayle hatte ihm zugezwinkert, gelächelt, ihm gutmütig auf die Schulter geklopft und gesagt: »Das geht dich einen Scheißdreck an, du Arschloch.« Dann hatte sie sich umgedreht und war unbekümmert auf ihr Zimmer gegangen. Ihr Vokabular umfaßte mehr deftige und originelle Flüche, als die meisten der männlichen Schüler kannten.

Trotzdem mochte man sie gern, und sie war eines der beliebtesten Mädchen im ganzen Heim. Gayle spürte, daß sie das Kenneth Franks zu verdanken hatte. Sie hatte ihn gleich an ihrem ersten Tag im Heim getroffen und sich sofort mit ihm angefreundet. Die Tatsache, daß Kenneth sie mochte, hatte es ihr leichter gemacht, von den anderen im Heim anerkannt zu werden. Schon nach kurzer Zeit gehörte Gayle Kelley zu den ausgesuchten Kreisen der Heimgemeinschaft.

Obwohl sie sich ziemlich regelmäßig mit anderen Jungen traf, war es Kenneth, mit dem sie den größten Teil ihrer Freizeit verbrachte. Sogar Kenneths Vater hatte sie augenblicklich in sein Herz geschlossen und sie oft eingeladen, ihm und seinem Sohn beim Abendessen Gesellschaft zu leisten. Gayle und Kenneth gingen ein paarmal zusammen aus, aber Gayle, die Kenneth mittlerweile als ihren besten Freund und zuverlässigsten Vertrauten betrachtete, warnte, daß es ein Fehler wäre, ihre Freundschaft in eine tiefere Beziehung verwandeln zu wollen.

»Du bist der beste Freund, den ich jemals hatte«, sagte sie zu ihm, »und dafür liebe ich dich. Aber ich befürchte, falls wir versuchen sollten, mehr daraus zu machen, würden wir die ganze Angelegenheit komplizieren und so unsere Beziehung zugrunde richten. Laß uns also einfach nur Freunde sein.«

Bald darauf stellte sie ihn Jill Montgomery vor, einer Freundin, der sie zu einem Job bei der Rangers Hall of Fame verholfen hatte. Von da an bildeten sie, nach Ansicht einiger Leute, ein seltsames Dreigespann. Kenneth und Jill waren eindeutig ineinander verliebt und gingen schon bald regelmäßig miteinander aus. Trotzdem gab es nicht den geringsten Anhaltspunkt dafür, daß Jill in irgendeiner Weise auf die enge Beziehung zwischen ihrem Freund und Gayle eifersüchtig gewesen wäre.

Ab und zu zogen Freunde Kenneth wegen seiner ›Zwillingsfreundinnen‹ auf. Die beiden sahen sich ähnlich genug, daß man sie für Schwestern halten konnte.

Während Kenneth ihr bester Freund blieb und sie sowohl bei der Arbeit als auch im Heim viel Zeit mit Jill verbrachte, hatte Gayle auch mit einem Mädchen namens Patti Deis enge Freundschaft geschlossen. Im Februar 1982 kamen Gayle und Patti die ersten Gerüchte zu Ohren, daß der Mann, der an der Herring Avenue direkt gegenüber der Einfahrt zum Methodistenheim ein kleines Lebensmittelgeschäft eröffnet hatte, den Mädchen, die seinen Laden betraten, ungewöhnliche Geschenke machte. Andere Heimbewohner erzählten ihnen, daß Muneer Deeb den Mädchen aus dem Heim Marihuana spendierte, sobald sie nur danach fragten. Es war Gayle, die vorschlug, daß sie dem *Rainbow Drive Inn* so bald wie möglich einen Besuch abstatten sollten.

Wie so viele andere, die sie kennenlernten, war auch der dreiundzwanzigjährige Ladenbesitzer sofort von Gayle eingenommen. Er fand sie nicht nur hübsch, sondern bewunderte auch ihr Temperament und ihre zuversichtliche, aufgeschlossene Art. Schon bald war sie eindeutig sein Liebling unter all den Mädchen, die in sein Geschäft kamen.

Obwohl er sie wiederholt einlud, mit ihm auszugehen, machte sie deutlich, daß sie nicht daran interessiert war, sich mit ihm zu treffen. Dennoch freute er sich auf ihre Besuche in seinem Laden. Fast jeden Abend kam Gayle direkt nach dem Abendessen vorbei, unterhielt sich für ein paar Minuten mit Deeb und begleitete ihn dann zu seinem Wagen, der hinter dem Geschäft geparkt war. Dort drehte er einen Joint, den sie ins Heim mitnahm. So könne sie besser schlafen, erklärte ihm Gayle.

Trotz all der Aufmerksamkeiten, der geschenkten Zigaretten und des Marihuanas, mit dem er sie überhäufte, zeigte Gayle jedoch kein echtes persönliches Interesse an dem jungen Jordanier. Wie all die jungen Mädchen, die Deeb kannte, nutzte Gayle ihn lediglich aus, nahm und gab nichts dafür zurück. Warum auch nicht? Sein Dope war das Beste, das sie je geraucht hatte.

Eines Abends, als sie auf dem Getränkeautomaten saß und ein paar Männern an den Videospielgeräten zusah, kam Deeb hinter dem Ladentisch hervor, und bat sie, mit ihm nach draußen zu seinem Auto zu gehen. Dort zeigte er ihr einen Beutel, der eine Unze Marihuana enthielt. Er würde ihr gehören, sagte, er, wenn sie ihn küßte.

»Scheiße, nein«, sagte Gayle.

»Vielleicht darf ich dann dich küssen?« schlug Deeb vor.

»Scheiße, nein«, wiederholte sie.

»Auf die Wange?« ließ er nicht locker.

»Wie wär's mit einem Händedruck?« gab Gayle lachend zurück.

Deeb zuckte die Achseln. »Okay«, sagte er, reichte ihr die Hand und gab ihr dann den Beutel Marihuana.

»Weißt du«, rief sie über ihre Schulter zurück, als sie eilig in Richtung Heim lief, »du hast Glück, daß du mich kennst.«

Sie konnte Deeb noch immer lachen hören, als sie die andere Straßenseite erreichte. »Ja, das stimmt«, rief er. »Glück.«

Von diesem Moment an trug er den Spitznamen Lucky.* Er gefiel ihm. Schon bald nannten ihn alle Mädchen so. Das war

* Lucky = glücklich. *Anm. d. Übers.*

erheblich einfacher, als von jemandem namens Muneer zu reden, wo sie sich doch in einem Teil der Welt befanden, in dem es schien, als hieße die Hälfte der männlichen Bevölkerung Billy Joe oder Jim Bob.

Es war Lucky, den Gayle an jenem Nachmittag anrief, an dem sie vorhatte, nach Grand Prairie zu fahren. Sie fragte, ob er sie nach der Arbeit abholen und in die Stadt zum Busbahnhof fahren könnte. Ohne das geringste Zögern erklärte er sich einverstanden.

Obwohl er keine Ahnung von ihren Plänen und ihrem Reiseziel hatte, vereinbarte Deeb mit seinem Partner Karim Qasem, den Laden an diesem Abend zu schließen. Er hatte vor, Gayle anzubieten, sie nicht nur zum Busbahnhof zu fahren, sondern wohin auch immer sie wollte.

Als er sie fragte, erklärte sie ihm daß sie aus dem Methodistenheim weglief und für ein paar Tage ein paar Freunde besuchen würde.

»Ich muß sowieso nach Dallas und mich dort mit meinem Bruder treffen«, sagte er unverzüglich, »also kann ich dich hinbringen, wohin immer du willst.«

»Das wäre prima«, sagte sie.

»Na, dann los«, erwiderte er lächelnd. »Wie lange beabsichtigst du wegzubleiben?«

»Ein paar Tage. Vielleicht eine Woche.«

»Und dann kommst du zurück nach Waco?«

»Ja, ich werde zu Patti ziehen und mir einen Job suchen.«

»Ruf mich an, wenn du wieder nach Hause willst«, sagte er, »und ich hole dich dann ab. Vielleicht kannst du ja bei mir im Laden arbeiten.«

»Vielleicht«, sagte Gayle. Im stillen hielt sie das jedoch für einen dummen Einfall. So nah am Methodistenheim würde man sie sofort finden und zwingen, wieder zurückzukehren. Aber da er sie fahren wollte, war es wenig sinnvoll, ihm jetzt schon einen Korb zu geben.

Während der zweistündigen Fahrt bestritt Deeb den größten Teil des Gesprächs und redete unaufhörlich von seinen

Zukunftsplänen und dem Geld, das ihm sein Vater jeden Monat schickte. Er erzähle Gayle von seiner Heimat Jordanien und davon, wie ihn die Leute, die er jetzt seine Eltern nannte, als verwaisten Säugling in einem Pappkarton gefunden hatten. In seiner Familie gab es elf Kinder, sagte er. Er hoffte, daß sie eines Tages alle in die Vereinigten Staaten kommen könnten, wo sich ihnen dann die gleichen Chancen bieten würden wie ihm.

Er schien unbedingt die Tatsache ausnutzen zu müssen, daß sie sich dem Gespräch endlich einmal nicht entziehen konnte. Er erzählte ihr alles über sich und hoffte, daß wenigstens etwas davon sie beeindrucken oder ihm zumindest ein wenig Sympathie einbringen würde. Was Gayle Kelley jedoch hörte, während sie durch die Dunkelheit nach Norden fuhren, waren die weitschweifigen Erzählungen eines bedauernswerten, einsamen Mannes. Und zum erstenmal seit sie ihn getroffen hatte, tat er ihr leid.

Als er sie vor der Zufahrt zum Haus ihrer Freunde in Grand Prairie absetzte, bestand er erneut darauf, daß sie ihn anrief, wann immer sie zurück nach Waco wollte. »Hier«, sagte er und drückte ihr einige Geldscheine in die Hand, bevor sie ausstieg. Als er wegfuhr, sah sie, daß er ihr zweihundert Dollar gegeben hatte.

Eine Woche darauf fuhr Deeb in seinem gelben Triumph vor, um Gayle zurück nach Waco zu bringen. Er schien in besserer Stimmung zu sein als üblich, redete aber nur wenig während der Fahrt. Kurz vor Waco konnte er das Geheimnis nicht länger für sich behalten.

»Du hast gesagt, du würdest bei Patti wohnen«, sagte er.

»Ja, richtig«, erwiderte Gayle.

»Ich glaube, ich habe da etwas Besseres für dich. Ich werde morgen ein Apartment mieten. Wenn du möchtest, gehört es dir. Ich werde es bezahlen. Und wenn du willst, kannst du für mich im *Rainbow* arbeiten.«

Der Gedanke, eine eigene Wohnung zu haben, reizte Gayle. Nach drei Jahren, die sie zusammen mit zwölf anderen Mädchen in einer Art Wohnheim verbracht hatte, ständig überwacht von Erwachsenen, die ebenfalls dort wohnten, war Deebs Angebot verlockend. Es war keine besonders gute Idee, so nahe beim Heim zu arbeiten. Aber, beschloß sie, es würde schon irgendwie gehen. Doch sie wußte, daß die Sache einen Haken haben mußte.

»Hast du vor, auch dort zu wohnen?« fragte sie.

Deeb lächelte sie an. »Ach, ab und zu werde ich wohl da sein.«

»Danke, nein danke.«

»Warum?«

»Lucky«, sagte sie, »ich werde nicht mit dir ins Bett gehen – niemals. Nicht einmal für ein Apartment und den ganzen verdammten Tee in China.«

Deeb wandte seinen Blick nicht von der Straße ab, schüttelte den Kopf und lachte schallend. »Du brauchst dir keine Sorgen zu machen«, sagte er schließlich. »Die Wahrheit ist, ich kriege ihn nicht einmal hoch.«

Eines der wenigen Male in ihrem Leben war Gayle Kelley sprachlos. *Mein Gott* dachte sie, *der große Frauenheld, der Kerl, der immer mit den Mädchen flirtet und ihnen Geld bietet, damit sie ihn heiraten, ist impotent.*

Am nächsten Tag begleitete sie Deeb in ein Kaufhaus in Waco, wo sie sich Geschirr, Handtücher, einen Duschvorhang und andere Haushaltsgegenstände aussuchte. Die Rechnung, die Deeb bezahlte, belief sich auf über zweihundert Dollar. Am Nachmittag zog sie in das Apartment Nummer 144 der Northwood Apartments, einer großen Wohnsiedlung, die gegenüber dem McLennan County College liegt und von jungen Erwachsenen und Studenten bevorzugt wird.

Als sie später am Nachmittag im *Rainbow Drive Inn* vorbeischaute, um sich mit Deeb genauer über ihre Arbeitsmöglichkeiten zu unterhalten, sprach er gerade mit einem Mann, den sie noch nie vorher gesehen hatte. Der Besucher erklärte ihm den juristischen Wortlaut einer Versicherungspolice, die er offensichtlich verkaufen wollte. Während sie wartete und an einer Cola nippte, deutete Deeb mehrere Male auf sie, und sie hörte, wie er ihren Namen nannte. Schließlich kam der Versicherungsvertreter mit der Police in der Hand auf sie zu und fragte nach ihrem Geburtsdatum. Dann bat er sie, auf der letzten Seite ihre Unterschrift hinzuzufügen. Ohne genauer auf die Police zu achten, unterschrieb sie in der Annahme, daß es sich um die übliche Arbeiterunfallversicherung handelte, die die meisten Geschäftsleute für ihre Angestellten abschlossen. Offenbar hatte Deeb es mit dem Jobangebot ernst gemeint, dachte sie.

Hätte sie sich die Zeit genommen zu lesen, was sie unterschrieb, hätte sie bemerkt, daß es eine Unfallversicherung war mit einer Klausel, nach der bei Unfalltod eine Zahlung von zwanzigtausend Dollar erfolgte. Sie hätte auch bemerkt, daß sie als die Lebensgefährtin Muneer Mohammad Deebs eingetragen und er der Begünstigte war.

Nachdem der Versicherungsvertreter gegangen war, sagte Deeb ihr, sie könnte davon ausgehen, in der nächsten Woche mit der Arbeit zu beginnen.

Es war nicht das erste Mal, daß Deeb einen Versicherungsbetrug plante. Erst ein paar Tage zuvor hatte er David Spence darum gebeten, sein Auto für ihn zu Schrott zu fahren, damit er die Versicherungssumme einstreichen konnte. Erst nachdem sich Spence einverstanden erklärt hatte, fand Deeb heraus, daß jegliche Zahlung infolge dieses vorgetäuschten Schadens nicht an ihn gegangen wäre, sondern direkt an die Bank, die das Eigentumsrecht an dem Wagen besaß.

Am nächsten Tag, nachdem sie ihr neues Apartment aufgeräumt hatte, rief Gayle bei Kenneth an und lud ihn zu sich ein. Er war froh, sie zu sehen, aber sichtlich beunruhigt, weil sie beschlossen hatte, das Methodistenheim zu verlassen, und machte sich große Sorgen, daß sie in einem Apartment wohnte, das von Deeb bezahlt wurde. Fast den ganzen Tag versuchte er, sie zu überreden, ins Heim zurückzukehren, die Schule abzuschließen und sich von ›diesem Araberarschloch‹ fernzuhalten.

Gayle und Kenneth saßen im Wohnzimmer auf dem Fußboden und unterhielten sich, als Deeb am späten Nachmittag unangekündigt hereinkam. Beim Anblick von Kenneth lief sein Gesicht rot an, und er biß die Zähne zusammen. Er sah Gayle an und sagte in seinem wohlüberlegten Englisch: »Ich möchte mit dir reden, wenn ich heute abend zurückkomme, nachdem ich den Laden geschlossen habe.« Dann warf er Kenneth noch einen kurzen Blick zu, sagte etwas auf Arabisch, bevor er ging, und schlug die Tür hinter sich ins Schloß. Kenneth ging zum

Fenster und sah zu, wie Deeb mit quietschenden Reifen vom Parkplatz raste. Dann drehte er sich zu Gayle um und sagte: »Du siehst, daß das nicht funktionieren wird.«

»Ich weiß«, erwiderte Gayle. »Hilf mir, meine Sachen zusammenzusuchen, damit ich alles zu Patti hinüberschaffen kann, bevor er zurückkommt.«

Sie nahm das neue Geschirr und den Duschvorhang mit.

Auf der Suche nach Gayle kam Deeb mehrere Male bei Pattis Apartment vorbei. Jedesmal gingen jedoch Patty oder Kenneth Franks an die Tür und versicherten ihm, sie wäre nicht da, während Gayle sich in einem Schrank versteckte. Die nächste Gelegenheit, bei der Deeb Gayle tatsächlich zu Gesicht bekam, war, als sie mit Kenneth auf dessen Motorrad über den Parkplatz des *Rainbow* fuhr. Deeb beobachtete sie durch das Fenster und sah, wie der junge Franks ihm im Vorbeifahren den Mittelfinger zeigte.

Ein paar Tage später, am Abend des Montags, der auf das Wochenende des vierten Juli folgte, verließ Gayle Pattis Apartment und kehrte ins Methodistenheim zurück. Sie hatte beschlossen, es um Kenneths willen zu tun. Als Strafe für ihre Abwesenheit erhielt sie bei ihrer Ankunft einen zweiwöchigen Hausarrest. Während dieser Zeit durfte sie weder das Heimgelände verlassen noch Besuch von außerhalb empfangen.

Sie hatte noch immer Ausgehverbot, als sie erfuhr, daß man Kenneth, Jill und Raylene Rice ermordet aufgefunden hatte. Sie hörte es in dem kleinen Radiowecker, der neben ihrem Bett stand. Kenneths Vater hatte ihn ihr zu Weihnachten geschenkt.

Kapitel 12

Am 26. Juli wurde Gayle Kelley siebzehn Jahre alt und verließ das Methodistenheim ein weiteres Mal. In den Augen der Schulverwaltung galt sie jetzt als erwachsen und würde sich nicht länger Sorgen machen müssen, daß man versuchte, sie zu finden und zur Rückkehr zu zwingen.

Ein paar Tage später erhielt James Kelley, der zu jener Zeit in Grand Junction, Colorado wohnte, einen Brief von dem für seine Tochter zuständigen Sozialarbeiter, in dem ihm mitgeteilt wurde, daß man sie offiziell entlassen hatte. »Da Gayle jetzt siebzehn ist«, stand in dem Brief, »ist sie nicht länger verpflichtet, ins Methodistenheim zurückzukehren. Außerdem hatten wir sie gewarnt, daß ein erneutes Ausreißen zu ihrer Entlassung führen würde. Sie wußte genau, was sie tat. Es tut mir leid, daß sie diese Entscheidung getroffen hat, aber es gibt nichts, was wir oder Sie daran noch ändern können...«

Gayle zog wieder zu Patti Deis, und beide bewarben sich um eine Anstellung als Kellnerin im *International House of Pancakes.* Sie waren noch immer wegen des Todes ihrer Freunde bedrückt und verließen das Apartment nur, um zur Arbeit zu gehen oder Lebensmittel einzukaufen. Als sie eines Tages vom Supermarkt zurückkamen, war in das Apartment eingebrochen worden. Das vordere Fenster war eingeschlagen und das Wohnzimmer verwüstet, doch es schien nichts zu fehlen.

Patti, die wegen des Schadens, den man in ihrem Apartment angerichtet hatte, erst nur ärgerlich gewesen war, schrie auf, als sie die Küche betrat. Die Einbrecher hatten alle Messer aus den Schubladen genommen und sie auf dem Tresen fein säuberlich der Größe nach nebeneinandergelegt, vom großen Schlachtermesser bis hin zu dem kleinen Schälmesser. Neben den Messern lag eine Nachricht, gekritzelt auf einen Fetzen braunen Papiers. Sie lautete: »Diesmal haben wir dich leider verpaßt, aber beim nächsten Mal werden wir dich erwischen.« Das Wort ›nächsten‹ war unterstrichen. Patti las die Nachricht, knüllte sie zusammen und warf sie gegen die Wand.

»Was soll das alles?« fragte Gayle. »Ist jemand wegen irgend etwas hinter dir her?«

»Ich weiß nicht«, sagte Patti, »aber ich gehe zur Polizei.«

Gayle warf einen Blick auf die Messer und merkte, auf welch absonderliche Weise man sie angeordnet hatte. »Irgend jemand versucht, dir Angst einzujagen«, sagte sie.

»Nun«, erwiderte ihre fassungslose Mitbewohnerin, »das ist ihm verdammt gut gelungen.«

Als Gayle und Patti im Polizeipräsidium von Waco eintrafen, um den Zwischenfall zu melden, führte sie der Streifenbeamte Nicoletti umgehend in eines der Verhörzimmer. Er war freundlich und schien froh, sie zu sehen. »Wir suchen euch beide schon seit einigen Wochen«, sagte er, als sie sich setzten.

»Warum?« fragte Patti.

Er erklärte ihnen, daß er zu den Beamten gehörte, die mit der Untersuchung der Morde am See betraut waren. »Ihr habt Kenneth Franks gekannt, nicht wahr?«

Gayle Kelley sagte nichts, sondern fragte sich, warum es für die Polizei so schwierig gewesen war, sie zu finden. Dazu wäre einfach nur ein Anruf im Methodistenheim nötig gewesen.

Im Lauf der nächsten Stunde beantworteten sie Fragen über Kenneth und Jill und nannten Beamten die Namen von Leuten, die die beiden gekannt hatten. Sie waren verwirrt darüber, daß ihnen der Polizist so viele Fragen über Kenneths Vater stellte. Erst während der letzten paar Minuten des Gesprächs zeigte er überhaupt irgendein Interesse an dem Einbruch, den sie hatten melden wollen.

Drei Tage später wurde zum zweitenmal eingebrochen. Patti und Gayle waren von der Nachtschicht im Pfannkuchenhaus zurückgekommen, die von Mitternacht bis sieben Uhr morgens dauerte, und sahen, daß ihre Eingangstür mit einer klebrigen roten Masse beschmiert war. Als sie zur Arbeit gegangen waren, hatten sie die Tür abgeschlossen, jetzt stand sie halboffen. Dieses Mal war das Wohnzimmer unberührt geblieben, aber man hatte das Schlafzimmer durchwühlt. Wieder schien nichts gestohlen worden zu sein – Gayle rief die Polizei an.

Der Streifenbeamte Nicoletti und Detective Salinas kamen, um den Fall zu untersuchen. Aber wie schon zuvor zeigten sie wenig Interesse für die Tatsache, daß jemand zum zweitenmal in ihr Apartment eingedrungen war. Besonders Salinas wollte lediglich über die Morde am See reden.

Von Natur aus schweigsam, trug Patti wenig zu dem Gespräch bei, trotz der wiederholten Fragen des Detectives. Er wies nachdrücklich darauf hin, daß er überzeugt war, die Morde hätten mit Drogen zu tun gehabt, und wollte wissen, was sie über irgendwelche Drogengeschäfte wußten, in die Kenneth Franks vielleicht verwickelt gewesen sein könnte.

Gayle wurde ärgerlich. »Ken hat ab und zu ein bißchen Hasch geraucht, aber das ist alles. Wir wissen überhaupt nichts von dem, was Sie hier behaupten«, sagte sie. »Das ist Schwachsinn.«

»Ich glaube, ihr lügt«, gab Salinas zurück. »Ich habe so ein Gefühl, ihr wißt etwas, und ich will wissen, was das ist.«

Gayle stand auf und starrte den Beamten böse an, als Salinas seine Aufmerksamkeit auf Patti richtete. Grob griff er sie beim Arm und zog sie ins Schlafzimmer. Er deutete mit dem ausgestreckten Finger auf ihr Gesicht und sagte in wütendem Tonfall: »Das ist eine ernste Angelegenheit, und ich weiß, daß du mir nicht alles erzählst, was du weißt. Du warst zu verdammt ruhig. Wenn ich zurück in die Stadt fahren und die Fotos holen würde, die sie von diesen Kindern draußen im Park gemacht haben, um dir zu zeigen, was irgendein erbärmliches Schwein ihnen angetan hat – vielleicht würde das dir dabei helfen, dich an irgend etwas zu erinnern.«

Patti begann zu weinen. »Ich weiß überhaupt nichts«, sagte sie. »Wenn ich etwas wüßte, würde ich es Ihnen erzählen.«

Salinas starrte sie einige Sekunden lang an und schüttelte dann angeekelt den Kopf. »Ich sollte deinen Arsch ins Gefängnis verfrachten«, sagte er. Er drehte sich um und ging ins Wohnzimmer, wo Nicoletti versuchte, Gayle Kelley zu beruhigen.

»Laß sie in Ruhe«, sagte Salinas. »Wir hauen ab.«

Einige Abende darauf schaute Nicoletti während Gayles Schicht im Restaurant vorbei. »Ich wollte dir nur sagen, daß ich dir und Patti glaube«, erklärte er, als sie ihm eine Tasse Kaffee brachte.

»Was ist mit Ihrem Freund?«

»Detective Salinas glaubt euch nicht. Er denkt, daß du lügst und daß deine Freundin aus irgendeinem Grund zu schweigsam ist.«

»Sie können ihm ausrichten«, sagte Gayle, »daß wir einen Scheißdreck darauf geben, was er denkt.«

Nicoletti grinste. »Vielleicht solltest du ihm das lieber selbst sagen.«

Sie sollte nie die Gelegenheit dazu erhalten. Weder Gayle noch Patti hörten jemals wieder von den Beamten.

Die Einbrüche und die verwirrenden Begegnungen mit der Polizei waren nicht die einzigen beunruhigenden Erfahrungen, die die Mädchen in den Wochen machten, die unmittelbar auf den Tod ihrer Freunde folgten. Eines Nachmittags hielten sie vor einem kleinen Geschäft, um Zigaretten und Getränke zu kaufen. Gayle ging hinein, während Patti hinter dem Steuer des neuen Thunderbird sitzen blieb, den ihr Vater ihr zum Schulabschluß geschenkt hatte. Als Gayle zurückkam, sah sie zwei Männer, die an dem Wagen lehnten und sich mit Patti unterhielten.

Als sie sich dem Auto näherte, sah einer der Männer in ihre Richtung und sagte zu seinem mexikanisch aussehenden Begleiter: »Da ist die Schlampe, nach der wir gesucht haben.«

Gayle erkannte die Männer sofort. Der Latino war ihr auf dem Gelände der High-School von Waco aufgefallen, wo er und sein Bruder herumlungerten und den Schülern Hasch verkauften. Den anderen Mann hatte sie mehrere Male an den Videospielgeräten in Deebs Laden gesehen. Er ging mit einer Kassiererin aus dem *Rainbow* aus, die Christy Juhl hieß. Christy hatte Gayle einmal auf ihn aufmerksam gemacht und gesagt, er wäre ›ihr Alter‹.

Christy hatte ihn David gerufen. Das war das erste Mal gewesen, daß Gayle seinen richtigen Namen gehört hatte. Die anderen im Laden hatten ihn immer Chili genannt.

Als sie zum Wagen zurückkam, hörte Gayle, wie David fragte: »Wie fühlt es sich an, achtzehn und am Leben zu sein?«

»Was?«

»Nichts«, antwortete er grinsend. »Vergiß es. Ich dachte, du hättest gerade Geburtstag gehabt.«

»Ich bin erst siebzehn«, sagte sie.

»Erinnerst du dich an mich?« fragte er.

Sie war sicher, daß er high war. »Ja, du bist mit Christy zusammen.«

»Nicht mehr«, sagte er. »Hast du Lust, mit mir einen draufzumachen?«

»Nein.«

Er zuckte die Achseln. »Nun, ich dachte bloß, da Lucky nichts auf die Reihe bekommen hat, würdest du vielleicht gerne von einem richtigen Mann gefickt werden.«

Gayle antwortete nicht. Statt dessen wandte sie sich an Patti. »Laß uns von hier verschwinden«, sagte sie.

Eine Woche danach traf Gayle David noch einmal. Sie hatte vor, im *Rainbow* vorbeizuschauen, um herauszufinden, ob Deeb sich noch immer über sie ärgerte, weil sie nicht in dem Apartment geblieben war, das er für sie gemietet hatte. Falls nicht, dachte sie, konnte sie sich mit ihm vielleicht über den Job unterhalten, den er ihr damals angeboten hatte. Sie hatte von den Arbeitszeiten im Pfannkuchenhaus und von den zwei Dollar Stundenlohn, die man ihr dort zahlte, bereits die Nase voll.

Als sie sich dem Laden näherte, wollte David gerade gehen. »Ich möchte mich dafür entschuldigen, was ich neulich gesagt habe«, sagte er. »Ich möchte es wiedergutmachen. Laß uns irgendwann mal zusammen ausgehen.«

Gayle schenkte ihm einen kühlen Blick und abermals eine lapidare Antwort. »Nein«, sagte sie.

»Was soll das?« fragte er, und aus seiner Stimme verschwand augenblicklich jeder Anflug von Höflichkeit. »Scheiße, hältst du dich etwa für zu gut, um mit mir auszugehen?«

»Ich will mich einfach nicht mit dir treffen«, sagte sie und ging weiter auf die Eingangstür des Geschäfts zu.

Als sie von ihm wegging, rief er ihr hinterher: »Hey, arbeitest du immer noch während der Friedhofsschicht im *IHOP*?« Sie antwortete nicht, wunderte sich aber, woher er über ihre Arbeitszeiten Bescheid wußte. Genauso, wie sie sich zuvor gefragt hatte, woher er von ihrem Geburtstag wissen konnte.

Deeb schien erfreut, sie zu sehen. Es war, als wäre nichts geschehen. Er gab ihr eine Limonade und fragte, wo sie gewesen wäre. Sie erklärte ihm, daß die Nachricht vom Tod ihrer Freunde sie schwer getroffen hatte und daß sie keine Lust verspürt hatte, irgend jemanden zu sehen.

Anfangs zeigte er Mitgefühl. Er wüßte, sagte er, was für eine hohe Meinung sie von Kenneth gehabt hätte. »Aber weißt du«, fügte er hinzu, »er wollte es ja nicht anders. Er hat es herausgefordert.« Seine Stimme klang gleichgültig, gefühllos.

Gayle erstarrte bei diesen Worten und ließ die Colaflasche fallen, aus der sie getrunken hatte. Sie zerbrach auf dem Fußboden. Hals über Kopf drehte Gayle sich um und rannte aus dem Laden.

Deeb lief ihr bis an die Tür nach. »Hey, komm zurück. Es tut mir leid. Ich habe bloß Spaß gemacht. Gayle . . .«

Sie sah nicht zu ihm zurück.

Er hatte ihr erzählen wollen, daß mit dem Apartment alles in Ordnung war, daß er jemanden gefunden hatte, der dort wohnen und die Miete bezahlen würde. Er hatte David Spence – Chili – und seiner Freundin Christy gesagt, daß sie die Wohnung haben konnten.

Kapitel 13

Bis Anfang September redeten Gayle und Patti nicht mehr über die Morde. Beiden bereitete es noch immer Schwierigkeiten, die Erinnerung an den Tod ihrer Freunde zu verdrängen, aber sie schienen eine unausgesprochene Übereinkunft getroffen zu haben, daß keine von beiden das Thema anschneiden würde. Sie blieben unter sich, arbeiteten nachts und verbrachten die meisten Tage in ihrem Apartment.

Einige Male schaute Deeb uneingeladen vorbei, nur um hallo zu sagen. Bei seinem ersten Besuch nachdem er Gayle im Laden mit seiner Bemerkung über Kenneth aus der Fassung gebracht hatte, sagten ihm die beiden Mädchen, daß er, falls er willkommen sein wollte, die Morde niemals mehr erwähnen dürfte. Deeb sagte, er verstehe das und erklärt sich einverstanden. Er wollte ihr Freund sein.

Am Nachmittag des 12. September klopfte es an ihrer Wohnungstür. Gayle öffnete und sah sich zwei Beamten der Polizei von Waco gegenüber. Sie nahm sofort eine ablehnende Haltung ein. Nicoletti hatte Simons und Baier vorgewarnt, daß man sie nicht sehr herzlich empfangen würde.

»Ich habe bereits mit den Bullen gesprochen«, sagte Gayle. »Ich habe ihnen alles erzählt, was ich weiß. Patti auch. Ich habe genug von den Leuten, die mich mit diesem ganzen Kram belästigen wollen. Lassen Sie uns einfach nur in Ruhe.«

Sie nahm sich besonders vor Truman Simons in acht. Er sah nicht einmal wie ein Polizist aus, mit seinen Jeans und seinem Westernhemd. Als sie ihrem Ärger Luft machte und lebhaft ihre Abneigung gegen Detective Salinas im besonderen und die Polizei von Waco im allgemeinen zum Ausdruck brachte, hörte Simons ihr wortlos zu. Schließlich hielt sie in ihrem Wortschwall inne.

»Bist du jetzt fertig?« fragte er.

Gayle antwortete nicht.

»Hör mal«, sagte er. »Es tut mir leid, falls jemand anders euch schlecht behandelt hat. Aber ihr habt uns keine Chance gegeben. Wir gehen davon aus, daß ihr eng mit Kenneth Franks und Jill Montgomery befreundet wart. Wir versuchen lediglich, diesen Fall aufzuklären, und wir brauchen eure Hilfe.«

Simons hatte etwas an sich, das sie besänftigte, und sie ließ die beiden hinein. Bald darauf beschrieb sie ihnen ihr Verhältnis zu Kenneth und Jill. Die Erinnerungen brachen wieder über sie herein, und nur von wenigen Fragen der Beamten unterbrochen, erzählte sie ihnen alles darüber, wie sie Kenneth getroffen hatte, wie sie und Jill Freundinnen geworden waren und wie schwer es für sie gewesen war, sich mit dem Tod der beiden abzufinden.

Die Beamten waren seit ungefähr dreißig Minuten da, als Simons, der während der Befragung kaum etwas gesagt hatte, Gayle unterbrach. Noch während er ihr zugehört hatte, war er in Gedanken an jenen Juliabend zurückgekehrt, als er durch das Unterholz im Speegleville Park gekrochen war und Jill Montgomery zum erstenmal gesehen hatte. »Da ist etwas, das ich dich fragen will, seit wir durch diese Tür gekommen sind«, sagte er.

»Was denn?«

»Hat man dir schon jemals gesagt, daß du Jill sehr ähnlich siehst?«

»Ja«, erwiderte Gayle. »Im Heim haben die Leute uns immer verwechselt. Und eine der Damen draußen in Fort Fisher, wo wir gearbeitet haben, hat mich immer mit ›Jill‹ angeredet und Jill mit ›Gayle‹. Kenneth und ich haben uns deswegen sogar ein paarmal gestritten. Manchmal glaubte ich, daß der einzige Grund, weshalb er gerne mit mir zusammen war, darin bestand, daß ich ihr so ähnlich sah.«

Simons versuchte nicht, zu erklären, warum er diese Frage gestellt hatte. Er wußte es selbst nicht einmal genau.

Im Verlauf des Gesprächs erwähnten die Mädchen beiläufig auch Deeb, und Simons versuchte, dieses Thema zu vertiefen, ohne daß sie sich der Tatsache bewußt wurden, daß der jordanische Ladeninhaber am ehesten als möglicher Verdächtiger in Betracht kam. Simons war es nicht gelungen, das Gefühl in seinem Bauch loszuwerden, daß Deeb irgendwie mit dem Verbrechen in Verbindung stand. Dennoch war alles, was sie hatten, die Tatsache, daß er Kenneth Franks nicht gemocht hatte. Aber war die Abneigung stark genug gewesen, um ihn umzubringen? Oder ihn umbringen zu lassen? Und warum die beiden Mädchen? Es wäre doch bestimmt nicht schwierig gewesen, Franks allein zu treffen, wenn man es tatsächlich auf ihn abgesehen hatte.

Simons und Baier waren sogar bei einem Professor der Baylor Universität gewesen, der sich früher einmal im Auftrag des Außenministeriums im Mittleren Osten aufgehalten hatte und zur Zeit ein Seminar über die Kultur und Religion dieser Region abhielt. Er hatte ihnen erzählt, daß es für die dortigen Familien nichts Ungewöhnliches war, das Gesetz in die eigenen Hände zu nehmen. Falls zum Beispiel jemand ein Familienmitglied bei einem Geschäft betrogen oder ihm die Freundin ausgespannt hatte, war es sehr wahrscheinlich, fast schon traditionell, daß sich die Familie eigenhändig mit dem Übeltäter befaßte.

Die Lage der Leichen der Teenager im Speegleville Park hatte Simons von vornherein Kopfzerbrechen bereitet. Die Leiche von Kenneth Franks war an einer deutlich sichtbaren Stelle zurückgelassen worden, fast als ob die Täter gewollt hätten, daß man ihn fand. Im Gegensatz dazu hatte man die Leichen der Mädchen besser versteckt. Seit jener Nacht war es Simons so vorgekommen, als würden die Mörder irgendein abartiges Spiel spielen. Der Professor hatte ihm aufmerksam zugehört, als er den Ort des Verbrechens beschrieb. »Ich weiß es einfach nicht«, hatte er gesagt. »Das alles hört sich sehr merkwürdig an. Und da drüben machen sie eine Menge merkwürdiger Dinge. Aber ich fürchte, ich kann Ihnen in dieser Angelegenheit wirklich keine große Hilfe sein.«

Schließlich fragte Gayle die beiden Beamten, ob sie Deeb als Verdächtigen in diesem Fall betrachteten.

»Zu diesem Zeitpunkt wissen wir das wirklich noch nicht«, sagte Simons. »Wir sind lediglich daran interessiert, ein bißchen mehr über ihn herauszufinden. Uns haben schon mehrere

Leute erzählt, daß er und Kenneth Franks nicht gut miteinander ausgekommen sind.«

»Er mochte Kenneth nicht«, räumte Gayle ein, »aber er hätte diese Sache draußen am See niemals tun können. Haben Sie den Kerl jemals gesehen? Himmel, selbst ich könnte ihn ja noch verprügeln. Er ist bloß ein kleiner Schwächling.«

Simons fragte, ob Deeb mit ihr und Patti über die Morde gesprochen hatte.

»Eine Zeitlang«, sagte sie, »bis ich ihm gesagt habe, daß ich nichts mehr davon hören wollte. Zum letztenmal hat er sie erwähnt, als er einmal hierhergekommen ist, um sich für etwas Beschissenes zu entschuldigen, daß er über Kenneth gesagt hatte – er hätte verdient, was ihm zugestoßen ist. Damals haben wir ein bißchen darüber geredet und ich sagte so etwas wie, daß ich hoffte, Kenneth wäre schnell gestorben. Deeb geriet daraufhin richtig in Fahrt und sagte, das wäre Kenneth nicht – nach dem, was er gehört hätte, hatte man Kenneth gefoltert und langsam sterben lassen. Ich wurde wieder wütend auf ihn und warf ihn raus. Das war das letztemal, daß er Kenneth erwähnt hat.«

Simons fragte sich, woher Deeb gewußt haben konnte, daß der Jugendliche tatsächlich gefoltert worden war. »Seid ihr immer noch mit Deeb befreundet?« fragte er.

»Irgendwie schon«, sagte Gayle. »Um genau zu sein, er hat uns für heute abend ins Kino eingeladen.«

Die Beamten baten sie, Deeb nichts davon zu erzählen, daß sie dagewesen waren, und Simons gab ihnen seine Karte. Als sie zur Tür gingen, streckte er Gayle seine Hand entgegen. »Danke, daß ihr mit uns geredet habt«, sagte er. Sie lächelte zum erstenmal, seit sie angekommen waren, und schüttelte seine Hand.

Der Film, in den Deeb sie an jenem Abend mitnahm, war ein Science-fiction-Streifen mit dem Titel *Gefährdete Spezies* und drehte sich um die Untersuchung einer Reihe geheimnisvoller Verstümmelungen von Rindern irgendwo im Hinterland von Colorado. Die schwache Handlung, in der ein örtlicher Sheriff und ein pensionierte New Yorker Polizeibeamter versuchten, verängstigte Viehzüchter von der Überzeugung abzubringen, daß ihre Tiere von Außerirdischen abgeschlachtet wurden, wurde von zahlreichen blutigen Szenen getragen, in denen die toten Rinder zu sehen waren. Lange bevor der Film vorbei war, hatten die Mädchen genug und wollten das Kino verlassen.

Während Deeb zu einem nahen Schnellrestaurant fuhr, blieben Gayle und Patti wortkarg. Der Film hatte ihnen eindeutig die Stimmung verdorben. Sie saßen nebeneinander im Wagen und fuhren auf den Bestellschalter zu, als Deeb seine Begleiterinnen fragte, was sie essen wollten.

»Ich möchte gar nichts«, sagte Patti.

»Ich auch nicht«, sagte Gayle.

»Was ist denn los?« fragte Deeb.

»Dieser miese Film«, antwortete Gayle. »All das ganze verdammte Blut. Ich mußte wieder an die Morde am See denken.« Sie fragte sich, ob sie jemals in der Lage sein würde, ihre Vorstellung davon, was ihren Freunden zugestoßen war, wieder loszuwerden; ob es irgendwann eine Zeit geben würde, wenn etwas so Einfaches wie ein Film keine schmerzlichen Erinnerungen mehr auslöste.

Sekundenlang herrschte Schweigen in dem Wagen, abgesehen von dem kaum mehr vernehmbaren Radio, dessen Lautstärke Deeb heruntergedreht hatte, als er die Bestellung aufgeben wollte. Er starrte direkt nach vorne auf ein Auto, auf dessen Rückbank zappelige Kinder saßen, die ungeduldig auf ihr Essen warteten. Schließlich sagte Deeb: »Ich hab's getan.« Er flüsterte fast.

»Was hast du getan?« wollte Patti wissen.

»Ich hab's getan«, wiederholte er. »Ich habe sie umgebracht.«

»O mein Gott«, sagte Gayle.

Das Klingeln des Telefons im Arbeitszimmer, des einzigen Apparates im Haus, weckte Judy Simons endlich. Es war weit nach Mitternacht, als sie durch den dunklen Flur tappte. Sie bemühte sich nicht einmal, das Licht einzuschalten. Seit ihrer Heirat mit Truman hatte sie Hunderte von spätnächtlichen

Anrufen engegengenommen, nachdem ihr Mann ins Bett gegangen war.

Sie nahm den Hörer von der Gabel, und bevor sie überhaupt etwas sagen konnte, hörte sie schon die hektische Stimme einer jungen Frau. Die Anruferin schrie fast ins Telefon. »Ich muß mit Sergeant Simons sprechen«, sagte sie. »Sofort. Bitte. Das ist ein Notfall.«

Judy schaltete eine Lampe ein und eilte zurück ins Schlafzimmer, um ihren Mann zu wecken. »Da ist jemand am Telefon«, sagte sie, »und sie hört sich an, als wäre sie irgendwie in Schwierigkeiten.«

Obwohl er einen tiefen Schlaf hat, war Truman sofort hellwach und rannte ans Telefon. »Simons hier«, sagte er.

»Hier ist Gayle . . . Gayle Kelley. Sie waren heute nachmittag bei uns. Er hat es getan . . . Er hat uns erzählt, daß er es getan hat . . . Ich habe Angst . . .« Sie redete so schnell, daß die Worte ineinander übergingen.

»Gayle«, sagte Truman, »ich kann dich nicht verstehen. Beruhige dich und sprich langsam. Was ist los?«

»Deeb hat Kenneth getötet«, sagte sie. Truman hörte, wie sie tief durchatmete, bevor sie weiterredete. ». . . und er hat Jill und . . . Raylene umgebracht. Er hat es getan.«

»Woher weißt du das?«

»Er hat es uns erzählt, verdammt! Er hat es Patti und mir heute abend erzählt. Es ist noch gar nicht so lange her. Wir waren im Kino und . . .«

Jetzt war es Simons, der seine Aufregung im Zaum halten mußte. »Glaubst du, daß er sich vielleicht einen Scherz erlaubt hat, daß er nur versucht hat, euch Angst einzujagen?«

»Er hat hinterher versucht, so zu tun«, sagte sie. »Er fing an herumzuwitzeln und sagte, er hätte bloß Spaß gemacht. Aber als er es uns zum erstenmal erzählt hat, war er so ernst, wie nur irgend jemand, den ich je gesehen habe. Dieser Hurensohn hat keine Scherze gemacht.«

Simons fragte, wo sie und Patti sich aufhielten, und war erleichtert, als sie ihm erzählte, daß sie zu verängstigt gewesen waren, um in ihrer Wohnung zu bleiben, nachdem Deeb sie zu Hause abgesetzt hatte. Sie waren in das Apartment von einer von Pattis Freundinnen gegangen, die in der gleichen Wohnsiedlung lebte.

»Weiß Deeb, wo ihr seid?«

»Nein.«

»Okay, bleibt heute nacht dort«, sagte er. »Morgen früh werde ich als erstes bei euch vorbeikommen, damit wir uns unterhalten können.«

Truman Simons ging wieder zu Bett, konnte aber nicht schlafen. Noch bevor die erste Morgendämmerung hereinbrach, war er längst angezogen und trank Kaffee. Er wurde ungeduldig, daß Mutter Natur sich so viel Zeit mit dem Aufwachen ließ, und würde nicht mehr lange warten, bis er Dennis Baier anrief.

Gayle und Patti waren beide noch immer außer sich, als sie das Gespräch mit Deeb vom letzten Abend ausführlich schilderten. Es war offensichtlich, daß keine von beiden viel geschlafen hatte. Ja, gaben sie den beiden Polizeibeamten gegenüber zu, Deeb neigte dazu, abscheuliche Bemerkungen zu machen, nur um damit zu schockieren. Und, ja, sie beide wußten, daß er sie zuvor verschiedentlich angelogen hatte. Und doch bestanden beide unerschütterlich darauf, daß er bei der Äußerung im Schnellrestaurant todernst gewirkt hatte.

»Hat er jemals gesagt, er würde nur Spaß machen?« fragte Baier.

»Ja«, sagte Gayle, »nachdem er sah, wie sehr uns das umwarf. Er sagte irgend etwas wie: ›Das war bloß ein Scherz. Dreht nicht durch.‹ Aber, hey, ich habe nicht geglaubt, daß das nur ein Scherz gewesen war! Nicht eine Sekunde lang.«

Bereits vor dem Treffen mit den Mädchen hatte Simons einen Plan gemacht. Falls Muneer Deeb tatsächlich in die Morde verwickelt gewesen war und es ihnen, aus welchem Grund auch immer, eingestanden hatte, wollte Truman herausbekommen, was er jetzt dachte. Vielleicht, weil ihm klargeworden war, daß er zuviel geredet hatte. Vielleicht würde er sogar noch mehr reden.

»Falls du sicher wärst, daß du beschützt wirst«, fragte Truman Gayle, »würdest du heute irgendwann in dem Laden vorbeischauen, um mit Deeb zu reden? Zu versuchen, ob du ihn dazu bringen kannst, etwas mehr darüber zu erzählen?«

»Auf keinen Fall«, sagte sie. »Falls er derjenige ist, der diese Morde begangen hat, will ich ihm nicht einmal auf hundert Meilen nahekommen.«

»Wir werden ein paar Leute ganz in der Nähe haben«, sagte Baier. »Wir werden sicherstellen, daß du nicht in Gefahr gerätst. Es ist ohnehin nicht sehr wahrscheinlich, daß er an einem öffentlichen Ort irgend etwas Verrücktes machen würde.«

Gayle schüttelte energisch den Kopf. Sie sah aus, als würde sie gleich anfangen zu weinen. »Ich kann es einfach nicht glauben«, sagte sie.

»Nun«, sagte Simons, »es ist soweit gekommen. Jetzt müssen wir uns vergewissern.«

Sie seufzte und sah Patti an. Ihre Mitbewohnerin sagte nichts, nickte nur.

»Okay«, sagte Gayle schließlich. »Ich gehe heute nachmittag zu ihm.«

Sie war erleichtert, daß sich mehrere Kunden im Geschäft befanden, als sie beim *Rainbow Drive Inn* eintraf. Es war kurz vor siebzehn Uhr, und Leute, die früh von der Arbeit gekommen und jetzt auf dem Heimweg waren, kauften Brot, Eiskrem und Sechserträger Bier für den Abend ein. Deeb, der hinter dem Ladentisch arbeitete, sah Gayle, als sie hereinkam, und gab ihr mit einer Geste zu verstehen, daß er in einer Minute bei ihr sein würde.

Während sie wartend dort herumstand, fragte sie sich, wie sie das Gespräch auf die Unterhaltung des letzten Abends lenken sollte. Sie hätte sich deshalb keine Sorgen zu machen brauchen.

»Gayle«, sagte Deeb, als er auf sie zukam, »es tut mir leid, was ich gestern abend gesagt habe. Ich habe bloß einen Scherz gemacht. Aber es war ein schlechter Scherz.« Dann wechselte er schnell das Thema. »Ich gehe fort«, sagte er.

»Du gehst weg?«

»Die Bank wird den Laden zwangsverkaufen«, erklärte er. »Ich werde heute nacht das Land verlassen.«

»Aber warum?« fragte Gayle.

»Ich weiß nicht, was ich sonst tun sollte. Ich bin im Moment damit beschäftigt, alles zu regeln«, sagte er, »aber ich möchte noch mit dir reden, um dir alles zu erklären, bevor ich gehe. Würdest du wiederkommen, wenn wir zumachen?«

»Um elf?« fragte Gayle.

»Besser so gegen Mitternacht«, sagte er.

»Ich werd's versuchen«, erwiderte sie. Sie wußte, daß sie nicht die Absicht hatte, jemals wieder zum *Rainbow Drive Inn* zurückzukehren.

Bis zum frühen Abend hatte sich das Büro von Polizeipräsident Larry Scott gefüllt. Simons und Baier standen vor einer der Wände und machte eine Gruppe von Leuten mit den neuesten Entwicklungen vertraut. Außer dem Chief waren auch Richard Carter, der Rechtsberater der Behörde, und Brad Cates vom Büro des Staatsanwalts anwesend.

Simons faßte die Informationen zusammen, die sie über Deeb gesammelt hatten. Er begann bei ihrem Gespräch mit Willie Tompkins und schloß den Bericht mit Gayle Kelleys Aussage, daß Deeb vorhatte, in jener Nacht das Land zu verlassen. Noch während er seine Geschichte erzählte, war sich Simons der Tatsache bewußt, daß der Fall, den sie in Windeseile gegen den Jordanier aufgebaut hatten, zu den wackeligsten gehörte, für die er jemals versucht hatte, einen Haftbefehl zu beantragen. Es gab zu viele Fragen, auf die er keine Antworten parat hatte.

»Im Moment«, räumte er ein, »haben wir nicht allzuviel. Das alles ist viel zu schnell passiert, als daß wir wirklich überblicken könnten, was wir haben.«

Er wandte sich an den Stellvertretenden Staatsanwalt und fuhr fort: »Ich glaube, es gibt ausreichende Verdachtsmomente für eine Verhaftung, aber wir haben bei weitem nicht genug für eine Anklage. Ich kann nur sagen, daß es ziemlich gute Gründe gibt, anzunehmen, daß er irgendwie in diese ganze Angelegenheit verwickelt ist. Und falls wir zulassen, daß der kleine Bastard das Land verläßt, stehen wir wieder vor dem Nichts.«

Simons bat um mehr Zeit. Er wußte, daß es schwierig sein würde, Deeb aufgrund der Indizienbeweise, die er und sein Partner gesammelt hatten, lange im Gefängnis zu behalten. Aber wenn sie ihn daran hinderten, aus dem Land zu fliehen, verschafften sie sich vielleicht genug Zeit, einen fundierteren Fall aufzubauen. Insgeheim dachte er, daß Deeb eventuell sogar ein Geständnis ablegen würde, sobald man ihn verhaftet hatte.

Chief Scott wies den Rechtsberater an, einen Antrag auf Erlassung eines Haftbefehls aufzusetzen und ihn Friedensrichter John Cabaniss vorzulegen.

Während sie darauf warteten, daß Cabaniss im Polizeipräsidium eintraf, rief Simons Ramon Salinas und Bob Fortune an und bat sie, vorbeizukommen. Es war ursprünglich ihr Fall gewesen, und Simons dachte, daß sie bei der Festnahme zugegen sein sollten.

Die beiden Beamten saßen Simons gegenüber und hörten sich an, was er ihnen über Deeb zu erzählen hatte. Fortune machte sehr bald deutlich, daß ihm das nicht gefiel. Er war sich keinesfalls sicher, daß sie genug hatten, um ihn zu verhaften.

»Ich bin auch nicht gerade stolz auf das, was wir haben«, sagte Truman, »aber wir stehen vor der Wahl, entweder jetzt einzuschreiten und darauf zu hoffen, eine solideren Fall daraus machen zu können, oder den Kerl ein für allemal abhauen zu lassen.«

Es war offensichtlich, daß Fortune im Gegensatz zu Simons keinen dringenden Handlungsbedarf sah. »Brauchst du mich?« Der Tonfall der Frage verriet sein mangelndes Interesse.

»Verdammt«, sage Simons, »du hast eine Menge Zeit auf diesen Fall verwandt. Du und Ramon, ihr beide. Und du bist der beste Vernehmungsbeamte, den wir hier haben. Zum Teufel, ja, ich brauche dich. Ich möchte, daß du mit diesem Kerl redest.«

Es fiel Simons schwer, die gegensätzliche Haltung zu verstehen, die Fortune in dieser Angelegenheit einnahm. Truman kannte ihn, seit der Sergeant Ende der sechziger Jahre der

Behörde beigetreten war, und er bewunderte seinen wachen Verstand und seinen trockenen Humor. Sie waren Freunde geworden und hatten eine Reihe von Fällen gemeinsam bearbeitet. Zu Simons' Junggesellenzeit hatte Fortune sogar für kurze Zeit bei ihm gewohnt, während er auf der Suche nach einem eigenen Apartment gewesen war. Simons hatte ihm das Geld für die erste Monatsmiete geliehen.

Es hatte Truman gestört, daß Chief Scott, der wußte, daß Truman dem Sergeant bei zahlreichen Ermittlungen behilflich gewesen war, begonnen hatte, Fortune zu kritisieren, weil er sich bei der Lösung von Fällen auf die Unterstützung seines Freundes verließ. Und als Scott Truman angeboten hatte, die Leitung einer geplanten Einheit für die Untersuchung von Kapitalverbrechen zu übernehmen, die nach einer Reihe von Vergewaltigungen in Waco eingerichtet werden sollte, hatte er abgelehnt. Er war der Ansicht, daß diese Stellung Fortune gebührt hätte.

Jetzt jedoch war alles anders. Fortune war sichtlich verärgert, daß Simons diesen Mordfall übernommen hatte, und er machte keinen Versuch, seinen Unmut zu verbergen. Diese Nacht sollte den Anfang des Endes ihrer Freundschaft bedeuten. Und im Laufe der Zeit sollte Simons herausfinden, daß Robert Fortune nicht der einzige seiner Kollegen war, der wegen seiner Ermittlungen eine Abneigung gegen ihn hegte.

Kapitel 14

Als die neunzehnjährige Dana Diamond im Juni 1982 in Waco vor der Tür ihres älteren Bruders aufkreuzte, war er zwar streng, aber auch liebevoll, als er mit ihr über ihr zielloses Herumziehen sprach. Sie hätte jetzt lange genug herumgegammelt, sagte er, und es wäre für sie an der Zeit, sich niederzulassen und zu beginnen, über ihre Zukunft nachzudenken. Sie könnte bei ihm wohnen, und er würde ihr helfen, einen Job zu finden. Und vielleicht würde sie letztendlich sogar wieder zur Schule gehen wollen, schlug er vor.

Es war nicht schwierig, Dana zu überzeugen, denn sie war es satt, für sich selbst zu sorgen. Sie hatte daran gedacht, nach Kalifornien weiterzuziehen, aber jetzt verdrängte sie ihre Träume von sonnigen Stränden und zog bei ihrem Bruder ein.

Seine Einzimmerwohnung war nichts Besonderes, lediglich der obere von zwei übereinanderliegenden Räumen in einem winzigen weißen Holzhaus, das hinter dem mit Kies bestreuten Parkplatz des *Rainbow Drive Inn* lag. Das Apartment war wirklich nicht groß genug für sie beide, und Dana war hoch erfreut, als sie, nachdem sie erst einen Monat dort gewohnt hatte, erfuhr, daß das Pärchen, das im Erdgeschoß wohnte, David Spence und Christy Juhl, beabsichtigte auszuziehen. Muneer Deeb, der Mann, dem das in der Nähe gelegene Lebensmittelgeschäft gehörte, hatte ihnen angeboten, ein von ihm gemietetes Apartment als Untermieter zu beziehen. Sobald ihr Zimmer frei war, zog Dana Diamond dort ein. Endlich hatte sie ihr eigenes Reich.

Seit sie sich in Waco niedergelassen hatte, führte Dana ein angenehmes Leben. An den meisten Tagen stand sie spät auf und ging dann ins *Rainbow* hinüber, um dort ihre Zeit totzuschlagen und den Mann zu besuchen, den jeder nur Lucky nannte. Von allen Leuten, die sie seit ihrer Ankunft getroffen hatte, war er der netteste. Er lächelte sie an, unterhielt sich mit ihr, erzählte ihr, wie hübsch sie war, und verlangte niemals eine Bezahlung für all die Dinge, die sie in seinem Laden bekam.

Nach einer Weile begann er, sie um eine Verabredung zu bitten. Obwohl sie ihn äußerlich nicht besonders anziehend fand, ließ sie sich schließlich von ihm zu einem Hamburger einladen. Während sie aßen, fragte er sie, ob sie ihn heiraten würde. Sie dachte, daß er sich einen Scherz erlaubte, und lachte. Aber er fuhr fort, ihr zu erklären, daß er heiraten mußte, um die amerikanische Staatsbürgerschaft zu erlangen. Er bot an, ihr fünfhundert Dollar zu zahlen. Sie wollte ihn nicht verärgern und sagte, sie würde es sich überlegen. Sie wußte nicht, daß er schon vielen anderen Mädchen den gleichen Vorschlag gemacht hatte.

Obwohl Dana ihm durch nichts zu erkennen gab, daß sie an mehr als einer freundschaftlichen Beziehung interessiert war, wurde Deeb ärgerlich, als sie begann, sich mit einem anderen Mann zu treffen. Seine besitzergreifende Haltung wurde ihr lästig, und sie stritten häufig deswegen. Einmal schrien sie sich sogar an, und am Ende stieß Dana Deeb zu Boden. Die Auseinandersetzung spielte sich auf dem Parkplatz des Geschäfts ab, und mehrere Leute sahen, wie Deeb hinfiel. Ihr Gelächter ließ ihn noch zorniger werden, und er stürmte davon und sprach einige Tage lang kein Wort mehr mit Dana.

Aber zu guter Letzt tat er, was er immer tat: Er kam an ihre Tür, in der Hand einige Flaschen Limonade als Friedensangebot, und entschuldigte sich für was auch immer er gesagt haben mochte, das sie verärgert hatte. Und Dana, wie all seine anderen Freundinnen, war mehr als bereit zu vergeben und zu vergessen und seine Großzügigkeit weiterhin auszunutzen. Er war schließlich harmlos.

Nach einiger Zeit schien sich sein Verhalten jedoch zu verändern. Der fröhliche, aufgeschlossene Mann, den sie bei ihrer Ankunft in Waco kennengelernt hatte, schien oftmals niedergeschlagen zu sein. Er begann, sich darüber zu beklagen, daß er sich nicht wohl fühlte. Und immer öfter brach er in Wutanfälle aus, die sie zuvor nicht von ihm gekannt hatte.

Eines Nachmittags, mehrere Wochen nachdem sie begonnen hatte, sich mit dem Mann zu treffen, der letztendlich ihr Ehemann werden würde, stellte Deeb sie in ihrem Apartment vor ein Ultimatum: Sie würde sich zwischen ihm und dem Mann, mit dem sie ausging, entscheiden müssen. Als sie ihm zu erklären versuchte, daß sie seine Freundin sein wollte, den anderen Mann aber liebte, verlor er die Beherrschung. »Vielleicht«, sagte er, »sollte ich abwarten, bis er irgendwann einmal hierherkommt, und dann einfach dieses Haus in die Luft sprengen. Das würde für euch beide reichen.«

Dana hatte sich an Deebs seltsame Äußerungen gewöhnt und fühlte sich nicht bedroht. »Ja, ich nehme an, du hast schon eine Menge Leute umgebracht«, gab sie zurück.

»Ja, das habe ich«, schrie er. »Zwei.« Dann drehte er sich um und ging zurück in Richtung Laden. Dana hob einen Stein auf warf ihn nach ihm. Und wie all ihre anderen Auseinandersetzungen geriet auch dieser Zwischenfall bald in Vergessenheit.

Anfang September erzählte Deeb Dana, daß er sich einen neuen Thunderbird gekauft hatte und sie willigte ein, ihn auf einer nachmittäglichen Spritztour zu begleiten. Obwohl er sichtlich stolz auf sein neues Auto war, blieb Deeb außergewöhnlich schweigsam, während er durch die Wohngebiete im nördlichen Waco kurvte und dann auf dem Highway in Richtung See fuhr. Schließlich überquerten sie die Zwillingsbrücke und bogen in die Zufahrt zum Speegleville Park ein.

Deeb fuhr zu einem kleinen Picknickplatz, der auf der einen Seite vom Wald und auf der anderen vom Seeufer begrenzt wurde, und hielt dort an. Einige Minuten lang blieben sie im Wagen sitzen, und nur das beständige sommerliche Vogelgezwitscher durchbrach die Stille. Endlich ergriff Deeb das Wort. »Dana«, sagte er, »da ist etwas, worüber ich mit dir reden möchte.«

Sie wartete, aber er blieb stumm. Er wirkte verkrampft und noch in sich gekehrter, als sie ihn jemals erlebt hatte. »Lucky, was ist denn los?« fragte sie.

»Nichts. Nichts von Bedeutung.« Er ließ den Motor an. »Ich fahre besser zurück zum Laden«, sagte er.

Am Abend des 13. September 1982 klingelte Deeb an Danas Tür. Es war fast zweiundzwanzig Uhr, und sie war bereits zu Bett gegangen, aber sie ließ ihn herein, als er sagte, er müßte ihr etwas Wichtiges mitteilen. Er wirkte verängstigt und nervös und bekam anfangs keinen zusammenhängenden Satz heraus, sondern sprang von einem Gedankengang zum nächsten. Dana fragte sich, ob er vielleicht Aufputschmittel genommen hatte. Er ging auf und ab, gestikulierte wild und erzählte ihr von seinem Besuch bei einer Wahrsagerin tags zuvor. Diese hatte ihn vor schlimmen Ereignissen in seiner Zukunft gewarnt.

»Sie hat recht gehabt, weißt du«, sagte er. »Die Bank nimmt mir das Geschäft weg. Ich muß verschwinden. Ich werde zurück in meine Heimat gehen und wollte mich nur von dir verabschieden.«

Dana argwöhnte sofort, daß das nur eine weitere seiner Shows war, um ihre Anteilnahme zu erlangen. Seine Geschichte, dachte sie, war nichts anderes als eine Masche, um sie dazu zu bringen, ihn hereinzulassen, und das ärgerte sie. Um ihn loszuwerden, bat sie ihn, zurück in den Laden zu gehen und ihr etwas zu trinken zu holen. Sobald er ihre Wohnung verlassen hatte, schloß sie die Tür ab und ging wieder ins Bett.

Truman Simons, der beunruhigt war, weil er und seine Kollegen Deeb bei ihrer Ankunft nicht im Geschäft angetroffen hatten, richtete sich auf dem vorderen Sitz seines Zivilfahrzeuges kerzengerade auf, als er sah, wie der Jordanier den mit Kies bestreuten Parkplatz überquerte. Sie warteten seit fast einer Stunde, und die Befürchtung, daß Deeb ihnen vielleicht hatte entwischen können, war mit jeder Minute stärker geworden.

»Das ist er«, sagte Simons, stieg aus dem Wagen und lief über die Straße auf das *Rainbow* zu.

Deeb hatte noch nicht einmal den Getränkeautomaten erreicht, als er fühlte, wie sich die Handschellen um seine Gelenke schlossen, und hörte, wie ihm der Polizist seine Rechte vorlas.

»Was soll das alles?« fragte er.

»Sie sind wegen Mordes an Kenneth Franks festgenommen«, erwiderte Simons.

»Das ist verrückt«, sagte Deeb. »Ich weiß nicht, wovon Sie sprechen.«

Muneer Deeb saß in einem Verhörzimmer des Polizeipräsidiums und versuchte, den Männern, die ihm Fragen stellten, nicht ins Gesicht zu blicken. Er leugnete beharrlich, je von Kenneth Franks gehört zu haben. Bleich und schwitzend sagte er, er könnte sich an keinen Zwischenfall erinnern, bei dem jemand mit einem Motorrad über den Parkplatz des Geschäfts gefahren wäre und Flüche geschrien oder obszöne Gesten gemacht hätte.

Er stritt ab, Patti und Gayle erzählt zu haben, daß er die Jugendlichen am See umgebracht hatte, und sagte, daß Gayle wahrscheinlich aus irgendeinem Grund auf ihn wütend wäre und die Geschichte erfunden hätte, um ihn auf diese verrückte Art und Weise in Schwierigkeiten zu bringen. Deeb gab nichts zu.

Nach einer Weile bat er sie, Willie Tompkins anzurufen. Willie, sagte er, wäre sein Freund. Er wäre früher einmal Polizist gewesen. Willie würde ihnen erzählen, daß er in eine Angelegenheit wie die, über die sie gerade sprachen, auf keinen Fall verwickelt sein konnte. Unzufrieden, weil das Verhör zu keinem Ergebnis führte, rief Simons bei Tompkins an.

Als der ehemalige Streifenbeamte eintraf, wurde er kurz darüber informiert, was sich zugetragen hatte, und dann zu Deeb gebracht. Zum erstenmal seit seiner Verhaftung lächelte der Jordanier. Hastig begann er zu erklären, wie die Polizei ihn verhaftet hatte und daß er nichts von dem wüßte, was sie ihm vorwarfen.

In dem spärlich eingerichteten, stickigen Verhörraum wurde Willie Tompkins plötzlich wieder zu einem Polizeibeamten. Die gelassene Art, die er während Deebs spätabendlicher Besuche bei *Skaggs* immer an den Tag gelegt hatte, wurde sachlich. Tompkins saß dem Mann gegenüber, mit dem er zahllose Tassen Kaffee getrunken und stundenlang zwanglos geplaudert hatte, und sprach in einem Tonfall, der zu sanft für so einen stämmigen Mann zu sein schien. »Deeb«, sagte er, »du hast einen Haufen Ärger am Hals. Die einzige Möglichkeit, wie diese Leute dir helfen können, besteht, wenn du ehrlich zu ihnen bist. Es tut mir leid, daß du solche Scherereien hast – wirklich –, aber alles, was dir noch bleibt, ist, ihnen die Wahrheit zu sagen. Letztendlich wird es für dich so leichter sein.«

»Willie«, flehte Deeb, »ich weiß nicht, wovon sie reden. Ich kenne diese Leute nicht, die man umgebracht hat.«

»Einen Moment mal«, sagte Tompkins. »Erinnerst du dich noch an diesen Abend draußen bei *Skaggs*, als du mir erzählt hast, du würdest den Jungen kennen, den man ermordet hat, und daß du fandest, er hätte bekommen, was er verdiente? Du hast Patti und mir sogar noch erzählt, daß die Mädchen an jenem Tag in deinem Laden gewesen wären. Erinnerst du dich nicht daran?«

Deeb wurde plötzlich ärgerlich und seine Stimme wurde schärfer. »Willie, ich kenne *keinen* von denen«, sagte er. »Auf wessen Seite stehst du?«

Tompkins schüttelte den Kopf. »Deeb, willst du damit sagen, ich sei ein Lügner? Du weißt, daß ich Pastor bin. Ich werde mich doch nicht hier hinsetzen und dich oder sonst irgend jemanden anlügen. Du hast mir erzählt, du hättest diesen Jungen gekannt – und die Mädchen.«

»Du irrst dich«, sagte Deeb und lehnte sich auf seinem Stuhl zurück. »Ich kenne keinen dieser Leute. Ich schwöre.«

Willie stand auf, und seine riesige Gestalt erhob sich über dem zerbrechlich wirkenden Gefangenen. Er wartete eine Minute lang und hoffte, Deeb würde vielleicht noch etwas sagen, doch der starrte nur auf den Tisch vor sich. Er blickte nicht einmal auf, als Tompkins das Verhörzimmer verließ.

Vor der Tür sah Willie Simons an und zuckte die Achseln. »Ich hätte sonstwas darauf gewettet, daß er in einer Situation wie dieser umfallen würde«, sagte er. »Sieht so aus, als hätte ich danebengelegen. Ich fürchte, du wirst dich gewaltig anstrengen müssen.«

»Danke, daß du gekommen bist«, sagte Truman.

Dann wandte Simons sich an Sergeant Fortune. »Wir kommen bei ihm nicht weiter«, sagte er. »Du kannst das viel besser als ich. Willst du's nicht mal versuchen?«

Fortune verbrachte fast eine Stunde bei Deeb, nippte abwechselnd an seinem Kaffee und stellte Fragen. Deeb erzählte ihm nicht mehr, als er den anderen erzählt hatte.

»Er begreift es nicht«, sagte Fortune, als er an Simons' Schreibtisch herantrat.

»Das hatte ich befürchtet.«

»Er sagt, du hättest ihn nach jemandem namens Chili gefragt.«

»Ja«, erwiderte Simons. »Ich habe ihm einfach ein paar Namen an den Kopf geworfen. Ich weiß nicht einmal, wer dieser Chili ist.«

»Ist er ein Verdächtiger in diesem Fall?«

»Ich weiß nicht. Vielleicht. Er ist einer dieser Kerle, die draußen im Laden herumgammelten. Als ich ihn erwähnt habe, hat Deeb gesagt, er wäre verrückt, die Sorte Typ, die imstande wäre, so etwas wie die Morde am See anzurichten.«

Zum erstenmal während des gesamten Abends zeigte Fortune ein schwaches Anzeichen von Interesse. »Es könnte sich lohnen, ihn zu überprüfen«, sagte er. »Er heißt David Spence. Im Moment sitzt er wegen irgendeiner üblen Sexualsache im Knast. Offenbar steht er auf Schnitte. Ist ganz groß mit dem Messer. Genaugenommen scheint mir, als wäre sein Name ein-, zweimal gefallen, als wir anfingen, uns mit diesem Fall zu beschäftigen, aber ich hatte nie die Gelegenheit, ihn unter die Lupe zu nehmen. Bring ihn und Deeb irgendwie in Verbindung – vielleicht kommt etwas dabei heraus.«

»Wie ich dir heute nachmittag erzählt habe, Bob, bin ich der Meinung, daß wir *schon jetzt* etwas haben.« Simons spürte, wie sich der Ärger in seinem Magen anstaute.

Simons und Baier waren sich einig, daß eine Fortsetzung des Verhörs in dieser Nacht fruchtlos bleiben würde, veranlaßten, daß Deeb in eine Zelle verfrachtet wurde, und machten Feierabend. Beide kämpften gegen ihre Müdigkeit an, während sie eine Zeitlang vor Baiers Haus saßen und sich mehr über das mangelnde Interesse ihrer Kollegen unterhielten als über den Fall, den sie im Schnellgang gegen Deeb zusammengeschustert hatten.

»Ich habe dich gewarnt«, sagte Truman, »daß wahrscheinlich die Kacke dampfen wird, bevor diese Sache ausgestanden ist.«

»Ich weiß«, sagte Dennis.

»Nun, es fängt gerade erst an.«

Während Simons im Auto saß und darauf wartete, daß Deeb zum Laden zurückkehren würde, hatte er sein Funkgerät ausgeschaltet, da er bei der Überwachung nicht unliebsam auffallen wollte. In all dem Durcheinander der folgenden Ereignisse hatte er vergessen, es wieder einzuschalten. Als Truman in den frühen Morgenstunden nach Hause kam, teilte ihm seine Frau mit, daß die Zentrale versucht hatte, ihn zu erreichen. Deeb war anscheinend ziemlich aus der Fassung geraten und hatte gegenüber dem Wärter darauf bestanden, mit Simons zu reden.

Truman war plötzlich wieder voller Energie, fuhr zurück zum Polizeipräsidium und ließ den Gefangenen erneut in den Verhörraum bringen. Aber falls Deeb ihm etwas Bedeutsames hatte erzählen wollen, hatte er seine Meinung inzwischen wieder geändert. Als Truman ankam, war er wieder ruhig und beharrte abermals darauf, nichts über den Mord an Kenneth Franks zu wissen.

»Hören Sie«, sagte Simons, »ich behaupte nicht, daß Sie ihn umgebracht haben. Ich sage, daß ich glaube, Sie hatten damit zu tun. Das ist ein Unterschied.« Einige Minuten lang versuchte er, ihm die Gesetze zu erklären, die sich auf die Beteiligung an einer Straftat bezogen, im Gegensatz zu denen, die angewandt wurden, wenn jemand direkt in ein Verbrechen verwickelt war. Deeb hörte ihm aufmerksam zu und beteuerte dann wieder seine Unschuld. Simons wußte, daß dieses Gespräch zu nichts führte. Er würde zurück nach Hause fahren, sagte er, um ein wenig zu schlafen.

Deeb stand auf, bereit, wieder in seine Zelle gebracht zu werden. »Ich habe es nicht getan«, sagte er noch einmal. »Ich weiß absolut nichts darüber. Aber ich weiß, Sie wollen von mir, daß ich behaupte, ich wüßte etwas. Falls Sie es wünschen, werde ich lügen und sagen, daß ich etwas weiß.«

Simons drehte sich um und sah Deeb an. Während seiner Jahre bei der Polizei hatten ihm Kriminelle in der Anfangsphase der Vernehmungen des öfteren genau dieses Angebot gemacht. In jedem dieser Fälle waren sie schuldig gewesen. Und sie waren am Ende zusammengebrochen und hatten ihre Schuld gestanden. Vielleicht, dachte er, bewegte sich die Angelegenheit in die richtige Richtung.

»Nein«, sagte er, »wir werden das Spiel nicht auf diese Weise spielen. Aber wenn Sie sich entschließen, mir die Wahrheit zu sagen, werde ich dasein, um Ihnen zuzuhören.«

Sobald sich in der Nachrichtenredaktion des *Waco Tribune-Herald* die Neuigkeit verbreitet hatte, daß im Zusammenhang mit dem zwei Monate alten Fall der Morde am See ein Verdächtiger verhaftet worden war, leiteten die Reporter eine wilde Jagd nach Informationen über Muneer Mohammad Deeb ein.

Er war in Jordanien geboren und zusammen mit einem Bruder namens Ali über Saudi-Arabien in die Vereinigten Staaten gelangt. Seit seiner Ankunft im Jahre 1979 hatte er für kurze Zeit sowohl das Technische Institut des Staates Texas als auch das College des McLennan County besucht. In beiden Fällen hatte er sich eingeschrieben und dann vor Ende des Semesters das Studium abgebrochen. Vor zehn Monaten hatten er und ein Partner das *Rainbow Drive Inn* eröffnet.

Eine frühere Vermieterin wurde mit den Worten zitiert, er wäre ›anständig und höflich‹ gewesen und hätte ›immer pünktlich seine Miete bezahlt‹. Mehrere Kunden und Teilzeitbeschäftigte aus Deebs Laden konnten es nicht fassen, daß man ihn solch einer grauenhaften Tat auch nur verdächtigte. »Er ist ein guter Mensch«, sagte einer. »Er würde nicht einmal einer Fliege etwas zuleide tun.«

In seiner Presseerklärung bemühte sich Polizeipräsident Scott besonders, zu erklären, daß die Verhaftung gezwungenermaßen früher vorgenommen werden mußte, als ihm und seinen Beamten lieb gewesen war. Aber da der begründete Verdacht bestand, daß der Verdächtige beabsichtigte, das Land zu verlassen, hatten sie schnell handeln müssen. Er warnte die Reporter, daß der Fall »durch die Festnahme nicht unbedingt als gelöst gelten« konnte und daß eine Menge Arbeit zu tun blieb, bevor man die ganze Wahrheit über die Lake-Waco-Morde herausfinden würde.

In dem Artikel, der die ganze Titelseite einnahm, stand, daß die Kaution für Deeb hunderttausend Dollar betrug und daß er sich Richard McCall, den Sohn des Kanzlers der Baylor Universität, als Verteidiger genommen hatte. Nirgendwo in dem Artikel wurden die Ermittlungsbeamten erwähnt, die die Anklage gegen Deeb aufgebaut hatten.

Als Truman Simons und Dennis Baier am nächsten Morgen zur Arbeit kamen, warteten in ihrem Büro bereits mehrere Detectives und uniformierte Beamte gespannt auf Einzelheiten über die Verhaftung. Lieutenant Marvin Horton, einer der ursprünglichen Ermittler in diesem Fall, stand in der Tür seines Büros. Er wartete, bis sie an ihrem Schreibtisch saßen, und rief dann quer durch den Raum: »Ich kann euch sagen, was ihr Typen gemacht habt.«

»Was denn?« gab Simons zurück.

»Ihr habt den ganzen gottverdammten Fall einfach versaut.«

»Wie kommen Sie denn darauf?« fragte Simons, und sein Körper versteifte sich bei diesen Worten.

»Zur Hölle, dieser Kerl hat überhaupt nichts mit dem Fall zu tun. Ihr habt die ganze Angelegenheit einfach vermasselt, weil ihr ihn verhaftet habt, das ist alles.«

Simons sagte nichts mehr, sondern ging mit schnellen Schritten zu dem Lieutenant hinüber, packte ihn beim Arm, zog ihn in sein eigenes Büro und schlug die Tür hinter ihnen zu.

»Hören Sie«, sagte Simons und versuchte nicht länger, seinen Ärger zu verbergen. »Sie haben ein Recht auf Ihre Meinung, aber mir hat diese kleine Vorstellung eben kein bißchen gefallen. Sie haben nicht die geringste Ahnung, was wir gegen diesen Kerl in der Hand haben. Und ich sehe, verdammt noch mal nicht, woher Sie sich das Recht nehmen, darüber zu entscheiden, ob wir den richtigen Kerl erwischt haben oder nicht.

Um die Wahrheit zu sagen, ich gebe einen Scheißdreck auf Ihre Meinung. Also gehen Sie mir einfach aus dem Weg, und ich werde Ihnen den gleichen Gefallen tun.«

Simons ging zurück zu Baier ins Büro der Detectives. »Laß uns einen kleinen Ausflug machen«, sagte er. Baier, der im Zimmer des Chiefs über Hortons Tirade Dampf abgelassen hatte, während sein Partner dem Lieutenant die Leviten las, ergriff bereitwillig die Gelegenheit, aus dem Büro zu fliehen.

Als sie an einer roten Ampel warten mußten, warf Truman

einen Blick auf den Fahrer des Wagens neben ihrem. Der Fahrer hatte langes Haar, eine angeschwollene Nase und ein blaues Auge. Er sah rüber zu Simons und zeigte ihm den Mittelfinger.

»Dieser Hurensohn«, sagte Truman. Er sprang aus dem Auto und riß die Beifahrertür des anderen Wagens auf.

Sobald der Fahrer die Dienstmarke des Beamten sah, begann er, sich aufgeregt zu entschuldigen. »Es tut mir wirklich leid, Officer. Wirklich. Ich wußte nicht, wer Sie sind.«

»Ein Kerl kann sich leicht verdammt viel mehr Ärger einhandeln, als du anscheinend schon gehabt hast, wenn er in der Gegend herumläuft und den falschen Leuten den Mittelfinger zeigt«, sagte Truman.

»Aber, Sir«, sagte der Mann, »Sie verstehen einfach nicht. Sehen Sie, ich hatte einen wirklich schlechten Tag.«

Truman starrte ihn eine Sekunde lang an. »Schlechten Tag? Du hattest einen schlechten Tag? Du Arschloch weißt ja nicht einmal, was ein schlechter Tag ist.« Er schlug die Tür zu und stieg wieder in seinen Wagen. Dennis Baier versuchte vergeblich, sein Lachen zu unterdrücken. Truman sah ihn böse an, dann legte er den Kopf in den Nacken und grinste. Schließlich mußte er selbst lachen.

»Fühlst du dich jetzt besser?« fragte Dennis.

»Ja«, antwortete sein Partner, »ein bißchen.«

Die Arbeit nach Deebs Verhaftung bestand zum größten Teil daraus, die telefonischen Nachrichten der Leute durchzugehen, deren Interesse an dem Fall plötzlich wiedererwacht war. Die Gesprächsanfragen der Medien lehnte Simons automatisch ab und suchte statt dessen nach den Anrufern, die eventuell über Informationen verfügten, mit deren Hilfe man den Fall gegen Deeb untermauern konnte.

Während er die Notizzettel überflog, klingelte abermals sein Telefon. Nancy Shaw und Jan Thompson, die Mutter und die Tante von Jill Montgomery, waren beide zugleich in der Leitung, denn sie riefen aus Waxahachie von zwei Nebenanschlüssen an. In ihren Stimmen schwang eine unüberhörbare Mischung aus Erregung und Ärger mit.

Simons beeilte sich, ihnen zu erklären, daß er erst seit ein paar Tagen mit diesem Fall betraut war. Er hatte vorgehabt, sich mit ihnen in Verbindung zu setzen, aber die Ereignisse hatten sich derart überschlagen, daß ihm einfach nicht die Zeit dafür geblieben war. Dann erzählte er ihnen, daß der Fall gegen Muneer Deeb nicht so hieb- und stichfest war, wie er es sich gewünscht hätte. »Ich meine, daß wir den Richtigen erwischt haben«, sagte er, »aber es steckt erheblich mehr dahinter, als wir bis jetzt herausfinden konnten.«

Es war Jan Thompson, die das Wort ergriff, nachdem sich die beiden seine Ausführungen angehört hatten. Ihre Stimme klang sanft, beinahe gefühlvoll, mit einem ländlichen texanischen Akzent. Aber es lag auch ein fester Unterton darin, der von Stärke und Entschlossenheit zeugte.

»Mr. Simons, wir sind Ihnen dankbar für das, was Sie tun, und wir wollen Sie nicht unnötig belästigen. Aber man hat uns jetzt seit mehreren Wochen über die Untersuchung von Jills Tod im dunklen gelassen. Offen gesagt, es hat uns nicht gefallen, wie man uns behandelt hat. Wir glauben, wir haben ein Anrecht darauf zu erfahren ...«

»Selbstverständlich haben Sie das«, sagte Truman. »Ich entschuldige mich, daß ich Sie nicht angerufen habe. Und ich verspreche, Sie über den Fortgang der Ereignisse auf dem laufenden zu halten.«

Einen Augenblick lang herrschte Schweigen in der Leitung, dann meldete sich nochmals Jan. »Mr. Simons«, sagte sie, »Gott segne Sie.«

Als er den Hörer wieder auflegte, versuchte er, sich vorzustellen, wie den beiden Frauen zumute war, und nachzuvollziehen, welche Qualen sie seit jener Nacht vor zwei Monaten erlitten hatten, als sie erfahren mußten, daß Jill Montgomery ermordet worden war. Er wußte, daß er die beiden Frauen in der nächsten Zeit genauer kennenlernen würde. Es gehörte sozusagen zu den außergewöhnlichen Vollmachten eines Polizisten, der einen unaufgeklärten Todesfall untersuchte, daß er als Fremder befugt war, bis in den intimsten persönlichen Bereich vorzustoßen. Manchmal verursachte ihm ein solches Eindringen in das geheime Leben anderer Unbehagen. Er konnte gut verstehen, daß die Leute auf Fragen, die er normalerweise nicht hätte stellen dürfen, oftmals mit Verärgerung reagierten. Und doch war das die einzige Möglichkeit, die er kannte, um die erforderlichen Antworten zu finden.

Er erinnerte sich, erst vor einer Woche im *Waco Tribune-Herald* einen Leserbrief von Jills Tante gelesen zu haben. Es war ein bewegender Aufruf an die Bürger von Waco gewesen: »Es gibt jemanden, irgendwo, der in jener Nacht irgend etwas Ungewöhnliches gesehen oder gehört hat«, hatte sie geschrieben. »Dieser Brief ist an diesen Jemand gerichtet. Als Mitglied der Familie eines der Opfer bitte ich Sie inständig, sich zu melden und Ihre Beobachtungen mitzuteilen . . .«

Truman Simons, der wußte, daß ihm die Zeit davonlief, empfand die gleiche Dringlichkeit.

Am Abend zuvor war Willie Tompkins nach seinem Besuch im Polizeipräsidium und dem Gespräch mit Deeb wieder zu *Skaggs* gefahren und hatte sich mehrere Stunden lang mit Patty Pick unterhalten. Patty war überrascht, daß man Deeb verhaftet hatte, und konnte kaum glauben, was der Nachtwächter ihr erzählte. Deeb mochte ein Angeber sein und sich bisweilen womöglich sogar am Rande der Legalität bewegen, aber sie konnte ihn sich nicht als Mörder vorstellen.

Als Willie und Patty versuchten, sich Leute ins Gedächtnis zu rufen, die möglicherweise in der Lage waren, mehr Informationen über Deeb zu liefern, erinnerte sich Patty, daß er einmal, als er auf Kasey ärgerlich gewesen war, eine andere Freundin erwähnt hatte. Ihr Name war Dana Diamond, und sie wohnte in einem kleinen Apartment, das auf der anderen Seite des Parkplatzes von Deebs Geschäft lag. Vielleicht hatte sie etwas gesehen oder gehört.

Am nächsten Abend klopften Simons und Baier – nach einem Anruf von Tompkins – an Dana Diamonds Tür.

Sie erzählte ihnen, wie sie Deeb kennengelernt hatte, daß er ihr gelegentlich Lebensmittel gekauft und wie er ihr einmal einen Heiratsantrag gemacht hatte.

»Hast du ihn jemals irgendwelche Drohungen gegen die Leute

ausstoßen hören, die am See umgebracht wurden?« fragte Simons.

»Nein, nicht im eigentlichen Sinne. Aber . . .«

»Aber, was?«

»Nun«, sagte sie, »an einem Abend direkt nach den Morden war ich im Geschäft, und Lucky stand hinter dem Ladentisch und las die Zeitung. Ich schätze, er muß wohl einen Artikel über die Jugendlichen gelesen haben, die man umgebracht hat. Wie dem auch sei, nachdem wir uns ein paar Minuten unterhalten hatten, zog er einen braunen Umschlag hervor, fuchtelte damit herum und sagte, ihm wären soeben zwanzigtausend Dollar durch die Lappen gegangen. Er sagte, er hätte irgendeine Versicherungspolice, die die Schwester eines der ermordeten Mädchen betreffen würde.«

»Hat er dir die Police gezeigt?« fragte Simons.

»Nein, ich habe lediglich angenommen, daß sie in diesem Umschlag steckte. Na ja, ich habe dem, was er gesagt hat, nicht allzuviel Aufmerksamkeit geschenkt. Ich wollte mir ja bloß etwas zu trinken holen.«

Während die Beamten mit Dana Diamond zum Polizeipräsidium fuhren, um dort ihre Aussage aufzunehmen, redeten sie nicht viel. Beide spürten jedoch, daß sie ein weiteres Teil des Puzzles gefunden hatten. Es gab jetzt ein Motiv für das Verbrechen.

Kapitel 15

Karim Qasem war aus Saudi-Arabien in die Vereinigten Staaten gekommen, hatte Maria geheiratet, eine Amerikanerin mexikanischer Abstammung aus Südtexas, und war im Frühjahr 1981 in ein kleines Haus gezogen, das gegenüber von Muneer Deebs Wohnung lag. Schon bald wurden die beiden Männer Freunde und verbrachten gemeinsam viele Abende damit, Erinnerungen über ihre Heimatländer auszutauschen und über ihre Zukunft in Amerika zu reden. Muneer war von Marias Kochkünsten begeistert und mochte ihre ungezwungene, heitere Art. Manchmal blieb er nach dem Abendessen so lange zu Besuch, bis er auf dem Sofa einschlief. Anstatt ihn zu wecken, holte Maria dann eine Decke aus dem Schrank, breitete sie sanft über ihn aus, als würde sie sich um ein Kind kümmern, und ließ ihn dort schlafen.

Beide Männer besuchten das Technische Institut des Staates Texas, eine kleine Wirtschaftsoberschule in Waco, die sich auf Computertechnologie spezialisiert hatte. Die Einwanderungsbestimmungen verlangten, daß sie an einer Schule eingeschrieben sein mußten, wenn sie ihre Visa behalten wollten, aber keiner von beiden war wirklich an dem Unterricht interessiert. Beide waren eher darauf aus, ein kleines Stück des Amerikanischen Traums zu erhaschen, und sprachen oft davon, Geschäftspartner zu werden. Sie waren sich sicher, daß ihre Eltern ihnen das dafür notwendige Geld geben würden.

Gegen Ende des Jahres 1981 berieten sie ernsthaft über eine gleichberechtigte Partnerschaft an einem kleinen Lebensmittelgeschäft. Mitte Februar des folgenden Jahres pachteten sie ein Gebäude an der Herring Avenue, in dem früher einmal ein Schnellrestaurant gewesen war. Mit einer Wohngegend auf der einen Seite, einem Geschäftsviertel auf der anderen und dem Methodistenheim in der Nähe, schien es eine ideale Lage zu haben. Sie würden es das *Rainbow Drive Inn* nennen.

Zu Anfang teilten sich nur Karim, Maria und Muneer abwechselnd die langen, anstrengenden Arbeitsschichten.

Jeden Tag öffneten sie ihren Laden um sechs Uhr morgens und schlossen ihn um elf Uhr am Abend. Als das Geschäft besser lief, überzeugte Deeb seinen Partner davon, der Anstellung einer jungen Frau namens Christy Juhl zuzustimmen. Sie leistete gute Arbeit, war freundlich zu den Kunden und bereit, gelegentlich eine Doppelschicht zu übernehmen. Maria, von Natur aus eifersüchtig, verhielt sich der jungen Frau gegenüber anfangs mißtrauisch, denn sie befürchtete, daß ihr Mann Christy vielleicht zu attraktiv finden würde. Sie war erleichtert, als der Freund des Mädchens begann, in dem Laden aufzutauchen und manchmal während Christys gesamter Schicht dazubleiben und Videospiele zu spielen. Maria mochte David Spence nicht. Er kam oft barfuß und ohne Hemd, fluchte manchmal laut, wenn er an den Videospielen stand, und stritt sich mit Christy. Maria hielt seinen Spitznamen – Chili – für albern und weigerte sich, ihn so zu nennen. Andererseits war seine Anwesenheit beruhigend für sie. Solange er in der Nähe war, würde Christy nicht mit ihrem Ehemann flirten.

Innerhalb der kleinen Moslemgemeinde von Waco waren die Qasems sowohl Muneer Deebs engste Freunde als auch seine Geschäftspartner. Als er verhaftet wurde, waren sie jedoch nicht sonderlich beunruhigt, denn sie waren davon überzeugt, daß er nicht in ein solches Verbrechen verwickelt sein konnte und zweifellos bald wieder auf freiem Fuß sein würde.

Ein junger Mann namens Mahir Tumimi teilte zunächst das Vertrauen, das die Qasems in Deeb gesetzt hatten, obwohl ihm letztendlich Zweifel kommen würden. Tumimi war ein Israeli, der Deeb am Technischen Institut kennengelernt und sich sofort mit dem Jordanier angefreundet hatte. Er wies oft auf die Ironie hin, die in ihrer Beziehung lag, denn in ihren jeweiligen Heimatländern wären sie natürlich Feinde gewesen.

Tumimi beherrschte sieben Sprachen, einschließlich Arabisch, und schaute oft im *Rainbow Drive Inn* vorbei. Maria Qasem war immer davon ausgegangen, daß er gekommen war, um Deeb zu besuchen, und hatte deswegen kaum darauf geachtet, daß Mahir immer mehr Zeit mit Christy Juhl verbrachte.

Es war eine Überraschung für Maria, als ihre Angestellte und Tumimi plötzlich heirateten, nachdem sich Christy und David Spence Ende Juli 1982 nach einem Streit getrennt hatten. Sie war dann allerdings nicht besonders überrascht, als die frischgebackene Braut ihren Job im *Rainbow* aufgab und die Stadt verließ, während ihr Ehemann zurückblieb.

Obwohl ungesetzlich, war es bei weitem nicht außergewöhnlich, daß männliche Einwanderer in den Vereinigten Staaten eine Zweckehe eingingen, durch die sie die amerikanische Staatsbürgerschaft erhielten. Maria wußte, daß Deeb mehreren Frauen Geld angeboten hatte, damit sie ihn heirateten. Im stillen nahm sie an, daß Mahir das gleiche getan hatte und bei dem Versuch, jemanden zu finden, der auf seinen Vorschlag einging, lediglich erfolgreicher gewesen war.

Truman Simons wußte kaum etwas über Christy Juhl, als sie ihn kurz nach Deebs Verhaftung aus Fort Worth anrief. Ihr Name war von mehreren Leuten erwähnt worden, die er befragt hatte, aber er wußte nur, daß sie im *Rainbow* gearbeitet hatte und die Freundin von David Spence war.

Sie erzählte Truman am Telefon von ihrer Bestürzung und Besorgnis über das, was vor sich ging. Zuerst war ihr Freund wegen schweren sexuellen Mißbrauchs inhaftiert worden, und jetzt hatte man Deeb festgenommen und beschuldigte ihn des Mordes. Mit einer Begeisterung, die ihn verwirrte, teilte sie Simons mit, daß sie über einige Informationen verfügte, die für ihn von Interesse sein könnten, und daß sie beabsichtigte, den nächsten Bus zurück nach Waco zu nehmen. Er willigte ein, sich mit ihr um elf Uhr an jenem Abend am Busbahnhof zu treffen.

Simons war überrascht, als er sah, wie ein gutangezogener Ausländer sie umarmte, als sie aus dem Bus stieg. Der Beamte war sicher, daß es sich bei dem Mädchen um Christy Juhl handelte; sie hatte ihm eine Beschreibung von sich gegeben, unmittelbar nachdem sie sich darüber beklagt hatte, daß ihr Freund im Gefängnis saß. »Ich bin Christy«, sagte sie zu Simons, »und das hier ist mein Mann, Mahir Tumimi.«

Simons hoffte, daß man ihm seine Verblüffung nicht ansah. Tumimi begleitete den Beamten und Christy zum Polizeipräsidium, wo Simons eine Stunde mit der ehemaligen Kassiererin aus dem *Rainbow Drive Inn* verbrachte. Es war verschwendete Zeit. Falls sie etwas über die Morde oder Deebs Beteiligung daran wußte, verriet sie nichts davon. Sie war fahrig und nervös und sagte überhaupt nichts, was irgendeinen Sinn ergab.

Frustriert erhob sich Simons schließlich von seinem Stuhl und sagte: »Christy, ich bin davon ausgegangen, daß Sie mir etwas erzählen wollten. Vorausgesetzt, die Leitung heute nachmittag war nicht fürchterlich gestört, habe ich gehört, wie Sie sagten, Sie würden glauben, mir in diesem Fall weiterhelfen zu können.«

»O nein«, sagte sie. »Ich wollte einfach nur herkommen und herausfinden, was hier vor sich geht. Ich finde diese ganze Angelegenheit total zum Ausflippen.«

Simons versuchte, sich zu beherrschen, und sagte: »Nun, wir sind hier nicht dazu da, Informationen weiterzugeben. Wir sammeln sie. Falls Sie nur ›ausflippen‹ wollen, schlage ich vor, sie gehen woanders hin und machen das dort. Ich bin im Moment ein bißchen zu beschäftigt, um ein Schwätzchen zu halten.«

Er verließ das Zimmer und ging in den Aufenthaltsraum, wo Mahir saß und wartete.

»Ich hab' gehört, Deebs Leute regen sich ziemlich darüber auf, daß er im Gefängnis sitzt«, sagte er.

Mahir nickte.

»Was haben sie vor?«

»Ich glaube, sie suchen nach den Leuten, die in der Zeitung erwähnt wurden«, sagte Mahir, »den Mädchen, die behaupten, Deeb hätte ihnen diese Sache über die Morde am See erzählt.«

»Das hatte ich befürchtet«, sagte Simons. »Warum bringen Sie Ihre Frau jetzt nicht nach Hause. Sie hat genug von unserer Zeit verschwendet.« Er legte absichtlich besonderen Nachdruck auf die Worte ›Frau‹ und ›verschwendet‹.

Eine Stunde später mietete er Gayle Kelley und Patti Deis im Sheraton Hotel ein. »Ich möchte euch beide für eine Weile aus der Stadt haben«, sagte er. »Hat eine von euch auswärtige Verwandte, die ihr besuchen könntet?«

Gayle erwähnte ihre Großeltern in Henrietta, einer kleinen Gemeinde im nördlichen Texas, in der Nähe von Wichita Falls. »Okay, ruf sie an, und sag ihnen, daß ihr kommt. Sagt niemandem sonst Bescheid und verlaßt dieses Zimmer nicht, bis ihr von mir hört. Morgen packen wir eure Sachen zusammen«, sagte Simons.

Als er in jener Nacht versuchte einzuschlafen, wälzte er sich von einer Seite auf die andere und ließ die Ereignisse der letzten Tage ärgerlich noch einmal Revue passieren. Er war wütend, daß die Medien die Einzelheiten der Haftbegründung abgedruckt und so möglicherweise seine Zeugen in Gefahr gebracht hatten. Er war enttäuscht über die Haltung seiner Kollegen, von denen viele schon begonnen hatten, ihn zu meiden und offen für Lieutenant Horton Partei zu ergreifen. Er war sauer auf Alex Sanchez, den Trainer von der High-School und nebenberuflichen Versicherungsvertreter, mit dem er gesprochen und der widerstrebend zugegeben hatte, Deeb ›irgendeine Police‹ verkauft zu haben. Sanchez glaubte, sich zu erinnern, es wäre eine Krankenversicherung gewesen. Erst aufgrund einer Nachfrage bei der örtlichen Niederlassung der Versicherungsgesellschaft hatte Simons erfahren, daß Deeb die erste Rate einer Unfallversicherung bezahlt hatte, deren Police eine Klausel über die Zahlung von zwanzigtausend Dollar bei Unfalltod enthielt und Deeb als Begünstigten nannte. Nach dem Wortlaut des Versicherungsvertrages galt Mord als ›Unfalltod‹.

Und er war angewidert von Christy Juhl. Er war überzeugt davon, daß sie mehr wußte, als sie erzählte, besonders über die Beziehung zwischen Deeb und David Spence. Da sie viele Stunden in dem Laden gearbeitet hatte, war es außerdem wahrscheinlich, daß sie einige von Deebs Äußerungen über Kenneth Franks gehört hatte. Irgendwie war sie ein Teil des Puzzles. Aber wo paßte sie hinein?

Früh am nächsten Morgen sprach er mit Christy Juhls Mutter. Sie wollte wissen, ob ihre Tochter ihm irgend etwas über den Fall erzählt hatte. Sie erklärte, daß Christy kurz nach der Trennung von David wieder zu Hause eingezogen war. Sie war nervös gewesen und hatte sich seltsam benommen. Jedesmal, wenn die Lake-Waco-Morde im Fernsehen oder Radio erwähnt wurden, war Christy sehr still geworden und hatte sich für mehrere Stunden in ihrem Zimmer eingeschlossen.

»Mr. Simons«, fuhr die Mutter fort, »Christy wird Ihnen gegenüber nicht aufrichtig sein. Seit sie ein kleines Mädchen gewesen ist, hat sie immer gelogen. Und zwar sehr überzeugend, wie ich hinzufügen möchte.«

Das freimütige Eingeständnis der Mutter bestätigte, was Simons bereits befürchtet hatte. Christy Juhl würde keine große Hilfe sein.

Von dem Moment an, in dem Richard McCall Deebs Anwalt geworden war, hatte er darauf gedrängt, daß sein Mandant einem Lügendetektortest unterzogen wurde, und die Presse darüber informiert, daß Deeb begierig war, diesen Test durchzuführen und seine Unschuld zu beweisen. Außerdem bestand er darauf, daß Deeb zukünftig nur noch in seiner Anwesenheit verhört wurde. Unterdessen teilte Deeb der Gefängnisverwaltung mit, daß er einen Hungerstreik begann, den er erst dann beenden würde, wenn man ihn freiließ.

Der erste, der Simons fragte, wann er Deeb an den Lügendetektor anschließen lassen würde, war Lieutenant Horton. »Wenn ich die verdammte Lust dazu habe«, schnappte Simons und starrte den Mann an, der so plötzlich zu seinem Gegner geworden war.

Hortons Verhalten verwirrte Simons. Ihm war von mehreren Detectives berichtet worden, Horton hätte gedroht, daß, falls irgendeiner von ihnen Simons bei den Ermittlungen half, derjenige sich bald darauf in Uniform wiederfinden und Streife gehen würde.

Am Tag vor seiner Auseinandersetzung mit dem Lieutenant war Simons an Ramon Salinas' Schreibtisch vorbeigegangen und hatte mitbekommen, wie dieser sich die Aufzeichnung eines Telefongesprächs anhörte, das mit den Morden in Verbindung zu stehen schien. Als Truman deswegen nachfragte, erklärte Salinas nervös, daß Horton ihn angewiesen hatte, es sich anzuhören, aber gleichzeitig sicherzugehen, daß Simons es nicht in die Finger bekam. Salinas händigte Truman das Band erst aus, nachdem dieser ihm versprochen hatte, es schnellstmöglich zurückzugeben und Horton nichts davon zu erzählen.

Auf dem Band erzählte eine Freundin von Christy Juhl dem Lieutenant, daß sie glaubte, Muneer Deeb wäre vermutlich in die Morde verwickelt. Und falls Muneer damit zu tun hatte, fuhr die weibliche Stimme fort, war es ziemlich wahrscheinlich, daß Mahir Tumimi, Christy Juhl und ihr Freund, ein Kerl namens Chili, ebenfalls daran beteiligt waren.

Am gleichen Nachmittag, als Simons sich anschickte zu gehen, sprach ihn ein Beamter von der Abteilung für Verbrechensvorbeugung an und fragte ihn, ob er sich jetzt mit der Frau treffen würde, die versehentlich in seiner Abteilung angerufen und gesagt hatte, sie wüßte etwas über Deeb.

»Ich weiß nicht, wovon du redest«, sagte Simons.

»Hat Horton dir denn nichts ausgerichtet? Sie wollte ihren Namen nicht nennen, hat aber beschrieben, wie sie aussieht und welche Kleidung sie tragen würde. Du solltest dich mit ihr um halb sechs am Eingang des Lake Air Einkaufszentrums treffen.«

Es war fast sechs Uhr, als Simons und Baier am Einkaufszentrum eintrafen. Die Frau ging auf den Parkplatz zu und wollte gerade wieder wegfahren. Nachdem die Beamten sich eilends ausgewiesen hatten, erzählte sie ihnen von einem heftigen Streit zwischen Deeb und Christy Juhl, dessen Zeugin sie im *Rainbow* geworden war. Deeb war offensichtlich wütend auf Christy gewesen und hatte gedroht, die Polizei zu rufen, sagte die Frau. »Danach hat Christy gesagt: ›Dann hol doch die Polizei, wenn du willst. Wenn sie wieder von hier wegfahren, wirst du bei ihnen im Wagen sitzen und nicht ich‹.«

»Können Sie sich noch an irgend etwas anderes erinnern, was sie gesagt hat?« fragte Baier.

»Ja«, antwortete die Frau. »Sie hat Deeb gedroht, sie wüßte genug über ihn und David, um die beiden für den Rest ihres Lebens hinter Gitter zu bringen.«

Später an jenem Abend rief Richard Franks bei Simons zu Hause an, um nach den Ermittlungsergebnissen über Deeb zu fragen. »Ich habe versucht, Sie im Büro zu erreichen«, erklärte er Simons, »aber Sie waren nicht da, und deswegen habe ich

Horton gesprochen. Er hat mir gesagt, Deeb hätte auf keinen Fall etwas mit Kenneths Ermordung zu tun und würde bald freigelassen werden.«

»Hat er irgend etwas über mich gesagt?« fragte Truman.

»Er sagte, Sie würden versuchen, sich als eine Art Held aufzuspielen.«

»Vielen Dank für Ihre Aufrichtigkeit«, sagte Truman.

Während all seiner Jahre bei der Polizei hatte Simons sich immer unbehaglich gefühlt, wenn ein Lügendetektor benutzt wurde, um die Beteiligung eines Verdächtigen an einem Verbrechen festzustellen. Es gab zu viele veränderliche Größen, zu viel blieb dem Zufall überlassen. Seiner Überzeugung nach war Deeb kein geeigneter Kandidat für einen solchen Test, und zwar aus dem einfachen Grund, als sein kultureller Hintergrund und der eines gebürtigen Amerikaners um Lichtjahre auseinanderlagen. Seine Ansichten über Recht und Unrecht oder Wahrheit und Lüge unterschieden sich vielleicht beträchtlich von denen einer Person, die nach den moralischen Grundsätzen der Vereinigten Staaten erzogen worden war. Simons wußte von Studienergebnissen, die besagten, daß Menschen aus Ländern, in denen das Lügen nicht in demselben Ausmaß gesellschaftliche Ablehnung erfuhr wie in den Vereinigten Staaten, von der Maschine viel eher als aufrichtig eingestuft wurden.

Deshalb hoffte er, den Test so lange wie möglich hinauszögern zu können. Es gab noch jede Menge Ermittlungsarbeit zu tun, bevor er auch nur festlegen konnte, welche Art von Fragen Deeb bei einem solchen Test gestellt werden sollten.

Falls das Verbrechen tatsächlich dermaßen unübersichtlich und kompliziert war, wie er langsam zu glauben begann, wußte er, daß er noch weit davon entfernt war, die Rollen in diesem zunehmend absonderlichen Schauspiel eindeutig zuordnen zu können. Aber allmählich nahm eine verschwommene Skizze der Handlung vor seinen Augen Gestalt an.

Er war überzeugt davon, daß Deeb in die Morde verwickelt war. Gleichzeitig war er sich jedoch auch sicher, daß der Jordanier sie nicht eigenhändig begangen hatte. Die Versicherung, die er für Gayle Kelley abgeschlossen hatte, deutete stark auf ein mögliches Motiv hin. In geringem Maße traf das auch auf seine deutliche Abneigung gegen Kenneth Franks zu. Falls Deeb gewollt hatte, daß Gayle und Kenneth starben, die eine aus finanziellen Gründen und der andere aus reiner Rachsucht, hätte er jemanden anheuern können, der die Morde für ihn ausführte. Da Jill Montgomery und Gayle sich äußerlich sehr ähnlich gewesen waren, schien es ebenso möglich, daß der von Deeb beauftragte Mörder – die Mörder? – sie verwechselt hatte. Falls dieses Szenario stimmte, war Raylene Rice das unschuldigste der Opfer gewesen: Sie hatte sich einfach nur zufällig zur falschen Zeit am falschen Ort aufgehalten.

Falls er recht hatte – und davon war er immer mehr überzeugt –, hatte er es mit einem Fall zu tun, in dem es um einen Auftragsmord und eine Verwechslung ging. Ein Fall, komplizierter als alle anderen Fälle, die ihm jemals untergekommen waren.

Am Tag nach ihrem ersten Zusammentreffen rief Mahir Tumimi bei Simons an und fragte, ob er mit Deeb sprechen dürfte. Da er Arabisch sprach, sagte er, würde er vielleicht besser verstehen können, in was genau sein Freund verwickelt war. »Ich bin sicher, daß er nicht derjenige ist, der diese Verbrechen begangen hat«, sagte Mahir, »und ich würde ihm gerne dabei helfen, das zu beweisen.« Simons war mit dem Besuch einverstanden.

Als Tumimi zu Simons' Schreibtisch zurückkehrte, nachdem er fast eine Stunde mit Deeb geredet hatte, wirkte er aufgebracht und erschüttert. »Das ist nicht der Muneer Deeb, den ich kenne«, sagte er.

»Was meinen Sie damit?«

»Er müßte von all dem eigentlich unangenehm berührt sein, sogar erschrocken«, sagte Mahir in seinem wohlüberlegten Englisch. »Aber er benimmt sich so, als hätte er Spaß daran. Er scheint stolz darauf zu sein, daß man ihn verhaftet hat und er so viel Publicity erhält. Er sagt, er sei jetzt berühmt. So habe ich ihn noch nie erlebt. Er hat mir Angst eingejagt.«

Später an jenem Nachmittag begleiteten Simons und Baier

Gayle und Patti zurück in ihr Apartment und halfen ihnen dabei, ihre Habseligkeiten in einen gemieteten Caravan zu verladen. Simons gab ihnen hundert Dollar Reisegeld und wies sie an, nach Henrietta zu fahren. Bevor sie aufbrachen, gab Gayle ihm die Adresse und Telefonnummer ihrer Großeltern.

Am Nachmittag des darauffolgenden Samstags, dem 18. September, wurde Muneer Deeb am Lügendetektor einer Reihe von Tests unterzogen, die fast drei Stunden dauerten. Simons war nicht in der Lage gewesen, das noch länger hinauszuschieben. Der Prüfer, dem Simons bei der Auswahl der Fragen geholfen hatte, gab zu Protokoll, daß bei dem Verdächtigen keinerlei Anzeichen für einen Täuschungsversuch feststellbar gewesen wären.

Nach Abschluß des Tests fand ein Treffen in Chief Scotts Büro statt. Unter den Anwesenden war auch der Staatsanwalt Felipe Reyna, der vor kurzen bei seiner Bewerbung um eine neue Amtszeit gegen einen politischen Neuling namens Vic Feazell verloren hatte. Chief Scott schnitt als erster das Thema an, Deeb auf freien Fuß zu setzen. »Haben Sie seit seiner Festnahme irgend etwas herausgefunden, das sein weiteres Verbleiben in Haft rechtfertigen würde?« fragte er.

Simons, der auf dem Boden saß und sich gegen die Wand lehnte, schüttelte den Kopf. Seine Verzweiflung schien fast greifbar zu sein. »Nichts, was wir wirklich verwenden könnten«, sagte er schließlich.

»Nun«, sagte Scott, »Sie haben es wenigstens versucht. Wenn wir ihn freilassen, wird er vielleicht denken, daß für ihn alles ausgestanden ist, und nicht abhauen. Das würde Ihnen ein wenig Zeit verschaffen, doch noch etwas auszugraben.«

»Vielleicht«, sagte Simons.

»Einen Moment noch«, warf Reyna ein und wandte sich an den niedergeschlagenen Beamten. »Sind Sie davon überzeugt, daß dieser Kerl in die Morde verwickelt ist?«

»Hundertprozentig bin ich das.«

»Dann übergeben Sie ihn an den Bezirk. Zum Teufel, ich habe die Wahl schon verloren. Ich werde der Polizeibehörde ein bißchen Luft verschaffen und sagen, daß wir ihn nicht auf freien Fuß setzen werden, solange wir der Meinung sind, daß er ein Tatverdächtiger ist.« Noch während er sprach, wurde ihm klar, wie unwahrscheinlich es war, daß die Polizei zustimmen würde.

»Nein, wir müssen ihn gehen lassen«, sagte Truman und zeichnete imaginäre Kreise auf den Teppich. »Es ist mir verdammt zuwider, aber wir müssen ihn gehen lassen – fürs erste.«

Der Staatsanwalt ging auf ihn zu und legte ihm die Hand auf die Schulter. »Lassen Sie sich davon nicht unterkriegen. Bleiben Sie an ihm dran. Sie werden ihn erwischen.«

Dann wandte Reyna sich an Larry Scott. »Ich habe eine Menge Gerede darüber gehört, was in dieser Abteilung seit Deebs Verhaftung vorgefallen ist«, sagte er, »und ich habe dazu nur eines zu sagen: Wenn sogar Truman Simons diesen Fall nicht aufklären kann, dann hat es nie einen Fall gegeben.«

Im Flur traf Simon auf Deebs Anwalt, der darauf wartete, den für Muneers Freilassung notwendigen Papierkram erledigen zu können. Er lächelte.

»Betrachten Sie meinen Mandanten noch immer als Verdächtigen?« fragte McCall.

»Darauf können sie Ihren süßen Arsch verwetten«, schnauzte Simons ihn an. »Ich hätte ihn niemals verhaftet, wenn ich nicht glauben würde, er wäre in die Verbrechen verwickelt. Und ich werde Ihnen noch etwas sagen: Sie werden sich Ihr Geld noch hart verdienen müssen, bevor diese Sache vorbei ist.«

Auf dem Weg zu seinem Büro sprach ihn einer der Detectives aus der Abteilung für Personendelikte an. »Sarge, kann ich dich mal für eine Minute sprechen?« fragte er.

»Klar, komm mit rein«, antwortete Simons.

»Ich habe mich nur gefragt, was du von all dem hier hältst«, sagte der Detective.

»Ich glaube, wir sind im Begriff, einen schuldigen Hurensohn auf freien Fuß zu setzen.«

»Hör mal, wir kennen uns nicht besonders gut«, sagte der Detective. »Aber wenn es irgend etwas gibt, bei dem ich dir helfen kann, laß es mich einfach wissen.«

»Ich weiß das zu schätzen«, sagte Simons. »In der letzten Zeit hat man mich nicht gerade mit Angeboten überschüttet.«

»Den Eindruck habe ich auch. Lieutenant Horton und Sergeant Fortune haben beide angerufen, um herauszufinden, wie der Test gelaufen ist, und das Ergebnis schien ihnen sehr zu gefallen. Allem Anschein nach hat sich Fortune sogar richtig darüber gefreut. Er sagte: ›Alles, was mir dazu einfällt, ist ha-ha-ha.‹ Er klang wirklich kindisch. Es ist mir bloß irgendwie komisch vorgekommen, daß die beiden sich so merkwürdig verhalten.«

Simons brachte ein müdes Lächeln zustande. »Das kommt mir auch komisch vor.«

Der Detective ging und schloß geräuschlos die Tür hinter sich. Für einige Minuten war Truman allein und ließ noch einmal die unglaubliche Abfolge der Ereignisse vor seinem inneren Auge vorbeiziehen, die sich seit seiner Bitte, mit den Ermittlungen betraut zu werden, zugetragen hatten. Er hatte innerhalb weniger Tag größere Fortschritte erzielt, als ein Dutzend Beamte in zwei Monaten. Doch aus Gründen, die ihm ein Rätsel aufgaben, schien jeder in der Behörde gegen ihn zu arbeiten. Während er dort in wohltuender Stille saß, faßte er einen Entschluß, um den er schon seit einiger Zeit mit sich gerungen hatte.

Als Karim und Maria ihren Freund mit dem Wagen vom Polizeipräsidium abholten, machte Muneer wiederholt seinem Ärger über Gayle Kelley Luft, der er die Schuld für das gab, was ihm zugestoßen war. Sie gehörte zu den Leuten, sagte er, denen es Spaß bereitete, andere in Schwierigkeiten zu bringen. »Aber wartet nur ab. Eines Tages wird auch sie sterben.« Nach diesen Worten hob sich seine Stimmung. Plötzlich wirkte er sorgloser, als die beiden anderen ihn seit langer Zeit erlebt hatten.

Es war vorbei, sagte er. Selbst wenn die Polizei glaubte, daß er schuldig war, konnten sie ihn kein zweites Mal wegen desselben Verbrechens festnehmen. »Man nennt das rechtswidriges Doppelverfahren«, sagte er.

Offenbar hatte er sich nur unzureichend über das amerikanische Rechtssystem informiert, da sich dieser Begriff nur auf einen zweiten Prozeß gegen einen Beschuldigten wegen ein und desselben Verbrechens bezieht und nichts mit der Häufigkeit der Verhaftungen zu tun hat.

»Was wirst du jetzt machen?« fragte Maria. »Hier sind ein paar Leute hinter mir her«, antwortete Deeb, und seine Stimme klang wieder ernst. Er nannte keine Namen. »Ich werde einige Freunde in Dallas besuchen, die hierherkommen und sich für mich um alles kümmern werden.«

Maria und Karim, die auf den Vordersitzen saßen, sahen sich an, sagten aber nichts. Auf der Rückbank hatte sich Deeb entspannt zurückgelegt und genoß das Gefühl der Freiheit. Er wußte nicht, daß Truman Simons, der annahm, daß er mit Patty Pick in Verbindung bleiben würde, egal wohin er ging, sie bereits davon überzeugt hatte, ihn in der nächsten Zeit über Deebs Verbleib auf dem laufenden zu halten.

Truman Simons war nicht in der Stimmung, irgend etwas zu genießen, als er vom Polizeipräsidium zu einem Picknick fuhr, das zum Abschluß der Softballsaison seiner Frau stattfand, aber er hatte Judy versprochen, sich dort mit ihr zu treffen. Bis er dort ankam, hatte man im Radio bereits mehrere Male die Nachricht durchgegeben, daß Deeb entlastet und freigelassen worden war.

Judy Simons hatte die Berichte auf ihrem Weg zu dem Picknick gehört und wußte, daß ihr Mann nicht in der Stimmung für eine Party sein würde. »Alles in Ordnung mit dir?« fragte sie, als er eintraf.

»Es war schon mal besser«, antwortete er.

Ramon Salinas, dessen Frau in derselben Mannschaft wie Judy spielte, kam auf ihn zu. »Tut mir leid, das über deinen Verdächtigen zu hören«, sagte er. Truman konnte in der Stimme seines Kollegen keine echte Anteilnahme entdecken.

Während die anderen aßen und die traditionellen Preisverleihungen beklatschten, blieb er in der Nähe des Bierfasses. Als es dunkel wurde und die Party weiter fortschritt, fragte er sich, ob er es sich bloß einbildete oder ob Ramon Salinas während des Abends tatsächlich in besserer Stimmung als üblich war.

»Ich scheiße auf sie alle«, flüsterte Truman. Er hatte schon einige Biere zuviel getrunken, aber Judy, die ihn beobachtete, sagte nichts. Sie verstand seine Enttäuschung, die an ihm nagte. Und sie spürte auch, daß ihm außer der Freilassung Muneer Deebs noch etwas anderes zu schaffen machte. Da mußte noch mehr los sein, und Judy Simons wußte, daß sie sehr bald davon erfahren würde.

Truman wartete bis Sonntag abend, bevor er Captain Dan Weyenberg vom Büro des Sheriffs des McLennan County anrief. Weyenberg war ein enger Freund und hatte früher einmal als Polizeichef der Kleinstadt Robinson gearbeitet, in der Truman aufgewachsen war. Es gab keinen anderen Polizisten in Waco, den Truman höher geachtet hätte. Viel öfter, als er sich noch erinnern konnte, war er während seiner Ermittlungen zum Büro des Sheriffs gegangen und hatte den Captain um Rat oder sogar Hilfe ersucht.

Er und Weyenberg sprachen kurz über Deeb, bevor Truman zum Zweck seines Anrufs kam.

»Captain«, sagte er, »ich werde bei der Polizei kündigen. Ich habe die ganze Scheiße satt, die ich mir dort gefallen lassen muß.«

»Was wirst du dann machen?« fragte Weyenberg.

»Ich werde wieder Autos reparieren, wenn ich muß«, sagte Truman, »aber wenn bei euch noch eine Stelle als Gefängnisaufseher frei ist, werde ich mich darum bewerben. Ich habe vor einiger Zeit schon mal mit Sheriff Harwell darüber gesprochen, aber ich glaube, er hat mich nicht ernst genommen.«

»Du redest hier vom unteren Ende der Leiter, das weißt du doch, oder?« fragte Weyenberg.

»Ja, ich weiß«, erwiderte Simons. »Arbeitet bei euch im Gefängnis sonst noch jemand, der vierzehn Jahre Diensterfahrung hat?«

Weyenberg lachte. »Wohl kaum.« Dann hielt er inne. »Du meinst es ernst, nicht wahr?«

»Ja, allerdings«, sagte Simons. »Ich will nicht bevorzugt behandelt werden. Ich bitte lediglich um einen Gefallen.«

»Und der wäre?«

»Ich möchte die Erlaubnis haben, in meiner Freizeit weiter an diesem Fall zu arbeiten.«

»Du bist sicher, du weißt, was du tust?«

»Ich bin sicher«, sagte Truman.

»Nun, dann komm vorbei und laß uns darüber reden. Wir werden einen Kaffee trinken und alles durchsprechen. Es scheint mir, wir könnten im Gefängnis ein bißchen mehr Erfahrung gut gebrauchen.«

Simons legte den Hörer auf. Er wußte, daß er nicht nur eine Karriere wegwarf, der er einen großen Teil seines Erwachsenenlebens gewidmet hatte, sondern auch die Sicherheit und die Altersrente, die er als so wichtig für die Zukunft seiner Familie ansah. Er wußte auch, daß sich sein Gehalt als Gefängnisaufseher für das Büro des Sheriffs auf ungefähr tausend Dollar im Monat weniger belaufen würde, als seine Bezüge als Sergeant der Polizei betrugen.

Seine Frau hatte neben ihm gesessen und das Telefongespräch mitangehört. Truman suchte in ihrem Gesicht nach irgendeiner Reaktion, konnte aber keine entdecken. »Eines Tages werde ich das vermutlich bedauern, weißt du?« sagte er schließlich.

Judy lächelte sanft. »Das glaube ich nicht«, sagte sie.

Kapitel 16

Es war nicht das erste Mal, daß Truman Simons ernsthaft daran gedacht hatte, den Polizeidienst zu verlassen. Er reagierte empfindlich auf die Anforderungen dieses Berufs und wußte, wie wichtig es war, seine Gefühle unter Kontrolle zu halten. Und doch war es ihm während all seiner Jahre als Polizist nie gelungen, diesen persönlichen Abstand zu gewinnen, der nach Ansicht vieler seiner Kollegen unbedingt notwendig war, wenn man überleben wollte. Bei Fällen wie dem der Morde am See war das am schwierigsten.

Sogar für den erfahrensten Beamten besteht ständig die Gefahr, diesen schmalen emotionalen Grat zu verlassen. Simons hatte es immer wieder gehört: Betätige diesen inneren Schalter. Tu so, als wäre es nicht wirklich. Mach deine Arbeit und halte Abstand. Wenn du zuläßt, daß du dir wirkliche Gedanken um ein paar arme Jugendliche machst, die du nicht einmal gekannt hast und denen man brutal die Zukunft genommen hat, ist es soweit mit dir. Im günstigsten Fall wird es deine Urteilsfähigkeit beeinflussen; und wenn du Pech hast, wirst du darüber verrückt und bist aus dem Geschäft.

Simons hatte es miterlebt. Zerrüttete Ehen; Polizisten, die plötzlich die unsichtbare Grenze überschritten und sich eine Pistole in den Mund steckten, um das Leben und die Erinnerungen mit einem einzigen lauten Knall auszulöschen. Einige Männer, starke Männer, kamen einfach an einen Punkt, an dem sie mit dem niemals enden wollenden Elend, das sie auf den Straßen erwartete, nicht mehr umgehen konnten. Und selbst wenn sie damit umgehen konnten, ließ es sie niemals los. Nicht wirklich. Nicht völlig. Nicht einmal, wenn sie aufgaben und den Dienst quittierten.

Das ist etwas, das nur ein anderer Polizist verstehen kann. Du kommst nach Hause, und deine Frau tritt dir an der Tür mit ihrer Version des Elends entgegen. Die Waschmaschine ist kaputt, der Junge ist aus der Schule nach Hause geschickt worden, die Bank hat schon wieder angerufen, um daran zu erinnern, daß du mit deinen Ratenzahlungen weit im Rückstand bist. Sie weiß nicht einmal, was richtiges Elend bedeutet. Aber ein Polizist weiß es. Er hat einen Teil des Tages mit dem Versuch zugebracht, einen gebrochenen Vater zu trösten, dessen kleine Tochter bei einem Autounfall ums Leben gekommen ist, und während des restlichen Tages hat er versucht zu verstehen, wie eine Mutter ihr eigenes Kind ermorden konnte. Er geht nach Hause, um davon loszukommen, um sich zu verstecken, bis seine nächste Schicht beginnt.

Andererseits schirmen einige sich dermaßen gründlich ab, daß sie hoffnungslos abstumpfen. Sie setzen alles daran, gefühlsmäßig völlig unbeteiligt zu bleiben, und wehren sich dagegen, daß selbst die verheerendsten Ereignisse irgendeine Wirkung auf sie ausüben. Wenn du das Schlimmste erwartest, wird dich nichts mehr überraschen. Oder enttäuschen. Die Welt ist verfault, bis zum Überlaufen angefüllt mit Verrückten, Junkies und Huren, die bereit sind, für ein paar Dollar Dinge zu tun, bei denen sich den meisten Leuten der Magen umdrehen würde. Es ist scheißegal, ob man sich in New York City oder Waco, Texas befindet. Es ist überall das gleiche. Die Bösen sind den Guten zahlenmäßig überlegen. Das war immer so und wird auch immer so bleiben. Es ist kein fairer Kampf. Sobald du das akzeptierst, ist es lediglich ein Beruf wie jeder andere. Du kannst auf den Autopiloten umschalten, und wenn du Glück hast, kommst du vielleicht mit deiner geistigen Gesundheit und einem Gehaltsscheck davon. Acht Stunden lang steckst du deinen Finger in das Loch im Deich, und dann übernimmt irgend jemand anders deinen Platz in der aussichtslosen Schlacht, bis es für dich an der Zeit ist, wieder nach dort draußen zurückzukehren und weiterzukämpfen.

Aber die Grundregel lautet: Niemand verlangt von dir, daß du dich einen Scheißdreck darum kümmerst. Daran mußt du dich immer erinnern. Nur so kannst du überleben.

Während seiner Laufbahn hatte Simons hart daran gearbeitet, in keines dieser beiden Extreme zu verfallen, in die e andere hatte absinken sehen. Schon vor kurzer Zeit war er zu dem Schluß gekommen, daß es für ihn keine Möglichkeit gab, sich völlig von den emotionalen Aspekten seines Berufs freizu machen. Die Tatsache, daß er eine Dienstmarke trug, befreite ihn nicht von seiner Menschlichkeit. Der Schmerz einer Mutter, die soeben erfahren hat, daß ihr Sohn wegen Drogendealerei verhaftet worden ist, berührte ihn noch immer. Die Hoffnungslosigkeit in den Augen der Huren aus dem östlichen Waco ließ ihn nicht los, und er konnte nicht anders, als Mitleid für ihre Not zu empfinden. Nicht jeder auf der falschen Seite des Gesetzes war von Grund auf schlecht. Zur Hölle, auch sie waren Menschen. Vielleicht, wenn ihr Leben anders verlaufen wäre; wenn man ihnen im richtigen Moment geholfen hätte . . .

Hätte er versucht, seinen Kollegen gegenüber solche Gedanken in Worte zu fassen, hätten ihn viele als Weichling abgestempelt. Aus diesem Grund behielt er seine Gefühle für sich.

Nach Ansicht der meisten Angehörigen der Polizei von Waco war Truman Simons ein so hartgesottener Bulle, wie es nur irgendeinen geben konnte. Vielleicht sogar ein bißchen zu abgebrüht. Schon seit Jahren hatte es Andeutungen gegeben, daß Simons, sobald er sich in einen Fall verbissen hatte, alles tun würde, was dazu beitrug, ihn aufzuklären. Ein wenig Druck auf irgendeinen Ex-Sträfling, um eine Aussage zu bekommen, womöglich sogar einen kleinen gefälschten Beweis, falls es nicht genug gab, um den Staatsanwalt zufriedenzustellen. Zum Teufel, ja, Simons wußte, wie man diese heruntergekommenen Schweinehunde anfassen mußte, die hinter Gitter gehörten. Deshalb hatte er ja auch so viele Fälle gelöst. Vielleicht war er bei seinen Kollegen nicht beliebt, aber es gab eine Menge Polizisten, die zugeben mußten, daß er ein verdammt guter Bulle war. Er bearbeitete seine Fälle und war dabei erfolgreich. Er verstand seinen Beruf. Er hatte seinen eigenen Weg gefunden, das alles durchzustehen.

Es gab jedoch Augenblicke, in denen er nachdenklich wurde. Augenblicke, in denen ihm die Wirklichkeit verschwommen, verzerrt und fast unerreichbar vorkam.

Da war jene Nacht gewesen, vor langer Zeit, als er eine angeschossene Frau in die Notaufnahme gebracht hatte. Sie hatte eine schwere Schußverletzung in der Brust erlitten, und sogar noch bevor sie in den Operationssaal geschoben worden war, hatte er an ihrer Seite den Hauch des Todes verspürt. Simons wartete ab, während sich die Ärzte hektisch an ihrer geöffneten Brusthöhle zu schaffen machten und ihr das Blut aus der Lunge absaugten, während sie gleichzeitig vergeblich versuchten, die beschädigten Organe zu flicken, die das Geschoß durchdrungen hatte. Schließlich gaben sie auf. Die Frau war tot.

Ihr Körper wurde auf eine Trage gelegt, und der Gerichtsmediziner wurde verständigt. Wie schon so viele Male zuvor, saß Simons allein mit der namenlosen Leiche in einem Zimmer, wartete, rauchte eine Zigarette. Die Handtasche des Opfers lag auf einem Tisch neben ihm, und er öffnete sie. Nicht viel: Schminkutensilien, ein Adreßbuch, weniger als ein Dollar Kleingeld, ein Päckchen Kaugummi und eine Schachtel Mentholzigaretten.

Er dachte zurück an seinen Militärdienst und erinnerte sich an diese Warnungen, die immer im Krankenzimmer an der Wand gehangen hatten: *Wenn du Mentholzigaretten rauchst, können wir dir nicht helfen.* Für ihn hieß das, daß Mentholraucher am ehesten Lungenkrebs bekamen. Er hatte die Horrorgeschichten darüber gehört, was mit der Lunge passierte. Und jetzt geriet er ins Grübeln.

Es war niemand da, der ihn hätte beobachten können, und so ging er zur Leiche des Opfers herüber, dessen Brust noch immer geöffnet war, und leuchtete mit seiner Taschenlampe in die Wunde. Er steckte seine Hand in die Öffnung und begann vorsichtig, die leblosen Organe auf eine Seite zu schieben, damit er die Lunge besser sehen konnte. Aus Gründen, die er niemals in der Lage sein würde zu erklären, wollte er sich davon überzeugen, ob, und wenn ja, welchen Schaden die Mentholzigaretten angerichtet haben mochten. Es war nichts weiter als beiläufige, ungerührte Neugier – bis ihm nach ein paar Minuten klar wurde, was er da tat. Was, wenn jemand hereingekommen wäre und ihn gesehen hätte? Sicherlich hätte man ihn für krank gehalten. Vermutlich für verrückt. Und vielleicht, nur vielleicht, war er das während dieser kurzen Zeitspanne auch gewesen. Es hatte kein Sinn, kein nachvollziehbarer Grund in seiner Handlung gelegen.

Danach zweifelte er einige Tage lang an sich. War er schon so weit von der Realität entfernt? War eine Leiche für ihn inzwischen nur noch ein Objekt der Neugier? Diese beängstigenden Fragen lasteten eine Zeitlang schwer auf ihm, und er zog ernstlich in Betracht, seine Dienstmarke zurückzugeben, um sich zu retten, bevor es zu spät war.

Jetzt jedoch hatte er ungleich andere Beweggründe. Die Spielregeln und die allgemeine Art der Polizeiarbeit hatten zu lange an ihm genagt. Die Halbwahrheiten, die verpfuschten Fälle und Kollegen, die nach der Stechuhr arbeiteten, frustrierten und enttäuschten ihn. Er hatte die Gerüchte gehört, daß er angeblich die Vorschriften beugte, um Fälle zu lösen. Das war natürlich gelogen, aber, zur Hölle, ja, es tat weh zu wissen, daß einige Leute das glaubten. Seit seiner Zeit als idealistischer Streifenbeamter und Grünschnabel hatte sich die Behörde einschneidend verändert und ließ ihn sich jetzt viel älter als seine vierzig Jahre fühlen.

Der Widerstand, auf den er während seiner Ermittlungen im Fall der Morde am See gestoßen war, war einfach nur der Tropfen gewesen, der das Faß zum Überlaufen gebracht hatte. Er hatte ihm den Anstoß gegeben, den er brauchte.

In wenigen Wochen würde er die Formalitäten erledigt haben. Er würde im Büro des Sheriffs vorsprechen, die erforderlichen Bewerbungsformulare ausfüllen und Chief Scott seine Kündigung einreichen. Dann würde er ein paar Wochen Urlaub machen und einige Zeit mit Judy und ihrem gemeinsamen Sohn Jason verbringen. Und schließlich würde er seinen Job im Büro des Sheriffs antreten.

Dort würde er irgendwie die Morde an den drei Teenagern aufklären. Seine Entschlossenheit, das zu tun, grenzte an Besessenheit, und er wußte das. Er hatte zugelassen, daß dieser Fall ihn emotional weitaus stärker berührte als jeder andere, den er je bearbeitet hatte. Und doch verursachte ihm dieses Wissen kein Unbehagen. In jener Julinacht, die jetzt so lange zurückzuliegen schien, hatte er ein Versprechen gegeben. Und er war felsenfest entschlossen, es zu halten.

Kapitel 17

Bevor er am Montagmorgen zur Arbeit ging, faßte Truman Simons den Entschluß, an jenem Tag so wenig Zeit wie möglich im Büro zu verbringen. Nachdem Dennis Baier die Ergebnisse von Deebs Lügendetektortest erfahren hatte, hatte er Truman mitgeteilt, daß er ein paar Tage Urlaub nehmen und zum Angeln an die Golfküste fahren würde. Er hatte seinem Partner nahegelegt, es wäre vielleicht eine gute Idee, wenn auch er sich einige Tage frei nahm. Und Truman hatte darüber nachgedacht. Aber die Ereignisse des letzten Samstags beschäftigten ihn, und er wollte Johnny Sherrill, einen der erfahrensten und geachtetsten Lügendetektorexperten der Behörde, darum bitten, sich das Diagramm von Deebs Test anzusehen.

Sherrill schlug die Akte auf und prüfte sie einige Minuten lang, ohne etwas zu sagen. Simons war schon bald mit seiner Geduld am Ende. »Nun, was entnimmst du daraus?« fragte er.

»Ich könnte dieses Diagramm nur dann wirklich einwandfrei deuten, wenn ich den Test persönlich durchgeführt hätte«, sagte Sherrill. »Was ich dir jetzt sagen werde, ist also absolut inoffiziell und nur eine Meinung.«

»Das ist alles, worum ich dich bitte«, sagte Truman.

»Okay, soweit ich das ersehen kann, hat dein Mr. Deeb bei der Antwort auf die Frage, ob er den oder die Täter kennen würde, gelogen. Und auch bei den Antworten auf mehrere andere wesentliche Fragen.«

Simons schüttelte den Kopf. »Wo warst du, als ich dich gebraucht habe?« fragte er scherzhaft.

Sherrill grinste. »Ich habe viele Jahre gearbeitet, um den Punkt zu erreichen, an dem mein Telefon nicht mehr am Wochenende klingelt«, sagte er. »Und mir gefällt es so. Tut mir leid.«

Allein verbrachte Simons den größten Teil des restlichen Tages damit, die Akten des Falles noch einmal zu überprüfen, weil er hoffte, so einen neuen Ansatzpunkt zu finden. Er ging gerade einige der Notizen durch, die sich Detective Salinas in der Anfangsphase der Ermittlungen gemacht hatte, als ihm ein Eintrag auffiel, der auf den 10. August 1982 datiert war. Simons kniff die Augen zusammen, als er versuchte, die kritzelige Handschrift des Detectives zu entziffern, und war fasziniert von dem, was er las. Ramon hatte sich anscheinend entweder mit einem Geisteskranken unterhalten oder mit jemandem, der Augenzeuge der Verbrechen gewesen war. Sobald er alles gelesen hatte, rief er Salinas an.

»Das müssen die Notizen sein, die ich mir gemacht habe, als diese Verrückte angerufen hat«, sagte der Detective.

»Glenda Thomas«, erwiderte Simons, der den Namen von dem Notizzettel ablas.

»Genau. Eine Zeitlang habe ich ihr wirklich aufmerksam zugehört. Ich machte mir wie wild Notizen. Dann hat sie mir erzählt, sie hätte das alles in einer Vision oder so gesehen. Und da habe ich ziemlich schnell das Interesse verloren.«

»Hast du danach noch mal von ihr gehört?« fragte Simons.

»Kein Wort.«

Nachdem er aufgelegt hatte, las sich Simons die Notizen ein weiteres Mal durch. Einer der Männer, die laut Glenda Thomas am Ort des Verbrechens gewesen waren, war ›Linkshänder und hatte einen Adler auf seinen linken Unterarm tätowiert‹.

Die Autopsieberichte, erinnerte er sich, hatten auf die große Wahrscheinlichkeit hingewiesen, daß die Mehrzahl der Stichwunden von einem Linkshänder herbeigeführt worden war. Simons ging ins Archiv und ließ sich die Akte über David Wayne Spence aushändigen. In der Sparte ›Besondere Kennzeichen‹ fand sich ein Vermerk, daß er auf seinem linken Arm eine Tätowierung trug, die die Harley-Davidson-Schwingen zeigte. Diese Schwingen sahen denen eines Adlers tatsächlich sehr ähnlich, dachte Truman. Wer auch immer Glenda Thomas sein mochte, er wollte mit ihr sprechen.

Glenda Thomas war freundlich, als Simons sie anrief. Ja, sagte sie, sie würde sich sehr gerne mit ihm unterhalten. Er könnte gleich vorbeikommen, wenn er wollte. Sie wohnte bei ihren Eltern, sagte sie und gab ihm dann die Adresse.

Er war erst seit ein paar Minuten bei ihr und erklärte gerade, daß er zufällig auf Salinas Notizen gestoßen war und ihr diesbezüglich einige Fragen stellen wollte, als ihr Vater das Wohnzimmer betrat. Er nahm sofort eine feindselige Haltung ein.

»Was machen Sie hier?« wollte er wissen.

»Ich ermittle im Fall der Lake-Waco-Morde«, sagte Truman und streckte ihm die Hand entgegen.

Mister Thomas machte keine Anstalten, den Gruß des Beamten zu erwidern. »Was Sie tun sollten, Sir«, sagte er, »ist, anderswo zu ermitteln, anstatt kranke Leute zu belästigen. Meine Tochter fühlt sich nicht wohl. Sie ist gerade erst aus dem Krankenhaus zurückgekommen, aus der Psychiatrieabteilung des Providence Hospital, und sie steht noch immer unter ärztlicher Beobachtung. Ich muß Sie darum bitten zu gehen.« Seine Stimme klang mit jedem Satz unnachgiebiger. »Wir wissen überhaupt nichts über diese Angelegenheit, und ich wäre Ihnen dankbar, wenn Sie unsere Familie nicht hineinziehen würden.«

Simons nickte und hielt seinen Zorn fest im Zaum. »Mister Thomas«, sagte er, »ich werde Ihre Familie nicht mit hineinziehen. Aber es gibt ein paar andere Familien, gute Menschen, die Sie nicht einmal kennen, die wünschen, sie wären auch nicht mit hineingezogen worden. Aber sie hatten keine Wahl.«

»Falls Sie versuchen sollten, mir Schuldgefühle einzureden«, sagte der Vater, »verschwenden Sie nur Ihre Zeit.«

»Ich schätze, das tue ich«, gab Simons ärgerlich zurück.

Glenda Thomas folgte ihm in den Vorgarten und entschuldigte sich für das Benehmen ihres Vaters. »Ich würde trotzdem gerne mit Ihnen reden«, flüsterte sie. »Ich will, und zwar unbedingt.«

»Wie heißt Ihr Arzt?« fragte Truman. »Falls er es für vertretbar hält, kann er vielleicht ein Treffen zwischen uns arrangieren.« Er warf einen Blick zurück zur Eingangstür des Hauses, wo der Vater der Frau stand und ihn anstarrte. »Aber nicht hier.«

Glenda Thomas nickte und gab ihm den Namen ihres Arztes.

Am Nachmittag des nächsten Tages saß Simons im Büro und unterhielt sich mit Dennis Baier, der von seinem kurzen Angelausflug zurückgekommen war, als eine Sekretärin ihren Kopf zur Tür hereinsteckte und einen Besucher für ihn anmeldete.

»Wer ist es denn?« fragte Simons.

»Ich glaube, es ist der Mann, dessentwegen irgendein Detective aus Oklahoma gestern angerufen hat, als Sie nicht da waren«, sagte die Sekretärin. »Anscheinend will er mit jemandem über die Morde am See sprechen.«

Simons ging nach draußen und erblickte einen stattlichen, mexikanisch aussehenden jungen Mann, der ihn anlächelte, als er auf ihn zutrat.

»Kann ich etwas für Sie tun?«

»Ich heiße Albert Everett Mendoza«, sagte er höflich, »und das hier ist Kenneth Franks' Hemd.« Er reichte dem Beamten ein weißes Tennishemd. »Dasjenige, das fehlt«, fügte er hinzu.

Simons führte ihn in eines der Verhörzimmer. »Warum glauben Sie, daß es sich hierbei um Kenneth Franks Hemd handelt?« fragte er. Er erinnerte sich nur zu gut an das blutbefleckte orangefarbene T-Shirt, das Kenneth getragen hatte, und er konnte sich nicht entsinnen, etwas über ein anderes, fehlendes Hemd gehört zu haben.

»Die Leute, die mich entführt und nach Oklahoma verschleppt haben, haben das gesagt«, gab der junge Mann zurück.

Mendoza, der den Beamten erzählte, daß er früher einmal als Jugendberater im Methodistenheim gearbeitet hätte, behauptete, zwei Tage zuvor entführt worden zu sein. Man hätte ihn in den Kofferraum eines Wagens verfrachtet und nach Oklahoma gefahren, wo ihn die beiden Männer, die er nicht kannte, schließlich freigelassen hätten. Die Männer hätten ihm von den Morden am See erzählt, sagte er, und dann gedroht, ihn zu töten, weil er zuviel wüßte. Die zwei Männer hätten Kenneth Franks umgebracht und ihm das Herz herausgeschnitten. Und sie hätten Kenneths Penis abgeschnitten und ihm in den Mund gesteckt. Er wüßte nicht, wie die beiden Männer aussahen, weil man ihm die Augen verbunden hätte.

»Okay«, sagte Simons schließlich, »lassen Sie mich das noch mal zusammenfassen. Sie behaupten, diese Kerle hätten Sie den ganzen Weg nach Oklahoma gefahren, um Sie dort umzubringen, weil Sie zuviel wüßten. Dann haben sie aus irgendeinem Grund beschlossen, Sie einfach gehen zu lassen, und haben

Ihnen Kenneths fehlendes Hemd mitgegeben. Und während der ganzen Zeit haben Sie sie kein einziges Mal gesehen ...«

»Sie hatten mir die Augen verbunden«, sagte Mendoza.

»Albert«, sagte Simons, »Sie erzählen uns hier einen Haufen Scheiße. Was, zum Teufel, soll das?«

Der junge Mann antwortete nicht. Statt dessen starrte er auf den Boden. Er schwitzte, und sein ganzer Körper hatte begonnen zu zittern. Simons rief noch einmal seinen Namen. »Albert, verdammt, ich rede mit Ihnen. Was soll das alles?«

Plötzlich sprang Mendoza von seinem Stuhl auf, und Simons wich erschrocken zurück. Einen Moment lang dachte er, der junge Mann wollte ihn angreifen. Mendoza begann, mit den Armen zu fuchteln, und seine Augen blitzten vor Zorn. Er starrte den leeren Stuhl an, auf dem er noch Sekunden zuvor gesessen hatte.

»Du Hurensohn«, schrie er, »es ist alles deine Schuld. Du hast mir das angetan, du Arschloch.« Seine Stimme hatte sich dramatisch verändert.

»Albert, was, zur Hölle, geht hier vor?« fragte Simons, der seine Fassung wiedergewann.

Der junge Mann warf dem Beamten einen kurzen Blick zu und starrte dann wieder wütend auf den leeren Stuhl. »Ich bin nicht Albert«, sagte er. »Mein Name ist Everett. Dieser Hurensohn da ist Albert.« Er deutete auf den Stuhl. »Er versucht immer, mich in Schwierigkeiten zu bringen. Ich habe ihm verboten zu kommen. Ich habe ihm gesagt, Junge, laß dich nicht mit der Polizei ein, oder du wirst verdammte Probleme kriegen. Aber nein, er mußte sich ja in diese Sache verwickeln lassen. Der Schweinehund versucht doch nur, mich mal wieder in Schwierigkeiten zu bringen.«

Er wandte sich abermals an den Stuhl. »Ich hoffe, du bist jetzt zufrieden.«

Um Gottes willen, dachte Truman, hatte dieser Kerl wirklich als Jugendberater gearbeitet? Er drehte sich zu seinem Partner um, der aussah, als hätte er ein Gespenst gesehen. »Was machen wir jetzt?« fragte Truman.

Baier zuckte die Achseln. Dann machte er einen Schritt auf den jungen Mann zu, der noch immer den leeren Stuhl anstarrte. »Everett«, sagte er, »setzen Sie sich. Lassen Sie uns reden.«

»Nein, ich will mich nicht setzen. Ich stehe lieber.« Im Gegensatz zu Albert sah Everett dem Beamten direkt ins Gesicht.

»Okay, prima«, sagte Baier. »Erzählen Sie uns einfach, warum Sie hier sind.«

»Fragen Sie mich nicht, fragen Sie dieses Arschloch«, erwiderte Everett und deutete wieder auf den Stuhl.

Während der nächsten halben Stunde beantwortete Everett die Fragen der Beamten, wobei er immer wieder Albert dafür ausschimpfte, daß dieser ihn in die Angelegenheit verwickelt hatte. Es war alles Alberts Schuld: Albert hörte ihm nie zu. Und Albert war ein Schwuler, eine verdammte Tunte. »Aber er schämt sich dafür«, sagte Everett. Ja, er hatte Kenneth Franks gekannt. Kenneth war Alberts Geliebter gewesen. Everett hatte sie einmal zusammen erwischt, als Albert gerade dabei gewesen war, es Kenneth im Auto zu besorgen. Nein, er hatte Kenneth Franks nicht umgebracht. Nein, er wußte nicht, wer das getan hatte.

»Warum, zur Hölle, sind Sie dann hergekommen?« fragte Simons.

»Gottverdammt, ich habe Ihnen doch schon gesagt, das müssen Sie ihn fragen«, antwortete Mendoza und zeigte wieder einmal auf den Stuhl.

Simons kam sich ziemlich dämlich vor, als er sich der imaginären Person zuwandte. »Albert«, fragte er, »können Sie mir erklären, warum Sie hergekommen sind?«

Everett hatte die Hände in die Hüften gestemmt und stand da, als wartete er auf eine Antwort. Schließlich seufzte er und sah Simons an. »Sehen Sie, jetzt wird er nichts mehr sagen. So ist er nun mal. Er bringt uns in üble Schwierigkeiten, und ich darf die Suppe dann auslöffeln.«

»Was ist an der Geschichte dran, daß Albert entführt worden ist?« fragte Simons.

Everett lachte. »Ach Quatsch, er ist nicht entführt worden. Er ist bloß für einige Tage nach Dallas gefahren und mit ein paar seiner schwulen Freunde ins Bett gegangen. Es hat mich krank gemacht, mitansehen zu müssen, was sie da getrieben haben. Er wurde nicht verschleppt oder entführt oder sonst irgendwas. Er weiß auch nichts über diese Morde. Er versucht bloß, mich in Schwierigkeiten zu bringen.«

Die Beamten waren von diesem absonderlichen Erlebnis völlig verblüfft und überredeten Everett, sich hinzusetzen und sich zu beruhigen. Sie brachten ihm etwas zu trinken.

»Ich weiß nicht, ob ich lachen oder um mein Leben laufen soll«, sagte Baier draußen im Flur.

Später an jenem Tag wurde Albert Everett Mendoza in die psychiatrische Abteilung des Providence Hospital eingewiesen. Ob Simons und Baier nun tatsächlich zum erstenmal eine gespaltene Persönlichkeit befragt hatten oder nicht, würden sie nie mit Sicherheit wissen. Das einzige, worüber für sie *kein* Zweifel bestand, war die Tatsache, daß weder Albert noch Everett ihnen bei ihren Ermittlungen behilflich sein konnten. Das alles war lediglich eine weitere verrückte, zeitverschwendende, frustrierende Sackgasse gewesen.

Drei Monate später traf Truman noch einmal auf Albert Everett Mendoza, der in der Warteschlange an der Kasse eines Supermarktes stand. Albert/Everett lächelte und winkte ihm zu. Truman machte auf der Stelle kehrt und verließ das Geschäft. Er hatte beschlossen, woanders einkaufen zu gehen.

Kapitel 18

Glenda Thomas war eine kleine Frau, fast zerbrechlich, mit funkelnden blauen Augen und langem, glattem, rotblondem Haar. Sie war geschmackvoll angezogen und trug nur ganz wenig Make-up. Das Treffen mit Truman Simons, das ihr Arzt arrangiert hatte, schien sie nicht im mindesten nervös zu machen. Sie war Mitte Zwanzig, geschieden und absolvierte gerade eine Ausbildung zur Krankenschwester.

Simons hatte sich zuvor mit ihrem Arzt getroffen und ihm von dem Widerstand berichtet, auf den er bei Glendas Vater gestoßen war. Als Truman ihm erklärte, warum er mit Glenda reden wollte, betonte der Doktor, daß er nicht an psychische Phänomene glaubte. Aber nachdem er sich Trumans Ausführungen angehört hatte, kam er zu dem Schluß, daß es seiner Patientin vielleicht guttun würde, mit jemandem über ihr ungewöhnliches Erlebnis zu sprechen. Er versicherte dem Polizeibeamten, daß seine Patientin keinesfalls an irgendeiner Form von Geistesgestörtheit litt. Er hatte sie ins Krankenhaus eingewiesen, erklärte er, weil ihr schwere Erschöpfungszustände zu schaffen machten, die zweifellos durch die anstrengende Fülle von Arbeit, Unterricht und spätnächtlichem Lernen hervorgerufen worden waren.

»Ich weiß, daß ich nicht verrückt bin«, sagte Glenda und lächelte Simons an. »Was ich Ihnen erzählen werde, mag sich verrückt *anhören*, aber lassen Sie mich Ihnen versichern, daß mir so etwas noch nie vorher passiert ist. Ich verstehe es nicht, aber ich weiß, daß es geschehen ist. Und ich möchte schon seit einiger Zeit mit jemandem darüber reden. In der Nacht, in der es passiert ist, habe ich auch tatsächlich bei der Polizei angerufen. Aber als jemand ans Telefon ging, habe ich aufgelegt. Ich hatte Angst, sie würden glauben, ich wäre total behämmert.«

Simons warf einen Blick auf die Notizen, die sich Ramon Salinas gemacht hatte, als sie fast einen Monat nach den Morden schließlich doch noch einmal angerufen hatte, und versicherte ihr, daß er aufrichtig an ihrer Geschichte interessiert war. »Um die Wahrheit zu sagen«, erklärte er, »solche Dinge faszinieren mich. Ich habe ein wenig darüber gelesen, und offen gesagt, glaube ich, daß es Leute gibt, die über die Fähigkeit verfügen, ihr Gehirn auf eine unerklärliche Art und Weise zu nutzen. Ich führe Ermittlungen durch und bin bereit, jedem zuzuhören, der vielleicht helfen könnte. Falls es für Sie also von Bedeutung ist, lassen Sie sich versichern, daß Sie ein geneigtes Ohr gefunden haben.«

»Ich danke Ihnen«, sagte Glenda. Sie lächelte immer noch und war vollkommen ruhig.

»Ich habe hier die Notizen des Beamten, der Ihren Anruf entgegengenommen hat«, sagte Simons, »und es gibt ein paar bestimmte Fragen, die ich Ihnen gerne stellen würde. Aber zunächst möchte ich Sie darum bitten, daß Sie mir einfach alles erzählen, an das Sie sich noch erinnern können.« Glenda setzte sich auf ihrem Stuhl zurecht, als wollte sie es sich bequem machen. »Okay«, sagte sie.

Kurz nach neun Uhr am Abend des 13. Juli 1982 hatte Glenda in dem kleinen Apartment, in dem sie und ihr kleiner Sohn wohnten, im Bett gelegen und für eine bevorstehende Prüfung gelernt. Sie war mehrere Nächte lang aufgeblieben und deshalb erschöpft. Zur Vorbereitung auf einen Test las sie in einem Buch und fühlte sich plötzlich schwindelig. Sie legte ihr Buch zur Seite, lehnte sich zurück und schloß für kurze Zeit die Augen. Nach ein paar Minuten ging es ihr besser, und sie setzte ihre Lektüre fort. Bald darauf kehrte das Schwindelgefühl jedoch zurück, und sie ließ ihr Buch abermals sinken.

Während sie so dalag und zur Decke hinaufsah, begannen verschwommene Bilder zu erscheinen. Es war, als sähe sie sich einen Film an, der mit hoher Geschwindigkeit ablief. Die Bilder blitzten in abgehackter Folge vor ihr auf, sprangen schnell von einer Szene zur anderen, als ob man Teile herausgeschnitten hatte.

Zunächst nur langsam konzentrierten sich die Bilder auf einen jungen Mann und zwei Mädchen, die sie nicht genau erkennen konnte. Eines der Mädchen war blond, das andere brünett. Irgendwie wußte Glenda, daß die Mädchen den Mann zuvor verlassen hatten und in ein mexikanisches Restaurant gegangen waren – es hieß *El Chico* –, um dort Enchiladas zu essen. Aber schon nach nur zwanzig oder dreißig Minuten waren sie wieder zurückgekommen.

Sie schienen sich in einem Park in der Nähe eines Sees zu befinden, saßen auf einer Bank, unterhielten sich, und alle fühlten sich in der Gesellschaft der anderen wohl. Kurz nach der Rückkehr der Mädchen näherte sich ihnen jedoch ein kleiner Mann mit langen, glatten schwarzen Haaren und einem Bart. Sie konnte nicht erkennen, ob er ein Indianer oder ein Mexikaner war. Er hatte ein grünes Armeehemd an und Kampfstiefel, die er über seiner Jeans trug. Glenda schätzte ihn auf ungefähr dreißig Jahre.

In seiner Begleitung befand sich ein Weißer mit struppigen Haaren, der eine ärmellose blaue Jeansjacke trug. Auf seinen linken Unterarm war ein Adler tätowiert. Er hatte einen dunklen Teint und sah aus, als wäre er Ende Zwanzig oder Anfang Dreißig. Er trug einen schwarzen Bart und hatte eine Mütze auf dem Kopf, von der Glenda später sagen würde, daß sie ›wie eine Baseballmütze aussah, aber keine war‹. Die beiden Männer waren in einem roten Lieferwagen gekommen, auf dessen Ladefläche eine Art Schaumstoffmatratze lag. Auf der linken Seite der Windschutzscheibe haftete ein blütenförmiger Aufkleber. Der indianisch/mexikanisch aussehende Mann sprach die Mädchen an, sagte, sie hätten einen platten Reifen an ihrem Wagen und bot ihnen an, beim Radwechsel behilflich zu sein.

Was sie dort sah, ergab für Glenda Thomas keinen Sinn. Noch niemals zuvor war ihr so etwas passiert. Sie kannte keinen der Menschen, deren Abbilder sie an ihrer Zimmerdecke sah. Sie spürte ein Gefühl von Gefahr, aber sie verstand nicht, warum. Plötzlich bemerkte sie, daß der Lieferwagen sich bewegte, den Park verließ und an einem kleinen Geschäft vorbeifuhr. Der Fahrer unterhielt sich ärgerlich mit der Brünetten und versuchte, sie zu streicheln, während er fuhr. Das Mädchen war offensichtlich wütend und verlangte, daß man sie und ihre Freunde aus dem Wagen lassen sollte. Der Fahrer lachte und sagte, er würde sie später zu ihrem Auto zurückbringen.

Dann wechselte die Szene in das Innere des Wagens, wo der kleinere Mann mit einer Hand mit dem Haar der Blonden herumspielte, während er in der anderen ein bronzefarbenes, dolchartiges Messer hielt. »Ich kann dich hiermit schneiden«, sagte er und strich über das Haar des verängstigten Mädchens. In seiner Stimme lag ein grausamer, bedrohlicher Unterton.

Glenda, deren Schwindelgefühl aufgehört hatte, war wie gebannt von dem, was sie sah. Als der Mann das Mädchen bedrohte, hörte sie die Stimme des Jungen, der die Blonde drängte, auf die Forderungen einzugehen. Falls sie das tat, dachte der Junge, würde sie nicht verletzt werden. Der Mann lachte über diesen Ratschlag des Jungen und sagte, er würde etwas von ihrem Haar abschneiden.

Daraufhin schien Glenda jedoch wieder einen Zeitsprung zu machen. Sie befand sich abermals im hinteren Teil des Wagens. Der Indianer/Mexikaner befahl den Mädchen, sich auszuziehen. Die Blonde hatte offensichtlich Angst. Und das aus guten Grund. Ihr Gegner fuhr mit seinem grausamen Spiel fort und drohte, ihr in die Geschlechtsteile zu schneiden. »Leg dich einfach hin und versuch zu schlafen«, sagte er. »Auf diese Weise wirst du überhaupt nichts spüren.« Dann, als er bemerkte, daß das Mädchen gleich schreien würde, legte er ihr seine Hand auf den Mund, um das zu verhindern.

Danach schien sich Glendas Blickwinkel zu verändern. Nachdem die Blonde so sehr im Brennpunkt gestanden hatte, beobachtete Glenda die Szene plötzlich von irgendeinem hohen, entfernt liegenden Punkt aus. Sie sah die Brünette und den Jungen auf eine Straße zulaufen. Sie spürte, daß der Junge ein Messer bei sich trug, aber zu sehr in Panik war, es zu seiner Verteidigung zu benutzen.

Sie schafften es nicht bis zur Straße. Bevor ihre Vision endete, sah Glenda, wie der Mann mit der Mütze die Brünette erstach. Er hielt das Messer in seiner linken Hand.

Und dann war es vorbei.

Nachdem Truman die Geschichte der Frau gehört hatte, saß er eine Minute lang schweigend da. Sie schien erleichtert zu sein, ihre Erzählung beendet zu haben, und nippte an ihrer Limonade.

»Ich habe in jener Nacht kein Auge zugekriegt«, sagte sie. »Ich war zu Tode erschrocken. Noch vor Ende dieser Nacht habe sogar ich selbst mich gefragt, ob ich nicht vielleicht ein klein bißchen verrückt geworden war. Ich schaltete den Fernseher ein und wechselte auf der Suche nach Nachrichten über irgendwelche Morde am See von Kanal zu Kanal. Dann habe ich das Radio eingeschaltet, weil ich dachte, da vielleicht etwas zu hören. Aber da war nichts.

Endlich raffte ich mich auf, die Polizei anzurufen. Ich fürchtete, daß das, was ich gesehen hatte, womöglich noch gar nicht passiert war. Ich dachte, ich könnte versuchen, sie zu warnen. Aber als jemand ans Telefon ging, war ich wie gelähmt. Als ich mir vorstellte, wie es sein würde, jemandem von meinem Erlebnis zu erzählen, wurde mir klar, wie weithergeholt das alles klingen mußte. Sie würden denken, ich wäre absolut bescheuert. Also legte ich auf, ohne ein Wort zu sagen.

Als ich vor einigen Wochen dann doch noch allen Mut zusammengenommen hatte, um bei der Polizei anzurufen, erzählte ich dem Beamten nur, ich glaubte, bezüglich der Morde am See über ein paar Informationen zu verfügen, die vielleicht von Nutzen sein konnten. Er hörte mir eine Zeitlang zu und fragte mich dann, woher ich all die Einzelheiten wüßte, von denen ich ihm erzählte. Als ich ihm dann sagte, daß ich sie in einer Vision gesehen hatte, ließ sein Interesse ziemlich schnell nach. Ich bin sicher, er hat laut gelacht, nachdem er aufgelegt hatte. Ich hätte nie damit gerechnet, daß mich noch einmal jemand darauf ansprechen würde.«

Simons dachte an das Gespräch zurück, das er mit Salinas über die Notizen geführt hatte, sagte aber nichts.

Die junge Frau berichtete, daß sie, als am folgenden Morgen die Zeitung zugestellt wurde, immer noch wach gewesen war. Sie hatte sie durchstöbert, um zu sehen, ob die Morde irgendwo erwähnt wurden.

»Ich habe den ganzen nächsten Tag damit verbracht, Nachrichten zu hören«, sagte sie. »Ich ließ das Radio und den Fernseher fortwährend eingeschaltet und ging nicht einmal aus dem Haus. Aber da war nichts. So ungefähr um acht Uhr an jenem Abend bin ich dann völlig erschöpft zu Bett gegangen.«

Wäre sie am Abend des 14. Juli noch bis zu den Zehn-Uhr-Nachrichten aufgeblieben, dachte Simons im stillen, hätte sie den Bericht gehört, auf den sie gewartet hatte.

Der Sergeant überflog Salinas' Notizen ein weiteres Mal und sah, daß ihre Geschichte fast vollständig dem entsprach, was sie einen Monat zuvor erzählt hatte. »Sind Sie sich über das Datum, an dem Sie die Vision hatten, sicher?« fragte er.

»Es war ein Dienstag«, sagte sie, ohne zu zögern. »Am Donnerstag darauf habe ich dann zum erstenmal wirklich etwas über die Ereignisse am See gehört. Soweit ich mich entsinne, wurden die Leichen der Mädchen und des Jungen irgendwann am Mittwochabend gefunden.« Sie hatte ihre Vision also ziemlich genau zu dem Zeitpunkt gehabt, an dem sich die tatsächlichen Verbrechen zugetragen haben mußten.

Simons ging die Notizen durch und fragte nach geringfügigen Einzelheiten, die sie diesmal nicht erwähnt hatte. Sie hatte Salinas gegenüber zum Beispiel darauf hingewiesen, daß sie fühlte, der Indianer/Mexikaner wäre arbeitslos, wäre mit einer Frau verheiratet, deren Name möglicherweise Joan lautete, und hätte kurz bevor er am See eintraf in einem Restaurant namens *Sambo's* gegessen.

Als Simons darüber nachdachte, wie sie die beiden Angreifer beschrieben hatte, fiel ihm auf, daß sie eigentlich von drei Leuten redete. An einem Punkt ihrer erneuten Wiedergabe der Vision hatte sie den Indianer/Mexikaner unbewußt als ›den Kerl mit dem braunen Bart‹ bezeichnet, nachdem er von ihr zuvor als glattrasiert geschildert worden war. Auch hatte sie in ihrer Vision Cowboystiefel und einen breiten Gürtel aufblitzen sehen. Und einer der Männer trug eine Halskette und ein Armband. Er fragte sie nach der Möglichkeit, daß ein dritter Täter existierte.

»Komisch, daß Sie das fragen«, sagte sie. »Wenn ich an meine Vision zurückgedacht habe, ist es manchmal vorgekommen, daß ich glaubte, ganz schwach eine dritte Person wahrnehmen zu können, irgendwo im Hintergrund. Aber ich habe sie nie gesehen. Es war, als ob sie dagewesen, aber nie ins Bild gekommen wäre. Ich weiß nicht. Die einzigen, die ich wirklich gesehen habe, waren der Mann mit der Mütze und der Kleine, der wie ein Indianer aussah.«

Nach wiederholten Abstechern in den Koehne Park, wo man die Teenager offenbar entführt, und in das bewaldete Gebiet des Speegleville Parks, wo man die Leichen gefunden hatte, war Simons nicht davon überzeugt, daß die eigentlichen Morde an einem dieser beiden Orte verübt worden waren. Obwohl er keinen wirklichen Beweis dafür hatte, hielt er es für äußerst wahrscheinlich, daß man die Teenager in den Speegleville Park verschleppt, dort ermordet und ihre Leichen dann zu der Stelle gebracht hatte, an der sie entdeckt worden waren. Es gab jedoch in der Nähe der Einfahrt zum Speegleville Park keinen Laden, wie ihn Glenda beschrieben hatte.

»Es war so eines von diesen älteren Geschäften, wie man sie auf dem Land findet«, erklärte sie. »Ich erinnere mich deutlich daran, daß sie dort vorbeigefahren sind, und zwar kurz nachdem sie die Jugendlichen in den Lieferwagen verfrachtet hatten.«

Simons wußte, daß es weniger als eine Meile von der Einfahrt zum Koehne Park entfernt einen solchen Laden gab, ein Holzgebäude, in dem an Durchreisende Bier und Angelzubehör verkauft wurde.

»Okay«, fuhr Simons fort, »Detective Salinas hat hier irgend etwas geschrieben über einen ›Beweis im Haus . . . der BH ist im Wohnzimmer‹. Was hat das zu bedeuten?«

Glenda wirkte peinlich berührt. »Ich habe ihm das erzählt«, sagte sie, »aber ich habe mich geirrt. Jetzt ist alles klar.«

Simons schien verwirrt zu sein. »Was meinen Sie damit?«

»Nun«, sagte sie, »nachdem die Artikel über die Morde in der Zeitung erschienen waren, fing ich an, Detektiv zu spielen. Einer der Berichte erwähnte, daß man einige Kleidungsstücke der Mädchen nicht gefunden hatte. Eines Nachmittags war ich auf dem Heimweg und dachte gerade über diesen Artikel nach. Und als ich an diesem bestimmten Haus an der Neunundzwanzigsten vorbeifuhr, hatte ich plötzlich so ein seltsames Gefühl. Aus irgendeinem Grund, den ich nicht erklären kann, kam ich zu dem Schluß, daß sich im Innern des Hauses etwas befinden mußte, das in Beziehung zu den Morden stand. Ich fuhr mehrere Male daran vorbei und hatte immer das gleiche Gefühl. Zuletzt war ich überzeugt davon, daß in dem Haus einige der fehlenden Kleidungsstücke sein mußten – ein BH und vielleicht sogar die Handtaschen der Mädchen. Das alles war reiner Blödsinn. In dem Haus befand sich überhaupt nichts.«

»Woher wissen Sie das?«

»Raylene hat es mir erzählt«, erwiderte Glenda.

Simons setzte sich kerzengerade auf. »Raylene hat es Ihnen erzählt?«

»Ja«, sagte Glenda, »die hübsche Blondine.«

»Vielleicht sollten Sie mir das lieber erklären«, sagte der Sergeant.

Einige Monate vorher, erzählte Glenda, hatte eine Freundin ihr ein interessantes Buch über selbsttätiges Schreiben empfohlen, das sie gerade las. Nach Ansicht derjenigen, die für sich in Anspruch nehmen, auf diesem Gebiet über Sachkenntnisse zu verfügen, ist das selbsttätige Schreiben ein Phänomen, das sich ohne Einwirkung des Bewußtseins ereignet und sich statt dessen der unbewußten Muskelkraft der Hand und des Arms bedient. Man setzt einen Stift ganz normal auf ein Blatt Papier auf. Wenn man die erforderliche Konzentration erreicht, wird sich der Stift unfreiwillig bewegen. Indem man sich dazu bringt, keinen bewußten Einfluß auf die Bewegungen des Stifts auszuüben, wird man angeblich in die Lage versetzt, auf Fragen des eigenen Bewußtseins schriftliche Antworten aus dem Reich des Übersinnlichen zu erhalten.

»Das Thema begann mich zu faszinieren«, sagte sie, »und nach jenem Erlebnis, das ich gehabt hatte, fühlte ich mich sehr in diese ganze Angelegenheit verwickelt. Ich schätze, das war auch der eigentliche Grund dafür, daß ich anfing, Detektiv zu spielen. Wie dem auch sei, eines Abends setzte ich mich hin, konzentrierte mich auf die drei Jugendlichen, die ermordet worden waren, und bat sie: ›Falls ihr dazu in der Lage seid, versucht, mir zu helfen.‹ Nach einer Weile begann meine Hand, eine Antwort zu schreiben: ›Ich kenne sie nicht.‹« Glenda wirkte ausgeglichen und ernst, während sie ihre merkwürdige Geschichte erzählte.

»Ich fragte, mit wem ich da sprach«, fuhr sie fort, »und als

Antwort kam ›Raylene‹. Ich begriff lediglich, daß Raylene am ehesten dafür in Betracht kam, mir zu antworten, weil sich meine Vision in jener Nacht so stark auf sie konzentriert hatte.

Ich dachte mir jedoch, daß sie keine große Hilfe sein würde, wenn sie die Mörder nicht gekannt hatte. Also versuchte ich, Jill Montgomery zu sprechen. Aber Jill antwortete nicht. Dann habe ich es mit Kenneth Franks probiert. Alles, was er mir mitteilte, war: ›Ich verstehe nicht, wie ich nur zulassen konnte, daß die mich so reinlegen.‹ Deshalb wandte ich mich wieder an Raylene. Ich fragte sie, warum Jill nicht mit mir redete. Sie sagte: ›Weil Jill nicht akzeptieren will, daß sie tot ist. Bevor das nicht geschehen ist, wird sie nicht antworten.‹«

Für einen Moment war Simons sprachlos. Er war sich bewußt, daß es ihm nicht gelang, seine Ungläubigkeit zu verbergen. »Haben Sie es jemals wieder bei Jill versucht?« fragte er.

»Ein paarmal«, sagte Glenda. »Am Ende hat sie ein bißchen darauf reagiert. Einmal erwähnte sie etwas von einem Ring und ein anderes Mal irgend etwas über ihren linken Arm, aber es ergab nicht viel Sinn. Eines Nachts bekam ich wieder Kontakt mit Raylene. Das war, nachdem ich mehrere Male an dem Haus vorbeigefahren war und dieses starke Gefühl empfunden hatte, daß irgend etwas darin mit dem Verbrechen in Verbindung stand. Also fragte ich sie, ob der BH sich in dem Haus befand. Ihre Antwort lautete: ›Suche nicht nach dem BH. Er ist um mein Bein geknotet.,«,

Ohne ein Wort zu sagen, stand Simons auf und begann, in dem Zimmer auf und ab zu gehen. Glenda folgte ihm neugierig mit ihren Blicken. »Hat das etwas zu bedeuten?« fragte sie.

Simons hörte die Frage nicht. Er dachte an den Ort des Verbrechens zurück und an das erste Mal, daß er Raylene Rice gesehen hatte. Er erinnerte sich an das blutbefleckte Stück Stoff, mit dem man sie geknebelt hatte, und an die Fesseln an ihren Handgelenken. Und an ihre bemalten Zehennägel. Und an den BH, der um ihr rechtes Bein geknotet war.

Nach Aussagen ihrer Schwester hatte Raylene auf ihrem Ausflug nach Waco an jenem verhängnisvollen Julinachmittag keinen BH getragen. Der BH an ihrem Bein hatte Jill Montgomery gehört.

Simons setzte sich wieder und sah Glenda Thomas aufmerksam an. Er mochte die Art, wie sie ihm offen ins Gesicht blickte, wenn sie sprach. Sie schien aufrichtig zu sein. Und sie hatte betont, solch ein Erlebnis noch niemals zuvor gehabt zu haben. Er war sich ziemlich sicher, daß sie nicht auf Publicity aus war oder versuchte, sich einen Ruf als praktizierendes Medium zu erwerben. Aber er war sich in keinster Weise sicher, was er mit ihrer Geschichte anfangen sollte. Die Erwähnung des BHs hatte ihn völlig aus der Fassung gebracht.

Glenda spürte seine Verwirrung. »Ich weiß, daß das alles sehr unglaubhaft klingt«, sagte sie. »Und ich will nicht einmal versuchen, eine Erklärung dafür zu finden, wie es passiert ist. Oder warum es gerade mir passiert ist. Aber ich weiß mit Sicherheit, daß ich nicht verrückt bin.«

»Nein«, sagte Simons, »das glaube ich auch nicht. Haben Sie noch einmal versucht, mit Raylene in Kontakt zu treten?«

»Seit einiger Zeit nicht mehr. Nach einer Weile begann diese ganze Angelegenheit mir Angst einzujagen. Ich beschloß, es dabei bewenden zu lassen.«

Simons fragte sie, ob sie sich mit einem weiteren Versuch einverstanden erklären würde, das tote Mädchen zu erreichen.

»Wenn es eine Hilfe ist«, sagte sie.

»Vielleicht«, sagte Truman. »Ich kann im Moment jede Hilfe gebrauchen, die ich nur kriegen kann.«

Während der nächsten paar Wochen versuchte sie mehrere Male erfolglos, mit den toten Jugendlichen zu kommunizieren. Was für eine Verbindung sie auch zu ihnen gehabt haben mochte, sie war verschwunden. Der Sergeant hörte nie wieder von ihr.

Am Abend nach seinem Gespräch mit Glenda Thomas wartete Truman, bis sein Sohn ins Bett gegangen war und er und seine Frau zusammen im Wohnzimmer saßen. »Ich muß mit jemandem darüber reden«, sagte er.

Judy wandte ihren Blick nicht vom Gesicht ihres Mannes ab, als er ihr von seinem Treffen mit Glenda Thomas erzählte. Er war darauf bedacht zu betonen, wie sehr sie ihn durch ihre

Offenheit und ihre sachliche Art beeindruckt hatte. Falls sie ein Fall für den Psychiater war, verbarg sie das besser als jeder andere, den er kennengelernt hatte. »Während meiner Zeit als Sicherheitsbeamter in der geschlossenen Abteilung des Providence Hospital habe ich eine Menge seltsame Leute gesehen«, sagte er, »und ich glaube, ich kann sie erkennen. Glenda Thomas gehört nicht dazu.«

An jenem Nachmittag hatte er sich mit Christy Juhl in Verbindung gesetzt, um herauszufinden, ob sie ein Foto von David Spence besaß, und sie hatte ihm erzählt, daß es einige gab, die sie zwar zum Entwickeln abgegeben, sich aber nie die Mühe gemacht hatte, sie wieder abzuholen. Diese Bilder könnte er gerne haben. Als Truman seiner Frau von Glendas Beschreibung des Mannes erzählte, der eine Mütze trug, die ›wie eine Baseballmütze aussah, aber keine war‹, zeigte er ihr ein Foto von Spence, auf dem dieser über seine Schulter in die Kamera blickte. Er trug eine ärmellose blaue Jeansjacke und eine Schirmmütze, wie Motorradfahrer sie bevorzugen.

Als er ihr von dem selbsttätigen Schreiben erzählte und von Raylenes Erklärung, daß Jill Montgomery sich weigerte, ihren Tod zu akzeptieren, fing Judy Simons an zu weinen.

In Waxahachie hatte die Neuigkeit von Muneer Deebs Freilassung Jills Vater, Rod Montgomery, in einen neuerlichen Zustand von Mutlosigkeit verfallen lassen. Die Verhaftung eines Verdächtigen nach so langer Zeit hatte ihm vorübergehend die Hoffnung verliehen, daß die Morde an seiner Tochter und ihren Freunden vielleicht doch noch aufgeklärt werden konnten.

Rod aß gerade in *Esparza's Café* zu Mittag, einem mexikanischen Restaurant, das bei vielen, die in der Innenstadt arbeiteten, beliebt war, als er an einem Nebentisch Ronnie Roark bemerkte, den Polizisten aus Ennis. Er wußte, daß Roark im Jahre 1980 einiges Aufsehen erregt hatte, als es ihm gelungen war, mit Unterstützung durch John Catchings, einem Medium aus Dallas, die Leiche eines Teenagers aus dem Navarro County ausfindig zu machen, der seit vier Monaten vermißt worden war. Catchings hatte einen Ring des vermißten Jugendlichen fest in seiner Hand umschlossen gehalten und Roark zu einem flachen Grab geführt, in dem der Junge verscharrt worden war. Die Grabstelle hatte weniger als eine Viertelmeile vom Haus des Mannes entfernt gelegen, der letztendlich des Mordes überführt wurde. Überall im Land hatten die Zeitungen und Fernsehsendungen wie ›That's Incredible‹ oder ›PM Magazine‹ über das Catchings-Roark Team berichtet. Selbst aus einem so weit entfernt liegenden Land wie Deutschland hatten Leute angerufen und um ihre Mithilfe bei der Suche nach allem möglichen gebeten – von vermißten Angehörigen bis hin zu verschwundenen Familienerbstücken.

Montgomery wußte, daß Roark Interesse an den Morden von Waco gezeigt hatte, und ging zu dem Detective hinüber. »Darf ich mich setzen?« fragte er. Er kam direkt auf das Wesentliche zu sprechen und erzählte Roark von seiner Enttäuschung darüber, daß die Polizei von Waco noch keine Fortschritte erzielt hatte. Rod erklärte ihm, daß er und andere Familienmitglieder kaum etwas darüber erfahren hatten, welche neuen Spuren man, falls überhaupt, verfolgte und fragte dann den Beamten, wie er an diesen Fall herangehen würde.

»Falls ich den Fall von hier aus bearbeiten würde«, sagte Roark, »wärst du mein Hauptverdächtiger – zumindest solange ich nicht mit Sicherheit wüßte, daß du nichts damit zu tun gehabt hast.«

Rod hatte Gerüchte gehört, daß er anfangs als Verdächtiger eingestuft worden war, aber bislang hatte ihm das noch niemand ins Gesicht gesagt. »Erkläre mir, warum«, sagte er.

»Rod, ich habe keinen wirklichen Anlaß zu glauben, du wärst darin verwickelt, aber da sind ein paar Dinge, die Fragen aufwerfen könnten. Du und deine Frau seid geschieden. Vielleicht ist das eine sehr häßliche Angelegenheit gewesen; vielleicht hat es einen erbitterten Kampf um das Sorgerecht gegeben. Hey, andauernd bringen sich Familienmitglieder gegenseitig um – wegen absoluter Nichtigkeiten. Was ich damit sagen will, ist: Falls ich keine anderen Anhaltspunkte hätte und praktisch vom Nichts ausgehen müßte, würde ich eine Menge mehr über dich wissen wollen.«

»Glaubst *du*, ich hätte etwas damit zu tun gehabt?« fragte Rod.

Roark lächelte und schüttelte den Kopf. »Nein, das glaube ich nicht«, sagte er. Er erzählte seinem alten Klassenkameraden nichts davon, daß er derjenige gewesen war, der zwei Monate vorher einem Kollegen aus Waco nahegelegt hatte, Rod als Verdächtigen in Betracht zu ziehen. »Und dem wenigen zufolge, das ich über die Ermittlungen gehört habe, glauben die Leute, die den Fall bearbeiten, das auch nicht.«

Dann stellte Montgomery ihm die Frage, die ihm im Kopf herumgegangen war, seit er Roark dort sitzen gesehen hatte. »Glaubst du, John Catchings könnte an diesem Fall interessiert sein?«

»Das habe ich mich auch schon gefragt«, erwiderte Roark.

»Würdest du ihn bitten, einen Blick darauf zu werfen?«

»Sicher«, sagte Roark, »aber selbst falls er interessiert sein sollte, müßte die Polizei von Waco dem zustimmen. Er wird nicht ohne ihre Billigung tätig werden.« Roark versprach, sich mit Catchings in Verbindung zu setzen und dann, falls dieser einverstanden war, an die Polizei von Waco heranzutreten.

Er stand auf und schüttelte Rod Montgomerys Hand. »Ich hoffe, du nimmst mir nicht übel, was ich vorhin gesagt habe.«

»Nein«, sagte Rod.

»Ich wollte dir gegenüber bloß aufrichtig sein.«

Rod lächelte matt. »Ich wünschte, mehr Polizisten würden sich so verhalten.«

Ronnie Roark verließ das Restaurant. Nie erzählte er Rod Montgomery etwas über sein Gespräch mit Karen Hufstetler.

John Catchings kam durch ein Naturereignis zu seinem Beruf. Als er noch ein Teenager gewesen war, hatte sich seine Mutter, Bertie Catchings, einen Namen als Medium gemacht. Obwohl sie nie den Berühmtheitsgrad oder das Ansehen einer Jeanne Dixon erlangte, konnte sie ziemlich gut von den ›Lesungen‹ leben, die sie für eine beträchtliche Anzahl von Kunden abhielt, zu denen eine Menge gelangweilter Hausfrauen und ein paar Berühmtheiten aus dem Showbusineß gehörten. Im Zusammenhang mit Vorhersagen oder Stellungnahmen zu vieldiskutierten Verbrechen taucht ihr Name in Dallas auch heute noch gelegentlich in den Zeitungen oder in der Boulevardpresse auf.

Am vierten Juli des Jahres 1969 lehnte der zweiundzwanzigjährige John Catchings an seinem Auto und behielt einige Steaks im Auge, die vor ihm auf dem Grill lagen, als plötzlich aus einer einzelnen dunklen Wolke ein Blitz herabfuhr und in seiner unmittelbaren Nähe einschlug. Die Geschichte darüber, was dann passierte, ist von unzähligen Zeitschriften und Zeitungen veröffentlicht worden:

»Ich hatte ein Erlebnis, von dem auch schon andere medial veranlagte Personen berichtet haben – ein astrales Erlebnis«, erinnerte sich Catchings. »Ich konnte mich selbst sehen, ich konnte das Auto sehen, ich konnte um mich herum ein blaues Leuchten sehen, und ich konnte sehen, daß einer meiner Freunde auf mich zuging. Ich weiß noch, daß ich dachte: ›Wenn er mich berührt, werden wir beide sterben.‹ Ungefähr drei Stunden später begannen meine Füße anzuschwellen und grün und blau zu werden. Sie sahen aus, als hätte jemand mit einem Baseballschläger auf sie eingeprügelt. Danach habe ich viel darüber nachgedacht, was geschehen war, und versucht, zu mir selbst zu finden. Fragen wie ›Wer bin ich? Wohin gehe ich? Was soll ich mit meinem Leben anfangen?‹ beschäftigten mich. Mir war eine Erfahrung zuteil geworden, wie sie sonst vielleicht nur ein Geistlicher hat – an mich war der Ruf ergangen, ein Medium zu werden. Also kündigte ich meinen Job, verkaufte mein Haus und zog nach Dallas. Ich verbrachte die nächsten acht oder neun Monate an der Seite meiner Mutter und versuchte herauszufinden, ob ich mich überhaupt für diesen Beruf eignete.« Schon bald stellte er fest, daß dem so war.

Als Ronnie Roark ihn wegen der Lake-Waco-Morde anrief und sich auf sein Gespräch mit Rod Montgomery bezog, war Catchings begierig, seine Hilfe anzubieten. Sergeant Dennis Baier war zunächst skeptisch, als Detektive Roark anrief, um mitzuteilen, daß Catchings gerne nach Waco kommen würde, aber nachdem er mit Chief Scott und Simons geredet hatte, rief er Roark zurück. »Was soll's«, sagte er, »es kann nicht schaden.«

Das bärtige Medium saß in einem der Verhörzimmer des Polizeipräsidiums von Waco über mehrere Fotos vom Ort des Verbrechens gebeugt, die Baier und Simons ihm vorgelegt hatten. Seine zusammengekniffenen Augen wanderten einige Minuten lang zwischen den Fotos und den Autopsieberichten hin und her, dann ließ er sich von den beiden Beamten einen kurzen Überblick über die Ermittlungen geben. Seit er, Detective Roark und Rod Montgomery an jenem Samstagmorgen eingetroffen waren, war er nicht sehr gesprächig gewesen. Er hatte lediglich einige Angaben zu seinen Fähigkeiten gemacht.

»Ich bin sicher«, sagte er zu den Beamten, »daß Sie medial veranlagten Personen mißtrauisch gegenüberstehen. Das macht mir keine Probleme; ich bin seit Jahren daran gewöhnt. Ich bitte Sie nur darum, sich vor Augen zu halten, daß ich bei Ermittlungen wie diesen in annähernd sechzig Prozent der Fälle Erfolg gehabt habe. Meine einzige Bitte lautet, daß Sie sich anhören, was auch immer ich sagen mag, und dann entscheiden, ob dadurch weitere Nachforschungen gerechtfertigt erscheinen. Sie sollten ebenfalls wissen, daß ich in Fällen wie diesem niemals alles hundertprozentig korrekt gedeutet habe. Das gelingt keinem Medium. Wir stoßen auf mehr oder weniger große Bruchstücke von Informationen, die manchmal sehr verwirrend sind. Es ist Ihre Aufgabe festzustellen, wohin diese Teile gehören – falls überhaupt. Ich möchte hinzufügen, daß ich zwar nie vollständig richtig gelegen, aber trotzdem immer etwas Bedeutendes herausgefunden habe.« Dann bat er sie, ihn zum Koehne- und zum Speegleville Park zu fahren.

Morgens hatte Rod Montgomery vor Ronnie Roarks Haus in Waxahachie gewartet. Obwohl man ihn nicht eingeladen hatte, war er fest entschlossen gewesen, Roark und Chatchings auf ihrer Fahrt nach Waco zu begleiten. Jetzt jedoch teilte man ihm ohne Erklärung mit, daß er im Polizeipräsidium würde bleiben müssen. Er war ärgerlich, daß man ihn ausschloß, und wartete eine Stunde lang ab, bevor er zum Busbahnhof ging und sich eine Fahrkarte nach Waxahachie kaufte.

Während Simons, Baier und Roark in einiger Entfernung warteten, durchstreifte Catchings im Speegleville Park das bewaldete Gebiet, in dem man die Leichen gefunden hatte. Er ging durch das Unterholz zum See, blieb dort einige Zeit stehen und starrte hinüber in Richtung Kochne Park. Fast eine Stunde lang wanderte er ziellos umher und hielt bisweilen inne, um einen Zweig oder einen Stein aufzuheben, ihn einen Augenblick in der Hand zu behalten und dann wieder fallen zu lassen. Simons lehnte am Wagen und sah ihm fasziniert zu. Er hatte mit einer Art Show gerechnet, irgendeinem rituellen Hokuspokus.

Schließlich kehrte das Medium zu den wartenden Beamten zurück. »Ich glaube, es wurde ein Boot benutzt; irgendein flaches Boot«, sagte er. »Es ist möglich, daß die Opfer auf diesem Boot ermordet und ihre Leichen dann hierhergebracht wurden. Es waren drei Personen darin verwickelt: der Mann, der die Morde ausgeführt hat, und zwei andere Leute, die sich in seiner Begleitung befanden. Ich glaube, Sie werden herausfinden, daß eine dunkelhaarige Frau, zwischen zwanzig und dreißig Jahren alt, irgend etwas über das Verbrechen weiß. Diese Frau könnte für Sie das entscheidende Bindeglied zur Aufklärung des Verbrechens sein. Möglicherweise haben Sie sie schon im Verdacht.

Die Eindrücke, die ich empfange, sind nicht sehr stark, aber ich bin der Meinung, die jungen Leute wurden von ein und demselben Mann ermordet, und zwei weitere Personen – vielleicht ein Mann und die Frau, von der ich gesprochen habe – waren bei ihm. Und ich sehe immer wieder die Farbe Gelb, aber ich kann sie mit nichts in Verbindung bringen.«

Während Catchings redete, riefen seine Aussagen bei Simons eine Vielzahl von Eingebungen hervor. Er hatte das starke Gefühl, daß David Spences Freundin Christy Juhl, dunkelhaarig und fast zwanzig Jahre alt, mehr über das Verbrechen wußte, als sie zugegeben hatte. Konnte sie das ›entscheidende Bindeglied‹ sein, auf das Catchings sich bezog? Glenda Thomas hatte ihm zwei Männer beschrieben und geglaubt, daß da noch eine dritte Person gewesen sein konnte. Jetzt sprach auch Catchings davon, daß drei Leute beteiligt gewesen waren.

»Könnte es sein, daß das Gelb, das Sie sehen, die Farbe eines Autos ist?« fragte er.

»Ich kann es wirklich nicht sagen«, antwortete Catchings. »Warum?«

»Muneer Deebs Wagen ist gelb«, sagte Simons. Alles in allem war Catchings Besuch jedoch eine Enttäuschung. Er lieferte ihnen nichts Genaues, nur einige Eindrücke, bei denen er zudem Vorbehalte eingestand. Ein paar Tage später, als die Ermittler bei einer Tasse Kaffee zusammensaßen und sich über den Fall unterhielten, sah Baier die Notizen durch, die er sich im Beisein des Mediums gemacht hatte. »Ich glaube nicht, daß wir unter seine sechzigprozentige Erfolgsquote gefallen sind«, sagte er zu seinem Partner.

»Ich wünschte wirklich, wir wären es«, gab Simons zurück. Langsam wurde Simons der idiotischen Geständnisse und der Geschichten über mediale Visionen und selbsttätiges Schreiben mehr als nur ein bißchen überdrüssig. Der Fall begann, an seinen Nerven zu zerren. Während all seiner Jahre bei der Polizei von Waco war ihm kein Fall zugewiesen worden, den er nicht aufgeklärt hatte. Und jetzt würde er bald aus dem Dienst ausscheiden, während alles noch in der Luft hing.

Simons wußte, daß er trotz des unerklärlichen Widerstands, auf den er gestoßen war, Fortschritte gemacht hatte. Dennoch fühlte er sich, als suchte er nach einer Nadel im Heuhaufen. Und zum erstenmal begann er, sich zu fragen, ob es ihm zusätzlich zu seinen neuen Pflichten als Gefängnisaufseher jemals gelingen würde, diese Nadel in seiner Freizeit aufzuspüren.

Plötzlich klappte er die Akte zu, in der er gerade las, und warf sie auf den Schreibtisch. »Laß uns ins Gefängnis fahren«, sagte er. »Ich will mir diesen David Spence einmal genauer ansehen.«

Der in einen weißen Sträflingsanzug gekleidete Spence schien froh zu sein, Gesellschaft zu haben. Fast eine Stunde lang befragten Simons und Baier ihn über seine Beziehung zu Muneer Deeb und Christy Juhl. Keiner der Beamten deutete an, daß sie Spence als möglichen Verdächtigen betrachteten. Sie sagten ihm nur, daß sein Name im Verlauf ihrer Ermittlungen in mehreren Gesprächen erwähnt worden war.

»Das überrascht mich nicht«, sagte Spence. »Meine Freundin hat in Deebs Laden gearbeitet. Und ich habe eine Menge Zeit dort verbracht.« Freundlich und lächelnd fragte er sie, ob sie glaubten, daß Deeb die Teenager ermordet hatte. Noch bevor sie antworten konnten, fügte er hinzu: »Falls er es getan hat, wird es sehr schwierig für Sie werden, bei seinen Leuten irgend etwas darüber in Erfahrung zu bringen. Diese verdammten Araber halten zusammen.« Er sagte, er wäre der festen Überzeugung, daß jemand, der solch ein Verbrechen beging, ins Gefängnis gehörte. Er würde gerne behilflich sein, sagte er und bot an, Christy dazu zu veranlassen, sich umzuhören und zu versuchen, etwas herauszufinden.

»Wir wären dankbar dafür«, sagte Simons. »Ich verlasse die Polizei in ein paar Tagen, aber falls Sie irgend etwas herausbekommen, geben Sie einfach Sergeant Baier Bescheid.«

In jener Nacht schlief Truman Simons unruhig. Mehrere Male erwachte er aus dem gleichen Alptraum, in dem er sah, wie David Spence Jill Montgomery die Kehle durchschnitt.

DRITTER TEIL

Ich spüre, daß alles zunehmend aussichtsloser wird. Ich muß darum kämpfen, nicht wahnsinnig zu werden, und versuche, an andere Dinge zu denken, denn ganz egal, was Waco uns erzählt, ich habe das Gefühl, daß die Sache nicht gut aussieht. Mittlerweile neige ich insgeheim zu der Annahme, daß nichts an diesem Fall jemals aufgeklärt werden wird. Falls sie richtige Beweise hätten, wäre inzwischen schon etwas passiert. Es ist zuviel Zeit vergangen, seit sie uns erzählt haben, sie ›könnten jetzt vor Gericht gehen und die Todesstrafe erreichen‹. Falls das wahr ist, warum warten sie dann so lange? Spielen sie irgendein politisches Spielchen, während wir alle nach und nach unseren Verstand verlieren?

Eintrag im Tagebuch von Jan Thompson,
Jill Montgomerys Tante,
vom 01. September 1983

Der Gefängnisaufseher hatte die psychologische Studie viele Male gelesen und sich dabei unaufhörlich gefragt, wie jemand mit solch einer Fülle von Informationen aufwarten konnte, nachdem ihm lediglich Autopsieberichte und Fotos vom Ort eines Verbrechens zur Verfügung gestanden hatten. Die Studie war auf Ersuchen der Polizeibehörde von Waco durch das FBI erstellt worden. Der Aufseher wußte, daß es dort Agenten gab, die man besonders dafür ausgebildet hatte, solche Studien anhand nur spärlicher Fakten über ein Verbrechen anzufertigen. Der Gedanke, ein ganzes Berufsleben damit zuzubringen, Beschreibungen von Kriminellen zu verfassen, von denen man weder die Namen noch die Gesichter kannte, amüsierte ihn. Selbst wenn diese Agenten richtiglagen, dachte er, würden sie kaum jemals, falls überhaupt, die Befriedigung erfahren, an der Festnahme der Person beteiligt zu sein, die sie beschrieben hatten. Der Aufseher fragte sich, wie viele Ermittler sich wohl jemals die Mühe machten, mit dem FBI-Agenten in Kontakt zu treten, der die Studie erstellt hatte, um es ihm mitzuteilen, falls er bei der Lösung eines Falles behilflich gewesen war. Oder als wie zutreffend sich seine Studie erwiesen hatte.

Und legte der Agent eigentlich Wert darauf? Der Aufseher konnte aus dem Bericht keine Spur von Gefühlsregung herauslesen, kein Zeichen dafür, daß derjenige, der ihn abgefaßt hatte, wirklich etwas empfand – nur sterile Absätze voller Vermutungen und Wahrscheinlichkeiten. Und warum sollte der Verfasser auch etwas empfinden? Er hatte bloß ein paar maschinengeschriebene Seiten gelesen und eindimensionale Fotos gesehen. Ein Mord in Waco, Texas, ganz gleich, wie sinnlos oder brutal, gehörte schwerlich zu der Art von Fällen, mit denen das auf sein Ansehen bedachte FBI seinen Ruf hätte aufpolieren können.

Doch der Aufseher las sich den Bericht während der langsam vergehenden Stunden seiner Nachtschicht mehrmals gründlich durch. Immer wenn er genug davon hatte, in einem Taschenbuch zu schmökern oder sich mit Häftlingen zu unterhalten, die an Schlaflosigkeit litten, zog er die Studie aus seiner Aktentasche hervor und überflog sie ein weiteres Mal. Sie enthielt einige Angaben, die ihn faszinierten:

Es folgt die Zusammenfassung eines Straftäterprofils, das nach Absprache mit den Ermittlungsbeamten der Polizeibehörde von Waco erstellt wurde. Sie basiert auf Nachforschungen und Wahrscheinlichkeiten. Ein von Ihnen ermittelter Verdächtiger wird eventuell nicht alle genannten Voraussetzungen erfüllen.

Dieses Verbrechen wurde höchstwahrscheinlich von einem Täter verübt, der entweder eines oder aber alle Opfer gekannt hat. Es wird sich um einen männlichen Weißen im Alter von dreißig bis sechsunddreißig Jahren handeln. Er ist muskulös und/oder von stämmiger Statur. Er hält sich selbst für besonders männlich; er hat jedoch Schwierigkeiten, sowohl zu Männern als auch zu Frauen persönliche Beziehungen aufrechtzuerhalten. Er hat starke Minderwertigkeitsgefühle; er versucht diese persönliche Unzulänglichkeit jedoch dadurch zu verbergen, daß er anderen gegenüber ein aggressives Verhalten an den Tag legt. Im Grunde ist er ein Feigling und zieht es vor, mit Leuten zu verkehren, die jünger sind als er und die er leicht tyrannisieren und einschüchtern kann.

Er hat ein schlampiges Äußeres und verfügt über keinen größeren persönlichen Besitz (z. B. ein Auto). Falls er sich ein Fahrzeug kaufen könnte, würde er sich für einen Lieferwagen in entweder schwarzer oder roter Farbe entscheiden.

Er ist ein Biertrinker, und aller Wahrscheinlichkeit nach raucht er Marihuana; er nimmt jedoch höchstwahrscheinlich nicht ständig Drogen zu sich.

Er stammt aus einem zerrütteten Zuhause und wurde entweder von einer Tante, Großmutter oder Mutter aufgezogen. Er verachtet Frauen und ist der Überzeugung, daß Frauen existieren, um von Männern benutzt zu werden.

Wenn er einer Arbeit nachgeht, wird er sich um eine typisch männliche Anstellung bemühen (d. h. Lastwagenfahrer, Schwermaschinenführer usw.).

Dieser Täter zeigt anschaulich, daß er sich während der Entführungen und Hinrichtungen wohl gefühlt hat. Um einen solchen Grad des Wohlgefühls entwickeln zu können, muß er diese Gegenden häufig aufgesucht haben; entweder weil er dort gesellschaftlich verkehrt hat oder weil er in einer Funktion angestellt war oder ist, durch die er oft an diese Orte gelangt.

Dieser Täter zeigt hinsichtlich dieser Morde keine Schuld oder Reue und wird dies auch nicht tun. Seiner Denkweise zufolge haben die Opfer es verdient, umgebracht zu werden. Er wird vermutlich jede Aussage verweigern, falls oder sobald er bemerken sollte, daß man ihn verdächtigt. Seine einzige Sorge würde sein, ob die Ermittlungen der Polizei irgendeinen konkreten Beweis zutage gefördert haben, der ihn mit den Morden in Verbindung bringen könnte. Der Verfasser glaubt, daß der Ort, an dem man die Opfer entdeckt hat, ebenfalls der Ort der Hinrichtung oder Tötung gewesen ist. Da alle drei Opfer auf die gleiche Weise gefesselt waren, glauben wir, daß der Täter allein gehandelt hat. Obwohl das männliche Opfer mehrere Stichwunden in die Brust erhalten hat, glauben wir, daß die vordringlichen Beweggründe oder Absichten des Täters darauf gerichtet waren, die weiblichen Opfer anzugreifen und zu vergewaltigen, sobald er das männliche Opfer getötet hatte.

Im allgemeinen werden Verbrechen dieser Art nicht von Elternteilen verübt. Basierend auf bestimmten Einzelheiten dieser Analyse des Verbrechensschauplatzes würden wir es für unwahrscheinlich halten, einen Vater als dafür Verantwortlichen zu ermitteln, außer er hat in der Vergangenheit schwere Psychopathie erkennen lassen.

Der Aufseher glaubte, daß zumindest einige Teile dieser Studie zutrafen. Zum Beispiel war er davon überzeugt, daß der Mann, den er inzwischen als Hauptverdächtigen ansah, mindestens zwei der Opfer gekannt hatte. Und er war von muskulöser Statur und zeigte ein betont männliches Verhalten. Auf der Straße erzählte man sich, er wäre ein Schläger, dem es Spaß machte, Leute einzuschüchtern, die jünger oder schwächer als er selbst waren. Der Aufseher glaubte auch, daß sein Verdächtiger im Grunde feige war. Er war ein Biertrinker und kam aus einem zerrütteten Elternhaus. Das paßte. Und das Beweismaterial deutete darauf hin, daß er den Park, aus dem man die Opfer entführt hatte, häufig aufsuchte.

Andererseits gab es in diesem Bericht genauso viele Punkte, die dem Aufseher Probleme bereiteten. Der Täter in der Studie war älter als sein Verdächtiger. Der Aufseher war sich sicher, daß man die Morde nicht an dem Ort verübt hatte, an dem die Leichen gefunden worden waren. Und es schien höchst fraglich, daß die Verbrechen von einem einzelnen Täter ausgeführt worden sein konnten. Vielleicht hatte ein einziger Mann die eigentlichen Morde begangen, aber es schien wahrscheinlich, daß er die Hilfe eines Komplizen benötigt haben würde, um drei Leute unter Kontrolle zu halten.

Der Teil über die Vorliebe für ein bestimmtes Fahrzeug faszinierte ihn. In der Vision der jungen angehenden Krankenschwester waren die Angreifer in jener Nacht in einem roten Lieferwagen im Park eingetroffen. Und während ihrer langen spätnächtlichen Gespräche hatte der Sträfling, der sein Hauptverdächtiger geworden war, ihm des öfteren erzählt, daß er sich wünschte, einen Lieferwagen zu besitzen. Einen roten.

Manchmal, nachdem er die Studie wieder einmal gelesen und sie dann in seiner Aktentasche verstaut hatte, ertappte sich der Aufseher dabei, wie er die Zelle anstarrte, die jenen Mann beherbergte, den er im Verdacht hatte, die Morde am See begangen zu haben. Falls sein Verdacht feste Gestalt annehmen sollte – falls er den Fall tatsächlich aufklärte –, würde er dem FBI-Agenten einen Brief schreiben.

Kapitel 19

An einem Nachmittag im Spätfrühling des Jahres 1979 saß Dorothy Miles auf der vorderen Veranda ihres kleinen Hauses an der Fünfzehnten Straße, genoß die frühabendliche Brise und klimperte auf ihrer Gitarre herum, während ihr frischgewaschenes kastanienbraunes Haar in den letzten Sonnenstrahlen glänzte. Sie war jetzt Mitte Fünfzig, doch in ihren jüngeren Tagen hatte es eine Zeit gegeben, während der sie Mitglied einer Countryband gewesen war, die in den nach Bier riechenden Tanzhallen des mittleren Texas gespielt hatte. Gott, wie sehr sie die Musik und die Aufregung geliebt hatte. Aber sie konnte damit einfach nicht das Geld verdienen, das eine alleinstehende Mutter brauchte, um zwei Kinder großzuziehen. Widerwillig hängte sie ihre musikalische Karriere an den Nagel und machte sich auf die Suche nach einer besser bezahlten Arbeit. Ohne einen High-School-Abschluß suchte Dorothy lange und ausdauernd, bevor sie eine Anstellung als Nachtwächterin fand. Eine Zeitlang fuhr sie Lastwagen. Dorothy war zusammen mit neun Brüdern aufgewachsen, und so bereitete es ihr keine größeren Schwierigkeiten, sich in einer Männerwelt zu behaupten. Um ihr Einkommen aufzubessern, nahm sie in ihr hinteres Schlafzimmer gelegentlich Untermieter auf.

Aber es war die Musik, die ihr am meisten am Herzen lag: Merle Haggard, Hank Williams, Bob Wills and his Texas Playboys, Western Swing und Bluegrass. Es verging kaum ein Abend, an dem sie nicht ihre Gitarre hervorholte und darauf spielte. Ihre Sopranstimme klang noch immer rein und hell, wenn sie sanft die traurigen Balladen von verlorener Liebe und ersehnter Glückseligkeit sang.

Dorothys Musik war wie ein Magnet und lockte fortwährend die Kinder aus der Nachbarschaft zu ihrem Haus. Trotz ihres belehrenden Auftretens und der rauhen Art, mit der sie ihren Besuchern begegnete, war Dorothy Miles bei den jungen Leuten, die in ihrer Straße im nördlichen Waco wohnten, sehr beliebt. Die Kinder wußten, daß sie immer willkommen waren, wenn sie Dorothy besuchen oder mit ihren Töchtern im Vorgarten spielen wollten. Und sie fanden sehr schnell heraus, daß sie eine hervorragende Köchin war. Nur selten war der Abendbrottisch der Familie Miles nicht auch für ein paar Gäste mitgedeckt.

Während sie an jenem Abend spielte, betrat ein gutaussehender junger Mann ihren Vorgarten und hörte ihr zu. Seine tiefblauen Augen schienen zu ihrer Musik zu tanzen. Erst nachdem sie fertig war, begann er zu sprechen.

»Hallo«, sagte er.

Dorothy lächelte und nickte.

»Glauben Sie, Sie könnten mir das Spielen beibringen?« fragte ihr Besucher.

»Vielleicht«, sagte Dorothy. »Wie heißt du?«

»David Spence. Ich wohne da hinten an der Ecke.«

Er setzte sich auf die Stufen ihrer Veranda und erzählte ihr von seinem Ehrgeiz, eines Tages ein Rocksänger zu sein. Dann fragte er sie, ob sie sich vielleicht gerne einige Lieder ansehen würde, die er geschrieben hatte. Als sie einwilligte, rannte er zu seinem Haus und kam nach wenigen Minuten mit einem Spiralblock voller Liedtexte zurück, die er verfaßt hatte.

Dorothy las sie und schüttelte den Kopf. »Junge, ich befürchte, das ist nicht meine Art von Musik«, sagte sie.

»Damit habe ich eigentlich auch gar nicht gerechnet«, sagte der junge Mann.

Ihr verschiedener musikalischer Geschmack verhinderte jedoch nicht, daß sie schon bald Freundschaft schlossen. David war höflich und wohlerzogen, und binnen kurzem wurde er ein regelmäßiger Gast der Familie Miles und verbrachte mehr Zeit dort, als in seinem eigenen Zuhause. Er freundete sich schnell mit Dorothys Töchtern Linda und Ojeda an, aber am meisten lag ihm an der Gesellschaft ihrer Mutter. Er mochte es, einfach nur dazusitzen und sich mit ihr zu unterhalten, manchmal bis spät in die Nacht. Nach einiger Zeit bat er darum, sie ›Mom‹ nennen zu dürfen.

Dorothy fiel an David sofort eine Traurigkeit auf, die sie beunruhigte. Sie fand ihn sehr unreif für einen jungen Mann von zwanzig Jahren, und er schien nach Beachtung und Zuneigung zu dürsten. Schon bald er kam mit den Problemen, die er zu Hause hatte, zu ihr und erzählte ihr oft davon, wie wütend es ihn machte, daß seine Mutter ihre gesamte Aufmerksamkeit nur auf seinen jüngeren Bruder zu richten schien. Immer wenn er begann, sich über Juanita White zu beschweren, gebot Dorothy ihm Einhalt. »David«, sagte sie dann, »ganz gleich, was sie getan hat und wie sie ihr Leben führt, sie ist deine Mutter. Und dafür verdient sie deine Achtung.«

Bisweilen versuchte David kurz, ihr zu widersprechen. »Ach, Mom, du verstehst nicht ...«

»Das ist nicht meine Angelegenheit«, wies Dorothy ihn dann zurecht und schnitt ihm das Wort ab. »Alles, was ich verstehen muß, ist, daß sie deine Mutter ist. Und ich will nicht hören, daß du schlecht über sie redest.«

Also erzählte David ihr nichts von dem heftigen Streit, der ständig zwischen ihm und seiner Mutter herrschte. Niemals erwähnte er jenes eine Mal, als sie beide betrunken gewesen waren und er sie in den Vorgarten gehetzt hatte; er hatte sich kaum mehr in der Gewalt gehabt und ihr Leben bedroht. Oder wie sehr es ihn in Zorn versetzte, wenn sie spätnachts in Begleitung irgendwelcher Männer nach Hause getorkelt kam, die er nicht kannte und die er nie wiedersehen würde, nachdem sie am nächsten Morgen gegangen waren. Es sollte tatsächlich noch einige Zeit vergehen, bis Dorothy Miles die gewalttätige Seite von David Spence kennenlernte.

Eines Spätnachmittags spielten David und ein Freund in ihrem Vorgarten mit abgesägten Besenstielen herum. Während sie ihren vorgetäuschten Schwertkampf austrugen, kam ein Paar, das erst seit kurzem zur Nachbarschaft gehörte, an Dorothys Haus vorbei und blieb kurz stehen, um den beiden Jungen zuzusehen. Dorothy stand zufällig gerade an der Haustür und sah, daß David sich dem Mann zuwandte, den Besenstiel bedrohlich über seinen Kopf erhob und schrie: »Du verdammtes Arschloch, was guckst du so?«

Erschrocken rannte Dorothy sofort in den Garten und schimpfte David wütend aus, während das Paar eilig weiterging. »Junger Mann«, sagte sie, »ich glaube, du gehst jetzt besser nach Hause. Und wage es nicht, hierher zurückzukommen, bevor du dich anständig benehmen kannst.«

Später an jenem Abend kamen zwei Polizeibeamte an ihre Tür und fragten nach einem jungen Mann, auf den David Spences Beschreibung zutraf. Der Mann, der an ihrem Haus vorbeigekommen war, hatte Anzeige wegen tätlicher Beleidigung erstattet und ausgesagt, daß dieselbe Person, die ihn von ihrem Garten aus angeschrien hatte, ihm zu seinem Auto gefolgt war und ihn mit einem Besenstiel auf den Kopf geschlagen hatte.

Nach diesem Vorfall war Dorothy verwirrt und beunruhigt. Dieser Charakterzug war ihr an David noch nie zuvor aufgefallen, und der Gedanke, daß er so leicht in Wut geriet, machte ihr angst.

Nach einer Woche kehrte er kleinlaut zu ihrem Haus zurück, entschuldigte sich und fragte, ob er hereinkommen dürfte. Dorothy machte ihm entschieden klar, daß sie solch ein Benehmen oder so eine Ausdrucksweise niemals wieder dulden würde, und dann lächelte sie ihn an. In Wirklichkeit war sie froh, ihn zu sehen. In der kurzen Zeit, die sie ihn kannte, hatte sie eine Zuneigung zu ihn entwickelt, die fast schon den Gefühlen gleichkam, die sie für ihre eigenen Kinder empfand. Seine ansteckende, kindliche Ausgelassenheit bereitete ihr Freude. Doch die Traurigkeit, die immer da zu sein schien, verborgen hinter seinem Lächeln und seiner offenen Art, lastete schwer auf ihr. Sie wußte, daß David unbedingt einen Freund brauchte, und sie hatte sich entschlossen, diese Lücke auszufüllen.

Außer dem Eingeständnis, daß er es bedauerte, die Schule während der achten Klasse verlassen zu haben, redete David nie über seine Vergangenheit, und Dorothy, die ihr eigenes Leben ebenfalls als Privatangelegenheit betrachtete, drängte ihn auch nie dazu. Ihr genügte es, wenn sich ihre Beziehung von jenem Frühlingstag an, als er zum erstenmal ihren Vorgarten betreten hatte, ganz von selbst entwickelte.

Aber selbst nachdem Dorothy zu seiner engsten Vertrauten geworden war, gab es Geheimnisse, die er niemals mit ihr teilte. Kein einziges Mal erwähnte er, daß er im Alter von sechzehn Jahren ein fünfzehnjähriges Mädchen namens June Ewing geheiratet hatte, die Schülerin im Methodistenheim gewesen war. Oder daß sie zwei Söhne bekommen hatten, bevor seine

Frau, verbittert wegen seiner ständigen Gewalttätigkeit und seines übermäßigen Alkoholkonsums, ihn verließ und die Kinder nach Louisiana mitnahm.

Es war nach dem Zerfall seiner stürmischen Ehe gewesen, daß er begonnen hatte, zusätzlich zu seinen Saufgelagen auch noch Drogen zu nehmen – Marihuana, Speed, Hasch und gelegentlich LSD. Er hatte sich bei der Armee verpflichtet, war aber nach nur vier Monaten aus medizinischen Gründen wieder entlassen worden. Nachdem er 1978 die Mitteilung erhalten hatte, daß seine Scheidung endgültig war, war er zusammengebrochen und hatte sich in Austin für zwei Monate in eine Drogentherapie begeben. Während ihn die Ärzte dort vor den Gefahren jeglicher körperlicher Abhängigkeit warnten, betonten sie nachdrücklich, daß sein Hauptproblem der Alkohol war. Sie sagten ihm, daß er alle Anzeichen eines ausgewachsenen Alkoholikers erkennen ließ.

Obwohl Dorothy wußte, daß David manchmal viel zuviel Bier trank, und argwöhnte, daß er, wie die meisten jungen Leute, die sie kannte, Marihuana rauchte, hatte sie keine Ahnung von dem Ausmaß seiner Abhängigkeit. Und als David ihr im Juni erzählte, daß er nach Fort Worth ziehen würde, wo sein Vater ihm eine Stellung besorgt hatte, war Dorothy betrübt, daß er ging. Obwohl sie ihn erst wenige Monate kannte, hatte sie begonnen, ihn als einen der ihren zu betrachten.

Das nächste Mal hörte Dorothy von David gegen Ende Juli, als er ihr aus Fort Worth schrieb, daß er in Schwierigkeiten steckte. Man hatte ihn wegen bewaffneten Raubüberfalls angeklagt, schrieb er und erklärte im folgenden, daß ihn außerdem noch ein Prozeß wegen versuchten Mordes an einem Polizeibeamten bevorstand, mit dem er nach dem Überfall in eine Schießerei verwickelt worden war.

Dorothy war von diesen Neuigkeiten deprimiert und konnte nicht wissen, daß das meiste von dem, was David geschrieben hatte, erfunden war. Die Schießerei und die Anklage wegen versuchten Mordes waren nichts anderes als die Lügen eines Mannes, dem es zu peinlich war, eine wahrheitsgemäße Schilderung des Fünfundzwanzig-Dollar-Raubüberfalls zu liefern, der sich in Wirklichkeit ereignet hatte.

Der Rest seines Briefes war dagegen im Plauderton gehalten und bestand im wesentlichen aus Fragen über Dorothys Töchter und Ereignisse in der Nachbarschaft. »Nun«, schrieb er zum Abschluß, »ich schätze, ich werde eine Weile nicht kommen können. Ich vermisse euch alle, besonders dich, Mom.«

Dorothy dachte oft darüber nach, ihm zu antworten. Aber sie war sich nicht sicher, was sie ihm sagen sollte. Als sie sich endlich entschlossen hatte, David zu schreiben, ihm zu erklären, daß sie ihn liebte und daß sie trotz seiner Schwierigkeiten noch immer seine Freundin sein wollte, hatte sie den Briefumschlag mit dem Absender verloren.

Man hatte David zu vier Jahren Gefängnis verurteilt, und von April 1980 bis Juli 1981 saß er einen Teil seiner Zeit in den Anstalten von Coffield und Beto ab. Bei seiner bedingten Entlassung bat er darum, der Aufsichtsbehörde von Waco zugewiesen zu werden, und bald darauf zog er wieder bei seiner Mutter in der Fünfzehnten Straße ein. Er war sehr enttäuscht zu erfahren, daß Dorothy Miles während seiner Abwesenheit aus der Nachbarschaft weggezogen war.

Diejenigen, die ihn vor seiner fünfzehnmonatigen Haftzeit gekannt hatten, bemerkten sofort eine Veränderung an ihm. David begann, sich wie ein Motorradfreak zu kleiden; er trank sogar noch mehr als zuvor und stellte stolz die Tätowierungen zur Schau, die er sich im Gefängnis hatte anfertigen lassen. Auf seiner rechten Hand waren zwei Herzen und auf seiner Schulter ein Satz Würfel. Die Tätowierung mit den Harley-Schwingen auf seinem linken Unterarm mochte er am liebsten.

Wenn er betrunken war, erzählte er fast wehmütig vom Leben im Staatsgefängnis. In der Anstalt von Beto wäre er einer der geachteten Anführer gewesen, versicherte er jedem, der es hören wollte. Laut David hatten die anderen Sträflinge schnell gelernt, ihn zu fürchten, besonders nachdem er einem Mitgefangenen ein Auge ausgestochen hatte.

Die meisten Leute nahmen seine Erzählungen für bare Münze. Nie wäre ihnen der Gedanke gekommen, daß irgend jemand solche Geschichten erfinden könnte. In Wahrheit hatte

David Spence seine Zeit ruhig abgesessen und war innerhalb der Gefängnisgemeinschaft ein regelrechter Außenseiter gewesen. Er hatte sich dort genausowenig eingliedern können, wie er es in Freiheit vermocht hatte.

Nach seiner Rückkehr nach Waco lief es nicht besonders gut für ihn. Obwohl Gene Deal, sein Bewährungshelfer, ihm dabei half, Arbeit zu finden, interessierten ihn die Jobs weder, noch erstreckten sie sich über einen längeren Zeitraum. Er hatte eineinhalb Monate für eine Baufirma gearbeitet, als man ihm mitteilte, er würde zu einem Kunststoffhersteller wechseln müssen. Dort feuerte man ihn nach nur drei Wochen, nachdem er während eines Wutanfalls ein Beil quer durch die Halle geworfen hatte. Der Vorarbeiter beharrte darauf, David hätte auf ihn gezielt; David bestritt diesen Vorwurf und versuchte, sich zu entschuldigen. Wie auch immer die Wahrheit lauten mochte, er war schon wieder arbeitslos.

Kurz vor Ende des Jahres 1981 verhalf ihm ein Freund zu einer Anstellung als Stallbursche auf einer örtlichen Pferderanch. Aber schon nach zwei Monaten wurde er entlassen, als der Eigentümer, der auf seiner Farm eine Party gab, Spence zum erstenmal sah und sofort eine Abneigung gegen seinen ungepflegten Bart und sein langes Haar faßte. Er wies seinen Vormann an, ihn rauszuwerfen.

Im Juni 1982 besorgte Davids jüngerer Bruder Steve ihm eine Halbtagsstellung als Trainer beim CVJM, wo er den größten Teil seiner Zeit damit zubrachte, mit jungen Geschäftsleuten, die sich um eine schlanke Linie bemühten, Basketball zu spielen.

Dem jungen Mann, der einmal danach gestrebt hatte, ein berühmter Rocksänger zu werden, erschien die Welt als eine einzige riesige Sackgasse. David verdiente kaum genug, um sich Bier und Marihuana kaufen zu können. Um über die Runden zu kommen, begann er, Drogen zu verkaufen, wann immer er jemanden auftreiben konnte, der bereit war, ihm die Ware vorzustrecken.

Und er war mittlerweile öfter betrunken oder high als nüchtern und bei klarem Verstand. Sogar David selbst hatte inzwischen begriffen, daß er ein Alkoholiker war. Doch er achtete darauf, daß er an den Tagen, an denen er sich bei seinem Bewährungshelfer melden mußte, klar im Kopf war, und er hatte immer eine glaubhafte Entschuldigung parat, wenn er gerade wieder einmal seinen Job verloren hatte. Es liefe langsam besser, versicherte er Deal fortwährend.

Vielleicht ging es ihm in Freiheit nicht so gut, wie er es sich gewünscht hätte, aber er wollte auf keinen Fall ins Gefängnis zurück. Obwohl er in mehrere Handlungen verwickelt war, die eine Aufhebung der Bewährung und seine erneute Einweisung in eine Haftanstalt gerechtfertigt hätten, war er sorgsam darauf bedacht, sich nicht in Bars zu betrinken. Das wäre für Deal nämlich Grund genug gewesen, alsbald die Empfehlung abzugeben, ihn wieder ins Gefängnis zu stecken, damit er dort seine Reststrafe absitzen konnte. Im Gegensatz dazu schienen ihn Drogenhandel, Schlägereien, Vergewaltigungen und sein anhaltender Umgang mit Schwerverbrechern – allesamt erheblich gravierendere Verletzungen seiner Bewährungsauflagen, die er seit seiner Freilassung begangen hatte – nicht zu beunruhigen. Im Grunde befolgte David nur die Vorschriften, die seiner Meinung nach einen Sinn ergaben, und nahm hinsichtlich der Regeln, die er für lästig oder unsinnig hielt, eine unbekümmerte Haltung ein.

Tag für Tag hatte diese Einstellung ein Gefühl der Frustration und Wut zur Folge. Er kam auf keinen grünen Zweig. Die Basketball spielenden Geschäftsleute, denen er im CVJM begegnete, behandelten ihn wie einen Bürger zweiter Klasse, obwohl er sich unablässig bemühte, sie zu beeindrucken und ihr Wohlwollen zu gewinnen. Vorgesetzte hatten ihn aus zukunftslosen Jobs gefeuert, nur weil ihnen sein Aussehen nicht gefiel. Er war gezwungen, eine unzuverlässige Schrottkarre zu fahren anstatt des nagelneuen Sportflitzers oder Lieferwagens, den er sich so sehr wünschte.

Mit seinen erfundenen Geschichten über das harte Gefängnisleben konnte er in Waco nur bei den Halbstarken Eindruck schinden, die noch zu jung waren, um sich zu rasieren oder legal Bier zu kaufen. Während einiger betrunkener Verzweiflungsanfälle überprüfte David Spence sein Punktekonto und erkannte, daß er seinem eigenen unrealistischen Erfolgmaßstab meilenweit hinterherhinkte. Er war ein Niemand auf dem Weg ins Nirgendwo.

Das Einzige, was er seit seiner Rückkehr nach Waco auf der positiven Seite verbucht hatte, war die Bekanntschaft mit einer schlanken, braunäugigen Brünetten namens Christine Juhl gewesen. Sie war fast achtzehn Jahre alt und arbeitete im *Taco Torch*, einem der zahllosen Schnellrestaurants am Valley Mills Drive, als David sie im Oktober 1981 zum erstenmal sah. Er bat sie sofort um eine Verabredung. Schon bald wohnten sie zusammen im Haus von Davids Mutter.

Das kleine Eckhaus an der Fünfzehnten Straße war für Davids neue Bekannten so etwas wie ein Sammelpunkt geworden. Da seine Mutter immer weniger Zeit dort verbrachte und schließlich auszog, um fortan bei einem Mann zu wohnen, mit dem sie ausgegangen war, stellte David das Haus nicht nur seiner neuen Freundin zur Verfügung, sondern auch einigen anderen, die über keine eigene ständige Bleibe verfügten. Zu denen, die dort einzogen, gehörten Tony Melendez, mit dem David zur Grundschule gegangen war, und dessen älterer Bruder Gilbert. Binnen kurzem machte Christy die Erfahrung, daß David in Gesellschaft seiner Freunde ein anderer Mensch wurde. Wenn sie mit ihm allein war, behandelte er sie zumeist gut. Aber wenn er Publikum hatte, schien er unbedingt irgend etwas beweisen zu müssen, das sie nicht verstand. Sie wäre seine ›Alte‹, seine ›Schlampe‹, sagte er dann immer und nahm das Gehabe eines Motorradfreaks an, und täte alles, was er verlangte. Eines Abends, als sie in der Küche stand und das Abendessen zubereitete, kamen David und Gilbert herein. David nahm eines der Tranchiermesser vom Tresen und befahl ihr plötzlich, sich mit dem Rücken an die Tür zu stellen, damit er Gilbert seine ›Messernummer‹ zeigen konnte.

Christy dachte, er erlaubte sich einen Scherz, und blieb am Herd stehen. Mit wirrem Gesichtsausdruck stieß David fluchend einen weiteren Befehl aus, und ihr wurde klar, daß er nicht spaßte. Starr vor Angst stand Christy da, während David auf sie zielte und mehrere Male einen Wurf in ihre Richtung antäuschte. Er lachte, als Christy das Gesicht verzog und die Augen zusammenkniff. Gilbert war bei diesem gefährlichen Spiel unbehaglich zumute, so daß er versuchte, seinen Freund von dessen Vorhaben abzubringen. Sie würden sich mit Davids Mutter gewaltigen Ärger einhandeln, falls er die Tür durchlöcherte, sagte er. »Scheiß drauf«, erwiderte David und zielte von neuem. »Du glaubst nicht, daß ich es wirklich tun werde, oder? Nun, verdammt sicher werde ich es tun – und sie wird genau dort stehen bleiben.« Christy zitterte, brachte jedoch nicht die Kraft auf, von der Tür wegzugehen.

Dann warf David das Messer und lachte, als sich die Klinge ins Holz grub und der Griff gefährlich nahe neben Christys Schulter vibrierte. »Ich kann noch näher«, sagte David unheilvoll. Das Lachen war aus seiner Stimme verschwunden. Bevor er abermals zielen konnte, rannte Christy weinend aus dem Haus.

Aus Gründen, die Christy nicht vernünftig erklären kann, kehrte sie immer wieder zu ihm zurück, wenn ein nüchterner David sich entschuldigte und ihr versicherte, daß sein Benehmen sich bessern würde. Es sollte jedoch nur noch schlimmer werden.

Eines Abends, nachdem man bereits einen Kasten Bier geleert hatte, schickte David Christy ins Schlafzimmer und wandte sich dann an Tony. »Du magst meine Alte, nicht wahr?« fragte er. Tony zuckte bloß die Achseln. »Warte hier eine Minute«, sagte Spence., »ich werde dir einen Fick besorgen.« Er erhob sich schwankend und ging ins Schlafzimmer. In seiner Hand hielt er ein kleines Beil, das er im Haus aufbewahrte. »Tony kommt gleich hier rein«, erzählte er Christy, »und ich will, daß du ihn bumst.«

Aber nachdem Tony mit Christy im Bett war, stürmte David wutentbrannt ins Zimmer. »Du gottverdammte Hure«, schrie er Christy an, »ich sollte dir deinen beschissenen Schädel abhacken.« Während er diese Widerwärtigkeiten brüllte, fuchtelte er wild mit dem Beil herum. Dann richtete sich sein Zorn auf Tony. »Diese Schlampe gehört mir«, sagte er. »Und ich dachte, du wärst mein Kumpel, mein bekackter Freund.«

Es ist durchaus möglich, daß Gilbert, der seinen Bruder

eiligst aus dem Haus beförderte und der Christy half, durch das Schlafzimmerfenster zu entkommen, durch sein Eingreifen David davon abgehalten hat, die beiden umzubringen.

David tobte und fluchte noch immer. Er drehte sie Stereoanlage zu ohrenbetäubender Lautstärke auf, rannte mit dem Beil in der Hand nach draußen und begann, wie wahnsinnig auf die Windschuztscheibe seines Pickups einzuhacken. Bis er sich beruhigt hatte, hatte er alle Scheiben zerschlagen und die Motorhaube sowie die Kotflügel schwer beschädigt.

Dann war es vorbei. Der vom Alkohol hervorgerufene Tobsuchtsanfall schien plötzlich abzuklingen, David sackte zu Boden und fing an zu weinen. Er liebte Christy, sagte er, aber er behandelte sie wie Scheiße. Und er wußte nicht, warum. Er mußte sie finden und sich entschuldigen.

Am nächsten Morgen machte er sie im Apartment einer Freundin ausfindig und erzählte ihr, wie leid ihm tat, was passiert war. Sie willigte ein, ihn zum Parkplatz zu begleiten, wo er sein Auto abgestellt hatte. Aber sobald sie dort waren, verschwand seine sanftmütige Stimmung. Er fesselte sie und zwang sie, am Ende eines Seiles hinter dem Wagen herzulaufen, während er langsam zu seinem Haus zurückfuhr.

Im Frühjahr 1982 wurde Christy eine Stellung als Kassiererin im *Rainbow Drive Inn* angeboten. Muneer Deeb, den sie ebenfalls im *Taco Torch* kennengelernt hatte, schlug vor, daß sie in ein kleines Apartment einzog, das direkt hinter dem Laden lag und gerade leerstand. Mit dem Gehalt, das er ihr zahlte, würde sie sich die monatliche Miete in Höhe von fünfundfünfzig Dollar leisten können, sagte er. Innerhalb einer Woche war David mit ihr in dem Apartment eingezogen. Wenn er nicht selbst arbeitete – was immer häufiger der Fall war –, verbrachte er seine Zeit im *Rainbow*, spielte Videospiele und unterhielt sich mit Deeb. Da er überaus eifersüchtig war, nutzte David außerdem die Gelegenheit, Christy im Auge zu behalten.

An einem Märztag des Jahres 1982 ging Dorothy Miles' Waschmaschine kaputt, weshalb sie einen in ihrer neuen Nachbarschaft gelegenen Waschsalon aufsuchte. Als sie gerade wieder gehen wollte, kam eine der örtlichen Prostituierten herein, gefolgt von David Spence. Er hatte sich einen Bart wachsen lassen, und seine Haare waren länger, als sie sie in Erinnerung hatte, aber Dorothy erkannte ihn sofort und rief seinen Namen.

»Mom«, rief er aus, rannte auf sie zu und umarmte sie. Die Prostituierte war vergessen. »Ich habe überall nach dir gesucht, seit ich wieder zu Hause bin. Wie ist es dir ergangen?«

Während der nächsten halben Stunde saßen sie da und unterhielten sich. David erzählte ihr von seinem Job beim CVJM und von dem Mädchen namens Christy, mit dem er zusammen war. Alles liefe großartig, versicherte er ihr. Er half Dorothy, die Wäsche in ihr Auto zu laden, und fragte, ob sie etwas dagegen hätte, wenn er mal auf einen Besuch vorbeikommen und Ojeda und Linda hallo sagen würde.

»David«, sagte sie«, du bist jederzeit willkommen. Solange du dich benimmst.«

Er begann zu lachen. »Mom, ich verspreche, daß ich keinen deiner Nachbarn mit einem Besenstiel angreifen werde.«

»In diesem Fall«, sagte sie, »komm vorbei, und zwar bald.«

Sie hatte sich gefreut, ihn zu treffen. Aber Dorothy war beunruhigt, daß in seinen Augen nicht mehr dasselbe Funkeln zu liegen schien, das sie einst dort gesehen hatte. Sie waren jetzt kalt und matt und von dunklen Ringen umgeben. Sie spürte, fast wie eine Mutter es fühlen würde, daß er nicht annähernd so zufrieden mit seinem Leben war, wie er sie hatte glauben machen wollen.

Bald nach diesem Zusammentreffen kam David tatsächlich vorbei, und dieser Besuch lieferte weitere Anzeichen dafür, daß er nicht mehr derselbe Mensch war, den die Familie Miles vor seinem zwei Jahre zurückliegenden Umzug nach Fort Worth gekannt hatte. David war angetrunken, als er eintraf, und schon kurz nach seiner Ankunft bog ein Wagen in Dorothys Auffahrt ein, an dessen Steuer ein Mann saß, den sie noch nie zuvor gesehen hatte. »Das ist ein Freund von mir«, sagte David. »Er heißt Gilbert Melendez. Ich muß ein paar Minuten mit ihm weg, aber ich komme gleich wieder.«

Es war fast Mitternacht, als David zurückkam und laut von einem Kampf prahlte, in den er und sein Freund verwickelt worden waren. »Dieser Kerl ist mit einem Messer auf mich losgegangen«, sagte David. »Aber am Ende hat er es selbst zu spüren bekommen.«

Während der nächsten paar Wochen war David ein häufiger Gast im Haus der Familie Miles und kam für gewöhnlich immer dann zu ihnen, wenn er und Christy sich gestritten hatten. Bei diesen Gelegenheiten tauchte er mit einem Sechserträger Bier unter dem Arm vor Dorothys Haustür auf und bat darum, über Nacht bleiben zu dürfen. Meistens war er mürrisch, zeigte wenig Neigung zu reden und blieb im Wohnzimmer vor dem Fernseher sitzen, bis er das Bier ausgetrunken hatte. Dann legte er sich zum Schlafen auf den Boden und deckte sich mit der Decke zu, die Dorothy für ihn zurückgelassen hatte.

Zu Sommerbeginn des Jahres 1982 verbrachte David bis zu drei Nächte pro Woche im Haus der Familie Miles. Dorothy spürte, daß etwas an ihm nagte, daß er über etwas reden wollte. Aber die Entscheidung darüber lag ganz allein bei David, dachte sie.

Einige Male stand er kurz davor. An einem Abend im Juni tauchte er bei ihr auf und erzählte – nervös und pausenlos trinkend – von ›einer Rechnung‹, die er mit irgend jemandem ›begleichen mußte‹. Obwohl er ihr keine Einzelheiten verriet, wurde er immer fahriger. Schließlich sagte er: »Mom, ich muß darüber reden. Ich glaube, ich stecke in Schwierigkeiten.«

»Was hast du angestellt?« fragte Dorothy.

David wirkte verängstigt. Er machte sich ein Bier auf. »Ich weiß nicht«, antwortete er. »Vergiß es einfach.«

Dorothy hatte das merkwürdige Gefühl, daß er sich tatsächlich nicht mehr daran erinnern konnte, was er, falls überhaupt, angestellt haben mochte.

Sie wußte inzwischen, daß die Schwierigkeiten mit Christy und die Enttäuschung über seine Jobs längst nicht mehr Davids einzige Probleme waren. Dorothy war sich ziemlich sicher, daß David sowohl Drogen nahm als auch verkaufte. Eines Abends kam er mit einem jungen Mann und einer Frau vorbei, die sie noch nie zuvor gesehen hatte. Sie saßen im Wohnzimmer, plauderten ein paar Minuten, und dann dirigierte David seine beiden Begleiter in eines der hinteren Schlafzimmer und erklärte

Dorothy, er müßte mit ihnen über irgend etwas Vertrauliches sprechen. Nachdem sie sich länger in dem Schlafzimmer aufgehalten hatten, als es Dorothy angemessen erschien, öffnete sie die Tür und sah, daß David einen Löffel erhitzte und der Mann eine Spritze in der Hand hielt. Dorothy warf alle drei Besucher ärgerlich aus ihrem Haus und verbot David, jemals wieder Drogen zu ihr mitzubringen.

Einige Zeit darauf sprach sie ihn auf die Leute an, die er manchmal in ihr Haus mitbrachte. Dorothy mochte besonders Gilbert Melendez nicht. Sie fühlte, daß er böse war, und erklärte David, daß sie ihn nicht in ihrem Haus haben wollte. Und auch nicht seine Freundin Christy, die eines Abends ins Wohnzimmer geplatzt war und Dorothys Töchter beschimpft hatte, weil sie angeblich versuchten, ihr David auszuspannen.

Dorothy Miles begann zu überlegen, ob sie David deutlich machen sollte, daß er so lange würde wegbleiben müssen, bis er sein Leben in Ordnung gebracht hatte.

Im Juli 1982 faßte Dorothy den Entschluß, nicht länger abzuwarten, bis David ein Gespräch über die Sorgen, die ihn plagten, beginnen würde. Sein launenhaftes Benehmen, sein Alkoholkonsum und sein Verhältnis zu Drogen brachte sie zu der Überzeugung, daß er qualifizierte Hilfe brauchte. Als er an einem Tag mitten in der Woche vorbeikam, hatte sie beschlossen, das Thema zur Sprache zu bringen.

Lange Zeit saß Dorothy in ihrem Wohnzimmer und sah David dabei zu, wie er Bier trank und mit gehetztem Gesichtsausdruck auf den Fernseher starrte. »David«, sagte sie schließlich, »was ist los? Schatz, da ist etwas, das dich von innen auffrißt. Ich kann es sehen. Und ich würde dir gerne helfen, wenn ich kann.«

David wandte seinen Blick nicht vom Fernsehschirm ab, als er sagte: »Ich habe etwas wirklich Schlimmes getan, Mom.«

»Was denn?«

»Ich glaube, ich habe jemanden umgebracht.«

Dorothy spürte, wie sie ein Schaudern überkam, und plötzlich fühlte sie sich so schwach, daß es ihr sogar schwerfiel, sich in ihrem Sessel vorzubeugen. »Mein Gott, David, was meinst du damit, du *glaubst*, du hast jemanden umgebracht? *Weißt* du das denn nicht?«

Er starrte zu Boden, weigerte sich, sie anzusehen. »Vergiß es einfach. Laß uns nicht mehr davon reden.« Endlich kam sie auf den Punkt zu sprechen, über den sie schon seit einiger Zeit nachgedacht hatte. »David«, sagte sie, »du brauchst Hilfe. Du hast Gefühle in dir, die nach draußen müssen. Ich kann es spüren. Du mußt mit jemandem über deine Probleme reden.«

»Ich brauche keinen Psychiater«, erwiderte er, und seine Stimme war schneidender, als sie sie je gehört hatte.

Minutenlang saßen die beiden schweigend beisammen, bis Dorothy aufstand. »Wenn du nicht mehr reden willst, werde ich zu Bett gehen«, sagte sie.

»Gute Nacht«, sagte David. Der Beiklang von Endgültigkeit in seiner Stimme zeigte deutlich, daß es in dieser Angelegenheit keine weitere Diskussion geben würde.

In jener Nacht wälzte sich Dorothy Miles in ihrem Bett unruhig von einer Seite auf die andere und fragte sich, ob David tatsächlich in ernsthaften Schwierigkeiten steckte. Er hatte ihr mehrere Male von Schlägereien erzählt, in denen auch Messer gezogen worden waren. Er hatte zugegeben, Leute geschnitten zu haben. Es hatte sie nervös gemacht, wenn er in ihrem Wohnzimmer gesessen und andauernd mit dem elfenbeinverzierten Jagdmesser herumgespielt hatte, das er in einer ledernen Scheide an seinem Gürtel trug. Und trotzdem konnte sie sich nicht vorstellen, daß David jemanden umbringen würde.

Doch sie hatte bemerkt, daß er fast schon zu einer Person mit zwei Gesichtern geworden war. In nüchternem Zustand war er höflich und liebenswert und ließ noch immer die kindlichen Wesenszüge erkennen, die sie als erstes an ihm angezogen hatten. Wenn er jedoch betrunken war, trat an ihm eine Bösartigkeit zutage, die sie immer mehr erschreckte.

Als sie am nächsten Morgen aufwachte, war er bereits gegangen. Seine leeren Bierdosen hatte er gewissenhaft in eine Papiertüte gesammelt in der Küche in den Abfalleimer geworfen.

Als David am späten Nachmittag des darauffolgenden Samstags an Dorothys Haustür erschien, stellte sie erleichtert fest, daß er nüchtern war. Ihr fiel sofort auf, daß er sein Messer nicht am Gürtel trug. Obwohl er nervös wirkte und immer wieder aufsprang und aus dem Fenster sah, wenn ein Auto vorbeifuhr, schien er in besserer Stimmung zu sein als seit langem. Im Gegensatz zu den letzten Monaten glich er an jenem Abend mehr dem David von früher.

Er blieb über Nacht, stand am nächsten Morgen früh auf und fragte Dorothy, ob sie ihm ein ›Geburtstagsfrühstück‹ zubereiten würde, wenn er zum Laden ging und die Zutaten einkaufte. Dorothy hatte vergessen, daß Sonntag, der 18. Juli, sein Geburtstag war. Sie würde liebend gern für ihn kochen, sagte sie.

Er kam mit Kartoffeln, Eiern, Brot, Milch und Wurst zurück, und dann plauderten sie, während Dorothy am Herd stand und er am Küchentisch saß. Zum erstenmal seit langer Zeit wurde das Gespräch sogar ab und zu von Gelächter unterbrochen. »Weißt du«, sagte er, »es ist wie in alten Zeiten.«

Die Sonntagszeitung, in der über die Beerdigungen dreier Teenager berichtet wurde, die am Abend des vorherigen Dienstags ermordet worden waren, lag unbeachtet auf der vorderen Veranda.

Kapitel 20

In der dritten Etage des Gefängnisses des McLennan County sind hauptsächlich Häftlinge untergebracht, die entweder gegen Bewährungsauflagen verstoßen haben, auf ihren Prozeß warten oder bereits verurteilt sind und ausharren, während ihre Anwälte die erforderlichen Berufungsunterlagen vervollständigen, bevor sie schließlich in ein texanisches Staatsgefängnis überstellt werden. Viele haben das Ende des Weges erreicht; sie sind zum zweiten- oder drittenmal straffällig geworden und wissen, daß sie sich für ziemlich lange Zeit von der Freiheit verabschieden müssen. Es handelt sich bei diesen Gefangenen zumeist um ältere und reifere Häftlinge, als man sie in den anderen Stockwerken des Gefängnisses vorfindet. Diejenigen, die in der dritten Etage einsitzen, haben fast ausnahmslos gelernt, wie sie ihre Haftzeit hinter sich zu bringen haben. Sie reden wenig, suchen sich ihre Freunde sorgfältig aus, spielen Karten, sehen sich im Fernsehen hirnlose Spielshows und Soap Operas an, lesen Taschenbücher aus der Gefängnisbibliothek (meistens Western) und schlafen sehr viel. Es ist eine Art Leben in Zeitlupe, in dem Geduld als erste Tugend gilt.

Auch David Wayne Spence war dort inhaftiert und wartete auf sein Verfahren wegen schweren sexuellen Mißbrauchs. Da er noch unter Bewährung stand, konnte er nicht auf Kaution freikommen. Die dritte Etage war der Teil des Gefängnisses, in dem Truman Simons unbedingt seine neue Laufbahn als Aufseher beginnen wollte.

Nachdem Simons sich Mitte Oktober 1982 im Büro des Sheriffs zum Dienstantritt gemeldet hatte, verbrachte er die ersten paar Wochen mit einem Einweisungsprogramm, in dessen Verlauf er das gesamte Gefängnis zu Gesicht bekam und sämtliche Routinearbeiten kennenlernte, vom Aufnahmeverfahren bis zur Essenausgabe. Wenn Simons einen anderen Aufseher auf seiner Runde begleitete, bekam er gelegentlich Spence zu Gesicht, und jedesmal wenn dieser ihn auch bemerkte, nickte oder winkte David.

Eines Nachmittags, während Spence noch in der ersten Etage einsaß, redeten sie kurz miteinander. David deutete an, daß er mehrere Male erfolglos versucht hatte, mit Sergeant Baier in Kontakt zu treten. Er hatte gehofft zu erfahren, wie die Ermittlungen im Fall der Morde am See vorankamen, und hatte ihm mitteilen wollen, daß Christy sich eifrig bemühte und überall Fragen stellte, um etwas Hilfreiches in Erfahrung zu bringen. Simons zeigte wenig Interesse und schlug nur vor, daß Spence weiterhin versuchen sollte, Baier im Polizeipräsidium zu erreichen.

Sobald Spence ins dritte Stockwerk verlegt wurde, begann Simons jedoch nach einer Möglichkeit zu suchen, selbst dort eingeteilt zu werden. Ende November wurde in der ersten Etage eine Tagesschicht frei, und Simons überredete den Aufseher, der bislang nachts im dritten Stock gearbeitet hatte, dorthin zu wechseln. Danach erhielt Simons dessen Schicht in der dritten Etage.

Der Aufseher überwacht die Insassen des dritten Stocks von einem schmalen verglasten Bereich aus, der ›Zwinger‹ genannt wurde. Im Innern befinden sich lediglich ein Tisch, das große erleuchtete Kontrollpult, von dem aus die Zellentüren ver- und entriegelt werden können, und ein Telefon mit einer langen Verlängerungsschnur. Der Zwinger erstreckt sich entlang der Etage und endet vor dem halbkreisförmigen Tagesraum, an dessen Rand die Zellen liegen. Der Tagesraum enthält mehrere Tische, an denen die Gefangenen ihre Mahlzeiten einnehmen, Karten spielen oder einfach nur sitzen und sich unterhalten. Hoch an einer der Wände ist ein einzelner Fernsehapparat angebracht. Die Insassen stimmen darüber ab, welches Programm gezeigt wird. Am anderen Ende des Zwingers, das dem Aufzug am nächsten liegt, befindet sich der ›Schacht‹, eine kleine Sicherheitszone, die an drei Seiten von verriegelten Türen umgeben ist – eine führt in den Zwinger, eine in den Tagesraum und die dritte in den kurzen Durchgang zum Aufzug.

Es dauerte nicht lange, bis Truman Simons' Anwesenheit die Neugier der Häftlinge erregt hatte, die er jeden Tag von Mitternacht bis acht Uhr morgens überwachen mußte. Einige von ihnen waren im Gefängnis, weil Simons sie dort hingebracht hatte, und sie waren es auch, die schon bald damit begannen, unter allen Gefängnisinsassen die Nachricht zu verbreiten, daß irgend etwas nicht stimmen konnte, wenn ein altgedienter Polizeisergeant plötzlich die Pflichten eines armseligen Aufsehers übernahm. Aber es war David Spence, der als erster den Gedanken äußerte, daß Simons in Wirklichkeit als verdeckter Ermittler im Gefängnis arbeitete, um nach Möglichkeit Informationen über die Lake-Waco-Morde zu sammeln.

Andere vermuteten jedoch, daß er dort war, weil er auf zusätzliches Beweismaterial gegen einen achtundzwanzigjährigen Mann namens David Drakeford hoffte. Drakeford hatte in einem Hotel in der Innenstadt von Waco den Kassierer eines Andenkenladens ermordet und würde deswegen bald vor Gericht gestellt werden. Regelmäßig wurde Simons, der an seinem Tisch in dem verglasten Zwinger saß, von Häftlingen aufgesucht, die sich bemühten, den neuen Aufseher in ein Frage- und Antwortspiel zu verwickeln. Simons bestätigte weder ihre Vermutungen, noch leugnete er, eine bestimmte Absicht zu verfolgen.

»Nun«, sagte ein schwarzer Sträfling, den Simons einige Monate zuvor wegen eines Drogenvergehens festgenommen hatte, »erklären Sie mir eines: Warum sollte ein Kerl, der sein ganzes Leben lang Bulle gewesen ist, plötzlich die Polizei verlassen, um Aufseher im Gefängnis zu werden?«

Simons zuckte die Achseln und lächelte unschuldig. »Es schien mir einfach richtig zu sein«, sagte er.

Für den Aufseher, der während der Nachtschicht Dienst hat, gibt es tatsächlich ziemlich wenig zu tun. Bei seiner Ankunft achtet er darauf, daß die eingeteilten Gefangenen ihre diversen Reinigungsarbeiten verrichten, stellt sicher, daß die Häftlinge eingeschlossen werden, und schaltet in allen Zellen die Gegensprechanlage ein, damit er eventuelle Notrufe entgegennehmen kann. Um fünf Uhr morgens schaltet er das Licht ein und weckt alle Gefangenen zum Frühstück. Darüber hinaus bietet dieser Job eine hervorragende Gelegenheit, all die Bücher zu lesen, für die man bislang keine Zeit gehabt hat.

Es war für gewöhnlich nach der Morgenmahlzeit, daß die Häftlinge an Simons herantraten. Sie versuchten, ihn zu überreden, ihnen Telefonate mit ihrer Familie und ihren Freundinnen zu gestatten, beschwerten sich über das Essen oder baten ihn, ihnen dabei zu helfen, ihren Anwälten, die sich nicht um ihre Notlage kümmerten, Nachrichten zu übermitteln.

Von Anfang an näherte sich David Spence dem Aufseher in seinem verglasten Bereich regelmäßiger als die meisten anderen. Während ihrer kurzen Gespräche versäumte er es nur selten, nach den Fortschritten der Ermittlungen im Fall der Morde am See zu fragen.

Anfang Dezember kam Spence eines Morgens in Begleitung eines achtzehnjährigen Häftlings namens Kyle Moore zu Simons. Moore würde demnächst eine fünfjährige Zuchthausstrafe wegen Einbruchs antreten. David klopfte an das Glasfenster, um Simons auf sich aufmerksam zu machen, und stellte ihn dann Moore vor.

Spence erklärte seinem Begleiter, daß Simons früher bei der Polizei von Waco gearbeitet hatte und daß er derjenige gewesen war, dem Muneer Deeb seine Festnahme verdankte. »Zur Hölle, einmal ist er sogar hergekommen und hat mich verhört. Hat mich womöglich für einen Verdächtigen gehalten«, sagte er.

Dann wandte David sich an Simons und sagte: »Dieser Typ hier kann Ihnen in dem Fall unter Umständen behilflich sein.«

»Wie das?« fragte Simons.

»Nun, bevor er hergekommen ist, war er unten in Aransas Pass. Dort hat er einen Kerl getroffen, der behauptete, er hätte einen Brief gesehen, der von irgendeinem Mädchen aus Waco stammte. Der Kerl – irgend jemand namens Toad – sagte, in dem Brief würden die Namen der Leute erwähnt, die diese Jugendlichen umgebracht haben. Ich habe Ihnen doch gesagt, ich würde versuchen, Ihnen bei dieser Sache zu helfen, oder? Ich dachte nur, es könnte sich vielleicht lohnen, das hier zu überprüfen.«

Moore sagte, er könnte sich nicht an den Namen des Mädchens erinnern, lieferte aber eine ungefähre Beschreibung der Gegend in Aransas Pass, in der man Toad möglicherweise aufspüren konnte.

Dann wandte sich das Gespräch einer allgemeinen Erörterung des Falls zu. »Glauben Sie wirklich, daß man ihn jemals aufklären wird?« fragte David.

»Aber sicher«, erwiderte Simons. »Der Fall ist ziemlich verwickelt, und es wird vermutlich lange dauern, aber er wird gelöst werden.«

»Nun, das hört sich für mich ganz danach an, als hätten die Täter ihre Arbeit gut gemacht.«

»Nein, das haben sie nicht«, beeilte sich Simons einzuwenden. »In Wahrheit haben sie sogar ziemliche Scheiße gebaut.«

Spence nickte wissend. »Ja, ich schätze, das haben sie. Sie haben's versiebt, weil sie die falsche Gayle erledigt haben.«

Simons bemühte sich, die Fassung zu bewahren, und blieb einige Sekunden lang stumm. Dann beugte er sich vor und sah Spence direkt ins Gesicht. »Woher wissen Sie das, David?« fragte er.

Spences Gesicht verwandelte sich in eine unnatürlich angespannte Maske. Ohne zu antworten, drehte er sich um und ging.

»Was hat das alles zu bedeuten?« fragte Kyle Moore verwirrt.

Truman lächelte. »Überhaupt nichts – außer für mich und David.«

Mit Unterstützung der Polizei von Aransas Pass, einer kleinen Stadt an der texanischen Golfküste, machte Simons schließlich den Brief ausfindig, den Moore Spence gegenüber erwähnt hatte. Er stammte von der Stieftochter eines Polizeibeamten aus Northcrest, einem Vorort von Waco, und enthielt die Namen einer Reihe von Verdächtigen, die sie anscheinend zufällig mitbekommen hatte, als ihr Stiefvater über den Fall sprach. Der Brief hatte nichts zu bedeuten. Aber vielleicht die Tatsache, daß David sich offenbar mit jemandem angefreundet hatte, dachte Simons. Er begann, Spence und Moore von seinem Aussichtspunkt in dem verglasten Zwinger zu beobachten.

Ein paar Tage darauf legte Truman das Buch beiseite, in dem er gelesen hatte, um seine Aufmerksamkeit auf die Gefangenen zu richten, die beim Frühstück saßen. Spence saß Moore gegenüber, mit dem Rücken zum Aufseher. Sie waren offensichtlich in ein Gespräch vertieft. Unvermittelt sah er, wie David seine zur Faust geballte linke Hand hob und damit einige schnelle Auf- und Abwärtsbewegungen vollführte. Moores Augen weiteten sich, als er zunächst David anstarrte und dann einen kurzen Blick in Simons' Richtung warf. Der Aufseher erkannte, daß in den Augen von Spences Gegenüber plötzlich nackte Angst lag.

Simons lehnte sich in seinem Stuhl zurück und lächelte in sich hinein. *Nur Geduld,* dachte er. *Einfach nur Geduld haben. Früher oder später wird irgend jemand anfangen zu reden.*

Es geschah früher, als er erwartet hatte. Eine knappe Woche vor Weihnachten trat ein schwarzer Häftling an Simons heran. »Sie arbeiten an den Morden am See, richtig?« fragte er, und weder in seiner Stimme noch auf seinem Gesicht zeigte sich irgendeine Gemütsregung. Simons antwortete nicht.

»Wenn Sie an David Spence denken«, fuhr der Gefangene fort, »denken Sie an den Richtigen. Aber Sie haben ein Problem.«

»Und das wäre?«

»Dieser Typ, Kyle Moore, ist ein echter Schutzengel für David. Wird ihn mit niemandem reden lassen. Sie werden einen Scheißdreck erfahren, solange Sie nicht Kyles Arsch aus dieser Etage entfernen.« Dann drehte er sich um und ging weg.

Ein paar Stunden später wurde Kyle Moore in ein anderes Stockwerk verlegt. Spence war wegen Kyle Moores Verlegung sichtlich beunruhigt. Er verbrachte seine Tage damit, entweder auf und ab zu gehen oder aus dem Fenster zu starren. Als Simons eines Abends zum Dienst erschien und sich gerade in die Anwesenheitsliste eintrug, sprach ihn einer der anderen Aufseher an. »Deinem Jungen geht's heute ziemlich dreckig. Er benimmt sich schon den ganzen Tag wirklich eigenartig. Er hat mehrere Male versucht, seine Freundin anzurufen, und sie nie erreicht. Und er hat sich die Augen aus dem Kopf geheult.«

Simons ging in den dritten Stock und drückte auf den Knopf, der die Tür von Spences Zelle entriegelte. Spence steckte seinen Kopf heraus und sah in Trumans Richtung. Simons winkte ihn zu sich. »Ich habe gehört, Sie haben ein paar Probleme.«

»Ich kann Christy nicht finden«, erwiderte David. Seine Augen waren vom Weinen rot und gereizt. »Alles in meinem

Leben stürzt zusammen. Ich habe Angst, sie wird mich verlassen.« Er begann wieder zu schluchzen. »Kommen Sie hier herüber in den Schacht«, sagte Simons. »Sie dürfen sie anrufen.« Simons wählte die Nummer, die David ihm angab, und reichte ihm dann den Hörer durch die kleine Öffnung in der Scheibe. Nach einem halben Dutzend Telefonaten hatten sie die schwerfaßbare Freundin noch immer nicht ausfindig gemacht. Schließlich rief David seine Mutter an und sprach einige Minuten mit ihr.

Niedergeschlagen, weil er nicht mit Christy würde reden können, saß Spence auf dem Boden. Er hielt seine Knie vor der Brust umklammert und unterhielt sich mit Simons. Es dauerte nicht lange, bis er nach dem Fall der Morde am See fragte. »Sie arbeiten immer noch daran?«

»Ja, allerdings«, sagte Simons.

»Haben Sie irgendwelche Verdächtige?«

»Ja.«

»Wen?«

Simons beschloß, daß es an der Zeit war, den Angriff einzuleiten. »Nun, David«, sagte er, »Sie sind einer davon.«

Mit überraschtem Gesichtsausdruck blickte Spence zu dem Aufseher hoch und schüttelte den Kopf. »O Mann, haben Sie Ihre Meinung noch immer nicht geändert?«

»Nein.«

»Verdammt, ich verstehe nicht, wie Sie glauben können, ich würde so etwas tun. Ich habe versucht, Ihnen zu helfen.«

»Sie haben mir nicht geholfen«, sagte Simons.

»Nun, ich habe mich bemüht, Sergeant Baier zu helfen, aber er hat mich nicht angerufen. Sagen Sie mir, was ich tun soll, und ich werde Ihnen helfen, so gut ich nur kann.«

»So ungefähr die einzige Möglichkeit, die mir einfällt, wie Sie mir helfen können«, gab Simons zurück, »besteht darin, daß Sie mir erzählen, wer bei Ihnen war.«

Ein flehendes Wimmern schlich sich in Spences Stimme. »Ich versichere Ihnen, ich hatte nicht das Geringste damit zu tun.«

»Falls das stimmt«, sagte Truman, »gibt es nichts, worüber Sie sich Sorgen machen müßten.«

»Aber Sie glauben, ich hätte etwas damit zu tun gehabt. Warum?«

Simons ignorierte die Frage. »David«, sagte er, »wissen Sie, was das Wort ›hypothetisch‹ bedeutet?«

»Ja.«

»Nun, lassen Sie mich erklären, was es im juristischen Sinne besagt. Mal angenommen, wir würden uns über irgend etwas unterhalten, das durchaus die Wahrheit sein kann. Solange wir über hypothetische Dinge reden, könnte nichts von dem, was Sie mir erzählen, vor Gericht verwendet werden, oder etwas in der Art. Aus Ihrer Sicht würde es in keinster Weise ein Eingeständnis bedeuten; nichts Verbindliches.«

»Das heißt also, Sie wollen mir ein paar Fragen stellen«, sagte David.

»Ja, genau.«

Spence zuckte die Achseln. »Okay, stellen Sie sie, und wir werden sehen, was passiert.«

»Lassen Sie es uns hiermit versuchen«, sagte Simons. »Angenommen, Sie hätten das da draußen am See getan. Wer würde Ihnen geholfen haben, der Araber oder Gilbert?«

Ein Lächeln erschien auf Spences Gesicht, als er den Aufseher direkt ansah. »Sie wissen, daß ich es nicht getan habe«, sagte er, »aber ich würde diesem Kameltreiber nicht vertrauen. Ich würde meinem Kumpel Gilbert um Hilfe bitten. Beantwortet das Ihre Frage?«

Die Straßen der Innenstadt von Waco waren noch immer weihnachtlich geschmückt, als Simons von dem Aufseher aus der ersten Etage benachrichtigt wurde, daß ein Häftling mit ihm sprechen wollte. Der Name des Gefangenen lautete Carl Casey, und er wollte etwas über die Morde am See aussagen. Als seine Schicht vorbei war, ließ Simons Casey nach unten in eines der Verhörzimmer bringen. Casey war erst knapp einundzwanzig Jahre alt, konnte jedoch bereits eine beachtliche Liste von Gesetzesübertretungen vorweisen. Simons überflog sein Strafregister und entdeckte eine Reihe von Festnahmen wegen Überfällen, Einbrüchen, Autodiebstählen, Drogenvergehen und die Verhaftung wegen Fälschung, die unlängst zu einer Anklage geführt hatte. Simons hatte ihn noch nie zuvor gesehen, weder als Polizeibeamter noch während seiner kurzen Dienstzeit als Gefängnisaufseher.

»Was kann ich für Sie tun?« fragte er.

Casey war nervös und zögerte, ihm offen ins Gesicht zu blicken. »Ich habe gehört, Sie arbeiten an dem Fall der Lake-Waco-Morde«, sagte er.

Simons nickte. »Haben Sie etwas damit zu tun?«

»Nein, aber ich glaube, ich kann Ihnen helfen. Ich weiß, wer es getan hat.«

»Ich höre«, sagte Simons.

»Es war David Spence.«

»Woher wissen Sie das?«

»Er hat es mir erzählt.«

Simons wurde sofort mißtrauisch, denn er war sich sicher, daß Casey nicht in der dritten Etage gewesen war, seit man David dorthin verlegt hatte. »Wann haben Sie mit David gesprochen?«

»Als wir beide im ersten Stock untergebracht waren.«

Er begann, seine Geschichte zu erzählen, und stieß die Sätze mit solcher Hast hervor, als wolle er seine Aufgabe so schnell wie möglich hinter sich bringen. Eines Tages im November hatten er und einige andere Häftlinge sich gerade über die Morde am See unterhalten, als Spence hinzutrat. Er beteiligte sich nicht an dem Gespräch, sondern hörte nur zu, wie die anderen über das Verbrechen sprachen. Nach einer Weile wandte sich die Unterhaltung anderen Themen zu – Autos und Frauen. Endlich sagte auch Spence etwas. »Wollt ihr wirklich wissen, was draußen am See passiert ist?« fragte er. Casey hatte David gefragt, woher er das wüßte. Spence lächelte, bot ihm eine Zigarette an und antwortete: »Zur Hölle, ich war da. Ich hab's getan.« Dann drehte er sich um und ging weg.

Am nächsten Tag, sagte Casey, hätten er und Spence nach dem Mittagessen im Tagesraum gesessen, und das Thema wäre wieder aufgekommen. Diesmal wurde David ausführlicher und erzählte, wie er den Mädchen die Kehlen durchgeschnitten und mehrfach auf die Jugendlichen eingestochen hatte.

Simons unterbrach ihn mitten im Satz. »Ich möchte, daß Sie folgendes tun«, sagte er. »Gehen Sie zurück in Ihre Zelle, und schreiben Sie alles auf. Alles, an das Sie sich erinnern können; alles, was David gesagt hat. Denken Sie gründlich darüber nach, und vergewissern Sie sich, daß Sie alles richtig wiedergeben. Ich werde jetzt nach Hause gehen und ein paar Stunden schlafen. Heute abend komme ich zurück, und dann unterhalten wir uns noch einmal darüber.«

Für Simons hatte es an jenem Tag wenig Zweck zu versuchen, etwas Schlaf zu bekommen. Obwohl seine Schicht erst um Mitternacht begann, traf er schon um acht Uhr abends wieder im Gefängnis ein. Er konnte es kaum erwarten, nochmals mit Casey zu reden.

Caseys schriftliche Aussage war detaillierter, als Simons zu hoffen gewagt hatte. Sie schilderte Spences Reaktionen und Gesten, während dieser die beiden Mädchen beschrieb, eine hübsche Blondine und eine Brünette mit großen Brüsten. Casey war sorgfältig darauf bedacht gewesen, die genauen Worte wiederzugeben, mit denen Spence im einzelnen darlegte, wie oft er auf die Opfer eingestochen hatte, und er beschrieb, daß Spence während seiner grausigen Erzählung mit einem irren Gesichtsausdruck dastand und seinen Arm schwang, als würde er mit einem Messer zustechen. Die Brünette, hatte Spence gesagt, wäre nicht sofort gestorben. Deshalb hätte er bei ihr auch fünfzehn-, vielleicht sechzehnmal zugestochen. Er hätte versucht, ›das Mädchen mit den großen Titten‹ zu vergewaltigen, sich wegen des vielen Bluts dann aber doch anders entschieden. Es hätte sich dennoch gelohnt, hatte Spence behauptet. Diese Sache hätte ihm sechstausend Dollar und etwas Dope eingebracht.

Die Aussage war zu gut, zu passend. Fast als wäre sie vorher einstudiert worden. Ein Teil von Simons wollte ins Büro des Staatsanwaltes rennen und stolz die Aussage schwenken, die bewies, daß seine Theorie sich bewahrheitete. Ein anderer Teil riet jedoch zur Vorsicht. Irgend etwas stimmte hier nicht. Nach Monaten voller Sackgassen und ohne Ergebnisse war es zu einfach, daß irgend jemand, den er noch nicht einmal kannte, ihm zum ersten richtigen Durchbruch verhalf. Als er in jener Nacht auf seinem Posten in der dritten Etage saß, las er Caseys Aussage immer und immer wieder. Sie klang gut, und er wollte ihr so sehr glauben. Aber irgend etwas war faul daran.

Am nächsten Morgen begann Simons nach Ende seiner Schicht die Gefängnisunterlagen zu überprüfen, um herauszufinden, wann und wo Casey und Spence sich getroffen haben könnten. Er spürte, wie ihn eine Woge der Enttäuschung und Wut überkam, als er feststellte, daß Casey erst einen Tag nach Davids Verlegung von der ersten in die dritte Etage inhaftiert worden war. Es war absolut unmöglich, daß sie Zeit miteinander verbracht hatten.

Er ließ Casey sofort wieder ins Verhörzimmer bringen und machte gar nicht erst den Versuch, seine Gereiztheit zu verbergen, als er ihn fragte, wo das Gespräch stattgefunden hatte.

»Als wir beide im ersten Stock waren«, beharrte Casey.

»Alles Scheiße«, fauchte Simons ihn an. »Sie waren zu keinem Zeitpunkt mit David Spence zusammen in der ersten Etage.«

»Okay«, sagte Casey, »vielleicht war es in der Sporthalle.«

Simons starrte ihn wütend an. »Sie sind jetzt lange genug hier, um zu wissen, daß der erste und der dritte Stock nicht zur gleichen Zeit in der Sporthalle sind. Ich weiß nicht, was, zur Hölle, hier vorgeht oder warum Sie mich anlügen, aber Sie sind auf dem besten Wege, sich tief in die Scheiße zu reiten.«

»Verdammt, ich weiß es nicht mehr genau«, sagte Casey. »Es könnte auch sein, daß wir uns unten am Aufnahmeschalter getroffen haben oder so. Aber er hat es mir erzählt, ich schwöre.«

»Ich glaube Ihnen nicht. Zwar hat Ihnen irgend jemand all das erzählt, aber das war nicht David. Warum sagen Sie mir nicht einfach die Wahrheit?«

»Ich sage die Wahrheit.«

»Aber natürlich«, sagte Simons, schleuderte die schriftliche Aussage auf den Tisch und ging zur Tür hinaus.

Enttäuscht und verwirrt überprüfte Truman die Namenslisten, die täglich für jede Etage aufgestellt wurden. Er hoffte, daß ihm vielleicht der Name desjenigen Häftlings auffallen würde, dem Casey möglicherweise seine Informationen verdankte. Die Aussage war zu detailliert, zu perfekt gewesen, als daß man sie als bloßes Produkt von Caseys Phantasie hätte abtun können. Nach einigen Minuten fand er den Namen, den er suchte: Kyle Moore.

Simons redete nicht lange um den heißen Brei herum, sondern konfrontierte den jungen Mann, der ihm im Verhörzimmer gegenübersaß, sogleich mit seinem Verdacht. »Kyle«, sagte er, »Carl Casey ist mit einer recht interessanten Geschichte über die Morde am See zu mir gekommen; einer Geschichte, die er sich auf keinen Fall ausgedacht haben kann. Aber da ist etwas faul. Er hat seine Informationen nicht von David bekommen. Irgend jemand anders muß sie ihm verschafft haben – und ich glaube, daß Sie dieser Jemand sind.«

Er ließ Moore keine Zeit zu antworten, sondern fuhr fort. »Ich glaube, daß David Ihnen vermutlich eine Menge über diese Morde erzählt hat, als Sie oben in der dritten Etage untergebracht waren. Und ich weiß, daß Sie versucht haben, ihn davon abzuhalten, mit irgend jemand sonst zu reden, mich eingeschlossen. Zur Hölle, Kyle, das ist der Grund dafür, daß Sie nicht mehr dort oben sind. Ich bin derjenige, der veranlaßt hat, daß Sie in den ersten Stock verlegt wurden. Und dort haben Sie Casey von den Dingen erzählt, die Sie von David erfahren haben. Dann haben Sie ihn zu mir geschickt. Richtig?«

Kyle antwortete nicht.

»Hören Sie, ich weiß nicht, was Sie hier abzuziehen versuchen«, sagte Simons, sorgfältig darum bemüht, nicht laut zu werden. »Es sieht so aus, als würden Sie probieren, mir in dieser Angelegenheit zu helfen, aber Sie gehen das völlig falsch an. Ich habe nicht den geringsten Zweifel, daß Carl in den Zeugenstand getreten wäre und auf die Scheiße, die er mir erzählt hat, einen Eid geschworen hätte. Aber wir werden das Spiel nicht auf diese Weise spielen. Bei diesem Fall wird es keine meineidigen Zeugenaussagen geben. Falls David Spence diese Morde begangen hat, werden wir ihn offen und ehrlich dafür zur Rechenschaft ziehen. Und dabei können wir auf irgendwelche Lügen verzichten.

Falls David Ihnen erzählt hat, was dort draußen geschehen ist, und Sie nicht darüber reden wollen, dann ist das in Ordnung. Nur Sie allein müssen darüber entscheiden, ob Sie damit leben können. Was ich damit sagen will, ist: Falls Sie uns nicht helfen können, dann schaden Sie uns um Gottes willen auch nicht. Halten Sie sich einfach aus der Sache raus.«

Kyle Moore begann zu weinen. »Ich habe Casey dazu veranlaßt«, sagte er schließlich. »David hat mir das alles erzählt.«

»Werden Sie uns helfen?« fragte Simons.

»Ich mag David«, sagte der Jugendliche. »Und er tut mir leid. Aber Sie dürfen ihn nie wieder auf freien Fuß setzen. Falls Sie ihn jemals wieder auf die Straße lassen, wird er einfach irgend jemand anders umbringen.« Er blieb eine Minute lang stumm, als ob er um eine Entscheidung ringen würde. Dann sagte er: »Ja, einverstanden, ich werde Ihnen helfen. Sie bekommen von mir einen Bericht oder eine Aussage oder was auch immer Sie von mir wollen. Sie müssen unbedingt dafür sorgen, daß David hier niemals rauskommt.«

Bevor er ging, um seine Aussage aufzusetzen, nannte Kyle ihm die Namen einiger anderer Häftlinge, mit denen Spence über die Morde gesprochen hatte. »Ich konnte ihn einfach nicht dazu bringen, den Mund zu halten«, sagte Moore. »Es war, als müßte er unbedingt damit prahlen.« Er weinte noch immer, als der Aufseher ihn zurück in die erste Etage brachte.

Moores Aussage glich weitgehend der Darstellung, die Casey zu Papier gebracht hatte. Es fanden sich detaillierte Beschreibungen der Mädchen und Hinweise darauf, daß Spence mit nahezu glasigem Blick, aschfahlem Gesicht und am ganzen Körper zitternd von den Morden erzählt hatte. Moore behauptete, daß er und David sich bei drei Gelegenheiten über die Morde unterhalten hatten, zum erstenmal Anfang Dezember. David hatte ihm erzählt, daß die Brünette, die ihm am besten gefiel und die er ›wirklich ficken wollte‹, sich verzweifelt gewehrt und ihn sogar mit einem Messer bedroht hatte. Das war die erste Andeutung, die Simons erhielt, daß Jill Montgomery ein Messer bei sich getragen hatte.

Andere Teile von Kyles Aussage verliehen seinen Ausführungen zusätzliche Glaubwürdigkeit. Spence hatte ihm davon erzählt, daß er den Opfern das Geld abgenommen und es jemandem gegeben hatte, der in jener Nacht bei ihm gewesen war. Als er das Geld erwähnt hatte, hatte Spence in Richtung von Gilbert Melendez genickt, der im Südflügel der Etage untergebracht war, von ihnen nur durch eine gläserne Wand getrennt. Und tatsächlich war Kyle aufgefallen, daß Gilbert sie immer genau zu beobachten schien, wenn er und David sich unterhielten. Er sagte, David hätte erwähnt, daß man die Opfer mit ihren eigenen Schnürsenkeln gefesselt hatte, und mit dem BH eines der Mädchen – eine weitere Tatsache, die nicht allgemein bekannt geworden war. Außerdem hatte Spence von ›so einem Ausländer‹ geredet, der seiner Ansicht nach für das Honorar seines Anwalts aufkommen sollte.

Zu dem Zeitpunkt, als Kyle Moore sich Simons anvertraute, waren seit den Morden sechs Monate vergangen. Obwohl Truman sich ermutigt fühlte, wußte er, daß er noch immer weit davon entfernt war, mit seiner Art von Informationen die Aufmerksamkeit des Büros der Staatsanwaltschaft oder einer Anklagejury erregen zu können. Seine langjährige Erfahrung lehrte ihn, daß beide den Aussagen von Sträflingen wenig Gewicht beimaßen.

Kapitel 21

Im Gefängnis sammelt sich gewissermaßen die Ausschußware der amerikanischen Gesellschaft an. Lebensläufe, die sich unter anderen Umständen niemals berührt haben würden, werden durch die strikten, unerbittlichen Anforderungen der Haft miteinander verwoben. Es gibt kaum so etwas wie ein demokratisches Gefüge, das die Guten von den Bösen trennt, die unverbesserlichen Kriminellen von den guten Familienvätern und -ernährern, die einen einzigen dummen Fehler begangen haben, die Gebildeten von den Ungebildeten, die Jungen von den Alten. Der Aufbau des Rechtssystems führt zu einer kollektiven Gleichheit, mit der die meisten sich früher oder später abfinden. Das Gefängnis des McLennan County ist, wie die anderen Haftanstalten auch, ein modernes Babel, und sein Turm ist viergeschossig.

Die Insassen, deren Nerven wegen des ermüdenden Wartens und der stumpfsinnigen Routine eines jeden neuen Tages bis zum äußersten angespannt sind, stehen in einem unablässigen Kampf gegen die Langeweile. Obwohl nur wenige etwas haben, das sie verkaufen oder eintauschen könnten, gleicht ihre begrenzte Welt einem Diebesmarkt, auf dem Zigaretten gegen Telefongespräche getauscht werden und auf dem man für sein Mittagessen eine sorgsam gehütete Ausgabe der Zeitung vom Vortag erhält. Begehrte Artikel, wie zum Beispiel Briefmarken, werden versteckt, als handle es sich um wertvolle Juwelen, nur um von denen gefunden und gestohlen zu werden, die erfahren genug sind, alle Verstecke zu kennen. Wenn sie nicht an Drogen gelangen können, versuchen einige Sträflinge, anderen die Arzneimittel abzuhandeln, die diese vom Gefängnisarzt bekommen. Am Ende haben sie dann genügend Aspirin und Antibiotika angesammelt, um den Schmerz des Wartens für ein paar Stunden zu betäuben. Die Gefangenen wissen sehr schnell, welche ihrer Mithäftlinge von Freunden oder Verwandten in Freiheit Geld erhalten. Je nach Typ des Beschenkten verhalten sie sich freundlich oder bedrohlich, bis sie an diesem Wohlstand beteiligt werden.

Einige befriedigen ihre sexuellen Bedürfnisse, indem sie zumeist weitaus übertriebene Geschichten von früheren Eroberungen austauschen; andere beschränken sich auf Masturbationsphantasien, indem sie auf die Fotos aufreizend gekleideter, großbrüstiger junger Mädchen starren, die in Motorradmagazinen wie dem *Easy Rider* abgedruckt werden. Einige wenige, die Selbstbefriedigung für ›ungenügend‹ halten, ›drehen eine Runde‹ mit irgendeinem willigen Mithäftling. Viele, die zuvor ein rein heterosexuelles Leben geführt haben, werden in Gefängnissen und Zuchthäusern bisexuell. Obwohl der größte Teil der Gefangenen auf sie herabblickt, gelten diejenigen, die sich zur Homosexualität bekennen, auf eine absonderliche Art und Weise als nützlich.

Und es finden tiefgründige Gespräche statt zwischen Leuten, die in Freiheit nicht einmal Wert darauf gelegt hätten, miteinander bekannt gemacht zu werden. Die Häftlinge sehnen sich wegen ihrer ganz persönlichen Qualen nach Trost, und so erzählen sie ihren Mitgefangenen voller Aufrichtigkeit von untreuen Frauen und Freundinnen, von ihrer Suche nach Gottes Barmherzigkeit, von Gesetzeslücken, die von gleichgültigen Anwälten übersehen wurden, und von der Hoffnung auf ein besseres Leben, sobald sie erst einmal ihre Schuld an der Gesellschaft abgezahlt haben würden. Es gibt immer Gerede über schnelle Autos und das große Geld. Und einige, die den Drang verspüren, ihre Bedeutsamkeit hervorzuheben, und sich nicht besser zu behelfen wissen, prahlen mit den Verbrechen, aufgrund derer sie dort sitzen.

Seine Mithäftlinge hielten David Spence für einen der nervösesten Gefangenen in der dritten Etage. Während andere ruhig auf ihren Betten lagen, lasen oder Karten spielten, war er fortwährend in Bewegung und schritt die Innenwände des Tagesraums ab, fast wie ein Tier im Käfig, das darauf hofft, daß die nächste Runde ihm vielleicht einen bislang übersehenen Fluchtweg enthüllen wird. Sobald Spence vom Umhergehen genug hatte, stellte er sich an das Fenster zum Park, in dem Jungen Fußball und Baseball spielten. Wenn er sich sehr anstrengte, genau den richtigen Aussichtspunkt zu erreichen, konnte er auch den Parkplatz am Ende des Weges entlang der

Gefängnismauer sehen. David Spence wußte über das Kommen und Gehen von Besuchern des Gefängnisses besser Bescheid, als sonst jemand in der dritten Etage.

Außerdem war er ein ›Schwätzer‹. Wenn neuangekommene Sträflinge ihn fragten, aus welchem Grund er inhaftiert war, erwähnte David nur selten die Anklage wegen schweren sexuellen Mißbrauchs. Er wäre, sagte er, ein Verdächtiger im Fall der Morde am See – mit denen er natürlich nichts zu tun hätte, wie er hinzufügte.

Spence erzählte einer ganzen Anzahl seiner Mithäftlinge von den Morden, aber die Einzelheiten, falls er überhaupt welche nannte, änderten sich ständig. Bisweilen unterbrach er ein Gespräch über das Verbrechen, um damit zu prahlen, daß er mehr als irgend jemand sonst wüßte, und ging dann wieder weg, nachdem er diese provokative Zwischenbemerkung gemacht hatte. Viele der Insassen schenkten seinen deutlichen Anspielungen keine Beachtung, weil sie glaubten, er wolle sich lediglich wichtig machen und den Eindruck erwecken, er wäre mehr als bloß ein ganz gewöhnlicher Knastbruder.

Andere Häftlinge fühlten sich jedoch immer unbehaglicher bei dem Gedanken, daß David aller Wahrscheinlichkeit nach irgend etwas mit den Morden an den Teenagern zu tun hatte.

Wenn auch sonst nichts besonderes, so war David Spence doch zumindest eine der merkwürdigsten Figuren, die sie je getroffen hatten. Er redete von einem ›Satanstempel‹ im nördlichen Waco, wo er und andere sich angeblich trafen, um zu meditieren und komplizierte Pläne für gewalttätige Verbrechen auszuarbeiten. Die Publicity, die der überführte Mörder Gary Gilmore erhalten hatte, faszinierte ihn. Gilmores Geschichte war Thema eines Romans von Norman Mailer und eines Fernsehfilms geworden, und Spence bezeichnete den Sträfling aus Utah, der ausdrücklich um die Todesstrafe bat, oft als einen ›großen Mann‹. Einigen anderen gegenüber prahlte Spence, daß man auch ihn eines Tages auf dem Papier unsterblich machen würde. Der Herausgeber des *Texas Monthly* Magazins erhielt einen Brief, in dem ihm Spence gegen Honorar seine Lebensgeschichte anbot. Es würde allerdings die Geschichte eines Mannes sein, den das System zum Opfer abgestempelt hätte, nicht die eines mehrfachen Mörders. Er erhielt nie eine Antwort.

Obwohl er seine eigene Beteiligung häufig verschleierte, sprach Spence oft von den Morden an Jill Montgomery, Raylene Rice und Kenneth Franks. Einigen vertraute er an, daß er und seine Freundin in der Nacht des Verbrechens im Park gewesen und Zeugen der Folterungen und Morde geworden wären. Er beharrte darauf, zu wissen, wo das Messer versteckt wäre, das der Mörder benutzt hatte. Er würde auch die Behörden zu der Waffe führen – aber nur dann, wenn sie sich zuvor einverstanden erklärten, die Anklage wegen sexuellen Mißbrauchs gegen ihn fallenzulassen. Die ermordeten Teenager, erzählte er einem Gefangenen, hätten etwas zu Gesicht bekommen, das sie nicht hätten sehen dürfen. Er sagte auch, er wüßte, es hätte eine Bezahlung für die Morde gegeben, unter anderem sechstausend Dollar in bar und einen nagelneuen Bronco für denjenigen, der sie ausgeführt hatte. Der Auftrag, so betonte er gegenüber mehreren anderen, wäre so gut erledigt worden, als hätte ein professioneller Killer ihn durchgeführt.

Während Spence einigen gegenüber behauptete, er wäre bloß ein zufälliger Zeuge des Verbrechens, und dabei so weit ging, sogar seine Freundin in dieses Szenarium mit einzubeziehen, bekamen andere eine Geschichte zu hören, die viel stärker darauf hindeutete, daß David die Morde selbst begangen hatte. Einige hörten Einzelheiten über die Vergewaltigungen, die stattgefunden hatten, darüber, wie man die Opfer gefesselt hatte, und daß jemand namens Lucky der Drahtzieher des Verbrechens gewesen wäre, der ›Geldgeber‹.

Als ein neuer Häftling eingeliefert wurde, den man als Verdächtigen in dem Mord an einer jungen Frau namens Gail Beth Bramlett, die im nahen Axtell umgebracht worden war, in Gewahrsam genommen hatte, erzählte dieser Neuling jedem, der ihn danach fragte, daß er nicht nur über den Fall Bramlett verhört wurde, sondern auch über die Lake-Waco-Morde. Kaum hatte Spence von dieser Behauptung des Mannes erfahren, als er verärgert auf ihn zuging und betonte: »Du hast mit diesen Morden draußen am See nichts zu tun. *Ich* bin hier drin der Einzige, der etwas über diese Sache weiß.« Er klang fast wie ein trotziges Kind, das eifersüchtig über alles wachte, was ihm gehört, und nur ihm allein.

Es gab viele, die zwar Zeit mit David verbrachten, zuerst im ersten Stock und dann im dritten, sich jedoch nicht davon überzeugen ließen, daß er für das Verbrechen, von dem er besessen schien, verantwortlich war. Sie argwöhnten, daß seine ständigen Anspielungen auf die Morde am See die Aufmerksamkeit von dem Sexualverbrechen ablenken sollten, für das ihm ein Verfahren bevorstand. Jedoch zweifelten nur wenige daran, daß er fähig war, einen Mord zu begehen.

Einige hielten ihn für geistesgestört. Schwarze Gefangene, denen David seine Rassenvorurteile deutlich zu verstehen gegeben hatte, fürchteten ihn. Obwohl er körperlich nicht beeindruckender wirkte als viele andere im Gefängnis, ließ Spences Verhalten die Schwarzen vor ihm zurückschrecken. Was ihnen am meisten Unbehagen einflößte, waren die Gesänge, die er gelegentlich spätnachts in seiner Zelle anstimmte. Es handelte sich dabei um nichts anderes als eine endlose Folge einsilbiger Worte, gesprochen mit tiefer, rauher Stimme, und doch waren mehrere der Schwarzen davon überzeugt, das wäre ein Teil von Davids ›Teufelsanbetung‹.

Und da waren seine durchdringenden blauen Augen, die eine Warnung vor dem Bösen und dem Haß auszustoßen schienen. »Du blickst diesem Mann in die Augen«, sagte einer der Insassen, »und siehst den Teufel persönlich.«

Viele fanden es seltsam, daß Spence, der im allgemeinen sehr wenig Interesse dafür zeigte, mit anderen im Tagesraum fernzusehen, unerbittlich darauf bestand, daß auf keinen anderen Kanal geschaltet wurde, wenn jeden Nachmittag eine Folge der Serie namens *Three's Company* lief, einer Komödie, deren Hauptfiguren zwei Mädchen waren – eine blond, die andere brünett – und ein junger Mann. Spence blieb während der gesamten Dauer einer Sendung unmittelbar vor dem Fernseher stehen, die Hände tief in den Taschen seiner Anstaltskleidung vergraben. Manche bezeichneten seinen Gesichtsausdruck, während er diese Serie sah, als tranceartig, die verborgenen Hände schienen sich in seiner Genitalgegend zu bewegen.

Für alle, die sich aus den örtlichen Zeitungen und den Fernsehberichten über die Einzelheiten der Morde am See informiert hatten, war die Ähnlichkeit zwischen den drei Schauspielern in der Serie und den drei ermordeten Teenagern unübersehbar. Sofort nach dem Ende einer jeden Folge der Serie zog sich David, ohne ein Wort zu sagen, schnell in seine Zelle zurück und blieb dort für die nächste halbe Stunde.

Und wenn er seinen Mithäftlingen von Christy Juhl erzählte, beschrieb er sie als eine einen Meter zweiundsechzig große Brünette mit dem Aussehen eines Mannequins und einer aufsehenerregenden Figur. Das machte seine Zuhörer natürlich neugierig, und sie warteten gespannt auf Christys ersten Besuch im Gefängnis. Als dann diejenigen, die sie im Besuchszimmer gesehen hatten, den anderen berichteten, daß sie keinesfalls Davids Beschreibung entsprach – Christy war groß und mager und sah schwerlich wie ein Mannequin aus –, bemerkten einige prompt, daß das Mädchen, das er geschildert hatte, eine weitaus größere Ähnlichkeit mit der ermordeten Jill Montgomery aufwies als mit Christy Juhl.

Während seiner dreißig Lebensjahre hatte Daryl Beckham bereits in Gefängnissen und Zuchthäusern der Staaten Florida, Kentucky, Texas und New Mexico gesessen. Und jetzt, zu Beginn des Jahres 1983, stand ihm erneut eine Haft unter Aufsicht der texanischen Justizbehörden bevor. Eine Reihe schlechtbezahlter Jobs, aus denen er schon bald wieder entlassen worden war, nachdem sein jeweiliger Arbeitgeber erst einmal von seiner kriminellen Vergangenheit erfahren hatte, hatte ihn zurück zu den alten Straftaten getrieben. Seine Frau erwartete ihr viertes Kind, und so hatte Beckham erfolglos versucht, mit gefälschtem Geld über die Runden zu kommen. Während er im Gefängnis des McLennan County auf seine Überstellung ins Staatsgefängnis wartete, suchte er kaum Kontakt zu anderen Häftlingen. Er hatte beschlossen, für sich zu bleiben, in seiner Bibel zu lesen und lange Briefe an seine Frau zu schreiben, in denen er ihr versicherte, daß er, sobald er wieder frei wäre, niemals wieder mit dem Gesetz in Konflikt geraten würde, sogar wenn das bedeutete, in zwei Jobs auf einmal arbeiten zu müssen.

Eines Morgens, als Beckham in der Heiligen Schrift las, trat Spence an ihn heran und erzählte ihm, daß auch er begonnen hätte, in der Bibel Trost zu suchen. Nicht nur das, er hätte außerdem das Fluchen aufgegeben und versuchte sogar, sich das Rauchen abzugewöhnen. Er hätte aufgehört, davon zu reden, Mitglied eines Satanskultes zu sein. Nachts in seiner Zelle würde er nicht länger seine dämonischen Gesänge anstimmen, sondern statt dessen darum beten, daß Gott ihm seine Sünden vergab. Falls er die Heilige Schrift richtig deutete, würde die Vergebung Gottes zur Freiheit führen. Und die Freiheit war es, die Spence mehr als alles andere ersehnte.

Überdies fühlte er, daß er Christy verlor, vertraute Spence seinem neuen Freund Daryl Beckham an. Immer öfter war Christy nicht zu Hause, wenn er anrief. Ihre einstmals regelmäßigen Besuche waren selten und kurz geworden. Wenn sie einen der Besuchstage verpaßte, behauptete sie später, sie hätte keine Fahrgelegenheit finden können oder der Aufseher hätte ihr, nachdem es ihr gegen Ende der Besuchszeit schließlich gelungen wäre, zum Gefängnis zu kommen, nicht mehr gestattet, ihn zu sehen. Wenn David mit ihr telefonierte, reichte seine Reaktion in solchen Fällen von Wutausbrüchen bis hin zu freimütigen Tränen. Sie hätten vorgehabt zu heiraten, sobald er freikommen würde, erzählte er Beckham, aber inzwischen schien sie nicht mehr viel von dieser Idee zu halten. Er sagte Beckham nichts davon, daß Christy bereits mit Mahir Tumini verheiratet war. Er sagte lediglich, er hätte sie im Verdacht, daß sie ihn zum Narren hielt und sich mit anderen traf, während er nichts dagegen unternehmen konnte.

Beckham wußte, daß die anderen Häftlinge anscheinend wenig mit Spence zu tun haben wollten, und empfand Mitleid mit ihm. Daryl kannte aus eigener Erfahrung den unvergleichlichen Schmerz, der mit den Sorgen wegen einer Frau oder Freundin in Freiheit einhergeht, und so hörte er David zu, als dieser ihm seine Gefühle der Hoffnungslosigkeit und Verzweiflung eingestand. Daryl hoffte, ihm etwas Trost spenden zu können, und schlug vor, daß sie gemeinsam in der Bibel lasen und beteten. Es wäre auch für ihn selbst schwer, versicherte er David, aber er hätte Stärke in seinem Glauben gefunden. Da er

(Foto von Rod Aydelotte aus der Waco Tribune-Herald)

Police Sergeant Truman Simons (rechts) hilft, eine der Leichen vom Tatort wegzutragen.

Wenige Tage vor ihrem verhängnisvollen Ausflug zum See ließ sich Jill Montgomery zusammen mit ihrer Freundin Raylene Rice (oben) von ihrem Vater fotografieren.

Kenneth Franks

Luftaufnahme vom Koehne Park (oben)

Luftaufnahme des Waldes im Speegleville Park (unten)

(Foto von Pat Stowers)

Sergeant Truman Simons sitzt auf jener Bank im Koehne Park, wo Jill, Raylene und Kenneth zum letzten Mal lebend gesehen wurden.

(Foto von Mike James aus der Waco Tribune-Herald)

Muneer Deeb

David Spence

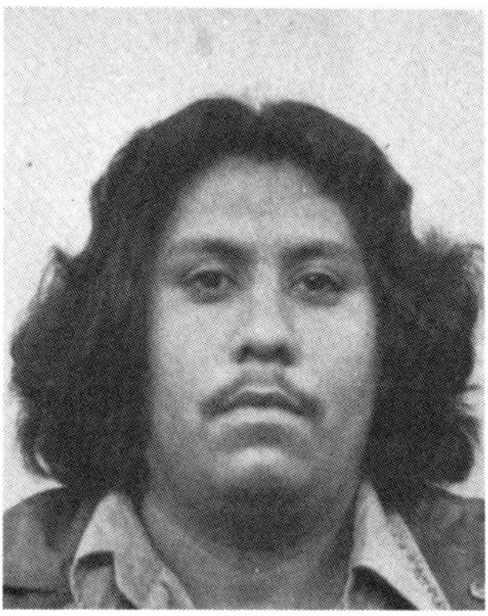

Tony Melendez

Gilbert Melendez

(Foto von Mike James aus der Waco Tribune-Herald)

David Spence hat einen geradezu hypnotischen Blick - darin waren sich seine Freunde, Mitgefangene und die Geschworenen einig.

Truman Simons (im Hintergrund) untersucht den Kleinlaster, mit dem die drei Leichen vom Koehne Park nach Speegleville gebracht wurden.

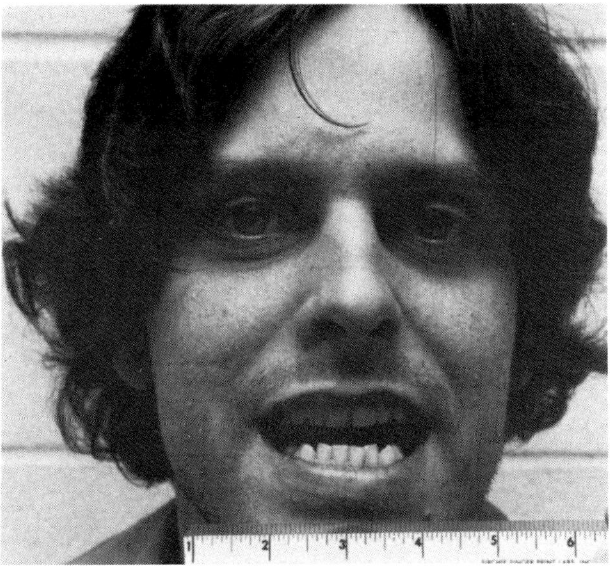

Diese Fotos von David Spence wurde für Bißspuren - Experten angefertigt.

(Foto von Jim West aus Cleburne Times-Review)

Ned Butler (links) und Vic Feazell (Mitte) in einem Gespräch mit Muneer Deebs früheren Geschäftspartner Kasim Qasem (rechts), während einer Prozeßpause.

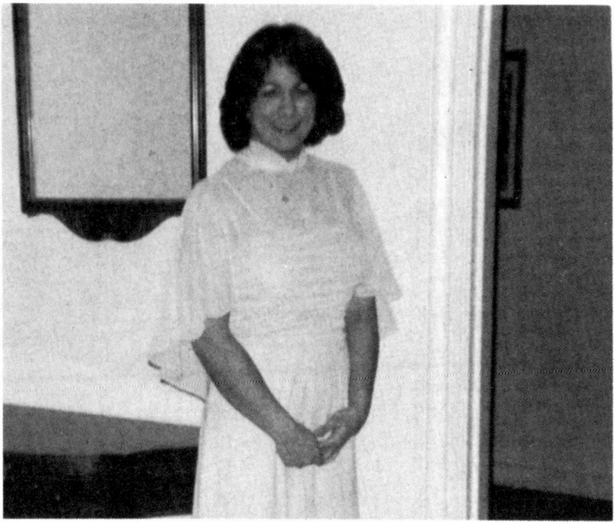

Diese Fotos sollten den Geschworenen zeigen, daß Jill Montgomery (oben) und Gayle Kelley (unten) einander sehr ähnlich sahen.

nicht länger in der Lage gewesen wäre, seine Sorgen zu bewältigen, hätte er seine Probleme in die Hände des Herrn gelegt. Falls er das gleiche tat, würde es David auch bessergehen.

Beckham war erstaunt, wie schnell Spence mit dem Bibelstudium vorankam, das er angeregt hatte. Unermüdlich las er in der Heiligen Schrift und zitierte Daryl schon bald daraus. Und allmählich begann David zu spüren, daß Beckham jemand war, dem er die inneren Qualen, die er durchstand, anvertrauen konnte. David nahm in Beckham eine Einsamkeit wahr, die sehr seiner eigenen glich, und empfand kein Bedürfnis, Daryl zu beeindrucken. Er war sein Freund, jemand, dem er seine Ängste offenbaren konnte, ohne befürchten zu müssen, daß dieser sie als Zeichen von Schwäche auslegen würde.

Mittlerweile hatte Daryl begonnen, sich in Davids Gegenwart unbehaglich zu fühlen. Seine plötzlichen Stimmungswechsel, seine Haßliebe zu diesem Mädchen namens Christy und sein jähes, fanatisches Interesse an der Bibel brachten Beckham zu der Überzeugung, daß Spence am Rande eines geistigen Zusammenbruchs stand – wenn er nicht sogar bereits einen erlitten hatte. Er begann, dem Oberaufseher schriftliche Mitteilungen zukommen zu lassen, in denen er andeutete, daß David die Hilfe eines Psychiaters benötigte. Zum Zeitpunkt der Lake-Waco-Morde hatte Beckham in Oklahoma gearbeitet, und deshalb gehörte er zu den wenigen Häftlingen im Gefängnis des McLennan County, die nichts über diese Verbrechen wußten. Da er beschlossen hatte, sich von den anderen Gefangenen abzusondern, hatte er keines der geflüsterten Gespräche über Davids angeberische Bemerkungen mitangehört. Nachdem sie sich einige Tage kannten, war Spence der erste, der Daryl von den Morden erzählte.

Es war einer jener Abende, an denen David, dem es wieder einmal nicht gelungen war, Christy zu erreichen, weinend vor seiner Zelle saß, während Beckham vergeblich versuchte, ihn zu trösten. Eine Zeitlang las er laut aus der Bibel vor, weil er hoffte, daß der Klang seiner Stimme und die Texte, die er vorlas, Spences Gedanken auf etwas anderes richten würden.

Ungefragt begann David, Beckham von der Anklage wegen sexuellen Mißbrauchs zu erzählen. »Aber das ist es nicht, was mir Sorgen macht«, sagte er.

Daryl verstand nicht.

Mit flüsternder, beherrschter Stimme sagte Spence: »Hast du von diesen Jugendlichen gehört, die man ermordet draußen im Speegleville Park gefunden hat?«

»Nein«, erwiderte Daryl, der unsicher war, wohin dieses Gespräch führte.

»Nun, wenn ich diesen Jungen nicht geschnitten hätte, wären sie niemals auch nur auf den Gedanken gekommen, mich als einen Verdächtigen in diesen Mordfällen zu betrachten.«

»Ich weiß nicht, von was für Mordfällen du da redest«, sagte Daryl verwirrt.

Dann begann David, ihm die Geschichte zu erzählen:

Da war dieser Ausländer namens Lucky, dem ein Lebensmittelgeschäft gehörte, das *Rainbow* hieß, und da war dieses Mädchen – ihr Name war Gayle –, die sich bei Lucky herumtrieb. Er hatte ihr ein Apartment gemietet, aber sie traf sich immer noch mit einem anderen Kerl namens Kenneth. Der Ausländer hatte erklärt, daß es in seinem Heimatland als schändlich galt, wenn ein Mann mit der Frau eines anderen herumbumste. Falls so etwas passierte, war es eine Tradition – eine Frage der Ehre –, sich dafür zu rächen.

Folglich hatte Lucky David erzählt, er wollte, daß dieser sowohl Gayle als auch Kenneth umbrachte. Falls notwendig, konnte er sich jemanden zu seiner Unterstützung besorgen. Aber er mußte jedem, der sonst noch darin verwickelt war, erzählen, daß die Morde mit irgendeinem Drogengeschäft in Verbindung stünden. Lucky wollte sichergehen, daß er auf keinen Fall mit dem Verbrechen in Zusammenhang gebracht werden konnte. David hatte eingewilligt und Lucky erzählt, daß er einen Freund namens Gilbert hatte, der ihm helfen würde.

Beckham sagte nichts, während er dieser bizarren Beichte lauschte. Es schien ihm unmöglich, daß dieser Mann, mit dem er die Bibel gelesen, dieser Mann, für den er solches Mitgefühl empfunden hatte, in einen Mord verwickelt gewesen sein konnte.

David war aufgestanden und ging jetzt auf und ab, während er fortfuhr. »Lucky wollte bezahlen«, sagte er. »Er wollte mich und mein Mädchen in das Apartment ziehen lassen, das er für

Gayle gemietet hatte. Wir würden jedem, der nach ihr fragte, einfach erzählen, daß sie fortgezogen wäre. Und Lucky würde eine Spielhalle eröffnen und mich sie leiten lassen. Später würde er dann seinen Partner ausbezahlen und mich im *Rainbow* als seinen Teilhaber aufnehmen. Mann, ich hätte für den Rest meines Lebens ausgesorgt.«

»David«, sagte Beckham, »ich glaube nicht, daß ich das hier hören will.«

»Nein«, sagte David, »das willst du nicht.« Er nahm seine Bibel, ging in seine Zelle und legte sich auf sein Bett.

Es sollte jedoch nicht das letzte Mal sein, daß Daryl Beckham von den Morden am See hörte. Er war sich jetzt sicherer denn je, daß David unter psychischen Problemen litt, und erfolglos versuchte er auch weiterhin, die Gefängnisleitung davon zu überzeugen, David in nervenärztliche Behandlung zu geben. Obwohl er sich bemühte, Spence aus dem Weg zu gehen, war dies unmöglich. David fühlte sich zunehmend niedergeschlagener, suchte seine Nähe und schüttete ihm immer öfter sein Herz aus. Ein paar Wochen nach ihrer ersten Unterhaltung brachte David erneut die Morde zur Sprache.

»Ich habe sie getötet«, sagte David. »Gilbert war dabei und hat mir geholfen, sie zu fesseln. Und er hat die Mädchen auch vergewaltigt, aber ich war derjenige, der all die Morde begangen hat. Es war, als ob irgend etwas über mich gekommen wäre, als ob ich von etwas besessen gewesen wäre. Nachdem ich angefangen hatte, konnte ich mich nicht mehr unter Kontrolle bekommen. Die Mädchen hörten nicht auf zu schreien und sich zu wehren. Ich hatte Angst, daß irgend jemand uns hören würde. Und deshalb habe ich immer auf sie eingestochen. Immer und immer wieder habe ich zugestochen ... aber sie gaben einfach keine Ruhe.«

Während Spence redete, wurden seine Augen glasig, als ob er in Trance wäre. Seine Hände zitterten, und er begann zu weinen.

»Wir haben den Jungen gezwungen, uns dabei zuzusehen, wie wir die Mädchen bumsten. Ich hielt meinen Knüppel – meinen Liebesknüppel – in der Hand, und dann habe ich ihn in die Mädchen reingesteckt, während er zuschaute. Dann, nachdem wir mit ihnen fertig waren, habe ich ihn umgebracht. Ich mußte sie alle umbringen.«

Mehrere Male während seiner kurzen, entsetzlichen Schilderung der Morde vollführte er mit seiner linken Hand schnelle, ruckartige Bewegungen, als würde er zustechen.

»Das alles ist im Koehne Park passiert, aber Lucky hatte uns angewiesen, die Leichen im Speegleville Park zurückzulassen, weil keiner von uns sich jemals dort aufhielt. Verstehst du, so konnte man uns auf keinen Fall mit den Morden in Verbindung bringen. Also luden wir sie ins Auto und fuhren sie hinüber. Meine Freundin ist uns mit einem anderen Wagen gefolgt.«

Als hätte ihn dieses Bekenntnis erschöpft, hielt David plötzlich inne und ließ sich auf den Betonboden niederplumpsen. Obwohl Tränen über seine Wangen liefen, schien er ruhig zu sein. »Außer dir gibt es nur vier Leute, die irgend etwas hiervon wissen«, sagte er und starrte Beckham bedrohlich an. »Falls es herauskommt, werde ich wissen, wer geredet hat.«

Beckham nickte. Er verstand, was David ihm sagen wollte.

»Glaubst du, daß Gott mir vergeben wird?«

»Ich weiß es nicht«, sagte Daryl und schüttelte den Kopf. »Ich weiß es einfach nicht.«

Als Truman Simons an einem der ersten Februartage zum Dienst erschien, mußte er feststellen, daß Spence kurz vorher in eine Krankenzelle verlegt worden war. Ohne ersichtlichen Grund hatte er begonnen, unzusammenhängende Schreie auszustoßen und mit seinen Fäusten gegen die Wand zu hämmern. Er hatte mit Sachen um sich geworfen, versucht, Prügeleien anzufangen, war zwischen seiner Zelle und dem Tagesraum hin- und hergerannt und hatte gegen andere Gefangene und den diesthabenden Aufseher gewütet. Der Aufseher hatte befürchtet, daß David sich oder andere verletzen würde, und deshalb Hilfe herbeigerufen. Dann hatte man David nach unten gebracht und ihm eine Dosis Thorazin injiziert, um ihn ruhigzustellen.

Da er ziemlich früh dran war, beschloß Simons, bei David vorbeizuschauen, bevor er sich in der dritten Etage meldete.

Spence schritt in der engen Isolationszelle auf und ab, die Fäuste geballt, die Augen vom Weinen gerötet. Die Wirkung des Thorazins war offenbar abgeklungen.

»Ich habe gehört, Sie hatten einen ziemlich harten Tag«, sagte Simons. »Wollen Sie darüber reden?«

David stand mit dem Rücken eng an die hintere Zellenwand gepreßt. »Alles geht daneben. Ich weiß nicht, was ich tun soll.«

»Möchten Sie wieder nach oben in die dritte Etage zurück?«

»Ich muß hier raus«, erwiderte David und deutete ärgerlich auf die kleine, fensterlose Isolationszelle, in die man ihn gesperrt hatte.

»Ich sorge dafür, daß Sie wieder nach oben kommen«, sagte Simons. »Wenn Ihnen danach ist, können wir uns später ja noch ein wenig unterhalten.«

In der Zeit vor jenem Abend hatte Simons sich absichtlich von Spence zurückgehalten. Er war freundlich, aber unaufdringlich gewesen. Er hatte David gestattet, in den Schacht zu kommen und spätnächtliche Telefongespräche mit Christy oder seiner Mutter zu führen, und gelegentlich hatte er zugehört, wenn David bleiben und sich unterhalten wollte. Aber Simons hatte selten von den Morden am See gesprochen, und auch nur dann, wenn David das Thema zur Sprache gebracht und nach dem Fortgang der Ermittlungen gefragt hatte.

Simons hatte David klargemacht, daß er ein Verdächtiger war. Darüber hinaus hatte er diese Tatsache nicht weiter verfolgt. Spence ahnte nicht, daß der Aufseher insgeheim einen Fall gegen ihn aufgebaut und die Aussagen mehrerer Gefangener gesammelt hatte, in denen von Davids Äußerungen über die Morde berichtet wurde. Und er wußte auch nicht, daß Simons, wenn er keinen Schlaf hatte finden können, oftmals tagsüber ins Gefängnis zurückgekehrt war, um sich in das Zimmer mit den Überwachungsmonitoren zu setzen und stundenlang sogar die kleinste Bewegung von Spence zu beobachten.

Noch niemals während all seiner Jahre im Dienst der Justiz hatte Truman Simons einen Verdächtigen derart genau studiert. Ihm waren Davids Eigenheiten vertraut geworden, seine Sprech- und Ausdrucksweise, sogar die Art, wie er ging. Er wußte, an wen er Briefe schrieb und von wem er welche erhielt.

Er hatte mit zahlreichen Leuten geredet, von denen er wußte, daß sie über keine Kenntnisse hinsichtlich der Morde am See verfügten, bloß um mehr über Davids Persönlichkeit zu erfahren. Inzwischen kannte Simons den leidgeprüften Häftling viel besser, als David Spence es sich hätte vorstellen können.

Nachdem die anderen Gefangenen in jener Nacht schliefen, drückte Simons den Knopf, der Spences Zelle entriegelte, und winkte ihn zum Schacht. Den Rest der Nacht hörte er zu, wie David in Selbstmitleid zerfloß.

»Diese ganze Angelegenheit ist schon ziemlich traurig«, sagte David. Er saß auf dem Boden, mit dem Rücken am Gitter, sein Knie bis unter das Kinn hochgezogen.

»Was meinen Sie damit?«

»Nun, denken Sie doch mal nach«, gab David zurück. »Alle sind gegen mich. Niemand kümmert sich darum, was mit mir geschieht. Ich stehe noch unter Bewährung und kann deshalb nicht auf Kaution raus. Ich sitze einfach hier fest und komme auf keinen grünen Zweig. Alles bricht kurzerhand über mir zusammen. Es ist wirklich komisch, daß der einzige Mensch auf Erden, der so tut, als würde ich ihm etwas bedeuten, Sie sind. Und Sie sind der Kerl, der versucht, mir aus diesen Morden am See einen Strick zu drehen.«

Mehrere Minuten lang blieb Simons ihm eine Antwort schuldig. In gewisser Weise war das, was Spence sagte, die Wahrheit. Es hatte Momente während ihrer vielen spätnächtlichen Unterhaltungen gegeben, in denen der Aufseher sich selbst dabei ertappt hatte, daß er sich in Spences Gesellschaft wohl fühlte. Wenn er nicht mürrisch oder von Selbstmitleid überwältigt war, war David freundlich, sogar sympathisch. Mehr als einmal hatte Truman, nachdem Spence in seine Zelle zurückgegangen war, die handschriftlichen Aussagen, die mehrere Häftlinge für ihn angefertigt hatten, aus seiner Aktentasche gezogen, um sie ein weiteres Mal zu lesen. Es gab Zeiten, in denen er sich ins Gedächtnis zurückrufen mußte, wer David war. Er mußte sich dazu zwingen, sich daran zu erinnern, was David seiner festen Überzeugung nach getan hatte.

»Hören Sie, David«, sagte Simons schließlich. »Ich werde Sie nicht anlügen. Ich weiß, daß Sie eine schwere Zeit durchmachen, und ich wünschte, ich könnte etwas tun, um Ihnen zu helfen . . .«

David lächelte matt. »Mich zum Beispiel in die Todeszelle schicken?«

Simons erwiderte das Lächeln nicht. »Falls Sie diese Kinder am See umgebracht haben – und ich glaube, das haben Sie –, dann müssen Sie dafür bezahlen. Es ist nichts Persönliches, David, bloß der Beruf. Ich möchte, daß Sie das wissen.«

Spence studierte Simons' Gesichtsausdruck, sagte aber einige Sekunden lang nichts. »Ich bin nicht ausgerastet«, sagte er schließlich. »Sie hätten mich nicht nach da unten bringen und mir eine Spritze geben müssen. Ich wollte nur, daß jemand mit mir redet.«

»Ich werde Ihnen mal was sagen«, sagte Simons. »Das nächste Mal, wenn Sie solche Probleme bekommen wie heute, rufen Sie mich zu Hause an. Wir können uns am Telefon unterhalten, oder ich komme hierher – was immer Sie wollen. Ich würde Ihnen gerne helfen, wenn ich kann. Ich werde den anderen Aufsehern Bescheid geben, daß Sie mich jederzeit anrufen dürfen.«

»Meinen Sie das ernst?«

»David, ich habe es gesagt – ich werde Sie nicht anlügen.«

»Ich weiß das zu schätzen, Mr. Simons.«

Truman nickte. »Und jetzt schlafen Sie ein wenig.«

In der Zeit danach würde Judy Simons die Male zu fürchten beginnen, wenn sie ans Telefon ging und die verzweifelte Stimme von David Spence hörte, der sie anflehte, daß er unbedingt mit ihrem Mann sprechen mußte.

Kapitel 22

Als Vic Feazell, einunddreißig Jahre alt, bekanntgab, er würde sich als Kandidat der Demokraten für das Amt des Staatsanwalts des McLennan County bewerben, schenkten nur wenige aus Wacos politischen Kreisen ihm viel Aufmerksamkeit. Felipe Reyna war seit sechs Jahren in diesem Amt, und er hatte seinen Freunden zuversichtlich anvertraut, daß der jugendliche Anwalt, der die juristische Fakultät der Baylor Universität erst vier Jahre zuvor verlassen hatte, während der Vorwahlen nichts weiter darstellen würde als ein politisches Ärgernis.

Reyna rechnete nicht mit der entschlossenen Kampagne, die sein Konkurrent führen würde. Feazell richtete seine Reden und seinen Werbefeldzug an die gewöhnlichen Bürger der Stadt und nicht an die einflußreichen oberen Schichten von Wacos Gesellschaft. Mit starkem Rückhalt in der Mittelschicht und bei den Fabrikarbeitern gewann Feazell die Vorwahlen gegen den bisherigen Amtsinhaber und machte sich daran, dem Kandidaten der Republikaner eine erbitterte Schlacht zu liefern, die bis zur Hauptwahl im November andauerte.

Der stattliche, wortgewandte Feazell nahm kein Blatt vor den Mund und versprach, dafür zu sorgen, daß ›der Staatsanwalt wieder im Gerichtssaal zu finden sein wird‹. Als die Kampagne in die heiße Phase eintrat, machte er sich Feinde. Aber wie die Stimmenzählung schließlich ergab, hatte er die Mehrheit der Wähler für sich gewonnen.

Sobald der neue Staatsanwalt seinen Amtseid abgelegt hatte, führte er eine neue Sicherheitsstrategie ein, die der unter Reyna zur Tradition gewordenen Politik der offenen Tür ein jähes Ende bereitete. Bislang war es den Anwälten der Verteidigung ohne weiteres möglich gewesen, vorbeizukommen und Einsicht in Akten zu nehmen, Fälle zu besprechen oder einfach nur Kaffee zu trinken. Um einen Termin beim Staatsanwalt oder einem seiner Mitarbeiter zu erhalten, waren die Verteidiger jetzt gezwungen, in einer kleinen Vorhalle zu sitzen und zu warten, bis sie an der Reihe waren und durch verschlossene Türen zu

Feazell und seinem Stab vorgelassen wurden. Unter den verärgerten Anwälten war der zweite Stock in einem Nebenflügel des Gerichtsgebäudes schon bald als ›Fort Feazell‹ bekannte.

Um seine Kritiker nachdrücklich daran zu erinnern, daß er nicht die Absicht hatte, die von ihm veranlaßte neue Sicherheitsstrategie wieder zu ändern, ließ Feazell Autoaufkleber drucken, auf denen zu lesen stand: ›Ich war in Fort Feazell.‹ Er sorgte dafür, daß jedem, der sein Büro aufsuchte, von der Empfangssekretärin einer dieser Aufkleber ausgehändigt wurde. Der juristische Berufsstand Wacos begriff schnell, daß der neue Staatsanwalt, obwohl unerfahren und bisweilen ungestüm, sich nicht leicht würde einschüchtern lassen.

Als Sohn eines ›Fegefeuer und Höllenqual‹ verkündenden Baptistenpredigers wuchs Feazell in Pfarreien abgelegener Städtchen in Louisiana, Texas und New Mexico auf, in denen sein Vater mit einer Hand die Sünde bekämpfte und mit der anderen eine endlose finanzielle Schlacht schlug. Obwohl es sein Schicksal war, vor kleinen Gemeinden in kleinen Kirchen zu predigen, und das für ein Gehalt, das eine beständige wirtschaftliche Not bedeutete, hegte Reverend Fred Feazell nichtsdestotrotz die starke Hoffnung, daß sein Sohn eines Tages in seine Fußstapfen treten und Gottes Wort verkünden würde. Vic war erst dreizehn, als er die Kanzel betrat, um während eines Jugendgottesdienstes seine erste Predigt zu halten.

Als er jedoch in dem Örtchen Leander, Texas, nahe Austin, auf die High-School kam, verlagerten sich Feazells Interessen mehr in Richtung auf übliche Jugendvergnügungen, wie Mädchen, Autos, Raufereien und gelegentliche Experimente mit Alkohol und Drogen, wenn er nach der Schule nicht auf einer Hühnerfarm arbeitete. Nachdem er die High-School kurz vor seinem siebzehnten Geburtstag erfolgreich abgeschlossen hatte, trat Vic dem Trainigsprogramm für Kadetten bei, das von der Polizei des nahen Austin gefördert wurde. Er hatte sich dazu entschlossen, eine Laufbahn bei den Polizeibehörden einzuschlagen.

Nach einem Jahr bei der Polizei von Austin hörte Feazell

jedoch auf den Rat eines befreundeten Sergeants und richtete sein Augenmerk auf den Erwerb eines College-Abschlusses. Unterstützt von seinem Vater, schrieb er sich an dem hauptsächlich weiblich besetzten Mary-Hardin-Baylor-College in Belton ein, wo er zu dem Dutzend ›Campus-Jungen‹ der Schule gehören würde, jungen Männern, die zum Ausgleich für das Vorrecht, am Unterricht teilnehmen zu dürfen, auf dem Gelände des Colleges diverse Gärtner- und Wartungsarbeiten verrichteten. Um zur Finanzierung seiner Ausbildung beitragen zu können, nahm er einen Teilzeitjob als Bewährungsberater bei der Jungendstrafbehörde des Bell County an, und nachdem man ihn geweiht hatte, diente er als Pastor einer kleinen Baptistengemeinde im nahen Städtchen Dyess Grove.

Erst während seines letzten Jahres auf dem College faßte Feazell den Entschluß, ein Jurastudium an der Baylor Universität zu beginnen. Um die Kosten des Studiums bestreiten zu können, predigte er weiterhin und ging auch künftig seiner Tätigkeit als Bewährungshelfer nach, bis er schließlich in Waco beim Zentrum für geistig Behinderte als Sozialarbeiter fest angestellt wurde. Zum Zeitpunkt seiner Abschlußprüfung war er Leiter des Drogentherapieprogramms dieser Einrichtung.

Unmittelbar nach Beendigung seiner Ausbildung vertrat Feazell als Co-Anwalt einen äußerst umstrittenen Fall gegen eine bekannte Bank aus Waco vor Gericht, an dessen Ende sein Mandant die höchste Abfindungssumme erhielt, die jemals von einer Geschworenenriege im McLennan County zuerkannt worden war. Es war jedoch die Rolle des Anklagevertreters, die ihn am meisten reizte.

Kurz nachdem er im Januar 1983 sein Amt angetreten hatte, erfuhr der neue Staatsanwalt von dem öffentlichen Interesse an den Ermittlungsfortschritten im Fall der Lake-Waco-Morde. Feazell wußte kaum mehr über den Fall als das, was er im Fernsehen gesehen und in Zeitungsartikeln gelesen hatte, und so sprach er mit mehreren Beamten der Polizei von Waco, die im vergangenen Sommer mit den ersten Ermittlungen betraut gewesen waren. Ihm wurde gesagt, daß noch immer ein beträchtlicher Tatverdacht gegen den Vater von Kenneth Franks bestünde. Auch die Möglichkeit, daß das Verbrechen mit Drogen in Verbindung gestanden hatte, würde weiterhin untersucht. Man versicherte Feazell, daß die Polizei Fortschritte machte. Niemand erwähnte Truman Simons.

Feazell war der Ansicht, daß sein Büro über die Entwicklungen in diesem Fall auf dem laufenden gehalten werden sollte, und wies seinen Mitarbeiter Dennis Green an, den Fortgang der Ermittlungen gelegentlich zu überprüfen. Seit dem Verbrechen war bereits viel zuviel Zeit vergangen, dachte Feazell. Falls man wollte, daß die Öffentlichkeit die örtlichen Justizbehörden respektierte, mußten solche vieldiskutierten Fälle aufgeklärt und vor Gericht gebracht werden. Vic beschloß, daß er sein Büro in die Ermittlungen einschalten würde, sofern die Polizei innerhalb der nächsten Zukunft keine neuen Erkenntnisse erzielte.

Einstweilen hatte er jedoch sehr viel organisatorische Arbeit zu bewältigen, bevor er sich in die tägliche Routine seines neuen Amts eingewöhnen konnte. Außerdem mußte er sich bald Gedanken darüber machen, wie er sein Wahlversprechen erfüllen und persönlich als Anklagevertreter tätig werden würde. Feazells erster Auftritt vor Gericht würde die Verhandlung wegen eines schweren sexuellen Mißbrauchs sein. Laut der Akte, die ihm bereits vorlag, war der Angeklagte ein vierundzwanzigjähriger Mann aus Waco namens David Wayne Spence.

Seit ihrem Gespräch, das auf Davids Aufenthalt in der Krankenzelle des Gefängnisses gefolgt war, hatte Truman Simons das Verhalten, das er während seiner Ermittlungen zunächst an den Tag gelegt hatte, drastisch geändert. Er spielte nicht länger die passive Rolle, die Spence bislang immer in dem Glauben gelassen hatte, er würde die Situation beherrschen. Auf subtile Art und Weise war Truman zum Angreifer geworden.

David Spence hatte begonnen, Truman zu faszinieren. Es war fast, als bestünde er aus zwei Persönlichkeiten. In der kontrollierten Umgebung des Gefängnisses war er freundlich, beinahe liebenswert – es machte sogar Spaß, sich mit ihm zu unterhalten. Da er weitgehend dazu in der Lage war, sich den Regeln der Haft zu beugen, war David ein nahezu perfekter Gefangener.

Doch auf der Straße war er ein völlig anderer Mensch: ein Räuber und Vergewaltiger, ein Mann, der von Messern hingerissen war, ein Mörder. Vielleicht, so hatte Simons begonnen zu glauben, stand David, der Freundliche und Liebenswerte, in einem finsteren Kampf gegen ein Alter ego namens Chili.

Simons bemerkte, daß einige deutliche Parallelen zwischen den Persönlichkeiten von David Spence und dem oft in der Presse erwähnten Ted Bundy bestanden, dem Mann, der letztendlich in Florida verhaftet worden war, nachdem man ihn der Morde an nicht weniger als fünfunddreißig jungen Frauen überall in den Vereinigten Staaten verdächtigt hatte. Bundy war sympathisch und gutaussehend gewesen. Aber er hatte eine dunkle Seite gehabt, die nur wenige jemals zu Gesicht bekamen, die lange genug gelebt hätten, um darüber zu berichten.

Solch eine gestörte Persönlichkeit war das Merkmal eines eiskalten Psychopathen, ein Kennzeichen, das nach Simons' Ansicht haargenau auf David zutraf. Und er fragte sich, ob es möglich sein konnte, daß Spence vielleicht sogar eine gespaltenen Persönlichkeit war.

Unter den Aufsehern war allgemein bekannt, daß Simons sich mit Spence über die Morde am See unterhielt. Der Sheriff hatte die anderen Deputies darauf aufmerksam gemacht und sie angewiesen, sich nicht einzumischen und Spence auf dessen Wunsch jederzeit zu gestatten, Truman zu Hause anzurufen. Wenn Truman zum Dienst kam, verging kaum ein Abend, an dem ihn nicht jemand fragte, ob er bei seinen Gesprächen mit David irgendwelche Fortschritte machte.

Als ein junger Aufseher eines Morgens in der dritten Etage ankam, um seinen Kollegen abzulösen, sah er David auf dem Boden des Schachts sitzen und weinen, während er leise mit Simons redete. Truman, der auf der anderen Seite des Gitters auf seinem Stuhl saß, bedeutete dem Aufseher, an das entfernte Ende des Gangs zu gehen, bis sie ihr Gespräch beendet hatten. Der soeben eingetroffene Aufseher wußte nicht, daß David eine weitere Nacht mit dem verzweifelten Versuch zugebracht hatte, Christy zu erreichen. Er glaubte, sie hätte ihn verlassen, tat sich selbst leid und schüttete seine Probleme vor Simons aus.

Der Aufseher, der für die Tagesschicht zuständig war, hatte Simons seit Wochen bedrängt, ihm Einzelheiten aus den Gesprächen mit Spence zu verraten. Jetzt vermutete er, daß hinter dem Gefühlsausbruch sehr viel mehr steckte. Womöglich hatte David sich entschlossen zu gestehen, oder, falls nicht, war er zumindest fast soweit. Kurz nachdem Simons gegangen war, rief der neue Aufseher Spence zurück in den Schacht und versuchte, ein Gespräch mit ihm anzufangen. Er erwähnte, daß Spence gerade eben augenscheinlich viel durchgemacht hätte. Spence äußerte sich nicht dazu und fragte dann, ob er telefonieren dürfte.

Der Aufseher sagte, er würde ihm nur erlauben, das Telefon zu benutzen, wenn er ihm zuvor erzählte, ob er die Morde am See begangen hatte oder nicht. David nahm sofort eine defensive Haltung ein und sagte, daß er nicht die Absicht hätte, einen Mord zu gestehen, nur um einmal telefonieren zu dürfen. Daraufhin teilte der Aufseher dem Häftling mit, daß er ihm niemals wieder gestatten würde, das Telefon zu benutzen, es sei denn, er erzählte ihm, ob er in das Verbrechen verwickelt war.

Am nächsten Abend berichtete David Simons von dem Zwischenfall. Obwohl er seinen Ärger verbarg, ging Truman sofort nach Dienstschluß zum Sheriff und erzählte ihm, was passiert war. »Dieser Idiot hätte alles versauen können«, sagte er. »Zur Hölle, David hätte einfach gestehen können, nur um telefonieren zu dürfen. Und schon hätten wir eine Nötigung und diese ganze Scheiße am Hals. Es wäre mir lieb, wenn Sie diesen Kerl von der dritten Etage fernhalten würden.« Sheriff Harwell ging sogar noch weiter: Er kündigte dem jungen Aufseher an jenem Tag.

Truman Simons ahnte, daß der 15. Februar ein langer Tag werden würde. Sofort nachdem er die dritte Etage verlassen hatte, ging er nach unten und traf Vorbereitungen für eine Sitzung Daryl Beckhams bei einem Hypnotiseur. Er hoffte, daß Beckham vielleicht in der Lage sein würde, sich an weitere Einzelheiten aus seinen Gesprächen mit David Spence zu erinnern. Und Jerry Jackson, einer der Häftlinge, die gehört hatten, wie David von den Morden erzählte, hatte eingewilligt, eine Aussage zu Protokoll zu geben. Überdies hatte seine Freundin ihm eingestanden, von David einmal sexuell mißbraucht worden zu sein, und Jackson hatte sie dazu überredet, ins Büro des Sheriffs zu kommen und ebenfalls auszusagen.

Es war später Nachmittag, bis endlich alle Vorkehrungen getroffen worden waren. Man hatte Beckham aus der dritten Etage geholt, damit dieser sich auf seine Befragung unter Hypnose vorbereiten konnte, und Jackson saß mit Simons in einem der Verhörzimmer und wartete auf die Ankunft seiner Freundin. Sie hatten soeben damit begonnen, sich über die Einzelheiten zu unterhalten, die bei Abgabe einer Zeugenaussage von Bedeutung sind, als ein Deputy an die Tür klopfte und Simons bat, nach draußen zu kommen.

»Wir mußten deinen Jungen Spence gerade eben nach unten bringen«, sagte der Deputy. »Vor einer Weile ist er dort oben völlig ausgerastet, und wir können überhaupt nichts mit ihm anfangen. Er ist wieder in einer der Krankenzellen und tobt und schreit nach dir. Er läßt nicht zu, daß wir ihm eine Spritze geben. Er geht auf jeden los. Er sagt, er will, daß du zu ihm kommst.«

»Was ist passiert?«

»Ich habe nicht die geringste Ahnung. Er spielt einfach verrückt. Ich weiß nicht, was, zur Hölle, wir mit ihm machen sollen.«

Simons schüttelte den Kopf. »Ich bin gerade mit etwas ziemlich Wichtigem beschäftigt«, sagte er. »Steckt ihn einfach in eines der Zimmer gegenüber vom Aufnahmeschalter und besorgt jemanden, der so lange mit ihm redet, bis ich Zeit habe, dorthin zu kommen.«

»Ich werde sehen, was ich tun kann.«

Simons hatte eben erst damit begonnen, die Aussage der jungen Frau aufzunehmen, als ihn einer der Sergeants aus dem Gefängnis anrief. »Könntest du sofort herüberkommen?«

Truman ärgerte sich wegen dieser zweiten Unterbrechung und sagte: »Ich bin im Moment sehr beschäftigt.«

»Nun, wir brauchen deine Hilfe. Spence flippt wirklich total aus.«

»Mal sehen, ob ich jemanden auftreiben kann, der diese Aussagen hier aufnimmt«, sagte Truman. Nachdem er einen Deputy gefunden hatte, der ihn ablösen konnte, erklärte Simons Jackson und dessen Freundin, daß ein Notfall seine sofortige Aufmerksamkeit erforderte. »Ich bin bald wieder zurück, um mich mit Ihnen zu unterhalten«, sagte er und eilte dann den Flur hinunter auf das Gefängnis zu.

Er konnte Davids Schreie hören, lange bevor er die Zelle erreichte, in die man Spence gebracht hatte. Er trat ein und sah zwei Aufseher, die in der Nähe der Tür standen, und David, der sich weinend und mit weit aufgerissenen Augen in eine der hinteren Ecken drückte. Als er Simons erblickte, rutschte Spence mit dem Rücken an der Wand in eine sitzende Position hinunter und zog die Knie unter das Kinn.

Simons schaute einige Sekunden lang auf David hinunter. Er wirkte beinahe zerbrechlich und verängstigter, als Truman ihn je gesehen hatte. Simons zog einen Stuhl heran, setzte sich neben David und drehte sich zu den verwirrten Aufsehern um. Beide waren verblüfft angesichts der Ruhe, die sich in dem Moment, in dem Truman in den Raum gekommen war, plötzlich über den Gefangenen gelegt hatte. »Ihr beide könnt jetzt gehen«, sagte Simons. »Ich werde mich um diese Sache kümmern.« Sie verließen die Zelle und schlossen die Tür hinter sich.

»David, was ist los?« fragte Truman.

Mehrere Minuten lang weigerte sich Spence, ein Wort zu sagen, und weinte immer heftiger.

»David«, wiederholte Simons, »was ist los? Was hat Sie so aus der Fassung gebracht?«

»Christy«, sagte Spence schließlich mit nahezu kindlicher Stimme. »Sie ist nichts als eine Hure.«

»Haben Sie sie nicht erreichen können?« fragte Truman.

»Sie hat mich angelogen«, gab David zurück. »Diese ganzen Behauptungen, sie hätte keine Möglichkeit gehabt, mich hier zu besuchen, und all das Zeug. Sie hat einfach gelogen. Ich habe sie heute gesehen. Ich stand dort oben am Fenster und habe gesehen, wie sie aus dem Auto gestiegen und ins Gefängnis gelaufen ist. Ich wollte mich gerade umdrehen, um gleich ins Besuchszimmer gehen zu können, da kam sie schon wieder zurück zum Wagen gerannt und stieg zu diesem Kerl ein, der sie hergefahren hatte. Sie beugte sich zu ihm hinüber und küßte ihn.«

»Wer war der Typ?«

»Ich weiß es nicht; irgendein Fettsack, der einen weißen Pontiac fährt. Ich kann es einfach nicht mehr ertragen. Ich komme damit nicht klar.«

»Nun, David«, sagte Truman, »Sie müssen das verstehen – sie ist ein junges Mädchen, voller Energie und Tatendrang. Sie muß ihr eigenes Leben leben. Und Sie sind hier im Gefängnis. Sie müssen damit rechnen, daß sie mit anderen Leuten ausgehen wird. Das ist einfach etwas, mit dem Sie sich werden abfinden müssen.«

Simons' Andeutung regte David auf. »Nein«, sagte er. »So sollte es nicht sein. Sie sollte auf mich warten. Falls ich dort draußen wäre und sie hier drinnen, ich würde warten.«

»Alles, was ich Ihnen raten kann, ist, daß Sie versuchen müssen, so gut wie möglich damit fertig zu werden. Sie dürfen nicht zulassen, daß solche Dinge Sie weiterhin derart aus dem Gleichgewicht bringen.«

»Ich will mit ihr reden.«

»Okay, ich mache Ihnen einen Vorschlag. Sobald ich heute abend meinen Dienst übernommen habe, dürfen Sie sie anrufen.«

»Nein, ich will jetzt mit ihr reden.«

»Sie können im Moment nicht mit ihr sprechen, David. Hier sind keine Telefone. Außerdem würden wir Christy jetzt vermutlich nicht einmal finden können.«

Mit diesen Worten erhob sich Simons von seinem Stuhl. »Hören Sie, ich muß drüben im Büro noch einiges erledigen. Entspannen Sie sich einfach, beruhigen Sie sich, und nachher komme ich wieder und hole Sie ab. Vielleicht können wir sie dann erreichen, einverstanden?«

Spence blickte zu Simons auf und begann wieder zu weinen. »Ich will nicht, daß Sie gehen«, sagte er.

»David, ich kann nicht den ganzen Abend hier bei Ihnen sitzen bleiben. Wir können uns heute nacht unterhalten. Im Moment habe ich noch ein paar Sachen zu tun.«

Zum erstenmal, seit Simons den Raum betreten hatte, erschien der Anflug eines Lächelns auf Spences Gesicht. »Ich weiß«, sagte er, »aber ich glaube, Sie werden mit mir reden *wollen*.«

Simons setzte sich.

»Hören Sie«, sagte David. »Ich will mit Christy reden, und dann werde ich etwas tun, das diese ganze Stadt glücklich machen wird.«

Für einen Moment spannte sich Trumans Körper an. Er wußte inzwischen, daß David während seiner depressiven Phasen äußerst verletzlich war. Schon vor langem war er zu der Überzeugung gelangt, daß Spence nur in einem solchen Zustand irgendwann einmal vielleicht von seiner Rolle in diesen Mordfällen erzählen würde.

»Was haben Sie vor?« fragte Simons.

»Sie wissen, was ich tun werde«, stieß David hervor.

Ich hoffe, daß ich es weiß, dachte Simons, aber er täuschte Ahnungslosigkeit vor. »Ich kann nicht Ihre Gedanken lesen«, sagte er.

»Nun«, sagte David, »Sie haben hart gearbeitet und viele Stunden hier im Gefängnis verbracht. Ich habe einiges gehört. Ich weiß, daß Sie Tag und Nacht gearbeitet haben. Sie sollten zu Hause bei Ihrer Familie sein. Ich werde etwas tun, das Ihnen endlich zu etwas Ruhe verhelfen wird.«

»Und das wäre?«

»Zuerst will ich mit Christy reden. Ich werde ihr erzählen, was ich vorhabe, und dann bin ich bereit.«

»Geben Sie mir zumindest einen Hinweis auf das, was Sie zu tun beabsichtigen.«

»Wie ich Ihnen schon gesagt habe, werde ich etwas tun, das alle glücklich machen wird – Sie, die Polizei, den Sheriff, jeden.«

»Wie wollen Sie das anstellen?«

Einen Moment lang schien diese Frage David zu verwirren. »Falls jemand vorhat, über etwas zu reden, das er getan hat, wie wird er das wohl bewerkstelligen?« fragte er.

Simons hatte langsam genug von diesem Spielchen. »Nun«, sagte er, »falls jemand ein Verbrechen gestehen möchte, das er begangen hat, gibt es verschiedene Möglichkeiten. Er kann es aufschreiben oder auf Band sprechen, oder er kann sich mit einer Videokamera aufnehmen lassen. Das hängt davon ab, worum es sich handelt und was Sie tun wollen.« Simons betonte das Wort ›Sie‹.

»Ihr Jungs habt Videokameras?«

»Ja.«

»Dann will ich gefilmt werden.«

»Wieviel Band werden wir nach Ihrer Ansicht wohl brauchen?« fragte Simons.

»Nicht viel. Ich habe bloß ein paar Worte zu sagen.«

Truman schüttelte den Kopf. »David, ich kann mir nichts vorstellen, das Sie zu sagen hätten und das bloß ein paar Worte lang wäre. Ein paar Worte werden niemanden in dieser Stadt glücklich machen.«

Spence war jetzt entspannt und lächelte. Er spürte, daß er die Situation wieder unter Kontrolle hatte; er genoß das Katz- und Maus-Spiel.

»Okay, David«, sagte Simons. »Lassen Sie uns mit dieser Spielerei aufhören. Ich denke, ich weiß, was Sie vorhaben. Sie und ich haben uns ausführlich genug über das Gesetz unterhalten. Sie wissen, daß nichts, was Sie mir sagen, gegen Sie verwendet werden kann.« Der Aufseher erklärte ihm abermals, daß jede mündliche Aussage, die nicht aufgenommen wurde – und die nicht dazu führte, daß irgendwelche Beweise oder Tatsachen enthüllt wurden, von denen die Polizei bislang nichts gewußt hatte –, nach texanischem Recht nicht zulässig war. »Dieser Raum wird nicht abgehört. Warum fahren Sie nicht einfach fort und erzählen mir, was Sie beabsichtigen, und ich sage Ihnen dann, wie Sie in dieser Angelegenheit am besten vorzugehen haben.«

Spence setzte sein Spiel fort. »Sie wissen, was ich vorhabe.«

»Ich glaube, daß ich es weiß, aber so wie Sie sich in der letzten Zeit benommen haben, bin ich mir nicht sicher.«

David klang beleidigt. »Ich bin nicht verrückt, falls Sie das meinen. Sie wissen, daß ich nicht verrückt bin.«

»Aber, verdammt noch mal, Sie spielen hier blödsinnige Spielchen«, entgegnete Simons. »Das bringt uns nirgendwohin. Ich glaube, Sie wollen eine Aussage machen.«

»Das ist richtig«, erwiderte David, »aber nicht bevor ich mit Christy gesprochen habe.«

»Werden Sie Christy erzählen, daß Sie beabsichtigen, eine Aussage zu machen?«

»Ja, genau. Jeder denkt, ich hätte es getan, oder? Die Leute oben im Gefängnis haben Ihnen erzählt, ich wäre es gewesen. Alle halten mich für schuldig. Also kann ich es Ihnen genausogut erzählen. Mein Leben ist ohnehin ein Trümmerhaufen.«

»Falls Sie tatsächlich aussagen wollen«, warnte Simons ihn, »sollten Sie sich am besten darauf einstellen, alles zu erzählen; fangen Sie mit dem Anfang an, und lassen Sie nichts aus. Falls Sie mich davon überzeugen wollen, daß Sie es getan haben, werden Sie erzählen müssen, was Sie von der Sache wissen.«

»Hey, ich dachte, Sie wären längst davon überzeugt.«

»Das bin ich auch«, gab Simons zu, »aber Sie müssen auch den letzten Zweifel in mir ausräumen. Und die einzige Art und Weise, auf die Sie das bewerkstelligen können, besteht darin, daß Sie die komplette Geschichte erzählen, den Anfang, die Mitte und das Ende.«

»Das will ich nicht. Ich will lediglich eine Aussage machen, die mich betrifft, niemanden sonst.«

»David, falls Sie damit meinen, daß Sie aussagen wollen, Sie wären einer derjenigen, die die Morde am See begangen haben, und es dann dabei belassen, hat es keinen Sinn, dafür ein Videoband zu verschwenden. Darauf werde ich mich nicht einlassen. Einige Leute würden das vielleicht tun, aber ich arbeite nicht auf diese Weise.«

»Was ist daran nicht in Ordnung, wenn ich aussage, ich hätte es getan?«

»Das genügt mir nicht. Falls Sie es auf diese Weise spielen wollen, reden Sie mit jemand anders.«

»Falls ich diese Aussage mache, sind Sie der einzige, mit dem ich reden werde. Aber ich werde kein Wort sagen, bevor ich nicht mit Christy gesprochen habe.«

Simons brachte David zum Aufnahmeschalter und wartete ab, während Spence mehrmals telefonierte, um Christy ausfindig zu machen. Niemand schien zu wissen, wo sie sich aufhielt.

Es war weit nach Mitternacht, als Simons schließlich auf seinem Posten in der dritten Etage saß. Seine Muskeln schmerzten, und seine Augen brannten, doch obwohl er kaum geschlafen hatte, war er hellwach und angespannt, weil die Aussicht bestand, daß Spence seine Schuld eingestehen würde. David führte ein Telefongespräch nach dem anderen, um Christy zu erreichen, aber er hatte keinen Erfolg.

Simons spürte, daß es nichts bringen würde, weiterhin über Davids angekündigte Aussage zu diskutieren, und erwähnte sie deshalb nicht mehr. Statt dessen hörte er zu, wie Spence sich wieder einmal darüber ausließ, daß Christy ihn ja so schlecht behandelt hätte, seitdem er im Gefängnis saß, und daß er begonnen hätte, mit einigen anderen Häftlingen in der Bibel zu lesen.

Während sie so dasaßen und sich unterhielten, war Simons sich deutlich der Tatsache bewußt, daß David versuchte, ihn zu durchschauen. Offensichtlich überraschte es ihn, daß Simons ihr Gespräch von Nachmittag nicht mehr erwähnt hatte. Aber falls das Spiel von neuem beginnen sollte, dachte Simons, würde David den Anfang machen müssen.

»Falls ich mit Ihnen über etwas reden will«, sagte David schließlich, »ohne jedoch zu sagen, daß ich die Person bin, von der ich spreche, wie nennen Sie das doch gleich? Sie wissen schon, als ob alles erfunden wäre.«

»Sie meinen hypothetisch?«

»Ja, genau«, sagte David. »Könnten wir uns vielleicht auf diese Weise unterhalten? Wie wir es schon einmal gemacht haben?« Er blickte hoch zu dem Lautsprecher, der oberhalb seines Sitzplatzes an einer Wand des Schachtes angebracht war.

Simons ging zum Tisch herüber und schaltete das Radio ein. »Falls uns jemand belauscht, wird er nur Musik hören«, sagte er.

Einige Sekunden lang saß David da, sein Gesicht in den Händen vergraben, als würde er überdenken, was er sagen wollte. »Es ist wie ein Traum«, begann er. »In diesem Traum sieht ein Kerl sich dabei zu, wie er jemanden umbringt.«

Simons hätte schwören können, daß es Spence schwerfiel, das, was er zu sagen versuchte, auf eine hypothetische Situation zu übertragen. Er hatte sich dazu entschieden, es als einen Traum zu tarnen.

»Dieser Kerl«, fuhr Spence fort, »hat dieses Mädchen zu Boden geworfen, und er ist über ihr, und er sticht auf sie ein. Ich meine, er verliert einfach die Kontrolle. Er ist nicht länger er selbst. Es ist, als ob er hier stehen und zuschauen würde, während der Kerl da drüben den eigentlichen Mord begeht. Aber obwohl er hier steht, gefällt es ihm. Es ist verrückt.«

David unterbrach seine hypothetische Erzählung und fragte: »Wäre das verrückt? Falls jemand so etwas empfinden würde, wäre er geisteskrank?«

»Ich würde sagen, daß mit jemandem, der eine Person auf diese Weise umbringt, mit Sicherheit etwas nicht in Ordnung ist«, antwortete Simons.

Spence kehrte zu seiner Geschichte zurück. »Wissen Sie«, sagte er, »als diese Brünette vor mir lag und ich auf sie einstach und sie schnitt, war es, als würde es sich eigentlich gar nicht um mich handeln. Es war, als würde ich irgendwo anders stehen und zusehen. Aber ich habe es genossen.« Simons rann ein kalter Schauer den Rücken hinab, als ihm klar wurde, daß David von der hypothetischen in die erste Person gewechselt hatte.

Genau in diesem Moment ertönte das Signal des nahen Aufzugs, und zwei Wächter, die sich auf ihrer nächtlichen Runde befanden, traten heraus. Als sie sich näherten, stand David auf und streckte sich. »Ich muß mal pinkeln«, sagte er.

Sobald Spence den Schacht verlassen hatte, um in seine Zelle zu gehen, bat Simons die Wachen, in jener Nacht nicht mehr in die dritte Etage zu kommen. »Erzählt den Leuten unten einfach, daß ich mit David hier oben etwas sehr Wichtiges zu besprechen hätte«, sagte er. Als die Wächter zurück zum Aufzug gingen, unterdrückte Simons einen Fluch.

Ein paar Minuten später kam David quer durch den leeren Tagesraum zurück. Er lächelte. Als er erneut den Schacht betrat, sagte er: »Habe ich Ihnen eigentlich jemals von meinem Knüppel erzählt?«

»Nicht, daß ich mich erinnern könnte«, erwiderte Simons. Jetzt gingen die Spiele wieder los.

»Ich habe einen Namen für ihn.«

»Welchen?«

»Das kann ich Ihnen nicht sagen.«

»Ach, na los.«

»Nein, ich werde es Ihnen lieber nicht verraten.«

»Was machen Sie mit ihm?«

»Ach, ich trage ihn einfach mit mir herum, um damit Niggern einen über den Schädel zu ziehen«, sagte David. »Und manchmal benutzte ich ihn für andere Zwecke.«

»Was für Zwecke?«

David lächelte nur und ignorierte die Frage. »Darf ich noch mal versuchen, Christy zu erreichen?« fragte er.

Niedergeschlagen reichte Truman ihm das Telefon. Was auch immer Spence ihm noch über die Morde am See erzählt haben würde, es war in dem Moment verlorengegangen, in dem das Aufzugssignal erklungen war. Aber er hatte sich ganz dicht vor dem Ziel befunden. Er fühlte, daß es jetzt nur noch eine Frage der Zeit war.

Um fünf Uhr morgens hatte David Christy noch immer nicht erreicht. Er wurde jetzt müde, seine Stimmung sackte ab, und er begann wieder zu weinen und darüber zu reden, wie schlecht sie ihn behandelte.

Um fünf Uhr dreißig ließ Simons einen anderen Aufseher kommen, der das Licht einschalten und die Gefangenen zum Frühstück wecken würde. Dann brachte er David wieder nach unten in eines der Verhörzimmer im Erdgeschoß und ließ ihn abermals mehrfach telefonieren.

Um neun Uhr war Simons völlig erschöpft. »Hören Sie, David«, sagte er. »Ich bin total fertig. Ich muß nach Hause und mich etwas ausruhen. Und Sie brauchen auch ein wenig Schlaf. Ich komme heute nachmittag wieder, und dann versuchen wir, Christy zu erwischen.«

»Gehen Sie noch nicht«, bat David. »Bleiben Sie noch ein bißchen länger. Ich werde es tun. Ich werde es sofort tun, nachdem ich mit ihr gesprochen habe.«

»Scheiße, David, ich kann nicht mehr«, sagte Simons. Seine Stimme klang fast so flehentlich wie die von Spence.

Während Simons zu Hause schlief, lief David, dessen Adrenalin ihn wach hielt, in der dritten Etage umher und verbreitete unter den Insassen die Neuigkeit, daß er beabsichtigte, die Morde am See zu gestehen, sobald er mit Christy Juhl gesprochen hatte. »Ich werde aufgeben«, sagte er immer wieder, und seine Stimme war voller Erregung. »Ich werde ihnen davon erzählen und es hinter mich bringen.« Außerdem beharrte er darauf, daß er Christy in die Sache hineinziehen würde. Falls sie ihm nicht treu blieb, sagte er, würde er sie mit sich in den Untergang reißen.

Anstatt an jenem Nachmittag ins Gefängnis zurückzukehren, rief der erschöpfte Simons dort an, um den diensthabenden Aufseher darum zu bitten, Spence zu gestatten, weiterhin hinter Christy herzutelefonieren. Falls es David gelang, sie aufzuspüren, sagte Truman, wollte er unverzüglich darüber informiert werden. Bis zu dem Zeitpunkt, als er an jenem Abend seinen Dienst antrat, hatte er keine Nachricht erhalten.

Es war fast Mitternacht, als es Spence, bei dem sich der Mangel an Schlaf langsam bemerkbar machte, endlich gelang, seine Freundin zu erreichen. Simons wartete ungeduldig ab, während sich das Telefongespräch über mehr als eine Stunde hinzog.

Als David ihm schließlich das Telefon durch die Öffnung in dem Glasfenster zurückgab, das den Bereich des Aufsehers vom Tagesraum trennte, versuchte Simons, unbekümmert zu wirken. »Nun, seid ihr beiden miteinander ins reine gekommen?« fragte er.

David nickte kraftlos. Er war offensichtlich erschöpft. So sehr Simons ihn auch bedrängen wollte, weil er sicher war, daß Spence sich endlich kurz vor dem entscheidenden Schritt befand, so wußte er doch, daß er würde warten müssen. Falls er ein Geständnis bekam, wollte er nicht, daß es mit der Art von Zweifeln behaftet war, auf die Verteidiger es besonders abgesehen hatten. Jeder im Gefängnis wußte, daß David seit achtundvierzig Stunden nicht geschlafen hatte und unter beträchtlicher emotioneller Belastung stand. Simons wußte, daß eine Aussage, die unter solch erschwerten Bedingungen gemacht wurde, nicht das Papier wert war, auf dem sie geschrieben stand. Truman war zu lange zu vorsichtig gewesen, um das Risiko einzugehen, daß die brennende Ungeduld, die er verspürte, sein Urteilsvermögen beeinflußte.

»Sie sehen wie ausgekotzt aus, Mann«, sagte Simons. »Sie müssen etwas schlafen. Wir können später reden. Warum hauen Sie sich nicht eine Zeitlang aufs Ohr?«

»Ja, ich fühle mich ausgelaugt«, sagte David. »Ich glaube, ich kann jetzt endlich schlafen.«

Als Simons Spence am nächsten Tag nach dessen Absicht fragte, eine Aussage zu machen, tat David die Frage lachend ab. »Ach, ich bin bloß deprimiert gewesen«, sagte er. »Ich wollte mich lediglich bei meiner Alten revanchieren. Sehen Sie, deshalb wollte ich auch nur eine kurze Aussage machen und keine Einzelheiten erzählen.«

»Ich bin nicht sicher, daß ich Ihnen folgen kann«, erwiderte Truman.

Spence zuckte die Achseln. »Ich *weiß* keine Einzelheiten«, sagte er und drehte sich um, um in seine Zelle zu gehen.

Truman wußte, daß keinerlei Aussicht mehr auf ein Geständnis von David bestand, zumindest für den Augenblick. Aber fast wäre es passiert. Vielleicht würde es noch einmal soweit kommen.

In Zukunft würde Simons jedoch erheblich vorsichtiger mit David umgehen. Er war sich der Tatsache bewußt, daß praktisch jeder im Gefängnis von den nächtlichen Gesprächen wußte, die er und Spence geführt hatten. Er ahnte, daß es schon bald Gerüchte geben würde, daß er David gegen dessen Willen vom Schlafen abhielt. Zu seinem eigenen Schutz erklärte Truman Spence daher, daß er sich auch weiterhin gerne mit ihm unterhalten würde, aber nur, falls David zuvor ein entsprechendes schriftliches Gesuch einreichte.

Als sie sich eines Abends unterhielten, erwähnte Spence, daß seine Mutter ihm erzählt hatte, sie hätte einen Ring gefunden, mit dem sie nichts anfangen könnte. »Sie sagt, sie hat ihn beim Hausputz entdeckt, und sie weiß nicht, woher er stammt«, sagte David. »Vielleicht hat Christy ihn dort verloren. Es wäre mir lieb, wenn Sie irgendwann einmal vorbeischauen und einen Blick darauf werfen würden.«

Simons hatte zwar mit Mrs. White am Telefon gesprochen, sie jedoch noch nicht persönlich kennengelernt. »Vielleicht werde ich das«, sagte er zu David. »Es würde mir einen guten Anlaß liefern, sie zu treffen.« Er war davon überzeugt, daß David wieder irgendein Spiel spielte.

Bei dem kleinen, billigen Ring, den Juanita White Simons zeigte, fehlte der Stein. Es schien sich um die Art von Ring zu handeln, die er viele junge Mädchen an ihrem kleinen Finger hatte tragen sehen. Während er den Ring betrachtete, ergriff Juanita das Wort. »Wissen Sie, David hat mich angerufen und mir gesagt, er würde diese Morde am See gestehen«, erzählte sie dem Deputy. »Er hat gesagt, er würde lieber die Todesstrafe auf sich nehmen, als noch einmal ins Zuchthaus zu gehen. Ich habe versucht, ihm das auszureden.«

»Er hat nichts gestanden«, sagte Truman.

»Ich behaupte nicht, daß David nicht in der Lage ist, jemanden umzubringen«, sagte Juanita. »Wenn er betrunken ist, dreht er durch. Aber nach dem, was ich gelesen und gehört habe, war diese Sache draußen am See ein organisierter, gut geplanter Mord. Ich glaube einfach nicht, daß er in so etwas verwickelt sein könnte.«

Ihre offene Art überraschte Simons. »Wußten Sie von Davids Verhältnis zu Muneer Deeb?« fragte er.

»O ja«, sagte sie. »Er hat mir einmal von einem Plan erzählt, den die beiden ausgeheckt hatten. Sie wollten Deebs Auto zu Schrott fahren, um die Versicherung zu betrügen. Ich sagte ihm, das wäre ein zu dämliches Vorhaben, um auch nur darüber nachzudenken.

Ich bin Davids Mutter und sollte Ihnen vermutlich gar nichts davon erzählen, aber eines Nachts hat er mich völlig aufgeregt angerufen – es war drei oder vier Uhr morgens – und etwas über Deeb ins Telefon geschrien. Er sagte, daß Lucky und sie Gayle draußen in Axtell ermordet hätten und daß er befürchtete, sie würden als nächstes hinter ihm her sein. Er hatte wirkliche Angst. Und ich auch. Ich sagte, er sollte nach Hause kommen. Aber das hat er nicht getan.

Dann, ein paar Tage später, ist er aufgetaucht, und ich habe ihm ganz schön die Hölle heiß gemacht, weil er mich so in

Angst versetzt hatte. Er winkte nur ab und sagte, es hätte sich um eine andere Gayle gehandelt.

Wissen Sie, nach dieser Geschichte mit dem sexuellen Mißbrauch konnte er kaum schlafen. Mitten in der Nacht ist er schreiend hochgeschreckt. Und er hat oft Magenschmerzen gehabt. Ich glaube, wenn er in die Morde an diesen Kindern verwickelt gewesen wäre, hätte er genauso reagiert.«

Simons hörte ihr schweigend zu und machte sich nicht die Mühe, Juanita White daran zu erinnern, daß ihr Sohn nach dem sexuellen Mißbrauch nicht in ihrem Haus gewohnt hatte. Falls ihm Übelkeit und Alpträume zu schaffen gemacht hatte, hätte sie das auf keinen Fall wissen können. Allerdings hatte David nach den Morden am See mehrere Male in ihrem Haus übernachtet.

»Sie glauben, daß er es getan hat?« fragte Juanita.

»Ja, Madam, das tue ich«, antwortete Truman.

Sie erhob sich von der Couch und ging ins Schlafzimmer. »Bevor Sie gehen«, sagte sie, »möchte ich Ihnen noch etwas zeigen. Ich habe neulich auch eine Uhr gefunden, und ich weiß nicht, wo sie herkommt.«

Es war eine kleine Damenuhr mit einundzwanzig Steinen, einem schwarzen Zifferblatt und einem ebenfalls schwarzen Kunststoffarmband. Simons ging nach draußen auf die vordere Veranda und untersuchte die Uhr bei Sonnenlicht. Zwischen dem Armband und dem Zifferblatt befand sich eine Substanz, bei der es sich um getrocknetes Blut zu handeln schien.

»Hätten Sie etwas dagegen, wenn ich diese Uhr mitnehmen würde?«

»Nein, das geht in Ordnung«, sagte Mrs. White.

Simons brachte die Uhr auf direktem Wege ins Labor und bat darum, daß überprüft wurde, ob es sich bei der Substanz tatsächlich um getrocknetes Blut handelte. Ein Techniker schabte die winzigen Partikel vorsichtig von dem Armband ab. Zwei Stunden später rief er Simons an, um ihm mitzuteilen, daß die Chemikalien, die er für den Test verwendet hatte, leider verdorben gewesen waren. Es würde keine verwertbaren Ergebnisse geben.

Am nächsten Morgen fuhren Simons und Baier zum Wohnungsamt von Waco, wo Star Clompton arbeitete, Jills frühere Zimmergefährtin aus dem Methodistenheim. »Wir haben hier einige Schmuckstücke, auf die Sie bitte einen Blick werfen möchten«, bat Baier die junge Frau, nachdem er ihr erklärt hatte, daß sie im Fall der Morde am See ermittelten.

Star sagte, sie würde den Ring nicht erkennen, aber als sie die Uhr sah, begann sie zu weinen. »Das ist Jills Uhr«, sagte sie.

»Es ist wichtig, daß Sie sich absolut sicher sind«, sagte Baier. »Sind Sie das?«

Die junge Frau gewann ihre Fassung zurück und besah sich die Uhr ein weiteres Mal. »Ich kann es nicht mit völliger Sicherheit behaupten«, sagte sie, »aber Jill hatte eine Uhr, die wie diese ausgesehen hat.«

Obwohl Jan Thompson sich entsann, für ihr Nichte bei einem Versandhaus eine Uhr mit ähnlichem Design bestellt zu haben wie die, die Simons ihr zeigte, war sie nicht dazu in der Lage, sie hundertprozentig als die von Jill zu identifizieren. Ebenso konnte sich kein Familienmitglied daran erinnern, daß Jill einen Ring besessen hatte wie den, der ihm von Juanita White ausgehändigt worden war. Enttäuscht fand sich Truman mit der Tatsache ab, daß die beiden Gegenstände niemals als Beweismaterial durchgehen würden.

Als David begann, sich für die Bibel zu interessieren, war Truman deswegen zunächst nicht überrascht. Viele Häftlinge klammerten sich an die Religion, die sie als letzte Rettungsleine betrachteten, wenn sie mit überwältigenden Schuldgefühlen zu kämpfen hatten oder einer langen Haftstrafe entgegensahen. Er nahm an, daß es sich bei Spence ebenso verhielt. Der Unterschied bestand jedoch darin, daß David über eine Kenntnis der Heiligen Schrift verfügte, die der Aufseher nicht erwartet hatte. Während eines kurzen Zeitraums, in dem David und Christy regelmäßig zur Kirche gegangen waren, hatte er die Bibel voller Leidenschaft gelesen, Teile davon auswendig gelernt und seinen Pastor nach der Bedeutung dessen gefragt, was er gelesen hatte.

Als er eines Abends bei Simons saß und sich mit ihm unterhielt, schlug David die Bibel auf, die er mitgebracht hatte, und begann, über die Zehn Gebote zu reden. »Ich will ein Christ sein«, sagte er, »aber es ist zu spät für mich. Ich habe jedes einzelne dieser Gebote verletzt, und deshalb besteht für mich keine Aussicht mehr auf Erlösung.«

»Wissen Sie, David«, sagte Truman, »jeder interpretiert die Bibel auf andere Weise. Sie könnten ein halbes Dutzend Geistliche herbeiholen und sie nach einem Kapitel oder sogar nur nach einem Vers fragen, und am Ende würde Ihnen vermutlich jeder etwas anderes erzählen. Und mein eigener Standpunkt würde wahrscheinlich mit keinem der anderen übereinstimmen.«

»Wie haben Sie sich Ihre Meinung darüber gebildet, was das alles bedeutet?« fragte Spence.

»Ich schätze, das hängt damit zusammen, wie meine Mutter mich erzogen hat. So lange, wie ich mich erinnern kann, hat sie jeden Tag in der Bibel gelesen. Das meiste von dem, was ich weiß, hat sie mir beigebracht. Und ich glaube, als ich älter wurde und die Dinge ein wenig besser verstand, habe ich begonnen, einige Teile selbst auszulegen.

Sehen Sie, Sie müssen sich vor Augen halten, daß die Zehn Gebote zum Alten Testament gehören. Sie wurden für die Juden aufgestellt – das erwählte Volk –, damit diese nach ihnen leben sollten. Wir sind Heiden; niemand erwartet von uns, daß wir perfekt sind. Wir gelten als Sünder. Aus diesem Grund ist Jesus gekommen und für uns gestorben, damit auch wir erlöst werden können.

Ich will damit nicht sagen, daß wir eine Vollmacht hätten, in der Gegend umherzulaufen und zu stehlen, zu vergewaltigen und zu töten, Sie verstehen schon. Aber so, wie ich es deute, wird von uns lediglich erwartet, daß wir unser Bestes geben, an Jesus Christus glauben und daran, daß er auf die Erde gekommen und für unsere Sünden gestorben ist.«

Spence saß da und hörte aufmerksam zu, als Simons fortfuhr. »Sehen Sie, David, ich glaube, daß Gott selbst dem schlimmsten Sünder verzeihen und seiner Seele Frieden geben kann. Falls Sie lange genug leben, um Ihr Leben komplett zu ändern, Jesus Christus zu bejahen und zu begreifen, daß die Dinge, die Sie getan haben, falsch waren, glaube ich, daß Ihnen vielleicht vergeben werden wird. Ich weiß nicht. Das ist bloß meine persönliche Sichtweise der Heiligen Schrift. Die einzige Art, auf die Sie sich vergewissern können, besteht darin, es zu versuchen. Und falls Sie zu irgendeinem Zeitpunkt inneren Frieden verspüren, werden Sie wissen, daß Sie es geschafft haben. Das ist das einzige Kriterium.«

Spence gab Simons seine Bibel. »Zeigen Sie mir, wo ich all das finden kann. Ich will es selbst lesen.«

»Lassen Sie mich morgen meine eigene Bibel mitbringen«, sagte Simons. »Ich bin nicht bibelfest genug, um Ihnen jetzt die Stellen zeigen zu können, über die wir gesprochen haben. Aber in meinem Exemplar zu Hause habe ich einige davon angestrichen.«

Als Truman an jenem Morgen von der Arbeit nach Hause kam, rief er sofort seine Mutter an. Ohne ein Wort der Erklärung erzählte er Maude Simons, daß er alles zum Thema Erlösung brauchte, was sie in der Bibel finden konnte. Bevor er am nächsten Abend wieder ins Gefängnis fuhr, hatte Simon Verse im Zweiten Buch Timotheus angestrichen (›Und da du von frühester Kindheit an die heiligen Schriften gekannt hast, die dich weise zu machen vermögen, bis zur Rettung durch den Glauben, der in Jesus Christus liegt.‹), im Buch Matthäus (›Er aber antwortete und sprach: »Es steht geschrieben: ›Nicht von Brot allein soll der Mensch leben, sondern von jedem Wort, das aus dem Mund Gottes ertönt.‹«), im Buch Lukas (›Er aber sprach: »Nein, glücklich sind vielmehr die, die das Wort Gottes hören und es bewahren!«‹) und im Buch Johannes (›Heilige sie durch die Wahrheit; dein Wort ist Wahrheit.‹) sowie ein Dutzend anderer Textstellen, die seine Mutter ihm ins Gedächtnis gerufen hatte.

Außerdem hatte Simons von sich aus noch einige weitere Verse in seiner Bibel markiert. »Ich denke«, sagte er David, »daß Römer 5:20 erklärt, was ich versucht habe, Ihnen über die Zehn Gebote zu erzählen.« Nachdem Spence den Vers in seiner eigenen Bibel gefunden hatte, begann Truman zu lesen: »Nun ist das Gesetz nebenbei hereingekommen, damit die Verfehlung überströme. Wo aber Sünde überströmte, da überströmte die unverdiente Güte noch mehr. Wozu? Damit so, wie die Sünde als König mit dem Tode regiert hat, so auch die unverdiente Güte als König regiere durch Gerechtigkeit zum ewigen Leben durch Jesus Christus, unseren Herrn.«

Dann forderte er David auf, Römer 10:8-13 aufzuschlagen, und fuhr fort, laut vorzulesen: »Das Wort ist dir nahe, in deinem eigenen Munde und in deinem eigenen Herzen, das heißt das Wort des Glaubens, das wir predigen. Denn wenn du dieses Wort in deinem eigenen Munde, daß Jesus Herr ist, öffentlich vekündest und in deinem Herzen Glauben übst, daß Gott ihn von den Toten auferweckt hat, wirst du gerettet werden. Denn mit dem Herzen übt man Glauben zur Gerechtigkeit, mit dem Munde aber legt man eine öffentliche Erklärung ab zur Rettung. Denn die Schrift sagt: ›Keiner, der seinen Glauben auf ihn setzt, wird enttäuscht werden . . . jeder, der den Namen Gottes anruft, wird gerettet werden.‹«

David war noch immer nicht völlig beruhigt. Sein Leben, sagte er, hätte aus einer großen Katastrophe nach der anderen bestanden. Er erzählte Simons davon, daß er einmal, in einem Anfall eifersüchtiger Wut, versucht hatte, seinen jüngeren Bruder umzubringen. »Sehen Sie, ich liebe meinen Bruder wirklich«, sagte David. »Er ist einer der besten Menschen, die ich kenne. Aber ich habe ihm immer übelgenommen, daß er bevorzugt wurde. Einmal, als wir beide noch Kinder waren, konnte ich es einfach nicht mehr ertragen, warf mich auf ihn und drückte ein Kissen auf sein Gesicht. Ich wollte ihn töten. Am Ende wurde er ohnmächtig, und ich bekam Angst und ließ Gott sei Dank von ihm ab. Aber ich hätte ihn umbringen können. Doch er hat mich nie verraten. Er hat niemandem etwas davon erzählt.«

David war der Ansicht, daß er zu sehr und zu oft gesündigt hätte. »Glauben Sie wirklich, es besteht die Möglichkeit, daß Gott mir vergibt?«

»Ich kann Ihnen diese Frage nicht beantworten«, erwiderte Simons. »Falls es je geschehen sollte, werden Sie es wissen.«

»Nun, es fällt mir schwer, daran zu glauben, daß mir jemals verziehen werden wird.«

»David, ich denke, ich weiß, wovon Sie reden, und ich würde gerne glauben, daß unser Gott ein großmütiger Gott ist. Ich glaube, wenn Sie es wirklich aufrichtig meinen, wird Er Ihnen vergeben. Aber das betrifft nur Sie und Ihn, niemanden sonst.«

»Ja, aber Sie verstehen nicht.«

»Doch, ich schätze schon.«

Spence blickte Simons offen ins Gesicht. »Nein, das tun Sie nicht«, sagte er. »Sehen Sie, Sie denken an drei. Ich rede von fünf.«

Einen Moment lang war Simons sprachlos. Meinte David damit, daß er außer den drei Jugendlichen am See noch zwei weitere Menschen umgebracht hatte. »Sie haben recht, David«, sagte er schließlich. »Ich verstehe nicht.«

Spence, der Spieler, wechselte schnell das Thema und lieferte keine weitere Erklärung.

Schon bald las David nicht nur jede Nacht Simons aus der Heiligen Schrift vor, sondern begann damit, tagsüber mit anderen Gefangenen Bibelstudien abzuhalten. Er fluchte nicht mehr und hatte das Rauchen aufgegeben.

Eines Abends, sobald Simons seinen Dienst angetreten hatte, bedeutete David ihm, die Tür seiner Zelle zu öffnen. Er ging auf den Aufseher zu, die Bibel in der Hand und ein breites Grinsen im Gesicht. »Ich habe wirklich und wahrhaftig den Herrn gefunden«, verkündete er.

»Das ist gut, David; es freut mich, das zu hören.«

»Ich habe um ein Zeichen gebetet, und heute hat Er es mir gegeben. Meine Bibel ist mir heruntergefallen und hat sich an einer ganz bestimmten Stelle geöffnet. Er wird mich befreien, Mr. Simons. Ich werde vor Gericht gestellt werden, und man wird mich für nicht schuldig befinden. Dann wird Gott die Türen dieses Gefängnisses aufstoßen, und ich werde hinausgehen.«

David hatte seine Antwort nicht in Simons' Neuem Testament gefunden, sondern in einem Vers des Alten Testaments. Er bemerkte sofort die Zweifel, die sich auf Simons' Gesicht abzeichneten. »Was ist los?« fragte er.

»Nun, ich will mich nicht in Ihre Religion einmischen, aber ich glaube, Sie deuten zuviel in diese Botschaft hinein, wie auch immer sie lauten mag.«

»Ich kann sie Ihnen direkt vorlesen«, sagte David, schlug seine Bibel auf und zeigte Simons die Seite, auf der sich Jesaja 55 befand. »Suchet den Herrn, während er sich finden läßt. Ruft ihn an, während er sich als nahe erweist«, zitierte Spence mit hastiger Stimme. »Der Böse verlasse seinen Weg und der schadenstiftende Mann seine Gedanken; und er kehre um zu dem Herrn, der sich seiner erbarmen wird, und zu unserem Gott, denn er wird in großem Maße vergeben. – Was halten Sie davon?« fragte David.

»Ich glaube, Sie verhelfen sich selbst zu einer echten Enttäuschung«, sagte Truman. »Sehen Sie, was ich versucht habe, Ihnen klarzumachen, ist, daß selbst wenn Gott Ihnen Ihre Sünden vergibt, Sie dennoch den Menschen gegenüber verantwortlich sind. Es ist die menschliche Gerichtbarkeit, die darüber entscheidet, ob Sie für Ihre Verbrechen bezahlen müssen oder nicht. Was ich zu sagen versuche, ist: Es ist nicht sehr wahrscheinlich, daß Sie einfach hier herausspazieren werden, David. Falls Sie Ihr Gottvertrauen auf dieser Art von Glauben aufbauen, wird das in nicht allzu ferner Zukunft dazu führen, daß Sie Ihre Bibel auf den Müll werfen.«

Am 23. März 1983 tat David genau das. Die Geschworenen berieten sich nur achtzehn Minuten lang, bevor sie ihn der Anklage wegen schweren sexuellen Mißbrauchs für schuldig befanden. Er wurde zu neunzig Jahren Gefängnis verurteilt.

Sein Mitangeklagter, Gilbert Melendez, hatte sich zuvor schuldig bekannt und dafür eine siebenjährige Haftstrafe erhalten.

Simons, der David während der Dauer des Prozesses nicht zu Gesicht bekommen hatte, kam ins Gerichtsgebäude, um der Urteilsverkündung beizuwohnen. Davids Mutter trat an ihn heran und erzählte ihm, daß sie sich soeben mit Richard Franks gestritten hätte, der während des gesamten Verfahrens zugegen gewesen war und David böse angestarrt hatte. Franks hätte sich ihr genähert und ihr offen ins Gesicht gesagt, er wüßte, daß ihr Sohn der Hauptverdächtige im Fall der Morde am See wäre. Er hätte an sie appelliert, sie sollte ihren Sohn dazu überreden, ein Schuldgeständnis abzulegen und alles hinter sich zu bringen. »Es wäre mir lieb, wenn Sie ihm sagen würden, daß er mich in

Ruhe lassen soll«, sagte sie. Truman suchte Franks auf und redete kurz mit ihm. Er drängte ihn, sich von Juanita White fernzuhalten.

Nach dem Ende des Prozesses fing Simons Juanita und Davids Vater ab, der aus Fort Worth angereist war. Er erzählte ihnen, daß er David in Kürze aufsuchen würde. Falls die beiden in der nächsten Zeit zu Hause erreichbar waren, würde er ihrem Sohn erlauben, sie anzurufen. Edwon Spence sagte, er würde Juanita nach Hause begleiten und Davids Anruf abwarten, bevor er zurück nach Fort Worth fuhr. »Ich habe gehört, er ist Verdächtiger in einem Mordfall«, sagte der müde wirkende Vater.

»Jawohl, Sir, das ist richtig«, sagte Truman.

»Glauben Sie, daß er es getan hat?«

»Ja, das tue ich.«

»Nun, sollte ich mich darum bemühen, ihm einen Anwalt zu besorgen?«

»Bis jetzt ist er noch nicht formell beschuldigt oder angeklagt worden«, erklärte Simons. »Falls das geschieht, wird das Gericht ihm einen guten Anwalt stellen. Er wird einen so guten Verteidiger bekommen, wie Sie ihn nicht besser engagieren könnten. Ich weiß nichts über Ihre finanzielle Lage, und sie geht mich auch gar nichts an, aber ein Mordprozeß kann einen wohlhabenden Mann in den Ruin treiben.«

»Ich danke Ihnen für Ihren Ratschlag«, sagte Edwon Spence. »Meine einzige Sorge besteht nur darin, daß David einen guten Anwalt bekommt, falls er es getan hat.«

Als Simons wieder im Gefängnis eintraf, fand er David viel gefaßter vor, als er es erwartet hatte. Spence saß in einem der Verhörzimmer im Erdgeschoß, erzählte ruhig von dem Prozeß, beschuldigte die Zeugen, sie hätten gelogen, die Geschworenen, sie hätten seine Aussage außer acht gelassen, und den Staatsanwalt Vic Feazell, er hätte sich während des gesamten Verfahrens theatralisch aufgeführt.

Wieder einmal hatte Simons Davids Verhalten falsch eingeschätzt. Er hatte mit Tränen oder einem Wutanfall gerechnet.

Das Urteil schien Spence weniger zu berühren als das Ausbleiben seiner Freundin am Besuchstag. Anstatt wegen der Aussicht auf Jahre hinter Gittern zu verzagen, schien Spence es noch immer zu genießen, daß er in den letzten Tagen im Brennpunkt einer breiten öffentlichen Aufmerksamkeit gestanden hatte. Truman zündete sich eine Zigarette an. Er begann, sich zu fragen, ob er aus diesem Kerl jemals schlau werden würde.

»Geben Sie mir eine?« fragte David und nickte in Richtung der Schachtel Carlton 100's, die auf dem Tisch lag.

»Ich dachte, Sie rauchen nicht mehr.«

David lachte. »Ja, ich habe das Rauchen aufgegeben. Ich habe mit dem Fluchen aufgehört. Ich habe versucht, mein Leben umzukrempeln. Aber es hat nicht funktioniert, oder?«

Truman schüttelte den Kopf. »David, wenn ich glauben würde, daß man durch Rauchen und Fluchen nicht in den Himmel kommt, würde ich in argen Schwierigkeiten stecken. Ich bin nicht stolz darauf, daß ich so etwas tue, aber ich denke nicht, daß ich deswegen in der Hölle schmoren werde. Das hat mit dem zu tun, worüber wir uns unterhalten haben: wie man die Bibel auslegt. Außerdem glaube ich, daß da eine kleine Besonderheit ist, die für mich spricht.«

»Und die wäre?«

»Es steht im Buch Matthäus«, sagte Truman. »Gesegnet sind die Friedfertigen, da sie Söhne Gottes genannt werden sollen. – Schlagen Sie es bei Gelegenheit nach.«

»O Mann«, gab David zurück, nachdem er einen tiefen Zug aus seiner ersten Zigarette seit einem Monat genommen hatte, »solch eine Hilfe hat mir gerade noch gefehlt.«

Sie lachten beide. Es sollte für geraume Zeit das letzte Mal sein, daß sie über Religion redeten.

»Ihre Eltern müßten inzwischen im Haus Ihrer Mutter eingetroffen sein«, sagte Simons, nachdem sie sich noch einige weitere Minuten lang unterhalten hatten. »Vielleicht sollten Sie noch einmal mit Ihrem Vater telefonieren, bevor er sich auf den Weg machen muß.«

Simons saß Spence gegenüber und bemühte sich, nicht zu interessiert zu wirken, während David mit seinem Vater sprach. Sie hatten erst wenige Minuten miteinander geredet, als Spence das Gespräch plötzlich beendete und den Hörer auflegte. »Hey, Mister Simons«, sagte er aufgeregt, »könnten Sie mich möglichst schnell in die dritte Etage bringen?«

Truman zuckte die Achseln. »Natürlich. Was ist passiert?«

»Mein Vater sagt, sie bringen gleich etwas über mich im Fernsehen.«

Kapitel 23

Obwohl Dennis Baier und Ramon Salinas dem Fall der Morde am See zugeteilt blieben und die Anweisung hatten, jeden neuen Fingerzeig zu überprüfen, gab es hinsichtlich der Ermittlungen kaum polizeiliche Aktivitäten zu verzeichnen, bis Ende Februar 1983 ein neuer Verdächtiger auftauchte.

In dem Küstenstädtchen Imperial Beach, Kalifornien, wurde ein früherer Bürger von Waco namens James Russell Bishop verhaftet und des sexuellen Mißbrauchs und versuchten Mordes an zwei High-School-Schülerinnen angeklagt. Bishop, ehemals Platzwart am McLennan County College, hatte die beiden Teenager nahe ihrer High-School abgefangen und sie gezwungen, in sein Wohnmobil einzusteigen. Nachdem er sie gefesselt und ihnen die Augen verbunden hatte, fuhr er mehrere Stunden in der Gegend umher, bevor er sie zu einem Strand in der Nähe eines Flottenstützpunkts brachte. Dort vergewaltigte er beide Mädchen, zwang sie dann, in die Brandung zu laufen, und schoß auf sie. Eine der beiden, eine siebzehnjährige japanische Austauschschülerin, wurde von einer Kugel ins Rückenmark getroffen und von der Hüfte abwärts gelähmt. Das andere Mädchen, fünfzehn Jahre alt, war am Rücken, der Brust, einem Arm und einer Hand verwundet worden.

Ein Anruf der kalifornischen Justizbehörde, die um weitere Informationen über den siebenundzwanzigjährigen Bishop bat, rief eine neue Welle des Interesses an dem Lake-Waco-Fall hervor.

Die Ähnlichkeit, die zwischen dem Verbrechen in Kalifornien – Jugendliche entführt, sexuell mißbraucht, gefesselt – und den Ereignissen bestand, die sich 1982 am Lake Waco zugetragen hatten, machte Bishop sofort zu einem Tatverdächtigen. Als bekannt wurde, daß er Waco nur zwei Wochen nach dem Mord an den drei Teenagern plötzlich verlassen hatte, beschlossen Baier, Salinas und Lieutenant Marvin Horton, nach San Diego zu fliegen, wo Bishop im Gefängnis saß, um ihn zu befragen.

Bei ihrer Ankunft weigerte sich Bishops Anwalt, ihnen zu gestatten, mit seinem Mandanten zu reden, aber die drei Beamten aus Waco besprachen den kalifornischen Fall ausführlich mit ihren örtlichen Kollegen, sichteten das Beweismaterial und baten darum, daß Proben von Bishops Haar an die Polizei von Waco geschickt wurden. Obwohl ihr erhofftes Gespräch würde warten müssen, kehrten sie mit dem ermutigenden Gefühl nach Hause zurück, daß ihnen im Fall der Lake-Waco-Morde endlich ein Durchbruch gelungen war.

Innerhalb weniger Tage hatten sie eine Fülle von Hintergrundinformationen über Bishop gesammelt. Er war zweimal geschieden und 1981 ehrenhaft aus der Armee entlassen worden. Freunde, die befragt wurden, sagten aus, sein Verhalten wäre ›bisweilen unberechenbar‹, und beschrieben seine Begeisterung für Schußwaffen. Eine Freundin erzählte den Ermittlern, daß Bishop mehrere Gewehre besaß und immer einen 38er in seinem Stiefel trug. Eine Überprüfung erbrachte jedoch, daß er vor seiner Verhaftung in Kalifornien lediglich einige Male wegen Alkohol am Steuer mit dem Gesetz in Konflikt geraten war. Trotzdem gab es genug, um in den Reihen der Polizei von Waco neuerliche Begeisterung hervorzurufen.

Unterdessen begannen die örtlichen Medien, die seit Monaten kaum über die Morde am See berichtet hatten, damit, Bishop als ›Verdächtigen‹ im Lake-Waco-Fall zu bezeichnen.

Im Gefängnis des McLennan County schenkte Truman Simons den Zeitungsberichten wenig Aufmerksamkeit. Falls die Polizei ihr Geld und ihre Arbeitszeit darauf verschwenden wollte, gegen James Bishop zu ermitteln, einen Mann, von dem er noch nie gehört hatte, so war ihm das recht. Er hatte sich bereits mit der Tatsache abgefunden, daß die Polizei kein Interesse an den Informationen besaß, die er seit Monaten sammelte.

Simons hatte Baier bei mehreren Gelegenheiten angerufen und ihn gebeten, im Gefängnis vorbeizukommen, damit er ihm die Aussagen der Häftlinge zeigen konnte, die mit ausgestrecktem Finger direkt auf David Spence gewiesen hatten. Schließlich besuchte Baier seinen früheren Partner tatsächlich, um mit ihm über den Fall zu reden, aber Truman war enttäuscht darüber, daß der Sergeant nur wenig Begeisterung zeigte. Während ihres Gesprächs nahm Simons auf Baiers Seite ein gewisses Unbehagen wahr; ihm war klar, daß Dennis sich in seiner Gegenwart nicht länger wohl fühlte.

Es war in der Tat kurz nach einem von Baiers Besuchen im Gefängnis, als Robert Fortune einen Sergeant im Büro des Sheriffs anrief, um sich über Simons' Arbeit an dem Lake-Waco-Fall zu beschweren. Es handle sich um einen Fall der Polizei, argumentierte Fortune und bestand darauf, daß jede Information, die Simons in Erfahrung gebracht haben mochte, seinen Ermittlungsbeamten ausgehändigt werden sollte. Der Sergeant, der für die Polizei von Waco gearbeitet hatte, bevor er zum Büro des Sheriffs gewechselt war, erwiderte Fortune, daß die Vorkommnisse im Gefängnis ihn ›einen verdammten Scheißdreck‹ angingen, und legte den Hörer auf. Ein paar Tage später rief Marvin Horton mit der gleichen Beschwerde bei Sheriff Harwell an. Horton zeigte wenig Interesse dafür, mit wem Simons gesprochen hatte; er wollte einfach nur, daß Truman den Fall aufgab. Sheriff Harwell wählte seine Worte etwas diplomatischer als der Sergeant, der mit Fortune telefoniert hatte, und sagte nur, daß Simons seine Ermittlungen mit seinem vollen Einverständnis durchführte.

Außerhalb der Grenzen des Sheriffbüros erhielt Truman nur spärliche Hilfe – sogar von den wenigen, die er darum bat. Nach den Wahlen war er mit den Aussagen, die er von den Gefängnisinsassen aufgenommen hatte, an den Stellvertretenden Staatsanwalt Dennis Green herangetreten, nur um sich anhören zu müssen, daß sie rechtlich unzureichend wären und vor Gericht nicht zulässig sein würden. Mit der festen Überzeugung, daß sich der Anklagevertreter im Unrecht befand, hatte Simons seinen Fall Claude Giles vorgelegt, einem Anwalt aus Waco, der zudem ein alter Freund war. Einige Tage lang suchte Giles nach Präzedenzfällen, bevor er Simons anrief, um ihm mitzuteilen, daß seiner Meinung nach die Aussage eines Häftlings zulässig war, solange sie aus eigenem Antrieb gemacht wurde und der Sträfling nicht als Agent der Staatsanwaltschaft gehandelt hatte. Green weigerte sich jedoch, die Fälle zu überprüfen, deren Aktenzeichen Simons ihm nannte.

Nach seinem zweiten Treffen mit Green beschloß Simons, daß es an der Zeit war, mit dem neuen Staatsanwalt zu reden. Truman stand in Vic Feazells Büro und erklärte ihm in knappen Worten, daß er am Lake-Waco-Fall gearbeitet hatte. Er umriß grob die Informationen, die er während der letzten Monate gesammelt hatte, und berichtete dann von den Schwierigkeiten, auf die er bei Feazells Mitarbeiter gestoßen war.

»Ich kann mit diesem Hurensohn nicht zusammenarbeiten«, sagte Simons. »Er hört nicht zu, und ich glaube nicht, daß er die Gesetze kennt. Gibt es hier sonst noch jemanden, an den ich mich wenden kann?«

Auf Feazell machte das feindselige Auftreten des Mannes, der in seinem Büro stand, keinen Eindruck. Der Staatsanwalt verhielt sich Truman gegenüber von vornherein zurückhaltend.

»Ich werde mich darum kümmern«, sagte Vic.

»Dafür wäre ich Ihnen dankbar«, sagte Truman, als er sich zum Gehen wandte.

Die Unterredung mit Simons beunruhigte Feazell. Er hatte bereits mit dem Polizeipräsidenten Larry Scott über die Möglichkeit gesprochen, eine gemeinsame Arbeitsgruppe zu bilden, die ihren Sitz im Büro der Staatsanwaltschaft haben sollte, um die Ermittlungen im Fall der Morde am See zu verstärken. Scott hatte eingewilligt, ihm Baier und Salinas zuzuteilen, unter der Voraussetzung, daß alle gewonnenen Informationen in vollem Umfang sowohl seiner Behörde als auch Feazells zugänglich sein würden. Als er den Plan entworfen hatte, war sich Vic nicht bewußt gewesen, daß irgend jemand im Büro des Sheriffs an dem Fall arbeitete. Jetzt gab es einen weiteren politischen Aspekt zu berücksichtigen. Falls es zu einer gemeinsamen Anstrengung kommen sollte, würden beide Strafverfolgungsbehörden daran beteiligt werden müssen. Simons würde sich mit Baier und Salinas zusammentun müssen.

Feazell ahnte nichts von der Spannung, die sich als ein Ergebnis von Trumans Verwicklung in diesen Fall aufgebaut hatte, und sah deshalb keinen Grund, warum die Zusammenarbeit nicht funktionieren sollte. Er nahm an, daß das hauptsächliche Ziel eigentlich darin bestehen müßte, endlich den Fall aufzuklären, der seit mehr als einem Jahr wie eine dunkle Wolke über der Stadt hing.

In der ersten Märzwoche des Jahres 1983, während Feazell sich auf den Prozeß gegen David Spence wegen schweren sexuellen Mißbrauchs vorbereitete, übernahm das Büro des Staatsanwalts offiziell die Leitung in diesem Fall. Man kam überein, daß Baier und Salinas vom Büro des Staatsanwalts aus vorgehen würden, während Simons weiterhin im Gefängnis arbeitete. Diese Aufteilung würde funktionieren, glaubte Feazell, obwohl er sich nach Gesprächen mit mehreren Polizeibeamten nicht sicher war, ob er Simons vertrauen konnte. Mit dem Gefühl, die Arbeitsgruppe im Lake-Waco-Fall bestmöglich in Gang gebracht zu haben, richtete Feazell seine Aufmerksamkeit wieder auf die Vorbereitungen zu seinem ersten Prozeß und auf die täglichen Verpflichtungen seines neuen Amtes.

Zur gleichen Zeit bereitete sich Walter (Skip) Reaves, ein Anwalt aus dem nahen West, darauf vor, Spence zu verteidigen. Er war vom Gericht bestellt worden, und einer seiner ersten Schritte war die Fahrt zum Gefängnis in Ramsey gewesen, um mit Gilbert Melendez, dem Mitangeklagten seines Mandanten, zu reden. Im Verlauf ihrer Unterredung erörterte Reaves die Möglichkeit einer Zeugenaussage Gilberts. Obwohl Melendez nachdrücklich darauf beharrte, daß er nicht vorhatte, in den Zeugenstand zu treten, sagte der Anwalt, daß er beabsichtigte, ihn trotzdem als Zeugen zu benennen und so seine Rückverlegung ins Gefängnis des McLennan County zu bewirken. »Und da ist etwas, das Sie wissen sollten«, sagte Reaves, kurz bevor er ging. »Ich habe gehört, daß David Spence den Leuten dort im Gefängnis ziemlich oft von den Morden am See erzählt. Offenbar ist auch Ihr Name des öfteren genannt worden. Sobald Sie wieder dort sind, wird einer der ersten, die Sie zu Gesicht bekommen werden, vermutlich ein Kerl namens Truman Simons sein.«

»Wer ist das?« fragte Gilbert.

»Das werden Sie früh genug herausfinden«, sagte Reaves.

Kapitel 24

Gilbert Melendez war sechzehn, als er zum erstenmal von zu Hause weglief. Während seines ersten Jahres an der High-School hatten sich vor ihm immer mehr typische Probleme eines Jugendlichen aufgetürmt. Er und sein Stiefvater stritten endlos über alles mögliche, von der Länge seiner Haare bis hin zu seiner Angewohnheit, die Schule zu schwänzen, um Bier trinken zu gehen, Farbe zu schnüffeln oder mit einer Horde älterer Schulschwänzer Billard zu spielen.

Zudem litt er unter der Bürde, in einer Gesellschaft, in der die Latinos im allgemeinen zusammenhielten, ein ungewöhnlicher sozialer Außenseiter zu sein. Gilbert hatte kurz davor gestanden, in die vierte Klasse zu kommen, als die Familie nach Deutschland zog, wo sein Stiefvater bei der amerikanischen Luftwaffe stationiert war. Dort ging er drei Jahre in die Schule der Militärbasis, in der er und sein kleiner Bruder Tony die einzigen Latinos waren. Als die Familie nach Ende der Dienstzeit ihres Stiefvaters nach Waco zurückkehrte, sprachen die Jungen nur sehr wenig Spanisch. Keiner von beiden hatte auch nur die Spur eines Akzents. Folglich gab es für sie keine Gruppe anderer Jugendlicher, zu der sie wirklich dazugehört hätten. Sie sahen vielleicht mexikanisch aus, aber sie klangen wie Amerikaner. Es gab Zeiten, in denen Gilbert den Tag verfluchte, an dem seine Mutter sich entschieden hatte, einen Weißen zu heiraten. Aber ihr Mann war immer gut zu den beiden Kindern gewesen und konnte aus diesem Grund niemals verstehen, warum sein älterer Stiefsohn sich auflehnte. Genauso wenig verstand er, daß die beiden Jungen sich in einem sozialen Niemandsland gefangen fühlten.

Sorgfältig darauf bedacht, nichts in seiner Brieftasche bei sich zu tragen, anhand dessen man ihn hätte identifizieren können, überredete Gilbert eines Abends einen Freund, ihn zum Stadtrand zu fahren, und begann eine Reise als Anhalter, die eineinhalb Jahre dauern sollte. Während dieser Zeit erzählte er jedem, der danach fragte, daß sein Name entweder Gilbert

Fajardo oder Gilbert Tovar lautete, je nachdem, wonach ihm gerade der Sinn stand, und daß er achtzehn Jahre alt wäre.

Er reiste von Waco nach Dallas, dann nach Oklahoma. Er blieb, wo immer er für ein paar Tage Arbeit finden konnte und zog danach weiter. Er befürchtete ständig, daß die Polizei ihn aufgreifen und zu seinen Eltern zurückbringen würde, und spürte, daß es für ihn wichtig war, in Bewegung zu bleiben. Allmählich jedoch ließ seine Besorgnis nach, daß man ihn als Ausreißer suchte, und er begann, Pläne zu schmieden, wie er bis nach Kalifornien gelangen konnte.

In Salt Lake City nahm ihn ein Ehepaar aus Mound, Minnesota, mit, das eine kleine Teppichreinigungsfirma besaß. Obwohl sie ihm nicht glaubten, daß er achtzehn wäre und aus einer Kleinstadt in Kansas stammte, mochten sie ihn, und als er vorgab, Erfahrung als Zimmermann zu besitzen, boten sie ihm an, mit ihnen zurück nach Minnesota zu fahren. Sie bauten gerade ein kleines Haus auf dem Lande, sagten sie, aber die Anforderungen ihrer Firma ließen ihnen wenig Zeit für dieses Vorhaben. Sie boten ihm eine Unterkunft, Verpflegung und ein kleines Gehalt an, wenn er im Gegenzug an dem Haus arbeitete.

Also führte Gilberts Reise ihn jetzt nach Osten, und er verschob seinen Traum, über die Strände Kaliforniens zu laufen. Während der nächsten sechs Monate lebte er in einem Wohnwagen, der in der Nähe des Hauses stand, an dem er arbeitete, wenn er nicht in der Teppichreinigungsfirma aushalf.

Ein älteres Ehepaar aus der Nachbarschaft hatte sich ebenfalls mit Gilbert angefreundet, und als die Arbeit am Haus vollendet war, zog er bei ihnen ein. Sie begannen, sich über eine Adoption zu unterhalten, und ohne sein Wissen nahmen sie Kontakt zu einem örtlichen Sozialarbeiter auf, um das erforderliche Verfahren in die Wege zu leiten. Im Zuge einer Routineüberprüfung seiner Vorgeschichte kam heraus, daß sein Name nicht Fajardo lautete, wie er ihnen erzählt hatte, sondern Melendez; und daß seine Eltern in Waco, Texas, lebten.

Überrascht und enttäuscht – denn sie hatten es genossen, wieder einen Jugendlichen bei sich im Haus zu haben – überredeten sie ihn dazu, zu Hause anzurufen und seine Eltern zu beruhigen, daß er noch am Leben war und daß es ihm gutging.

Die Stimme seiner Mutter rief in Gilbert ungeahntes Heimweh wach, und es überraschte ihn, wie bereitwillig er ihr Angebot akzeptierte, ihm eine Busfahrkarte zu schicken. Bald darauf war er wieder zu Hause, ging zur Schule und arbeitete abends in einem mexikanischen Schnellrestaurant.

Aber nicht lange. Binnen kurzem langweilte ihn die Schule wieder, und Gilbert schloß sich einer Gruppe von Freunden an, die zu einem spontanen Ausflug nach Florida aufbrachen. Vom Alkohol aufgeputscht hatten sie beschlossen, nach Miami Beach zu fahren und irgendein Rockkonzert zu besuchen. Die Gruppe schaffte es bis nach Orlando, bevor Probleme mit dem Auto und finanzielle Schwierigkeiten die Begeisterung trübten. Alle außer Gilbert kehrten um. Aufgrund seines letzten Ausreißens hatte er eine Jugendstrafe zur Bewährung erhalten, und er befürchtete, man würde ihn in eine Besserungsanstalt stecken, falls er nach Waco zurückkehrte. Also schlug er sich mit Betteln und gelegentlichen Jobs bis nach Miami und zu den Florida Keys durch. Ab und zu wurde er wegen Landstreicherei aufgegriffen und verbrachte eine Nacht im Gefängnis. Er hatte jedoch Glück, daß wann immer die Polizei einen Gilbert Fajardo überprüfte, kein Haftbefehl oder eine kriminelle Vergangenheit auftauchte. Er beschloß, bei diesem Namen zu bleiben.

Nach einigen Monaten und Dutzenden von Gelegenheitsjobs in Florida beschloß er erneut, nach Westen zu gehen. Unterwegs traf er einen anderen Anhalter, auf dem Weg nach Washington, D. C. Der ermutigte Gilbert, ihn auf seiner Reise zu begleiten, er wollte seine Tante und seinen Onkel besuchen. Sie blieben einen Monat, bis Gilbert den dichten Schneefall und das kalte Wetter nicht mehr aushielt. Er lieh sich einen Armeemantel und brach abermals nach Kalifornien auf.

Der Wintereinbruch machte das Reisen schwierig und die Aussicht, einen Job als Bauarbeiter zu finden, so gut wie zunichte. Bisweilen suchte er Zuflucht bei der Heilsarmee, wo er als Gegenleistung für die Teilnahme an einem kurzen Gottesdienst eine Mahlzeit, eine Dusche und ein Bett für die Nacht bekommen konnte.

Acht Monate nachdem er Waco wegen eines Konzerts in Florida verlassen hatte, traf Gilbert in Mason, Ohio, ein. Ihm war kalt, er hatte genug vom Reisen, er war hungrig, und er war pleite. Er lief mehrere Meilen bis zu dem Farmhaus, in dem die Eltern seines Stiefvaters wohnten. Dort war er gezwungen, mit seinen Eltern Kontakt aufzunehmen. Da man ihm versicherte, daß ihm keine Gefahr drohte, in eine Besserungsanstalt geschickt zu werden, nahm er ein weiteres Mal einen Bus zurück nach Waco.

Obwohl er erst siebzehn Jahre alt war, hatte Gilbert mehr von seinem Land gesehen, als viele andere während ihres ganzen Lebens. Ein Jahr darauf sollte seine Unrast jedoch zu einer Haftstrafe im Staatsgefängnis führen.

Gilbert hatte jeden Gedanken an einen High-School-Abschluß fallengelassen und eine Stellung bei einer Baufirma angenommen, die in der Nähe des McLennan County Colleges die Northwood Apartments hochzog. Die zwei Dollar und fünfundvierzig Cent, die man ihm dort pro Stunde zahlte, waren nicht viel mehr als das, was ihm seine Gelegenheitsjobs eingebracht hatten, aber die Anstellung war fest, und das Geld kam regelmäßig herein. Und Tommy Myers, ein Freund, der ebenfalls für diese Firma arbeitete, hatte ihm angeboten, ihn bei sich und seiner Frau wohnen zu lassen.

Obwohl Gilbert das jüngste Mitglied der Belegschaft war, wurde er trotzdem akzeptiert, und regelmäßig leistete er den anderen nach der Arbeit bei einem Bier Gesellschaft. Wenn sie wegen schlechten Wetters nicht arbeiten konnten, traf sich die gesamte Mannschaft in einer örtlichen Kneipe, um dort den ganzen Tag lang zu trinken und Geschichten auszutauschen.

An einem dieser regnerischen Tage verbrachten Gilbert und Tommy den frühen Nachmittag damit, Bier zu trinken, bis irgend jemand erwähnte, daß am Tag zuvor die Jagdsaison für Tauben offiziell begonnen hatte. Sie kehrten nach Hause zurück, um Tommys Schrotflinte zu holen, luden einen Kasten Bier auf die Rückbank des Wagens und brachten den Rest des Nachmittags damit zu, in den Außenbezirken von Waco zu jagen. Der Ausflug war ziemlich erfolglos. Sie erwischten nur wenige Vögel und machten sich nicht einmal die Mühe, ihre Beute einzusammeln, sondern blieben statt dessen lieber in der Nähe des Wagens und tranken Bier.

Anstatt bei einbrechender Dunkelheit zurück nach Hause zu fahren, machten sie eine Tour durch mehrere Kneipen im nördlichen Waco, bis diese um Mitternacht schließen mußten. Da sie beide den ganzen Tag noch nichts gegessen hatten, beschlossen sie, vor der Heimkehr noch bei einem gerade neueröffneten Schnellrestaurant vorbeizufahren.

Als sie über den Parkplatz gingen, sahen sie zwei Männer, die sich lautstark stritten. Sie blieben stehen und sahen ihnen zu, denn sie rechneten damit, daß über kurz oder lang eine Schlägerei zwischen den beiden Männern ausbrechen würde. Die zwei Streithähne unterbrachen jedoch ihre Auseinandersetzung und wandten sich den beiden Zuschauern zu.

»Was, zur Hölle, wollt ihr beiden Scheißer hier?« fragte der größere Mann, der einen dreiteiligen Anzug trug. »Warum verpißt ihr euch nicht einfach?«

»Warum leckst du mich nicht am Arsch?« schrie Gilbert mit undeutlicher Stimme zurück. Man hörte ihm an, daß er den ganzen Tag lang Bier getrunken hatte. »Und mich auch«, fügte sein Begleiter kichernd hinzu. Plötzlich zog der kleinere der beiden Männer, die sich gestritten hatten, eine Pistole, spannte den Hahn und drückte Gilbert den Lauf an die Schläfe. »Haben wir nicht gesagt, ihr sollt euch verpissen?« knurrte er.

»Okay, Mann, wir hauen ab«, erwiderte der jäh nüchterne Gilbert.

Sobald sie im Auto saßen, verwandelte sich Gilberts Angst in Wut. »Dieser Hurensohn hätte mich umbringen können«, schrie er und schlug mit der Faust auf das Armaturenbrett.

Tommy deutete auf die Schrotflinte, die auf dem Rücksitz lag. »Laß uns diesen Wichser umlegen.«

Gilbert griff nach der Waffe, während Tommy mit dem Wagen um den Parkplatz raste. Als sie sich den beiden Männern näherten, die noch immer neben einer Reihe von geparkten Autos standen, steckte Gilbert den Lauf der kleinkalibrigen Flinte aus dem Fenster, zielte auf den Mann, der ihm die Pistole an den Kopf gehalten hatte, und drückte ab.

Obwohl der Mann, auf den er geschossen hatte, nicht ernstlich verletzt wurde – man brachte ihn ins Krankenhaus, holte ihm elf Schrotkugeln aus der Brust und ließ ihn sofort wieder gehen –, wurde Gilbert Melendez wegen Mordversuchs angeklagt. Im April 1974 trat er eine dreijährige Gefängnisstrafe an. Nach sechzehn Monaten kam er auf Bewährung frei.

Während der folgenden sieben Jahre war Gilbert an einer Reihe von gesetzwidrigen Taten beteiligt, schaffte es aber, einer weiteren Haftstrafe zu entgehen. Ein Freund, den er im Gefängnis kennengelernt hatte, zog nach seiner Freilassung nach Waco, und für drei Monate schloß Gilbert sich ihm bei einer Reihe von Wohnungseinbrüchen an. Außerdem verkaufte er Marihuana, Trips und Speed für hundert Dollar pro Gramm, und wurde mit einer Geldstrafe von fünfhundert Dollar belegt, weil er eine .22er Pistole besaß, die er von einem Freund als Anzahlung auf ein früheres Darlehen erhalten hatte.

Als er einmal von der Polizei angehalten wurde, weil er einen gestohlenen Wagen fuhr, gelang es ihm, den Beamten zu Fuß zu entwischen. Er versteckte sich in einem Vorgarten hinter ein paar Büschen. Während die Polizisten die Nachbarschaft durchsuchten, trat eine Frau auf ihre Veranda hinaus, um nachzusehen, was vor sich ging, und blickte direkt auf den verängstigten Flüchtling hinab. Sie sagte nichts, als ihr Mann von einem Gespräch mit den Beamten zurückkehrte und ihr erzählte, daß sie nach einem Autodieb suchten. Sie drehten sich um und gingen ins Haus. Gilbert rührte sich während der nächsten Stunden nicht von der Stelle. Er war sicher, daß die Frau ihrem Mann alles erzählen und die Polizisten bald zurückkommen würden. Als es dunkel wurde, kroch er aus seinem Versteck hervor. Er wußte, daß es an der Zeit war, erneut die Stadt zu verlassen.

In San Antonio traf er kurz wieder mit seinem Bruder Tony zusammen, der der Enge seines Zuhauses und der stumpfsinnigen Plackerei in der Schule ebenfalls entflohen war, und beide arbeiteten als Anstreicher in einem der eleganten Hotels der Stadt. Als dieser Auftrag erledigt war, zog die Arbeiterkolonne, deren Firma ihren Sitz in Nashville hatte, weiter nach Memphis. Gilbert schloß sich ihnen an.

Sechs Monate lang arbeitete er dort. Dann hatte er genug Geld, um sich eine Harley Davidson zu kaufen, und fuhr mit einer Motorradbande herum, die sich Iron Horsemen nannte. Aber als die Gruppe ihn zu drängen begann, ihr als festes Mitglied beizutreten, lehnte er ab. Er wollte keinerlei Bindungen eingehen.

Sein nächster Aufenthaltsort war Austin, wo er mit Tonys Unterstützung einen Job als Kabelleger bekam. Dann, als Gilbert und Tony erfuhren, daß ihre Eltern von Waco nach Corpus Christi gezogen waren und daß ihr Stiefvater versprach, ihnen bei der Arbeitssuche behilflich zu sein, beschlossen sie, wieder zu ihrer Familie zurückzukehren.

Nach einer Weile begann Gilbert jedoch, sich unbehaglich zu fühlen, weil er noch zu Hause wohnte. Er wäre zu alt, um seinen Eltern zur Last zu fallen, erklärte er seiner Mutter, und wollte lieber auf eigenen Füßen stehen. Er bat sie, ihn zum Stadtrand zu fahren, und als sie ihn fragte, wohin er aufbrechen würde, antwortete er, er wüßte es nicht. Er sagte die Wahrheit.

Während der nächsten beiden Jahre lebte Gilbert in San Antonio und arbeitete für einen Schausteller, der mit seinen Fahrgeschäften und Losbuden an den Wochenenden kleinere Jahrmärkte besuchte. Zum erstenmal in seinem Leben tat er etwas, das ihm Spaß machte. Er wurde zum Leiter einer der Losbuden ernannt und bekam einen Anteil der Gewinne eines jeden Abends. Auf dem Weg zu solch winzigen Städtchen wie Boerne, Eagle Pass und Sweetwater saß er am Steuer eines der Lastwagen.

Während der Zeit, als er für den Schausteller arbeitete, traf Gilbert auf Donna, die mit sechzehn Jahren bereits geschieden und Mutter eines kleinen Kindes war. Ihre Eltern hatten sie hinausgeworfen, und sie hatte ebenfalls Arbeit auf dem Rummelplatz angenommen und leitete eine Schießbude. Gilbert fühlte sich sofort zu ihr hingezogen und sie sich zu ihm. Schon bald lebten sie zusammen, und ihr Sohn begann, ihn Daddy zu nennen. Gilbert nahm Kontakt mit Tony auf und drängte ihn, zu ihnen zu kommen.

Es dauerte jedoch nicht lange, bis die Beziehung in die Brüche ging. Donna erreichte einen Punkt, an dem sie Gilberts Trunksucht nicht länger ertragen konnte, und zudem vermutete sie, daß er sich mit anderen Frauen traf. Schließlich beschloß sie, den Rummelplatz zu verlassen und zu versuchen, sich mit ihren Eltern auszusöhnen.

Gilbert war traurig, weil er sie verloren hatte, und trug in seiner Brieftasche auch weiterhin ihr Foto mit sich herum. Er wußte, daß er das Beste zugrunde gerichtet hatte, was ihm jemals widerfahren war. Sie war die erste Frau gewesen, die er je wirklich geliebt hatte. Als er sie einige Monate später anrief, erzählte Donna ihm, daß sie jemanden kennengelernt hatte und plante, wieder zu heiraten.

Kurz nach seinem Zerwürfnis mit Donna erhielt Gilbert die Nachricht, daß sein leiblicher Vater gestorben war. Obwohl seine Eltern sich getrennt hatten, als Gilbert erst acht Jahre alt gewesen war, hatte er seinen Vater, der nach der Scheidung in Waco geblieben war, einige Male gesehen. Später hatten er und sein Vater sich gelegentlich auf ein Bier getroffen. Gilbert kam zu der Beerdigung nach Waco und erfuhr, daß sein Vater von einem Auto überfahren worden war, als er versucht hatte, eine vielbefahrene Kreuzung am Lake Waco Drive zu überqueren. Er war zu dem Zeitpunkt betrunken gewesen. Der Streifenbeamte, der den Unfall aufgenommen hatte, war ein junger Mann namens Truman Simons gewesen.

Danach wurde das Rummelplatzleben für Gilbert zur Qual. Er kündigte und zog wieder nach Austin, wo er acht Monate blieb, ab und zu einen Job annahm und sein Leben in einem Nebel von Alkohol und Drogen verbrachte. Er war achtundzwanzig Jahre alt und hatte kein Ziel vor Augen. Er begann zu erwägen, nach Hause zurückzukehren – nach Waco –, wo er Freunde besaß und woran er zumindest ein paar gute Erinnerungen hatte. Und auch sein Bruder war da, der schon nach kurzer Zeit vom Leben auf dem Rummelplatz die Nase voll gehabt hatte. Gilbert dachte über die Gefahr aufgrund der Anklage wegen des Autodiebstahls nach; er wußte, daß sie noch immer bestand. Und dann war da noch die Tatsache, daß er die fünfhundert Dollar Geldstrafe wegen illegalen Waffenbesitzes nicht bezahlt hatte. Aber wenn er als Gilbert Fajardo zurückkehrte und sich nichts zuschulden kommen ließ, dachte er, könnte es vielleicht glimpflich für ihn ausgehen.

Bis zum Sommerbeginn war 1981 war es Gilbert gelungen, genug Geld zurückzulegen, um sich einen gebrauchten Plymouth Duster zu kaufen. Zusammen mit Tony arbeitete er als Anstreicher. Er beabsichtigte, sobald er genügend Geld gespart hatte, einen Anwalt hinzuzuziehen, der versuchen sollte, sich um die Geldstrafe zu kümmern. Er hatte das Gefühl, daß es ihm langsam gelang, sein Leben in Ordnung zu bringen.

Eines Nachmittags liefen Gilbert und Tony nach der Arbeit einem Mann über den Weg, der in einem Pickup saß und auf einen der anderen Anstreicher wartete.

»Hey, Tony«, rief der Mann, stieg aus seinem Wagen aus und kam auf sie zu.

»Gilbert«, sagte Tony und deutete auf den Mann, mit dem er einmal zusammen zur Schule gegangen war. »Ich möchte, daß du einen meiner Freunde kennenlernst. Das ist David Spence.«

Kapitel 25

Gegen Ende des Jahres 1981 war das Zuhause von David Spence zum abendlichen Treffpunkt für die Gebrüder Melendez, Spence und dessen Freundin Christy Juhl geworden; außerdem tauchte dort regelmäßig eine ständig wechselnde Schar von Freunden und Bekannten auf, die nach einem Platz suchten, an dem sie Bier trinken, high werden und Musik hören konnten.

Da seine Mutter nachts als Kellnerin arbeitete, hatte David das Haus für sich allein und machte vollen Gebrauch davon. Als dann Juanita White ankündigte, sie wolle zu einem Mann ziehen, mit dem sie sich seit einiger Zeit getroffen hatte, ergab sich eine ideale Konstellation. Ihr Sohn willigte ein, ihre Miete zu bezahlen, während er im Haus wohnen blieb. Alsbald machte er Gilbert und Tony das Angebot, gegen Übernahme eines Teils der Miete ebenfalls in dem Haus an der Fünfzehnten Straße zu wohnen. Auch Christy zog auf Dauer bei ihm ein.

Gilbert, der seit seiner Rückkehr nach Waco bei Freunden und Verwandten gelebt hatte, war weitaus weniger darüber begeistert, bei Spence zu wohnen, als sein Bruder. Obwohl Spence im allgemeinen freundlich und immer zu Späßen und anderen Unternehmungen aufgelegt war, legte er, besonders wenn er betrunken war, ein launenhaftes Verhalten an den Tag, das Gilbert Grund zur Besorgnis gab. Oft blieb es an ihm hängen, spätnächtliche Auseinandersetzungen zwischen David und Tony zu verhindern, und manchmal hatte er sich sogar gezwungen gesehen, dem einen oder anderen selbst Schläge anzudrohen, um ihre Streitigkeiten beizulegen.

Und obwohl er und Spence sich schnell anfreundeten, hatte Gilbert Vorbehalte gegenüber David. Er redete zuviel und prahlte unaufhörlich. Und man konnte ihm nicht vertrauen. Gilbert merkte schon bald, daß Spence dazu neigte, selbst bei Nebensächlichkeiten zu lügen. Zum Beispiel erzählte David oft von einer Harley Davidson, die er angeblich besaß und die in Fort Worth stand, aber wenn Gilbert fragte, warum er sie nicht abholte, behauptete David, daß sie in Reparatur sei. Schließlich bot Gilbert sogar an, mit ihm nach Fort Worth zu fahren, um das Motorrad zu holen, und ihm dann dabei zu helfen, es zu reparieren. Als Spence das Angebot ablehnte, wurde Gilbert klar, daß kein solches Motorrad existierte, außer in der lebhaften Phantasie seines Freundes. Und Christys Gegenwart verwirrte Gilbert in gleichem Maße wie sie ihn beunruhigte. Weder trank sie, noch gesellte sie sich dazu, wenn ein Joint die Runde machte. Auch schien es sie nicht zu stören, wenn David andere Mädchen ins Haus brachte. Dennoch stritt sie sich fortwährend mit Spence, und ihre lautstarken Wortgefechte führten oft zu Handgreiflichkeiten. Trotzdem schien sie an David zu hängen und bemühte sich eifrig, ihm auf jede ihr mögliche Weise zu gefallen.

Eines Abends, als Gilbert und die beiden in der Nähe des Sees herumfuhren, wurde David so wütend auf Christy, daß er begann, wie verrückt zu fluchen, drohte, sie umzubringen, und absichtlich mit seinem Pickup gegen einen Baum fuhr. Sobald der Wagen stand, sprang David hinaus, kletterte auf die Motorhaube, setzte sich im Schneidersitz hin und starrte seine Freundin wortlos durch die Scheibe an. Fassungslos angesichts solch irrsinniger Wut, stieg Gilbert aus, sah nach, ob der Kühler des Wagens beschädigt war, und verlangte dann, daß David ihn nach Hause fahren ließ.

Dann war da Davids Angewohnheit, ein Hundehalsband zu benutzen, um Christy abends an einen Stuhl anzubinden, während sie im Wohnzimmer saßen, Bier tranken und fernsahen oder Musik hörten. Manchmal ließ er sie stundenlang so ausharren. Wenn sie ins Badezimmer mußte, zwang David sie, darum zu betteln, führte sie dann an der Leine und sah ihr dabei zu, wie sie sich erleichterte. Der Messerwerfer-Zwischenfall, Davids Angebot, Tony zu gestatten, mit Christy zu schlafen, und der wahnsinnige Axtangriff auf seinen Pickup hatten Gilbert in der Überzeugung bestärkt, daß seine Anwesenheit ungewollten Ärger heraufbeschwor.

Als Davids Mutter zurückkam, um wieder in ihr Haus zu ziehen, war Gilbert erleichtert. Das war der Ausweg, nach dem er gesucht hatte. Er packte seine Habseligkeiten zusammen und kehrte zu seinem unsteten Lebenswandel zurück. Er wohnte bei Freunden und Verwandten oder verbrachte bisweilen ein paar Nächte in billigen Motels, bevor er schließlich in ein kleines Apartment zog, das seinem Chef gehörte.

Obwohl er David immer noch gelegentlich sah, hatte Gilbert nach seinem Auszug wenig mit ihm zu tun. Er wußte, daß David mit Christy zuerst in ein kleines Apartment hinter dem *Rainbow Drive Inn* und später in die Northwood Apartments gezogen war, aber er hatte sie in keiner der beiden Wohnungen besucht.

Dann, an einem Nachmittag in der ersten Juliwoche, traf er in einem Getränkeladen David. Spence überredete ihn, eine Weile herumzufahren und sich mit ihm zu unterhalten. Während der nächsten halben Stunde hörte Gilbert sich an, wie David darüber jammerte, daß er und Christy sich wieder einmal getrennt hatten.

Schließlich hatte Gilbert die Nase voll. »Hör zu, Mann«, sagte er. »Ich kann dir bei deinen Problemen mit deiner Alten nicht helfen. Das ist eine Sache zwischen euch beiden. Ich will von der Scheiße nichts hören, okay? Warum fahren wir nicht in irgendeine Bar, trinken ein paar Gläser und haben ein bißchen Spaß?«

David sah seinen Begleiter überrascht an. »Du weißt, daß ich das nicht tun kann«, sagte er. »Mann, ich bin auf Bewährung draußen.«

Dann, als klassisches Beispiel für seine merkwürdige Doppelmoral hinsichtlich der Bewährungsbestimmungen, begann David, Gilbert von einem seiner Freunde zu erzählen, der bei einem Drogengeschäft übers Ohr gehauen worden war. »Der Kerl ist bereit, eine Menge Geld zu bezahlen – wirklich viel Geld –, falls jemand diese Sache für ihn erledigt. Ich habe vor, das zu übernehmen«, sagte er. »Willst du dabei mitmachen?«

Gilbert lachte und schüttelte den Kopf. »Das klingt, als ob du auf eine Wagenladung voller Ärger aus wärst, wenn du mich fragst. Jemand, der den Mumm hat, einen anderen bei einem Drogendeal zu bescheißen, wird sich nicht so leicht einschüchtern lassen. Nein danke, Mann. Ich bin nicht interessiert.«

»War nur so eine Idee«, sagte David. Er redete nicht wieder davon.

Ein paar Tage später jedoch suchte er Gilbert auf. »Laß uns ein paar Biere besorgen«, sagte er. »Ich bezahle.« Anstatt zu dem Geschäft, in dem sie sonst einkauften, fuhren sie zum *Rainbow Drive Inn* an der Herring Avenue. Im Laden stellte David Gilbert dem Eigentümer vor. »Das ist Lucky«, sagte er, »der Kerl von dem ich dir erzählt habe, der hereingelegt wurde.«

Muneer Deeb knirschte mit den Zähnen und starrte Spence böse an. Er war offensichtlich verärgert, aber David lächelte nur und legte Deeb einen Arm um die Schultern. »Hey, das ist schon in Ordnung«, sagte er und senkte seine Stimme. »Gilbert ist mein Kumpel. Verdammt, vielleicht hilft er mir sogar.«

»Auf keinen Fall«, sagte Gilbert.

Eine Woche später, als Gilbert eines Nachmittags nach der Arbeit nach Hause ging, sah er David wieder. Tony, der in Bryan, Texas, einen Anstreicherjob erledigt hatte, war bei ihm, und die beiden hatten anscheinend schon eine Menge getrunken. Sie hielten neben Gilbert an und fragten, warum er zu Fuß unterwegs war.

Er erklärte ihnen, daß der Pickup, den er sich kürzlich für dreihundert Dollar gekauft hatte, nicht einwandfrei gelaufen war. Deshalb hatte er ihn bei einem Mann draußen in Bosqueville gelassen, der den Motor richtig einstellen würde.

»Nun«, sagte David, »dann können wir dich genausogut mitnehmen. Wir werden uns noch etwas Bier holen und dann mal sehen, ob draußen am See irgendwelche brauchbaren Frauen rumhängen.«

Es war der 13. Juli 1982.

Von jenem Tag an war Gilbert Melendez unentrinnbar mit David Spence verbunden. Er dachte daran, sich wieder auf die Reise zu machen und erneut das unbeständige Leben des Gilbert Fajardo zu führen. Aber er wußte, daß David viel zu geschwätzig war, viel zu oft prahlte.

In der Tat hatte er bereits zuviel geredet. Eines Sonntagnachmittags, weniger als zwei Wochen nach den Morden, waren Gilbert und David mit einer Gruppe von Leuten am See gewesen, als David seinen Wagen versehentlich rückwärts gegen einen Baum setzte. Viele hatte zu lachen begonnen. Spence wurde wütend und hatte versucht, eine Schlägerei anzufangen. »Ihr Arschlöcher solltet besser das Maul halten«, sagte er. »Ich und ein paar meiner Kumpel sind nämlich diejenigen, die sich um diese Leute draußen am See gekümmert haben, ihr versteht schon.«

Gilbert wußte, er würde ihn genau im Auge behalten müssen, zumindest bis er sich einen Plan für ihr weiteres Vorgehen zurechtgelegt hatte. Spence hatte davon erzählt, daß er demnächst etwas Geld bekommen würde. Gilbert beschloß, abzuwarten, bis David bezahlt worden war, und ihm dann vorzuschlagen, daß sie beide Waco für immer verließen.

Drei Wochen nach den Morden am See kam Gilbert gerade von der Arbeit nach Hause, als er David in einem Kombiwagen vorfahren sah. Das Auto schien mit persönlichen Habseligkeiten beladen zu sein, und für einen Moment dachte Gilbert, daß David womöglich die Stadt verlassen wollte.

»Ich muß aus dem Apartment ausziehen«, erzählte David. »Ich und Christy haben uns wieder getrennt, und ich habe nicht das Geld, um die Miete dort drüben zu bezahlen. Glaubst du, du könntest mich vielleicht für ein paar Tage bei dir schlafen lassen?«

Der Gedanke, daß Spence wieder ständig anwesend sein würde, gefiel Gilbert nicht besonders, aber er betrachtete solch eine Wohngemeinschaft als Möglichkeit, David im Auge zu behalten. Er half ihm, den Kombi zu entladen, und fuhr dann mit ihm zurück zu den Northwood Apartments, um eine weitere Ladung abzuholen. Keiner von ihnen sprach über das, was am See passiert war.

Eines Abends, kurz nachdem David zu Gilbert in dessen kleines Apartment gezogen war, beschlossen sie, raus zum Lake Waco zu fahren. Dieses Mal waren sie jedoch vorsichtiger und mieden den Koehne Park; statt dessen entschieden sie sich, dem

Airport Park einen Besuch abzustatten. Dort trafen sie auf eine Gruppe Mädchen, die den Motor ihres Wagens abgewürgt hatten. Bei ihnen befand sich ein Mädchen namens Kathy, in der Gilbert die ›Alte‹ eines Motorradfreaks aus Waco wiedererkannte, der Jerry Jackson hieß.

David, Gilbert und das Mädchen fuhren los, um ein Starthilfekabel aufzutreiben, kehrten jedoch nicht wieder zurück. Statt dessen hielten sie an einer Telefonzelle, Kathy rief einen Freund an und bat ihn, ihre Freundinnen vom See abzuholen. Dann ging sie mit David und Gilbert zu den Northwood Apartments, da Davids Mietvertrag dort noch nicht ganz abgelaufen war. Als sie ihnen erzählte, daß ihr Freund im Gefängnis saß, beschlossen sie, eine ›Party‹ zu veranstalten. Bis spät in die Nacht wechselten sich die beiden Männer abwechselnd im Schlafzimmer bei dem Mädchen ab.

Gilbert saß im Wohnzimmer und trank Bier, als er laute Schreie aus dem Schlafzimmer hörte. Er befürchtete, daß die Angelegenheit womöglich außer Kontrolle geriet, und ging hinein. Er fand Kathy, noch immer nackt, aufrecht im Bett sitzend vor. Sie starrte David an, der neben der Kommode stand. Es war klar, daß das Mädchen Angst hatte.

»Willst du nach Hause?« fragte Gilbert sie.

»Scheiße, nein, sie will nirgendwohin«, lallte David. »Wir fangen gerade erst an, Spaß zu haben. Außerdem hast du sie doch schon den ganzen Abend lang gehabt. Verpiß dich einfach.«

Gilbert ignorierte ihn und richtete seine Frage erneut an Kathy: »Willst du gehen?«

Spence wurde wütend und zerschlug einen Spiegel, der auf der Kommode stand.

»Hör mal, du Arschloch«, sagte Gilbert, »falls du dich prügeln willst, wirst du es schon mit mir versuchen müssen. Ich habe langsam genug von der Scheiße, die du abziehst.« Er wußte genug über die Bauweise dieser Art Wohnungen, um zu erkennen, wie die Zimmerwände beschaffen waren. Er fand eine Stelle, an der unter der Tapete sicher nichts als eine dünne Verputzschicht war und schlug seine Faust durch die Wand. David sah das Loch an, dann Gilbert, und kam zu dem Schluß, daß er es wohl ernst meinte. Die ›Party‹ war vorbei.

Ein paar Tage später wurde Jerry Jackson aus dem Gefängnis entlassen und spürte Spence an einer Tankstelle auf. »Bist du Chili?« fragte er.

David nickte.

»Meine Alte sagt, du und irgendein Mexikaner hätten sie neulich abend vergewaltigt.«

»Ich weiß nicht, was für eine Scheiße du da erzählst«, sagte Spence.

»Kennst du ein Mädchen namens Kathy?«

Da erst bemerkte David, daß Jackson der inhaftierte Freund war, von dem das Mädchen ihm und Gilbert erzählt hatte. »Hör mal«, sagte er, »ich wußte nicht, daß sie zu dir gehört. Aber ganz bestimmt haben wir sie nicht vergewaltigt. Wir haben eine kleine Party gefeiert, aber sie wollte es so. Zur Hölle, Mann, es war ihre Idee.«

Jackson blieb eine Minute lang stumm. »Ach, scheiß drauf«, sagte er schließlich. »Diese Schlampe hat mich in der letzten Zeit ziemlich oft angelogen und an der Nase herumgeführt. Aber paß auf, daß du dich ab jetzt von ihr fernhältst.«

David versicherte ihm, daß er das tun würde. Als Jackson ging, atmete Spence erleichtert auf. Er war zufrieden mit sich; dieses Mal war es ihm gelungen, sich aus einer denkbar üblen Situation herauszureden.

Aber sein Glück hielt nicht lange an. Noch bevor das Wochenende vorbei war, hatten er und Gilbert dem Haus von Danny Powers' Großmutter ihren Besuch abgestattet.

Gilbert war froh, David nicht zu Hause anzutreffen, als er von der Arbeit zurückkam. Er schaltete die Klimaanlage ein, trank ein Bier und beschloß dann, die Straße hinunter zum Supermarkt zu gehen, um sich etwas zu essen zu besorgen. Sobald er aus der Tür trat, lief er jedoch Detective Ramon Salinas und zwei anderen Polizeibeamten aus Waco in die Arme.

»Sind Sie Gilbert Fajardo?« fragte Salinas.

»Sie sind verhaftet«, sagte Salinas, legte ihm Handschellen an und las Gilbert seine Rechte vor. »Ist sonst noch jemand hier?«

»Ich wohne allein«, erwiderte Melendez.

Salinas schlug ihm vor, das Radio und die Klimaanlage auszuschalten, bevor sie abfuhren. Gilbert war davon überzeugt, daß sie die Wohnung durchsuchen wollten, und zögerte. »Haben Sie einen Durchsuchungsbefehl?« fragte er.

»Wir sind nicht daran interessiert, Ihre Bude zu durchsuchen«, sagte einer der anderen Beamten.

»Okay«, willigte Gilbert ein. »Ich gehe kurz rein und schalte alles aus. Aber ich will nicht, daß Ihr Jungs meinen Krempel hier durchwühlt. Es gibt sowieso nichts zu entdecken.«

Melendez behauptet, daß, sobald sie sein Apartment betraten, Salinas begann, in den Schubladen herumzustöbern. »Einer der anderen Beamten sagte irgend etwas zu ihm wie, die Wohnung nicht zu durchsuchen«, erinnert sich Gilbert, »und Salinas erwiderte bloß: ›Hey, ich durchsuche doch gar nichts.‹ Er hob die Matratze auf meinem Bett an und fand eine kleine Tüte Marihuana. Er nahm sie, blickte zu mir herüber und lächelte.

Dann sah einer der anderen Beamten – diese Frau namens Melissa Sims – ein kleines Taschenmesser auf der Kommode liegen. Einige Minuten lang berieten sich die drei darüber, ob sie es einstecken sollten oder nicht. Nach einer Weile entschieden sie, das Marihuana und das Messer mitzunehmen.

Salinas fragte mich, ob David noch immer bei seiner Mutter wohnte, und ich erzählte ihm, daß ich es nicht wüßte. Nachdem wir mein Apartment verlassen hatten, fuhren wir zum Haus von Davids Mutter an der Fünfzehnten Straße, aber es war niemand da.

Als ich die Einlieferungsprozedur hinter mich gebracht und sie mich in eine Zelle gesteckt hatten, kam Salinas, holte mich und brachte mich zurück nach vorne zum Aufnahmeschalter. Wir gingen in einen kleinen Nebenraum, und er gab mir den Beutel Marihuana, den er aus meiner Wohnung mitgenommen hatte. Er zeigte auf die Toilette und wies mich an, ihn hinunterzuspülen.

Ich lachte auf und sagte: ›Wohl Scheiße gebaut, als Sie meine Bude durchsucht haben, was?‹ Er antwortete nicht.«

Einige Zeit später sollte Truman Simons Interesse an dem Taschenmesser zeigen, von dem Gilbert ihm berichtete, daß David es ihm kurz nach den Morden am See gegeben hätte. Die Beschreibung, dachte Simons, traf ziemlich genau auf das Messer zu, das Jill in der Nacht ihrer Ermordung in ihrer Handtasche bei sich getragen hatte. Das Taschenmesser war jedoch verschwunden.

Kapitel 26

Truman Simons machte es sich zur Aufgabe, Gilbert nicht aus den Augen zu verlieren, nachdem er aus dem Gefängnis des McLennan County verlegt worden war, um die Haftstrafe anzutreten, zu der man ihn wegen des schweren sexuellen Mißbrauchs verurteilt hatte. Er wußte, wann Melendez der Diagnoseabteilung des Staatsgefängnisses unterstellt wurde, wann er ins Zuchthaus von Goree kam und wann man ihn danach in die Anstalt von Ramsey verlegte.

Truman rief den Gefängnisdirektor in Ramsey an, um ihm zu erläutern, daß Gilbert ein Tatverdächtiger im Fall der Morde am See war. Er bat darum, daß jemand notierte, mit welchen Häftlingen Gilbert Zeit verbrachte. Vielleicht, hoffte Truman, würde Gilbert irgend jemandem seine Rolle bei dem Verbrechen anvertrauen. Und falls er das tat, wollte Simons wissen, von wem er erfahren konnte, was auch immer Melendez gesagt haben mochte.

Einige Tage darauf rief der Gefängnisdirektor zurück, um Truman mitzuteilen, daß ein Gefangener, dem er vertraute, entsprechend instruiert worden war und ein Auge auf Melendez haben würde. Der Häftling erwies sich jedoch als weitaus weniger vertrauenswürdig, als der Direktor gedacht hatte. Anstatt Gilberts Aktivitäten und Bekanntenkreis für den Direktor zu überwachen, ging er geradewegs zu Melendez und warnte ihn, ›auf sich aufzupassen‹. Im Gefängnis kursierte das Gerücht, erzählte ihm der Sträfling, daß er zusammen mit jemandem namens David Spence in Waco einen dreifachen Mord begangen hatte.

Zu dem Zeitpunkt, als Gilbert als mutmaßlicher Zeuge zurück nach Waco verlegt wurde, war er zu der Überzeugung gelangt, daß David ihn mit den Morden in Verbindung gebracht hatte. Er befand sich erst seit einem Tag wieder im Gefängnis des McLennan County, als Simons ihm einen morgendlichen Besuch abstattete.

»Ich habe mich gefragt, ob Sie und ich vielleicht ein kleines Gespräch führen könnten«, sagte Truman.

»Ja, warum nicht?« erwiderte Gilbert. »Ich habe Sie schon erwartet. Ein Anwalt war bei mir und hat mir erzählt, daß David sich oft mit Ihnen unterhalten hat, hauptsächlich über diese Scheiße draußen am See.«

»Genau darüber würde ich gerne mit Ihnen reden«, sagte Simons.

»Das habe ich mir schon gedacht.« Gilberts Hände zitterten, als er die Tasse Kaffee anhob, die der Aufseher ihm mitgebracht hatte.

»Ich bin nicht hier, um irgendwelche Spielchen zu spielen«, begann Truman. »Es hat keinen Sinn, wenn wir hier sitzen und uns gegenseitig etwas vormachen. Ich wollte mit Ihnen reden, weil ich glaube, daß Sie etwas über diese Sache draußen am See wissen. Entweder wissen Sie etwas darüber wegen Ihrer Beziehung zu David, weil Sie ihn davon erzählen gehört haben, oder weil Sie an jenem Abend mit ihm dort draußen gewesen sind.«

Gilbert starrte in seine Kaffeetasse und vermied es, Simons direkt anzusehen. *Wenn Spence schon davon erzählt und meinen Namen ins Spiel bringt,* dachte Gilbert, *schulde ich ihm nichts mehr.* »Ja«, sagte er, »ich weiß davon.«

»Okay«, warnte ihn Simons, »falls wir weiterreden, wird die Scheiße ziemlich tief werden. Sie wissen, daß Sie nicht verpflichtet sind, mir etwas zu erzählen. Aber falls sie das tun, falls Sie helfen wollen, diese Angelegenheit aufzuklären, bin ich bereit, mir anzuhören, was Sie zu sagen haben.«

Gilbert nickte. »Ich werde reden.«

»In diesem Fall«, fuhr Simons fort, »lassen Sie uns etwas klarstellen, bevor wir weitermachen. Werden Sie mir etwas erzählen, das Sie wissen, weil Sie es von David gehört haben? Oder weil Sie dabeigewesen sind?«

»David hat mir davon erzählt«, sagte Gilbert. »Er hat mir von diesen Motorradkerlen erzählt und wie. . .«

Simons hätte wetten können, daß Melendez bereits log. »Gilbert«, unterbrach er ihn, »ich will hier keinen Haufen Mist hören. Verschwenden Sie nicht meine oder Ihre Zeit. Falls wir miteinander reden, will ich von Ihnen nichts als die Wahrheit erfahren. Verstanden?«

»Ja, ich habe verstanden.«

»Wollen Sie darüber nachdenken?« fragte Truman.
»Ja«, sagte Gilbert. »Geben Sie mir etwas Zeit.«
Simons machte sich auf den Heimweg, um ein paar Stunden zu schlafen. Er wollte ausgeruht sein, wenn er später zurückkam, um das Gespräch fortzusetzen. Auf der Fahrt nach Hause war er zuversichtlich, daß Gilbert im Begriff war, seine Rolle bei den Morden zu gestehen.

Mitten am Nachmittag kehrte Simons ins Gefängnis zurück und ging in Dan Weyenbergs Büro, um ihm mitzuteilen, was mit Gilbert los war. »Besteht die Aussicht, daß er aufgibt?« fragte der Captain.
Simons lächelte. »Lauf nicht weg«, sagte er. »Vielleicht brauche ich dich.«
Gilbert schritt in seiner Zelle auf und ab, als Truman eintraf. »Wollen Sie mit nach unten kommen und einen Kaffee trinken?« fragte Simons.
Beide saßen einige Minuten lang schweigend da, bis der Aufseher Gilbert fragte, ob er über das nachgedacht hätte, was sie morgens besprochen hatten. Gilbert nickte.
»Wollen Sie jetzt darüber reden?«
»Ja.«
Abermals erklärte Simons ihm die Grundregeln. Falls sie reden würden, wollte er nichts als die Wahrheit. »Zunächst einmal«, sagte er, »wenn ich eine Frage stelle, möchte ich ein ›Ja‹ oder ›Nein‹ zur Antwort; im Augenblick werde ich noch nicht nach irgendwelchen Einzelheiten fragen.«
Gilbert nickte, um anzuzeigen, daß er verstanden hätte.
»Okay, Gilbert, werden Sie mir etwas erzählen, das Sie von David erfahren haben oder das Sie aus erster Hand wissen, weil Sie dabeigewesen sind?«
Zum erstenmal blickte Melendez Simons offen ins Gesicht. »Sie wissen, daß ich dort draußen gewesen bin.«
»Ja, das tue ich«, gab Simons zu. Dann fügte er einen Punkt hinzu, den er seit seinem Gespräch mit Glenda Thomas hatte ausprobieren wollen, jener jungen angehenden Krankenschwester, die ihm so lebhaft beschrieben hatte, was ihr in der Mord-

nacht in ihrer Vision erschienen war. »Ich kann Ihnen wahrscheinlich sogar sagen, was Sie angehabt haben. Sie hatten Ihre Jeans in die Stiefel gesteckt, und. . .«

»Scheiße«, sagte Gilbert, »ich habe David gesagt, daß uns jemand gesehen hat.«

»Die Frage ist jetzt nur«, fuhr Simons fort, dessen Neugier befriedigt war, »werden Sie mir davon erzählen? Falls ja, gibt es mehrere Möglichkeiten, wie wir das handhaben können. Zunächst muß ich einen Richter holen, der Sie formal belehrt, denn wir reden über einen vorsätzlichen Mord. Dann, falls Sie bereit sind, eine Aussage zu machen, können wir diese unmittelbar niederschreiben, oder wir können ein Tonbandgerät besorgen und es während unseres Gesprächs laufen lassen. Außer uns beiden wird noch ein weiterer Beamter anwesend sein, vermutlich Captain Weyenberg.«

»Was wird mit mir geschehen, falls ich Ihnen erzähle, was Sie wissen wollen?« fragte Gilbert.

Simons erklärte ihm, daß er nicht befugt war, Versprechungen zu machen, aber daß seiner Meinung nach eine gute Aussicht bestünde, daß Gilbert die Todesstrafe umgehen konnte, falls er gestand und sich dann einverstanden erklärte, gegen David auszusagen.

»Ich werde aussagen«, sagte Gilbert.

»Okay, dann sprechen wir am besten zuerst mit dem Staatsanwalt und sehen, was er davon hält, irgendeine Art von Abmachung zu treffen. Wir müssen ihn herholen, damit Sie ihm erzählen können, daß sie verhandeln wollen. Er ist derjenige, der darüber zu befinden hat. Ich besorge Ihnen noch eine Tasse Kaffee, und Sie können direkt hier warten.«

Gilbert sah den Schlüssel an, den Simons hervorzog, um die Tür hinter sich abzuschließen. »Ich gehe nirgendwohin », sagte Melendez.

Sobald er den Schlüssel umgedreht hatte, rannte Simons den Flur entlang zu Weyenbergs Büro. Breit grinsend steckte er den Kopf zur Tür hinein und sagte: »Besorg uns ein Bandgerät und einen Haufen Kassetten.«

»Was ist los?« fragte Weyenberg.

»Gilbert gibt auf.«

Der Captain sprang von seinem Stuhl empor und strahlte. »Halleluja!« rief er.

Ein heftiger Regen prasselte gegen die Fensterscheiben, während Simons und Weyenberg Melendez' Aussage aufnahmen. Obwohl er offensichtlich nervös war, sprach Gilbert mit ruhiger, sachlicher Stimme. Vic Feazell, der die Aussage von einem angrenzenden Zimmer aus verfolgte, hatte ihm zugesichert, daß man irgendeine juristische Übereinkunft ausarbeiten würde, falls seine Angaben sich als wertvoll und wahrheitsgetreu erwiesen, und falls er sich bereit fand, sie vor Gericht zu wiederholen.

Während seiner Aussage rauchte Melendez eine Zigarette nach der anderen. Beharrlich starrte er den Kassettenrecorder an, und wandte seinen Blick nur selten ab.

Es war Anfang Juli 1982 gewesen, sagte er, daß Spence zum erstenmal irgend etwas von Leuten erzählt hatte, von denen ein Freund bei einem Drogengeschäft betrogen worden wäre. Am Abend des 13. Juli war David dann vorbeigekommen und hatte ihn abgeholt. Sie fuhren eine Weile in der Gegend herum und tranken Bier, bevor sie die Richtung zum Koehne Park einschlugen. Als sie im Park eintrafen, sahen sie drei Jugendliche – zwei Mädchen und einen Jungen –, die auf einer der drei Bänke saßen. David sagte, er würde sie kennen – daß sie diejenigen wären, die seinen Freund übers Ohr gehauen hätten.

»David rief sie zu sich«, sagte Gilbert, »und begann, sich mit ihnen zu unterhalten. Er fragte sie, ob sie high werden und ein paar Biere trinken wollten. Wir hatten noch etwas Bier, und David sagte ihnen, es bliebe noch Zeit genug, um zu einem Laden zu fahren und mehr zu kaufen. Daraufhin sind sie in unseren Wagen eingestiegen. Die Brünette setzte sich nach vorne zwischen mich und David, und das andere Mädchen und der Junge setzten sich auf die Rückbank.«

Er erzählte, daß Spence fast sofort begann, die Brüste der Brünetten zu streicheln, und daß sie seine Hand weggeschoben und versucht hatte, ihn zu ohrfeigen. »David hielt den Wagen an und versuchte, sie zu umarmen. Sie stieß ihn zurück und fluchte. Ich öffnete die Tür und stieg aus. Der Junge auf dem Rücksitz fragte irgendwas wie: ›Was ist los?‹, und ich riet ihm, am besten das Maul zu halten.

David bedrängte noch immer das Mädchen auf dem Vordersitz, befahl ihr, sich auszuziehen, und sagte, er würde sie jetzt bumsen.«

Detailliert berichtete Gilbert von dem Gerangel zwischen Spence und Jill Montgomery und hielt nur inne, um sich eine neue Zigarette anzuzünden oder einen Schluck Kaffee zu trinken. »Urplötzlich hatte David ein Messer in der Hand und führte sich auf, als würde er sie gleich schneiden«, sagte er.

Im Verlauf der nächsten Stunde erzählte er seine Horrorgeschichte und schilderte ausführlich, wie die Mädchen vergewaltigt worden waren, während Kenneth Franks dabei zusehen mußte; wie er David einen BH und eine Bluse gegeben hatte, die dieser als Fesseln benutzte; und schließlich, wie Spence auf jeden der Teenager eingestochen und alle drei getötet hatte.

Einmal, sagte Melendez, sei er zum Seeufer gegangen. »Ich sagte David, ich würde abhauen«, schilderte er, »aber der befahl: ‹Geh nicht; du mußt mir helfen, diese Typen ins Auto zu verfrachten. Wir müssen sie irgendwohin bringen. Allein schaffe ich das nicht. Wir können sie zum Speegleville Park bringen. Ich weiß einen Platz, an dem wir sie abladen können.‹«

Gilbert sagte aus, daß David bereits damit beschäftigt gewesen wäre, den schlaffen Körper des toten Jungen ins Auto zu laden, als er zum Wagen zurückkam. »Wir packten sie alle auf die Rückbank, und ich sagte zu David irgend etwas wie: ›Laß uns verschwinden; wir müssen so schnell wie möglich von hier weg, bevor uns jemand sieht.‹«

Es war nach Mitternacht, als sie den Koehne Park verließen und zum Speegleville Park fuhren, wo sie die Leichen abluden. Er beschrieb genau, wie sie die Körper aus dem Auto holten. Auch konnte er sich noch schwach daran erinnern, daß Spence irgend etwas aus dem Wagen warf, als sie auf dem Rückweg in die Stadt die Zwillingsbrücke überquerten. »Als wir wieder auf dem Highway waren, schaltete ich das Radio ein und machte uns ein Bier auf. Ich sagte David, daß wir in üblen Schwierigkeiten steckten und daß ich die Stadt verlassen würde. Er antwortete: ›Keine Angst, niemand wird davon erfahren. Die einzigen, die davon wissen, sind du und ich. Ich weiß, daß du nichts erzählen wirst, und du weißt, daß ich den Mund halten werde. Und, hey, sie sind im Eimer; sie sind tot. Sie können nicht mehr reden.‹«

Gilbert lehnte sich auf seinem Stuhl zurück und sah Simons an. »Da ist eine Menge, an das ich mich nicht mehr erinnern kann«, sagte er. »In jener Nacht hatte ich keinen klaren Kopf. Wir hatten ziemlich viel getrunken.«

Feazell und Weyenberg warteten, während Simons Melendez in seine Zelle brachte. »Ist Ihnen aufgefallen«, fragte der Staatsanwalt, »daß das Unwetter praktisch in dem Moment aufgehört hat, in dem wir den Kassettenrecorder ausgeschaltet haben?«

»Irgendwie gespenstisch, nicht wahr?« gab der Captain zurück. Nachdem Simons zurückgekommen war, setzten sie sich und unterhielten sich über die Aussage, die Gilbert soeben zu Protokoll gegeben hatte. Jeder stimmte zu, daß die Einzelheiten, die er geliefert hatte, stark darauf hindeuteten, daß er in die Morde verwickelt gewesen war. Keiner von ihnen glaubte jedoch, daß er lediglich so wenig mit den eigentlichen Morden zu tun gehabt hatte, wie er behauptete. Oder daß er in diesem Punkt alles gesagt hatte, was er wußte.

»Morgen früh«, sagte Truman zu dem Staatsanwalt, »werden wir ihn raus zum See fahren und nachprüfen, ob er uns zu den richtigen Stellen bringt.«

Als Feazell und Weyenberg sich anschickten zu gehen, rief Dennis Baier an, um sich zu erkundigen, wie es gelaufen war. Simons schlug vor, daß Dennis Ramon Salinas verständigen und dann mit ihm vorbeikommen und sich das Band anhören sollte. »Gilbert hat uns eine ziemlich gute Geschichte geliefert«, sagte Truman. »Ich möchte, daß ihr beide sie euch anhört.«

Nur Baier kam ins Gefängnis. Nachdem er das Band gehört hatte, stimmte er zu, daß die Aussage überzeugend wirkte. »Hat Gilbert jemals irgend etwas über das Auto erzählt, mit dem sie unterwegs gewesen sind?« fragte Dennis.

»Nein«, antwortete Simons, »er redete immer nur von ›Davids Wagen‹. Aber wir werden noch erheblich mehr in die Einzelheiten gehen, bevor wir fertig sind.«

In der Aufregung, Baier das Band anhören zu lassen, hatte Truman sein Versprechen vergessen, Gilbert eine Schachtel Zigaretten zu bringen. »Ach, laß uns einfach nach oben gehen und ihn gleich jetzt fragen«, sagte er. Als er einige Minuten später mit Baier vor Melendez' Zelle stand, beging Simons seinen größten Fehler, seit er begonnen hatte, im Fall der Morde am See zu ermitteln.

»Gilbert«, fragte er, »Sie haben doch von Davids Wagen erzählt. Was für ein Auto war das?«

Ohne auch nur eine Sekunde zu zögern, erwiderte Gilbert: »Das war dieser weiße Kombi, der ihm gehört.«

Baier wartete, bis er und Simons wieder unten waren, bevor er sich dazu äußerte. »Er lügt«, sagte er. »David hat diesen weißen Kombi erst ein paar Wochen nach den Morden gekauft.«

»Ich behaupte nicht, daß ich restlos zufrieden mit dem wäre, was er gesagt hat«, gab Simons zurück. »Aber ich bin absolut davon überzeugt, daß er und David in jener Nacht dort draußen gewesen sind. Dan und ich werden ihn morgen zum See bringen und uns ansehen, wohin er uns führt. Willst du und Ramon mitkommen?«

»Morgen ist Samstag«, sagte Dennis. Es war der Tag, an dem er bei dem alljährlichen Wohltätigkeitsspiel der Footballmannschaft der Polizei als Quarterback fungieren würde.

Oben lag Gilbert auf seinem Bett und verfluchte sich selbst. Schon bereute er die Aussage, die er zu Protokoll gegeben hatte. Er hatte fälschlicherweise angenommen, die Behörden wüßten erheblich mehr, als das tatsächlich der Fall war. Sie hatten nicht nur keine Ahnung, welches Auto benutzt worden war, sondern er hatte auch die beiläufige Bemerkung aufgeschnappt, daß ihnen nicht einmal bewußt gewesen war, daß die Morde im Koehne Park stattgefunden hatten.

Und da ihn niemand danach gefragt hatte, ging er davon aus, daß sie noch immer nichts von der dritten Person wußten, die in jener Nacht bei ihm und Spence gewesen war. Falls sie nicht mehr hatten, als es im Augenblick den Anschein erweckte, würde es ihnen ziemlich große Mühe bereiten, einen hieb- und stichfesten Fall aufzubauen, folgerte er.

Am nächsten Tag begleitete er Simons und Weyenberg zum See. Gilbert hielt sich fein säuberlich an seine Aussage, zeigte ihnen, wo sie die drei Teenager zuerst gesehen hatten, wo die Autos geparkt gewesen waren und wo die Auseinandersetzung zwischen David und Jill begonnen hatte.

Der Ort, zu dem er sie führte und den er als die Stelle benannte, an der die Morde stattgefunden hätten, lag jedoch weit entfernt vom tatsächlichen Schauplatz des Verbrechens.

Dann, nachdem er ihnen die Strecke gezeigt hatte, die er und David zum Speegleville Park gefahren waren, hatte Melendez große Schwierigkeiten, den genauen Ort ausfindig zu machen, an dem die Leichen zurückgelassen worden waren. Simons und Weyenberg warfen sich entnervte Blicke zu, als Gilbert den ausgefahrenen Weg entlangging, der vom Regen der letzten Nacht schlammig war, und dabei den Pfahl links liegenließ, der nach all dieser Zeit noch immer die abgeschiedene Stelle markierte, an der man Kenneth Franks' Leiche gefunden hatte.

»Es war in dieser Nacht hier draußen wirklich dunkel«, sagte Gilbert. »Und ich bin ziemlich durcheinander gewesen.«

Simons war bereits zu der Überzeugung gelangt, daß auch Gilbert Melendez gerne Spiele spielte.

Sie kehrten zu der gepflasterten Straße zurück, auf der sie geparkt hatten, setzten sich und kratzten den Schlamm von ihren Schuhen. Als Captain Weyenberg fertig war, gab er das Taschenmesser, das er benutzt hatte, an Melendez weiter. Simons sah sich das schweigend an und rief den Captain dann zum Wagen herüber, neben dem er stand.

»Captain«, sagte er mit kaum verhohlenem Grinsen, »ist dir klar, was du gerade getan hast?«

Weyenberg sah verwirrt aus. »Was denn?«

»Zur Hölle, Mann, wir sind mit einem Kerl hier draußen, der uns vor kurzem erzählt hat, er wäre daran beteiligt gewesen, wie drei Leute erstochen wurden... und du gibst ihm dein Taschenmesser.«

Weyenberg wurde rot und warf einen Blick auf Gilbert, der mit überkreuzten Beinen auf einem Felsen saß und den Matsch von seinen Schuhen abkratzte. »Truman«, sagte Dan, »falls du jemals irgend jemandem hiervon erzählst, werde ich dich eigenhändig umbringen.«

Nach seiner Rückkehr ins Büro überprüfte Truman die Niederschrift von Gilberts Aussage, die eine der Sekretärinnen des Büros abgetippt hatte. Er spielte noch einmal das Band ab und fand mehrere Wörter, die in der Abschrift ausgelassen worden waren. Truman wußte, wie wichtig es war, daß alles stimmte, bis hin zum letzten ›und‹ oder ›das‹. Deshalb rief er Captain Weyenberg zu Hause an und schlug ihm vor, daß sie sich am Sonntagnachmittag im Büro treffen sollten. »Ich glaube, das Beste wäre, Gilbert aus seiner Zelle zu holen und ihn die schriftliche Fassung Seite für Seite durchgehen zu lassen«, sagte er. »Falls es Stellen gibt, die er ergänzen oder berichtigen will, werden wir ihn gewähren lassen. Und wenn er damit fertig ist, lassen wir es noch einmal abtippen.«

»Wer wird sich an einem Sonntag für uns an die Schreibmaschine setzen?« fragte Weyenberg.

»Die beste Schreibkraft und Innenverteidigerin der Stadt«, erwiderte Simons. »Ich habe mit Judy gesprochen, und sie hat gesagt, sie würde das für uns erledigen, falls wir ihr versprechen könnten, daß wir rechtzeitig genug fertig sind, daß sie es noch zu ihrem Softballspiel schafft.«

Am späten Nachmittag des folgenden Tages saß Judy Simons, die bereits ihren Trainingsanzug trug, an der Schreibmaschine der Sekretärin, während Melendez, der am Schreibtisch in Sheriff Harwells Büro Platz genommen hatte, jede Seite seiner Aussage sorgfältig durchlas und gelegentlich kleinere Änderungen vornahm. Sobald er mit einer Seite fertig war, brachte Weyenberg sie zu Judy.

Sie arbeitete schweigend und zügig. Zwar bemühte sie sich, keine Fehler zu machen, versuchte aber auch, sich nicht zu lange mit dem zu beschäftigen, was sie tippte, und vermied es, durch die offene Tür einen Blick auf den Mann zu werfen, dessen grauenerregende Aussage sie zu Papier brachte. Truman wußte, daß das, worum er sie gebeten hatte, ziemlich unangenehm war, und erhob sich von seinem Stuhl neben ihr. »Soll ich dir eine Cola holen?« fragte er.

Judy nickte, während sie mit ihrer Arbeit fortfuhr. Nachdem sie eine weitere Seite beendet hatte, hob sie den Blick und bemerkte, daß ihr Mann noch nicht vom Getränkeautomaten zurück war, der in einem anderen Teil des Gebäudes stand. Auch fiel ihr auf, daß Captain Weyenberg nicht länger neben Gilbert im Büro des Sheriffs saß. Der Captain hatte nicht gesehen, daß Truman den Raum verlassen hatte, um Judy etwas zu trinken zu holen, und war zur Toilette gegangen.

Als Truman zurückkam, fiel ihm sofort ihre Unruhe auf. Sie war nervös, und aus ihren Wangen war fast gänzlich die Farbe gewichen. »Wir sind bald fertig«, sagte er, denn er nahm an, daß der Inhalt der Aussage, die sie niederschrieb, ihr zu schaffen machte.

»Wir werden damit nicht fertig werden, wenn du mich hier noch einmal ganz allein mit diesem Kerl zurückläßt«, sagte Judy und nickte in Melendez' Richtung. Einen Augenblick lang verstand Truman ihren Ärger nicht, Dann sah er, daß Weyenberg nicht bei Gilbert war.

»O Scheiße«, sagte er. »Es tut mir leid. Ich dachte, der Captain . . .«

Judy ließ ihm nicht einmal Zeit, sich zu rechtfertigen. »Ich sitze hier und schreibe dieses ganze Zeug über Leute, die vergewaltigt und erstochen werden, und der Kerl, der all das getan hat, ist direkt dort drüben. Direkt dort drüben. Und du läufst in der Gegend herum, um Cola zu holen, als wäre das alles eine Party oder so. Bleib einfach hier bei mir, bis ich fertig bin, okay?«

Captain Weyenberg kam zurück und hörte noch genug von dem, was Judy sagte, um zu begreifen, was für einen Fehler er begangen hatte. Auch er versuchte, sich zu entschuldigen, und wurde unterbrochen. »Laßt uns das einfach nur hinter uns bringen«, sagte Judy.

Als die Arbeit getan war, brach Judy eilends zu ihrem Softballspiel auf und sagte nichts mehr.

»Ich denke, du solltest sie ziemlich bald zu einem hübschen Abendessen ausführen«, sagte Weyenberg zu Truman.

»Ich glaube, du hast recht«, pflichtete Simons ihm bei. Dann brachte er Gilbert wieder in seine Zelle, während Weyenberg nach Hause zurückfuhr.

Später ging Truman gerade ein weiteres Mal die Aussage durch, als Ramon Salinas und Dennis Baier in das Büro kamen, um sie ebenfalls zu lesen und sich die Bänder anzuhören. Sie sprachen kaum miteinander, bis beide sich Gilberts Aussage angehört und seinen ausführlichen Bericht über die Morde gelesen hatten.

Es war Salinas, der schließlich das Wort ergriff. »Weißt du«, sagte er und sah Truman an, »es ist zu schade, daß du die Polizei verlassen mußtest, um diesen Fall zu lösen. Du hast höllisch gute Arbeit geleistet. Es ist einfach eine verdammte Schande, daß alles so kommen mußte.«

In Anbetracht der Spannung, die sich im Verlauf der Ermittlungen beständig aufgebaut hatte, überraschte Ramons Bemerkung Truman.

Dann schloß sich Baier den Glückwünschen an. »Ramon hat recht«, sagte er. »Auch ich wünschte, du wärst noch immer bei der Polizei. Ich verstehe, warum du geglaubt hast, gehen zu müssen, aber ich wünschte, es wäre nicht nötig gewesen.

Obwohl eine Menge Scheiße passiert ist«, fuhr Dennis fort, »weiß ich, daß du immer noch eine Menge Loyalität für die Polizeibehörde empfindest. Und es ist nun einmal so: Dieser Fall gehört der Polizei. Ich glaube, es ist an der Zeit, daß du ihn wieder an die Polizei von Waco übergibst.«

Plötzlich begriff Simons die Absicht, die hinter diesem Lob steckte. Er hatte die Ermittlungen bis zu diesem Punkt gebracht; jetzt wollten sie, daß er beiseite trat und den Fall abgab, wie er es bei der Polizei während der Zusammenarbeit mit anderen Beamten so oft getan hatte.

Truman schüttelte den Kopf, sah Baier offen ins Gesicht und sagte: »Dennis, wenn ich der Polizeibehörde von Waco treu ergeben gewesen wäre, wäre ich niemals gegangen. Die Wahrheit lautet doch, daß ich kein gutes Gefühl dabei hätte, diesen Fall an die Polizei abzugeben. Das könnt ihr also getrost vergessen. Nun, von jetzt an könnt ihr mir helfen, oder ich helfe euch. Aber ich werde nicht aufhören. Nicht dieses Mal.«

Mit diesen Worten sammelte er die Bänder und die Aussage ein, steckte sie in seine Aktentasche und ging zur Tür. Hinter ihm blieben Baier und Salinas schweigend sitzen.

Bis zum Abend des darauffolgenden Montags hatte eine Kopie von Gilberts Aussage im Büro der Polizei von Waco die Runde gemacht, wo sie mit allgemeiner Skepsis aufgenommen wurde. Noch vor Ablauf des Tages begann auch Feazell seine Zweifel zu haben. Die Unstimmigkeit im Hinblick auf den Wagen, der zum Transport der Leichen benutzt worden war, beunruhigte ihn. Ebenso wie Gilberts Behauptung, nichts mit den eigentlichen Morden zu tun gehabt zu haben.

Auch Simons gelangte mehr und mehr zu dem Schluß, daß Melendez zu viele Lügen mit seinem Geständnis vermischt hatte. Aber warum? Während des Wochenendes hatte er die Aussage immer wieder überprüft, sich den Tonfall von Gilberts Stimme ins Gedächtnis gerufen, ihn sich vorgestellt, wie er die Worte aufs Band gesprochen hatte. Irgend etwas stimmte nicht. Er verheimlichte irgend etwas, versuchte, irgend jemanden zu schützen. Simons glaubte zu wissen, um wen es sich handelte.

In einer Aussage, die Monate zuvor aufgenommen worden war, hatte ein junger Mann namens Clint Olson angegeben, er und einige Freunde hätten David Spence in den frühen Morgenstunden der Mordnacht in seinem Apartment besucht. Während ihres Gesprächs hatte Olson David gefragt, wie er den Abend verbracht hätte. Er erinnerte sich, daß Spence spontan geantwortet hatte, er wäre mit einem Arbeitskollegen namens Tony draußen am See gewesen. David hätte eine weitere Person erwähnt, die bei ihnen gewesen war, hatte Olson zu Protokoll gegeben, aber er konnte sich nicht an den Namen erinnern.

Simons war sicher, daß es sich bei dem ›Tony‹, von dem David gesprochen hatte, um Tony Melendez handelte, Gilberts jüngeren Bruder. Er beschloß, sich ein weiteres Mal mit Gilbert zu unterhalten.

»Ich werde mich nicht hier hinsetzen und Sie einen Lügner

nennen«, sagte Truman zu dem Häftling, »aber ich habe ein paar Probleme mit Ihrer Aussage. Es gibt da einige Dinge, die mir nicht gefallen.« Melendez, der wieder nervös wirkte, fragte nach dem Grund.

»Irgend jemand fehlt. Sie schützen jemanden.«

Gilbert schüttelte den Kopf in einer Geste energischen Abstreitens, als Simons fortfuhr. »Ich weiß, daß dies schwer für Sie ist. Ich weiß, daß es schwer für Sie war, zuzugeben, daß Sie dabeigewesen sind. Und da Sie und David befreundet gewesen sind, war es schwer für Sie, ihn fallenzulassen. Und es wäre vermutlich noch schwerer, jemanden fallenzulassen, der Ihnen sogar noch mehr bedeutet als er. Um die Wahrheit zu sagen, ich kann mir eigentlich nur eine einzige Person vorstellen, die Ihnen dermaßen viel bedeuten könnte.«

»Sie glauben, ich versuche jemanden zu schützen?«

»Ja, das tue ich. Tony.«

Gilbert schüttelte erneut den Kopf.

»Warten Sie einen Augenblick«, sagte Simons. »Hören Sie mir nur zu. Ich weiß, daß ich mich ziemlich oft irre. Vielleicht liege ich auch jetzt daneben. Aber falls Tony etwas mit dieser Sache zu tun gehabt hat, müssen Sie mir das erzählen. Wir werden ihn suchen, hierherbringen und zusehen, ob wir nicht eine Lösung finden können.«

»Tony war nicht dabei«, sagte Gilbert. Während er sprach, zitterte sein rechtes Bein. Er erwähnte nicht, daß er durch Familienmitglieder seinem Bruder bereits hatte ausrichten lassen, er sollte so schnell wie möglich aus der Stadt verschwinden.

Als sich Simons zum Gehen wandte, fragte Gilbert nach David. »Was macht er?«

»Ihm geht es gut«, sagte Truman. »Er spielt immer noch Spielchen.«

»Was halten Sie davon, ein Treffen zwischen mir und David zu arrangieren, damit ich ihm erzählen kann, was ich mache? Vielleicht läßt er sich umstimmen, und wir können diese Scheiße hinter uns bringen.«

»Ich muß darüber nachdenken«, sagte Simons.

Bei einem Treffen in Vic Feazells Büro wurde entschieden, daß Gilbert einen Lügendetektortest absolvieren sollte. Unter den vielen Fragen, die man ihm stellen würde, würden fünf sein, anhand derer man würde erkennen können, ob er hinsichtlich seiner Verwicklung in die Morde die Wahrheit sagte oder log.

Beabsichtigen Sie, jede Frage, die sich auf die drei Leute im Koehne Park bezieht, wahrheitsgemäß zu beantworten?

Haben Sie gesehen, wie David Spence am 13. Juli 1982 das brünette Mädchen auf dem Vordersitz seines Autos erstach?

Haben Sie Ihr Messer auf das Gesicht des weißen Jungen gerichtet, der neben David Spences Wagen stand?

Haben Sie David Spence am 13. oder 14. Juli 1982 dabei geholfen, das brünette Mädchen vom Rücksitz seines Autos ins Unterholz zu tragen?

Sind Sie oder Ihre Kleidung in der Nacht des 13. Juli 1982, während Sie David Spence halfen, die beiden Mädchen ins Unterholz zu tragen, mit Blut in Berührung gekommen?

Gilbert antwortete auf alle fünf Fragen mit »Ja« und bestand den Test. Der Prüfer, der den Test durchführte, gab zu Bericht, daß Melendez bei seinen Antworten auf die relevanten Fragen ein gewisses Ausmaß an ›Verwirrung‹ gezeigt hatte, wie er es formulierte. »Es scheint«, sagte er, »daß es eine Menge Dinge gibt, über die Gilbert sich nicht sicher ist.«

Die Unsicherheit darüber, ob Melendez die Wahrheit sagte, war noch größer geworden. Simons erzählte Feazell, Baier und Salinas von Gilberts Bitte um Erlaubnis zu einem Gespräch mit David. Schließlich kam man überein, Spence und Melendez Friedensrichter John Cabaniss vorzuführen, der sie offiziell davon unterrichten würde, daß sie des vorsätzlichen Mordes verdächtigt wurden, und welche rechtlichen Mittel ihnen zustünden.

Um 16 Uhr 10 am Nachmittag des 31. März 1983 begleiteten Simons, Baier und Salinas die Sträflinge ins Gerichtsgebäude, wo sie vor den Friedensrichter traten. Spence und Melendez hörten aufmerksam zu, als er ihnen erklärte, daß bislang keine Anklage erhoben worden war, daß sie nicht verpflichtet waren, irgendeinem Beamten gegenüber Aussagen zu machen, und daß sie das Recht hatten, um Anwälte zu ersuchen. Nach Ende dieser kurzen Sitzung fragte Gilbert, ob er kurz mit Spence reden dürfte, bevor man sie zurück in ihre Zellen brachte.

Nachdem Cabaniss zugestimmt hatte, bedeutete Simons ihnen, daß sie in einer entlegenen Ecke des Saals außer Hörweite miteinander sprechen durften, aber daß er würde bleiben müssen, um sie im Auge zu behalten. Während Baier und Salinas sich anschickten, das Gespräch von einem angrenzenden Raum aus zu belauschen, warf Gilbert David einen Blick zu und richtete dann seine Augen auf einen Punkt in der Nähe der Decke, wo er die Abhöranlage vermutete. Stumm formte er mit den Lippen das Wort ›Wanze‹, bevor er David erzählte, daß die Beamten mit ihm über die Morde am See gesprochen hätten. »Sie redeten von irgendeiner Scheiße, die du ihnen erzählt hast – daß ich bei dir gewesen wäre«, flüsterte er.

»Sie behaupten, ich hätte gesagt, du wärst bei mir gewesen?« fragte David.

»Im Moment läuft hier eine ganz gewaltige Scheiße ab, Mann«, sagte Gilbert. »Ich habe keine verdammte Ahnung, worum es eigentlich geht. Du weißt irgend etwas, das sie wissen wollen.«

»Ich weiß überhaupt nicht, was das alles soll«, gab David zurück.

»Ich werde wegen dieser Scheiße nicht in die verdammte Todeszelle wandern«, sagte Gilbert. »Ich habe nicht die Absicht, da unten zu verrotten . . .«

»Laß mich dich etwas fragen«, unterbrach ihn David. »Hast du es getan?« Bevor Gilbert reagieren konnte, beantwortete David die Frage für ihn. »Nein. Und habe ich es getan? Natürlich nicht. Also, was zur Hölle, können sie machen? Was für Beweise könnten sie haben?«

»Irgend etwas haben sie. Sie behaupten, sie wüßten, was passiert ist, daß wir beide dort draußen gewesen seien, daß wir die drei umgebracht hätten, alles, Mann. Sie könnten uns vor Gericht bringen, uns wegen vorsätzlichen Mordes drankriegen und uns in die Todeszelle stecken.«

»Wie denn?« fragte David.

Gilbert ignorierte die Frage und begann, ihm zu erklären, wie sie seiner Meinung nach die Todesstrafe umgehen konnten.

»Weißt du, sie haben gesagt, falls wir aussagen würden, würden sie irgendeinen Handel eingehen. Falls du mit ihnen redest, werden sie mit dir irgendeine Abmachung treffen. Scheiße, wir müssen nicht unbedingt draufgehen. Mann, diesmal stecken wir bis zum Hals drin. Sie werden uns wegen dieser Sache festnageln, und ich habe keine Lust zu sterben.«

»Ich weiß, daß du mit Simons geredet hast«, fuhr Gilbert fort. »Ich habe auch mit ihm gesprochen; er ist in Ordnung. Falls du ihm hilfst, wird er es für dich irgendwie hinbiegen, daß du nicht in die Todeszelle mußt.«

»Woher haben sie diese ganze verdammte Scheiße?« fragte David. »Ich weiß nicht, was für einen Mist sie dir erzählen, aber mir sagen sie, sie hätten genug, um mich anzuklagen.«

Aus der anderen Ecke des Saals meldete sich Simons zu Wort. »Gilbert, wir müssen gleich los.«

Melendez nickte in Trumans Richtung und redete weiter. »Ich denke, wir sollten ihnen erzählen, was passiert ist, und uns anhören, was sie uns dafür anzubieten haben. Ich werde eine Aussage machen.«

Spence lehnte sich zurück und begann, den Kopf zu schütteln. »Nein«, sagte er und lachte nervös. »Das glaube ich einfach nicht. Das glaube ich einfach nicht, Gilbert.«

Melendez erwiderte das Lachen nicht. »Ich will nicht, daß du sagst, ich hätte dich verpfiffen, oder daß du mich verraten hättest. Wir haben eine Menge Scheiße zusammen durchgestanden. Aber ich sehe keinen Sinn darin, daß wir gemeinsam in der Todeszelle enden. Wir können dem entgehen. Begreifst du, was ich sagen will?«

»Du meinst, du wirst ihnen sagen, was passiert ist?« David klang verwirrt und schien nicht glauben zu können, was er hörte.

»Ja, ich werde ihnen sagen, was passiert ist.«

Abermals unterbrach Simons sie. »Laß uns gehen, Gilbert«, rief er quer durch den Raum.

Während Truman Gilbert zurück ins Gefängnis brachte, setzten sich Baier und Salinas mit David zusammen. »Irgend etwas

Seltsames geht hier vor«, sagte er und schüttelte den Kopf. »Gilbert saß hier vor mir und behauptete, er würde Ernst machen und Ihnen erzählen, was passiert ist.« Einige Minuten lang redeten die beiden Beamten auf ihn ein und drängten ihn, ebenfalls auszusagen. »Es ist an der Zeit, daß Sie mit sich ins reine kommen«, sagte Baier.

Während Baier redete, breitete Salinas die Tatortfotos der drei toten Teenager vor David aus. »Sind das die Leute, die ich angeblich umgebracht habe?« fragte David. Weder in seiner Stimme noch in seinem Gesichtsausdruck zeigte sich die geringste Gefühlsäußerung. »Also, soll ich deswegen vor Gericht gestellt werden? Denn falls das so ist, haben wir ein verdammt großes Problem.«

»Nun, erklären Sie es mir«, sagte Baier.

»Sie wollen von mir, daß ich Ihnen erzähle, was sich dort draußen in diesem Park abgespielt hat, obwohl ich nicht das geringste darüber weiß. Bei Gott, das ist die Wahrheit, denn ich habe wirklich keine Ahnung, was dort draußen passiert ist. All diese Aussagen, die irgendwelche Leute gegen mich gemacht haben, in denen sie behaupten, ich hätte ihnen erzählt, ich wäre es gewesen, ihnen erzählt, wie alles abgelaufen wäre – einen Scheißdreck habe ich ihnen erzählt. Ich schwöre bei Gott, Mann, das ist die Wahrheit. Ich weiß absolut nichts.«

In der Zwischenzeit versuchte Feazell, mit Gilbert ins Gespräch zu kommen, weil er hoffte, ihn zu einem weiteren Lügendetektortest überreden zu können. Melendez saß im Büro des Staatsanwalts und weigerte sich, den Fall mit Vic zu besprechen. Er würde sich keinem Lügendetektortest mehr unterziehen, sagte er; auch würde er nichts sagen, außer wenn Truman Simons anwesend war.

Feazell ärgerte sich über Melendez' Verhalten und konnte Gilberts vermeintliches Vertrauen zu dem Aufseher nicht verstehen. »Glauben Sie, Simons wird an Ihrer Stelle in die Todeszelle wandern?« fragte Vic.

»Nein, aber er ist der einzige, mit dem ich reden werde«, erwiderte Gilbert.

Feazell sagte nichts mehr und ließ Melendez wieder in seine Zelle bringen.

Zwei Tage darauf wurde Gilbert ins Staatsgefängnis zurückverlegt. Zu diesem Zeitpunkt war nur noch Truman Simons restlos von seiner Beteiligung an den Morden am See überzeugt. Truman hatte genug davon, in Sackgassen zu landen, und es entmutigte ihn, daß er bei seinen Kollegen von den Strafverfolgungsbehörden auf immer mehr Widerstand traf. Er begann ernstlich daran zu zweifeln, daß dieser Fall jemals aufgeklärt werden würde. Niemand bei der Polizei hatte Bereitschaft gezeigt, ihm zu helfen. Und er war sich sicher, daß Feazell ihm nicht traute.

Einige Tage lang kämpfte Simons gegen Depressionen an, wie er sie noch nie zuvor erlitten hatte. Zu Hause wechselte er kaum ein Wort mit Judy und hatte auch keine Lust, mit seinem Sohn zu spielen. Er verbrachte sehr viel Zeit allein in der Garage, ordnete sein Werkzeug neu oder bastelte am Motor seines Wagens herum. Er konnte kaum schlafen und wenn, dann nur unruhig. Er hatte wenig Appetit.

Und nachts, wenn er im Gefängnis auf seinem Posten saß, ignorierte er Spences Zeichen, die Tür seiner Zelle zu öffnen, damit er in den Schacht kommen und sich mit Simons unterhalten konnte. Truman wollte allein sein. Er versuchte, ein paar Taschenbücher zu lesen, aber irgendwie schien er nie über die ersten paar Kapitel hinauszugelangen.

Eines Nachts, als alle Häftlinge schliefen, erhob sich Simons von seinem Stuhl und begann, in dem kleinen Wachraum langsam auf und ab zu gehen. »Herr«, sagte er laut. »Ich weiß, daß Du diejenigen am härtesten prüfst, die den stärksten Glauben besitzen. Aber ich bin nicht so stark. Ich befürchte, ich kann mit dieser Angelegenheit nicht mehr fertig werden. Ich brauche Hilfe. Hilf mir, diese Sache durchzustehen, oder verleihe mir die Kraft, sie aufzugeben.«

Kapitel 27

Ned Butler ist ein bärenhafter Mann von einem Meter fünfundneunzig Größe, der fortwährend darum kämpft, sein Gewicht unter der 105-Kilo-Grenze zu halten. Mit seinen blonden Haaren und dem Vollbart wirkt er wie eine vierundvierzigjährige Ausgabe des Schauspielers und Folksängers Burl Ives. Er spricht mit brummender, rauher Stimme, doch wer ihn kennt, weiß, daß er zwar knurrt, aber nicht beißt.

In der High-School und dann an der Universität von El Paso war er ein hervorragender Sportler. Erst nach siebenjähriger Tätigkeit als Sportlehrer und Footballtrainer der High-School-Liga erwachte in ihm das Interesse, eine Laufbahn als Jurist einzuschlagen. Selbst heute noch fließt der Sportjargon in seine Sprache ein. Seine Prozeßvorbereitungen bezeichnet er als ›Anlegen der Polsterung‹ und die Zeit vor der Urteilsverkündung als ›letztes Spielviertel‹. Ein Verfahren wegen vorsätzlichen Mordes, sagt er, sei ›die Antwort des Anwalts auf den Super Bowl‹.*

Nach Erlangung seines Abschlusses an der juristischen Fakultät arbeitete Butler zwei Jahre lang als Ankläger im Büro der Staatsanwaltschaft des Harris County in Houston, bevor er nach Osttexas in die kleine Gemeinde Gilmer zog, wo er vom Stellvertreter zum Staatsanwalt aufstieg. Er war Ankläger des im Pfannenstiel** gelegenen Amarillo, als Vic Feazell, der noch immer dabei war, seine Behörde zu organisieren, ihn anrief und fragte, ob Butler daran interessiert wäre, nach Waco zu ziehen, um seine Anstrengungen fortan auf die Verfolgung von Kapitalverbrechen zu konzentrieren.

Als Naturfreund, der gerne angeln geht, war Ned des trockenen Ranchlands des Pfannenstiels überdrüssig geworden. Obwohl er es Feazell gegenüber niemals erwähnte, war einer

* Endrunde der amerikanischen Football-Meisterschaft. *Anm. d. Übers.*

** Der schmale nördliche Geländefortsatz des Staates Texas.*Anm. d. Übers.*

der Hauptgründe für seine Zusage die Aussicht gewesen, im Lake Waco nach Barschen fischen zu können.

In der ersten Aprilwoche des Jahres 1983 trat Butler seine neue Stellung an und erhielt sofort einen seit langem hinausgeschobenen Mordfall zugewiesen, in den ein Mann aus Waco verwickelt war. Er hatte den Andenkenladen eines der örtlichen Hotels betreten, den Kassierer zunächst als Geisel genommen und ihn am Ende zu Tode getreten. Butler war gerade dabei, die Geschworenenriege zusammenzustellen, als Feazell eines Spätnachmittags in sein Büro kam, um ihn um einen Gefallen zu bitten. Der Staatsanwalt setzte Butler die Vereinbarung auseinander, die er mit Polizeipräsident Scott getroffen hatte und die besagte, daß Dennis Baier und Ramon Salinas seinem Büro zugeteilt wurden, um die Lake-Waco-Morde zu untersuchen. Die beiden trieben ihn in den Wahnsinn, sagte Vic. »Jeden Nachmittag kommen sie ins Büro, sitzen tatenlos herum und warten, daß ihnen jemand sagt, was sie tun sollen.«

Feazell setzte Ned über alles ins Bild, was er über den Fall wußte, und bat ihn dann, die Koordinierung der Ermittlungen in die Hand zu nehmen, sobald er den Drakeford-Prozeß abgeschlossen hatte. »Kein Grund zu warten«, sagte Butler. »Schicken Sie mir die beiden gleich her.« Da seine Familie noch in Amarillo wohnte, um den Verkauf des Hauses zu regeln und das Ende des Schuljahres abzuwarten, blieb ihm nur die Arbeit, um seine Zeit auszufüllen.

Das war es, was Feazell hatte hören wollen. Die energische Art, mit der Butler den ersten ihm zugewiesenen Fall angegangen war, hatte den Staatsanwalt beeindruckt. Feazell war erfreut, feststellen zu können, daß sein neuer Mitarbeiter zu den Leuten gehörte, die ihre Arbeit mit einer seltenen Mischung aus Begeisterung und sorgfältiger Beachtung selbst der kleinsten Kleinigkeiten aufnahmen. Diese aggressive Art paßte gut zu Feazells Philosophie. Butler traf sich sofort mit Ramon Salinas und bat um Einsicht in die Polizeiberichte zu diesem Fall. Ramon sagte, außer den Tatortfotos könnte er ihm alles vorlegen. Man hatte endlich ein Gespräch mit James Bishop arrangieren können, und Dennis Baier war nach Kalifornien geflogen. Die Fotos hatte er mitgenommen.

Am nächsten Abend saß Butler nach einem langen Tag der Geschworenenauswahl allein in seinem Büro und las bis zwei Uhr morgens in den Berichten. Der Fall faszinierte ihn vom ersten Augenblick an. Obwohl er noch niemals persönlich in einem Fall ermittelt hatte, gewann er den Eindruck, daß noch eine Menge Einzelheiten überprüft und Leute befragt werden mußten. Man hatte Butler über Truman Simons' Theorie und über Gilbert Melendez' kürzliches Geständnis in Kenntnis gesetzt. Er war überrascht, daß weder David Spence noch Melendez in einem der Berichte erwähnt wurden, die man ihm ausgehändigt hatte.

Obwohl er Simons bisher noch nicht begegnet war, hatte Butler bereits Gerüchte gehört, er wäre von dem Fall besessen und würde alles tun, legal oder nicht, um seine Verwechslungs- und Mietkiller-Theorie bewiesen zu sehen. Ned schloß die Akte in seinem Schreibtisch ein und faßte den Entschluß, Simons nicht an den Ermittlungen zu beteiligen, bevor er nicht sehr viel mehr über ihn erfahren hatte.

Am nächsten Montag kam Dennis Baier aus Kalifornien zurück. Er war überzeugt, daß Bishop nichts über die Lake-Waco-Morde wußte. Baier meldete sich in Butlers Büro und übergab ihm die Tatortfotografien. Ned lehnte sich auf seinem Stuhl zurück, legte die Füße auf den Schreibtisch, plazierte den Stapel Fotos auf seiner Brust und begann schweigend, sich die Horrorgeschichte anzusehen, die sie erzählten. Er holte ein Vergrößerungsglas aus seiner Schreibtischschublade hervor und unterzog mehrere Fotos der ermordeten Mädchen einer genaueren Untersuchung. Er wechselte von einem zum anderen, wandte sich dann wieder einigen zu, die er beiseitegelegt hatte, und besah sie sich von neuem. Schließlich strich er sich über den Bart und lächelte unmerklich. *Vielleicht*, dachte er, *haben wir hier etwas*.

Während der zwei Jahre, die er im Büro der Staatsanwaltschaft von Amarillo tätig gewesen war, hatte Butler einigen Kollegen bei Nachforschungen geholfen, die als Vorbereitungen für die Verfahren wegen zweier brutaler Morde gedient hatten, begangen von einem jungen Schlachthofarbeiter namens Jay Kelly Pinkerton. In einem der Fälle waren einer Frau dreißig

Stichwunden zugefügt und ihre Leiche verstümmelt worden. Im zweiten Mordfall hatte der Täter die Frau vergewaltigt und mehrfach mit einem Bowiemesser durchbohrt. Man hoffte, in dem Blut, das an den Leichen der Opfer haftete, Fingerabdrücke finden zu können, und schickte die Tatortfotos deshalb an Dr. Homer Campbell, einen Zahnkundler der Gerichtsmedizin von Albuquerque, New Mexico, und seinen Partner James Ebert, einen Experten für Fotovergrößerungen. Sie entdeckten zwar keine Fingerabdrücke, aber dafür zahlreiche Bißspuren an den Leichen beider Opfer. Es waren diese Bißspuren, die schließlich zu Pinkertons Verurteilung und seiner letztendlichen Hinrichtung durch eine tödliche Injektion führten.

Nachdem er die Fotos, die Baier ihm gebracht hatte, noch einige weitere Minuten lang untersucht hatte, stand Butler auf und ging eilig den Flur entlang zu Feazells Büro. In seiner Aufregung unterbrach er den Staatsanwalt mitten in einem Telefongespräch. Er breitete mehrere Fotos von Jill Montgomery und Raylene Rice auf Feazells Schreibtisch aus und reichte Vic das Vergrößerungsglas. »Ich glaube, wir haben hier Bißspuren«, sagte er.

Feazell nahm die Stellen, die Butler bezeichnete, genau in Augenschein, konnte aber keine Wunden erkennen. »Sind Sie sicher?« fragte er.

»Nicht, bis nicht ein Kerl, den ich in Albuquerque kenne, sich die Fotos angesehen hat«, erwiderte Butler. »Aber ich würde jetzt schon um ein Abendessen mit Ihnen wetten, daß der Typ, dem diese Kinder zum Opfer gefallen sind, sie gebissen hat.«

»Nun, schicken Sie dem Mann die Fotos«, sagte Vic.

»Ich würde sie ihm lieber selbst bringen«, sagte Butler.

»Es ist jetzt Ihr Fall«, entgegnete Feazell. »Tun Sie, was Sie tun müssen.«

Dr. Homer Campbell bestätigte, daß die Wunden, die Butler festgestellt hatte, von menschlichen Zähnen verursacht worden waren. Er fand außerdem einige zusätzliche Bißspuren, die Ned übersehen hatte. »Falls dieser Kerl, der bei uns im Gefängnis sitzt, irgend etwas mit diesen Morden zu tun gehabt hat, haben wir jetzt eine Möglichkeit, das zu beweisen«, teilte Ned während eines mitternächtlichen Anrufs aus New Mexico Feazell mit. Sobald er zurückgekommen war, traf Butler Vorkehrungen, einen Abdruck von David Spences Gebiß nehmen zu lassen.

Und er beschloß, daß es an der Zeit war, Truman Simons kennenzulernen.

Simons hatte gerade seinen Dienst angetreten, als Butler, noch immer in den dreiteiligen weißen Anzug gekleidet, den er zuvor bei Gericht getragen hatte, im dritten Stock des Gefängnisses aus dem Aufzug trat und ihn zu sich winkte. »Ich will mit Ihnen über den Fall der Morde am See reden«, sagte Butler ohne weitere Begrüßung.

Simons sah die ernst wirkende Gestalt an, die vor ihm stand. Ihm ging der Gedanke durch den Kopf, daß Butler mit seiner massigen Statur und dem weißen Anzug bis aufs Haar dem Mr. Saubermann aus der Fernsehwerbung glich. Er versuchte kaum, die Aufregung zu verbergen, die er darüber empfand, daß jemand – noch dazu ein Fremder – sich für die Informationen interessierte, die er gesammelt hatte.

Truman öffnete seine Aktentasche und zeigte dem Stellvertretenden Staatsanwalt die Aussagen, die er von Häftlingen zu Protokoll genommen hatte. Er erklärte seine Theorie, daß Muneer Deeb Spence angeheuert hatte, um Gayle Kelley zu ermorden, daß jedoch das falsche Mädchen umgebracht worden war. Er gab Ned eine Kopie von Gilberts Geständnis und beantwortete ausführlich jede Frage, die Butler ihm stellte.

Mehr als eine Stunde lang überflog Ned die Berichte und stellte Fragen, während sich sein Gesichtsausdruck keinen Augenblick änderte. Dann gab er dem Aufseher die letzte Aussage zurück, die er gelesen hatte, und stand auf, um zu gehen. »In ein paar Tagen werde ich Ihnen mitteilen, ob Spence diese Kinder umgebracht hat oder nicht«, sagte er. Sein Tonfall erschien Truman herablassend, sogar ruppig.

»Einen Moment noch«, sagte der verwirrte Simons. »Wovon, zur Hölle, reden Sie da? Sie kommen hier herein, ich rede mir den Mund fusselig und zeige Ihnen alles, was ich habe, und jetzt wollen Sie mit einer solchen Bemerkung einfach wieder verschwinden? Was für eine Scheiße läuft hier ab?« Truman war wütend. »Ich weiß nicht, ob Sie sich dessen bewußt sind oder nicht«, fuhr er fort, »aber ich habe verdammt viel Zeit in diese Sache investiert, und ich finde es ziemlich beschissen von Ihnen, hier großkotzig hereinzuspazieren, sich alles anzuhören, was ich zu sagen habe, und dann einfach abzuhauen. Ich habe eine Menge in diesen Fall gesteckt, und ich denke, ich verdiene zu erfahren, was hier los ist.«

Butler zuckte die Achseln. »Das ist ein Fall wie jeder andere.«

»Sie haben wohl Scheiße im Hirn«, schrie Simons, und sein Gesicht lief rot an. »Für mich ist dieser Fall etwas verdammt Besonderes.«

»Ich muß jetzt gehen«, sagte Ned, beendete damit jählings das Gespräch und drehte sich zum Aufzug um.

Als er gegangen war, stopfte Simons zornig die Aussagen, die er Butler gezeigt hatte, zurück in seine Aktentasche. Dann hob er seinen Blick zur Decke und sagte: »Du willst mich wohl verarschen. Ist *das* die Hilfe, die Du mir geschickt hast?«

Sobald seine Schicht beendet war, ging Truman geradewegs in Dan Weyenbergs Büro und berichtete ihm von seinem spätnächtlichen Gespräch mit Butler. »Was, zur Hölle, geht hier vor?« fragte Simons.

Der Captain wirkte verlegen. »Ich soll es dir nicht erzählen. Die Leute vom Büro der Staatsanwaltschaft trauen dir nicht.« Weyenberg bemerkte die Frustration, die sich auf Trumans Gesicht abzeichnete, ging zur Tür und schloß sie. »Ach, verdammt, setz dich«, sagte er.

Er erklärte ihm, daß Butler anhand der Fotos Bißspuren entdeckt hatte, und erzählte ihm von dem Vorhaben, zu Vergleichszwecken einen Abdruck von Spences Gebiß anfertigen zu lassen. »Sie wollen nicht, daß irgend jemand davon erfährt«, sagte Weyenberg, »denn sie befürchten, daß David, sollte er davon Kenntnis erhalten, versuchen könnte, sich selbst die Zähne auszuschlagen.«

»Sie glauben, ich könnte Spence davon erzählen, damit er sich die eigenen Zähne herausbrechen kann?« fragte Simons.

»So ungefähr.«

»Das ist eine ziemlich dämliche Befürchtung, wenn du mich fragst«, erwiderte Truman. »Wann wollen sie diesen Abdruck nehmen?«

»Im Laufe der nächsten Tage.«

»Okay, ich habe während der letzten Nächte ohnehin nicht mit David geredet. Ich werde so lange kein Wort mehr mit ihm wechseln, bis sie getan haben, was auch immer sie tun wollen. Aber verdammt noch mal, falls sie etwas entdecken sollten, würde ich doch mit Sicherheit nichts unternehmen, das alles verderben könnte.«

»Ich weiß das«, sagte Weyenberg.

Am Tag nachdem ein örtlicher Zahnarzt einen Abdruck von Spences Gebiß genommen hatte, erhielt Simons nachmittags zu Hause einen Anruf von Captain Weyenberg. »Ich habe gerade mit dem Büro der Staatsanwaltschaft telefoniert«, sagte er, »und sie sind stinksauer.«

»Was ist los?«

»Vorhin war jemand da, der Fotos von Spences Mund gemacht hat, und als sie gerade dabei waren, fragte David, ob sie die Bilder nach Albuquerque schicken würden. Sie glauben, du bist derjenige, der es ihm erzählt hat.«

»Captain«, sagte Simons, »du hast mir nie gesagt, wohin sie das ganze Zeug schicken wollten.«

»Ich weiß«, sagte Weyenberg, »aber Ned Butler will dich sehen.«

»Ich werde bei ihm reinschauen«, sagte Simons, »aber wenn er mir dumm kommt, schmeiße ich ihn aus dem Fenster.«

Bei mehreren Gelegenheiten hatte Dennis Baier Truman anvertraut, daß das Büro der Staatsanwaltschaft insgeheim plante, ihn aus dem Fall hinauszudrängen. Feazell und Butler, hatte der Polizeibeamte behauptet, würden ihm nicht vertrauen. Simons nahm an, daß sie beabsichtigten, diesen letzten Vorfall dazu zu benutzen, ihn bei Sheriff Harwell und Captain Weyenberg in Mißkredit zu bringen. Falls sie Spielchen veranstalten wollten, dachte er, würde auch er spielen. Um zu sehen, wie sie reagieren würden, beschloß er, ihnen zu erzählen, daß er derjenige gewesen wäre, der David versehentlich den geplanten Bestimmungsort Albuquerque mitgeteilt hatte. Aber falls sie ihn tatsächlich von dem Fall verdrängen wollten, würden sie sich verdammt anstrengen müssen.

Ned stand hinter seinem Schreibtisch, als Simons das Büro betrat. »Sie wollten mich sprechen?« fragte Truman.

Butler fragte ihn sofort, wie es möglich war, daß Spence wußte, daß der Gebißabdruck und die Fotos nach Albuquerque geschickt werden würden. Daraufhin gab Simons zu, in der Nacht nachdem der Abdruck angefertigt worden war, kurz mit David gesprochen zu haben. Allerdings machte er sich nicht die Mühe zu erklären, daß man ihm niemals mitgeteilt hatte, wie der Bestimmungsort lautete. »Ich schätze, wenn es ihm jemand erzählt hat, muß ich es wohl gewesen sein«, sagte Truman. »Ich gestehe; ich bin schuldig.« Butler beruhigte sich und nahm auf seinem Stuhl Platz. »Das ist nicht so wichtig«, sagte er. »Machen Sie sich deswegen keine Sorgen.«

An jenem Abend rief Simons David in den Schacht. »Man hat mir heute gewaltig in den Arsch getreten«, sagte er. »Woher, zur Hölle, wußten Sie, daß man den ganzen Krempel nach Albuquerque schicken würde?«

»Als ich da unten saß, mit all diesem Glibberzeug im Mund«, sagte David, »habe ich zufällig gehört, wie Captain Weyenberg im Flur mit jemandem darüber gesprochen hat.«

»Nun«, sagte Simons, »falls Sie jemand danach fragt, sagen Sie, ich hätte es Ihnen erzählt.«

»Warum?«

»Sagen Sie es einfach.« Falls jemand deswegen Schwierigkeiten bekommen würde, sollte es lieber er selbst anstatt Captain Weyenberg sein.

Während der nächsten Tage mied Simons das Büro der Staatsanwaltschaft und unternahm nichts, bis Butler mit dem Gebißabdruck und den Fotos von Spences Zähnen nach Albuquerque aufgebrochen war. Am Abend des Tages nach Butlers Abreise rief Truman Feazell zu Hause an. »Was hat Butler herausgefunden?«

Vic behauptete, er hätte noch nichts gehört. Simons war sich sicher, daß er log, und rief Weyenberg an. »Dan«, sagte er, »ich kann es nicht mehr abwarten. Hast du gehört, was die Überprüfung der Bißspuren ergeben hat?«

Wieder zögerte Weyenberg eine Weile. »Sie haben gepaßt«, sagte er schließlich.

Am nächsten Tag ging Simons in Butlers Büro. Er verschwieg sein Gespräch mit Weyenberg und fragte nach den Ergebnissen aus Albuquerque. Ned verhielt sich sofort ausweichend. Diesmal gelang es Simons, seine Wut zu verbergen, als er ihm ruhig die Meinung sagte. »Hören Sie, es ist mir scheißegal, ob Sie mir das Ergebnis mitteilen oder nicht. Falls Sie daraus ein großes Geheimnis machen wollen, dann soll mir das recht sein. Aber lassen Sie mich Ihnen nur eines sagen: Falls an dieser gerichtsmedizinischen Zahnkunde auch nur das geringste dran ist, und falls dieser Arzt, mit dem Sie gesprochen haben, sein Handwerk auch nur ein bißchen versteht, dann passen diese Bißspuren zu Davids Zähnen – denn er ist derjenige, der diese Kinder getötet hat.«

»Sind Sie sich so sicher?« fragte Butler.

»Ich *weiß*, daß er es getan hat«, sagte Simons. »Und falls Ihre Bißspuren zu irgend etwas gut sind, wissen Sie es auch. Warum lassen wir also nicht diese beschissenen Spielchen sein und gehen an die Arbeit?«

Zum erstenmal seit ihrem ersten Zusammentreffen im Gefängnis verzog sich Butlers Gesicht zu einem breiten Grinsen. »Ich glaube, wir können jetzt beweisen, was Sie den Leuten schon seit verdammt langer Zeit zu erzählen versuchen. David Spences Gebiß paßt zu den Bißspuren.« Obwohl er sich dessen noch nicht bewußt war, hatte Simons endlich einen Verbündeten gewonnen.

Truman Simons hatte begonnen, Butler zu faszinieren. Trotz Feazells eingestandenem Mißtrauen und der offensichtlichen Feindseligkeit, die Salinas und Baier dem Aufseher entgegenbrachten, konnte Ned keinen legitimen Grund dafür entdecken, Truman für etwas anderes zu halten als für einen hart arbeitenden Ermittler, der viele Stunden auf die Lösung eines Falls verwandt hatte, bei dem scheinbar niemand anders in der Lage gewesen war, ihn in den Griff zu bekommen.

Einer der ersten, mit denen Butler nach seiner Ankunft in Waco Kontakt aufgenommen hatte, war der Anwalt Claude Giles gewesen, ein alter Klassenkamerad von der High-School, als sie beide noch in Abilene gelebt hatten. Sie hatten sich bereits einige Male miteinander unterhalten, bis Giles erwähnte, daß er und Truman Simons gute Freude waren und sich schon seit langem kannten. Butler begann sofort, den Anwalt, dessen Meinung er hoch einschätzte, über Truman zu befragen. Butler gestand ihm seine Besorgnis darüber ein, ob man Simons vertrauen konnte, und erzählte ihm von den Geschichten, die ihm über Simons' Methoden zu Ohren gekommen waren. Angeblich manipulierte er Beweismittel, fälschte Aussagen und arbeitete verbissen darauf hin, daß Fälle zu seinen Theorien paßten, selbst wenn es gegenteilige Beweise gab. Giles äußerte sich nicht, während Butler ihm die Gründe für seine Bedenken darlegte.

»Hast du jemals irgendeinen Beweis für diese Behauptungen gesehen – ihn jemals bei einer Lüge erwischt?« fragte der Anwalt schließlich.

»Nein«, gab Butler zu und erzählte ihm dann von der Auseinandersetzung zwischen ihm und Simons über die Tatsache, daß Spence gewußt hatte, daß der Gebißabdruck nach Albuquerque geschickt werden sollte.

Giles lächelte. Im stillen amüsierte er sich darüber, daß er auf einmal zwischen zwei alten Freunden stand. Butler wußte nicht, daß Simons sich ebenfalls nach ihm erkundigt und Giles die Geschichte von dem Treffen in Butlers Büro bereits von Truman gehört hatte.

»Weißt du, wie David Spence von dem Bestimmungsort dieses Abdrucks erfahren hat?« fragte Giles. »Er hat zufällig gehört, wie jemand – dessen Namen ich nicht nennen werde – sich im Flur darüber unterhalten hat, während er an jenem Abend dort unten im Gefängnis saß, als ihm der Abdruck abgenommen wurde. Es war einfach ein unabsichtlicher Fehler desjenigen, den Spence reden gehört hat. Aber er hat es verdammt sicher nicht von Truman Simons erfahren. Das garantiere ich dir. Ned, ich kenne den Kerl. Und es gibt auf dieser Welt niemandem, dem ich mehr vertraue.«

Bald darauf begann Butler, die Meinung des Anwalts zu teilen, und ergriff insgeheim Maßnahmen, die Feazell davon überzeugen sollten, daß man, falls begründete Zweifel auftauchten, die Ursachen dafür eher bei den Bemühungen der Polizeibeamten suchen mußte, die mit diesem Fall betraut waren.

Die Nachrichten aus Albuquerque erfüllten Simons mit neuem Mut, und er begann, seinen nächtlichen Gesprächen mit Spence wieder gespannt entgegenzusehen. Außerdem freute es ihn zu wissen, daß Butler, ob er Simons vertraute oder nicht, David mittlerweile als Hauptverdächtigen des Falls akzeptiert hatte. Und tatsächlich waren Baier und Salinas von Ned angewiesen worden, ihre Anstrengungen darauf zu konzentrieren, einen Fall gegen Spence aufzubauen. Einer seiner ersten Vorschläge lautete, daß sie das Auto ausfindig machten, das David zum Zeitpunkt der Morde besessen hatte, und es gründlich auf Blutspuren und Haarproben überprüfen ließen.

Den Polizeibeamten gelang es, den Wagen aufzuspüren, der inzwischen zweimal den Besitzer gewechselt hatte. David saß im dritten Stock am Fenster, als er sah, wie Dennis Baier den goldfarbenen Malibu in der Columbus Street parkte, die neben dem Gefängnis verlief.

Spence geriet sofort außer sich und begann, mehreren anderen Häftlingen lautstark und pathetisch mitzuteilen, daß die Polizei sein altes Auto gefunden hatte. »Sie werden einen Scheißdreck darin entdecken«, sagte er. »Sie verschwenden bloß ihre Zeit.«

Ein junger schwarzer Sträfling namens J. D. Williams war über Davids Aufregung belustigt. Er schlug mit der flachen Hand auf den Tisch, an dem er saß, um die Aufmerksamkeit auf sich zu ziehen. Dann ahmte Williams einen tiefen und ernsten Tonfall nach und begann mit einer improvisierten Ansprache. »Meine Damen und Herren Geschworenen«, intonierte er, »hier haben wir das Auto, das vormals dem Angeklagten,

Mister David Spence, gehört hat. Wir haben es in unser Speziallabor gebracht und einer Reihe von wissenschaftlichen Tests unterzogen.« Er hielt aus dramaturgischen Gründen inne und fuhr dann fort: ». . . und tatsächlich haben wir Blutspuren gefunden.«

Sogar David amüsierte sich über die gelungene Vorstellung des jungen Häftlings.

»Nun, Mister Spence«, fuhr Williams fort, »würden Sie dem Gericht bitte erzählen, wessen Blut das dort im Wagen ist?«

»Ich weiß es nicht, Richter«, antwortete David, der sich von der Stimmung des Augenblicks mitreißen ließ.

Williams runzelte theatralisch die Stirn und strich sich über das Kinn, während er weiterredete. »Wir haben außerdem einige Haare in dem Auto gefunden; Haare, die von jenen Kindern stammen. Mister Spence, können Sie uns erklären, wie die Haare dort hingelangt sind?«

David lachte. »Ich schätze, weil die Teenager in dem Wagen gewesen sind.«

»Nun gut, Mister Spence, würden Sie den Damen und Herren Geschworenen jetzt bitte erzählen, wo Sie in der fraglichen Nacht gewesen sind, als sich diese Morde draußen am Lake Waco ereignet haben?«

»Euer Ehren«, sagte David, »ich erhebe Einspruch. Diese Frage ist irreführend und unerheblich.«

»Abgelehnt, Mister Spence. Beantworten Sie die Frage.«

»Ach, zur Hölle, Richter. Was glauben Sie denn, wo ich gewesen bin? Jeder weiß, daß ich dort draußen war.«

Die ›Geschworenen‹, die sich zusammengefunden hatten, befanden David alsbald für schuldig.

Die Ermittlungen im Fall der Morde am See waren mittlerweile zum Hauptthema der nahezu allabendlichen Gespräche zwischen Spence und Simons geworden. Wiederholt drängte David den Aufseher, ihm Einzelheiten über Gilberts Geständnis zu verraten, während er gleichzeitig nachdrücklich versicherte, er könne nicht verstehen, warum sein Freund ihn in das Verbrechen hineingezogen hatte.

»Ich weiß, es fällt ihnen schwer, das zu glauben«, sagte Truman, »aber so wie ich es sehe, versucht Gilbert lediglich, seinen eigenen Arsch zu retten.«

Ein nachdenklicher Ausdruck zog sich über Davids Gesicht. »Wissen Sie«, sagte er, »als Baier und Salinas sich neulich mit mir unterhalten haben, war da etwas, was mich wirklich beunruhigt hat.«

Simons, der dem größten Teil des Verhörs, das die beiden Polizeibeamten durchgeführt hatten, von einem angrenzenden Zimmer aus gefolgt war, wartete darauf, daß David seine Äußerung erklären würde.

»Während wir uns unterhielten, hat Salinas mir ein Foto von einem dieser Mädchen gezeigt. Könnte ich so etwas getan haben? Und mich nicht daran erinnern?«

»David, das weiß ich nicht. Das ist etwas, das nur Sie selbst und ein Psychiater entscheiden können. Wollen Sie damit sagen, Sie halten es für möglich, daß Sie es getan haben könnten?«

»Nun, auf diesem Foto war etwas, was mir ziemlich zu denken gegeben hat.«

»Und was ist das gewesen?«

»Das Handtuch, mit dem das Mädchen gefesselt war«, sagte David. »Es gehört meiner Mutter.«

Simons beugte sich auf seinem Stuhl vor und sah Spence offen ins Gesicht. »Was glauben Sie, wie das Handtuch Ihrer Mutter dort hingekommen ist?«

»Ich weiß es nicht. Ich beginne mich zu fragen, ob ich es getan habe oder nicht.«

Truman studierte Davids Gesicht, während er redete. Geduldig fuhr er fort, David über das Handtuch auszufragen, das dieser auf dem Tatortfoto von Jill Montgomery gesehen haben wollte.

»Es war drei- oder vierfarbig«, sagte David. »Eines von der Art, die man als Werbegeschenke bekommt, wenn man eine Großpackung Waschmittel kauft.«

»Wo war das Handtuch, als Sie es zum letztenmal gesehen haben?«

»In meinem Auto.«

»Das läßt doch gewisse Rückschlüsse zu, nicht wahr?« merkte der Aufseher an.

David antwortete nicht. Statt dessen stellte er Simons eine Frage. »Wissen Sie, warum ich jede Nacht hierherkomme und mit ihnen rede? Weil ich diesen Traum habe, wenn ich mich schlafen lege. Ich bringe ein Mädchen um, aber sie hat kein Gesicht. Ich kann nie ihr Gesicht sehen. Ich halte es nachts in dieser Zelle einfach nicht aus. Ich habe Angst, daß sie mich besuchen kommen.«

»Diese Teenager draußen am See?«

»Ja.«

Während er zuhörte, gelangte Simons allmählich zu der Vermutung, daß David versuchte, die Grundlage für einen Antrag auf geistige Unzurechnungsfähigkeit zu legen. Dennoch drängte er Spence, ihm zu erklären, warum er glaubte, die Teenager könnten ihn in seiner Zelle besuchen.

»Weil ich nicht weiß, ob ich sie umgebracht habe oder nicht«, sagte David. »Ich habe einfach Angst, daß sie dort drinnen bei mir auftauchen werden. Und, Mann, falls sie das tatsächlich tun, drehe ich durch.«

Dann wechselte er jäh das Gesprächsthema. »Wissen Sie, daß man mir einen Teil von Gilberts Geständnis vorgespielt hat?« fragte er.

»Entsprach es der Wahrheit?«

»Ich habe nicht allzuviel davon gehört.«

»Woran erinnern Sie sich noch?«

»Nun, Gilbert sagte, ich und er wären in der Gegend herumgefahren und schließlich am See gelandet. Dann sagte er, wir hätten diese Teenager gesehen, und ich hätte ihm irgend etwas davon erzählt, sie wären die Leute, die mich hereingelegt hätten. Er sagte, wir hätten angehalten, uns ein Weilchen mit ihnen unterhalten und ihnen dann vorgeschlagen, zusammen mit uns ein paar Bier zu besorgen; daß wir noch Zeit hätten, bevor der Laden schließen würde.

Dieser Teil kam mir merkwürdig vor. Er klang vertraut; als hätte ich die Geschichte selbst schon einmal erzählt. Er sagte, er wäre in den Wagen eingestiegen, und ich hätte angefangen, mich mit dem Mädchen mit den großen Titten zu unterhalten, mich hinübergebeugt und eine davon befummelt. Dann sagte er, sie hätte mich geohrfeigt. Gilbert hat ihnen erzählt, ich hätte den Wagen angehalten und begonnen, mich mit dem Mädchen zu prügeln – daß ich ein Messer gezogen und sie geschnitten hätte.«

Truman unterdrückte ein Lächeln. Er hatte die von Baier und Salinas durchgeführte Befragung von einem Nebenraum aus verfolgt, und er wußte, welchen Teil von Melendez' Geständnis sie Spence vorgespielt hatten. In dem Moment, in dem Gilbert sagte, die Teenager wären in den Wagen eingestiegen, war der Recorder ausgeschaltet worden. David hatte ihm erheblich mehr erzählt, als er von dem Tonband gehört hatte.

»Hilft irgend etwas davon Ihnen dabei, sich zu erinnern?« fragte Simons.

»Ich weiß nicht. Es beunruhigt mich. Aber was mich wirklich umhaut, ist dieses Handtuch. Ich weiß, daß es meiner Mutter gehört. Glauben Sie, daß ich diese Kinder umgebracht habe?«

»Mit Sicherheit glaube ich das, David.«

»Warum weiß ich es dann nicht?«

Simons schüttelte nur den Kopf.

»Nun, falls man mich vor Gericht stellt und mir beweist, daß ich es getan habe, werde ich in den Zeugenstand treten und den Geschworenen raten, mich zum Tode zu verurteilen. Falls ich diese Kinder tatsächlich ermordet habe, verdiene ich zu sterben.«

»Ich glaube nicht, daß Sie allzulange darum werden bitten müssen, David«, sagte Simons. Der Aufseher rückte seinen Stuhl zurecht, damit er dem jungen Mann direkt ins Gesicht sehen konnte. »Lassen Sie uns auf das zurückkommen, worüber sie vorhin gesprochen haben. Sie wußten, daß in dem Zimmer, in dem Sie sich mit Ramon und Dennis unterhalten haben, eine Wanze angebracht war, oder?«

»Ich habe vermutet, daß da wahrscheinlich eine sein würde.«

»Nun, ich habe von einem anderen Raum aus zugehört. Als Sie mir erzählt haben, was Gilbert auf dem Band gesagt hat, sind Sie weit über das hinausgegangen, was Sie tatsächlich gehört haben. Wie war das möglich?«

David wirkte kaum überrascht. »Es schien nur logisch zu sein.«

»Logisch? Scheiße, David, wollen Sie behaupten, es würde nur logisch erscheinen, daß Sie sich herüberbeugen, das Mädchen begrapschen, daß Sie beide einen ziemlichen Krach beginnen und Sie dann ein Messer ziehen und. . .«

»Ja.«

»Okay«, sagte Truman, »wenn dieser Teil schon logisch klingt, warum erzählen Sie mir dann nicht einfach den Rest der Geschichte?«

»Ich kenne den Rest der Geschichte nicht.«

»Ich meine, was hat Gilbert Ihrer Meinung nach sonst noch gesagt? Sie erzählen mir doch immer, wie ich in diesem Fall ermitteln sollte. Vielleicht würden Sie selbst einen verdammt guten Ermittler abgeben. Sie sagen, Sie würden Gilbert ziemlich gut kennen, wie er denkt und all das. Erzählen Sie mir einfach, was Gilbert nach Ihrer Ansicht über die weiteren Ereignisse gesagt haben würde. Wir reden hier bloß hypothetisch; das alles hat nichts zu bedeuten.«

David lehnte seinen Kopf zurück gegen die Gitterstäbe, als würde er seine Gedanken ordnen. »Okay«, begann er, »er würde gesagt haben, daß ich große Titten mag, also hätte ich vermutlich hinübergelangt und mir eine gegriffen. Dieses Mädchen war noch nicht ganz trocken hinter den Ohren, also hätte sie mich wahrscheinlich geohrfeigt. Nun, keine Schlampe dieser Welt darf mich ungestraft ohrfeigen, also hätte ich mich revanchiert.«

»Hätten Sie sie geschnitten?«

»Nein, vermutlich hätte ich einfach die Scheiße aus ihr rausgeprügelt.«

»Und was dann?«

»Wenn ich mich mit ihr in den Haaren habe, kann ich nicht fahren, also würde ich anhalten müssen. Wenn ich, das Mädchen und Gilbert vorne sitzen und die anderen beiden Teenager auf der Rückbank, wird Gilbert wahrscheinlich aussteigen. Möglicherweise wird er ein Messer ziehen, um sicherzugehen, daß er die Leute auf dem Rücksitz in Schach halten kann. Falls das Mädchen auf dem Vordersitz noch immer aufmuckt, würde ich vermutlich Gilbert zurufen, mir etwas zu geben, womit ich die Schlampe fesseln kann.«

»Was würde er Ihnen geben?« unterbrach ihn Simons.

»Ich habe immer ein paar Handtücher oder Stoffetzen oder irgendeinen Scheiß auf dem Wagenboden liegen. Er würde sich greifen, was auch immer dort ist, es mir geben, und ich würde sie fesseln.«

Er hielt einen Moment inne und fuhr dann fort. »Ich schätze, ich würde es der Nutte auf dem Vordersitz besorgt haben. Sie hatte diese großen Titten, und ich war sauer auf sie. Ich würde es ihr vermutlich direkt dort besorgt haben.«

»Was wäre als nächstes passiert?«

»Nun, falls diese beiden anderen noch nicht aus dem Wagen ausgestiegen wären, würden wir sie jetzt nach draußen befördern. Wir würden diesen Kerl wahrscheinlich fesseln, damit er nicht abhauen könnte. Inzwischen würde Gilbert vermutlich auch etwas Spaß haben wollen, also würde ich es ihn der anderen Schlampe besorgen lassen, der Blonden. Bis er damit fertig wäre, hätten ich und dieses andere Miststück uns wahrscheinlich gewaltig in die Wolle gekriegt, und ich hätte sie mit dem Messer verletzt. Sehen Sie, wir waren beide schon im Knast, also können wir uns eine Anklage wegen Vergewaltigung nicht leisten, und deshalb würden wir uns vermutlich um die drei kümmern und ihnen etwas antun müssen. Ich schätze, aus diesem Grund würden wir sie umbringen.«

»Was würden Sie tun, nachdem Sie sie umgebracht haben?« fragte Simons.

»Wenn man sich zu lange im Koehne Park aufhält, besteht die große Wahrscheinlichkeit, daß eine Menge Leute einen sieht. Vermutlich würde kein cleverer Täter die Leichen dort zurücklassen. Wahrscheinlich würde man sie irgendwo hinbringen, wo man sonst nie herumhängt.«

Dann lächelte er. »Ende der Geschichte.«

Am nächsten Tag ging Simons zu Salinas und fragte ihn, welches Foto er David während des Verhörs gezeigt hatte. Ramon blätterte die Aufnahmen vom Tatort durch und zog eine hervor. In einer Ecke des Bildes war undeutlich ein weißes Stück des blutbefleckten Handtuchs zu erkennen, das man benutzt hatte, um Jill Montgomery zu fesseln. Nichts auf dem Foto deutete darauf hin, daß das Handtuch mehrfarbig war.

»Was ist los?« fragte Salinas.

»Ich glaube, David hat beschlossen, uns den Verrückten vorzuspielen«, antwortete Simons.

•

Ein paar Abende darauf brachte David das Thema der Lake-Waco-Morde abermals zur Sprache, als er im Schacht saß und sich mit Simons unterhielt.

»Falls Sie heute vor Gericht gehen müßten«, fragte er, »wer würden Ihre Zeugen sein?«

»David«, erwiderte Truman, »wie ich Ihnen schon gesagt habe, sind Sie ein ziemlich guter Ermittler. Warum sagen Sie es mir nicht?«

Spence überlegte eine Minute lang, bevor er eine Antwort gab. »Nun«, sagte er schließlich, »da wäre Gene Deal.«

»Wer ist das?«

»Mein Bewährungshelfer.«

»Okay, wer noch?«

»Nun, ich würde vermutlich mit Ray Payne reden.«

»Erzählen Sie mir von ihm«, sagte Truman, während er sich in Gedanken die Namen notierte, die David ihm lieferte.

»Er ist ein Kerl, mit dem ich in diesem Aluminiumladen zusammengearbeitet habe. Er hat einmal einen Streit zwischen mir und Deeb angehört.«

»Sonst noch jemand?«

David zuckte die Achseln.

»Nun, lassen Sie mich Ihnen eine Frage stellen«, sagte Simons. »Falls ich versuchen würde, jemanden aufzutreiben, der Ihnen ein Alibi verschaffen würde, jemanden, der Sie vor Gericht decken würde, wer könnte das sein?«

»Vermutlich Dorothy Miles«, sagte Spence. Dann, als würde das Spiel ihn langweilen, wechselte er plötzlich das Thema.

Simons war verblüfft, daß David ihm so freimütig eine Reihe von Leuten genannt hatte, mit denen er reden konnte. Er war sich keinesfalls sicher, ob sie von irgendeinem Nutzen sein würden – bis es ihm einige Wochen darauf gelang, Gene Deal telefonisch in Copperas Cove, Texas, zu erreichen, wohin dieser umgezogen war.

Nachdem er sich zu erkennen gegeben und den Bewährungshelfer davon unterrichtet hatte, daß er im Fall der Morde am See ermittelte, konnte Simons nicht verstehen, warum Deal unterkühlt und fast schon feindselig auf ihn reagierte.

»Ich glaube«, sagte Truman, »daß David in die Morde am See verwickelt gewesen ist.«

»Das ist ja interessant«, erwiderte Deal.

»Ich habe gehofft, Sie wüßten vielleicht etwas, das uns helfen könnte.«

Lange Zeit herrschte Schweigen, bis Deal eine Äußerung machte, die Simons die Sprache verschlug. »Ich habe schon vor Monaten versucht, Ihre Kollegen darauf aufmerksam zu machen«, sagte Deal.

Kapitel 28

Dennis Baier und Ramon Salinas hatten versprochen, Jill Montgomerys Familie über etwaige Fortschritte, die in dem Fall erzielt wurden, auf dem laufenden zu halten. Seit sie sich für die Ermittlungen zusammengefunden hatten, waren sie mehrere Male nach Waxahachie gefahren. Schon bald hatten sie gemerkt, daß es Jan Thompson war, Jills Tante, bei der die anderen Familienmitglieder Trost und Hilfe suchten. Sie entschieden sich, den Kontakt zu der Familie über sie aufrechtzuerhalten. Selbst wenn sich keine neuen triftigen Hinweise ergaben, riefen die Beamten gelegentlich bei Jan an. Die Gespräche verliefen im allgemeinen ungezwungen, fast schon im Plauderton. Die Polizisten hatten lediglich die Absicht, der Familie zu versichern, daß sie noch immer an dem Fall arbeiteten.

Aber als die Wochen zu Monaten wurden, erfolgten die Anrufe zunehmend unregelmäßiger, und eine neue Art der Niedergeschlagenheit senkte sich über alle, die in Waxahachie warteten. Bis zum Frühling des Jahres 1983 hatte Jan den Kontakt zur Polizei von Waco fast gänzlich verloren. Ihr waren ernsthafte Zweifel gekommen, daß Jills Mörder jemals gefunden werden würde.

Auch spürte Jan, daß die Moral innerhalb der Familie immer schwächer wurde. Sie hatte verfolgt, wie Nancy zunehmend feindseliger geworden war und ihr Gesicht einen dauerhaft strengen, zornigen Ausdruck angenommen hatte. Rod blieb in sich gekehrt, arbeitete unermüdlich, zeigte aber keine Neigung, einen Gedenkstein für Jills Grab zu entwerfen. An den Wochenenden stürzte er sich in das Nachtleben von Dallas. Und das Schuldgefühl, das Jills Bruder, Brad, ursprünglich darüber empfunden hatte, seine Schwester an jenem Tag im Jahre 1982 nicht nach Waco gefahren zu haben, war nicht abgeklungen. Mehrere Male hatte seine junge Frau, Gloria, weinend angerufen, um Jan von ihrer wachsenden Besorgnis wegen seines andauernden Zustandes der Verzweiflung zu erzählen. Und für Jan selbst wurde es zunehmend schwieriger, auch weiterhin die optimistische Fassade zur Schau zu stellen, von der sie wußte, wie wichtig sie für die anderen war.

Sie hatte mitangesehen, wie die anfängliche Bestürzung über die Morde abgeebbt war, um sich zunächst in Trauer und dann in Ärger und Enttäuschung aufzulösen. Jan sah, daß ihre Familie auseinandergerissen wurde, und sie litt stumme Qualen angesichts der Tatsache, daß sie scheinbar nichts tun konnte, um diese Zerstörung aufzuhalten. Sie begann sich zu fragen, wie lange sie selbst noch bei geistiger Gesundheit bleiben würde.

Anfang Mai erhielt Jan einen Anruf von Bennie Shaw, Nancys Ex-Mann. Er hatte vor kurzem ein seltsames Gespräch geführt und wollte hören, was sie davon hielt. Bennie sagte, er wäre an jenem Tag im Gerichtsgebäude von Waxahachie gewesen, als eine Angestellte namens Karen Hufstetler ihn angesprochen und sich nach dem Fortgang der Untersuchung von Jills Tod erkundigt hätte. Sie hätte ihn gefragt, ob er wüßte, warum die Polizei von Waco niemals mit ihr in Verbindung getreten wäre. Dann hätte sie ihm von einer Vision erzählt, die ihr neun Monate zuvor erschienen wäre, und von Notizen, die sie Detective Ronnie Roark gegeben hätte, damit er sie an die ermittelnden Beamten weiterleitete.

»Wie kann ich die Frau erreichen?« fragte Jan.

Obwohl Jan Thompson Leuten, die von sich behaupteten, über mediale Fähigkeiten zu verfügen, äußerst skeptisch gegenüberstand, sollte Karen Hufstetler für sie in der folgenden Zeit zum Rettungsanker ihrer geistigen Gesundheit werden.

Schweigend hörte Jan zu, wie die schrille Stimme der jungen Frau ihr am Telefon von dem Erlebnis berichtete, das ihr in jener Nacht widerfahren war, in der man die drei Teenager ermordet hatte. Obwohl Karen sich bemühte, einige der schrecklicheren Einzelheiten auszulassen, redete sie fast eine Stunde lang, schilderte den Ort, an dem das Verbrechen ihrer Meinung nach verübt worden war, und lieferte detaillierte Beschreibungen sowohl der namenlosen Angreifer als auch der Opfer.

Karen erzählte Jan, wie ihr in den letzten Monaten immer wieder ›blitzartige Eindrücke‹ von den Morden erschienen waren und daß sie einen starken Drang empfand, nach Waco zu fahren und den Tatort aufzusuchen. Sie war davon überzeugt, daß es dort Beweismaterial gab, das man übersehen hatte. Allerdings war sie nur dann daran interessiert, dort hinzufahren, falls die Polizei von Waco sich damit einverstanden erklärte.

Jan stand fast unter Schock, als das Gespräch endlich zu Ende ging. Obwohl Karen ihr versichert hatte, einige Einzelheiten ihrer Vision wären zu grauenhaft, um darüber zu reden, hatte sie dennoch eine so unglaublich entsetzliche Geschichte erzählt, daß sich Jan dadurch fast genauso tief erschüttert fühlte, wie vor so vielen Monaten durch jenen ersten Hinweis darauf, daß die Jugendlichen verschwunden waren. Noch lange nachdem sie den Hörer wieder aufgelegt hatte, saß Jan an ihrem Küchentisch und versuchte zu begreifen, was ihr zu Ohren gekommen war. War die Person, mit der sie telefoniert hatte, verrückt? Oder womöglich sie selbst?

Es schien kaum vorstellbar, daß jemand sich solch eine Geschichte ausdenken konnte. Doch wie konnte jemand, der nachdrücklich versicherte, keinen der Beteiligten zu kennen, offenbar die Dinge wissen, die Karen ihr erzählt hatte? Jan wurde das Gefühl nicht los, daß es zu viele Einzelheiten gab, die zu dem groben Tathergang paßten, den die Beamten ihr umrissen hatten.

Als sie an die Unterhaltung zurückdachte, und die Notizen las, die sie sich während des Gesprächs mit Karen gemacht hatte, empfand Jan eine Mischung aus Angst und Faszination. War es möglich, fragte sie sich, daß diese Frau den Schlüssel zur Aufklärung der Morde in der Hand hielt? Oder daß sie vielleicht sogar selbst irgendwie darin verwickelt war? In jener Nacht schlief Jan sehr wenig. Beim ersten Morgengrauen hatte sie sich dazu durchgerungen, Ramon oder Dennis anzurufen und ihnen mitzuteilen, was Karen ihr erzählt hatte.

Sie war überrascht, als Salinas, nachdem er die sonderbare Geschichte gehört hatte, sie darum bat, Karen zu veranlassen, sich mit ihm in Verbindung zu setzen. Sie war sogar noch überraschter, als Dennis ein paar Tage später anrief, um zu fragen, ob sie und Karen nach Waco kommen und sich mit ihm und Salinas unterhalten könnten. Er hatte sich mit Ramon sogar darauf geeinigt, nach Italy, Texas, zu fahren, wo Karen wohnte, um sie beide abzuholen.

Am Morgen des folgenden Samstags, dem 21. Mai, hörten die Beamten aufmerksam zu, als Karen ihre Geschichte auf der Fahrt nach Waco ein weiteres Mal erzählte. Während sie redete, hielt sie eine kleine Halskette fest umklammert, die Jan auf ihre Bitte hin mitgebracht hatte. Sie hatte einmal Jill gehört.

Die Beamten hatten schon öfter Berichte medial Veranlagter gehört und waren zugegebenermaßen skeptisch. Keiner von beiden hatte jemals erlebt, daß Informationen aus solch einer Quelle zur Aufklärung eines Falls geführt hätten. Es war hauptsächlich Baiers Neugier gewesen, die den Ausschlag für die Entscheidung gegeben hatte, einen Samstag damit zu verbringen, Karen Hufstetler durch Waco zu fahren. Das und die entfernte Möglichkeit, daß sie vielleicht irgendwie mit dem Verbrechen zu tun gehabt hatte. Es war immerhin denkbar, wenngleich unwahrscheinlich, daß sie irgend etwas mit eigenen Augen gesehen hatte und nicht in einer ›Vision‹.

Die Beamten hatten Karen erklärt, daß sie zu einer Reihe von Orten fahren, ihr jedoch nicht mitteilen würden, ob sie mit den Ermittlungen in Verbindung standen oder nicht. Falls sie hinsichtlich eines bestimmten Schauplatzes irgend etwas ›spürte‹, sollte sie es ihnen erzählen. Das alles klang sehr nach den Regeln eines Versteckspiels für Kinder.

Während der nächsten halben Stunde fuhr Salinas schweigend durch den leichten Wochenendverkehr, brachte Karen zu dem Haus an der Fünfzehnten Straße, in der David Spence gewohnt hatte, zu dem Apartment, in dem Gilbert Melendez verhaftet worden war, rollte über die gewundenen Parkplätze der Northwood Apartments und vorbei an Richard Franks' Reihenhaus. Karen sagte nichts, außer daß sie nach einem älteren zweigeschossigen Haus mit Balkon Ausschau hielt, das sie in einer ihrer Visionen ›gesehen‹ hatte. Keiner der beiden Beamten kannte solch ein Haus in Waco.

Karen zeigte kein Anzeichen von Interesse, als sie auf den Parkplatz vor dem *Rainbow Drive Inn* einbogen, bat Salinas jedoch, anzuhalten, als sich der Wagen dem kleinen zweigeschossigen Gebäude hinter dem Laden näherte. »An diesem Ort ist irgend etwas Böses«, sagte sie und deutete auf das Apartment, in dem David und Christi früher einmal gewohnt hatten. »Irgend etwas ist schlecht daran, aber ich weiß nicht, was.«

Weder Ramon noch Dennis sagten etwas, als sie den mit Kies bestreuten Parkplatz wieder verließen und zum Koehne Park fuhren. Kaum näherten sie sich den öffentlichen Toiletten, die in der Nähe des Bootsstegs standen, wirkte Karen zum erstenmal aufgeregt und bat darum, daß sie anhielten. Sie stieg aus dem Wagen aus und rannte auf das Betongebäude zu. »Sie sind hier gewesen«, sagte sie, und ihre Stimme klang noch schriller als gewöhnlich. »Jill ist auf diese Toilette dort gegangen, nachdem die Leute sie und ihre Freunde mitgenommen hatten.« Abermals äußerte sich keiner der Beamten zu ihrer Beobachtung.

Sie fuhren auf der zweispurigen Parkstraße zurück und bogen auf das Gebiet des Rings ein, wo man Raylenes verlassenes Auto gefunden hatte. Die Stelle käme ihr vage bekannt vor, sagte Karen, wäre aber nicht der Ort, nach dem sie suchte. »Das hier ist es nicht«, sagte sie.

Salinas warf seinem Partner einen kurzen Blick zu, als er den Wagen wendete, um den Koehne Park zu verlassen. Der Blick sprach Bände. Sie verschwendeten gerade einen phantastischen Samstag, sagte er. Als sie sich in Richtung Speegleville Park der Zwillingsbrücke näherten, brachte Salinas schließlich seine Zweifel zum Ausdruck. »Warum sagen Sie mir nicht, wohin ich von hier aus fahren soll?« fragte er Karen.

Sie beugte sich vor und sagte, sie würde eine Straße suchen, die zur Einfahrt eines Parks führte. »Und ich suche nach einer Baumreihe«, sagte sie. Mit anfänglichem Zögern begann sie, dem Fahrer Anweisungen zu geben, bat ihn, vom Highway auf eine Zufahrtstraße abzubiegen. »Diese hier sieht richtig aus«, sagte sie. »Diesen Weg haben sie genommen.«

Jan Thompson saß schweigend da und begann, die Bedenken zu teilen, die die beiden Männer auf den Vordersitzen ihrer Überzeugung nach empfanden. Aufgrund der Zeitungsberichte war es allgemein bekannt geworden, daß man die Leichen im Speegleville Park gefunden hat. Dadurch, daß sie die Beamten hierhin lenkte, bewies Karen überhaupt nichts.

Sobald die Haupteinfahrt hinter ihnen lag, ließ Ramon Karen auch weiterhin die Richtung angeben. Als er langsam auf eine Gabelung der gepflasterten Straße zufuhr, wies Karen ihn an, die rechte Abzweigung zu nehmen. Dann, nach wenigen hundert Metern, bat sie ihn wieder, rechts abzubiegen, auf einen ausgefahrenen, unbefestigten Weg in Reichweite eines offenen Geländes, auf dem mehrere Picknicktische standen. Sie wären ganz in der Nähe, sagte sie. »Lassen Sie uns hier anhalten und zu Fuß weitergehen«, schlug Karen vor.

Die Beamten und die beiden Frauen traten hinaus in die Mittagshitze, die wegen des Regens der letzten Nacht schwül war. Karen schlug rasch die Richtung auf ein bewaldetes Gebiet ein, und Baier hielt sich unmittelbar hinter ihr. »Ich suche nach einem großen Baum«, sagte sie. Ramon und Jan folgten in einiger Entfernung. »Falls sie tatsächlich irgend etwas weiß«, flüsterte Salinas, »werden wir das ziemlich bald erfahren.« Er sah runter auf die Schlammklumpen, die bereits an seinen blankpolierten Schuhen hafteten, und runzelte die Stirn.

Jans Augen folgten Karens eiligen Bewegungen, bis sie und Baier auf dem schmalen Weg im nahen Waldstück verschwanden. Nach wenigen Minuten hörte sie einen Schrei. Jan begann zu laufen und hielt auf das Geräusch von Karens Stimme zu. Als sie ankam, fand sie die junge Frau schluchzend und vor den Wurzeln eines großen Baumes kniend vor. »Das ist der Baum, nach dem ich gesucht habe«, sagte Karen. »Hier ist es passiert.« Es war der Baum, an dem Jill Montgomery in ihrer Vision von ihrem Angreifer eingeholt worden war.

Sobald sie sich beruhigt hatte, stand Karen auf und ging weiter den Weg entlang. »Er hat sie dort drüben hingebracht«, sagte Karen und deutete auf den Wald vor sich, als sie den Weg verließ und hektisch durch das hohe Unterholz zu stapfen begann. Schon nach kurzer Zeit brach Karen erneut in hysterisches Weinen aus, ihr Körper zitterte, und sie schrie nach den Beamten. »Hier«, sagte »hier hat Jill gelegen. O Gott, hier haben sie sie zurückgelassen. Ich kann alles wieder sehen.« Jan bahnte sich eilig einen Weg durch das Gebüsch und legte ihre Arme um die schluchzende Frau. »Kommen Sie«, sagte sie, »lassen Sie uns gehen.«

Jan half ihr zurück auf den schlammigen Weg und bat Dennis, Karen wieder zum Auto zu bringen. Als sie außer Hörweite waren, wandte Jan sich an Ramon. »Ich würde gerne wissen, wo Jills Leiche gefunden wurde«, sagte sie. Salinas führte sie zurück durch das dichte Unterholz zu einem Fleck, der sich nur wenige Meter neben der Stelle befand, an der Karen gestanden hatte. Er sagte nichts und deutete auf einen dünnen Holzpfahl, der einmal den Fundort der Leiche markiert hatte. Er steckte nicht länger im Boden, sondern lag auf der Erde, fast vollständig vom Dickicht überwuchert.

»Sie war nah dran«, sagte Jan.

»Ja, das war sie«, sagte Salinas, als sie wieder auf den Weg traten, um Karen und Dennis zum Wagen zu folgen.

Auf der Rückfahrt in die Stadt gingen Jan unzählige Fragen durch den Kopf, während sie die noch immer bedrückte Frau tröstete, die neben ihr saß. Es war unmöglich, spürte sie, daß Karen den Pfahl gesehen haben konnte, den Salinas ihr gezeigt hatte. Von dem Weg aus war er nicht sichtbar gewesen. Und sogar nachdem Salinas ihn ihr gezeigt hatte, wäre Jan niemals auf die Idee gekommen, daß der Pfahl eine bestimmte Stelle kennzeichnen sollte. Er hatte zu sehr der Vielzahl von Zweigen geglichen, die über das ganze Gebiet verstreut gewesen waren.

Baier brach schließlich das Schweigen und wandte sich an Karen. »Meinen Sie, wir können noch einen letzten Zwischenhalt einlegen?« fragte er.

»Es geht mir schon wieder besser«, sagte Karen.

Sie fuhren zu einem Fahrzeugabstellplatz der Polizei, wo der Malibu unter Verschluß gehalten wurde, der früher einmal David Spence gehört hatte. Wieder erzählten sie Karen nichts darüber, was sie erwartete, und baten sie, zwischen den mehr als dreißig Autos entlangzugehen, die auf dem Platz abgestellt waren. Eine halbe Stunde lang durchstreifte Karen das eingezäunte Areal, blieb gelegentlich stehen, um in mehrere der Wagen einen Blick zu werfen, und legte manchmal ihre Hand auf einen Kotflügel oder eine Tür. Die Beamten und Jan warteten in der Nähe der Einfahrt ab und beobachteten sie.

Schließlich rief Karen Salinas zu sich. Als er sie erreichte, deutete sie auf einen Schäferhund, der auf der anderen Seite des Abstellplatzes angekettet war. Sie wollte sich die Wagen in jener Ecke des Platzes ansehen, hatte jedoch Angst davor, daß der Hund sie anfallen könnte. Ramon willigte ein, sie zu begleiten.

Sobald sie von dort zurückkamen, schlenderte sie abermals für einige Minuten zwischen den Autos entlang. Salinas sagte nichts, als sie Spences Malibu mehrere Minuten lang umrundete. Dann ging sie zu einem anderen Wagen in der Nähe und nahm ihn einige Zeit in Augenschein. Ihre Bewegungen wurden hastiger, als sie mehrmals zwischen den beiden Autos hin- und herlief. Dann zog sich ein enttäuschter Ausdruck über ihr Gesicht.

»Ich empfinde bei allen beiden Wagen ein schlechtes Gefühl«, sagte sie. »Aber ich bin mir nicht sicher, welcher derjenige ist, in dem sich die Kinder befunden haben.« Sie deutete auf die Stoßstange des Malibu und sagte: »Das Auto, das ich gesehen habe, hatte dort keinen Aufkleber.«

Zu diesem Zeitpunkt wußte keiner der beiden Beamten, daß der Aufkleber, der den Werbeaufdruck eines örtlichen Radiosenders trug, von der Person an der Stoßstange angebracht worden war, die den Wagen zwei Wochen nach den Morden von Spence gekauft hatte. Aus reiner Neugier würden sie später Nachforschungen anstellen und herausfinden, daß auch in dem anderen Wagen, den Karen bezeichnet hatte, ein Gewaltverbrechen verübt worden war.

Als die Beamten die beiden Frauen zurück nach Italy fuhren, waren sie sich über Karen Hufstetler genauso unschlüssig wie Jan. Ihr Verstand sagte ihnen, daß es für alles, was sie getan hatte, eine Erklärung gab. Sie hatte zugegeben, die Zeitungsberichte über das Verbrechen verfolgt zu haben, also wußte sie höchstwahrscheinlich, wo sich der Speegleville Park befand, und kannte vielleicht sogar die ungefähre Lage des Tatorts. Möglicherweise war sie sogar schon einmal dort gewesen und hatte die Pfähle ausfindig gemacht, die noch lange nach Abschluß der Untersuchung des Tatorts die Fundstellen der Leichen markiert hatten. Auch war es möglich, daß ihr die Überreste des Pfahls, der den Fundort von Jills Leiche bezeichnete, nur zufällig ins Auge gefallen waren. Und da Spences Wagen das einzige Auto auf dem Abstellplatz war, dessen Innenraum die Ermittler auf der Suche nach Haaren und Blutspuren auseinandergenommen hatten, konnte sie schlicht und einfach richtig geraten haben. Außerdem hatten sie vor der Abfahrt aus Waco im Polizeipräsidium vorbeigeschaut und ihr ein Jagdmesser gezeigt, das irgend jemand vor kurzem im Speegleville Park gefunden hatte. Karen hatte es für mehrere Sekunden in die Hand genommen und ihnen dann versichert, es handle sich um das Messer, mit dem die Morde verübt worden wären. Die Autopsieberichte hatten ausgesagt, die Stichwunden hätten von einer dolchähnlichen Klinge gestammt. Die Beamten waren sich sicher, daß dieses Messer nicht die Mordwaffe war.

Nichtsdestotrotz war vor allem Baier von Karen fasziniert. Er wies Jan an, mit ihr in Kontakt zu bleiben und es ihn wissen zu lassen, falls sie mit irgendwelchen weiteren Informationen aufwartete.

Während der nächsten paar Monate sprach Jan nahezu täglich mit Karen, manchmal am Telefon, und manchmal lud sie Karen auch ein, sie nach der Arbeit zu besuchen. Fast jedesmal, wenn sie sich unterhielten, fügte Karen ihrem Bericht irgendeine weitere kleine Einzelheit hinzu, die Jan noch mehr verwirrte. Karen glaubte, daß Jills Mörder ihr einen kleinen Ring vom Finger gezogen und diesen später für fünfunddreißig Dollar an einen Freund verkauft hatte. Und Karen begann zu spüren, daß eine dritte Person in das Geschehen verwickelt sein könnte, die eine Art kleinen Sportwagen fuhr. Sie war sich sicher, daß die Ermittler im Wagen des Mörders irgend etwas übersehen hatten – vielleicht ein Stück Papier mit einer Notiz darauf, die beweisen würde, daß die Mädchen in dem Auto gewesen waren. Es gab einen Satanskult, spürte sie, der im Speegleville Park in der Nähe des Fundortes der Leichen seine Treffen abhielt. Und falls die Polizei sorgfältig die Felsen durchsuchen würde, die sich unterhalb des Ortes befanden, an dem die Täter anfangs auf die Teenager getroffen waren, würde sie dort etwas finden – wahrscheinlich Autoschlüssel –, das der Mörder weggeworfen hatte.

Jan empfand diese Gespräche als beunruhigend. Es gab ihr Rätsel auf, wie jemand auf derartige Einzelheiten kommen konnte, aber dennoch fühlte sie sich zunehmend von diesem seltsamen Gedankenaustausch angezogen und wollte glauben, was die junge Frau ihr erzählte. Mehrere Male rief Jan bei Dennis Baier an, um ihm mitzuteilen, was Karen gesagt hatte. Und obwohl der Sergeant durch nichts erkennen ließ, ob diese Beobachtungen etwas zu bedeuten hatten, begann er, Jan Fragen für Karen zu diktieren. Ohne zu erklären, wie sie in das Puzzle paßten, nannte er Jan Namen und Wörter, die sie in ihre Gespräche einflechten sollte. »Fragen Sie sie einfach, ob sie damit etwas verbinden kann«, sagte er.

Karen war mehr als bereit, auf dieses Spiel einzugehen. Christy? Nein. Richard? Nein. Gayle? Nein. Eine Handtasche? Nein. Lucky? Nein. Die abschlägigen Antworten enttäuschten Jan zwar, bestärkten sie allerdings auch in ihrer Überzeugung, daß Karen nicht versuchte, sie mit ihren medialen Fähigkeiten zu beeindrucken. Sie hatte etwas gesehen, dessen war sich Jan sicher. Aber was? Und hatte es wirklich etwas mit Jills Tod zu tun?

Falls es auch sonst zu nichts nütze gewesen sein sollte, so hatte das Auftauchen Karen Hufstetlers doch zumindest dabei geholfen, den Kontakt zu den Ermittlern aus Waco wiederherzustellen. Ihr Interesse an der Geschichte der jungen Frau hatte Jan neuen Anlaß zu der Hoffnung gegeben, die Morde könnten aufgeklärt werden. Sie war hoch erfreut, als Ned Butler aus dem Büro des Staatsanwalts anrief und die Familie bat, nach Waco zu kommen und Karen mitzubringen, damit er sich aus erster Hand die Geschichte anhören konnte, von der Dennis und Ramon ihm berichtet hatten. Dann fügte der Stellvertretende Staatsanwalt eilig hinzu, daß er Leuten, die behaupteten, übernatürliche Kräfte zu besitzen, in höchstem Maße mißtrauisch gegenüberstand. »Selbst wenn sie uns genau erzählen könnte, was passiert ist«, warnte er, »würde kein einziges Wort ihrer Aussage vor Gericht verwendet werden können.«

»Ich verstehe«, sagte Jan.

Ein paar Tage darauf saßen Butler und Simons in Neds Büro und unterhielten sich über den Fall. »Ich bin noch nie draußen im Speegleville Park gewesen«, sagte Ned. »Lassen Sie uns hinfahren.« Er hinterließ der Sekretärin lediglich, daß sie in einigen Stunden zurück sein würden. Dann machten sie sich auf den Weg und fuhren hinaus in die Gegend, in der man die Leichen gefunden hatte. Als Simons langsam den unbefestigten Weg entlang in das bewaldete Gebiet rollte, in dem Sydney Smith und Joseph Chambers Kenneth Franks' Leiche entdeckt hatten, rief Butler ihm plötzlich zu, er sollte anhalten. Er hatte direkt vor ihnen auf dem Pfad eine Katzenmutter mit ihren Jungen ausgemacht. Ned sagte, er wollte eines der Kätzchen für seine Tochter einfangen.

Als sie der Wildkatzenfamilie auf dem Weg hinterherjagten, blieb er plötzlich stehen und wies Truman auf etwas hin, das unmittelbar neben dem Pfad im Unterholz vergraben lag. Ned bückte sich, um den Gegenstand aufzuheben, bei dem es sich um ein Stück Besenstiel zu handeln schien, das mit schwarzem Isolierband umwickelt war. Als er versuchte, es von dem Gestrüpp zu befreien, das sich darumgewickelt hatte, zerbrach das morsche Stück Holz in zwei Teile. War es möglich, fragten sie sich beide, daß die Kätzchen sie zu Davids berüchtigtem ›Liebesknüppel‹ geführt hatten?

Sie hatten nach ihrer Rückkehr ins Büro gerade mal Zeit gehabt, sich eine Tasse Kaffee einzugießen, als Butlers Telefon klingelte. Es war Karen Hufstetler, die aus Waxahachie anrief. Sie hätte das starke Gefühl verspürt, erzählte sie dem verblüfften Stellvertretenden Staatsanwalt, daß am See irgend etwas Wichtiges gefunden worden wäre. »Ich wünschte, Sie könnten mir erzählen, worum es sich handelt«, sagte sie.

»Dieser Anruf ist für Sie«, sagte Butler und warf einen schicksalsergebenen Blick zur Zimmerdecke empor, als er den Hörer an Truman weitergab.

Karen erzählte auch ihm von ihrer Wahrnehmung, und es lag ein Hauch von Unbehagen in Simons' Lachen, als er sie fragte, ob sie das Büro verwanzt hätte.

Es war nach dieser Begebenheit, daß die Ermittler aus Waco begannen, Karen Hufstetler als ›Das Gespenst‹ zu bezeichnen. Allmählich machte sie sie alle nervös.

Obwohl die Beteiligung Karen Hufstetlers zu keinen stichhaltigen Hinweisen führte, blieb ihre ›Vision‹ für die Beamten ein Rätsel. Vieles von dem, das sie behauptete gesehen zu haben, erschien höchst unwahrscheinlich. Zum Beispiel waren die Ermittler zu diesem Zeitpunkt sicher, daß sich die Morde nicht im Speegleville Park ereignet hatten – und erst recht nicht an der Stelle, die Karen ihnen nannte. Obwohl Baier mehrere Stunden damit zubrachte, im Koehne Park die Felsen abzusuchen, oberhalb derer der Mörder nach Karens Ansicht etwas weggeworfen hatte, fand er nichts. Enttäuschenderweise förderte die Laboruntersuchung des Stocks, den Butler gefunden hatte, nichts zutage, das darauf hingedeutet hätte, es könnte sich um den Knüppel handeln, mit dem David geprahlt hatte. Und obwohl Spences ehemaliges Auto komplett zerlegt wurde, entdeckte man keinen ›Schnipsel Papier‹.

Aber einiges von dem, worüber sie geredet hatte, schien auf Gilbert Melendez' Aussage zu passen. Und ob man sie nun abgebissen oder mit einem Messer abgetrennt hatte, wie Karen behauptete – eine von Jills Brustwarzen war verstümmelt worden.

Es tauchte die Vermutung auf, daß Karen zwar tatsächlich *irgend etwas* gesehen hatte, ihre Geschichte jedoch möglicherweise ausgeufert war, als Jan und die Ermittler immer mehr Interesse zeigten; daß sie bloß eine einsame junge Frau war, die, nachdem sie erst einmal in den aufregenden Vorgang einer Morduntersuchung hineingezogen worden war, es einfach genoß, ein Teil davon zu sein.

Andererseits war sie sympathisch und einnehmend und ließ zu keinem Zeitpunkt erkennen, daß sie auf Publicity oder eine Belohnung aus wäre. Und sie hatte offen zugegeben, daß sie nicht verstand, wodurch sie in diesen Vorfall verwickelt worden war. Sie wollte lediglich behilflich sein, falls sie das konnte.

Und auf eine Art, die nur Jan Thompson hätte erklären können, war sie das auch.

Die Aussagen Karen Hufstetlers waren nicht merkwürdiger als andere Dinge, die sich ereignet hatten. Nancy Shaw hatte einen immer wiederkehrenden Traum über ihre tote Tochter. In diesem Traum sah sie zunächst eine Schere, die langsam vom Himmel herabschwebte. Nancy ging zu der Stelle, an der die Schere scheinbar auf den Boden gefallen war, aber fand dort nichts vor. Dann drehte sie sich um und sah Jill hinter sich stehen, bekleidet mit einem weißen knöchellangen Rock und einer Bauernbluse. Sie trug einen indianischen Gürtel mit Silberschnalle. Lächelnd sagte Jill zu ihrer Mutter: »Mir geht's gut, und ich bin glücklich. Es ist sehr schön da, wo ich bin, aber wir haben viel zu tun. Ich kann nicht lange reden. Ich wollte dich bloß wissen lassen, daß ich glücklich bin.« Dann sagte sie, daß sie zurückmüßte, um ihre Arbeit zu verrichten. Und plötzlich war sie verschwunden.

Und Hunderte von Meilen von Waco entfernt erwachte Christy Juhl aus einem Traum und rief sofort im Gefängnis des McLennan County an. Obwohl sie nicht mit Spence gesprochen hatte, seit sie mit ihrem Bruder auf dessen Motorrad aus Waco weggefahren war, träumte sie, daß David am Fußende ihres Betts erschien und ihr erzählte, er hätte beschlossen, sich das Leben zu nehmen. Als ihr Anruf im Gefängnis einging, wurde er zu Truman Simons in der dritten Etage durchgestellt. Er rief David ans Telefon.

»David«, sagte Christy, »ich weiß, was du vorhast. Bitte, tu es nicht. Du hast deiner Mutter und allen anderen bereits zuviel zugemutet. Tu ihnen das nicht an.«

David, der schwere Depressionen durchlitten hatte, seitdem ihm der Gebißabdruck abgenommen worden war, blieb einen Moment lang stumm und fragte dann: »Woher hast du das gewußt?«

Kapitel 29

Am Abend des 30. Juli 1982, nur sechzehn Tage nachdem man die Leichen der ermordeten Teenager im Speegleville Park aufgefunden hatte, wurden zwei Polizeibeamte ins südliche Waco zu einer Oben-ohne-Bar namens *Showtime* beordert. Ein männlicher Latino, bekleidet mit abgeschnittenen Jeans, Armeestiefeln und einem T-Shirt, hatte auf dem Parkplatz des Klubs die Reifen eines Pickups und zweier anderer Wagen aufgeschlitzt.

Der Manager erklärte den beiden Beamten, daß man den Mann gebeten hatte zu gehen, weil er betrunken und ausfallend gewesen war und versucht hatte, einer der Tänzerinnen einen kleinen Beutel Marihuana zu verkaufen. Verärgert darüber, daß man ihn aus dem Klub geworfen hatte, war der Mann dann auf den Parkplatz gegangen. Er war gerade dabei, mit einem Jagdmesser wahllos Reifen zu zerstechen, als der Manager aus dem Gebäude kam, um sicherzugehen, daß der Mann das Grundstück verlassen hatte. In dem Moment lief der Mann vom Parkplatz weg.

Nachdem sie mit einigen Zeugen gesprochen hatten, machten die Beamten den Verdächtigen ausfindig, als er eine Straße in der Nachbarschaft entlangging. Er ließ sich ohne Widerstand festnehmen. Man brachte ihn aufs Polizeirevier, nahm seine Fingerabdrücke und setzte eine Anzeige wegen mutwilliger Sachbeschädigung auf.

Der Mann erzählte den Beamten, die ihn verhaftet hatten, sein Name wäre Tony Tovar. Was er ihnen nicht erzählte, war die Tatsache, daß er bisweilen auch die Namen Tony Fajardo und Tony Salazar benutzte. Desgleichen wußten sie nicht, daß wegen des Verdachts auf Raub und Vergewaltigung gegen ihn seit drei Jahren ein Haftbefehl aus Corpus Christi, Texas, bestand.

Am folgenden Tag bezahlte ein Verwandter seine Strafe in Höhe von einhundertzweiundneunzig Dollar, und er wurde auf freien Fuß gesetzt. Während seines nächtlichen Aufenthalts in der Arrestzelle erfuhren die Behörden zu keinem Zeitpunkt davon, daß der wirkliche Name des Inhaftierten Tony Melendez lautete.

Kurz nachdem Gilbert von Simons über die Möglichkeit befragt worden war, daß sein Bruder ihn und David Spence in der Mordnacht in den Koehne Park begleitet hatte, fuhren Ramon Salinas und Dennis Baier zum Haus von Tonys Cousin, weil sie hofften, Tony dort antreffen und mit ihm reden zu können. Als man ihnen sagte, er wäre nicht da, hinterließen sie Telefonnummern, unter denen man sie erreichen konnte. Am selben Tag verließ Tony die Stadt und holte nicht einmal mehr seinen Gehaltsscheck ab.

Noch während Baier und Salinas versuchten, den jüngeren der Gebrüder Melendez ausfindig zu machen, erhielt Simons die Information, daß Tony von den Behörden in Corpus Christi gesucht wurde. Außerdem fand Simons heraus, daß er in Waco noch Strafzettel in Höhe von einhundertdreiunddreißig Dollar zu bezahlen hatte.

In der ersten Augustwoche des Jahres 1983 erhielt Dennis Baier einen Anruf von Tony, der behauptete, er melde sich von irgendwo aus Tennessee, um in Erfahrung zu bringen, warum die Polizei mit ihm reden wollte. Baier erklärte ihm in knappen Zügen, daß Gilbert ein Verdächtiger im Fall der Morde am See war und daß er sich mit Tony über die Verbindung unterhalten wollte, die zwischen ihm und seinem Bruder im Sommer 1982 bestanden hatte.

Tony versicherte Baier, daß er Gilbert während des letzten Jahres nur zweimal gesehen hätte, und legte dann auf. Später an jenem Abend rief er noch einmal an und sagte, er hätte zur Zeit der Morde in Bryan, Texas, gearbeitet. Er erzählte dem Beamten, daß er von den Morden aus dem Fernsehen erfahren hätte, und zwar in einem Motelzimmer in Bryan. Dieses Zimmer hätte er sich mit mehreren anderen Mitgliedern der Anstreichertruppe geteilt, bei der er arbeitete. Während dieses zweiten Anrufs wirkte Tony nervöser als beim erstenmal.

Innerhalb weniger Tage hatten Baier und Salinas bei Tonys

Arbeitgeber nachgefragt und erfahren, daß er zwei R-Gespräche von Tony angenommen hatte, seitdem dieser aus der Stadt verschwunden war. Beide Male hatte Tony nach dem ihm noch zustehenden Lohn gefragt. Auf Drängen der Beamten erklärte der Arbeitgeber sich einverstanden, einen Brief an den Sicherheitsdirektor der Southwestern Bell Telefongesellschaft zu unterschreiben, in dem er diesen ermächtigte, Auskünfte über den Herkunftsort von Tonys Anrufen zu erteilen.

Außerdem teilte der Arbeitgeber den Polizisten von sich aus mit, daß er und Tony sich einmal über die Lake-Waco-Morde unterhalten hatten. Tony hatte ihm erzählt, er hätte gehört, die Mädchen wären von Kenneth Franks und einem Mann namens David Spence umgebracht worden. Dann, als Franks wegen der Morde nervös wurde, hätte Spence auch ihn getötet. Tony hatte gesagt, sein Bruder Gilbert hätte ihm diese Geschichte anvertraut.

Mit Hilfe der Telefongesellschaft brachten die Ermittler schon bald in Erfahrung, daß Melendez' Anrufe nicht aus Tennessee, sondern aus Fort Worth, Texas, erfolgt waren. Und am 18. August fuhren Baier und der Texas-Ranger Joe Wylie dorthin, zum Haus eines Freundes von Tonys Mutter, nahmen Tony in Gewahrsam und brachten ihn zurück nach Waco.

Im Gefängnis des McLennan County wartete Truman Simons gespannt auf Tonys Ankunft. Obwohl er wußte, daß sie Melendez nur wenige Tage lang in Haft behalten konnten, bevor sie ihn an den Sheriff des Nueces County übergeben mußten, der den Haftbefehl wegen des Raubüberfalls in Corpus Christi erwirkt hatte, hoffte Truman, Tony würde vielleicht das Weglaufen satt haben und bereit sein, das letzte Teil des Puzzles zu liefern, das er schon seit so langer Zeit zusammenzusetzen versuchte.

Obwohl Melendez mit Simons offen über den Raub und die Vergewaltigung redete, in die er in Corpus Christi verwickelt gewesen war, versicherte er beharrlich, er hätte nichts mit den Morden am See zu tun gehabt. Er erklärte sich sogar damit einverstanden, sich einem Lügendetektortest zu unterziehen, um zu beweisen, daß er die Wahrheit sagte. Mehrfach beteuerte Tony, er wäre am Tag der Morde in Bryan gewesen.

Den Häftlingen im Gefängnis des McLennan County erzählte er jedoch eine andere Geschichte. Tony befand sich erst seit drei Tagen dort, als Simons und Baier benachrichtigt wurden, daß ein Insasse namens James Blankenship mit ihnen reden wollte.

Blankenship, der nur wenige Tage zuvor in Dallas wegen Einbruchs und Vergewaltigung festgenommen worden war, saß den beiden Ermittlern an einem Tisch gegenüber und erzählte seine Geschichte. Am letzten Sonntagmorgen, sagte er, hätte Tony Melendez ihm angeboten, ihm sein Frühstück zu überlassen. Bevor sie nach dem Essen in ihre Zellen zurückgekehrt wären, hätten sie sich im Tagesraum mit mehreren anderen Häftlingen einige Minuten lang unterhalten. Thema ihres Gesprächs wären die Gründe gewesen, aus denen jeder der Beteiligten im Gefängnis saß.

Als Blankenship fortfuhr, wirkte er nervös. »Er erzählte mir, man hätte ihn in Fort Worth wegen irgendeines Raubüberfalls in Corpus Christi verhaftet. Außerdem würde man ihn über die Morde an diesen Kindern verhören, die sich vor mehr als einem Jahr draußen am Lake Waco ereignet haben.

Schließlich habe ich ihn einfach direkt nach diesen Morden am See gefragt, und er sagte, er wäre mit seinem Bruder und irgendeinem weißen Kerl zusammengewesen, als die Leute getötet wurden. Er sagte, daß er selbst niemanden umgebracht hätte, aber daß sein Bruder den Jungen und der Weiße die beiden Mädchen ermordet hätte.

Er hat mir erzählt, sie wären alle betrunken gewesen und hätten eigentlich eine Art Orgie feiern wollen, aber der Begleiter der Mädchen hätte etwas dagegen gehabt, daß jemand die beiden anfaßte. Er sagte, aus diesem Grund hätte sein Bruder den Jungen umgebracht.«

Baier und Simons beobachteten Blankenship aufmerksam, während er das kurze Gespräch wiedergab. »Hat er Ihnen jemals die Namen der Leute genannt, die die eigentlichen Morde begangen haben?« fragte Simons.

Blankenship schüttelte den Kopf. »Nein, hat er nicht«, sagte er.

»Haben Sie ihn danach gefragt?« wollte Baier wissen.

»Scheiße, nein. Ich bin sogar ziemlich schnell zu der Ansicht gelangt, daß ich nicht noch mehr von dem hören wollte, was er mir erzählte. Der Typ macht mir angst.«

Obwohl Simons enttäuscht war, daß Blankenship bei seiner Wiedergabe des Gesprächs die Namen von Gilbert und David nicht genannt hatte, freute es ihn trotzdem zu hören, daß Tony redete. Falls das, was er Blankenship erzählt hatte, der Wahrheit entsprach, bedeutete das, daß Tony die fehlende Person war, die Gilbert bei seinem Geständnis ausgelassen hatte. Simons war jetzt mehr denn je davon überzeugt, daß Tony Melendez der vierte Beteiligte war, nach dem er suchte – und wenn Tony von den Morden erzählte, so hieß das, daß er nervös wurde.

Am gleichen Tag, an dem er sich vertraulich mit James Blankenship unterhalten hatte, hatte sich Tony gegenüber einigen anderen Gefangenen hinsichtlich seines bevorstehenden Lügendetektortests besorgt gezeigt. Als Roy Willis, Lonnie Joe Wynn und Ricky Young bei einem Kartenspiel zusammensaßen, war er an die drei herangetreten und hatte sie gefragt, ob sie wüßten, wie man den Lügendetektor überlisten könnte. Obwohl keiner von ihnen jemals einem solchen Test unterzogen worden war, hatte jeder der drei Häftlinge Ratschläge anzubieten. Young gab Tony zwei Schlaftabletten, die er von der ihm verordneten Arzneimittelration zurückbehalten hatte, und empfahl ihm, sie kurz vor der Befragung einzunehmen. »Je entspannter du bist«, sagte Young, »desto weniger wahrscheinlich werden dein Herzschlag und Blutdruck und diese ganze andere Scheiße die Nadel zum Ausschlagen bringen.« Roy Willis und Lonnie Joe Wynn rieten ihm, sich fest auf etwas anderes als die Fragen zu konzentrieren, während der Test durchgeführt wurde.

Als sie ihn fragten, welcher Sachverhalt der Gegenstand des Tests sein würde, gestand er ihnen ein, daß die Fragen auf seine Beteiligung an den Lake-Waco-Morden abzielen würden. »Ein Kerl namens David Spence hat irgendeine Aussage abgeliefert, der zufolge ich und mein Bruder in die Morde verwickelt gewesen sind«, sagte Tony. Dann schüttelte er den Kopf und fügte hinzu: »Ich weiß nicht, warum ich mich jemals mit diesem verdammten Psychopathen eingelassen habe.«

Roy Willis ließ seinen Blick kurz durch den Tagesraum schweifen und sagte: »Mann, du solltest über diese Scheiße lieber die Klappe halten.«

»Sie können überhaupt nichts beweisen«, erwiderte Tony.

»Sie könnten aber verflucht schnell dazu in der Lage sein, wenn du weiterhin dein Maul aufreißt«, warnte Willis.

Am nächsten Morgen war Tony überrascht, als er erfuhr, daß sein Lügendetektortest in letzter Minute verschoben worden war. Er hatte die Tabletten, die Ricky Young ihm gegeben hatte, bereits geschluckt.

Tags darauf fiel Tony durch den Test. Obwohl vor Gericht nicht zulässig, zeigten die Diagramme nichtsdestotrotz an, daß er bei jeder Antwort in bezug auf seine Beteiligung an den Lake-Waco-Morden gelogen hatte. Nachdem man ihn in seine Zelle zurückgebracht hatte, setzte sich Tony auf das Fußende seines Betts neben die Toilette und spuckte Blut in das Becken. Bei dem Versuch, sich auf etwas anderes als die Fragen zu konzentrieren, die man ihm stellte, hatte er sich während der gesamten Sitzung fest auf die Innenseiten seiner Wangen gebissen.

Am Ende dieser Woche wurde Tony nach Corpus Christi verlegt. Noch bevor er im Gefängnis des Nueces County die Aufnahmeprozedur durchlaufen hatte, hatte Simons die Behörden in Corpus Christi angerufen. Er informierte sie über die Einzelheiten, die Tony ihm über den Raub und die Vergewaltigungen aus dem Jahre 1979 anvertraut hatte, und bat darum, daß sie darauf achteten, mit wem Melendez Zeit verbrachte, sobald er dort eingeliefert worden war.

Dann stellte Simons sich auf eine weitere Zeit des Wartens ein. Seine spätnächtlichen Gespräche mit David fanden weniger häufig statt, seitdem man Spence erlaubt hatte, mit einem Psychiater zu reden. Während der Sitzung hatte David versucht, Dr. James Jolliff, einen bekannten Psychiater aus Waco, von seiner Masche mit der ›gespaltenen Persönlichkeit‹ zu überzeugen, aber er wußte, daß ihm das nicht besonders gut gelungen war. Er hatte sich damit abgefunden, daß eine Verteidigung, die sich auf geistige Unzurechnungsfähigkeit stützen würde, wenig wahrscheinlich geworden war. Daher bestand für ihn auch kaum Veranlassung, Simons weiterhin von Träumen zu erzählen, in denen er ein gesichtsloses Opfer ermordete, oder von Befürchtungen, daß die Geister der toten Teenager nachts in seiner Zelle erscheinen könnten. Von diesem Zeitpunkt an waren ihre gelegentlichen Gespräche im allgemeinen von beiderseitigem Desinteresse geprägt.

Eines Abends, kurz bevor Spence in ein Staatsgefängnis überstellt werden sollte, kam Butler ins Gefängnis und unterhielt sich in Anwesenheit von Simons mit David. »Ich wollte nur noch ein letztes Mal mit Ihnen reden, bevor Sie uns verlassen«, sagte der Stellvertretende Staatsanwalt, »und Sie darüber informieren, daß wir weitere Schritte einleiten werden. Sie können fest damit rechnen, schon bald wieder hier zu sein, um wegen der Lake-Waco-Morde vor Gericht gestellt zu werden.«

Spence versuchte, Butlers knurrende Stimme zu ignorieren, und bedachte statt dessen Simons mit leerem Gerede.

»David«, sagte Butler, »Sie sind geliefert.«

Spence sprach weiter zu Simons.

»Hören Sie mich, David?« fragte Butler und erhob seine Stimme.

Spence warf ihm einen flüchtigen Blick zu. »Ja, ich höre Sie.«

»Nun«, sagte Ned, »Sie wissen, daß alles, was Sie hier sagen, vor Gericht nicht zulässig ist. Warum fahren Sie also nicht einfach fort und erzählen uns die ganze Geschichte?«

David zuckte die Achseln. »Warum? Sie haben mich doch bereits.«

»Noch nicht«, sagte Butler, »aber wir werden Sie schon noch kriegen.«

»Okay«, erwiderte David, der langsam Gefallen an der Auseinandersetzung zu finden schien. »Ich werde Ihnen mal was sagen: Falls diese Sache tatsächlich vor Gericht geht und Sie mir beweisen, daß ich es getan habe, dann werde ich Ihnen alles darüber erzählen. Wie wär's damit?«

»Wir werden es Ihnen beweisen«, gab Butler zurück.

»Also, was passiert jetzt?« fragte David, indem er sich wieder an Simons wandte.

»Der nächste Schritt ist die Anklageerhebung«, sagte der Aufseher.

»Wie viele Leute werden Sie anklagen?«

»Sie, Gilbert und Tony«, sagte Simons. »Sieht so aus, als würde der Araber es schaffen. Und das ist eine verdammte Schande. Eines Tages werden Sie wahrscheinlich auf all das hier zurückblicken, und dann wird es Ihnen leid tun, daß er mit seinem Anteil an dieser ganzen Schweinerei davongekommen ist.«

»Was kann ich tun?« fragte David.

»Erinnern Sie sich noch, wie Sie mir erzählt haben, daß Deeb Ihnen Geld geboten hat?«

»Ja, sicher.«

»Nun, warum machen Sie diesbezüglich nicht eine offizielle Aussage?«

»Was würde das bewirken?«

»Vielleicht gar nichts«, sagte Simons, »aber man kann nie wissen.«

»Wie soll ich das machen?«

»Schreiben Sie es einfach in Ihren eigenen Worten auf«, sagte Truman.

In einer knappen, handgeschriebenen Aussage legte Spence dar, daß er gehört hätte, wie Deeb Drohungen gegen Kenneth Franks und Gayle Kelley ausgestoßen und gesagt hätte, er würde mit ihnen abrechnen. Es wäre, schrieb er, im Juni 1982 gewesen, daß Deeb ihn gefragt hätte, ob er für fünftausend Dollar jemanden umbringen würde. Er hätte eingewilligt, und Christy, die das Gespräch mitangehört hätte, wäre außer sich gewesen. Er und Deeb hätten sich beeilt, ihr zu versichern, sie würden nur Spaß machen.

Als Simons die Aussage las, lächelte er. Einerseits belastete David sich selbst noch immer nicht; andererseits hatte er in vorangegangenen Gesprächen über seine Unterredung mit Deeb aber Kenneth Franks oder Gayle Kelley niemals namentlich erwähnt.

Simons war erleichtert, als Spence am 30. August 1983 schließlich ins Staatsgefängnis verlegt wurde, um seine neunzigjährige

Haftstrafe wegen schweren sexuellen Mißbrauchs anzutreten. Truman war zuversichtlich, daß David zurückkommen würde – aber nicht bevor Feazell bereit war, den Fall der Morde am See einer Anklagejury vorzulegen. Bis zu diesem Zeitpunkt wollte Truman jedoch genügend Beweismaterial gesammelt haben, um die Jury davon überzeugen zu können, gegen jeden Anklage zu erheben, der in das Verbrechen verwickelt war.

Zum erstenmal seit fast einem Jahr versuchte Truman, die Gedanken an den Fall für ein paar Tage aus seinem Bewußtsein zu verdrängen. Drei seiner vier Verdächtigen waren in Haft, und Patty Pick hatte ihn über den Verbleib Muneer Deebs auf dem laufenden gehalten. Er würde sich nur noch eine Weile gedulden müssen. In der Zwischenzeit wollte er mit seinem Sohn Jason einige Tage zum Angeln fahren.

Zwei Wochen nachdem Tony Melendez nach Corpus Christi überstellt worden war, statteten Simons und Ned Butler ihm einen Besuch ab. Während einer halbstündigen Befragung beharrte Tony auch weiterhin darauf, er wüßte nichts über das Verbrechen, das sie untersuchten. Selbst als Butler mehrere Tatortfotos auf den Tisch warf und sagte: »Vielleicht wird das hier Ihr Gedächtnis auffrischen«, zeigte Tony kein Interesse, keine Gefühlsregung.

»Ich habe nichts damit zu tun«, sagte er und sah Butler offen ins Gesicht. »Warum lassen Sie mich nicht einfach in Ruhe?«

»Wir werden Sie nicht in Ruhe lassen«, erwiderte der Stellvertretende Staatsanwalt und bedeutete den Aufsehern, daß er und Simons gehen wollten. »Darauf können Sie Ihren süßen Arsch verwetten. Schon ziemlich bald werden wir uns in Waco wiedersehen. Sie sind erledigt.«

Als die beiden Aufseher ihn zur Tür des Verhörzimmers brachten, drehte Tony sich um und starrte zu Butler zurück. »Leck mich doch am Arsch«, sagte er, als er den Raum verließ.

Simons grinste. »Ich glaube nicht, daß Sie einen sonderlich guten Eindruck bei ihm hinterlassen haben.«

»Dieser Hurensohn hat noch nicht einmal *angefangen*, mich zu hassen«, knurrte Butler.

Während ihres Aufenthalts im Gefängnis des Nueces County redeten Simons und Butler mit mehreren Insassen, die Zeit mit Melendez verbracht hatten. Unter ihnen befand sich ein junger Mann namens Julio Ortega, der wegen des Verdachts auf Mordversuch seit zwei Jahren in Haft saß. Zum Zeitpunkt seiner Festnahme war er fünfzehn Jahre alt gewesen. Ortega und ein Komplize waren in ein Warenhaus eingebrochen und einem Wachmann in die Arme gelaufen. Bei ihrer Flucht hatte Ortegas Partner dem Sicherheitsbeamten einen Schlag auf den Hinterkopf versetzt. Der Mann überlebte, erlitt jedoch schwere Hirnverletzungen. Nach der Verhaftung saß Ortega zunächst im Jugendgefängnis, erreichte schließlich das juristische Erwachsenenalter und sollte nun vor Gericht gestellt werden, um sich dort für seine Tat zu verantworten.

Er reagierte sofort feindselig, als Simons ihn nach etwaigen Gesprächen über die Lake-Waco-Morde zu fragen begann, die er möglicherweise mit Tony Melendez geführt hatte.

»Er hat mir nicht das geringste über diese Sache erzählt«, sagte Julio, »außer, daß Ihr Typen versucht, ihm etwas anzuhängen.«

Simons nickte und begann dann, dem jungen Mann einige Einzelheiten des Verbrechens zu schildern. »Das ist es, wovon wir reden«, fügte Butler hinzu und schob einige der Tatortfotos über den Tisch. Ortega wurde rot, als er sich die Bilder ansah; dann wandte er sein Gesicht ab und starrte die Wand an. Plötzlich war er wieder ein siebzehnjähriges Kind, nervös und mit Tränen in den Augen. Die Fotos hatten ihn weitaus tiefer berührt, als die beiden Ermittler erwartet hatten. Ortega stand auf und begann, im Zimmer auf und ab zu gehen. Er schüttelte wiederholt den Kopf und warf gelegentlich einen kurzen Blick zurück in Richtung der Fotos, die noch immer über den Tisch verstreut lagen.

Schließlich beruhigte er sich und sagte: »Diese Bilder erzählen nicht die Geschichte, die ich von ihm gehört habe. Okay, falls Sie Melendez wollen, Mann, dann haben Sie ihn.«

In diesem Augenblick wußten Truman und Ned, daß Tony Melendez mit Ortega über das Verbrechen gesprochen hatte. Und sie wußten auch, daß sie Julio nicht zu einer Aussage drängen durften, solange er sich in einer solchen Gemütsverfassung befand. »Falls Sie sich bereiterklären sollten, uns die Wahrheit zu sagen, könnten Sie uns vielleicht helfen«, sagte Butler. »Aber wir werden Sie eine Weile allein lassen. Wir werden zurück nach Waco fahren und Sie darüber nachdenken lassen. Wir kommen wieder.«

An einem Wochenende in der zweiten Oktoberhälfte kehrte Simons nach Corpus Christi zurück, denn er hoffte, von Ortega eine Aussage aufnehmen zu können. Er kam zu dem Entschluß, daß dieser Ausflug Judy und Jason die Gelegenheit verschaffen würde, ein paar Tage am Strand zu verbringen, bevor die Wärme der letzten Sommertage vergangen war.

Während sie an jenem Samstagmorgen in Richtung der texanischen Golfküste fuhren, deutete nichts darauf hin, daß dieser Ausflug Teil der Ermittlungen in einem Mordfall war. Im Verlauf ihrer Ehe hatte Truman mit seiner Frau nur sehr wenig über seine Polizeiarbeit gesprochen. Zwischen Ihnen bestand das stille Einvernehmen, daß er seine Arbeit im Büro zurückließ. Nur äußerst selten hatte er dieses Schweigen gebrochen. Aber dieser Fall war anders, wußte Judy. Sie wußte um das Labyrinth von Enttäuschungen und Rückschlägen, denen ihr Mann während seiner Ermittlungen im Fall der Lake-Waco-Morde die Stirn geboten hatte, und mit wenig Erfolg hatte sie ihn zu ermutigen versucht, darüber zu reden. Einige Male, wenn die Frustrationen fast unerträglich geworden waren, hatte er versucht, ihr seine Gefühle zu erklären. Er hatte gehofft, sie würde die zwanghafte Motivation verstehen, die ihn antrieb. Er hatte sie sogar mit Nancy Shaw und Jan Thompson bekanntgemacht, als diese wieder einmal in Waco gewesen waren, um das Büro der Staatsanwaltschaft aufzusuchen. Es hatte ihn gefreut, daß Judy die beiden Frauen sofort gemocht und Mitgefühl für ihre Enttäuschung bewiesen hatte. Und das Treffen mit ihnen hatte ihr geholfen, die Ferngespräche nach Waxahachie zu begreifen, durch die ihre Telefonrechnung bis auf siebzig oder achtzig Dollar im Monat gestiegen war. Obwohl es für sie unmöglich war, die starken Gefühle ihres Mannes bezüglich dieses Falls zu teilen, versuchte Judy, ihn zu verstehen und ihm auf jede ihr mögliche Weise zu helfen.

Während der langen Fahrt kamen sie auf den Fall zu sprechen. Es war Judy, die ihren Mann daran erinnerte, daß es im Laufe der Ermittlungen tatsächlich auch heitere Momente gegeben hatte.

»Weißt du noch, wie ich die Mittelohrentzündung hatte?« fragte sie.

Truman lächelte. Das war in einer frühen Phase der Untersuchung gewesen, kurz nachdem er Deeb verhaftet hatte. Zu diesem Zeitpunkt hatte er gedacht, daß vielleicht auch andere aus der arabischen Gemeinde in die Morde verwickelt sein könnten. Ständig waren Truman die moslemischen Namen im Kopf herumgegangen, die er gesammelt hatte: Muneer Mohammad, Karim Qasem, Mahir Tumimi.

Er hatte im Arbeitszimmer gesessen, und die Namen waren wie Murmeln in seinem Kopf umhergerollt, als Judy aus der Küche hereinkam und fragte: »Könntest du dir mein Ohr ansehen?«

Alles, was Truman verstanden hatte, war ›mein Ohr‹ gewesen. »Wer, zur Hölle, ist das?« hatte er gefragt.

Als sie in Corpus Christi ankamen, nahmen sie sich in einem Motel in Strandnähe ein Zimmer. Judy und Jason zogen sich eilig ihre Badesachen an und machten sich auf den Weg zum Strand, während Truman sich auf seinen Besuch im Gefängnis vorbereitete. Nachdem sie das Zimmer verlassen hatten, öffnete er seine Aktentasche und ordnete sorgfältig die Tatortfotografien, die er Julio Ortega im Verlauf der Befragung noch einmal zu zeigen beabsichtigte. Er legte sie auf die Kommode und ging ins Badezimmer, um sich zu rasieren.

Noch während er im Badezimmer war, kehrte Judy zurück, um sich ihr Sonnenöl zu holen, und bemerkte die grausigen Fotos. Obwohl Judy sich sogar weigert, gewalttätige Fernsehfilme anzusehen, zwang sie sich, einen Blick auf mehrere Bilder der leblosen, mißhandelten Körper zu werfen.

Sie saß auf der Bettkante und weinte, als Truman ins Zimmer zurückkam. Er setzte sich neben sie und schloß sie in seine

Arme. »Du mußt die Leute erwischen, die das getan haben«, sagte sie.

»Das werde ich«, erwiderte er und küßte sie sanft.

Als er zum zweitenmal mit Simons redete, war Ortega weitaus umgänglicher. Die Tatortfotos blieben am Rande des Tisches im Verhörzimmer liegen, während der junge Sträfling berichtete, was Tony ihm erzählt hatte.

»Er hat gesagt, daß sein Bruder und ein anderer Kerl diese Teenager eingesammelt hätten und ein paar Drogen besorgen wollten. Irgendwas in der Art«, sagte Ortega. »Sein Bruder ist mit dem Jungen wegen eines der Mädchen in Streit geraten, und sie fingen an, sich zu prügeln. Tony sagte, er hätte seinem Bruder helfen wollen, aber noch bevor er eingreifen konnte, hätte sein Bruder den Jungen erstochen. Er hat gesagt: ›Ortega, Mann, das waren zwei üble Schlampen.‹ Er sagte, sie hätten für jeden die Beine breitgemacht.«

»Werden Sie eine Aussage machen?« fragte Truman.

»Ja, ich werde aussagen«, antwortete Ortega und vermied es nach wie vor, einen Blick auf die Fotos zu werfen, die auf dem Tisch lagen.

Judy und Jason, die von zwei Tagen am Strand erschöpft und sonnenverbrannt waren, schliefen, während Truman den Wagen am nächsten Abend zurück nach Waco lenkte. Auf dem gesamten Heimweg dachte er über Muneer Deeb nach.

Nachdem er Waco verlassen hatte, war Deeb für kurze Zeit nach Houston gereist, hatte dann Freunde in New Mexico besucht und war schließlich in Dallas bei seinem Cousin eingezogen. Dort schrieb er sich am DeVry Institut für Technologie ein, einer Gewerbeschule für Computerprogrammierer, und arbeitete halbtags an einer Selbstbedienungstankstelle in einer Gegend im nordwestlichen Dallas, in der sich vornehmlich Oben-ohne-Bars, Spirituosengeschäfte und Kinos für Erwachsene befanden. Er beschaffte sich illegal sowohl einen Taxi- als auch einen normalen Führerschein, in denen er als Munin Dib eingetragen war.

Außerdem hatte sich Deeb am 2. März 1983 eine Ehefrau beschafft. An jenem Tag fuhren er und Marcie Blackwood, eine Frau, die er in Dallas kennengelernt hatte, in Deebs Thunderbird nach Waco. Bei ihrer Ankunft gingen sie geradewegs ins Gerichtsgebäude des McLennan County, wo Bezirksrichter Mike Gassaway die Zeremonie abhielt. Danach ging die frischgebackene Mrs. Deeb sofort zum nahen Busbahnhof und kaufte eine Fahrkarte zurück nach Dallas, während Muneer in Waco blieb, um Freunde zu besuchen.

Im darauffolgenden Monat sah Simons Deeb zum erstenmal, seit er ihn im September 1982 festgenommen hatte. Kasey Rowe hatte ihn angerufen, um ihm mitzuteilen, daß Muneer in der Stadt war und sie belästigt hatte – er war ihr auf dem Weg zur Arbeit und von der Arbeit gefolgt, hatte während der ganzen Nacht auf dem Parkplatz vor ihrem Apartment gesessen und sie in mehreren Anrufen bedroht.

Kaseys Nachricht erreichte Truman nur wenige Tage nachdem Patty Pick ihm berichtet hatte, daß Deeb sie eines späten Abends tiefbetrübt angerufen und ihr erzählt hatte, er würde sich ›Kasey schnappen‹. »Sie ist der Grund für die Morde am See«, hatte Deeb zu Patty gesagt.

Simons hatte Kasey überredet, eine beeidete Aussage zu Protokoll zu geben, damit Anklage wegen Bedrohung und Telefonbelästigung erhoben werden konnte. Zwei Streifenbeamte griffen Deeb später an jenem Abend auf. Sie entdeckten ihn auf dem Parkplatz des Apartmentkomplexes, in dem die junge Frau wohnte.

Fünfzehn Minuten später saß Deeb auf einem Stuhl neben dem Aufnahmeschalter, als Simons ihn ansprach. Ohne ein Wort der Begrüßung setzte Truman Deeb darüber in Kenntnis, daß er von den Drohungen wußte, die Muneer ausgestoßen hatte. »Falls Sie jemanden bedrohen wollen«, sagte er, »bin ich derjenige, an den Sie sich wenden müssen. Bei Sonnenuntergang können wir beide uns in der Mitte der Austin Avenue treffen und die Sache ein für allemal klären. Haben Sie mich verstanden?«

Muneer reagierte auf diesen plötzlichen Wutausbruch nicht.

Nach einer Woche wurde Deeb freigelassen. Er hinterließ seinen Wagen als Sicherheit für die von Richter John Cabaniss festgesetzte Kaution in Höhe von viertausendfünfhundert Dollar und schickte sich an, nach Dallas zurückzukehren. Er hatte beschlossen, sich nie wieder in Waco blickenzulassen. Es sollten sieben Monate vergehen, bevor er und Simons abermals aufeinandertrafen.

Anfang November war sich Vic Feazell nach einem Treffen in seinem Büro sicher, daß inzwischen genügend Belastungsmaterial vorlag, um David Spence und die Gebrüder Melendez vor eine Anklagejury zu bringen, die über die Eröffnung eines Verfahrens befinden würde. Gleichzeitig war er beunruhigt, daß es keine hinlänglichen Beweise für Muneer Deebs Beteiligung an einer Mordverschwörung gab. So sehr er sich auch wünschte, alle vier anzuklagen – er wußte, daß zu diesem Zweck mehr Material erforderlich sein würde, das Deeb mit dem Verbrechen in Verbindung brachte.

Um die Jury zu einer Anklageerhebung gegen den Jordanier zu bewegen, würde sie davon überzeugt werden müssen, daß Simons' Mietkiller- und Verwechslungs-Theorie stichhaltig war. Und selbst dann hatten sie nur die Tatsache, daß Muneer die Versicherung abgeschlossen hatte, und die Aussagen von Gayle Kelley und Patti Deis, denen zufolge er ihnen seine Rolle bei den Morden eingestanden hatte – ein Bekenntnis, das, wie er ihnen später versichert hatte, nur ein ›Witz‹ gewesen war.

Am Abend des 10. November, nur wenige Tage bevor die Anklagejury zusammentreten sollte, schlug Simons Butler vor, Karim und Maria Qasem ins Büro der Staatsanwaltschaft zu beordern. Seit Deebs anfänglicher Verhaftung war ihr Glaube an die Unschuld ihres früheren Geschäftspartners unerschütterlich gewesen, und man hatte nie eine Aussage von ihnen verlangt. »Schon eine ganze Menge Leute haben uns Dinge erzählt, die ihnen nicht besonders wichtig vorgekommen sind«, rief Truman dem Stellvertretenden Staatsanwalt ins Gedächtnis. »Ich denke, wir sollten uns die Zeit nehmen, um herauszufinden, ob sie vielleicht etwas wissen.«

Als die Qasems eintrafen, bat Simons darum, daß Dennis

Baier die Befragung Karims übernahm, während er selbst und Ned sich in Butlers Büro mit Maria unterhalten würden.

Nach weniger als einer Stunde mit Karim erschien Baier in der Tür zu Butlers Büro und schüttelte den Kopf. »Falls ihr mir das vorher erzählt hättet«, sagte er, »hätte ich euch nicht geglaubt.«

»Wie meinen Sie das?« fragte Butler.

»Er kann Deeb ans Messer liefern; so meine ich das. Er sagte, er hätte mehrfach gehört, wie Deeb und Spence sich über Gayle und die Versicherungspolice unterhalten haben.« Dann begann Baier, aus den Notizen vorzulesen, die er sich während Karims Ausführungen gemacht hatte: *»Ich erinnere mich, daß Deeb sich viele Male mit David über die Versicherung unterhalten hat. Deeb fragte irgend etwas wie: ›Weißt du irgend jemanden, der Gayle umbringen würde?‹ oder ›Kennst du jemanden, der Gayle aus dem Weg räumen könnte?‹ Ich weiß noch, daß David Spence geantwortet hat: ›Ich kann jemanden besorgen.‹«*

Baier fuhr fort zu erklären, daß Karim ihm erzählt hatte, David wäre nach dem Mord an Gail Bramlett in den Laden gekommen und hätte sich angeregt mit Deeb darüber unterhalten. »Er kennt die ganze verdammte Geschichte«, sagte Dennis.

Butler erhob sich eilends von seinem Platz, um Baier in den Raum zurückzubegleiten, in dem Karim wartete. »Warum haben Sie bis jetzt nichts davon erzählt?« fragte er.

»Niemand hat mich jemals nach Gayle gefragt«, sagte Qasem im Tonfall äußerster Unschuld. »Sie lebt noch. Ich habe sie nie mit den Morden am See in Verbindung gebracht.«

Auch Maria berichtete an jenem Abend von mehreren Gelegenheiten, bei denen Deeb über die Versicherungspolice gesprochen hätte, die in seinem Auftrag für Gayle abgeschlossen worden war. Außerdem hätte sie gehört, wie Muneer nach den Morden am See gesagt hatte, daß Gayle ›eigentlich zu den Mordopfern gehören sollte‹.

»Er sagte, der Junge, der ermordet wurde, wäre Gayles Freund gewesen, und es schien ihn zu freuen, daß das passiert war«, erzählte Maria Butler und Simons. »Er hat auch gesagt, er würde eine Menge Geld bekommen haben, falls Gayle an jenem Abend dort gewesen wäre.«

Wie so viele andere, hatten auch Deebs frühere Geschäftspartner lange Zeit ein Teil des Puzzles in der Hand gehalten, ohne zu ahnen, daß es paßte. Die enttäuschend simple Wahrheit lautete, daß niemand sich jemals bemüht hatte, ihnen die richtigen Fragen zu stellen. Jetzt jedoch würden ihre Aussagen nicht nur eine Verbindung zwischen Deeb und Spence herstellen, sondern zudem Simons' Theorie zusätzliche Glaubwürdigkeit verleihen.

Butler rief Feazell an und berichtete ihm aufgeregt von den Aussagen, die Karim und Maria soeben zu Protokoll gegeben hatten.

»Dann werden wir versuchen, gegen alle vier Anklage zu erheben«, sagte Feazell. Der letzte Zweifel war ausgeräumt worden.

Mit Unterstützung durch Patti Pick und die Strafverfolgungsbehörden von Dallas hatte Simons sich über Deebs Bewegungen ständig auf dem laufenden gehalten. Er war hocherfreut, als er erfuhr, daß Beamte der dem Staatsanwalt des Dallas County unterstellten Sondereinheit für Verbrechensbekämpfung beabsichtigten, Muneer wegen Kreditkartenmißbrauchs hinter Gitter zu bringen. An dem Tag, für den Deebs diesbezügliche Anhörung vor einem Bezirksgericht anberaumt worden war, fuhren Simons, Dennis Baier und Sheriff Jack Harwell mit einem auf den Jordanier ausgestellten Haftbefehl nach Dallas.

Obwohl Deeb nicht zu seinem Gerichtstermin erschien, trafen Polizisten aus Dallas ihn im Haus seines Cousins an und nahmen ihn in Gewahrsam. Er wurde gerade ins Gefängnis des Dallas County eingeliefert, als die Beamten aus Waco eintrafen. Als Simons auf ihn zuging, zog sich ein schwaches Lächeln über Deebs Gesicht. »Glauben Sie, daß Sie diesmal genug haben, um mich zu kriegen?« fragte er in stark akzentbehaftetem Englisch.

»Dieses Mal habe ich genug, um Ihnen eine Schlinge um den Hals zu legen«, antwortete Truman. Deebs Lächeln verschwand.

Am Ende der Woche verkündete die Jury zwölf Anklageerhebungen wegen vorsätzlichen Mordes: je drei gegen David

Spence, Tony Melendez, Gilbert Melendez und Muneer Deeb. Seit den Lake-Waco-Morden waren achtzehn Monate vergangen.

Einige Tage darauf wurden David Spence und Tony Melendez nach Waco zurückverlegt und trafen im Abstand von nur wenigen Minuten im Gefängnis des McLennan County ein. Als Tony David zu Gesicht bekam, starrte er ihn böse an und zeigte ihm den ausgesteckten Mittelfinger. »Zur Hölle mit dir, Spence!« schrie er, während man ihn vom Aufnahmeschalter in den Zellenbereich brachte.

Nachdem auch Spence die Aufnahmeprozedur durchlaufen hatte, suchten Simons und Butler ihn kurz in einem der Verhörzimmer auf.

»Ich wollte nur mal vorbeischauen, hallo sagen und Sie wissen lassen, daß wir vermutlich nicht mehr mit Ihnen reden werden«, sagte Simons.

»Wieso das?«

»Nun, man wird Ihnen ziemlich bald Ihre Anwälte zuweisen«, erklärte Truman, »und die werden nicht wollen, daß wir mit Ihnen reden. Von diesem Moment an ist das Beste, was Sie tun können, den Leuten, die Sie vertreten werden, die volle Wahrheit zu sagen. Wir haben einen verdammt soliden Fall, David, und falls Sie den Anwälten gegenüber nicht aufrichtig sind, werden sie nicht in der Lage sein, bei Ihrer Verteidigung gute Arbeit zu leisten.«

Spence lachte. »Scheiße, falls Sie glauben, ich würde einem Anwalt erzählen, ich hätte diese Kinder am Lake Waco umgebracht, sind Sie verrückt. Geben Sie mir zwei Wochen, und ich werde die Verteidiger davon überzeugt haben, daß ich nicht das geringste damit zu tun gehabt habe.«

Kapitel 30

Obwohl Truman Simons ein wärmendes Gefühl der Befriedigung empfand, als die Anklagen verlesen wurden, bereitete ihm ein letzter Aspekt des Falls weiterhin Kopfzerbrechen. Wenngleich feststand, daß die vier Männer, die für den Tod von Jill Montgomery, Raylene Rice und Kenneth Franks verantwortlich waren, endlich vor Gericht gestellt werden würden, so quälte ihn trotz allem, daß er noch immer nicht die volle Wahrheit über die Ereignisse wußte, die sich in jener Julinacht des Jahres 1982 am See abgespielt hatten.

Die Tatsache, daß Gilbert Melendez in seinem ursprünglichen Schuldgeständnis die Beteiligung seines Bruders verschwiegen hatte, warf die bedrückende Frage auf, welche weiteren Einzelheiten er unterschlagen haben mochte. Simons war davon überzeugt, daß Spence seine Verwicklung in die Morde niemals zugeben würde – auch nicht unter dem Druck einer Gerichtsverhandlung, bei der sein Leben auf dem Spiel stand. Und es war fraglich, ob Deeb überhaupt irgendwelche Einzelheiten über die Morde wußte. Simons stand kurz davor, sich mit der Tatsache abzufinden, daß er die komplette Geschichte vielleicht niemals erfahren würde.

Erst nachdem der letzte Geschworene für das Verfahren gegen Spence ausgewählt worden war, wurde Trumans Hoffnung neu entfacht. Nachdem Tony Melendez sich mit den ihm vom Gericht zugewiesenen Anwälten beraten hatte, ließ er dem Büro der Staatsanwaltschaft mitteilen, daß er an einem Handel interessiert wäre. Er würde seine Schuld eingestehen, falls man ihm dafür zusicherte, ihn auf keinen Fall zum Tode zu verurteilen. Feazell war sich bewußt, daß ein weiteres Geständnis womöglich wertvolle Informationen für den Prozeß gegen Spence liefern würde, und erklärte sich einverstanden, daß Tony, sofern er sich hinsichtlich der Morde an Jill Montgomery und Kenneth Franks für schuldig bekannte, im Gegenzug zwei lebenslängliche Haftstrafen erhalten würde. Außerdem würde Tonys Aussage stichhaltig beweisen müssen, daß er unmittelbar in die Morde verwickelt war, und er würde die Ermittler zum Schauplatz des Verbrechens führen müssen.

Am 14. Juni 1983 erschien Tony Melendez vor Richter George Allen, um sich in zwei Fällen des vorsätzlichen Mordes für schuldig zu bekennen. Und obwohl seine erste Aussage nur eine grobe Skizze der Ereignisse lieferte, wußte Simons, daß dadurch für Gilbert nicht der geringste Anlaß mehr bestand, auch künftig über die Beteiligung seines Bruders zu schweigen.

In den folgenden Monaten würde Simons sowohl von Gilbert als auch von Tony noch weitaus detailliertere Aussagen zu hören bekommen. Obwohl sie seit ihrer Verhaftung nicht miteinander gesprochen hatten und Truman keinem von ihnen erzählte, was der andere ihm anvertraut hatte, begannen ihre Geschichten sich zu gleichen, sobald ihnen klargeworden war, daß sie durch Lügen nichts mehr gewinnen konnten.

Erst dann war Simons endlich in der Lage, die schreckliche Geschichte zu vervollständigen, die ihm schon seit so langer Zeit zu schaffen machte...

Kurz vor Mittag an jenem Tag hatten Tony Melendez und sein Cousin Perry Surita von ihrem Anstreicherjob in den Pecan Ridge Apartments in Bryan, Texas, die Nase voll gehabt und sich entschlossen, früh Feierabend zu machen. Sie hatten ihren Vorrat an Amphetaminen aufgebraucht, und da sie vor Ort über keine Drogenkontakte verfügten, wollten sie nach Waco zurückfahren und ihren Bestand wieder auffüllen.

Während der neunzigminütigen Fahrt tranken sie Bier, genossen nach der langweiligen Malerarbeit ihre Freiheit und redeten wenig. Sie verabredeten lediglich, früh am nächsten Morgen den Rückweg nach Bryan anzutreten. Perry saß am Steuer, und Tony döste vor sich hin, während sie unscheinbare Ortschaften durchquerten, die Namen wie Hearne, Calvert oder Groesbeck trugen. Er war eingeschlafen, als sie in Waco ankamen und Perry mit dem Wagen in die Auffahrt zu seinem Haus einbog. Tony wachte auf und sagte seinem Cousin, er würde die wenigen Blocks bis zum *Armadillo Club* zu Fuß gehen. Er hoffte, dort das Dope bekommen zu können, von dem sie gesprochen hatten.

Als Melendez den dämmrigen Club betrat, war er enttäuscht, ihn fast menschenleer vorzufinden. Aber da die Klimaanlage eine angenehme Kühle verbreitete, beschloß er, ein paar Gläser Bier zu trinken und eine Weile Billard zu spielen, denn er hoffte, daß vielleicht einige seiner Freunde vorbeikommen würden. Es war ein gutes Gefühl, sich wieder in vertrauter, zwangloser Umgebung aufzuhalten. Tony blieb einige Stunden lang im *Armadillo*, bevor er schließlich einsah, daß ihm hier kein Drogengeschäft gelingen würde. Wenn die Drogen nicht zu ihm kamen, mußte er sich eben selbst zu ihnen auf den Weg machen.

Wegen des Biers, das er seit der Mittagszeit getrunken hatte, fühlte Tony sich ein wenig schwindlig, und als er in die Hitze des späten Nachmittags hinaustrat, begann er augenblicklich, stark zu schwitzen. Er ging gerade die Fünfzehnte Straße entlang, in Richtung auf das Haus eines Freundes, der, wie er wußte, mit Drogen handelte, als er David Spence im Vorgarten des Hauses seiner Mutter stehen sah.

David hatte Tony während der letzten Wochen kaum zu Gesicht bekommen und zeigte sich überrascht, daß er wieder in der Stadt war. »Ich wollte nachher mal bei Gilbert vorbeischauen, sobald er von der Arbeit zurück ist«, sagte David. »Warum kommst du nicht mit? Wir besorgen uns was zu trinken.«

Dieser Vorschlag klang viel besser, als in der Hitze herumzulaufen, dachte Tony. Und außerdem hatte er seinen Bruder schon länger nicht mehr gesehen. Sie stiegen in Davids Malibu, fuhren geradewegs zu einem Geschäft in der Nähe und kauften zwei Sechserträger *Budweiser*. Dann, nur wenige Minuten später, sahen sie Gilbert den Bürgersteig entlangkommen. Er war auf dem Weg zu seinem Apartment. David winkte, und Gilbert, in ärmellosem Armeehemd, Jeans und geschnürten Militärstiefeln, blinzelte durch die Gläser seiner drahtgefaßten Brille, um zu sehen, wer auf dem Beifahrersitz saß. Er erkannte Tony und lief auf den Wagen zu. Als Gilbert sich auf die Rückbank setzte, lächelte sein Bruder und reichte ihm ein Bier.

»Warum, zur Hölle, bist du zu Fuß unterwegs?« fragte Tony.

»Mein Wagen ist nicht gut gelaufen«, sagte Gilbert. »Ich lasse gerade den Motor einstellen. Was machst du mitten in der Woche hier?«

»Wir sind hergekommen, um uns ein bißchen Stoff zu besorgen«, erwiderte Tony. »Kennst du jemanden, der was zu verkaufen hat?«

Während der nächsten halben Stunde versuchten sie, einige örtliche Drogendealer ausfindig zu machen, trafen aber keinen von ihnen zu Hause an. Sie fanden sich damit ab, bis zum späteren Abend zu warten, wenn der *Armadillo Club* langsam voll würde, fuhren weiter in der Gegend herum, tranken Bier und rauchten Marihuana. Sie fuhren über den Parkplatz eines anderen Clubs, *Click's*, am Valley Mills Drive, sahen aber keine Wagen, die sie wiedererkannten, und hielten nicht an.

Es war Spence, der vorschlug, sie sollten hinaus zum See fahren. Tony hatte angenommen, sie würden den Weg zum Airport Park einschlagen, wo er sich häufig aufhielt, wenn er in Waco war. Nachdem sie beim *Hilltop* Lebensmittelladen angehalten und mehr Bier gekauft hatten, fuhr Spence statt dessen jedoch das kurze Stück bis zur Einfahrt des Koehne Parks und bog links ein. Als sie langsam die Straße in Richtung Bootssteg entlangrollten, trat David unvermittelt auf die Bremse und deutete auf einen jungen Schwarzen, der in seinem Auto saß und Bier trank. »Was hat so ein beschissener Nigger hier draußen in unserem Park verloren?« fragte David.

Gilbert und Tony ignorierten die Frage und nippten an ihren Bieren. Nachdem sie in dieser Gegend des Parks niemanden entdeckt hatten, den sie kannten, fuhren sie zum Ring, wo ein orangefarbener Pinto geparkt stand. An einem nahen Picknicktisch saßen zwei Mädchen und ein Junge und unterhielten sich.

»Ich kenne diese Leute«, sagte David, der plötzlich aufgeregt wirkte. »Laßt uns anhalten und sie uns genauer ansehen.« Lächelnd drehte er sich zu Gilbert um und sagte: »Das sind die, von denen ich dir erzählt habe; die den Kerl übers Ohr gehauen haben.«

Gilbert erinnerte sich an ihr früheres Gespräch über Deebs Angebot, jemanden dafür zu bezahlen, Drogengeld wiederzubeschaffen, das ihm gehörte. Er protestierte sofort. »Vergiß die Scheiße«, sagte er. »Ich lass' mich nicht in so eine Sache hineinziehen.« Tony, der inzwischen wohltuend betrunken war, hatte keine Ahnung, wovon sie redeten.

Gegen Gilberts Widerstand hielt David den Wagen an und stieg aus. Er ging auf die drei Teenager zu und lächelte, als er fragte: »Was macht ihr hier?«

Kenneth Franks, der zwischen den beiden Mädchen saß, erwiderte, sie würden bloß ein paar Biere trinken. Gilbert hörte, wie David die Brünette mit Namen ansprach und wie sie antwortete, das wäre nicht ihr Name. Er war nicht sicher, welche Namen genannt wurden – nur daß sie ähnlich klangen.

Nachdem David sich einige Minuten lang mit den Jugendlichen unterhalten hatte, ließ Tony Gilbert im Auto zurück und näherte sich der Gruppe mit leicht schwankendem Gang. Als er auf die Parkbank zuging, hörte er, wie David den Jungen fragte, ob er noch immer sein Motorrad besäße, und der Junge antwortete, es wäre in der Werkstatt. In seinem benebelten Zustand nahm Tony an, daß die beiden Männer sich kannten.

Während Spence mit Kenneth und Jill redete, unterhielt sich Tony mit Raylene. Sie wäre nicht aus Waco, erzählte sie ihm. Und sie wäre auch erst einmal in Waco gewesen, sagte sie, und zwar, um einen Diskjockey zu besuchen, der zuvor eine Zeitlang mit ihrer Schwester ausgegangen war. Tony fragte, ob sie mit Kenneth zusammen wäre, und sie sagte, er wäre bloß ein Freund.

»Hey, wir haben ein bißchen Hasch im Wagen«, sagte David. »Warum raucht ihr nicht einen Joint mit uns, während wir zum Laden fahren und uns noch etwas Bier besorgen? Dann kommen wir wieder her und feiern ein wenig.«

Jill Montgomery warf ein, daß sie bald nach Hause aufbrechen müßte. »Wir werden ja nur ein paar Minuten weg sein«, beharrte David.

Die Jugendlichen willigten ein, sie zurück zum *Hilltop*-Lebensmittelladen zu begleiten, der weniger als eine Meile entfernt lag. Als sie zum Auto gingen, drängte David Raylene und Kenneth, hinten zu Gilbert einzusteigen. Er wollte, daß Jill vorne bei ihm und Tony saß.

Als David rückwärts vom Parkplatz fuhr, begegnete er im Rückspiegel Gilberts Blick. »Hey, Kumpel«, sagte er und deutete auf Jill. »Die Kleine hier hat wirklich große Titten, nicht wahr?« Auf dem Rücksitz lachte Kenneth Franks nervös auf.

Jill drehte sich zu Spence und sagte: »Hör auf, so zu reden.«

»Aber du *hast* große Titten«, erwiderte er, streckte seinen Arm aus und legte seine rechte Hand auf ihre Brust.

»Was soll das?« schrie Jill ärgerlich auf und ohrfeigte ihn dann. »Laß mich raus.«

Plötzlich war das Lächeln von Davids Gesicht verschwunden. Wütend starrte er das Mädchen an, das ihm soeben eine Ohrfeige verpaßt hatte. »Ich nehme mir, worauf immer ich gerade Lust habe, verdammt noch mal«, sagte er. Er riß das Steuer herum, lenkte den Wagen auf den geschotterten Seitenstreifen der Straße, hielt an und begann, mit dem verängstigten Mädchen zu ringen. Er zerrte an ihrem Frottee-Oberteil. Sie versuchte, ihn abzuwehren, und sagte: »Was ist los mit dir? Bist du verrückt? Laß mich zufrieden.«

Auf der Rückbank beugte Kenneth Franks sich vor und starrte den Fahrer ärgerlich an. »Hey«, sagte er, »was glaubst du, was du da machst? Laß das; laß sie in Ruhe.« Gilbert griff über Raylene hinweg und packte Kenneths Arm. »Halt einfach das Maul«, sagte er in bedrohlichem Tonfall. Raylene saß sprachlos da und preßte ihre Faust vor den Mund.

Als Jill ihren Widerstand nicht aufgab, schlug David ihr fest mit dem Handrücken ins Gesicht. »Halt deine verdammte Schnauze, du Schlampe. Ich lasse mir von keiner Fotze sagen, was ich zu tun habe.« Wütend legte er einen Gang ein und fuhr in ein kleines Wäldchen, das unmittelbar hinter dem Ort lag, an dem sie zuvor auf der Parkbank gesessen und sich unterhalten hatten. Sobald der Wagen vor neugierigen Blicken verborgen war, hielt David an und stellte den Motor ab. Obwohl es erst dämmerte, war es an diesem Ort wegen des dichten Laubwerks der Bäume erheblich dunkler, als es draußen bei den Bänken gewesen war.

»Hey, was geht hier ab?« fragte Kenneth. »Was, zur Hölle, machst du da?«

»Ich habe dir gesagt, du sollst das Maul halten«, sagte Gilbert.

David öffnete die Wagentür, und befahl allen, auszusteigen. Tony, der immer noch in einen Nebel von Bier und Hasch gehüllt war, sah David verwirrt an. »Mann«, sagte er, »du bist verrückt. Was machen wir hier?«

»Schaff deinen Arsch einfach aus dem Wagen und komm hier rüber auf meine Seite«, sagte David. »Paß auf, daß sie nicht versuchen abzuhauen.«

Tony bemerkte, daß die Dinge langsam aus dem Ruder liefen, und bevor er ausstieg, nahm er einen Schraubenzieher vom Wagenboden auf und steckte ihn in die Gesäßtasche seiner Hose. Während er hinten um den Wagen herum zu David ging, hörte er, wie Spence Kenneth, Raylene und Gilbert aufforderte, auszusteigen.

Davids Gesicht hatte sich zu einer irren Maske verzerrt, während er diese beängstigende Vorstellung kommandierte. Sein Atem schien in schnellen, nervösen Stößen zu kommen, als er die drei Teenager an die Vorderseite des Autos befahl und Tony und Gilbert zu beiden Seiten der Geiseln postierte. Dann richtete Spence seine Aufmerksamkeit auf Kenneth und Jill. »Ihr hättet es besser wissen sollen, als meinen Freund bei diesem Drogengeschäft hereinzulegen«, sagte er.

»Ich weiß nicht, wovon du redest«, sagte Jill und wich zurück. Tony ergriff ihren Arm. »Bleib ganz ruhig«, flüsterte er, »es wird dir nichts passieren.« Bei diesen Worten zog er den Schraubenzieher aus seiner Tasche hervor.

»Mann, wir haben niemanden wegen irgend etwas übers Ohr gehauen«, sagte Kenneth.

»Alles Scheiße«, sagte David. »Ihr hättet es besser wissen sollen. Chili revanchiert sich immer.« Dann zog er ein Messer und befahl den Mädchen, sich auszuziehen. Falls sie es nicht täten, würde er sie umbringen.

»Wir haben etwas Geld«, sagte Jill. »Du kannst es haben. Laß uns einfach nur gehen.«

Spence ignorierte ihre Bitte. »Zieht eure verdammten Klamotten aus.« Dann wandte er sich an Gilbert. »Besorg etwas, womit wir diesen Kerl fesseln können«, sagte er und nickte in Richtung von Kenneth Franks.

Gilbert durchsuchte fieberhaft den Innenraum des Wagens

und fand ein Handtuch unter dem Vordersitz. Als er zu den anderen zurückkehrte, sah er, daß beide Mädchen nackt waren und auf mitleiderregende Weise versuchten, sich mit ihren Armen und Händen zu bedecken, während Spence lachte. Gilbert reichte David das Handtuch, aber anstatt Kenneth zu fesseln, packte er Jill am Arm und zog sie in Richtung des kleinen Bachs, der das bewaldete Gebiet begrenzte. »Ich gehe mit ihr dort drüben hin«, sagte David zu Tony. »Du paßt auf ihn auf. Gilbert kann sich die andere Kleine nehmen.«

Gilbert, der nicht wußte, daß Tony sich bereits mit dem Schraubenzieher bewaffnet hatte, gab seinem Bruder ein Taschenmesser und befahl dann Raylene, wieder in den Wagen einzusteigen. Raylene war sogar zu verängstigt, um zu schreien, als Gilbert ihren nackten Körper auf den Vordersitz zwang. »Bitte, tu mir nicht weh«, schluchzte sie.

»Ich werde dir nicht weh tun«, sagte er.

Während er das angsterfüllte Mädchen vergewaltigte, hörte Gilbert, wie David aus der dunklen Ecke des Ortes Tony etwas zurief. »Bring den Kerl hierher«, sagte er. »Ich will, daß er zusieht, während ich es dieser Fotze besorge.«

Tony stieß Kenneth in Richtung der schwach sichtbaren Gestalten. Kenneth war gezwungen, dabei zuzusehen, wie Spence, der über Jill kniete, einige Sekunden lang mit der Klinge seines Messers über ihre Brüste strich und die sich windende junge Frau beschimpfte. David blickte hoch und sah Kenneth in die vor Entsetzen geweiteten Augen. »Ich habe dir gesagt, ich würde mich revanchieren«, sagte er. Dann vergewaltigte er sie.

Als er fertig war, stand David auf und winkte Tony zu sich heran. »Du darfst«, sagte er. Als Tony sich über das Mädchen beugte, bemerkte er, daß David mit Kenneth redete. Er konnte jedoch nicht verstehen, was gesprochen wurde. Dann hielt David Kenneth das Messer an die Kehle und führte ihn zurück zum Wagen.

Obwohl ihn der plötzliche Umschlag der Ereignisse nüchtern gemacht hatte, war Tony außerstande, eine richtige Erektion zu bekommen, und gab bald auf. Er stand auf, befahl Jill, zu bleiben, wo sie war, und ging dann zum Auto zurück.

Als er sich der Stelle näherte, an der David und Gilbert standen, bemerkte Tony, daß Kenneth Franks an einen Baum gelehnt saß. Sein Kopf hing nach unten, das Kinn lag auf der Brust. Er hatte nicht mitbekommen, wie David Kenneth gegen den Wagen gestoßen und geschrien hatte: »Du hast Luckys Mädchen gefickt.« Als Kenneth versucht hatte, etwas zu sagen, hatte David ihn an der Kehle gepackt. »Du verdammtes Arschloch«, hatte David gesagt und ihn dann mehrere Male in die Brust gestochen. Als Kenneth zu Boden gesackt war, hatte David sich neben ihn gekniet, das Gesicht nahe genug, um die letzten warmen Atemzüge des sterbenden Jungen zu verspüren. David war in dieser Position verharrt, als würde ihn der Vorgang des Sterbens faszinieren, bis Kenneths Körper kein Lebenszeichen mehr von sich gegeben hatte.

Als Tony näherkam, sagte David: »Die Blonde ist im Wagen.« Tony, der sich fragte, ob der Junge vielleicht schon tot war, stieg zu Raylene ins Auto und versuchte ein weiteres Mal, eine Erektion zu bekommen. Wieder flehte das Mädchen, ihr nicht weh zu tun. »Keine Angst«, sagte Tony. »Wenn das hier vorbei ist, wirst du mich nie wieder zu Gesicht bekommen.«

In der Zwischenzeit hatte David Gilbert zurück zu der Stelle begleitet, an der Jill lag. Dann vergewaltigte Gilbert sie.

Nachdem er fertig war, ging Gilbert zurück zum Wagen. Er mußte mit Tony reden. Er wußte, daß alles außer Kontrolle geraten war und vermutlich sogar noch schlimmer werden würde. Bevor er jedoch etwas zu seinem Bruder sagen konnte, rief David abermals nach Tony.

Als Tony bei Jill eintraf, sah er, daß David auf ihren Beinen saß. »Jetzt werde ich mit dir abrechnen«, sagte David zu dem verängstigten Mädchen und klopfte mit seinem Messer gegen ihre Brust. Er legte seine Hand auf ihren Mund, um ihre Schreie zu dämpfen, und fügte ihr mehrere qualvolle Schnittwunden zu, bevor er seine linke Hand erhob und ihr das Messer in die Brust stieß. Jill stöhnte, und er stach noch einmal zu. Auf seinem Gesicht lag ein böses Lächeln.

David drehte sich zu Tony, der neben ihm kniete, und hielt ihm das Messer hin. »Wir stecken gemeinsam in dieser Scheiße«, sagte er. »Du bist dran.«

Tony schüttelte den Kopf. »Du mußtest sie nicht erstechen.«

»Gottverdammt, ich mußte es ihnen heimzahlen«, stieß David hervor und schubste das Messer in Tonys Richtung. »Mach schon.«

Tony nahm das Messer und stieß es in Jills Brust. »Na los«, sagte David abermals. »Na los.« Tony stach ein zweites Mal zu, aber die Klinge drang nicht so tief ein wie zuvor. Sie war auf einen Knochen getroffen. Der Körper des Mädchens bäumte sich auf.

»Scheiße, du machst es nicht richtig«, schrie David und stieß Tony weg. »Ich werde dir zeigen, wie das geht.« David nahm das Messer und stach ein weiteres Mal zu, dann beugte er seinen Kopf über ihre Brust und biß in Jills Brustwarze.

»Du hättest es besser wissen sollen, als Lucky zu verarschen«, sagte David zu dem sterbenden Mädchen. Das war das erste Mal, daß Tony diesen Namen hörte. David, nahm er an, meinte ihn damit und verschaffte ihm so eine falsche Identität. Zumindest hatte er genug Verstand, den Teenagern nicht zu verraten, wer sie waren.

Einige Minuten lang sah Tony David dabei zu, wie er mehrfach auf das Mädchen einstach. Nach jedem Messerstoß hielt er inne und blickte ihr ins Gesicht. Es war offensichtlich, daß er diesen sadistischen Akt genoß, ihn in die Länge zog und den Schmerz und das Leiden so lange wie möglich dauern ließ.

Tony stand auf und ging weg, hin zu der Stelle, an der er zuvor Kenneth gesehen hatte. Er kniete sich hin, um sich den jungen Mann genauer anzusehen, und entdeckte die Blutflecken auf seinem Hemd. Plötzlich wünschte Tony, es gäbe eine Möglichkeit für ihn, dem Grauen zu entfliehen, das hier Gestalt annahm. Er ging zu der lichten Stelle, an der David in das bewaldete Gebiet eingebogen war, und überprüfte, ob sich irgendwelche Autos in der Nähe befanden. Erleichtert, daß niemand irgend etwas gehört oder gesehen hatte, ging er zurück in das Waldstück und sah David und Gilbert neben dem Wagen stehen. David befahl Raylene, auszusteigen.

Verängstigt, aber ahnungslos, was ihren Freunden passiert war, stieg sie aus dem Auto und wurde sofort zu Boden geworfen. »Jetzt bist du an der Reihe«, sagte David und begann, immer wieder auf sie einzustechen.

Gilbert ging mit schnellen Schritten auf Tony zu, weg von dem ekelhaften Geschehen. »Mann, ich habe überhaupt nichts getan«, flüsterte Tony seinem Bruder zu. »Das ist einfach verrückt. Laß uns abhauen.«

Gilbert versuchte, seine eigene Angst zu verbergen und seinen Bruder zu beruhigen. »Alles wird wieder gut. Bleib einfach ruhig.«

Tony kehrte wieder um, um auf eventuelle Neuankömmlinge am Ring zu achten, während Gilbert zurück zu David ging, um mit ihm zu reden. Nach einigen Minuten kam Gilbert zu seinem Bruder. »Wir werden meinen Wagen holen«, sagte er, »und die Leichen nach drüben in den Speegleville Park bringen. David sagt, er kennt dort einen geeigneten Ort. Er wird hierbleiben, bis wir zurück sind.«

Bevor die beiden Brüder in Spences Wagen einstiegen, öffnete David die Beifahrertür. Er schwitzte stark und schien am ganzen Körper zu zittern. »Ich brauche noch was«, sagte er. Er griff unter unter den Sitz und holte ein Stück Besenstiel hervor, das mit Isolierband umwickelt war.

Als Gilbert rückwärts aus dem Waldstück fuhr, konnte Tony in einiger Entfernung undeutlich David erkennen, der im Dunkeln über Raylene kniete. Es schien, als wäre der Stiel zwischen ihren Beinen.

Als die Brüder den Lake Shore Drive erreichten und nach links in Richtung des nahen Vororts Bosqueville abbogen, wo Gilbert seinen Pickup in Reparatur gegeben hatte, war es Tony, der das Schweigen brach. »Scheiße, Mann, laß uns schleunigst von hier verschwinden. Lassen wir ihn einfach dort draußen zurück. Wir stecken in riesigen Schwierigkeiten.«

Gilbert antwortete nicht. Er wußte, daß sie zu tief drinsteckten, um die Angelegenheit jetzt nicht zu Ende zu bringen.

Sie brauchten fünfzehn Minuten, um ihr Ziel zu erreichen. Gilbert sagte, er würde den Pickup nehmen, und wies Tony an, Davids Wagen zum Hause seiner Mutter zu fahren. Er würde ihm folgen; dann würden sie zum See zurückkehren.

Im Koehne Park wurde David Spence bereits nervös. Er ging

bis zu der Straße, die zum Ring führte, und entdeckte dort einen geparkten Pickup. Leise näherte er sich dem Wagen und sah durch die Heckscheibe zu einem Mann und einer Frau hinein, die sich umarmten. Das Mädchen, Donna Cawthorn, schrie auf, als sie Spences bärtiges Gesicht erblickte, und er rannte schnell zurück ins Unterholz. Monate später würde der Mann, mit dem sie in jener Nacht zusammengewesen war, sie drängen, die Behörden von diesem Zwischenfall in Kenntnis zu setzen. Da sie nicht in die Ermittlungen verwickelt werden wollte, lieferte sie dem Beamten, der sie befragte, eine Beschreibung, die genau dem Gegenteil dessen entsprach, was sie tatsächlich gesehen hatte. Der Mann, den sie gesehen hätte, versicherte sie, wäre glattrasiert und sein Haar kurz geschnitten gewesen. Sie erzählte dem Beamten nicht, daß sie die Verlobte des Vizepräsidenten einer erfolgreichen Firma aus Waco war, daß sie sich in jener Nacht im Koehne Park aber in Begleitung eines anderen Mannes befunden hatte.

Als Gilbert mit dem Wagen in das Waldstück einbog, trat ihnen David entgegen. Er hätte etwas Geld bei den Mädchen gefunden, sagte er, und ihnen auch einen Ring und eine Uhr abgenommen. David gab das Geld Gilbert, der es in seine Hosentasche stopfte, ohne sich die Mühe zu machen, es zu zählen. Dann ging er mit David in die Dunkelheit hinein.

Tony, der im Pickup geblieben war, bemerkte, daß die Arme des Mädchens, das sie zu ihm trugen, nicht herabhingen. Er entdeckte, daß man ihr die Hände gefesselt hatte. Auch schien ihre Leiche wesentlich blutiger zu sein, als er es in Erinnerung hatte.

Als Gilbert und David gingen, um die zweite Leiche zu holen, stieg Tony aus dem Pickup aus, ging zu Raylenes Pinto und fand dort einen kleinen Beutel Marihuana. Als er nach der Zellophantüte griff, streifte seine Hand eine Brille auf dem Armaturenbrett. Da er keine Fingerabdrücke hinterlassen wollte, steckte er die Brille in seine Hemdtasche. Dann drehte er sich einen Joint. Als Tony zum Pickup zurückkehrte, waren alle Leichen aufgeladen worden, und Gilbert bedeckte sie gerade mit einer Plane.

Gilbert saß am Steuer, sein Bruder in der Mitte und David auf der Beifahrerseite, als sie langsam aus dem Park und dem Hügel hinauf in Richtung Stadt fuhren, vorbei an dem kleinen Lebensmittelladen, in dem sie früher an jenem Abend Bier gekauft hatten. Dann bog Gilbert in eine Straße ein, die sich durch eine der feinsten Wohngegenden der Stadt schlängelte. Es war die kürzeste Strecke zum Highway Sechs und zum Speegleville Park.

Nachdem sie die Einfahrt des Parks passiert hatten, dirigierte David Gilbert zu einer verlassenen Pflasterstraße, die nach einigen hundert Metern von der Zufahrtsstraße abbog und tiefer in den Park hinein führte. Nach mehreren Abzweigungen, die Spence bestimmte, befanden sie sich auf einem unbefestigten Weg inmitten des Waldes, der das Seeufer säumte. »Hier«, sagte David, und Gilbert hielt den Wagen an.

Tony kletterte auf die Ladefläche des Pickups, hob Kenneths Beine an und zog sie dorthin, wo David und Gilbert standen und warteten. David packte die Leiche unter den Armen, und Gilbert nahm sie bei den Beinen. Sie verschwanden in der Dunkelheit.

Als sie zurückkamen, lachte David. »Mann, die werden ausflippen, wenn sie diesen Kerl mit seiner Sonnenbrille auf der Nase finden, wie er unter diesem Baum sitzt.«

Gilbert, der während der Fahrt zum Park kein einziges Wort gesagt hatte, wies Tony an, bei den Leichen der Mädchen mitanzufassen. Als Tony und David sie in das hüfthohe Gebüsch schleppten, ging Gilbert auf dem Weg ein paar Meter in die entgegengesetzte Richtung und übergab sich.

Als sie auf dem Rückweg in die Stadt die Zwillingsbrücke überquerten, warf Tony den Schraubenzieher und Raylenes Brille aus dem Fenster ins Wasser. Gilbert war der erste, der etwas sagte. »Mann, ich weiß nicht, was für eine Scheiße hier los ist. Ich werde meinen Krempel packen und aus der Stadt verschwinden.«

»Hey, Mann«, erwiderte David, »außer uns weiß niemand, was passiert ist. Sie sind tot – sie können nicht reden. Tote können nicht aussagen. Niemand wird je erfahren, was mit ihnen geschehen ist. Keiner von uns wird jemals von dieser Kacke erzählen, richtig?«

Gilbert setzte Tony in der Nähe des Hauses seines Cousins ab. Er zog die Scheine von Jill Montgomerys letztem Lohn aus der Tasche und bot ihm einen Teil davon an. »Ich will nichts davon haben«, sagte Tony. »Du wirst mich eine Weile nicht zu Gesicht bekommen«, fügte er hinzu und ging weg.

Als er die Auffahrt des Hauses erreichte, stieg Tony in den Wagen und zog seinen Maleroverall an. Er würde dort schlafen und ungeduldig die frühmorgendliche Fahrt nach Bryan abwarten. Als sein Adrenalinspiegel sank, fiel ihm plötzlich ein, daß er das Drogengeschäft, dessentwegen er in die Stadt gekommen war, gar nicht zustandegebracht hatte.

Gilbert brachte David zum Haus seiner Mutter, wo auch sein Wagen geparkt war, und fuhr dann selbst zum Haus seiner Großmutter, in deren Garage er einige Kleidungsstücke aufbewahrte. Er zog sich im Dunkeln um und steckte die Sachen, die er getragen hatte, in eine Papiertüte, die bereits zur Hälfte mit Abfall gefüllt war. Er beabsichtigte, ein paar Stunden zu schlafen und die Tüte dann in die Abfalltonne hinter einer Imbißstube zu werfen, an der er auf seinem Weg zur Arbeit vorbeikam.

David hatte versprochen, Christy Juhl vom *Rainbow* abzuholen, wenn sie den Laden um dreiundzwanzig Uhr schloß, aber als er um 23 Uhr 15 noch nicht aufgetaucht war, fragte sie Karim Qasem, ob er sie zu den Northwood Apartments fahren würde. Sie lag bereits im Bett, als David, nur mit einer Jeans bekleidet, ins Schlafzimmer kam. Als sie ihn fragte, warum er sie nicht wie versprochen abgeholt hatte, erzählte er ihr, daß sein Wagen am See eine Panne gehabt hätte und es ihm schließlich gelungen wäre, per Anhalter mit jemandem, den er nicht kannte, nach Hause zu gelangen. Christy hätte schwören können, daß er betrunken war.

Als sie weiter darüber stritten, warum er sie nicht nach Hause gebracht hatte, stieg David aufs Bett und schlug ihr mit dem Handrücken ins Gesicht. »Halt's Maul, Schlampe«, sagte er. Dann schlief er mit ihr.

Sie schliefen beide, als es an der Tür klopfte. Als David aufstand, um nachzusehen, warf Christy einen Blick auf ihre Uhr und sah, daß es kurz nach ein Uhr morgens war. Sie stieg aus dem Bett, ging zur Schlafzimmertür und schaute ins Wohnzimmer. David redete mit einigen Männern, die sie nicht kannte. Sie legte sich wieder hin.

Ein paar Minuten darauf kam Spence ins Schlafzimmer zurück. »Ich muß weg«, sagte er.

»Wer sind diese Typen?« fragte sie.

»Bloß einige Leute, die ich kenne«, sagte David. »Clint Olson und ein paar seiner Kumpel. Sie sind nur vorbeigekommen, um hallo zu sagen.«

Christy sah David nicht wieder, bis er kurz vor sieben Uhr in das Apartment zurückkehrte und abermals mit ihr schlief, bevor sie aufstand, um sich für die Arbeit anzuziehen.

David fuhr Christy zum *Rainbow*, während die Männer, die dem Apartment nachts einen Besuch abgestattet hatten, in einem Pickup folgten. David begleitete Christy in den Laden, holte Bier und Zigaretten und ließ den Kaufpreis auf Christys Namen anschreiben.

Es war David, der seinen Freunden vorschlug, sie sollten zum Koehne Park hinausfahren. Während sie an demselben Betontisch saßen, an dem nur wenigen Stunden zuvor Jill Montgomery, Raylene Rice und Kenneth Franks gesessen hatten, sagte David wenig. Niemand erwähnte den orangefarbenen Pinto, der in der Nähe geparkt war und offenbar über Nacht dort gestanden hatte.

Im *Rainbow* war Christy überrascht, Muneer Deeb so früh im Geschäft zu sehen. Es war noch nicht einmal neun Uhr, als er hereinkam und sagte: »Sie haben diesen Hurensohn endlich umgebracht.«

»Von wem redest du?« fragte Christy.

»Kenneth Franks«, erwiderte Deeb, »und ich bin froh darüber.«

Für den Rest des Tages achtete Christy auf die Nachrichten aus dem kleinen Radio, das auf dem Regal hinter dem Tresen stand. Es wurde nichts darüber berichtet, daß irgend jemand namens Kenneth Franks ermordet worden wäre.

VIERTER TEIL

Ich bin kein Unschuldsengel. Und ich behaupte nicht, daß ich nicht in der Lage wäre, jemanden zu erstechen, falls ich in eine Schlägerei geraten würde. Aber ich schlachte doch nicht mir nichts, dir nichts drei Kinder ab, weder für fünftausend Dollar noch für zwanzigtausend oder eine Million. Das bin ich einfach nicht.

Ich habe es nicht getan, und ich werde nicht etwas Unwahres gestehen, nur damit die ihren Fall zu den Akten legen können. Ich würde eher für etwas sterben, das ich nicht getan habe, als mich für eine Tat schuldig zu bekennen, die ein anderer verübt hat. Falls ich deswegen sterben muß, werde ich ehrenvoll sterben, denn ich weiß, daß ich es nicht getan habe . . .

David Wayne Spence im Gespräch mit Tommy Witherspoon
vom *Waco Tribune-Herald*, 16. Dezember 1984.

Der Traum sucht die junge Frau regelmäßig heim, und er verläuft immer gleich. Sie und der Mann laufen am Ufer entlang, Hand in Hand, lachend. Es ist herrlich romantisch, so wie in diesen Werbespots in Zeitlupe, die oft im Fernsehen zu sehen sind. Sie mag den ersten Teil des Traums.

Dann jedoch verändert er sich. Der Mann drückt sie unter die Wasseroberfläche, seine Hände legen sich um ihren Hals und schnüren ihr die Kehle zu. Sie fühlt, wie die Luft knapp wird, wie sie langsam ertrinkt. Durch das Wasser blickt sie nach oben in das wütende Gesicht des Mannes und fragt sich, was sie getan hat, daß er ihr jetzt dies antun will. Sie streckt ihre Hand aus und berührt sanft seine Wange, obwohl er sie gerade umzubringen versucht. »Ich liebe dich, David«, sagte sie. Und dann lächelt sie.

Sie fürchtet diesen Traum und erwacht mit einem Fluch auf den Lippen. Warum, rätselt sie, ist es immer noch so, als würde sie das alles zum erstenmal träumen? Warum hat sie nach fast vier Jahren nicht gelernt, das Ende das Traums vorauszuahnen? Warum rennt sie nicht weg? Oder wehrt sich?

Wenn sie aufwacht, kann sie ihn riechen, seine Gegenwart in ihrem Schlafzimmer spüren, obwohl er Hunderte von Meilen entfernt ist, eingesperrt in der Zelle eines texanischen Gefängnisses. Einige verwirrende Sekunden lang ist sie beinahe davon überzeugt, daß er bei ihr ist.

Und dieses Gefühl befällt sie nicht nur während des halbwachen Zustands unmittelbar nach dem schrecklichen Traum. Es kommt vor, daß ihr inmitten einer Menschenmenge ein kalter Schauer über den Rücken läuft. Ihre Hände werden feucht, und sie erblaßt. Freunde, die die plötzliche Veränderung bemerken, fragen sie, ob etwas nicht in Ordnung sei, und immer behauptet sie, es ginge ihr gut. Was die junge Frau ihnen nicht erzählt, ist die Tatsache, daß sie sich eine flüchtige Sekunde lang sicher ist, ihn aus dem Augenwinkel heraus gesehen zu haben. Er ist da und plötzlich wieder verschwunden. Aber sie weiß, daß er zurückkommen wird.

Der Mann, der einstmals ihr Geliebter war, ist jetzt ein unwillkommener Geist, der sie, befürchtet sie, für immer verfolgen wird.

Kapitel 31

Christy Juhl saß im Apartment ihres Bruders am Eßtisch und starrte die Vorladung und das Flugticket an, die tags zuvor eingetroffen waren. Sie hatte bereits gepackt und sich für den Flug nach Waco angezogen. Ihre Hände zitterten, als sie versuchte, das Glas Saft zu trinken, das sie sich eingegossen hatte. Und dann fing sie an zu weinen, zuerst leise, dann haltlos.

Ungeachtet der Rechtsansprüche des Staates Texas und der beharrlichen Forderung der Staatsanwaltschaft des McLennan County, daß sie in dem Mordprozeß gegen David Spence als Zeugin aussagte, wußte Christy nicht, wie sie das jemals durchstehen sollte. Sie konnte David nicht gegenübertreten, nicht einmal in der sicheren Umgebung eines Gerichtssaals. Der Gedanke, wieder in diese Augen zu blicken, versetzte sie in Angst und Schrecken.

Als sie schluchzend dort saß und gefährlich nahe am Rand eines Nervenzusammenbruchs balancierte, brach eine Flut von Eindrücken über sie herein, die sie aus ihrem Bewußtsein verdrängt hatte. Die alptraumhafte Zeit, die sie mit David zusammengewesen war – während der sie ihn geliebt, ihn zu ändern versucht hatte und von ihm mißbraucht worden war –, brannte sich in ihr Gehirn ein. Um überleben zu können, um ihr Leben wieder in den Griff zu bekommen, dachte Christy, mußte sie sich versteckt halten und Waco weit hinter sich zurücklassen. Es war jetzt fast sechs Monate her, daß sie sich mit nichts als den Kleidern, die sie am Leibe trug, hinter ihren Bruder auf das Motorrad gesetzt und sich auf den Weg in einen Bundesstaat gemacht hatte, in dem sie zuvor nicht einmal zu Besuch gewesen war. Dort, hatte ihr Bruder ihr versprochen, würde sie in Sicherheit sein. Er würde sie beschützen, ihr dabei helfen, sich ein neues Leben aufzubauen.

Jetzt jedoch hatte die Aussicht, nach Waco zurückzukehren, um dort vor Gericht auszusagen, die Wunden wieder aufbrechen lassen. Schmerzhafte Erinnerungen ließen alte Ängste wiedererwachen. Als wäre es erst gestern gewesen, entsann sie sich des letzten Mals, das sie David gesehen hatte.

An jenem Märzmorgen des Jahres 1983 hatte Christy ihm seinen braunen Kordanzug ins Gefängnis gebracht, den er anläßlich einer Anhörung anziehen wollte, die aufgrund der Anklage wegen schweren sexuellen Mißbrauchs im Vorfeld der eigentlichen Verhandlung stattfand. Danach war sie in ein Kaufhaus gegangen, hatte sich eine Zeitlang umgesehen und dann ein Paar Schuhe in ihre Tasche gesteckt, bevor sie das Geschäft verließ. Ein Angestellter beobachtete sie dabei und rief den Sicherheitsbeamten des Warenhauses. Sie wurde wegen Ladendiebstahls festgenommen und zum erstenmal in ihrem Leben ins Gefängnis gebracht.

Als Christy an jenem Nachmittag neben dem Aufnahmeschalter stand, mit Handschellen an drei andere Frauen gefesselt, sah sie David in Begleitung zweier Deputys den Flur entlanggehen. Er trug den Anzug, den sie ihm gebracht hatte, und war auf dem Weg in den Gerichtssaal. Kurz vor dem Ende des Flurs drehte er sich um und entdeckte sie. Einen Moment lang starrte er sie nur böse an; dann brach die Wut, die sie nur zu gut kannte, aus ihm heraus. Er begann zu schreien und zeigte auf sie. »Ich werde dich umbringen, du Miststück«, rief er. »Ich werde dich, verdammt noch mal, umbringen.«

In diesem Augenblick begriff Christy, daß er das tatsächlich tun würde, falls er je die Gelegenheit erhielt. Soweit sie sich erinnern kann, war dies das erste Mal, daß sie insgeheim darum betete, er würde niemals aus dem Gefängnis freikommen.

Erst nachdem sie Waco verlassen hatte, hatte Christy begonnen, ernsthaft die Möglichkeit in Erwägung zu ziehen, daß David in die Morde am See verwickelt gewesen sein könnte.

Auf Davids Wunsch hatte sie einige Freunde darum gebeten, sich auf der Straße umzuhören, ob es irgendwelche Gerüchte über die Morde gab, irgendwelche Informationen, die den Verdacht von David abwenden könnten. Aber niemand fand jemals etwas heraus, das nicht jeder Leser des *Waco Tribune-Herald* schon längst gewußt hätte.

Dennoch konnte sie sich nicht zu der Überzeugung durchringen, daß David, den sie von Herzen geliebt hatte, etwas so Entsetzliches getan haben konnte. Sie hatte sogar gehofft, ein Kind von David zu empfangen, und sich während ihrer gemeinsamen Zeit vergeblich bemüht, schwanger zu werden. Und obwohl Dennis Baier, Truman Simons und Ned Butler im Verlauf ihrer Befragung klar herausgestellt hatten, daß nach ihrer Überzeugung Spence der Mörder war – sie hatten sogar angedeutet, daß Christy ihrer Meinung nach weitaus mehr über das Verbrechen wußte, als sie zugab –, weigerte sie sich, den Äußerungen der drei Beamten zu glauben. Erst als sie sich in Sicherheit vor David und dem nahezu hypnotischen Einfluß befand, den er auf sie ausübte, ertappte sie sich bei ersten Zweifeln – und gestand sich dann schließlich ein, daß er in der Tat zu einem Mord fähig war.

Sie hatte letztendlich eingesehen, daß David Spence – mit seinen betrunkenen Wutausbrüchen, seiner zwanghaften Vorliebe für Blut, seinem Drang, Schmerzen zuzufügen, und der morbiden Faszination, die Messer und satanische Rituale auf ihn ausübten – wahnsinnig war.

Als sie dort in dem Apartment saß und die Tränen ihr Makeup ruinierten, dachte sie zurück an die Qualen und Demütigungen, die David sie hatte erleiden lassen. Sie fragte sich, aus welchem Grund sie ihn je geliebt hatte. Sie wußte keine Antwort auf diese Frage, denn obwohl sie Angst vor ihm hatte und ihn niemals wiedersehen wollte, klammerte sich ein Teil von ihr noch immer beharrlich an Gefühle, die sie sich schon tausendmal gewünscht hatte, auslöschen zu können. Er hatte sie bedenkenlos mißbraucht, und doch – sie wußte nicht, warum – kam es immer noch vor, daß sie ihn vermißte, sich nach ihm sehnte, nach ihm schrie.

Es hatte eine Zeit gegeben, während der Christy geglaubt hatte, ihn ändern zu können, ihn dazu zu bringen, sie auf die gleiche hingebungsvolle Weise zu lieben, wie sie ihn liebte. Aber sie war erfolglos geblieben. Eine Zeitlang hatte sie geglaubt, daß ihr Versagen sie irgendwie verantwortlich für den Tod der drei Teenager machte. Wenn sie es nur geschafft hätte, ihn glücklich zu machen, ihm zu helfen, mit dem Trinken aufzuhören. Wären sie öfter zur Kirche gegangen, hätte er vielleicht niemals jemanden umgebracht.

Erst mit zeitlichem und räumlichem Abstand zu all den Leuten und Orten, die Erinnerungen an David auslösten, war sie in der Lage, gefaßt auf das zurückzublicken, was David ihr während ihrer gemeinsamen Zeit angetan hatte.

Wie sehr sie dieses Hundehalsband gehaßt hatte! Und das Messerwerfen und den ›Liebesknüppel‹ und die betrunkenen Schläge, die immer vorauszugehen schienen, bevor sie miteinander schliefen. Schließlich wurde ihr klar, daß David nur dann in der Lage gewesen war, zum sexuellen Höhepunkt zu kommen, wenn er sie zuvor körperlich mißhandelt hatte.

Er war so selten mit ihr ausgegangen, daß sie jetzt rückblickend begriff, daß er sich ihretwegen geschämt hatte. Während der Zeit, die sie zusammengewesen waren, hatte es einige seltene Abstecher zu einer Bar in der Nähe seines Hauses gegeben, und einmal waren sie zu einer nahen Bowlingbahn gegangen. Sie konnte sich nicht daran erinnern, daß sie jemals zusammen im Kino gewesen wären.

Es war so selten vorgekommen, daß er sie auch nur mit ihrem Namen angeredet hatte. Sie war seine ›Schlampe‹ oder seine ›siebzehnjährige Nutte‹. Gleichwohl war er der erste gewesen, der sie je Christy genannt hatte, nicht Christine oder Chris, wie alle anderen. Sie hatte den Namen nie gemocht, aber wenn David ihn aussprach, gewann er eine liebenswerte, Note, die ihr Herz erwärmte. Sie trägt diesen Namen heute immer noch.

Anfangs war das Leben mit David aufregend. Zu der Zeit redete er noch nicht wie ein Motorradfreak und kleidete sich auch nicht so. Als sie ihn zum erstenmal ins *Taco Torch* kommen sah, wo sie arbeitete, war er ordentlich angezogen, trug eine Freizeithose und ein Seidenhemd. Damals hatte er nur einen Schnurrbart, und sein Haar war modisch geschnitten.

Aber er hatte sich so schnell verändert. Der Alkohol wurde zu einem ständigen Problem. Oft sagte er, er könnte sich gar nicht stark genug betrinken. Und da waren die Aufputschmittel, das Kokain und das Marihuana. Und die körperlichen Mißhandlungen.

Beim Sex biß er sie brutal, so daß ihr Hals, ihre Schultern und ihre Brüste häufig blutende Wunden davontrugen. Mehr als einmal befürchtete sie, er hätte ihr eine Brustwarze abgebissen. Und er schlug sie, manchmal mit der flachen Hand, manchmal mit der Faust. Wenn das passierte, haßte sie ihn dafür und rannte weg. Aber immer fand er sie und brachte sie zurück. Selbst als sie in das kleine Apartment in der Nähe des *Rainbow* zog, folgte er ihr. Es gab kein Entkommen. Wie eine geprügelte Ehefrau saß sie in der Falle und war immer wieder gezwungen, sich auf den nächsten Wutanfall vorzubereiten.

Sie erinnerte sich, daß David sie eines Morgens weckte, am Handgelenk packte und ins Wohnzimmer zerrte. Dort mußte sie ihr Nachthemd und ihren Slip ausziehen und sich nackt auf den Boden legen. Dann, nachdem er Gilbert und Tony geweckt hatte, schlief David mit ihr, während die beiden zuschauten. Und oft redete er von seiner Wunschvorstellung, spätnachts maskiert in das Haus einzubrechen und sie zu vergewaltigen.

Ihr Leben wurde zu einer Mischung aus Angst und Erniedrigung. Wenn David bis Mitternacht noch nicht von seinen Ausflügen zurück war, wußte sie, daß ihr bei seiner Heimkehr eine weitere Tracht Prügel bevorstand.

Und seine sexuelle Gier schien unersättlich zu sein. Sie schliefen bis zu dreimal täglich miteinander, und doch wußte Christy, daß er auch mit anderen Frauen ins Bett ging. Da waren dieses chinesische Mädchen namens Kim und Jeannie, eine Frau Mitte Dreißig. Mehr als einmal hatte er sie nach Hause mitgebracht, während Christy anwesend war. »Wenn du mir nicht genug geben kannst«, sagte er dann lachend, »muß ich eben woanders hingehen.«

Seine ständige Suche nach neuen Sexualpartnerinnen war bisweilen gefährlich gewesen. Sie erinnerte sich an die Nacht, in der er mit einer Stichwunde im Nacken nach Hause kam. Er wäre in einer Bar gewesen, mit einer Frau, mit der er ein paarmal geschlafen hätte, sagte er, und plötzlich hätte ihr Ehemann mit einem Messer in der Hand hinter ihm gestanden. Christy beschwor ihn, ins Krankenhaus zu fahren, aber er weigerte sich und versicherte ihr, daß dadurch sein Bewährungshelfer womöglich herausfinden würde, daß er in einer Bar gewesen war. Erst am folgenden Tag willigte er schließlich ein, sich von ihr zu einer Ambulanzklinik bringen zu lassen, wo man die Wunde versorgte und ihm ein Mittel gegen die Schmerzen gab.

Während David seine häufigen sexuellen Abenteuer genoß, wachte er mit krankhafter Eifersucht über Christy und beschuldigte sie fortwährend, sie würde mit anderen Männern schlafen. Als sie eines Abends aus dem *Rainbow* kamen, pfiff ihr ein Mann auf dem Parkplatz hinterher. Sofort ließ David die Lebensmitteltüte fallen, die er trug, und rannte zu dem Mann hinüber. Er hielt ihm sein Messer an den Hals und drohte, ihm die Kehle durchzuschneiden, falls er Christy jemals zu nahe kommen würde.

Nachdem er spät eines Abends betrunken nach Hause gekommen war, begann er, ihr abermals vorzuwerfen, sie ginge mit anderen ins Bett. Dann, wie schon so oft, ohrfeigte er sie. Und zum erstenmal wehrte Christy sich, schlug und trat ihn, verfluchte ihn so laut, wie sie nur konnte. David riß ihr die Bluse vom Leib, bevor sein Bruder Steve ihn wegzog und gegen die Wohnzimmerwand drückte. Während Steve David zurückhielt, rief er Christy zu: »Zieh dir was an und dann verschwinde von hier, bevor er dich umbringt.«

Davids Zorn, der meistens durch Alkohol oder Drogen entfacht wurde, richtete sich nicht immer gegen sie. Sie hatte ihn mehrere Male seine Mutter schlagen sehen und erinnerte sich an einen Abend, an dem David sich im Verlauf einer Auseinandersetzung im Vorgarten seinen Gürtel um die Faust gewickelt und Gilbert mit der Schnalle einen tiefen Schnitt in der Wange zugefügt hatte. Der Anblick des Blutes, das seinem Freund über das Gesicht lief, schien David zu faszinieren.

Sie wußte, daß der Anblick von Blut ihn aufputschte. Es erregte ihn, wenn beim Sex seine Bisse sie bluten ließen, und er gab zu, besonders gern mit ihr zu schlafen, während sie ihre Periode hatte.

Nachdem seine Mutter versehentlich seinen Hund überfahren hatte, wickelte er das tote Tier in seine Jeansjacke und hielt es einige Minuten lang eng umschlungen, bevor er es im Garten hinter dem Haus begrub. Danach erlaubte er Christy nicht, seine Jacke zu waschen. Er wollte, sagte er, daß die Blutflecken des Hundes erhalten blieben.

Christy erinnerte sich auch, daß er ständig Artikel über Gewaltverbrechen – meistens Morde – aus den Zeitungen ausschnitt und sie sich wieder und wieder durchlas.

Im Laufe der Zeit wurde Davids Verhalten sogar noch absonderlicher. Er entwickelte eine Angst vor dem Alleinsein und begann darauf zu bestehen, daß sie ihn sogar ins Badezimmer begleitete, wenn er ein Bad nehmen wollte. Sie mußte im Schlafzimmer bleiben, während er sich anzog, und durfte nicht in die Küche gehen, um das Frühstück vorzubereiten, bis er mit ihr ging. Die Furcht vor Spinnen, die ihn als Kind gequält hatte, kehrte zurück, und jeden Abend, bevor er sich schlafen legte, untersuchte er das Zimmer und die Bettdecke, um sich davon zu überzeugen, daß keine Spinnen da waren. Und es gab Nächte, in denen er erwachte und sich auf Christy setzte, das Licht einer Taschenlampe auf sein Gesicht richtete, heimtückisch lachte und einen Gesang anstimmte. Sie konnte die Worte nie verstehen, falls es sich überhaupt um Worte handelte, aber es waren immer die gleichen Laute.

Die unerklärliche Haßliebe, die sie für ihn empfand, verwandelte sich in Angst.

Eines Nachmittags ging Christy zum Haus ihres Stiefvaters und holte seine Achtunddreißiger aus ihrem Versteck. Sie verspürte wahnsinnige Angst vor einer weiteren Tracht Prügel, und sie wollte sich nicht länger sexuell mißhandeln lassen. Sie hatte sich entschlossen, David an seinem Arbeitsplatz aufzusuchen und ihn zu töten. Bevor sie jedoch dort ankam, geriet ihr Entschluß ins Wanken. Statt dessen entschied sie sich dafür, das Problem dadurch zu lösen, daß sie Selbstmord beging. An jenem Abend schloß sie sich im Badezimmer ein, nahm eine Rasierklinge aus der Hausapotheke und schnitt sich tief in eines ihrer Handgelenke. Erschrocken über das, was sie getan hatte, rannte sie schreiend aus dem Haus, während Blut über ihre Handfläche floß und von den Fingern zu Boden tropfte.

David rannte hinter ihr her, während sie die dunkle Straße entlanglief und ihn hysterisch anschrie, er sollte sie in Ruhe lassen. Schließlich holte er sie ein, zwang sie dazu, zum Haus zurückzukehren, und fuhr sie dann zu ihrem Stiefvater. Dieser war in Erster Hilfe geschult, nähte und verband die Wunde und versuchte, sie zu beruhigen, während David draußen im Wagen wartete und eine Dose *Budweiser* trank.

Kurz nach diesem Selbstmordversuch rief Christy ihre Schwester in Fort Worth an und bat sie, zu kommen und sie abzuholen. Sie mußte von dort weg.

Als Christy jetzt dasaß und sich erinnerte, wanderten ihre Gedanken zurück zu dem Tag, an dem sie endlich den Mut aufgebracht hatte, Waco zu verlassen, David zu verlassen. Als ihre Schwester an jenem Tag eintraf, war Christy im *Rainbow* bei der Arbeit. David kam in den Laden und flehte sie an zu bleiben. Er liebte sie, sagte er. Ihm täte all das leid, was er ihr angetan hätte. Dann ging er hinüber zu den Videospielgeräten, setzte sich hin und weinte.

Als Christy sich anschickte, in den Wagen ihrer Schwester einzusteigen, umarmte und küßte David sie und sagte ihr noch einmal, wie sehr er sie liebte. Als ihre Schwester vom Parkplatz auf die Herring Avenue einbog, konnte Christy sehen, daß David hinter ihnen herrannte. »Christy, geh nicht«, schrie er. »Christy, ich liebe dich.« Seine flehentliche Stimme hallte auf dem ganzen Weg nach Fort Worth in ihren Ohren wider.

Das alles schien so weit zurückzuliegen, und doch waren die Eindrücke in ihrer Erinnerung noch immer lebendig. Warum, fragte sie sich, hatten die Worte auf diese Weise nachgeklungen? Gab es etwas, was sie hätte tun können, um David vielleicht zu helfen, um ihn vielleicht von dem Weg abzubringen, den sie ihn hatte einschlagen sehen?

Sie dachte zurück an jenen Tag vor so langer Zeit, als Steve Spences Schwiegervater, ein Nazarenenpfarrer, sie und David besucht und sie beide gedrängt hatte, regelmäßig zur Kirche zu gehen. Eine Weile waren sie diesem Rat gefolgt, und sie hatte geglaubt, David würde sich verändern. Eine Zeitlang hatten sie sogar gemeinsam in der Bibel gelesen, und sie war verblüfft gewesen über sein Interesse und seine Fähigkeit, sich an Bibelstellen zu erinnern und sie zu zitieren. Sie dachte zurück an den Abend, an dem David, der so sehr weinte, daß er kaum gehen konnte, vor den Altar getreten war, um sich taufen zu lassen. Und eines Abends war er von einem Basketballspiel nach Hause gekommen, das von der Kirche zu Wohltätigkeitszwecken veranstaltet worden war, in seiner Hand einen Ring, den Steve und er auf dem Boden gefunden hatten. Er hatte ihn ihr zärtlich auf den Finger gesteckt und gesagt, es wäre ihr Verlobungsring.

Aber nach nur wenigen Wochen war Davids Interesse an der Kirche plötzlich erloschen. Trotz ihres Drängens weigerte er sich, zum Gottesdienst zu gehen. Er hörte auf, in der Bibel zu lesen. Die Prügel und die Wutausbrüche kehrten zurück.

Warum, um Gottes willen, empfand sie noch immer etwas für ihn?

Eine Zeitlang glaubte Christy, sie könnte sich von diesen Gefühlen befreien, indem sie David verletzte. Deshalb war sie nach seiner Festnahme nach Waco zurückgekommen und hatte sogar kurz bei seiner Mutter gewohnt. Sie wurde eher von grausamen Absichten angetrieben als von Besorgnis. Sie achtete sorgsam darauf, nicht ans Telefon zu gehen, wenn sie wußte, daß er aus dem Gefängnis anrufen würde. Und sie wollte, daß er davon Kenntnis erhielt, daß sie sich nicht nur mit anderen Männern traf, sondern sogar mit Mahir Tumimi verheiratet war. Indem sie ihm so weh tat, wie er ihr weh getan hatte, glaubte sie, sich irgendwie befreien zu können.

Doch als sie allein am Eßtisch saß, weit entfernt von all dem, wollte sie noch immer glauben, daß David nichts mit den Morden zu tun hatte. Schließlich hatte er ihr nie gestanden, er wäre in das Verbrechen verwickelt gewesen. Und trotz all seiner Fehler hatte er sie niemals belogen. Aber als sie ihn danach gefragt hatte, hatte er sich geweigert, darüber zu reden. Den Brief, den sie ihm geschrieben und in dem sie ihn unmißverständlich gefragt hatte, ob er schuldig war, hatte er zwar beantwortet, war jedoch nicht auf diese Frage eingegangen.

Sie ertappte sich dabei, wie sie an das seltsame Verhalten zurückdachte, das Muneer Deeb in den Wochen nach den Morden an den Tag gelegt hatte. Früher war er immer tadellos gekleidet gewesen, jetzt hatte er begonnen, in alten Jeans und ungebügelten Hemden im *Rainbow* aufzutauchen. Sein Haar war selten gekämmt, er war nervöser, als sie ihn jemals gesehen hatte, und er hatte begonnen, über Schlaflosigkeit zu klagen.

Einige Male hatte er sie gebeten, ihm nach Ladenschluß bei

spätnächtlichen Spritztouren Gesellschaft zu leisten. Fast immer fuhren sie ins *Taco Torch*, um etwas zu essen. Und obwohl Deeb sich jedesmal etwas bestellte, bemerkte sie, daß er kurz nach dem Essen immer auf den Parkplatz rennen und sich übergeben mußte. Mehrere Male hatte Christy ihm nahegelegt, zum Arzt zu gehen. Eines Abends, nicht lange nach den Morden am See, hatten Karim und Maria, erinnerte sie sich, Deeb nach heftigen Übelkeitsanfällen in die Notaufnahme eines Krankenhauses gebracht.

Zu jenem Zeitpunkt hatte Christy geglaubt, die Ursache für sein Unwohlsein wären die finanziellen Schwierigkeiten, die ihm das *Rainbow* bereitete. Jetzt jedoch kamen ihr Zweifel.

Trotz der Wärme des Tages befiel Christy ein plötzliches Frösteln, und sie rieb sich die Arme. Immer noch weinend, schloß sie die Augen und sah Davids Gesicht. Sie sah seine Augen vor sich, diese Augen, die manchmal wie bodenlose Löcher zu sein schienen, leer, ohne die geringste Spur von Gefühl. Wenn er nüchtern und freundlich war, leuchteten sie in dem schönsten Blau, das sie je gesehen hatte. Aber wenn er wütend wurde, änderten sie ihre Farbe, wurden erst hellgrün und dann fast golden. Aus irgendeinem Grund fiel ihr ein, daß sie ihn kaum jemals hatte lächeln sehen.

Christys Bruder, der über ihren geschwächten seelischen und körperlichen Zustand besorgt war, rief Ned Butler im Büro der Staatsanwaltschaft an. Auf gar keinen Fall, sagte er, würde er seiner Schwester gestatten, nach Waco zurückzukehren, um im Prozeß gegen Spence auszusagen. Er befürchtete, sie stünde am Rande eines Nervenzusammenbruchs und würde nicht in der Lage sein, mit den Belastungen fertig zu werden, denen sie sich im Gerichtssaal mit Sicherheit ausgesetzt sehen würde. Er rückte keinen Millimeter von seiner Weigerung ab. Falls nötig, würde er sie verstecken. Er war bereit, dafür selbst ins Gefängnis zu gehen. Das Verfahren, sagte er, würde schlicht und einfach ohne sie stattfinden müssen.

Kapitel 32

Der Stellvertretende Staatsanwalt Ned Butler war sich der Gefahren bewußt, die bestanden, wenn solch eine labile Zeugin vor Gericht aussagte, und erklärte sich schließlich einverstanden, Christy Juhls Vorladung aufzuheben. Er traute ihr ohnehin nicht. Und außerdem war Butler zuversichtlich, daß er auch ohne sie genügend Zeugen hatte, um einen fundierten Fall gegen David Spence zu präsentieren.

In Wahrheit hatten die Strafverfolger bei ihren Vorbereitungen zu diesem Prozeß sogar Schwierigkeiten, ihre Liste möglicher Zeugen einzugrenzen. Der einzige greifbare Beweis, der Spence mit dem Verbrechen in Verbindung brachte, war das komplizierte Gutachten über die Bißspuren. Deshalb hatte sich die Staatsanwaltschaft entschlossen, eine ungewöhnlich große Anzahl von Aussagen der Sträflinge zu verwenden, mit denen David über die Morde gesprochen hatte.

Butler und Feazell waren sich jedoch beide der Tatsache bewußt, daß es viel Fingerspitzengefühl erforderte, die Geschworenen dazu zu bringen, die Aussagen abgebrühter Krimineller anzuerkennen. Sie wollten die Aussagen einer ausreichenden Anzahl von Häftlingen vorlegen, um zu verdeutlichen, in welchem Ausmaß Spence von dem Verbrechen erzählt hatte. Andererseits wußten sie um die Gefahr, einen zu großen Teil des Falls auf etwas zu stützen, das die Verteidiger bereits als ›Knastbruder-Bekenntnisse‹ bezeichneten.

Einer der Sträflinge, den sie von ihrer Liste zu streichen beschlossen hatten, war Johnny Johnston. Johnston war ein Fernfahrer aus Waco mit einem langen Strafregister. Im Moment saß er wegen versuchten Raubüberfalls auf ein örtliches Lebensmittelgeschäft im Gefängnis des McLennan County. Der Überfall war von Anfang an zum Scheitern verurteilt gewesen. Um dem Ladeninhaber vorzugaukeln, er wäre bewaffnet, hatte Johnston den Laden mit einem länglichen Feuerwerkskörper in der Hand betreten, über den er ein Taschentuch gebreitet hatte. Der Mann hatte sofort bemerkt, daß sich unter dem Taschentuch nicht der Lauf einer Waffe verbarg, hatte eine Pistole unter dem Tresen hervorgeholt und Johnston in die Brust geschossen. Deshalb hatte der Möchtegernräuber mehrere Wochen im Krankenhaus verbracht, bevor er im Gefängnis eingetroffen war. Er war einer der ersten Insassen gewesen, mit denen Spence über die Morde am See geredet hatte.

David hatte ihm bei mehreren Gelegenheiten von dem Verbrechen erzählt, dabei zunächst anklingen lassen, er wäre der Mörder gewesen, und dann seine Geschichte geändert, so daß es sich schließlich so anhörte, als wären er und Christy zufällig draußen am See gewesen und zu Zeugen der Morde geworden. Nach einiger Zeit war Johnston jedoch aufgegangen, daß David tatsächlich derjenige war, der die drei Teenager umgebracht hatte. David erwähnte Geld, das man ihm schuldete, und behauptete, er hätte den Staat verlassen und wäre nie zurückgekehrt, falls man ihn bezahlt hätte. David beschrieb Johnston außerdem, auf welche Weise die Opfer vor ihrem Tod gefoltert worden waren, und sagte, er hätte die falschen Mädchen umgebracht.

Schließlich nahm Truman Simons eine Aussage von Johnston zu Protokoll und wies ihn darauf hin, daß er vielleicht vor Gericht aussagen müßte, sollte der Fall je verhandelt werden. Johnston erklärte sich bereitwillig einverstanden. »Dieser Kerl«, sagte er, »ist schlecht. Er verdient es, für seine Tat zu sterben – und ich werde Ihnen dabei helfen, ihn zu töten.«

Aber als Butler vor dem Prozeß begann, sich mit Johnston zu unterhalten, hatte der Häftling große Schwierigkeiten, die Folge der Ereignisse zusammenhängend aufzuzählen. Es bereitete ihm keine Probleme, sich daran zu erinnern, was David ihm erzählt und was er von Gesprächen mit anderen mitbekommen hatte, aber als er sich bemühte, seine Geschichte in Worte zu fassen, geriet er durcheinander und schweifte ab. Butler war enttäuscht, denn er mußte befürchten, daß Johnston im Kreuzverhör ein zu angreifbares Ziel abgeben würde, und informierte Feazell, daß er kein gutes Gefühl dabei hätte, ihn in den Zeugenstand zu rufen.

Butler ließ Johnston in sein Büro bringen und erklärte ihm,

daß er seine Hilfsbereitschaft zwar zu schätzen wüßte, sie aber gezwungen wären, wegen der hohen Anzahl von Zeugen, die die Staatsanwaltschaft voraussichtlich benennen würde, einige davon von ihrer Liste zu streichen. »Sie sind aus dem Schneider«, sagte Ned. »Sie werden nicht aussagen müssen.«

Anstatt Erleichterung zu zeigen, wie Butler es erwartet hatte, war Johnston offensichtlich enttäuscht. »Mr. Butler«, sagte er, »ich habe in meinem Leben viel falsch gemacht. Das hier wäre eine Chance für mich, endlich einmal etwas Richtiges zu tun. David Spence muß aus dem Verkehr gezogen werden, und ich würde gern die Gelegenheit erhalten, Ihnen dabei behilflich zu sein. Sie können ihm nicht durchgehen lassen, was er diesen Kindern angetan hat ...«

»... Johnny, wir werden es ihm nicht durchgehen lassen«, unterbrach Butler ihn.

Johnston fuhr fort, als hätte Ned überhaupt nichts gesagt. »Falls Sie keine Verwendung für mich haben, werde ich das verstehen. Ich weiß, daß Sie tun müssen, was Ihrer Ansicht nach am besten ist. Aber, bei Gott, ich möchte, daß Sie wissen, daß ich bereit bin, falls Sie mich brauchen sollten.«

Butler war auf die Dringlichkeit in Johnstons Stimme nicht vorbereitet. Ungeachtet der Art des Verfahrens sind die meisten Häftlinge, die in den Zeugenstand gerufen werden, alles andere als begeistert und befürchten, bei ihren Mitgefangenen als Spitzel abgestempelt zu werden. Sie sind sich sehr wohl der Gefahr bewußt, die für ihre körperliche Gesundheit besteht, sobald sie wieder ins Gefängnis zurückkommen – und das Mindeste, womit ein Spitzel rechnen kann, ist sein sofortiger Ausschluß aus der Gemeinschaft.

Aus diesem Grund hatte die Bereitwilligkeit Johnstons und einiger anderer, gegen Spence auszusagen, den Stellvertretenden Staatsanwalt, gelinde gesagt, überrascht. Die Sträflinge hatten nicht einmal danach gefragt, ob möglicherweise Anklagen gegen sie fallengelassen oder ihre Haftstrafen verkürzt werden könnten. Das wäre auch völlig zwecklos gewesen. Butlers Ruf war seinem Umzug nach Waco vorausgeeilt. In Amarillo hatte er sich den Spitznamen ›Ned Ohnefall‹ verdient, weil er hartnäckig darauf bestand, daß jeder Fall unter seiner Leitung so hieb- und stichfest wie möglich war, bevor er auch nur daran dachte, ihn einer Anklagejury vorzulegen. Man erzählte sich, daß, wenn Butler auf einen Schuldspruch aus war, die nachfolgende Verhandlung zu wenig mehr als einer Formalität geriet. Er war ein Staatsanwalt, der nur selten verlor. Und er ließ sich nie auf einen Handel ein, um eine Zeugenaussage zu bekommen.

Während er mit den Vorbereitungen für den Fall beschäftigt war, den er und Feazell vor Gericht präsentieren würden, ertappte sich Ned im Verlauf mehrerer Tage immer wieder dabei, daß er über Johnny Johnston nachdachte. Schließlich unterhielt er sich eines späten Nachmittags bei einer Tasse Kaffee mit Simons darüber.

»Ich weiß nicht, was für eine Figur er im Zeugenstand abgeben würde«, sagte Truman, »aber was er zu sagen hat, ist verdammt gut. Und die Tatsache, daß er zum Zeitpunkt der Morde mit einer Schußverletzung auf der Intensivstation lag und nicht das geringste von ihnen wußte, bis David zu plaudern begann, verleiht seiner Geschichte meiner Meinung nach eine Menge zusätzlicher Glaubwürdigkeit.«

Ned hörte aufmerksam zu, lehnte sich auf seinem Stuhl zurück und nickte. »Ich befürchte, der Typ wird echte Schwierigkeiten haben, sobald er in den Zeugenstand tritt«, sagte er. »Manche Leute können einfach nicht mit so einer Situation umgehen. Die Verteidigung wird ihn wahrscheinlich eine Zeitlang Selbstgespräche führen lassen, bevor sie ihn dann durch die Mangel dreht. Er könnte uns schaden. Aber, verdammt noch mal, er will in seinem verpfuschten Leben ein einziges Mal etwas Richtiges tun, etwas, das ihn sich gut fühlen läßt. Zur Hölle, sagen Sie ihm, daß wir ihn auf der Liste behalten werden.«

Simons grinste. »Das gefällt mir.«

Am Montag, dem 18. Juni 1984, nach einer drei Wochen dauernden Geschworenenauswahl, nahm das Verfahren gegen Spence unter dem Vorsitz von Richter George Allen endlich seinen Anfang. Die Staatsanwaltschaft hatte mehr als fünfzig Zeugen vereidigen lassen. Niemand legte den Eid ernster ab als der Häftling Johnny Johnston.

Das malerische Gerichtsgebäude des McLennan County wurde 1901 erbaut, stand aber fünf Jahre lang leer, bis zwei Brüder es für zehntausend Dollar kauften, um es als Zentrale für ihr Wäschereigeschäft zu nutzen. Letztendlich wurde es jedoch zurückerworben, um fortan die Gerichtsbarkeit des Bezirks zu beherbergen. Heutzutage steht seine reichverzierte Fassade, einschließlich stattlicher Säulen, makellos gepflegter Rasenflächen und blühender Magnolien, in krassem Gegensatz zu dem Baustil des umliegenden Geschäftsviertels. Mit seiner leuchtend weißen Kuppel, gekrönt von einer Statue der Göttin der Gerechtigkeit mit verbundenen Augen und den traditionellen Waagschalen in einer Hand, wirkt das Gebäude wie ein Relikt aus einer früheren Epoche der texanischen Geschichte.

Im Innern hängt ein allgegenwärtiger Geruch nach polierten hölzernen Geländern und Sitzbänken in der Luft, vermischt mit dem einladenden Duft von frisch gekochtem Kaffee, der von einer blinden älteren Dame serviert wird, die den Imbiß im Erdgeschoß betreibt. Der Weg eines jeden Besuchers kann leicht anhand der deutlichen Geräusche verfolgt werden, die seine Schritte auf dem gebohnerten Marmorfußboden hinterlassen. Großformatige Fotografien künden von denkwürdigen Ereignissen in der Geschichte des Bezirks und teilen sich ihren Platz mit Porträts streng blickender Richter, die in diesem viergeschossigen Denkmal des Rechtssystems den Vorsitz über die darin untergebrachten Gerichtshöfe innegehabt haben.

An den meisten Tagen ist die Atmosphäre fast wie in einer Kirche. Beim Eintreten senken die Leute unwillkürlich ihre Stimme. Diejenigen, die auf den Fluren vor den Gerichtssälen sitzen und nervös darauf warten, das Urteil des Richters zu erfahren oder aufgerufen zu werden, um in weniger bekannten Fällen auszusagen, zu denen Scheidungen, Eigentumsstreitigkeiten und Autodiebstähle gehören, lesen schweigend in Zeitungen oder unterhalten sich leise mit ernst wirkenden Anwälten in klassischen Dreiteilern.

Am Eröffnungstag des Prozesses gegen Spence herrschte jedoch eine andere Atmosphäre. Im gesamten Gebäude hatte sich eine elektrisierende Spannung ausgebreitet. Noch nie in der jüngeren Geschichte der Stadt hatte es einen Fall gegeben, der dermaßen viel diskutiert, dermaßen aufmerksam verfolgt wurde wie die Morde am See. Obwohl sie zum Gerichtssaal keinen Zutritt hatten, tauchten schon früh am Morgen Kameraleute der Fernsehsender auf, um sich den bestmöglichen Platz für ihre Aufnahmen zu sichern. Sie hofften, die Anwälte und Zeugen bei deren Eintreffen filmen zu können. Reporter, die ihre Informationen im allgemeinen routinemäßig und mit wenig Begeisterung zusammentrugen, klammerten sich an ihre Kaffeetassen und warteten gespannt auf den Anfang des Verfahrens.

Die Vorhalle im zweiten Stock war bereits lange vor neun Uhr überfüllt, dem Zeitpunkt, für den der Vorsitzende Richter George Allen den Beginn der Verhandlung anberaumt hatte. Ältere Damen, das Haar frisch gefärbt und ein Sitzkissen in der Hand, standen in der Nähe der massiven Eichentür des Gerichtssaals und waren bereit, sich auf die besten Sitzplätze zu stürzen. Sie flüsterten miteinander und deuteten manchmal auf andere Anwesende in der Menschenmenge, während sie herauszufinden versuchten, wer wohl zu den Familienmitgliedern der Opfer oder des Angeklagten gehören mochte.

Obwohl mehrere Vermutungen geäußert wurden, lagen sie alle daneben. Vic Feazell hatte die Familien Jill Montgomerys und Kenneth Franks' in sein Büro im Nebenflügel des Gebäudes gebeten, wo sie warten konnten, bis es an der Zeit war, zum Gerichtssaal zu gehen. Sein Mitarbeiter John Ben Sutter hatte dafür gesorgt, daß man ihnen Plätze freihalten würde. Die Familie von Raylene Rice wohnte dem Verfahren nicht bei. David Spences Familie, auf die sich die Fürsorglichkeit der Staatsanwaltschaft nicht erstreckte, wurde angeboten, im Wartezimmer des Richters Zuflucht zu suchen.

Der Gerichtsdiener Lex Hollis, ein hagerer, leutseliger Mann in den Siebzigern, der seit zehn Jahren im Gerichtsgebäude arbeitete, stand neben der Tür zum Gerichtssaal und paffte beständig seine Pfeife, während er die wartende Menge im Auge behielt. »Das hier«, sagte er mit einem Kopfschütteln, »scheint eine richtige Zirkusnummer zu werden.«

Während der ersten Tage der Verhandlung entwickelte die Staatsanwaltschaft sorgfältig eine dramatische Geschichte über einen gedungenen Mörder und eine fatale Verwechslung. Mit Richard Franks als ihrem ersten Zeugen klärte die Anklage die acht weiblichen und vier männlichen Geschworenen darüber auf, unter welchen Umständen Jill und Raylene an jenem Abend vor fast zwei Jahren bei seinem Reihenhaus eingetroffen waren. Mit einer Stimme, die manchmal beinahe unhörbar wurde, durchlebte Kenneth Franks' weinender Vater noch einmal die panische, vergebliche Suche nach seinem vermißten Sohn. Während seiner Aussage wischte sich Richard des öfteren die Tränen aus dem Gesicht und warf einen haßerfüllten Blick auf David Spence, der nur einige Meter entfernt am Tisch der Verteidigung saß und wenig Anteilnahme zeigte.

Niemand im Gerichtssaal sah jedoch mit größerem Haß in Davids Richtung als Brad Montgomery, Jills älterer Bruder. Die Familie hatte Bedenken geäußert, ob er an dem Prozeß teilnehmen sollte, denn sie befürchtete, er könnte sich durch seinen Zorn, der selbst nach so langer Zeit noch unbändig war, zu Gewalttätigkeiten hinreißen lassen. Truman Simons hatte sich einige Tage lang wegen Brads Gemütsverfassung Sorgen gemacht. Er wußte, daß Brad jedes Recht besaß, sich im Gerichtssaal aufzuhalten, zu sehen, daß der Mann, der seine Schwester vergewaltigt und ermordet hatte, die gerechte Strafe bekam, die ihm zustand. Aber Simons befürchtete auch, daß Brad in der Lage sein könnte, die Gerechtigkeit aus den Händen des Richters und der Geschworenen zu nehmen und zu versuchen, die Angelegenheit selbst zu erledigen. Schließlich beschloß er, sich mit Brad zu unterhalten und ihn eindringlich zu warnen, daß jeder eigenmächtige Racheversuch alles zunichte machen würde, worauf alle seit zwei Jahren hingearbeitet hatten.

»Ich will nicht behaupten, daß ich weiß, wie Sie sich fühlen«, sagte Truman, »aber ich kann nicht zulassen, daß Sie dort hineingehen und alles vermasseln. Es wird nicht angenehm werden. Sie werden einige Dinge zu hören und zu sehen bekommen, die in Ihnen den Wunsch erwecken werden, David Spence mit Ihren bloßen Händen zu erwürgen. Aber falls Sie damit nicht fertig werden können, fahren Sie einfach nur nach Hause. Unsere Arbeit hier wird schon schwierig genug sein, auch wenn wir uns keine Sorgen darüber machen müssen, was Sie im Gerichtssaal womöglich anstellen könnten.«

»Ich habe tausendmal daran gedacht, diesen Hurensohn umzubringen«, gab Brad zu. »Zur Hölle, ja, ich würde es gern tun. Aber ich werde es nicht. Ich kann damit umgehen.«

Zwei Tage lang hielt er durch. Aber nachdem Brad die qualvolle Aussage seiner Mutter erlebt und mitangehört hatte, wie der Leichenbeschauer plastisch die Wunden der Opfer beschrieb, hatte er genug gehabt. Auf der Fahrt zurück nach Waxahachie an jenem Abend sagte er zu seinem Vater: »Dad, ich kann morgen nicht mehr mitkommen.«

Rod Montgomery verstand. Und er verspürte auch ein Gefühl der Erleichterung.

Die Eltern von Raylene Rice entschieden sich, mit den traumatischen Ereignissen auf andere Weise umzugehen. Raymond Rice hatte Vic Feazell darüber informiert, daß weder er noch irgendein anderes Mitglied seiner Familie an dem Verfahren teilnehmen würde, bis ihre Aussagen erforderlich wären. Die Rices, deren Leid genauso tief und anhaltend war wie das der Eltern der beiden anderen toten Jugendlichen, hatten den Entschluß gefaßt, daß der beste Weg, ihr Leben weiterzuleben, für sie darin bestand, die Tragödie so weit wie möglich hinter sich zu lassen.

Sie brauchten keinen Prozeß, um den Schmerz neu zu entfachen, der sie seit jener Julinacht des Jahres 1982 heimsuchte. Raymond Rice, der einst zahllose Geschäftsreisen nach Waco unternommen hatte, hatte begonnen, Mittel und Wege zu ersinnen, um Fahrten in diese Stadt zu vermeiden. Und seine jüngste Tochter, ein Mitglied der High-School-Band von Waxahachie, hatte sich beharrlich geweigert, die anderen Musiker ein Jahr nach Raylenes Tod auf einen Ausflug zu einem Footballspiel in Waco zu begleiten. Seine älteste Tochter war aufgrund der Leute, die sie ständig an den Tod ihrer Schwester erinnert hatten, derart außer sich geraten, daß sie in eine andere Stadt gezogen war.

Vic Feazell hatte von dem Wunsch der Familie gewußt, aus

dem Verfahren herausgehalten zu werden, und hatte dafür gesorgt, daß man nur dann mit ihr in Kontakt treten würde, wenn sich in dem Fall eine entscheidende Entwicklung abzeichnete. Ansonsten ließ man sie in Ruhe, damit sie den Schmerz auf ihre eigene Weise bewältigen konnten. Es tat dem Staatsanwalt leid, daß er und seine Mitarbeiter die Rices nie so gut kennengelernt hatten wie die Mitglieder der anderen Familien. Raylene, das weitaus unschuldigste der drei Opfer, sollte in der Endphase der Ermittlungen und dem beginnenden Prozeß fast zu einer Nebensache werden.

Zwei Tage lang hörten die Geschworenen aufmerksam zu, als die Staatsanwaltschaft eine Reihe von Zeugen aufrief, die minutiös die Abfolge der Ereignisse schilderten, die sich bis zu dem Verschwinden der drei Teenager zugetragen hatten. Freunde von Jill Montgomery und Kenneth Franks traten in den Zeugenstand. Dann folgten Sidney Smith und Joseph Chambers, die Angler, die Kenneth Franks' Leiche im Speegleville Park entdeckt hatten. Mehrere Polizeibeamte, die zum Schauplatz des Verbrechens beordert worden waren, lieferten detaillierte Berichte ihrer Untersuchungen.

Aber erst als Feazell eine Reihe von Fotos vorlegte, die man im Speegleville Park von den Leichen der Opfer angefertigt hatte, schienen die Geschworenen die grausame Brutalität des Verbrechens zu begreifen, über das sie zu Gericht saßen. Langsam reichten sie die Aufnahmen in ihren Reihen weiter, während der schweigende Gerichtssaal wartete. Die meisten waren von den grauenhaften Farbfotos, die sie sich ansehen mußten, sichtlich erschüttert. Und zum erstenmal nahmen einige der Geschworenen David Spence ernsthaft in Augenschein und studierten sein Gesicht.

In der Menge griff Sandra Sadler, Kenneths Mutter, nach der Hand ihrer Schwester Kay und sah zu Boden, denn sie befürchtete, sie könnte zufällig einen flüchtigen Blick auf die Fotos ihres blutbefleckten Sohnes erhaschen. Sie hatte sie ein einziges Mal gesehen – Feazell und Butler hatten jedes der Familienmitglieder aufgefordert, sich die Bilder in der Abgeschiedenheit von

Vics Büro anzuschauen, damit sie auf das vorbereitet waren, was ihnen im Gerichtssaal bevorstand – aber sie wollte sie niemals wieder zu Gesicht bekommen.

Jan Thompson, die neben Rod Montgomery saß, konzentrierte ihre Aufmerksamkeit auf den Notizblock, der auf ihrem Schoß lag. Nachdem sie die Aussage ihrer Schwester gehört hatten, hatten die Verteidiger dem Richter gegenüber angedeutet, sie vielleicht zu einem späteren Zeitpunkt des Verfahrens noch einmal in den Zeugenstand rufen zu wollen. Dadurch war es ihnen gelungen, Nancy Shaw aus dem Gerichtssaal zu verbannen. Russ Hunt und Hayes Fuller waren sich der emotionalen Tragweite dieses Verfahrens sehr wohl bewußt und wollten nicht, daß die Geschworenen täglich dem gepeinigten Gesicht einer Mutter ausgesetzt waren, deren siebzehnjährige Tochter man umgebracht hatte. Verärgert und frustriert saß Nancy auf einer der hölzernen Bänke unmittelbar vor dem Gerichtssaal und wartete auf die Pausen, um sich von ihrer Schwester detailliert über den Fortgang der Verhandlung berichten zu lassen. Im weiteren Verlauf des Verfahrens begann sie, Hunt und Fuller fast ebenso zu verachten wie den Mann, den sie verteidigten.

Bereits lange bevor die Anklage ihren ersten Zeugen aufrief, hatte in diesem Fall ein feindseliger Tonfall geherrscht. Selbst die unaufmerksamsten Zuhörer im Gerichtssaal bemerkten schon bald, daß die Abneigung, die die Ankläger und die Verteidiger gegeneinander erkennen ließen, weit über die Theatralik hinausging, die vor Gericht traditionell üblich war.

Hunt, ein ehemaliger Stellvertretender Staatsanwalt, hatte sich über die Weigerung der Anklage geärgert, ihre Informationen im Zuge der Vorbereitungen zu diesem Verfahren inoffiziell mit ihm zu teilen. Gleich nachdem ihm Spences Verteidigung zugewiesen worden war, hatte Feazell ihm mitgeteilt, daß ihm ohne einen vorschriftsmäßigen Antrag oder eine Anweisung des Gerichts kein Beweismaterial zugänglich sein würde.

Zu Beginn der Anhörungsphase der Verhandlung fand ein achtlos weggeworfener Entwurf eines dreißigseitigen Briefs, den Hunt und Fuller an die Bundesbehörden geschickt hatten, seinen Weg in das Büro der Staatsanwaltschaft. Durch einen jener unerklärlichen Zufälle, die während bedeutender Prozesse oftmals vorkommen, war das Dokument anscheinend im Abfall gefunden, vor der Vernichtung gerettet und der Gegenseite anonym zugespielt worden.

Ned Butler hatte das Schriftstück als erster in die Hände bekommen und es dann kommentarlos an Feazell weitergegeben. Der Staatsanwalt saß allein in seinem Büro und las, wie die Verteidigung das Verbrechen detailliert zusammengefaßt und um eine bundesbehördliche Untersuchung des Sachverhalts gebeten hatte. Der Brief wies darauf hin, daß der Fundort der Leichen, der Speegleville Park, Staatseigentum war und rechtlich daher sowohl die Bundes- als auch die städtischen Behörden zuständig waren.

Die ersten paar Seiten besagten im wesentlichen, daß ihr Mandant nicht mit einer fairen Verhandlung rechnen konnte, falls diese vor einem örtlichen Gericht und unter Federführung der Staatsanwaltschaft des McLennan County stattfand. In unmißverständlichen Worten wurde in dem Dokument nicht nur behauptet, David Spence wäre an den Morden unschuldig, sondern auch, daß die Art und Weise, wie Truman Simons, Ned Butler und Feazell den Fall aufgebaut hätten, eine fragwürdige Moral offenbare, denn es wären Zeugen eingeschüchtert worden und man hätte sich engstirnig geweigert, die Möglichkeit in Betracht zu ziehen, daß das Verbrechen vielleicht von jemand anders als dem Beschuldigten begangen worden sein könnte.

Das Schreiben erwähnte die ›Besessenheit‹, die Truman Simons seit dem Abend, an dem die Leichen gefunden worden waren, in Hinsicht auf den Fall angeblich an den Tag gelegt hatte, und stellte die Beweggründe in Frage, aus denen er nach siebzehnjähriger Zugehörigkeit plötzlich aus dem Polizeidienst ausgeschieden war. Laut diesem Brief hätten drei namentlich nicht genannte Polizeibeamte behauptet, Simons wäre ›ein Lügner und nicht vertrauenswürdig‹, und daß man ihn beschuldigt hätte, im Zuge der Fälle, die er bei der Polizei bearbeitet hatte, ›Durchsuchungsbefehle erschwindelt und Beweismaterial gefälscht‹ zu haben.

Verblüfft über den giftigen und verleumderischen Tonfall, in dem der Brief gehalten war, setzte Feazell seine Lektüre fort. Zwei Psychologen, ebenfalls namentlich nicht genannt, hätten unter vier Augen angedeutet, daß Feazells Persönlichkeit ›paranoide und psychopathische Züge‹ trage. Während seines Wahlkampfs um das Amt des Staatsanwalts, hieß es in dem Brief weiter, hätte es sich gezeigt, daß er ›nicht gerade für seine Ehrlichkeit bekannt‹ wäre. Die Aussagen von Gilbert Melendez wurden ebenso angezweifelt wie das Gutachten und die Aufrichtigkeit von Dr. Homer Campbell, dem von der Anklage beauftragten Sachverständigen. Das Schreiben wies darauf hin, daß der Richter, der dem Verfahren vorsitzen würde, ›extrem voreingenommen‹ und ›höchstwahrscheinlich von Feazell eingeschüchtert‹ wäre.

An dieser Stelle ging Vic, die fotokopierten Seiten noch immer in der Hand, den Flur hinunter zu Butlers Büro.

»Die haben keinen ausgelassen, nicht wahr?« sagte er. In seiner Stimme lag nicht der leiseste Hauch von Humor.

»Haben Sie alles gelesen?« fragte Butler.

»Genug«, erwiderte Feazell. »Ich werde meine Zeit nicht mit dieser Art von Unrat verschwenden.«

»Sie sollten es zu Ende lesen«, empfahl ihm Butler. »Im letzten Teil wird es sogar noch interessanter.«

Der Staatsanwalt seufzte und ließ sich auf einen Stuhl vor Neds Schreibtisch fallen. Auf den letzten Seiten des Dokuments hatten Hunt und Fuller ihre eigene Theorie ausgebreitet, wer die Morde begangen hatte. Obwohl James Bishop von der Polizei schon vor Monaten von der Liste der möglichen Verdächtigen gestrichen worden war, nachdem sie ihn in Kalifornien befragt hatte, waren die Verteidiger davon überzeugt, daß er zusammen mit Randy Baines – dem Ehemann von Joanne Baines, die am Mordtag Jill Montgomerys Scheck in einem örtlichen Supermarkt entgegengenommen und eingelöst hatte – zu den ›potentiellen Tatverdächtigen‹ gehörte.

Sie schrieben, daß Randy Baines' Stiefmutter Freunden erzählt hätte, ihr Sohn wäre in den frühen Morgenstunden des 14. Juli betrunken und blutbesudelt nach Hause gekommen. Er hätte behauptet, während des größten Teils der Nacht am Lake

Waco geangelt zu haben – und er hätte dort sein Messer verloren.

Der Brief besagte, Bishop und Baines wären eng befreundet und vor den Morden und Bishops plötzlichem Umzug nach Kalifornien mehrmals zusammen gesehen worden. Beide Männer, wurde geäußert, hätten Zugang zu einem Boot.

Feazell blickte erstaunt von dem Schriftstück auf. »*So* wird ihre Verteidigung aussehen?« fragte er und schlug mit dem Handrücken gegen die Blätter. »Sie werden die Geschworenen zu überzeugen versuchen, daß James Bishop und Randy Baines die Kinder ermordet und die Leichen dann in einem Boot hinüber in den Speegleville Park gebracht haben? Sie werden sich dort hinstellen und jedermann zu erzählen versuchen, daß der arme kleine David zum Sündenbock gemacht werden soll?«

»So sieht es zumindest aus«, sagte Butler. Dann begann er zu lachen.

Feazell sah seinen Mitarbeiter verwirrt an. »Was ist denn so komisch?«

»Zunächst einmal«, sagte Butler, »haben sie ihre ganze verdammte Strategie in diesem idiotischen Brief vor uns ausgebreitet. Und außerdem besteht keine Verbindung zwischen Bishop und Baines und den Morden am See. Zur Hölle, selbst Dennis Baier, einer von Russ Hunts Kumpeln, weiß das.«

Feazell fragte sich, wieviel von den Spekulationen und Unterstellungen wohl über Baier zu Hunt gelangt war. War er einer der zitierten Polizeibeamten, die um ›strikte Wahrung der Anonymität‹ gebeten hatten? Was war mit Ramon Salinas? Er äußerte diese Überlegungen jedoch nicht laut.

»Diese Art von Schriftstück taucht nicht einfach so eines Tages plötzlich in der Post auf«, sagte Feazell schließlich und warf das Dokument vor Butler auf den Schreibtisch. »Es fällt mir schwer zu glauben, daß wir diesen unbekannten Freund dort draußen haben. Wir mußten uns bei jedem kleinen Schritt in diesem Fall den Arsch aufreißen, und jetzt haben wir plötzlich einen Entwurf des Schlachtplans der Verteidigung vor uns liegen. Glauben Sie, es könnte sich womöglich um eine Falle handeln, etwas, das uns auf eine falsche Fährte bringen soll?«

Butler lachte immer noch. »Verdammt, Vic«, sagte er, »vielleicht sind Sie tatsächlich paranoid. Aber, um Ihre Frage zu beantworten: Nein. Zur Hölle, so schlau sind die nicht. Denken Sie daran, von wem das Ding stammt. Erinnern Sie sich noch, es war Russ Hunt, der gesagt hat, er hätte nicht die geringsten Bedenken, David als Babysitter für seine Kinder einzustellen?«

Feazell schüttelte nur den Kopf. »Das ist zu schön, um wahr zu sein. . .«

Während der ersten Tage des Verfahrens konnten Russ Hunt und Hayes Fuller wenig tun, um die Zeugen der Anklage in Mißkredit zu bringen. Als Dr. Mary Gilliland in den Zeugenstand trat und die Verletzungen beschrieb, die sie im Verlauf der Autopsien festgestellt und aufgezeichnet hatte, versuchte die Verteidigung hartnäckig, ihr einen Strick aus der Tatsache zu drehen, daß sie in ihrem ursprünglichen Bericht keine Bißwunden an den Leichen der jungen Frauen erwähnt hatte. Die Erklärung der Gerichtsmedizinerin war simpel und ehrlich: Sie hätte sie übersehen. Aber nachdem sie die Fotografien später einer erneuten Überprüfung unterzogen hätte, wäre sie davon überzeugt gewesen, daß die Verletzungen, nach denen Ned Butler sie gefragt hatte, in der Tat von menschlichen Zähnen herrührten.

Während des Kreuzverhörs nahm Fuller Bezug auf ihre Aussage, daß Jill Montgomerys Vagina Quetschungen und Abschürfungen aufgewiesen hätte, die von irgendeinem fremden Gegenstand verursacht worden zu sein schienen. Dann fragte er: »Besteht nicht die Möglichkeit, daß diese Verletzungen von einem männlichen Penis hervorgerufen worden sein könnten?«

Dr. Gilliland, die bis zu dieser Frage ein Abbild der Gemütsruhe gewesen war, sah Fuller einen Moment lang an und warf dann einen kurzen Blick in Butlers Richtung. Im Gerichtssaal war vereinzeltes Kichern zu hören. Butler versteckte hinter vorgehaltener Hand ein leichtes Grinsen, beugte sich zu Feazell hinüber und flüsterte: »Haben Sie schon jemals einen *weiblichen Penis* gesehen?« Dr. Gilliland schien an die gleiche Absurdität gedacht zu haben, aber es gelang ihr, ihre würdevolle Haltung zu wahren, und sie beantwortete die Frage. »Das ist möglich«, sagte sie.

Am dritten Prozeßtag wurde David Spence zum Gegenstand der Zeugenaussagen. Eine junge Frau namens Regina Rosenbaum trat nervös in den Zeugenstand und berichtete von einem Besuch, den sie und drei Freunde David Ende Juli in seinem Apartment abgestattet hatten. Als sie im Wohnzimmer saßen, Bier tranken und sich unterhielten, begann David zu erzählen, wie er und ein paar Freunde am See mit zwei Mädchen geflirtet hätten. Die Mädchen, sagte er, hätten sich über ihre Annäherungsversuche aufgeregt, und so hätten sie die beiden gefesselt und vergewaltigt.

»Er sagte, er wollte ihnen damit eine Lektion erteilen«, sagte die Zeugin.

»Ist es nicht möglich«, fragte Fuller, »daß das, was Sie hörten, nichts anderes als ›männliche Angeberei‹ gewesen ist, daß David Spence nur versuchte, Sie und die anderen zu beeindrucken?«

Sie war blaß und vermied es, den Angeklagten anzusehen. »Sir, man hört nicht jeden Tag jemanden davon erzählen, er hätte eine Frau vergewaltigt«, sagte sie. »Ich glaube, man müßte schon eine ziemlich verrückte Phantasie haben, um sich so etwas auszudenken.«

»Hatten Sie Angst?«

»Ja, Sir, die hatte ich. Ich sagte den Leuten, mit denen ich gekommen war, daß ich gehen wollte.«

Nach ihr waren Cynthia Bernal und Ray Payne an der Reihe, ein Pärchen, das in den Northwood Apartments neben David gewohnt hatte. Payne, der zu jener Zeit mit Spence in *Burkes Eisenwarenhandlung* beschäftigt war, beschrieb, wie ihr Nachbar Anfang August eines Morgens um drei Uhr früh wild an ihre Tür geklopft hatte. Sie wachten auf, öffneten die Wohnungstür und sahen sich einem betrunkenen und aufgeregten David Spence gegenüber, der schrie: »Lucky hat es noch einmal getan; er hat Gayle umgebracht, genauso wie er diese Kinder am See ermordet hat.« Erst nachdem Ray es geschafft hatte, ihn zu beruhigen, fand er heraus, daß David auf dem Heimweg im Radio nur einen Teil des Berichts über den Mord an einer Frau namens Gail Beth Bramlett gehört hatte, die im nahen Axtell umgebracht worden war.

Danach erzählte Payne von einem hitzigen Streit zwischen Spence und Deeb, den er am nächsten Tag in *Burkes Eisenwarenhandlung* mitangehört hatte. Spence, sagte Payne, beschuldigte Deeb, Gayle ermordet zu haben. Deeb schnauzte Spence im Gegenzug an, er sollte sich ›aus meinen Angelegenheiten heraushalten und das Maul halten‹, bevor er aus dem Laden stürmte und über den nahen Parkplatz zum *Rainbow Drive Inn* ging.

Die vernichtendste Aussage kam jedoch von Dorothy Miles. In ruhigem Tonfall beantwortete sie Feazells Fragen über ihre lange Beziehung zu David, wie er begonnen hatte, sie ›Mom‹ zu nennen, und wie sich sein Verhalten in den Sommermonaten des Jahres 1982 drastisch geändert hatte. Sie berichtete von den Gesprächen, in denen David ihr erzählt hatte, er hätte ›jemanden geschnitten‹, dann von seiner Angst, er hätte möglicherweise jemanden umgebracht.

Hunt wies im Verlauf des Kreuzverhörs mehrmals darauf hin, sein Mandant wäre zu der fraglichen Zeit niedergeschlagen über sein Verhältnis zu Christy Juhl gewesen, und legte nahe, daß Davids Depressionen und nervöse Zustände ohne weiteres eher durch häusliche Probleme verursacht gewesen sein könnten, als durch die Befürchtung, irgendein Verbrechen begangen zu haben. Und bestand nicht die Möglichkeit, daß er sich lediglich auf seinen und Gilbert Melendez' Überfall auf Danny Powers bezog, als er erwähnt hatte, jemanden geschnitten und womöglich umgebracht zu haben?

Sie hielt standhaft an ihrer Behauptung fest, daß er von diesem Problemen zum erstenmal deutlich vor dem Zwischenfall mit Danny Powers berichtet hätte.

»Mrs. Miles«, fragte Feazell, »warum sind Sie heute hergekommen, um vor Gericht auszusagen?«

Sie richtete ihren Blick auf Spence und antwortete mit zitternder Stimme: »Mir liegt sehr viel an David – ich liebe ihn –, aber trotzdem muß ich die Wahrheit sagen.«

Während einer Verhandlungspause, die auf diese Vernehmung folgte, ging Richard McCall, Muneer Deebs Verteidiger, der dem größten Teil der Aussagen beiwohnte, zum Gerichtsdiener hinüber, um hallo zu sagen. Als sie dort auf das Treppengeländer gelehnt nebeneinander standen, sagte McCall in heiterem Tonfall: »Nun, für mich hat sich das so angehört, als hätte die Verteidigung ein paar Punkte sammeln können.«

Lex Hollis sah nicht einmal in McCalls Richtung. Er riß ein Streichholz an, hielt es über den abgewetzten Kopf seiner Pfeife und erwiderte trocken: »Ich schätze, das muß ich wohl übersehen haben.«

In der Tat waren weder Hunt noch Fuller erfreut über die Richtung, die die Aussage genommen hatte. Sie saßen in einem Dienstzimmer unmittelbar neben dem Gerichtssaal und unterhielten sich leise über Dorothy Miles' Angaben.

»Was meinst du?« fragte Fuller.

»Sie hat uns vorgeführt«, gab Russ Hunt zurück und schmetterte einen leeren Plastikbecher in einen Abfallkorb neben ihm.

Als er jedoch in den Gerichtssaal zurückkehrte, wirkte er ruhig und schien mit seinem Mandanten über irgendeinen internen Witz zu lächeln. Einige der Geschworenen hatten sogar begonnen, sich über das ständige Lächeln und Händeschütteln zwischen Russ Hunt und David Spence zu wundern.

Die zwanglose Kameradschaftlichkeit, die zwischen dem Anwalt und seinem Mandanten herrschte, war auch den Leuten im Zuschauerraum nicht verborgen geblieben. »Wollen wir wetten, daß der gute alte Russ diesen Hurensohn adoptieren wird, falls er ihn freibekommt?« flüsterte einer der Zuschauer, als Hunt seinen Arm um Spences Schultern legte, während sie darauf warteten, daß der Prozeß nach der Mittagspause fortgesetzt würde.

Nancy Shaw und Jan Thompson hatten bereits ihre Nachthemden angezogen und warteten auf die Zehn-Uhr-Nachrichten, als Ramon Salinas an die Tür des kleinen Wohnwagens auf dem Fort-Fisher-Campingplatz klopfte, in dem sie für die Dauer der Verhandlung wohnten. Im ersten Moment war Nancy erschrocken und fragte, wer dort wäre, bevor sie die Tür öffnete.

»Ich bin's, Ramon. Tut mir leid, daß ich so spät noch störe, aber ich komme gerade von der Arbeit.«

Der Detective trat ein, tauschte ein paar Höflichkeiten aus und setzte sich, um sich die Fernsehberichterstattung über den Verhandlungstag anzusehen. Als ein Reporter Dorothy Miles' Aussage zusammenfaßte, schüttelte Salinas den Kopf. »Nur Indizien«, sagte er. »Das wird uns nicht weiterhelfen.«

Jan brachte ihr Erstaunen über seine Bemerkung zum Ausdruck und sagte, ihrer Meinung nach hätten sich die Geschworenen von der Aussage der Frau beeindruckt gezeigt.

Ramon zuckte die Achseln und wechselte das Thema. Er wäre überrascht, sagte er, daß Tony Melendez sich schuldig bekannt hätte. »Ich würde verdammt gerne wissen, was er im einzelnen gestanden hat«, sagte er.

Nancy begann zu argwöhnen, daß er mit seinem Besuch herausfinden wollte, ob sie über irgendwelche Informationen verfügten, die ihm nicht bekannt waren.

»Wir haben sein Geständnis nicht gelesen und auch sonst nichts darüber erfahren«, sagte sie.

»Sie wissen nicht, welche Art von Handel seine Anwälte für ihn herausgeholt haben?«

»Nein«, erwiderte sie. »Vielleicht hat er einfach nur Angst bekommen, zum Tode verurteilt zu werden, und beschlossen, daß eine lebenslange Haftstrafe das geringere Übel wäre.«

»Ich glaube nicht, daß es sich so verhalten hat«, sagte Salinas.

Nancy wurde förmlich. »Sie meinen, er müßte nicht zwangsläufig schuldig sein, wenn er einen Mord gesteht?«

»Ja«, gab Salinas zurück.

»Das kann ich einfach nicht glauben«, sagte Nancy.

»Nach dem, was ich gehört habe, hat er keinen Mord gestanden.«

»Doch, das hat er«, versicherte Jan.

»Nein. Ich habe gehört, er hätte sich lediglich der Beihilfe an einem Mord schuldig bekannt. Da besteht ein großer Unterschied.«

Auch Jan begann, sich wegen des Besuchs des Beamten unbehaglich zu fühlen. Sie konnte die negative Haltung, die er einzunehmen schien, nicht verstehen. Salinas fuhr fort, zu erklären, daß eine Verurteilung wegen vorsätzlichen Mordes praktisch unmöglich wäre, wenn die Anklage nur über Indizienbeweise verfügte. »Die Staatsanwaltschaft muß ihm seine Schuld hundertprozentig nachweisen, und das können wir nicht«, sagte er.

»Aber was ist mit den Bißspuren?« warf Nancy ein.

»Selbst wenn sie von David stammen, bedeutet das nicht, daß er die Kinder umgebracht hat.«

Nancys Stimme nahm einen ärgerlichen Klang an. »Wollen Sie mir weismachen, daß Sie glauben, David könnte fähig sein, sie so zu beißen, aber nicht, ihnen die Kehlen durchzuschneiden?«

»Ja.«

»Wenn Sie der Meinung sind, daß nicht David die eigentlichen Morde begangen hat, wer war es dann?«

»Gilbert«, erwiderte er. »Und ich habe auch so ein Gefühl, daß die Verteidigung noch mit einer großen Überraschung aufwarten wird, bevor all das hier vorbei ist. Haben sie irgend etwas darüber gehört?«

»Eine Sache, die ich gehört habe«, fuhr er fort, »ist, daß sie einige Sträflinge aufrufen werden, die bezeugen sollen, daß Truman Simons sie schikaniert hat, damit sie ihm irgendwas über die Morde erzählen. Ich befürchte, daß man Truman fertigmachen wird. Besonders wenn er selbst in den Zeugenstand muß. Wenn man ihn lange genug reizt, explodiert er. Um die Wahrheit zu sagen, es erstaunt mich, daß sie ihn nicht schon lange vorgeladen haben.«

Nachdem Salinas gegangen war, blieben Jan und Nancy mehrere Minuten lang schweigend sitzen. Sein Besuch hatte sie sowohl verwirrt als auch beunruhigt. »Glaubst du«, fragte Jan, »daß er bloß versucht hat, uns auf einen Freispruch vorzubereiten?«

»Ich weiß nicht«, sagte Nancy, »aber ich werde morgen früh mit Ned Butler reden und herausfinden, was da vor sich geht.« Es kam ihr seltsam vor, daß sich Salinas besser mit den Plänen der Verteidigung auszukennen schien als mit der Strategie der Staatsanwaltschaft.

Als Butler die Einzelheiten über den späten Besuch des Detectives erfuhr, geriet er in Wut. »Dieser Hurensohn war auf einem Fischzug«, sagte er. »Er weiß nicht, was hier abläuft – und ich werde verdammt sicher dafür sorgen, daß das auch so bleibt.« Während des weiteren Verlaufs des Verfahrens hielt sich Salinas von Nancy und Jan fern. Butler hatte ihm strikte Anweisungen gegeben, sich so zu verhalten.

Bereits am frühen Morgen des 21. Juni zeichnete sich ab, daß an diesem Tag eine Rekordzahl von Zuschauern erscheinen würde. In der ganzen Stadt hatte das Gerücht die Runde gemacht, daß unter den Zeugen dieses Tages auch die junge Frau sein würde, die nach Angabe der Staatsanwaltschaft das eigentliche Ziel der Mordverschwörung gewesen war. Richter Allan zog kurz in Erwägung, Lex Hollis anzuweisen, die Türen zu schließen und niemanden mehr einzulassen, sobald alle Sitzplätze besetzt wären. Aber der Richter wußte, daß es zahlreiche Anwälte und Gerichtsbedienstete gab, die ein Interesse daran bekundet hatten, während der Kaffeepausen und sonstigen Unterbrechungen ihrer eigenen Prozesse kurz in seinem Gerichtssaal vorbeizuschauen, und beschloß deshalb, vorerst abzuwarten.

Gayle Kelley, inzwischen verheiratet und im achten Monat schwanger, hatte sich lange Zeit vor dem Gedanken gefürchtet, nach Waco zurückzukehren und vor Gericht auszusagen. Sie hatte versucht, den Tod von Kenneth und Jill hinter sich zu lassen, und war mit ihrem Ehemann in einen Vorort von Houston gezogen. Erst nach der Verlesung der Anklageschriften hatte Gayle erfahren, daß sie es war, die in Deebs Auftrag hätte ermordet werden sollen. Im ersten Augenblick hatte dieses Wissen sie zutiefst geängstigt; dann war ein überwältigendes Schuldgefühl über sie hereingebrochen. Kenneth, Jill und Raylene waren ihretwegen gestorben. Am meisten fürchtete sie sich davor, bei dem Prozeß auch den Eltern ihrer toten Freunde gegenüberzustehen. Wie sehr sie sie hassen mußten, dachte sie.

In der Zurückgezogenheit von Ned Butlers Büro wurden Gayles Befürchtungen schnell zerstreut. Während sie darauf wartete, in den Zeugenstand gerufen zu werden, kümmerten sich Nancy Shaw und Sandra Sadler fast schon zärtlich um sie und halfen ihr dabei, ihre Frisur und ihr Make-up zu richten. Nancy kämmte Gayles Haar, und Sandra versuchte unterdessen, sich beiläufig mit ihr zu unterhalten, weil sie hoffte, Gayle dadurch vielleicht beruhigen zu können. Sie erkundigte sich nach Gayles Ehemann, ob sie auf einen Jungen oder ein Mädchen hofften, und wie ihr Leben in Houston verlaufen war, seitdem sie das Methodistenheim verlassen hatte. Im stillen fragte sich Sandra, welche Gedanken wohl Nancy durch den Kopf gehen mochten, während sie sich um die Frisur des Mädchens kümmerte, das ihrer Tochter so sehr ähnlich sah.

In der Zwischenzeit bereiteten Feazell und Butler im Gerichtssaal die Geschworenen auf Gayles Erscheinen vor. Karim Qasem sagte aus, er wäre zugegen gewesen, als Deeb die Versicherungspolice für Gayle abgeschlossen hatte, und er hätte mitangehört, wie sein Geschäftspartner David Spence gefragt hatte, ob er jemanden wüßte, der sie für einen Teil der Versicherungssumme umbringen würde.

Als die Mitarbeiter der Staatsanwaltschaft den Frauen mitteilten, daß es an der Zeit war, in den Gerichtssaal zu gehen, nahm Nancy Gayle in den Arm. »Du wirst es schon schaffen«, sagte sie. »Und ich möchte, daß du weißt, wie sehr ich dir dankbar bin für das, was du tust.«

Sie drehte sich um, um den Kamm und die Wimperntusche einzustecken, die sie auf Butlers Schreibtisch liegengelassen hatte. »Geht schon vor«, sagte sie, als die anderen auf den Flur hinaustraten. »Ich komme in ein paar Minuten nach.« Sie wollte nicht, daß Gayle sie um die Tochter weinen sah, die sie niemals zu einer Frau würde heranwachsen sehen, und um die Enkelkinder, auf die sie niemals würde hoffen können.

Von dem Moment an, in dem Gayle in den Zeugenstand trat, bezauberte sie den gesamten Gerichtssaal. Freimütig erzählte sie von ihrer Beziehung zu Muneer Deeb und von seiner Angewohnheit, sie mit Zigaretten, Bier und Marihuana zu versorgen. »Ich hörte, daß er eine Menge Sachen verschenkte«, sagte sie, »und ich ging zu ihm hinüber, um zu sehen, ob ich nicht auch einen Anteil abkriegen konnte. Ich weiß nicht, woher er sein Dope bekam, aber es war das beste, das ich je geraucht habe.« Natürlich, ungekünstelt und oft in Richtung der Geschworenen lächelnd, war sie die perfekte Zeugin.

Sie gab zu, von der Versicherung gewußt zu haben, die Deeb für sie abgeschlossen hatte, sagte jedoch aus, sie hätte gedacht, es wäre lediglich eine Art Arbeitsunfallversicherung gewesen. »Und ich wußte nicht das geringste von diesem gemeinsamen Haushalt, den er dort eingetragen hat«, erklärte sie Feazell und bezog sich damit auf die Tatsache, daß Deeb sie als seine Lebensgefährtin angegeben hatte.

Erst als sie von ihrer Freundschaft zu Kenneth Franks und Jill Montgomery erzählte, zitterte ihre Stimme.

Als man sie über Spence befragte, verhärtete sich ihr Tonfall. In sorgsam bedachten Worten berichtete sie von ihrer Begegnung mit ihm vor dem Getränkeladen, als er sie gefragt hatte, wie es ihr gefallen würde, ›von einem richtigen Mann gefickt‹ zu werden.

»Ich habe das Wort schon vorher gehört«, sagte sie, »aber ich bin nicht daran gewöhnt, daß jemand, den ich nicht einmal kenne, so mit mir redet.«

Hunt verwandte einige Minuten des Kreuzverhörs darauf, Gayle genauer über das Zusammentreffen zwischen ihr und seinem Mandanten bei dem Getränkeladen zu befragen. Als er darauf zu sprechen kam, was David zu ihr gesagt hatte, war er peinlich darauf bedacht, von einem ›F-Wort‹ zu reden, anstatt sich des drastischeren Ausdrucks zu bedienen, den Gayle zuvor benutzt hatte.

Als Vic Feazell an der Reihe war, die Zeugin zu befragen, konnte er nicht widerstehen, das Thema noch einmal aufzugreifen.

»Nun«, sagte er, »kommen wir noch einmal zu Ihrem Erschrecken über das, was Spence zu Ihnen sagte, als er ›das F-Wort‹ gebrauchte, wie Mr. Hunt es genannt hat. Sie sagten, Sie hätten das Wort schon von Leuten gehört, die Sie kennen. Aber das heißt doch, daß es verschiedene Möglichkeiten gibt, dieses Wort zu verwenden, oder?«

»Ja, Sir.«

»Haben Sie es jemals gehört, wie es als Fluch benutzt wurde? Ich meine, ist irgend jemand mal wütend geworden und hat es gesagt?«

Gayle richtete ihre Aufmerksamkeit von dem Staatsanwalt auf den Tisch der Verteidigung und sah Russ Hunt direkt an. »Meinen Sie, ob jemand einfach so. . . ›fuck‹ gesagt hat?« fragte sie.

»Ja, Ma'am«, erwiderte der amüsierte Feazell, »genau das meine ich.«

Selbst Richter Allen, der während des Verfahrens bislang eine unerschütterliche Ruhe an den Tag gelegt hatte, lachte laut auf.

Kapitel 33

Karen Cannon, die als zehnte Geschworene ausgesucht worden war, fühlte sich bereits gegen Ende der ersten Prozeßwoche psychisch und körperlich ausgelaugt. Die vierundzwanzigjährige Kindergärtnerin gehörte zu den jüngsten Mitgliedern der Jury und saß zum erstenmal in ihrem Leben auf der Geschworenenbank. Schon jetzt hoffte sie, es würde bald vorbei sein.

David Spence flößte ihr Angst ein. Wenn er seine Aufmerksamkeit auf die Geschworenen richtete und ihre Reaktionen auf die Aussagen zu ergründen suchte, die aus dem Zeugenstand zu hören waren, schien er immer nur sie anzustarren. Und obwohl sein Gesichtsausdruck im allgemeinen unbewegt war, beunruhigten sie seine Augen. Karen hatte das Gefühl, sie wären böse.

Jeden Nachmittag kehrte sie in das Haus zurück, in dem sie gemeinsam mit ihrer Mutter wohnte, und weinte, ließ in der Stille ihres Schlafzimmers der Anspannung und den angestauten Gefühlen des Verhandlungstages freien Lauf. Wenn sie nachts die Augen schloß und darauf hoffte, schnell einschlafen zu können, erschienen vor ihr die grauenhaften Fotos, die sie und die anderen Geschworenen sich genau hatten ansehen müssen. Manchmal sah sie Davids Gesicht, dessen stechender Blick unbeirrbar auf sie gerichtet war. Mehr als einmal schreckte sie schweißgebadet und schreiend aus Alpträumen hoch.

Eines Abends kam sie nach Hause, ging direkt ins Badezimmer und schloß die Tür hinter sich ab. Mehr als eine Stunde lag sie in der Badewanne und schrubbte bisweilen wie wahnsinnig ihren verkrampften Körper. Als ihre Mutter sich darüber Sorgen zu machen begann, daß sie schon so lange in der Wanne war, klopfte sie leise an die Tür und fragte Karen, ob mit ihr alles in Ordnung wäre.

Im Badezimmer saß ihre Tochter weinend da und schüttelte den Kopf. »Ich werde nicht sauber«, sagte sie. »Ich werde nicht sauber.«

Am 22. Juni traf Ned Butler kurz nach sechs Uhr morgens in seinem Büro ein, nur um festzustellen, daß Truman bereits da war und Kaffee kochte. Sie waren beide besorgt wegen der Liste der Zeugen, die die Anklage aufzurufen beabsichtigte. Butler durchwühlte die Papiere auf seinem Schreibtisch und suchte nach den Notizen, die er sich gemacht hatte, bevor er spät am vorigen Abend nach Hause gegangen war.

»Machen Sie sich Gedanken wegen Johnston?« fragte Simons.

»Zur Hölle, ja, ich mache mir Gedanken«, knurrte Butler. Schon mehrere Male hatte er an der Richtigkeit seiner Entscheidung gezweifelt, Johnny Johnston eine Aussage vor Gericht zu gestatten. Er befürchtete nach wie vor, daß der Häftling im Kreuzverhör zusammenbrechen könnte. Butler wußte, daß die Verteidigung alles tun würde, was in ihrer Macht stand, um die Aussage des Sträflings bei den Geschworenen in Mißkredit zu bringen. Von all denen, die er und Feazell aufrufen würden, war Johnston derjenige, bei dem die größte Wahrscheinlichkeit bestand, daß ihn irgendwelche Fragen Russ Hunts in Verwirrung und Angst stürzen könnten.

»Er wird's schon schaffen«, ermutigte Simons ihn.

»Ich hoffe, Sie behalten recht«, sagte Butler, als er sich auf seinem Stuhl zurücklehnte, die Hände hinter dem Kopf verschränkt. »Er ist heute morgen als erster an der Reihe. Verdammt, Sie wissen, daß er uns den kompletten Fall versauen könnte.«

Dann, zum erstenmal an diesem Morgen, lächelte er. »Aber wissen Sie was? Es ist mir scheißegal. Er will so sehr gegen diesen Hurensohn aussagen, daß ich ihm einfach eine Chance geben muß.«

Der Gerichtssaal war bis auf den letzten Platz gefüllt, und alle hörten gespannt zu, als Johnston seine Geschichte erzählte. Kerzengerade sitzend und in langsamen Worten berichtete er sorgfältig und detailliert von den Gesprächen, die er und Spence im Gefängnis geführt hatten. Er erzählte, wie David nervös wurde und auf und ab ging, wenn er von den Morden sprach. »Seine

Augen weiteten sich dann immer, seine Stimme schwankte, und er zitterte«, sagte der Häftling und richtete sich dabei direkt an die Geschworenen. Als er zu der Überzeugung gelangt war, daß Spence tatsächlich der Mörder war, der zu sein er behauptete, hatte Johnston begonnen, sich Notizen über ihre Gespräche zu machen.

Es waren diese Notizen, die die Verteidigung während des Kreuzverhörs energisch angriff. Hatte Truman Simons, der Mann, mit dem er zuerst über Davids Äußerungen über die Morde gesprochen hatte, ihn gedrängt, sich solche detaillierten Notizen zu machen? Hatte er während seiner gemeinsamen Haftzeit mit Spence nicht als Agent der Staatsanwaltschaft gehandelt? Welchen Handel hatte ihm die Anklage im Austausch für seine Aussage angeboten?

Johnston zeigte keine Anzeichen, sich von dieser bedrohlichen Flut von Fragen einschüchtern zu lassen. Standhaft hielt er an seiner Geschichte fest und versicherte beharrlich, daß man ihm keinen Handel angeboten hatte und daß die Notizen seine eigene Idee gewesen wären. Und tatsächlich hatten die Gespräche zwischen Johnston und Spence stattgefunden, bevor Simons seine Stelle beim Büro des Sheriffs angetreten hatte. Schließlich ließ Hunt seinen verärgerten Blick einige Sekunden lang auf Johnston ruhen. »Keine weiteren Fragen«, sagte er dann.

Johnston lächelte, als er den Gerichtssaal verließ. »Wie lange wird es noch bis zum Urteilsspruch dauern?« fragte er Simons, als sie den Flur entlanggingen. »Noch eine ganze Weile«, erwiderte Truman. »Zur Hölle, Mann, dieser Prozeß geht doch gerade erst los.«

»Verdammt, ich weiß nicht, was sie sonst noch zu hören brauchen«, sagte Johnston. Offensichtlich gefiel ihm sein Tag im Gericht. Endlich hatte er etwas getan, auf das er stolz sein konnte.

Noch während sich Johnston auf dem Rückweg ins Gefängnis befand, hörten die Geschworenen die Aussage eines weiteren Häftlings über Gespräche, die er mit Spence im Gefängnis geführt hatte. Jerry Jackson, der nach einer Verurteilung wegen Drogenbesitzes auf Bewährung freigelassen worden war, berichtete, wie David ihm im November 1982 anvertraut hatte, er hätte die Mädchen mit einem Messer verletzt, eine von ihnen vergewaltigt und beide mit einem Gegenstand sexuell mißbraucht, den er als ›Jubelstab‹ bezeichnet hatte. Bevor er in ein texanisches Staatsgefängnis überstellt wurde, hatte Jackson David von einer Prämie erzählen hören, die ihm wegen der Morde noch zustände. Außerdem hatte Spence gesagt, daß ein Mann, den er lediglich ›Lucky‹ nannte, hinter den Morden gestanden hätte.

»Einmal, als er ziemlich deprimiert war«, sagte Jackson, »hat David mir erzählt, daß er vielleicht lieber aufgeben sollte, denn schließlich wäre er schuldig. Er dachte, auf diese Weise würde er eventuell besser davonkommen. Von da an hat er wesentlich offener über die Morde geredet.«

Die Aussage von David Puryear war sogar noch verheerender. Er berichtete, gemeinsam mit David Spence und Gilbert Melendez in Untersuchungshaft gesessen zu haben, bevor die beiden hinsichtlich der Anklage wegen des schweren sexuellen Mißbrauchs vernommen worden waren. Er hatte gehört, wie Gilbert zu Spence sagte: »Das hier hat fast genausoviel Spaß gemacht, wie die Sache draußen am See.« Daraufhin war Spence in Wut geraten und hatte seinen Freund angefahren, den Mund zu halten.

»Er sah aus, als wollte er Gilbert wegen dieser Äußerung den Kopf abreißen«, gab Puryear zu Protokoll.

Nachdem man ihn in die dritte Etage des Gefängnisses verlegt hatte, sagte Puryear, hätte David begonnen, sich gelegentlich mit ihm darüber zu unterhalten, in welchen Schwierigkeiten er steckte. Zunächst versicherte er, er hätte nichts mit den Morden zu tun, später behauptete er, sie zwar verübt zu haben, aber nicht mehr zu wissen, warum. Schließlich vertraute Spence ihm an, daß er die Morde nicht nur begangen, sondern sie sogar genossen hätte.

»Wenn er davon erzählte«, sagte Puryear, »sah er aus wie der Teufel persönlich.«

Im März, wenige Tage vor Spences Verhandlung wegen des schweren sexuellen Mißbrauchs, saß Puryear in seiner Zelle und zeichnete das Bild eines Mädchens auf ein T-Shirt. Spence, sagte er, bat ihn, ihm auch ein Bild zu zeichnen. David wollte, daß auf der Zeichnung zwei Mädchen zu sehen sein sollten: eine Blonde und eine Brünette.

Auf einen Kissenbezug zeichnete Puryear die beiden Mädchen, eine Vierundvierziger Magnum, die Worte ›Der Geächtete von Texas‹, und eine Kühlbox. ›Der Geächtete von Texas‹, erklärte er, wäre der Spitzname gewesen, den andere Häftlinge Spence verliehen hätten.

»Warum taucht auf dem Bild eine Waffe auf?« fragte Feazell.

»Aus keinem bestimmten Grund, wirklich. Ich hatte bloß ein gutes Foto von dieser Pistole, von dem ich abzeichnen konnte.«

»Und warum die Kühlbox?«

»Ich kann Hände und Füße nicht besonders gut zeichnen«, erklärte Puryear, »und deshalb habe ich die Kühlbox an einer Stelle eingefügt, an der sie die Hände und Füße der Mädchen verdeckte.«

»Stand auf dieser Kühlbox irgend etwas geschrieben?«

»Ja, Sir. Ich habe *Bud Light* draufgeschrieben.«

»Und wie hat David darauf reagiert?«

»Er wurde wütend und sagte, ich hätte dadurch das ganze Bild versaut, weil er nur *Budweiser* trinken würde.«

So wie sie es auch bei den anderen Häftlingen getan hatten, konzentrierten Hunt und Fuller ihr Kreuzverhör auf die Möglichkeit, daß die Staatsanwaltschaft Puryear im Austausch für seine Aussage irgendeinen Handel angeboten hatte. Offenbar war David Puryear auf diese Frage vorbereitet. »Man hat mir überhaupt nichts versprochen«, sagte er. Die Anklage war in der Tat dermaßen darauf bedacht gewesen, nicht einmal den Anschein besonderer Vergünstigungen zu erwecken, daß Puryear sogar sechs Monate länger im Gefängnis gesessen hatte, als es für seine Freilassung auf Bewährung normalerweise nötig gewesen wäre. »Ich habe vier Gründe, heute hier auszusagen«, fuhr er fort. »Jill Montgomery, Raylene Rice, Kenneth Franks und meine eigene siebzehnjährige Schwester.«

Am darauffolgenden Montag erfuhren die Geschworenen, daß Davids Gerede über die Morde sich nicht auf Gespräche mit

Häftlingen im Gefängnis des McLennan County beschränkt hatte. Zunächst ließ die Staatsanwaltschaft Daryl Bekam in den Zeugenstand treten, der die Gespräche wiedergab, die er mit Spence während der Haft geführt hatte, und von seinen nachfolgenden Anstrengungen berichtete, David zu psychiatrischer Betreuung zu verhelfen. Dann rief die Anklage drei Insassen des texanischen Staatsgefängnisses von Eastham auf, in das Spence nach seiner Verurteilung wegen schweren sexuellen Mißbrauchs verlegt worden war.

Die Aussage von Jessie Ivy sollte zu einem der dramatischsten Momente dieser Verhandlung geraten. Klein, stämmig und mit einer langen Narbe im Gesicht sah Ivy nahezu wie die Karikatur eines Sträflings aus. Seine Stimme war rauh, fast schon ein Knurren. Seit seinem siebzehnten Lebensjahr war er immer wieder im Gefängnis gelandet und verbüßte zu jener Zeit eine fünfunddreißigjährige Haftstrafe wegen schweren Raubes. Von der Sekunde an, in der er in den Zeugenstand trat, starrte er Spence böse an.

Er hatte noch nie zuvor gegen irgend jemanden ausgesagt, aber als er von Butler zum erstenmal über seine Gespräche mit Spence befragt worden war, hatte er deutlich gemacht, daß er seine Geschichte vor den Geschworenen wiederholen wollte. Während der Befragung hatte er Spence als einen ›kindermordenden Hurensohn‹ bezeichnet. »Jemand sollte ihm seinen verdammten Kopf abreißen und ihm in den Hals scheißen«, hatte er gesagt.

Jetzt im Zeugenstand waren seine Worte weniger drastisch, aber genauso anschaulich. Die Geschworenen hörten, wie er ihnen die speziellen Maßstäbe erläuterte, nach denen sich einige der Häftlinge richteten. Falls jemand während eines Raubüberfalls getötet wurde, erklärte Ivy, war das ›bloß ein Geschäftsrisiko‹. Die Morde, von denen David ihm erzählt hatte, waren jedoch ›krank‹. Kranke Taten wie diese, sagte er, ergaben keinen Sinn.

Ivy sagte aus, daß Spence ihm erzählt hatte, wie er und Gilbert die Mädchen zu Boden gezwungen und sie abwechselnd vergewaltigt hätten. David hatte ihm in allen Einzelheiten beschrieben, wie er jeden der drei Jugendlichen ermordet und die Leichen dann gefesselt hätte, bevor sie auf die andere Seite des Sees gebracht worden wären. »Dann lachte er und sagte, er wäre zwar schuldig, aber schließlich könnten Tote ja nicht reden«, sagte Ivy.

David hatte ihm auch davon erzählt, einem der Mädchen in die Brust gebissen und ihr die Kehle durchgeschnitten zu haben. »Er hat mich gefragt, ob seine Zähne ihn überführen könnten«, fuhr Ivy fort, »und ich habe ihm gesagt, daß sie das mit verdammter Sicherheit könnten, daß Zähne genau wie Fingerabdrücke wären – jeder Mensch hat andere.«

Russ Hunt hatte sich während Ivys Aussage Notizen gemacht und erhob sich, um den Zeugen zu befragen. »Mr. Ivy, mein Name ist Russ Hunt«, sagte er. »Eine Sache an Ihrer Geschichte stört mich. Falls ich Sie richtig verstanden habe, haben Sie gesagt, David hätte ihnen erzählt, er hätte die Jugendlichen ermordet – und sie *dann* gefesselt. Das kommt mir ein wenig merkwürdig vor. Um genau zu sein, es ergibt nicht den geringsten Sinn. Falls Sie mir die Kehle durchschneiden wollten, würden Sie mich nicht zuerst fesseln und dann erst die Tat begehen?«

Ivys Blick verhärtete sich. Er sah Russ Hunt an, beugte sich zu dem kleinen Mikrofon vor, das am Zeugenstand angebracht war, und deutete auf den Verteidiger. »Mr. Hunt«, sagte er, »falls ich Ihnen die Kehle durchschneiden wollte, würde ich nicht *wollen*, daß Sie gefesselt sind.«

Ein hörbarer Laut des Erschreckens fuhr durch den Gerichtssaal. Russ Hunt war durch den unheilvollen Klang von Ivys Eingeständnis sichtlich bestürzt. Am Tisch der Staatsanwaltschaft lächelte Butler Feazell an. Er war sich ziemlich sicher, daß das, was die Verteidigung ›klägliche Knastbruder-Bekenntnisse‹ genannt hatte, sogar noch wirkungsvoller gewesen war, als er gehofft hatte.

Während der Anhörungen im Vorfeld der Verhandlung hatte die Verteidigung erfolglos Anträge eingereicht, die Dr. Homer Campbells Gutachten über die Bißspuren für unzulässig erklären sollten. Ihm eine Aussage zu gestatten, argumentierten sie, würde ›die Justiz ins Lächerliche ziehen‹, da die forensische Zahnkunde, eine relativ neue Wissenschaft, in medizinischen Kreisen nicht allgemein anerkannt wäre.

Campbell, ein schlaksiger Weststaatler mit frühzeitig ergrautem Haar und einer angenehmen Wesensart, war zusammen mit James Ebert, seinem Kollegen in Albuquerque, schon bei Hunderten von Fällen zu Rate gezogen worden, in denen Bißspuren zum Beweismaterial gehört hatten. In dem weithin bekanntgewordenen Fall gegen den verurteilten Massenmörder Ted Bundy hatten sie beide mit den Beamten aus Florida zusammengearbeitet.

Unter Verwendung von Gipsabdrücken von Spences Gebiß und lebensgroßen Fotos der nackten Leiche Jill Montgomerys erläuterte Campbell die Methoden, die angewandt wurden, um die Bißspuren auf dem Foto mit den Abdrücken der Zähne des Verdächtigen zu vergleichen. Ebert, der den Geschworenen sagte, sein Spezialgebiet Photogrammetrie wäre ein ›Fünfundsiebzig-Dollar-Wort für eine Zehn-Cent-Idee‹, erklärte das Verfahren, durch das zu Vergleichszwecken von forensischem Beweismaterial mittels der Vergrößerung und Computerbearbeitung eines Fotos eine schärfere und detailliertere Abbildung erzielt werden konnte.

Dr. Campbell wies auf die Bisse in Jills Hals, Schulter und Brust hin und sagte aus, daß diese Spuren mit allgemein-medizinischer und zahnärztlicher Gewißheit mit dem Zahnschema des Abdrucks übereinstimmten, den man David Spence abgenommen hatte.

Die Geschworenen nahmen den Abdruck genau in Augenschein und sahen aufmerksam zu, als der Arzt auf die halbmondförmigen Bißspuren deutete und erläuterte, wie sie zu der Krümmung und Anordnung von Davids Zähnen paßten. Die Verteidiger standen neben der Geschworenenbank und machten sich Notizen, während Dr. Campbell seine ausführliche und fachspezifische Aussage fortsetzte. Als Butler schließlich den Zeugen zur Befragung an sie abgab, faßte Hunt einen großen Teil der soeben gehörten Aussage noch einmal zusammen und stellte Fragen über die Verläßlichkeit solcher Untersuchungsmethoden.

Während es Butler keine Schwierigkeiten bereitet hatte, die Bißspuren zu erkennen, die Dr. Campbell beschrieb, war Hunt verständlicherweise schwieriger zu überzeugen. Im Verlauf des langwierigen Kreuzverhörs gelang es ihm jedoch nicht, die Aussage des Zahnkundlers in ihrer Glaubwürdigkeit zu erschüttern. Falls überhaupt jemand, würde das nur der eigene Sachverständige der Verteidigung erreichen können.

Als der Arzt den Zeugenstand verließ, machte sich eine spürbare Erleichterung breit. Die Geschworenen, die durch die technischen Einzelheiten und Fachbegriffe der Aussage verwirrt waren, hatten gesehen, daß der Abdruck, wenn man ihn genau mit den Bißspuren auf dem Foto verglich, zu passen schien. Aber die komplizierten Details der Methode, mittels derer diese Erkenntnisse erzielt worden waren, ging über das Begriffsvermögen der meisten von ihnen hinaus.

Während der Dauer dieser Aussage hatte Jan Thompson ihre Augen vor dem schrecklichen Foto ihrer Nichte bedeckt gehalten. Jills Vater, der von seinem Platz aus das vorgelegte Beweismaterial nicht genau hatte sehen können, wartete, bis der Richter den Prozeßtag für beendet erklärte, und ging dann zu dem Geländer neben der Geschworenenbank. Dort blieb er einige Minuten lang stehen und starrte das Foto seiner Tochter an. Obwohl er sich eindringlich darum bemühte, konnte er die Umrisse der Bißspuren nicht erkennen, die während des größten Teils dieses Tages das vorherrschende Gesprächsthema gewesen waren. Im stillen hoffte er, daß die Geschworenen diese Beweise überzeugender fanden als er selbst.

Die meisten Prozeßbeobachter waren der Ansicht, daß die Staatsanwälte einen soliden Fall aufgebaut hatten. Indem sie David Spence ohne Augenzeugen und ohne einen anderen handfesten Beweis als den Bißspuren unmittelbar mit dem Verbrechen in Verbindung gebracht hatten, hatten sie bereits mehrere der Geschworenen für sich gewonnen. Einige der Zuschauer waren von Spences Schuld überzeugt, nachdem sie die Aussagen der Häftlinge gehört hatten. Ein anderer war der Meinung, daß die Bißspuren Beweis genug waren, um einen Schuldspruch herbeizuführen.

Die meisten hielten sich jedoch mit einer Einschätzung zurück und waren gespannt, ob und wie Hunt und Fuller den Fall der Anklage ins Wanken bringen würden. Immerhin hatte die Verteidigung während der ersten Phase der Verhandlung fast schon zu ruhig, zu zuversichtlich gewirkt. Sogar Butler und Feazell fragten sich insgeheim, welche Überraschung Spences Verteidiger wohl noch im Ärmel bereithalten mochten.

Freundlich lächelnd trat Hayes Fuller vor die Geschworenenbank und begann in sanftem Tonfall sein Eröffnungsplädoyer. »Um es ganz einfach zu formulieren«, sagte er, »David ist nicht der Täter. Die Anklage hat in diesem Fall den Falschen vor Gericht gestellt, und sie hat nicht, wird nicht und kann nicht beweisen, daß David derjenige ist, der Jill Montgomery ermordet hat.«

Die Verteidigung, erläuterte er, würde in den folgenden Tagen aufzeigen, daß die Haare, die man in den Frotteestreifen gefunden hatte, mit denen die Opfer gefesselt gewesen waren, nicht mit denen von Spence oder irgendeinem der anderen Beschuldigten in diesem Fall übereinstimmten. Die Geschworenen, versprach er, würden die Aussage eines Experten hören, die sie davon überzeugen würde, daß die an der Leiche des Opfers festgestellten Bißspuren zu schwach ausgeprägt waren, um schlüssig gedeutet werden zu können. Spence, sagte Fuller, hätte gedacht, Deeb würde sich einen Scherz erlauben, als dieser ihn fragte, ob er jemanden auftreiben könnte, der Gayle Kelley umbringen würde. In Wirklichkeit hätte Spence sich sogar bemüht, der Polizei bei der Aufklärung dieses Falls behilflich zu sein.

Im gesamten Gerichtsgebäude hatte längst das Gerücht die Runde gemacht, daß die Aussagen der Zeugen, die die Verteidigung aufzurufen gedachte, nicht nur begründete Zweifel an Spences Verwicklung in die Morde wecken, sondern außerdem andere Personen in den Mittelpunkt der Schuldfrage rücken würden.

Ramon Salinas trat in den Zeugenstand und erklärte, daß die Haarproben, die man in Spences Malibu gefunden hatte – den die Ermittler im April 1983 gekauft und demontiert hatten, nachdem der Wagen bereits im Besitz zweier weiterer Personen gewesen war –, nicht mit denen irgendeines der Opfer übereinstimmten. Sie hätten zwar Blutspuren gefunden, sagte er aus, wären jedoch nicht mehr in der Lage gewesen, ihren Ursprung oder die Blutgruppe festzustellen.

Als Salinas seine Aussage machte, wußten weder er noch die Verteidiger, daß nicht Davids Auto zum Transport der Leichen benutzt worden war. Auch wußten sie nicht, daß die Blutflecke aller Wahrscheinlichkeit nach von Christy Juhl verursacht worden waren, als David sie nach ihrem Selbstmordversuch zu ihrem Stiefvater gefahren hatte.

Die unbestimmbaren Haarproben, die man am Tatort gefunden hatte, argumentierte die Staatsanwaltschaft während des Kreuzverhörs, hätten vermutlich von der Decke gestammt, die der Aufsichtsbeamte an dem Abend, an dem die toten Jugendlichen im Speegleville Park gefunden wurden, über Raylene Rices Leiche gebreitet hatte.

Die Verteidigung legte den Grundstein zu ihrer Theorie, daß die Leichen mit einem Boot in den Speegleville Park gebracht worden waren, und setzte die Geschworenen über die Tatsache in Kenntnis, daß zu der Zeit, als man die Leichen angeblich dorthin geschafft hatte, das Haupteingangstor des Parks verschlossen gewesen war.

Selbst als der Parkverwalter aussagte, daß es außer durch die Haupteinfahrt keine Möglichkeit gäbe, in den Park zu gelangen, schüttelte ein älterer Mann, der dem größten Teil der Verhandlung beiwohnte, den Kopf. Er lieh sich von einer Frau, die neben ihm saß, einen Bleistift und zeichnete eine Karte, die die ›Abkürzung‹ zeigte, auf der er schon seit Jahren zum Angeln in den Park gefahren war. »So ein Quatsch«, flüsterte er, »es gibt zig Möglichkeiten, um in diesen Park zu kommen.«

Hunt und Fuller wußten, daß dieser Fall sich nicht durch die technischen Einzelheiten derartigen Beweismaterials entscheiden würde. Um bei den Geschworenen wirkliche Zweifel aufkommen zu lassen, würden sie belegen müssen, daß jemand anders als ihr Mandant das Verbrechen verübt haben konnte. Zwei Tage darauf machte Richter George Allen ihren Verteidigungsplan zunichte.

Monate zuvor hatte Russ Hunt von einem befreundeten

Anwalt erfahren, daß eine Frau aus Waco namens Connie Baines sich bei ihm darüber beklagt hatte, ihr Stiefsohn wäre in den frühen Morgenstunden des 14. Juli 1982 in ihr Haus gekommen und hätte in ihrer Waschmaschine blutbefleckte Kleidung gewaschen. Er wäre zu dem Zeitpunkt betrunken gewesen und hätte lediglich behauptet, während der ganzen Nacht am See geangelt zu haben. Bevor er an jenem Morgen wieder gegangen wäre, hätte er darum gebeten, sich das Messer ihres Mannes ausleihen zu dürfen, weil er sein eigenes am See verloren hätte. Der Stiefsohn, von dem die Frau erzählte, war Randy Baines, der Ehemann von Joanne Baines, jener Supermarktangestellten, die am Mordtag Jill Montgomerys Gehaltsscheck entgegengenommen und eingelöst hatte.

Hunt hatte daraufhin begonnen, die Aussicht zu untersuchen, ob vielleicht eine Verbindung zu dem Verbrechen bestand. Immerhin kam es ihm merkwürdig vor, daß die Angestellte nicht nach einem Ausweis gefragt hatte, bevor sie solch einen beachtlichen Scheck einlöste. Er begann, über die Möglichkeit nachzudenken, daß der Ehemann der Angestellten, darüber informiert, daß sowohl Jill als auch Raylene eine beträchtliche Menge Bargeld bei sich trugen, ihnen vielleicht gefolgt war, um sie zu überfallen. Hunt war sich sicher, auf etwas Bedeutendes gestoßen zu sein.

Er wurde sogar noch zuversichtlicher, als Sharon Hittle, eine andere Angestellte des Supermarktes, davon erzählte, eines Abends, als die Kassiererin und ihr Ehemann sie mit dem Wagen nach Hause brachten, jemandem namens ›James‹ vorgestellt worden zu sein. Hunt war der Meinung, daß die Umstände, die den Fall James Bishop in Kalifornien umgaben, von der Polizei von Waco nicht in ausreichendem Maße untersucht worden waren. Russ konnte nicht über die Tatsache hinwegsehen, daß Bishop Waco kurz nach den Morden am See verlassen und in Coronado, Kalifornien, ein ähnliches Verbrechen begangen hatte.

Zu denen, die Hunts Theorie teilten, daß James Bishop und Randy Baines durchaus für die Morde am See verantwortlich sein könnten, gehörte auch Dennis Baier. Auf Hunts Vorschlag hin befragte der Polizeibeamte die junge Frau, die einem ›James‹

vorgestellt worden war. Er unterhielt sich mit Sharon Hittle mehrere Stunden lang und versuchte, eine Verbindung zwischen den beiden Männern herzustellen. Es wäre an jenem Abend sehr dunkel gewesen, sagte sie, und der Mann, den man ihr vorstellte, hätte auf der Rückbank des Autos gesessen. Als Baier ihr ein Foto von James Bishop zeigte, sagte sie, sie hätte ihn noch nie zuvor gesehen.

Dennoch umriß die Verteidigung in der Abgeschiedenheit von Richter Allens Zimmer die Geschichte, die sie zu präsentieren beabsichtigte. Die Stiefmutter wurde hereingerufen, um noch einmal von dem Zwischenfall zu berichten, der sich an dem Morgen nach den Morden in ihrem Haus zugetragen hatte. Als Butler sie über einige Einzelheiten ihrer Beziehung zu ihrem Stiefsohn zu befragen begann, reagierte sie feindselig und verlangte, einen Anwalt sprechen zu dürfen. Der Richter willigte ein, ihr zu diesem Zweck bis zum nächsten Morgen Zeit zu geben, und schlug vor, daß sie ihren Anwalt zur Fortsetzung der Befragung mitbringen sollte.

Am nächsten Tag kehrte die Frau ins Zimmer des Richters zurück und gab zu, die ganze Angelegenheit erfunden zu haben, weil sie auf ihren Stiefsohn ärgerlich gewesen war. Butler und Feazell, die durch die Kopie von Hunts Brief an die Bundesbehörden vorgewarnt waren, daß die Verteidigung die Frau wahrscheinlich als Zeugin aufrufen würde, hatten sich vorbereitet. Sie boten an, bis zu fünfzehn Zeugen vorzuladen, die, so behaupteten sie, beweisen würden, daß die Geschichte, die die Stiefmutter ursprünglich erzählt hatte, nicht der Wahrheit entsprach. Auch waren sie darauf vorbereitet darzulegen, daß es keine Beweise dafür gab, daß ihr Stiefsohn und James Bishop sich jemals gekannt hatten.

Während sich Feazell darüber aufregte, daß die Verteidigung einen, wie er glaubte, absurden Versuch unternahm, Zweifel an Spences Schuld zu erwecken, geriet er regelrecht in Wut über die Tatsache, daß Bezirksrichter Mike Gassaway beweiserhebliche Durchsuchungsbefehle an Hunt und Fuller ausgegeben hatte, die ihnen gestatteten, Gebißabdrücke und Haarproben von Bishop und Baines zu nehmen. Feazell war davon überzeugt, daß Gassaway seine Kompetenzen überschritten hatte, indem er diese Durchsuchungsbefehle an Leute ausgab, die keine ausgewiesenen Polizeibeamten waren, und daß er gegen die juristische Berufsehre verstoßen hatte, indem er sich in einen Fall einmischte, der unter dem Vorsitz eines anderen Richters verhandelt wurde. Feazell gedachte bereits jetzt, die Bundesstaatsanwaltschaft um eine Untersuchung des Sachverhalts zu bitten, sobald dieser Prozeß abgeschlossen sein würde. »Soweit es mich betrifft«, sagte der Staatsanwalt zu Tommy Witherspoon vom *Waco Tribune-Herald*, »hat sich Gassaway mit den Verteidigern verschworen, um einem Mörder zum Davonkommen zu verhelfen.«

Sichtlich verärgert wegen der vielen Stunden, die man mit dieser Angelegenheit zugebracht hatte, verschwendete Richter Allen keine Zeit, um seine Entscheidung zu treffen. Er hätte kein hinreichendes Beweismaterial bekommen, teilte er den Verteidigern mit, das ihre gegenwärtige Theorie gestützt hätte, nach der Bishop oder der Stiefsohn der Frau, die in seinem Büro ausgesagt hatte, in den Fall verwickelt waren. Da diesbezügliche Fragen irrelevant wären, würde er ihnen nicht erlauben, in irgendeiner Weise zu versuchen, im Zuge der Zeugenbefragung einen Fall gegen diese beiden Männer aufzubauen.

Da ihr Angriffsplan zerschlagen war, konnten Hunt und Fuller nichts anderes tun, als den aus Los Angeles stammenden Zahnkundler Dr. Gerald Vale in den Zeugenstand zu rufen. Vale, tief sonnengebräunt und mit dichtem weißen Haar, war schon bei mehreren Verhandlungen als Gegensachverständiger zu Dr. Campbell hinzugezogen worden und sagte aus, die Fotografien der Bißspuren wären von solch schlechter Qualität, daß eine wissenschaftliche Untersuchung unmöglich sei. Weitaus förmlicher als der Sachverständige der Anklage es getan hatte, legte er jetzt detailliert dar, mit welchen Methoden Bißspuren untersucht wurden.

Bevor er kurz vor der Mittagspause entlassen wurde, hatte er ausgesagt, daß es sich bei vier der Wunden, die auf den Fotos zu sehen waren, tatsächlich um Bißspuren handelte. Allerdings waren sie seiner Ansicht nach weder deutlich noch markant genug, um feststellen zu können, ob sie von dem Angeklagten stammten. Was die Geschworenen am meisten beeindruckt hatte, war eine Folie mit den Umrissen von Spences Gebiß gewesen, die genau mit den Bißspuren auf dem Foto übereinzustimmen schienen.

»Dr. Vale«, fragte Butler schließlich am Ende seines langen Kreuzverhörs, »können Sie anhand des Beweismaterials, das Sie gesehen haben, den Angeklagten von der Tat ausschließen?«

»Ich kann ihn weder ausschließen noch beschuldigen«, antwortete er.

An jenem Nachmittag legte die Verteidigung eine Pause ein. Während der zwölf Tage der Verhandlung hatte die Staatsanwaltschaft neununddreißig Zeugen aufgerufen. Auf seiten der Verteidigung waren es lediglich sechs Zeugen gewesen.

Kapitel 34

Am Morgen des 3. Juli war Vic Feazell bereits bei Anbruch der Dämmerung aufgestanden. Im Garten hinter seinem Haus ging er langsam auf und ab und dachte über das Schlußplädoyer nach, das er später vor den Geschworenen halten würde. Er und Berni waren lange aufgeblieben, hatten das Plädoyer geschrieben und danach die Notizen und Redewendungen überarbeitet, von denen er wußte, daß er sie vor Gericht doch nicht in der ursprünglichen Form verwenden würde. Noch nie war er in einen Fall dermaßen emotional verwickelt gewesen. Und noch nie hatten ihn die Worte, die er vor einer Geschworenenriege zu sprechen beabsichtigte, so voller Zuversicht erfüllt.

Er nippte an seinem Kaffee, während er zwischen den ordentlich gepflegten Blumenbeeten seiner Frau entlangging und die leuchtenden Farben des Hibiskus und der Lilien bewunderte. Er wußte, daß die Kühle des frühen Morgens sich schon bald in einen weiteren heißen Julitag verwandeln würde.

Außerdem, spürte er, war dies der Tag, an dem im Fall der Lake-Waco-Morde der Gerechtigkeit endlich zum erstenmal Genüge getan werden würde.

»Nervös?« fragte Berni, als er in die Küche zurückkehrte und ihren zweijährigen Sohn Greg auf den Arm nahm.

Er lächelte sie an. »Ja«, sagte er, »das bin ich.«

Im Gerichtssaal ließ er sich das jedoch nicht anmerken. Vor Verhandlungsbeginn, als Feazell in einem schwarzen Anzug sich mit den Familien der Opfer unterhielt, wirkte er ruhig und ausgeglichen. Erst als Hayes Fuller für die Verteidigung das Wort ergriff, wurde Feazells Miene ernst und entschlossen. *Ned hat recht,* dachte er, *das hier ist tatsächlich der Super Bowl.*

Er hörte aufmerksam zu, als Butler die Anklagepunkte für die Geschworenen zusammenfaßte und darauf hinwies, daß die Staatsanwaltschaft jeden dieser Punkte bewiesen hätte. Dann brachten Fuller und Hunt ihre Meinung zum Ausdruck, daß gegen ihren Mandanten nichts als Indizienbeweise vorgelegt worden wären; daß die Motive der verurteilten Straftäter, die im Zeugenstand haarsträubende Geschichten über Spences Prahlereien im Gefängnis erzählt hätten, ernsthaft in Frage gestellt werden müßten. Geduldig hörte Feazell zu, wie die Verteidigung ein weiteres Mal versuchte, das Gutachten von Dr. Homer Campbell unglaubwürdig erscheinen zu lassen.

»David hat das Verbrechen schlicht und einfach nicht begangen«, wiederholte Hunt. Butler lächelte. Hunt hatte diesen Satz so oft gebraucht, daß der Stellvertretende Staatsanwalt im Verlauf der letzten Tage des Verfahrens begonnen hatte, Spence im privaten Kreise als ›David Schlicht‹ zu bezeichnen.

Befriedigt stellte Feazell fest, daß einige der Geschworenen nicht die Verteidiger ansahen, die zu ihnen sprachen, sondern statt dessen in Richtung von Jill Montgomerys Mutter blickten, der man schließlich gestattet hatte, wieder in den Gerichtssaal zurückzukehren. Nancy Shaw hatte sich mit Absicht zu einem Platz in der ersten Reihe jener Sitze entschlossen, die der Geschworenenbank direkt gegenüber lagen. Dort, wußte sie, konnten sie sie sehen. Und, was ihr genauso wichtig war, sie würde endlich freie Sicht auf David Spence haben.

Als die Verteidigung zum Ende ihres Plädoyers kam, verspürte Feazell einen fast schon willkommenen Ärger, der beständig in ihm angewachsen war, während er Hunt und Fuller zugehört hatte. Im Verlauf der schwierigen Verhandlung hatte sich in ihm eine zunehmende Abneigung gegen die beiden Anwälte aufgestaut, die am Tisch der Verteidigung saßen. Die vom Gericht bestimmten Verteidiger hatten zu viele ziel- und haltlose Anschuldigungen erhoben, angefangen mit dem Hetzbrief an die Bundesbehörden, der mit Halbwahrheiten und Schlimmerem angefüllt gewesen war. Auch wußte Feazell von den Gerüchten, die im gesamten Gerichtsgebäude ausgestreut worden waren und die nicht nur ihm selbst, sondern auch Ned Butler und Truman Simons ein moralisch fragwürdiges Verhalten vorgeworfen hatten.

Ob eine solche Einstellung nun richtig war oder nicht – der Staatsanwalt blieb seiner Philosophie treu, für jeden Gegner, der ihm im Gerichtssaal gegenüberstand, ein sehr direktes Gefühl der Feindschaft zu empfinden. Er hatte nie verstehen können, wie Anwälte es fertigbrachten, sich den ganzen Tag lang erbittert zu bekämpfen und um den hohen Einsatz eines menschlichen Lebens zu ringen, um sich dann nach Ende eines Verhandlungstages auf einen Drink zu treffen. Er konnte so nicht arbeiten. Und das Verhalten von Russ Hunt und Hayes Fuller, das er für arrogant hielt, machte es ihm einfacher als gewöhnlich, seinen feindseligen Gefühlen Auftrieb zu geben.

»Meine Damen und Herren«, sagte er, als er sich von seinem Platz erhob und auf die Geschworenen zuging, »in nur wenigen Tagen wird es zwei Jahre her sein, daß das Verbrechen, welches wir hier erörtert haben, verübt wurde; zwei Jahre, seit man die Eltern benachrichtigt hat; seit sie den Schmerz verspürt haben, den nur nachvollziehen kann, wer selbst Kinder hat. Dieser Schmerz wird für den Rest ihres Lebens in ihnen nachklingen.«

Er blieb neben dem kleinen Pult stehen, von dem aus die Verteidiger ihr Plädoyer gehalten hatten, und vergrub seine Hände in den Taschen. Wie auch Hunt und Fuller es getan hatten, dankte er den Geschworenen für ihre Zeit und ihre persönlichen Opfer. Aber im Gegensatz zu den Verteidigern beabsichtigte er nicht, sich bei den Geschworenen dafür zu entschuldigen, daß sie sich die zahllosen Tatortfotos hatten ansehen müssen, die er jetzt auf dem Geländer vor der Geschworenenbank auszulegen begann.

»Ich kann mich hierfür nicht bei Ihnen entschuldigen«, sagte er, »denn genau aus diesem Grund sind Sie hier – um sich diese Bilder anzuschauen und mit eigenen Augen zu sehen, um was für eine Art von Verbrechen es hier geht.«

Schritt für Schritt legte er abermals den Fall dar, den er und Butler präsentiert hatten, beginnend mit den Aktivitäten der Jugendlichen an dem Tag, an dem sie ermordet wurden, bis hin zu der panischen Suche nach Kenneth, auf die Richard Franks sich begeben hatte.

»Als Kenneth um Mitternacht noch nicht zu Hause war, begann sein Vater, sich Sorgen zu machen. Er wußte irgendwie, daß etwas nicht stimmte.« Feazell ließ seinen Blick über das Publikum schweifen, bis er Richard Franks gefunden hatte. Einige der Geschworenen taten dasselbe.

Der Staatsanwalt klang jetzt eher wie ein Prediger als wie ein Ankläger. Als er vom Koehne Park sprach, zitterte seine

Stimme gelegentlich vor verhaltener Gefühle. »Ist irgend etwas Schlechtes am Koehne Park?« fragte er. »Nein; die Teenager sind einfach nur dort hingefahren. Aber sie rechneten nicht damit, daß ihnen so etwas passieren würde . . .« Feazell fuhr herum und deutete auf David Spence. »Sie rechneten nicht damit, jemandem in die Arme zu laufen, der vorhatte zu töten.«

Vic ging vor der Geschworenenbank auf und ab und faßte das Beweismaterial zusammen. Im Gegensatz zu Butler, der mit leiser Stimme sprach und so die Geschworenen zwang, sich anzustrengen, um ihn zu hören, schrie Feazell fast. »Leute«, sagte er, »man muß diese Fakten mit mehr als nur kaltem Intellekt betrachten . . . Es gilt hier, das menschliche Element zu berücksichtigen, und das dürfen Sie niemals aus den Augen verlieren. Denn wenn wir unsere Menschlichkeit verlieren, können wir genausogut gleich aufgeben, abtreten und die Welt den Anarchisten überlassen.«

Als er fortfuhr, versuchte Feazell gar nicht erst, seine Verachtung für die Anwälte der Verteidigung zu verbergen. »Es hat hier einige Anspielungen, einige Behauptungen gegeben, daß die Staatsanwaltschaft im wesentlichen versucht hätte, Mr. Spence zum Sündenbock zu stempeln; daß wir die Aussagen der Häftlinge beeinflußt hätten; daß wir den Gefangenen all diese großartigen Versprechungen gemacht hätten. Meine Damen und Herren, haben Sie von irgendeinem der Zeugen irgend etwas über irgendeine Art von Handel gehört?

Ich bin der Meinung, daß man meine Integrität beleidigt hat ebenso wie Ihre Intelligenz. Verehrte Geschworene, es hat keinerlei Versuch gegeben, David Wayne Spence die Schuld an dieser Tat unterzuschieben.« Erneut warf der Staatsanwalt dem Angeklagten einen strengen Blick zu.

»Sie haben die Aussage eines Mannes namens Clint Olson gehört, daß er und andere am frühen Morgen des 14. Juli zu David Spence in dessen Apartment gekommen sind. Die Verteidigung hat von Ihnen verlangt, Sie sollten davon ausgehen, daß David keinerlei Verbrechen begangen hat, weil er nicht nervös war, als er die Tür öffnete; er war nicht mit Blut bedeckt; er hat nicht gesagt: ›Oh, um Gottes willen, ich habe gerade jemanden ermordet.‹ Nicht nervös. Sie hatten die Gelegenheit, ihn während der zweieinhalb Wochen der Verhandlung zu beobachten. Eine Verhandlung, bei der es um sein Leben geht, und er scheint nicht nervös zu sein. Er ist nicht nervös wegen seines eigenen Lebens; warum sollte er nervös sein, wenn es sich um drei Fremde handelt? Aber an welche Äußerung von Spence hat sich einer der Besucher erinnert? ›Ich bin mit Tony zusammengewesen.‹ Und Clint hat sich daran erinnert, von ihm gehört zu haben: ›Ich bin draußen am See gewesen . . .mit Gilbert.‹

Und Sie haben die Aussage von Dorothy Miles gehört, jener Frau, die David ›Mom‹ nennt. Glauben Sie, daß es irgend etwas oder irgend jemanden gibt, der diese Frau dazu bringen könnte, etwas Falsches auszusagen, oder sie dazu zu veranlassen, gegen ihren Willen überhaupt irgendeine Aussage zu machen? Nein. Was hat sie darüber erzählt, wie sie sich gefühlt hat, als David ihr anvertraute, er glaube, jemanden getötet zu haben? Sie sagte, sie hätte sich erbärmlich gefühlt. Ich habe mir das aufgeschrieben. Sie sagte: ›Ich habe ihn geliebt, ich habe gehofft, er würde nur Spaß machen, aber ich wußte es besser.‹

Einer der Sätze, die Jessie Ivy im Zeugenstand bei der Beantwortung einer von Mr. Hunts Fragen gesagt hat, hat meines Erachtens sehr viel Sinn ergeben. Hinsichtlich der Tatsache, daß die Teenager erst nach ihrer Ermordung gefesselt worden wären, fragte Hunt ihn: ›Ergibt das einen Sinn?‹ Und Jessie Ivy sah ihn an und sagte: ›Kranke Taten ergeben keinen Sinn.‹ Erinnern Sie sich noch daran? ›Kranke Taten ergeben keinen Sinn.‹

Feazill hielt inne und ließ diese Aussage einwirken, während er einen Schluck Wasser trank. Richter Allen wies ihn darauf hin, daß seine Redezeit weiterlief.

Der Staatsanwalt ging jetzt immer schneller auf und ab und erinnerte die Geschworenen an die Aussagen von Gayle Kelley und Muneer Deebs Geschäftspartner und an die Einzelheiten, von denen die anderen Gefangenen Spence hatten erzählen hören. Er rief ihnen Daryl Beckhams Aussage ins Gedächtnis zurück, daß David gesagt hätte, Kenneth Franks wäre gezwungen gewesen, dabei zuzusehen, wie die anderen starben.

»Wissen Sie was?« fragte Feazell. »Eines dieser Kinder hatte Glück – das Glück, zuerst umgebracht zu werden und nicht zusehen zu müssen, wie die anderen starben. Mann, das ist hart, nicht wahr, daran zu denken, daß eines dieser Kinder Glück gehabt hat?« Gegenüber der Geschworenenbank saß Nancy Shaw und weinte still vor sich hin. Sie unternahm keinen Versuch, die Tränen wegzuwischen, die ihr über das Gesicht liefen.

Dann wandte Feazell seine Aufmerksamkeit dem Gutachten über die Bißspuren zu. »Die Verteidigung hat Ihnen erzählt, die Zahnkundler hätten gegensätzliche Meinungen gehabt. Meine Damen und Herren, ich habe keine gegensätzliche Meinungen gehört. Ich habe Dr. Campbell sagen hören, daß mit zahnärztlicher und medizinischer Gewißheit David Spences Zähne diese Wunden verursacht haben. Und ich habe Gerald Vale sagen hören, daß er aufgrund der Beweise keine Schlußfolgerung ziehen könne. Er hat nicht gesagt, Dr. Campbell könne so etwas nicht tun; er hat gesagt: ›Aufgrund der Beweise kann ich keine Aussage treffen. Ich werde ihn weder ausschließen noch beschuldigen.‹ Und dann hat Mr. Butler ihn gefragt: ›Nun, Sie haben gesagt, es gäbe ein paar Ähnlichkeiten, und die Anordnung der Zähne könnte stimmen?‹ Und Dr. Vale hat geantwortet: ›Ja, es bestehen Ähnlichkeiten zwischen diesen Wunden und Mr. Spences Zähnen.‹ Dann hat er gesagt, diese Zahnordnung wäre bei einer Menge Leuten üblich.

Aber erinnern Sie sich noch, was Mr. Butler ihn dann gefragt hat? Er fragte, ob die Anordnung den möglichen Täterkreis nicht einschränken würde. Und Dr. Vale sagte: ›Ja, die Anordnung grenzt es auf wenige Leute ein.‹ Nun, was wäre, wenn jemand mit solchen Zähnen in Waco wohnen würde? Nun, das würde es noch mehr eingrenzen. Was wäre, wenn dieser Betreffende in jener Nacht im Park gewesen wäre? Das grenzt es noch mehr ein. Was, wenn er zugegeben hätte: ›Ich habe ihre Brustwarze abgebissen?‹ Das grenzt es noch mehr ein.

David Spence befand sich im Irrtum, als er Jessie Ivy sagte, Tote könnten nicht reden. Gott sei Dank kann Homer Campbell sich die Leichen ansehen und Ihnen ihre Botschaft übermitteln. Manchmal können Tote reden.«

Die Anstrengungen der anhaltenden Gefühlsaufwallung traten bei dem jungen Staatsanwalt langsam offen zutage, als er sein leidenschaftliches Plädoyer zum Abschluß brachte. Es gab noch andere Dinge, die er gehofft hatte, ansprechen zu können, aber seine Zeit wurde knapp.

»Meine Damen und Herren«, sagte er mit plötzlich sanfter Stimme, »es hat zwei Jahre gedauert, und es gibt eine Menge Leute, die auf Ihre Entscheidung gewartet haben. Zwei Jahre.«

Dann ging er zum Tisch der Verteidigung, stellte sich nur ein kleines Stück neben den Angeklagten und sagte: » Wissen Sie, im Verlauf dieser Verhandlung habe ich mich dabei ertappt, daß ich David Spence ansah und etwas empfand, das ich zunächst fälschlicherweise für Mitleid hielt. Dann sagte ich mir, Vic, warum tut David Spence dir leid? Dann begriff ich, daß ich nicht ihn bedauerte; ich bedauerte unsere Situation. Sie schmerzt. Es tut weh, sich mit einer solchen Angelegenheit befassen zu müssen. Und ich weiß, daß es auch Ihnen Schmerzen bereiten wird, aber ich bin sicher, daß Sie – auf der Grundlage des Beweismaterials – das Richtige tun werden. Es ist eine sehr, sehr traurige Situation.«

Fast zwei Stunden lang saßen die Angehörigen der Opfer in der Bibliothek des Büros der Staatsanwaltschaft und warteten nervös, Feazell und Butler zogen sich in ihre jeweiligen Arbeitszimmer zurück, angeblich weil sie noch einige wichtige Dinge erledigen mußten. In Wirklichkeit wollten sie lediglich die qualvolle Wartezeit ohne Gesellschaft hinter sich bringen. Die langen Nächte der Vorbereitungen und die anstrengenden Tage im Gerichtssaal hatten sie ausgelaugt, und beide standen kurz vor der völligen Erschöpfung.

Als die Nachricht eintraf, daß die Geschworenen darum gebeten hatten, noch einmal das Beweismaterial begutachten zu dürfen, das mit den Bißspuren in Zusammenhang stand, rannte Feazell den Flur hinunter zu Butlers Büro. »Ich kann das einfach nicht glauben«, tobte er. »Falls ihnen diese Beweise fragwürdig erscheinen, stecken wir in echten Schwierigkeiten.«

Butler trank einen Schluck Kaffee und antwortete nicht. Das war bereits die dritte Tasse, die er sich seit dem Verlassen des Gerichtssaales eingegossen hatte, und doch war sein Mund noch immer trocken.

Eine halbe Stunde später kam Truman Simons aus dem Gerichtsgebäude zurück, um Bescheid zu geben, daß die Geschworenen ihre Beratung beendet hatten.

Richter Allen blickte auf einen Gerichtssaal hinab. Alle Sitzplätze waren belegt, und weitere Zuschauer standen schweigend entlang der Wände. Einige saßen auf den Fensterbänken.

Dann richtete er seine Aufmerksamkeit auf Glenn Wendell, den pensionierten Luftwaffenoffizier, der zum Sprecher der Geschworenen gewählt worden war. »Haben die Geschworenen ein einstimmiges Urteil gefällt?« fragte der Richter.

»Jawohl, Sir.«

»Bitte übergeben Sie das Urteil dem Gerichtsdiener.«

Lex Hollis nahm das gefaltete Stück Papier von dem Sprecher entgegen und händigte es dem Richter aus.

»Ich werde jetzt das Urteil der Geschworenen verlesen«, sagte Richter Allen, während er sich langsam seine Brille aufsetzte. »Wir, die Geschworenen, befinden den Angeklagten, David Wayne Spence, des Verbrechens des vorsätzlichen Mordes, wie in der Anklageschrift dargelegt, für schuldig . . .«

Noch während die einzelnen Geschworenen nacheinander ihr Urteil wiederholten, schüttelten Feazell und Butler sich die Hände und unterdrückten ihr Lächeln. Obwohl seine Mutter während der Urteilsverkündung in Schluchzen ausbrach, zeigte Spence keinerlei Gefühlsregung. Auf dem Flur vor dem Gerichtssaal wartete eine Unmenge von Reportern darauf, mit den Anwälten und den Familienmitgliedern reden zu können. Hayes Fuller sagte lediglich, er wäre ungehalten über die kurze Zeit, die die Geschworenen für ihre Beratung benötigt hätten, und daß der Schuldspruch ihn nicht wirklich überrasche. »Aufgrund der umfassenden Publicity im Vorfeld der Verhandlung«, sagte er, »war David bereits verurteilt, noch bevor er den Gerichtssaal betrat.«

Zur gleichen Zeit unterhielt sich Vic Feazell mit einem Fernsehreporter. »Wir sind mit dem Urteil zufrieden«, sagte er, »aber die Arbeit ist erst zur Hälfte getan.«

Am nächsten Tag würde die Phase des Prozesses beginnen, in der das Strafmaß festgesetzt werden mußte.

Bei der Zumessung des Strafmaßes in einem Fall vorsätzlichen Mordes sind die Geschworenen in verfahrenstechnischem Sinne davon befreit, die eigentliche Strafe festzulegen. Anstatt für eine lebenslängliche Haftstrafe oder den Tod durch eine letale Injektion zu stimmen, wird von ihnen verlangt, daß sie zwei Fragen beantworten. Bevor der Richter die Todesstrafe verhängen konnte, die die Staatsanwaltschaft so entschieden verlangte, müßten die Geschworenen zunächst mit ›Ja‹ auf zwei Fragen antworten, die ›Urteilsfragen‹ genannt werden und ihnen vom Gericht vorgelegt wurden. Ein ›Nein‹ als Antwort auf eine der beiden Fragen würde automatisch zu einer lebenslänglichen Haftstrafe für Spence führen. Die Fragen lauteten:

Urteilsfrage Nr. 1: Sind Sie angesichts der Beweislage über jeden vernünftigen Zweifel hinaus der Überzeugung, daß die Tat des Angeklagten, welche zum Tod der Verstorbenen führte, vorsätzlich und in der begründeten Erwartung begangen wurde, daß aus ihr der Tod der Verstorbenen oder anderer Personen resultieren würde?

Urteilsfrage Nr. 2: Sind Sie angesichts der Beweislage über jeden vernünftigen Zweifel hinaus der Überzeugung, daß die Wahrscheinlichkeit besteht, daß der Angeklagte auch in Zukunft kriminelle Gewalttaten verüben würde, die eine fortdauernde Bedrohung der Gesellschaft bedeuten würden?

Um den Geschworenen bei ihrer Antwort auf die zweite Frage zu helfen, würde man ihnen gestatten, Einzelheiten über vorherige Straftaten des Angeklagten zu hören.

Linda Kelton, die inzwischen nicht mehr im Methodistenheim wohnte, war aus Louisiana angereist, um auszusagen, daß sie von Spence an jenem längst vergangenen Abend vergewaltigt worden war, an dem sie eingewilligt hatte, ihre Zimmerkameradin Fran Peters zu einer Verabredung zu begleiten. Mit nahezu unhörbarer Stimme berichtete sie von Davids Forderung: ›Du wirst nett zu Chili sein, und Chili wird nett zu dir sein‹ und davon, daß er sie gebissen und mit einem Messer bedroht hatte.

Und Danny Powers, in Begleitung seiner Eltern, war noch einmal gezwungen, seinen Bericht über den Abend zu wiederholen, an dem Spence und sein Begleiter Gilbert Melendez ihn sexuell mißbraucht hatten. An einem Punkt seiner Aussage trat er aus dem Zeugenstand und zog eines seiner Hosenbeine hoch, um den Geschworenen die Narben zu zeigen, die Spences Messer hinterlassen hatte.

Dr. Clay Griffith, ein Gerichtspsychiater aus Dallas, trat in den Zeugenstand und hörte zu, wie Feazell das hypothetische Profil eines Mannes darlegte, dessen persönliche Geschichte der letzten fünf Jahre Raubüberfall, Mord, Vergewaltigung und sexuellen Mißbrauch umfaßte. »Besteht die Möglichkeit«, fragte der Staatsanwalt, »daß eine Person, die über eine solche Vergangenheit verfügt, ihr Verhalten bessern kann?«

Der Psychiater richtete seine Antwort an die Geschworenen. »Es besteht nicht die geringste Chance, daß sich sein Verhalten zum Besseren wendet«, sagte er. »Zum Glück weisen nur sehr wenige Leute eine derart skrupellose Persönlichkeit auf. Das hat überhaupt nichts mit einer Geisteskrankheit zu tun, es ist vielmehr eine Persönlichkeitsstörung. Eine Veränderung seiner Persönlichkeit würde höchstens zum Schlimmeren verlaufen, obwohl ich mir nicht vorstellen kann, was dort noch schlimmer werden könnte.

Solche Leute handeln aus einem Drang heraus, der nicht in Verbindung zu Sachen oder Personen steht. Sie werden alles tun, um diesem Drang zu folgen, und sie sind meisterliche Intriganten und Lügner. Sie lernen niemals aus Erfahrungen oder Strafen.

»Sir«, schloß er und wandte sich wieder Feazell zu, »dies hier ist einer der bösartigsten hypothetischen Fälle, von denen ich jemals gehört habe. Zweifellos würde ein solcher Mann, selbst wenn man ihn in ein Zuchthaus sperrte, eine permanente Bedrohung der Gesellschaft darstellen.«

Dr. James Jolliff, der Psychiater, der Spence im April 1983 untersucht hatte, sagte aus, daß er den Angeklagten auf einer Skala von eins bis zehn – eins als bester Wert, zehn als schlechtester – bei einer zehn einstufen würde.

Die Verteidigung lud keine Zeugen zugunsten von Spence vor. Dann rief Richter Allen die Anwälte auf, ihre Schlußplädoyers zu halten.

Russ Hunt versuchte gar nicht erst, seine Enttäuschung über die Geschworenen zu verbergen. Er war der Ansicht, sie hätten bei der Verurteilung seines Mandanten viel zu voreilig gehandelt. »Ungeachtet Ihres schnellen Schuldspruchs«, sagte er, »basierte der Fall der Staatsanwaltschaft auf extrem schwachen Indizienbeweisen. Das Thema hier sollte nicht lauten: ›Laßt uns die Kinder und ihre Eltern furchtbar bedauern und David Wayne Spence völlig vergessen.‹

Bevor Sie auf diese beiden Fragen mit ›Ja‹ antworten, sollten Sie sich lieber vergewissern, daß der Weg, den Sie einschlagen werden, der angemessene Weg ist ... daß Sie sich davon überzeugt haben, daß es keinerlei Zweifel gibt. Denn falls Sie das nicht tun, werden Ihre Selbstzweifel Sie eines Tages zerfressen.«

Hayes Fuller hatte bereits darum gebeten, daß die Geschworenen ›das Verbrechen nicht noch verschlimmern sollten, indem Sie gegen David mit einer Todesstrafe zurückschlagen‹. »Auch wenn David Ihnen vielleicht verzeihen wird«, sagte er zu den Geschworenen, »lautet die Frage, ob Sie jemals in der Lage sein werden, sich selbst zu verzeihen.«

Feazells Schlußplädoyer war sogar noch dramatischer als dasjenige am Ende des ersten Abschnitts der Verhandlung.

»Meine Damen und Herren«, sagte er, »für diesen ›richtigen Mann‹, wie er sich selbst gegenüber Gayle Kelly bezeichnet hat, ist es an der Zeit, die Konsequenzen zu tragen. »Dieser ›richtige Mann‹ ist endlich erwischt worden, kann für seine Taten verantwortlich gemacht werden, und es wird für ihn langsam Zeit, sich wie ein richtiger Mann zu verhalten anstatt wie ein jämmerlicher Angeber.

Ich nehme das hier persönlich. Ich fühle mit. Ich stelle mich hier nicht hin und halte ein solches Plädoyer, nur weil ich, wie Mr. Hunt behauptet, gern dramatisch bin. Wenn etwas wie das hier geschieht, fügt es uns allen Schmerzen zu.

Als ich Nancy Shaw in diesem Zeugenstand angesehen habe und ich vor meinem inneren Auge das Lächeln von Jill im Lächeln dieser Mutter oder das Lächeln von Kenneth in dem seiner Mutter erkennen konnte, tat mir das weh, genauso wie es Ihnen weh getan hat. Als ich Nancy in diesem Zeugenstand sitzen gesehen habe, die ihre Tränen unterdrücken mußte, tat mir das weh. Als ich Richard Franks in diesem Zeugenstand gesehen habe, wie er mit den Tränen rang, tat mir das weh. Und wenn ich dann David Spence gesehen habe, der unberührt dasaß und manchmal sogar grinste, tat mir das weh.«

Ein weiteres Mal rief er den Geschworenen die allzu vertrauten Tatortfotos ins Gedächtnis zurück. Er hielt eines der Bilder von Jill Montgomery in die Höhe, die nackt und mit durchschnittener Kehle im Speegleville Park lag, und sagte: »Sehen Sie sich diese Fotos sorgfältig an. Und denken Sie daran – dies hier ist das letzte Bild von Jill Montgomery, das ihre Mutter zu Gesicht bekommen hat.«

Richter Allen war besorgt über die Spannung, die sich in seinem Gerichtssaal aufgebaut hatte, und beauftragte Sheriff Jack Harwell, zusätzliche Wachen bereitzuhalten, wenn die Geschworenen zurückkehrten. Außerdem ordnete er an, daß jeder, der den Gerichtssaal betrat, nach Waffen durchsucht wurde.

Die Geschworenen benötigten drei Stunden, bis sie mit einem einstimmigen ›Ja‹ auf beide Urteilsfragen zurückkehrten.

Während Spence bei der Verlesung des Urteils keine Gefühlsregung zeigte, brach seine Mutter in Tränen aus und rannte aus dem Gerichtssaal. Unmittelbar vor der Tür fiel sie in den Armen von Freunden und Familienmitgliedern in Ohnmacht.

Truman Simons, der an der hinteren Wand des Raumes gestanden hatte, während der Richter das Urteil verlas, warf einen Blick auf David. Sein Gesicht verriet nichts von dem, was er empfand.

Unterdessen schlossen sich Nancy Shaw, Jan Thompson und Sandra Sadler, die nebeneinander gesessen hatten, in die Arme, und ihr erleichtertes Lächeln vermischte sich mit Tränen. Richard Franks schüttelte Feazell und Butler die Hände. »Ich werde Ihnen niemals genug für das danken können, was Sie getan haben«, sagte er.

Nachdem die Zuschauer und die Vertreter der Medien gegangen waren, gingen Butler und Feazell ins Beratungszimmer der Geschworenen, um noch einmal mit den dort Versammelten zu reden. Geduldig beantworteten sie Fragen über Spence und die Morde, die sie im Verlauf des Verfahrens aus rechtlichen Gründen nicht hatten aufgreifen dürfen. Einige der Frauen weinten noch immer, während sie sich um die nochmalige Bestätigung bemühten, daß sie die richtige Entscheidung getroffen hatten. Die Ankläger erzählten ihnen von dem Beweismaterial, das sie nicht verwendet hatten, und äußerten sich ausführlich zu den Aussagen, die den Geschworenen in den letzten Tagen zu Gehör gekommen waren.

Die Geschworenen hatten während des Verfahrens oftmals gehört, wie der Name von Truman Simons erwähnt wurde, und wollten mehr über seine Rolle in dem Fall wissen. »Wenn es Truman nicht gäbe«, sagte Feazell, »wäre dieser Fall niemals aufgeklärt worden. Er ist der wirkliche Held dieser Geschichte. Eigentlich würde ich Sie gerne mit ihm bekannt machen.«

Daraufhin bat er Butler, hinüber in sein Büro zu gehen und Truman zum Beratungszimmer der Geschworenen zu bringen. Als er eintrat, stellte Vic ihn den Anwesenden vor. »Meine Damen und Herren«, sagte er, »ich danke Gott für Männer wie Truman Simons. Und Sie sollten das auch tun.«

Mehrere tausend Meilen entfernt nahm Christy Juhl an der Ausbildung in der Kosmetikschule teil, in der ihr Bruder sie angemeldet hatte. Eine Frau, mit deren Haar sie beschäftigt war, las in einer Zeitung. Als Christy ihr über die Schulter blickte, wurde ihre Aufmerksamkeit von der Überschrift einer kurzen Agenturmeldung im unteren Teil der Seite angezogen. ›Mann aus Waco zum Tode verurteilt‹ lautete sie.

Christy las den ersten Absatz der Meldung, brach in Tränen aus und rannte aus dem Raum.

Kapitel 35

Abgesehen von einigen unwahren Meldungen, daß im Gefängnis des McLennan County an dem Wochenende nach Beendigung des Prozesses mehrere telefonische Morddrohungen gegen David Spence eingegangen wären, schienen die Lake-Waco-Morde, die zwei Jahre lang im Mittelpunkt des öffentlichen Interesses gestanden hatten, fast schlagartig aus den Nachrichten zu verschwinden. Es war, als hätten der Schuldspruch der Geschworenen und das Urteil des Richters genau den Schlußpunkt gesetzt, den die meisten Bürger Wacos sich wünschten. Obwohl viele enttäuscht waren, daß Spence während der Verhandlung nicht selbst zu seiner Entlastung ausgesagt hatte, herrschte die generelle Meinung vor, daß der Gerechtigkeit Genüge getan worden war.

David verschwand aus den Überschriften und dem öffentlichen Bewußtsein und erwartete seine Überstellung in die Todeszelle. Er verbrachte drei weitere Monate im örtlichen Gefängnis, bevor die Nachricht eintraf, daß man ihn in ein staatliches Zuchthaus verlegen würde.

An einem Donnerstagmorgen Anfang Oktober weckte man ihn und brachte ihn nach unten zum Aufnahmeschalter. Dort erfuhr er, daß ihm lediglich erlaubt war, seine Papiere, ein paar Briefe und einige Fotos mitzunehmen. Dann führte man ihn in ein Nebenzimmer, wo man ihm gestattete, die Gefängnismontur gegen zivile Kleidung zu wechseln, die er während der Fahrt tragen durfte.

Es war kurz nach acht Uhr, als Spence in khakifarbener Hose und kariertem Westernhemd zum Aufnahmeschalter zurückkehrte und dort Truman Simons und Ned Butler neben Captain Dan Weyenberg stehen sah. Spence starrte den Deputy und den Stellvertretenden Staatsanwalt an, sagte jedoch nichts, als der Captain begann, eine Kette durch die Gürtelschlaufen von Davids Hose zu ziehen und sie mit den Handschellen zusammenzuschließen, die man dem Gefangenen angelegt hatte.

Erneut richtete Spence seinen Blick auf Simons. »Kommt er mit uns?«

»Ja, David, er wird uns begleiten, sagte Weyenberg.

Spences Körper versteifte sich. »Ich werde nicht mitgehen, wenn er dabei ist.«

Weyenberg lachte. »David, Sie haben gar keine andere Wahl. Er kommt mit, ich komme mit, und Sie kommen mit. Was ist denn los? Ich dachte, Sie mögen Truman.«

»Ich traue ihm nicht«, sagte Spence mit feindseliger Stimme, »und meine Anwälte trauen ihm auch nicht. Sie glauben, er könnte versuchen, mir etwas anzutun.«

In den Wochen vor Davids Verlegung hatte Janita White ihn mehrere Male besucht und ihn unaufhörlich vor Ross Hunts Befürchtung gewarnt, daß ihr Sohn während seiner Fahrt nach Huntsville in Gefahr sein könnte. »Falls sie irgendwo am Straßenrand anhalten und dir befehlen, aus dem Wagen auszusteigen, weigere dich«, wies sie David an. »Sie werden einfach behaupten, du hättest zu fliehen versucht und sie hätten dich erschießen müssen. Falls sie anhalten, leg dich einfach auf den Wagenboden und fang an, um Hilfe zu schreien. Mr. Hunt sagt, daß sie direkt auf eine Gelegenheit lauern, dich umzubringen.«

Truman hatte Gerüchte darüber gehört, daß Spences Anwälte sich um das Leben ihres Mandanten sorgten. Einer der Gründe, aus denen er Captain Weyenberg gebeten hatte, David auf seinem Weg ins Staatsgefängnis begleiten zu dürfen, war in der Tat gewesen, den Beweis zu erbringen, daß Russ Hunts Beschuldigungen gegen ihn unbegründet waren. Und er war der Meinung, daß er sich das Privileg verdient hatte, David bei seiner Überstellung in die Todeszelle zu eskortieren. In gewisser Weise würde ein weiteres Kapitel abgeschlossen werden.

Die drei saßen schweigend da, während Weyenberg den Wagen durch die Innenstadt lenkte und auf die Interstate 35 abbog. Simons, der auf dem Beifahrersitz saß, drehte sich um und warf einen Blick auf den mürrischen Häftling, der in sich zusammengesunken auf der Rückbank hockte. »David, was genau werde ich Ihnen denn Ihrer Meinung nach antun?« fragte er.

»Keine Ahnung. Ich würde dorthin einfach lieber nicht mit Ihnen fahren.«

Simons lächelte und schüttelte den Kopf. »Glauben Sie wirklich, ich werde versuchen, Ihnen etwas anzutun?«

»Nein. Nein, eigentlich nicht. *Ich* glaube das nicht. Aber Russ Hunt mißtraut Ihnen.«

Truman fand Gefallen an dem Spiel, das er mit David spielte. »Was werde ich denn seiner Ansicht nach tun?«

»Er glaubt, Sie wären fähig, alles mögliche zu tun.«

»David, ich weiß nicht, ob Sie sich dann besser fühlen oder nicht, aber lassen Sie mich Ihnen versichern, daß ich nicht die geringste Absicht habe, Ihnen weh zu tun. Sie haben von mir nichts zu befürchten, solange Sie nicht zu fliehen versuchen oder eine ähnliche Dummheit begehen. In Wahrheit muß Russ Hunt sich wegen mir weitaus größere Sorgen machen als Sie. Es gibt eine Vielzahl von Dingen, wegen derer Hunt und ich uns demnächst mal zusammensetzen und unterhalten werden.«

Zum erstenmal entspannte Spence sich und lächelte. Die Angst, die er bei ihrem Zusammentreffen früher an jenem Morgen anfangs hatte erkennen lassen, verschwand. »Das glaube ich Ihnen«, sagte er. Schon bald waren er und der Mann, der am meisten für die Fahrt verantwortlich war, auf der sie sich befanden, in ein Gespräch vertieft.

»Truman«, sagte er, »sind Sie sich eigentlich der Tatsache bewußt, daß ich unschuldig bin?« Das war das erste Mal, daß er den Deputy anders als mit ›Mr. Simons‹ angeredet hatte.

»Nein, David, ich bin mir dessen nicht bewußt. Ich glaube, daß Sie schuldig sind. Das habe ich schon immer getan. Sie wissen das. Es gibt einfach zu viel, das auf Sie hindeutet.«

»Ich habe mein Leben wieder in die Hände des Herrn gelegt«, sagte Spence, als hätte er Simons' Antwort überhaupt nicht gehört. »Ich habe viel gebetet, und Er hat mir einige verheißungsvolle Zeichen gesandt. Ich bin wirklich der Meinung, daß Er dieses Schicksal von mir abwenden wird.«

Simons wandte sich um, um David direkt ins Gesicht blicken zu können. »Wissen Sie, bei diesem Fall haben eine Menge Leute gebetet. Und ein paar davon glauben, daß ihre Gebete bereits in Erfüllung gegangen sind.«

»Ja, ich weiß. Aber es gibt viele Leute, die zu den falschen Mächten beten.«

Simons, dem die Geschichten über Davids Interesse am Satanismus einfielen, sah ihn amüsiert an.

»Ich weiß, was Sie denken«, sagte David, »aber sie haben mich in dieser Hinsicht völlig mißverstanden. Ich spreche von Gebeten zu unserem Herrn, Gott dem Allmächtigen. Ich bin Leuten begegnet – wie zum Beispiel einem der Geistlichen, die vor ein paar Sonntagen ins Gefängnis gekommen sind –, die mir erzählt haben, sie glaubten, der Herr habe viel mit mir vor. Mehrere Leute haben das gesagt.«

»Und das glauben Sie wirklich?«

»Ja, das tue ich.«

»Ich denke, es ist sehr gut möglich, daß der Herr etwas mit Ihnen vorhat«, pflichtete Simons ihm bei. »Wissen Sie, es besteht die Möglichkeit, daß Er Sie als warnendes Beispiel für eine Anzahl von Leuten benutzen wird.«

»Das nehme ich Ihnen nicht ab«, sagte Spence.

»Damit habe ich auch nicht gerechnet«, gab Truman zurück.

Während sie ihre Fahrt nach Osten fortsetzten, erzählte Spence von seinen beiden Söhnen, seiner Ex-Frau June und daß die Angehörigen ihrer Kirche für ihn beteten. Er würde nicht mehr fluchen, sagte er und betonte mehrfach seine Gewißheit, daß seine Notlage schließlich zu Ende gehen würde.

»Nun, das wird aber ziemlich bald geschehen müssen«, sagte Simons, »denn so wie die Dinge im Justizvollzug momentan aussehen, schätze ich, daß Ihnen im Höchstfall drei Jahre bleiben. Und ganz egal, was Russ Hunt Ihnen erzählt, sehe ich einfach keine schwerwiegenden Fehler, die während Ihrer Verhandlung begangen worden wären. Sie werden für Ihre Taten bezahlen müssen.«

»Ich weiß, daß es während des Verfahrens schlecht für mich ausgesehen hat«, erwiderte Spence, »aber diese ganze Angelegenheit war schlicht und einfach ein Komplott.«

Zum erstenmal während der Fahrt verspürte Simons einen Anflug von Ärger in sich aufkommen, behielt sich jedoch unter Kontrolle. »David«, sagt er, »ich glaube nicht, daß sich die ganze Welt gegen Sie verschworen hat. Sie kennen die Fakten, und wir haben sie vor Gericht dargelegt. Verdammt, Sie wußten, was auf Sie zukam. Wir beide haben uns dort oben im

Gefängnis oft unterhalten. Ich habe Ihnen vielleicht sogar mehr über die Ermittlungen erzählt, als ich hätte tun sollen. Aber ich glaube nicht, daß Sie mir ins Gesicht sehen und behaupten können, ich hätte Sie jemals belogen. Sie wissen, daß ich Ihnen gegenüber vom ersten Tag an aufrichtig gewesen bin. Als ich Sie zum zweitenmal überhaupt zu Gesicht bekam, habe ich Ihnen gesagt, daß ich glaubte, Sie hätten diese Sache draußen am See verübt, und daß ich Sie kriegen würde, falls das tatsächlich der Fall wäre. Erinnern Sie sich noch?

»Ja, ich erinnere mich noch. Ich wüßte nicht, daß Sie mich je angelogen hätten. Ich versuche Ihnen im Moment nur klarzumachen, daß ich es nicht getan habe, und ich denke, daß Sie das eines Tages herausfinden werden.«

»Dann wird es vielleicht zu spät sein.«

»Nun, es sieht für mich gar nicht so schlecht aus. Da sind Leute, die einige neue Informationen bezüglich dieses Falls haben, und ich glaube nicht, daß es allzulange dauern wird, bis sich alles aufklärt.«

Simons stützte sein Kinn auf die Rückenlehne des Sitzes. »David, wenn Sie über Informationen hinsichtlich dieses Falls verfügen, die beweisen, daß jemand anders es getan hat, warum erzählen Sie mir nichts davon?«

»Würden Sie das denn nachprüfen?«

»Natürlich würde ich das. Ich habe nie vorgehabt, Ihnen persönlich etwas anzuhängen. Alles, was ich je wollte, war, daß diejenigen, die diese Morde begangen haben, dafür bezahlen. Falls Sie mir beweisen können, daß nicht Sie, sondern jemand anders diese Verbrechen verübt hat, dann werde ich das mit verdammter Sicherheit überprüfen.«

»Wirklich?«

»Verlassen Sie sich darauf. Sie liefern mir eine Geschichte, die vernünftig klingt und in eine andere Richtung weist, und ich gehe nachsehen. Falls Sie unschludig sind und uns zu beweisen helfen, wer es getan hat, werde ich der erste sein, der vor der ganzen Welt eingesteht, daß Sie unschuldig sind. Und ich werde alles tun, was in meiner Macht steht, um Ihnen aus diesem Schlamassel zu helfen.«

»Es ist schwer für mich, das zu glauben.«

Zum erstenmal meldete sich Captain Weyenberg zu Wort. »Das ist unser Job, David. Falls Sie es nicht getan haben, wollen wir nicht, daß Sie ins Gefängnis gehen. Mir geht es wie Truman – ich glaube, Sie sind der Täter. Aber falls wir Material hätten, das beweist, daß Sie es nicht gewesen sind, wäre ich der erste, der an die Öffentlichkeit geht und zugibt, daß wir einen Fehler gemacht haben.«

Spence richtete seine Aufmerksamkeit auf den Rückspiegel und begegnete dem Blick des Fahrers. »Ja, aber was werden Sie tun, wenn man mich hinrichtet, und dann, ein paar Jahre danach, finden Sie heraus, daß ich es nicht gewesen bin?«

»Alles, was wir dann sagen könnten, wäre, daß wir Mist gebaut haben«, sagte Simons.

»Das ist alles?«

»Ich wüßte nicht, was ich sonst noch sagen könnte.«

»Sie würden überhaupt nichts für mich empfinden?«

»David«, sagte Simons mit einem Grinsen, »Sie würden nicht mehr da sein.«

Spence lenkte das Gespräch wieder auf die Verhandlung und begann, die Aussage der Zeugen der Staatsanwaltschaft anzugreifen. »Die haben alle gelogen«, sagte er. »Sie alle waren Teil der Verschwörung.«

»Sie reden die ganze Zeit von so einer verdammten Verschwörung«, sagte Truman. »Wer hat sich denn Ihrer Meinung nach gegen Sie verschworen?«

»Nun«, sagte David, »ich glaube eigentlich nicht, daß Vic Feazell es gewesen ist.«

»Er hat in Ihrem Fall die Anklage vertreten, aber gehörte nicht zu dem Komplott?« fragte Simons.

»Nein, nicht wirklich. Man hat ihn bloß getäuscht. Er wußte eigentlich gar nicht, was vor sich ging.«

»Okay, aber wer sind denn nun die Verschwörer?«

»Das kann ich Ihnen nicht sagen. Ich werde keine Namen nennen.«

»David, Sie werden dadurch meine Gefühle nicht verletzen. Aber warum sollte ich mich gegen Sie verschwören? Das ergibt keinen Sinn. Ich glaube einfach nur, daß Sie es getan haben.«

»Nun, ich habe es nicht getan.«

»Verdammt, David, was ist mit all den Beweisen, die während der Verhandlung ans Tageslicht gekommen sind?«

»Das waren alles nur Indizien. Zum Beispiel Jessie Ivy. Er hat das alles erfunden. Er und diese anderen Typen unten in Eastham konnten mich einfach nicht ausstehen. Er hat sich hingestellt und behauptet, ich hätte etwas gesagt, wie ›Tote können nicht reden‹. Ich habe diese Worte nie benutzt. So etwas würde ich nicht sagen.«

»Das kommt mir ein wenig merkwürdig vor«, warf Simons ein, »denn eines der Dinge, die Gilbert über Sie auf Band gesprochen hat, als er seinen Widerstand aufgab, war Ihr Kommentar, daß ›Tote nicht reden können‹. Zur Hölle, einer der ersten Häftlinge, mit denen ich überhaupt gesprochen habe, hat gesagt, Sie hätten ihm all dieses Zeug erzählt. Das ist drei- oder viermal aufgetaucht, von verschiedenen Leuten. Scheinen mir also doch Ihre Worte gewesen zu sein.«

»Nein«, sagte David, »ich habe das nie gesagt.«

»Dann behaupten Sie also, daß jeder der Zeugen gelogen hat?«

»Genau das behaupte ich.«

»Was ist mit Dorothy Miles?«

»Nun, sie hat nicht gelogen, aber man hat sie dazu gebracht, alle Zeitangaben durcheinanderzuwerfen. Als ich ihr erzählt habe, ich würde befürchten, jemanden getötet zu haben, meinte ich damit nicht die Lake-Waco-Morde. Sie hat das in ihrer Erinnerung einfach durcheinandergebracht.«

Spence fuhr fort, die Aussagen von Linda Kelton und Regina Rosenbaum zu kritisieren. Sie hätten etwas gegen ihn gehabt und beschlossen zu lügen.

»Ja, David, jeder Mensch auf Erden hatte sich gegen Sie verschworen«, sagte Simons. »Wer noch hat gelogen?«

»Nun, diese schwarzen Jugendlichen und der alte Mann, die behauptet haben, im Koehne Park gewesen zu sein. Sie haben nicht ausgesagt, irgendwelche Schreie gehört zu haben oder so etwas. Falls sie wirklich zu dem Zeitpunkt dortgewesen wären, den sie angegeben haben, und etwas mitbekommen hätten, würden sie ausgesagt haben, sie hätten die Kinder schreien gehört. Sie haben behauptet, dort ganz in der Nähe gewesen zu sein. Aber sie haben nichts weiter darüber erzählt, oder? Sie hätten überhaupt keine Aussage machen sollen.«

Simons tauschte einen Blick mit Captain Weyenberg und wandte sich dann wieder David zu. »Im Verlauf der Verhandlung wurde zu keinem Zeitpunkt etwas darüber gesagt, wo diese Jugendlichen ermordet wurden«, sagte er.

»Doch, natürlich.« Plötzlich leuchtete die Erkenntnis in Davids Augen auf. In seiner Begeisterung für das Wortgefecht war er unvorsichtig geworden und hatte etwas gesagt, von dem er wußte, daß es ihn belastete. In der Tat hätten die Leute von dem Platz im Koehne Park aus, an dem sie angeblich gesessen hatten, in der Lage sein müssen, die Geräusche zu hören, die in einer Entfernung von weniger als dreißig Metern mit den Morden einhergegangen waren. Noch während sie ausgesagt hatten, im Koehne Park gewesen zu sein und einen orangefarbenen Pinto am Ring geparkt gesehen zu haben, hatte Simons gedacht, daß durchaus die Möglichkeit bestand, daß sie sich im Datum irrten und in Wirklichkeit am vierzehnten und nicht am dreizehnten Juli dort gewesen waren.

Schnell wechselte Spence abermals das Thema.

Noch bevor sie in Waco aufgebrochen waren, hatte Dan Weyenberg Simons erzählt, daß er beabsichtige, an irgendeinem Punkt ihrer Fahrt an einem Rastplatz zu halten und vorzuschlagen, daß sie alle aussteigen und sich die Beine vertreten sollten. »Ich möchte sehen, wie David reagiert«, sagte er. »Mal schauen, ob er sich tatsächlich auf den Wagenboden fallen läßt und anfängt, um Hilfe zu schreien.«

»Wollen wir aussteigen und uns ein wenig bewegen?« fragte Weyenberg. Er war enttäuscht, wie schnell sein Fahrgast das Angebot annahm.

Einige Minuten später saß Weyenberg wieder hinter dem Steuer und drängte Simons und David, in den Wagen einzusteigen. Schweigend fuhren sie weiter, bis sie an einem Schild vorbeikamen, das besagte, sie wären nur noch sieben Meilen von Huntsville entfernt.

»O Mann, mir war gar nicht klar, daß wir schon so nah dran

sind«, sagte David. Zum erstenmal schwang ein Hauch von Resignation in seiner Stimme mit.

»Die Zeit vergeht schnell, wenn man Spaß hat«, witzelte Simons.

»Ja.« David lachte. »Mit guten Freunden und all diesem Zeug.«

»Genau wie in den Werbespots für Bier«, fügte Simons hinzu.

Spence wurde schnell wieder ernst. »Truman«, sagte er, »falls ich tatsächlich etwas vorweisen könnte, das beweist, daß jemand anders diese Morde begangen hat, würden Sie das wirklich überprüfen?«

»Sie haben mein Wort darauf«, sagte Simons. »Sehen Sie, David, ich werde diesen Fall niemals aus meinem Kopf verdrängen können, bis ich nicht jede kleinste Einzelheit über alles weiß, was in jener Nacht dort draußen passiert ist. Diese Angelegenheit wird mich noch eine ganze Weile beschäftigen. Ich werde nicht einfach die Augen verschließen und behaupten, ich wüßte alles, denn ich bin einfach nicht dieser Überzeugung.«

»Warum kommen Sie nicht irgendwann einmal vorbei, bringen Ihre Notizen über diesen Fall mit und lesen sie mir vor? Ich kann alles erklären, was jeder der Zeugen gesagt hat.«

»Wenn das tatsächlich stimmt«, entgegnete Simons, »warum sind Sie dann nicht selbst in den Zeugenstand getreten?«

»Nun, meine Anwälte meinten, ich sollte das nicht tun.«

»Das hat mich wirklich überrascht«, sagte Truman, »denn in Ihrem Verfahren wegen des sexuellen Mißbrauchs schienen Sie es regelrecht zu genießen, eine Aussage zu machen. Ich erinnere mich, daß Sie sogar davon geredet haben, Ihre Verteidigung in die eigenen Hände zu nehmen. Warum wollten die nicht, daß Sie in den Zeugenstand treten?«

»Weil ich irgendwann mal diese dämliche Behauptung gemacht habe – gegenüber Ihnen, Butler oder Dennis Baier –, daß ich, falls Sie mich vor Gericht bringen und für schuldig befinden würden, die ganze Geschichte erzählen würde – in allen Einzelheiten.«

»Ist das der einzige Grund?« fragte Simons.

»Ja.«

»Das ergibt nicht sonderlich viel Sinn für mich.«

»Wir haben irgendwie damit gerechnet, Sie würden vor Gericht aussagen«, fuhr David fort.

»David, ich habe Ihnen immerzu gesagt, daß ich nicht in den Zeugenstand treten würde, weil ich nicht über etwas aussagen könnte, das andere Leute mir erzählt haben. Das sind Beweise vom Hörensagen und nicht statthaft. Und wie ich Ihnen ständig versichert habe, würde man mir niemals gestatten, vor Gericht über die Dinge auszusagen, über die wir beide uns unterhalten haben, denn nach texanischem Recht sind mündliche Geständnisse unzulässig. Zur Hölle, es war Ihre Seite, die mich vorgeladen hat. Russ Hunt hätte mich jederzeit als Zeugen aufrufen können.«

»Er hatte Angst vor dem, was Sie womöglich sagen würden.«

»Ich hätte mit verdammter Sicherheit die Wahrheit gesagt.«

»Nun, ich glaube, die wollten Sie lieber im Kreuzverhör haben, anstatt Sie als einen ihrer eigenen Zeugen aufzurufen.«

»Ich kann mir vorstellen, worin wahrscheinlich ihr Problem bestand: Ich schätze, Butler oder Feazell hätten mich auch gerne im Kreuzverhör befragt. Aber wissen Sie, David, das einzige, was mich an dem ganzen Verfahren wirklich enttäuscht hat, war, daß Sie meines Erachtens überhaupt keine Verteidigung hatten. Ich glaube, Sie hätten bessere Anwälte finden können. Russ Hunt und Hayes Fuller haben sich einfach zu sehr verrannt und irgendwann beschlossen, einen persönlichen Rachefeldzug gegen Vic daraus zu machen, während sie Ihre Interessen in dieser Angelegenheit irgendwie übersahen. Die beiden haben Sie eigentlich überhaupt nicht vertreten. Wenn die Anklage dermaßen viel Beweismaterial vorlegt, muß man versuchen, Zweifel daran zu erwecken. Ich denke nicht, daß die Geschworenen es Ihnen verübelt hätten, falls Sie in den Zeugenstand getreten wären und versucht hätten, einiges von dem, was ausgesagt worden war, wegzuerklären. Wenn man es nicht zumindest versucht, steckt man in Schwierigkeiten.«

»Wir haben die Antworten auf all diese Fragen«, sagte Spence. »Sie werden das Material während der Berufungsverhandlung vorlegen und das Ruder herumreißen. Und wir haben ein paar Leute benachrichtigt, die diesen Fall untersuchen werden.«

»Meinen Sie diesen Brief, den Ihre Anwälte an die Bundesbehörden geschrieben haben?«

Spence riß erstaunt die Augen auf.

»Zur Hölle, David, ich habe das Ding gelesen. Sie und ich, wir beide wissen, das ist bloß ein Haufen Kacke. All diese Behauptungen, die Russ Hunt dort aufgestellt hat, sind nichts als Pferdescheiße. Die Bundesbehörden würden den Brief nicht einmal mit einer Kneifzange anfassen, weil er so lächerlich ist. Haben Sie ihn eigentlich gelesen?«

David nickte.

»Hat Ihnen gefallen, was drinstand?«

»Nun, eine Menge davon hat mir nicht gefallen.«

»Mir auch nicht«, sagte Simons. »Hunt, der schwadroniert, welch einen schlechten Ruf ich angeblich habe und was für ein bemitleidenswerter Hund ich sei und daß ich bei meiner Kündigung einen Haufen elektronisches Gerät der Polizei von Waco gestohlen hätte. Das sind nur einige Beispiele, warum ich stinkwütend auf Russ Hunt geworden bin – einige Punkte, über die wir uns demnächst unterhalten werden.«

»Ich möchte, daß Sie wissen, daß ich damit nicht sehr viel zu tun gehabt habe. Russ sagte nur, er wäre der Ansicht, daß die Bundesbehörden, falls sie sich einschalten und umsehen würden, vielleicht in der Lage wären, uns behilflich zu sein.«

Simons wußte, daß die Zeit knapp wurde. Es gab noch ein paar andere Dinge, über die er mit Spence reden wollte, bevor sie im Diagnosezentrum eintrafen, in dem alle neuen Häftlinge eines texanischen Staatsgefängnisses abgefertigt wurden.

»Ich möchte Sie etwas anderes fragen«, sagte er. »Sie haben hier hinten im Wagen gesessen und davon geredet, wie unschuldig Sie seien und wie sehr man Sie verarscht habe und all das. Erklären Sie mir, warum jeder Hinweis, der ans Tageslicht gekommen ist, immer auf Sie gedeutet hat. Als Gilbert gestand, sagte er: ›Ich und David haben es getan.‹ Als Tony gestand, hieß es: ›Ich, Gilbert und David.‹ Und dann all diese Häftlinge. Immer ist David dabei . . .«

»Hey, Tony ist bloß ein kriecherischer kleiner Junge, und er hatte Angst. Er hat nur gesagt, was seiner Meinung nach alle von ihm hören wollten.«

»Und was ist mit Gilbert?«

»Dem hat man vorgesagt, was er sagen soll, lange bevor er sein Geständnis abgelegt hat.«

»Nein, das hat man nicht, David. Als wir diese Tonbandaufnahme gemacht haben, war er der einzige, der geredet hat. Niemand hat ihm einen Haufen Suggestivfragen gestellt. Er saß da und ließ diese ganze Geschichte völlig selbständig vom Stapel. Zur Hölle, nein, David, man hat Sie nicht zum Sündenbock gemacht. Sie sind jetzt hier, weil Sie schuldig sind.«

»Sie irren sich«, sagte David. »Eines Tages werden Sie das herausfinden.« Captain Weyenberg bremste den Wagen ab und bog vom Highway auf eine Zufahrtsstraße, die nach Huntsville führte. In nur wenigen Minuten würden sie im Diagnosezentrum eintreffen, um Spence dort an die Beamten des Staatsgefängnisses zu übergeben.

Das Gespräch brach ab.

Es war Simons, der wieder das Wort ergriff. Da war noch eine weitere Sache, die er ansprechen wollte. »David, über eines müssen wir noch reden«, sagte er. »Offen gesagt, es beschäftigt mich.«

»Was denn?«

»Erinnern Sie sich noch, wie wir uns jede Nacht oben im Gefängnis unterhalten haben. Ich habe Ihnen damals gesagt, daß ich glaubte, Sie wären schuldig, aber dennoch haben wir beide uns eine ganze Weile gut verstanden. Sie haben das Thema mehrere Male angesprochen – wissen Sie noch? – und ich antwortete dann: ›Ja, David, aber Sie wissen, daß Sie diese Sache draußen am See getan haben und daß Sie dafür werden bezahlen müssen.‹ Wir haben ziemlich oft darüber geredet, nicht wahr?«

»Ja, das haben wir.«

»Seinerzeit habe ich ihnen gesagt, es wäre nichts Persönliches, nur mein Beruf. Und ich habe das auch so gemeint. Oder zumindest geglaubt, daß ich es so meinte. Aber nachdem ich etwas Abstand gewonnen, mich hingesetzt und die ganze Angelegenheit noch einmal überdacht hatte, wurde mir klar, daß das nicht stimmte. David, es war nicht nur mein Beruf. Es *war* persönlich.«

Spence lächelte matt und nickte. »Ich kann das verstehen.« Seine Antwort war kaum lauter als ein Flüstern.

Im Diagnosezentrum nahm Simons David die Kette und die Handschellen ab, während Captain Weyenberg mit Beamten des Zuchthauses sprach. Dann wurde Spence zu einem Bereich geführt, in dem andere Neuankömmlinge nackt in einer Reihe standen. Bald würde auch David seine Kleidung ausziehen müssen, und seine Eingangsuntersuchung würde beginnen.

Als Simons wegging, warf er einen kurzen Blick zurück in Spences Richtung. Es lag kein Lächeln auf Davids Gesicht, keine Wut in seinen Augen. Der einzige Ausdruck war Angst.

Der Gefängnisdirektor kannte Captain Weyenberg schon seit einigen Jahren und war in den Aufnahmebereich des Diagnosezentrums herübergekommen, um ihn und Simons zum Mittagessen einzuladen. Als sie im Speisesaal des Gefängnispersonals saßen, befragte er sie ausführlich über den Fall der Morde am See. Seine Mutter, erklärte er, wohnte in Hillsboro, nahe Waco, und hatte den Fall in den Zeitungen verfolgt.

»Wann steht Ihr nächstes Verfahren an?« fragte der Direktor.

»Es sieht so aus, als würde es das erste des nächsten Jahres werden, vielleicht im Januar«, sagte Simons. »Wir werden Muneer Deeb anklagen.«

»Den Iraner oder was immer er auch ist?«

»Ja.«

»Wo wird der Prozeß stattfinden?«

»Das steht noch nicht endgültig fest, aber man munkelt etwas von Cleburne. Der Richter dort oben hat sich so angehört, als wäre er bereit, den Fall zu übernehmen.«

Der Direktor lächelte. »Cleburne liegt im Johnson County, richtig?«

Simons nickte.

»Nun, falls man tatsächlich beschließt, Mr. Deeb dort oben vor Gericht zu stellen, hat er wirklich einen schlechten Tag gehabt.«

Truman lachte. »Wie meinen Sie das?«

»Die Leute oben im Johnson County sind ziemlich bürgerlich

und konservativ«, erklärte der Direktor. »Wir haben eine Menge Gäste aus diesem County, und sie bleiben immer für lange Zeit. Falls Sie einen soliden Fall haben, wird man Ihren Jungen dort durch die Mangel drehen.«

Als Simons und Weyenberg sich auf den Weg zu ihrem Wagen machten, kamen sie erneut am Aufnahmebereich vorbei. Spence stand in der Nähe der Wand, mit Handschellen gefesselt und bereits in seine Gefängnismontur gekleidet. Man hatte ihm die Haare geschnitten, und der Bart, den er sich seit Ende der Verhandlung wieder hatte wachsen lassen, war abrasiert worden. Er winkte Truman, zu ihm zu kommen.

»Sie beide fahren jetzt zurück?«

»Ja«, sagte Simons. »Was werden sie mit Ihnen machen?«

David hob die Arme, um ihm die Handschellen zu zeigen. »Ich denke, sie werden mich hinüber in die Anstalt von Ellis bringen.«

»Die fackeln hier nicht lange, nicht wahr?«

»Mit Sicherheit nicht«, sagte David. Dann hielt er eine Sekunde lang inne, starrte auf den Betonfußboden und sah wieder Simons an. »Werden Sie mich besuchen kommen?«

»Wollen Sie das?«

»Ja, ich möchte Sie darum bitten.«

»Nun, schreiben Sie mir irgendwann mal. Falls ich eine Einladung bekomme, werde ich Sie vielleicht einfach mal überraschen«, sagte Truman. »Viel Glück, David.«

Als er sich zum Gehen wandte, fiel Truman ein kleiner Schnitt auf, den der Friseur Spence offensichtlich beim Rasieren zugefügt hatte. Ein winziges Rinnsal Blut war an Davids Hals hinabgelaufen. Für eine Sekunde erinnerte das Simons wieder an die Nacht, in der er Jill Montgomery zum erstenmal gesehen hatte. Ohne ein weiteres Wort drehte er sich um und ging.

Auf der Rückfahrt nach Waco war Weyenberg sichtlich erleichtert. »Dieser Kerl ist eine echte Ausnahme«, sagte er. »Ich war noch nie so froh, einen Gefangenen loszuwerden. Ich kann nicht verstehen, woher du die Geduld hattest, dich so mit ihm zu unterhalten. Obwohl es irgendwie witzig war. Ich glaube, als wir heute morgen ins Auto gestiegen sind, hatte er tatsächlich Angst, daß ihm irgend etwas passieren würde. Aber er hat nicht lange gebraucht, um sich zu entspannen und zu erzählen anzufangen, nicht wahr?«

»Ich bin froh, daß es so gelaufen ist«, sagte Simons. »Ich wollte nicht, daß David am Ende dieser Angelegenheit mir gegenüber eine starke Feindseligkeit empfindet. Vielleicht wird er eines Tages beschließen, darüber zu reden, und falls er das jemals tut, will ich, daß er mit mir redet.«

Zurück in Waco, rief Truman bei Russ Hunt an, aber seine Sekretärin sagte, er wäre schon nach Hause gefahren. Dann wählte er die Privatnummer des Anwalts, nur um einen Anrufbeantworter sagen zu hören, Hunt wäre nicht da. Er wartete auf den Signalton und hinterließ eine Nachricht:

Russ, hier spricht Truman Simons. Ich dachte nur, ich sollte Sie wissen lassen, daß ich David heute ins Diagnosezentrum gebracht habe, und er sagte, Sie wären schrecklich um sein Wohlergehen besorgt, falls er diese Fahrt mit mir machen müßte. Ich wollte nur Bescheid sagen und Ihnen bestätigen, daß er in Sicherheit ist und daß ich ihm nichts angetan habe. Als ich von dort aufbrach, bereiteten sie sich gerade darauf vor, ihn in die Anstalt von Ellis zu verlegen. Wenn Sie das hier hören, wird er vermutlich schon in der Todeszelle sitzen. Er hat es bequem, und ihm geht es gut. Ich dachte nur, Sie würden das gerne erfahren wollen. Russ, wir sehen uns... einen schönen Tag noch.

Kapitel 36

Nachdem er morgens die Fernsehberichte über Spences Verlegung nach Huntsville gesehen hatte, hatte Gilbert Melendez sich in seine Zelle zurückgezogen, ohne mit irgend jemandem ein Wort zu wechseln. Die vage Aussicht, daß man auch ihn wegen vorsätzlichen Mordes anklagen und in die Todeszelle schicken könnte, war plötzlich zu einer realen Bedrohung geworden, die ihm große Angst einflößte. Er wollte nicht sterben.

Während Davids Prozeß hatte Melendez mehrere Male in Erwägung gezogen, mit Truman Simons über die Möglichkeit einer Aussage zu reden, denn er hoffte, daß sich mit dem Büro der Staatsanwaltschaft vielleicht doch noch irgendein außergerichtlicher Handel erzielen ließ. Seit Tony gestanden und ihn dabei sogar mit dem Verbrechen in Verbindung gebracht hatte, gab es für Gilbert keinen Grund mehr, weiterhin zu versuchen, seinen Bruder zu schützen. Und er hatte begonnen, die Grundlagen seiner Loyalität für David in Frage zu stellen.

Jetzt jedoch machte er sich Sorgen, seine Chance vertan zu haben. Da er bei seiner ursprünglichen Aussage nicht die ganze Geschichte erzählt und seine zweite Aussage widerrufen hatte, war er nicht sicher, ob Vic Feazell ihm eine weitere Chance geben würde.

Schließlich beschloß Gilbert, über einen befreundeten Häftling namens Charles Blackshear auf indirektem Weg an Simons heranzutreten. Als Charles an jenem Abend mit seiner Mutter telefonierte, bat er sie, sich mit Simons in Verbindung zu setzen und ihm auszurichten, daß er mit ihm sprechen mußte.

Simons war gerade erst nach Hause gekommen, als er den Anruf erhielt. Truman nahm sofort an, daß Blackshear ihm eventuell etwas über Gilbert zu erzählen hatte, fuhr zurück ins Gefängnis und ließ den Häftling nach unten bringen.

»Gilbert will mit Ihnen reden«, sagte Blackshear, als er mit Simons in einem der kleinen, glasumschlossenen Verhörzimmer gegenüber dem Aufnahmeschalter saß und Kaffee trank.

»Ich glaube, er ist bereit, aufzugeben, aber er hat Angst, daß Ihr Typen nicht mehr mit ihm reden wollt.«

Truman lachte. »Natürlich werde ich mit ihm reden.«

»Wann?«

»Ich lasse ihn jetzt gleich hierherbringen.«

Gilbert wirkte nervös, als er das Verhörzimmer betrat und Simons die Hand gab. »In welcher Verfassung war David auf seiner Fahrt nach Huntsville?« fragte er.

Truman erzählt ihm von Spences Befürchtungen, er würde es vielleicht nicht lebend bis Huntsville schaffen. Gilbert lachte und nahm dann einen tiefen Zug von seiner Zigarette. »Wissen Sie«, sagte er, »zwei- oder dreimal während des Verfahrens habe ich schriftliche Gesuche verfaßt, mit Ihnen sprechen zu dürfen.«

»Ich habe keines davon jemals erhalten.«

»Ich habe sie nie eingereicht. Je mehr ich darüber nachgedacht habe, desto stärker war ich davon überzeugt, daß ich nicht einfach in den Zeugenstand treten und ihn aufgeben konnte.«

In den Jahren, die er mit Kriminellen zu tun gehabt hatte, hatte Truman gelernt, den Kodex zu akzeptieren, die Grundregeln, nach denen die meisten von ihnen ihr Leben ausrichteten. Und genaugenommen war das eine Loyalität, für die er eine widerwillige Bewunderung empfand. »Das kann ich verstehen«, sagte er.

»Aber, hey, falls ich David etwas geschuldet habe«, fuhr Gilbert fort, »sind wir jetzt quitt, schätze ich. Obwohl man ihn verurteilt hat, kann er auf keinen Fall behaupten, ich wäre irgendwie daran beteiligt gewesen. Und verdammt sicher kann ich ihm jetzt nicht helfen. David ist weg, und Tony hat diesen Handel abgeschlossen, also glaube ich, daß es für mich langsam an der Zeit ist, über Gilbert nachzudenken.«

Simons nickte zustimmend, sagte jedoch nichts.

»Sehen Sie, ich bin nicht allzu begeistert von der Idee, in die Todeszelle zu wandern. Als ich heute im Fernsehen gesehen habe, wie ihr Jungs David weggebracht habt, ist mir das irgendwie nahegegangen.«

»Gilbert«, unterbrach ihn Simons, »worüber reden wir hier eigentlich?«

Melendez' Bein begann zu zittern, und seine Worte gingen ineinander über, als er antwortete. »Ich habe mich gefragt, ob es zu spät ist, eine Vereinbarung zu treffen.«

»Ich bin nicht derjenige, der das entscheiden kann«, erwiderte Simons, »aber ich schätze, daß Ihnen durchaus noch einige Optionen offenstehen dürften. Allerdings nicht, falls Sie auch weiterhin Spielchen spielen. Sie sind an einem Punkt angelangt, an dem Sie sich darüber klarwerden müssen, ob Sie leben oder sterben wollen. So einfach ist das.

Falls sie einfach nur so weitermachen und sich drücken wollen, vergessen Sie's, Ihnen stehen vermutlich drei lebenslange Haftstrafen bevor. Aber das würde bedeuten, daß Sie wahrscheinlich im Gefängnis sterben werden. Zwanzig Jahre für jede dieser Haftstrafen abzusitzen, bevor eine Freilassung auf Bewährung überhaupt in Betracht kommt, wäre hart. Ich glaube nicht, daß Sie damit rechnen können, im Zuchthaus sechzig Jahre zu überleben.«

»Keine besonders gute Alternative, nicht wahr?« sagte Gilbert.

»Meiner Ansicht nach nicht«, sagte Simons. »Hören Sie, es kann sein, daß ich völlig danebenliege, aber Feazell will diesen ganzen Fall endlich hinter sich bringen. Ich glaube nicht, daß er den Rest seines Lebens darauf verwenden will, immer und immer wieder dieselbe Strafsache zu verhandeln. Butler empfindet genauso. Das geht schon zu lange so, und zu vielen Leuten sind Schmerzen zugefügt worden. Falls Sie bereit wären, gegen Deeb auszusagen, könnte es sein, daß Vic vielleicht etwas für Sie ausarbeitet.«

»Welche Möglichkeiten bestehen Ihrer Meinung nach?«

»Das kann ich wirklich nicht sagen. Ich kann Ihnen allerdings versichern, daß Sie sich unter Garantie keine Spielchen mehr erlauben dürfen. Es müßte die hundertprozentige Wahrheit sein – keine Tricks –, einfach nur das, was sich wirklich ereignet hat. Außerdem wüßte ich nicht, warum Sie diesem Araber irgend etwas schuldig sein sollten.«

Melendez lehnte sich auf seinem Stuhl zurück und starrte

einige Sekunden lang zur Decke empor. »Was, glauben Sie, würde geschehen, falls ich aussage?«

»Ich will ehrlich sein«, sagte Simons. »Falls wir mit dem, was wir über Deeb haben, vor Gericht gehen, bin ich ziemlich sicher, daß die Geschworenen ihn schuldig sprechen werden. Aber ich glaube nicht, daß die Beweise, die uns vorliegen, ausreichen, um die Todesstrafe zu erwirken. Und das ist nicht gerecht, denn diesen Jugendlichen wäre nichts passiert, wenn Deeb nicht gewesen wäre.

Sollten Sie in den Zeugenstand treten und erzählen, was sich in jener Nacht abgespielt hat, kann das den ganzen Sachverhalt ändern. Ich denke, die Geschworenen würden ihn hängen.«

Was Simons sagte, machte Melendez Mut. Trumans Eingeständnis, daß die Staatsanwaltschaft durchaus nicht sicher war, hinsichtlich Deebs Rolle bei den Morden die Todesstrafe erzielen zu können, bedeutete, daß für ihn eventuell doch noch die Möglichkeit bestand, ein Abkommen auszuhandeln. Vielleicht konnte er ja noch beeinflussen, ob er leben oder sterben würde.

»Wissen Sie«, sagte Gilbert, »Ich war mir nicht sicher, ob Sie herkommen und mit mir reden würden. Ich danke Ihnen dafür. Ich möchte Sie bitten, mit Feazell zu sprechen und herauszufinden, ob wir noch immer eine Vereinbarung treffen können.«

Simons trank seinen Kaffee aus und sah Gilbert an. »Sie werden verstehen, daß ich Ihnen nichts versprechen kann. Ich möchte nicht einmal, daß Sie sich großartige Hoffnungen machen. Aber ja, ich werde mir mal anhören, was der Staatsanwalt zu sagen hat, und Ihnen dann Bescheid geben.«

Melendez hatte sich während der halben Stunde, die er und Simons sich unterhalten hatten, merklich entspannt. »Da ist noch etwas, worüber ich gern mit Ihnen reden möchte, bevor Sie gehen«, sagte er.

»Und das wäre?«

»Ich möchte mich bei Ihnen für all die Schwierigkeiten entschuldigen, die wir bislang miteinander gehabt haben. Ich weiß, daß Sie sich meinetwegen mit einer Menge Mist herumschlagen mußten, den Sie nicht verdient haben.«

»Sie haben mir keinen Ärger eingehandelt«, sagte Truman. »Das gehört zu meinem Beruf.«

»Ich möchte nur, daß Sie verstehen, daß der Grund, warum ich anfangs gelogen habe, mein Bruder gewesen ist. Sehen Sie, ich war bereit, für ihn zu sterben, falls nötig. Aber anscheinend hat er für mich nicht genauso empfunden. Zur Hölle, er ist einfach über mich hinweggerollt wie ein Güterzug. Das hat mich echt enttäuscht. Wir hätten vielleicht eine Chance gehabt, wenn er nicht aufgegeben hätte.«

»Ich glaube wirklich nicht, daß Ihr Bruder Sie aufgegeben hat«, sagte Simons. »Sie müssen bedenken, Gilbert, daß wir bereits gewußt haben, daß Sie in die Sache verwickelt waren. Ihr Geständnis war nicht vollständig, aber wir wußten, daß Sie in jener Nacht dort draußen gewesen sind. In Wahrheit hat uns Tony nicht viel erzählt, das wir nicht schon gewußt hätten. Er hat bloß seinen eigenen Arsch gerettet, und ich respektiere ihn dafür. Und Sie sollten das auch tun. Ich glaube wirklich nicht, daß Sie ihm irgend etwas vorhalten sollten.

Sehen Sie, er ist kein Ex-Sträfling, wie Sie und David. Er kannte die Regeln nicht, die Ihr Typen dort für Euch aufgestellt habt. Und als er zum erstenmal hier hereinkam, habe ich ihn ziemlich hart angefaßt. Er war zu Tode verängstigt, und ich habe eine Menge Spielchen mit ihm gespielt. Manchmal habe ich Glück und gewinne. Aber ich denke nicht, daß Sie Tony deswegen Vorwürfe machen sollten.«

»Ich weiß nicht«, sagte Gilbert. »Ich glaube nicht, daß ich ihn je wieder in meiner Nähe haben will.«

»Nun«, sagte Truman, »es gibt nicht viel, was ich Ihnen zu diesem Problem raten kann. Es liegt bei Ihnen. Sie müssen Ihre eigenen Entscheidungen treffen.«

»Ja, ich weiß. Manchmal ist das gar nicht so einfach, nicht wahr?«

»Ich schätze, unter Umständen haben Sie heute abend eine gute Entscheidung getroffen.«

Gilbert nickte und streckte seine Hand aus. »Danke, daß Sie gekommen sind«, sagte er.

Noch bevor er sich an Feazell wandte, wußte Simons, daß der Staatsanwalt Gilbert bestimmt erlauben würde, gegen Deeb auszusagen. Der Fall hatte bereits begonnen, an den Nerven aller Beteiligten zu zerren. Falls Gilbert sich schuldig bekannte, eine vollständige Aussage über die Ereignisse der Nacht des 13. Juli 1982 zu Protokoll gab und dann gegen Deeb in den Zeugenstand trat, konnte er damit helfen, die ganze Angelegenheit zum Abschluß zu bringen. Der Fall machte zu vielen Leuten schon zu lange zu schaffen. Es war an der Zeit, den toten Jugendlichen endlich ihre Ruhe zu gönnen.

Feazell willigte ein. Obwohl ihm Gilbert äußerst unsympathisch war, wollte er ihm gestatten, sich im Gegenzug für lebenslange Haftstrafen und seine Zeugenaussage in zwei oder drei Mordanklagen für schuldig zu bekennen.

»Etwas, worüber er sich Sorgen macht«, sagte Simons, »ist, nach seiner Aussage zurück ins Staatsgefängnis geschickt und dort von irgend jemandem umgebracht zu werden, der für Verräter keine besondere Vorliebe hegt. Ich würde befürworten, daß wir uns darum bemühen, ihn in ein Bundesgefängnis überstellen zu lassen, wenn er tatsächlich vor Gericht aussagt.«

»Falls er bereit ist, mitzumachen und uns dabei hilft, diese Sache glücklich über die Bühne zu bringen, sollte uns das möglich sein, denke ich«, sagte Feazell.

»Kann ich ihm das erzählen?« fragte Simons, »ich schätze dann sind wir im Geschäft.«

»Dann gehen Sie, und bestätigen Sie es ihm.«

Truman übermittelte Melendez Feazells Botschaft und – da er nicht zu eifrig erscheinen wollte – empfahl Gilbert, ein paar Tage darüber nachzudenken, bevor er sich endgültig entschloß. Jetzt blieb ihm nichts zu tun als abzuwarten und seine Ungeduld eine Weile im Zaum zu halten.

Ein paar Tage darauf saß Simons mit Willie Tompkins, der in den Polizeidienst zurückgekehrt war und inzwischen als Ermittlungsbeamter in Diensten der Anklagevertretung stand, im Büro der Staatsanwaltschaft. »Laß uns einen kleinen Ausflug machen«, schlug Truman vor.

Als er den Lake Shore Drive hinunter in Richtung See fuhr, ertappte sich Truman bei dem Gedanken, wie oft er diese Strecke seit den Morden wohl gefahren sein mochte; wie oft er in den letzten beiden Jahren scharf nach links in den Koehne Park eingebogen war.

»Du kennst diesen Ort ziemlich gut«, sagte Tompkins.

»Ich muß nicht einmal bewußt lenken«, erwiderte Truman. »Wenn ich vom Parkplatz fahre und nicht direkt nach Hause will, schlägt mein Wagen einfach automatisch diese Richtung ein.«

»Suchen wir nach etwas Bestimmtem?«

»Nein, nichts Bestimmtes«, sagte Truman.

Sie parkten neben dem Abfalleimer an der Einfahrt zum Ring, stiegen aus und gingen den kleinen Hang hinab zu dem bewaldeten Gebiet, in das Tony Melendez die Beamten nach seinem Geständnis geführt hatte. »Hier ist es passiert«, sagte Simons. Diese Bemerkung richtete sich nicht an Tompkins; sie klang eher wie eine allgemeine Feststellung.

Die beiden Beamten wechselten kein weiteres Wort, als sie das schattige Gebiet abschritten. Wegen der hohen Belastung durch Spences Verhandlung war Truman seit der Fahrt mit Tony nicht mehr im Park gewesen. Gedankenverloren stand er da, während Willie schweigend abwartete.

Mehrere Minuten lang suchten Simons und Tompkins die Gegend auf unterschiedlichen Wegen ab und hielten gelegentlich inne, um ein Stück weggeworfenen Abfalls aufzuheben, es anzusehen und dann wieder fallen zu lassen. Als Simons sich einem Baum neben dem überwucherten Rinnsal näherte, das das Gebiet begrenzte, verspürte er plötzlich das intensive Gefühl, das ihn während der Ermittlungen in einem Mordfall schon so oft zuvor befallen hatte. Dies war der Ort, auf den Tony gedeutet hatte, als er ihnen zeigte, wo ungefähr Jill ermordet worden war. Truman konnte es nicht erklären, aber ein Rest von Gewalt schien in der Luft zu hängen.

Er nahm einen kleinen Ast und begann, in der dichten Blätterschicht vor ihm herumzustochern. Er hatte kaum fünfzig Zentimeter Waldboden freigelegt, als sein Blick auf ein zierliches, gewundenes Goldarmband fiel. Er hob es auf, kratzte den Schmutz ab und hielt es auf seiner Handfläche.

Niemals war erwähnt worden, daß Jill an dem Tag, an dem sie und Raylene nach Waco gekommen waren, ein Armband getragen hätte, und doch fühlte Simons, wie ihn ein Gefühl der Erregung befiel, als er sich das kleine Schmuckstück ansah. Falls es Jill gehört hatte, verfügte er endlich über einen handfesten Beweis, daß sie tatsächlich in dem bewaldeten Gebiet gewesen war, in dem man laut Tonys Aussage die Morde verübt hatte.

Unweit der Stelle, an der Truman das Armband gefunden hatte, entdeckte Willie Tompkins ein Röhrchen Wimperntusche und einen Augenbrauenstift. Es war unmöglich nachzuprüfen, ob diese Gegenstände Jill gehört hatten, aber Simons war davon überzeugt, daß sie den Platz markierten, an dem Spence nach dem Mord ihre Handtasche durchwühlt hatte.

Nach der Rückkehr ins Büro rief Simons bei Jan Thompson an und bat sie, zu prüfen, ob Jill ein solches Armband, wie es jetzt vor ihm lag, besessen hatte.

Zwei Tage später kehrte Simons erneut in den Koehne Park zurück, diesmal in Begleitung von Gilbert Melendez. Gilbert hatte eingewilligt, das Verbrechen ein weiteres Mal zu rekonstruieren, diesmal einschließlich der Beteiligung seines Bruders an den Ereignissen. Als sie in den Park einbogen, schwieg Melendez eine Zeitlang, bevor er sagte: »Ich weiß, daß das vermutlich verrückt klingen wird, aber ich kann noch immer alles in der Luft wahrnehmen – genau wie in jener Nacht.«

»Ich glaube, ich verstehe Sie«, entgegnete Truman.

Gilbert zeigte ihm, wo er, Tony und David in den Park gelangt waren, wo sie die Teenager getroffen hatten und welche Strecke Spence danach gefahren war. »Nachdem er und die Brünette aneinandergeraten waren«, sagte Gilbert, »ist David mit dem Wagen dort drüben eingebogen.« Er deutete, genau wie Tony zuvor, auf dasselbe bewaldete Gebiet. Gilbert ging denselben Pfad entlang wie zuvor Simons und Tompkins, und er erklärte, an welcher Stelle der Wagen gehalten hatte. Er wies auf den Baum, gegen den Kenneth Franks gelehnt worden war. Dann wandte er sich in Richtung des kleinen Bachs und blieb unter einem Baum stehen. »David hat die Brünette hierhergebracht«, sagte er.

Er stand nur wenige Zentimeter neben der Stelle, an der Simons das Armband gefunden hatte.

In Waxahachie hatte Nancy Shaw ein Fotoalbum ihrer Tochter durchgeblättert und war zufällig auf ein Bild gestoßen, an das sie sich nicht mehr erinnert hatte. Rod hatte es während eines Besuchs in Waco aufgenommen, als Jill noch in Fort Fisher angestellt gewesen war. Auf dem Foto hatte ihre lächelnde Tochter einen Arm um die steinerne Statue eines Hundes gelegt. An ihrem linken Handgelenk hing ein kleines goldenes Armband.

Kapitel 37

Das Haus der Thompsons war hell erleuchtet und festlich geschmückt, und der Geruch des Christbaums vermischte sich mit den warmen, würzigen Düften aus der Küche. Es war der Weihnachtsabend des Jahres 1984, und es würde nach alter Tradition ein sorgfältig zubereitetes Abendessen geben: Truthahn in Soße, Preiselbeeren und Nußpastete; dann würden sie Weihnachtslieder singen; und schließlich, als Höhepunkt des Abends, die Bescherung.

Jan Thompson liebte die Weihnachtszeit, die Karten von Bekannten, die sie seit Urzeiten nicht mehr gesehen oder von denen sie seit langem nichts mehr gehört hatte, die Einkäufe, das Kochen, das Schmücken des Baumes. Und sie mochte es, ihre ganze Familie bei sich im Haus zu haben, um gemeinsam einen besinnlichen Abend zu verbringen. Während des ganzen Tages waren Freunde und Nachbarn vorbeigekommen, um hallo zu sagen, ein Glas Glühwein zu trinken und den Baum zu bewundern, den Robert ausgesucht hatte.

Am frühen Abend kehrte Jans Schwiegersohn Charlie von einem kurzen Abstecher zum Lebensmittelgeschäft zurück, wo er irgendeine vergessene Zutat besorgt hatte, die das bevorstehende Essen vervollkommnen sollte. Im selben Moment, als er mit todernstem Gesicht ihre Küche betrat, wußte Jan, daß etwas nicht stimmte.

Damit die anderen im Wohnzimmer ihn nicht hörten, flüsterte er: »Ich muß mit dir reden.«

Jan Thompson vergewisserte sich, daß die Töpfe auf dem Herd auch bestimmt fünf Minuten unbeaufsichtigt zurückgelassen werden konnten. »Laß uns ins hintere Schlafzimmer gehen«, sagte sie.

In dem Lebensmittelladen war Charlie von einem Freund angesprochen worden, der äußerst erregt gewirkt hatte. Der Freund erzählte ihm, jemand, den er kannte, wäre in Gefahr und brauchte Hilfe, um sich zum Schutz eine Waffe zu besorgen. »Der Kerl, der eine Waffe wollte«, berichtete Charlie seiner

Schwiegermutter, »wüßte angeblich vielleicht sogar etwas über Jills Tod.«

Jan verspürte ein plötzliches Schaudern und gab sich Mühe, die merkwürdige Geschichte zu verstehen, die ihr Schwiegersohn schilderte. Aufmerksam lauschte sie einer Reihe von Namen, die sie noch nie zuvor gehört hatte.

Ein junger Mann namens Roger Lowe hatte Charlies Freund erzählt, ein paar Männer, die früher einmal in Waxahachie gelebt hätten, wären zurückgekehrt und suchten jetzt nach ihm.

»Dieser Typ Lowe«, fuhr Charlie fort, »behauptet, daß Jill und Raylene an dem Tag, an dem sie nach Waco gefahren sind, in seinem Haus vorbeigeschaut hätten. Sie hätten etwas Marihuana kaufen wollen. Angeblich hat er ihnen gesagt, er hätte nichts außer einem kleinen Rest für seinen persönlichen Bedarf, und ihnen dann vorgeschlagen, sie sollten einen Kerl namens Lou Martinez aufsuchen. Ich kenne diesen Typ nicht.

Das alles ist ziemlich verrückt, ich weiß, aber er sagt, die Mädchen wären anscheinend zu diesem Martinez gefahren und dann zu Lowe zurückgekehrt. Der Kerl, mit dem ich gesprochen habe, sagt, er könne sich vorstellen, daß vielleicht jemand mit ihnen zusammen nach Waco gefahren ist. Und daß er gehört hat, diese anderen Typen – die wieder in die Stadt gekommen sind – wären ihnen gefolgt. Was soll ich jetzt machen?« fragte Charlie. »Dieser Kerl will, daß ich mich mit Lowe treffe und mir anhöre, was er zu sagen hat.«

»Warum du?«

»Er weiß, daß ich mit Jills Familie verwandt bin.«

Jan schüttelte den Kopf, noch immer verwirrt wegen der jähen ungebetenen Störung ihrer Weihnachtsvorbereitungen. »Charlie, kennst du einen dieser Leute? Wer sind sie? Warum behaupten sie auf einmal diese Dinge?«

»Ich weiß es nicht. Ich weiß nur, daß dieser Kerl offenbar ziemlich verängstigt ist. Er hat diesem Typ, mit dem ich gesprochen habe, erzählt, er hätte diese Männer 1979 dabei beobachtet, wie sie jemanden ermordeten. Er sagt, er wäre zufällig Zeuge geworden. Danach hätten sie die Stadt verlassen, sagt er, und irgendwo anders gewohnt. In Rio Grande City, glaube ich. Angeblich sind sie wieder in Waxahachie aufgetaucht.«

»Warum sollten sie hinter diesem Mann her sein?«

»Keine Ahnung. Vielleicht befürchten sie, daß er irgend jemandem erzählen wird, was er gesehen hat. Ich weiß es einfach nicht. Aber er will, daß ich ihm dabei helfe, sich eine Waffe zu besorgen.«

Jan bekam plötzlich weiche Knie und hatte Mühe, sich auf den Beinen zu halten. »Warte hier«, sagte sie.

Im Wohnzimmer winkte sie ihren Mann zu sich, und er folgte ihr zurück in das Schlafzimmer, wo ihr Schwiegersohn noch einmal seine Geschichte erzählte. »Falls dieser Kerl tatsächlich etwas darüber weiß, was mit Jill passiert ist«, sagte Charlie, »sollte ich mich vielleicht wirklich mit ihm treffen.«

Robert Thompson überlegte einen Moment lang schweigend. »Nein. Auf keinen Fall«, sagte er schließlich mit fester Stimme. »Das ergibt einfach nicht den geringsten Sinn.«

»Vielleicht sollte ich versuchen, mit ihm zu telefonieren«, schlug Charlie vor.

»Wir werden uns das Weihnachtsfest nicht verderben lassen«, entschied Robert Thompson, dann drehte er sich um und verließ das Zimmer. Im Lauf der letzten Jahre waren schon zu viele Feiertage ins Wasser gefallen. Noch während sie redeten, traf der Mann, mit dem Charlie in dem Lebensmittelgeschäft gesprochen hatte, ganz in der Nähe beim Haus seines Bruders ein und lieh sich eine Pistole und fünfzehn Schuß Munition, um sie Roger Lowe zu geben.

Am späten Abend, nachdem alle ihre Geschenke ausgepackt hatten und die Gäste gegangen waren, unterhielten sich Jan und Robert über die seltsame Geschichte, die ihr Schwiegersohn erzählt hatte. Robert wußte, daß dieser Zwischenfall seine Frau aufgeregt hatte, und versuchte, sie davon zu überzeugen, daß all dies nichts anderes war als die Einbildung irgendeines Spinners. Falls etwas Wahres daran gewesen wäre, wäre man bereits früher darauf gestoßen. Mit Sicherheit hätten all die Ermittlungen der Polizei von Waco, der Staatsanwaltschaft und der Polizei von Waxahachie einen Sachverhalt wie diesen ans Tageslicht gebracht. Irgend jemand hätte die Mädchen an jenem Tag bei den Häusern dieser Leute gesehen. Außerdem saßen die Täter in Haft. Es hatte zu keinen Zeitpunkt irgendeine Verbindung zwischen den Mördern und irgend jemandem in Waxahachie gegeben.

»Ich weiß«, sagte Jan. »Am besten sollte man diese Sache einfach vergessen.«

Robert küßte sie und lächelte. »Du hast recht«, sagte er.

Keiner von beiden konnte in jener Nacht gut schlafen.

Zwei Tage darauf rief Jan beim Polizeipräsidenten von Waxahachie, Charles Dullins, einem entfernten Cousin, an und fragte ihn, ob er sie zu Hause besuchen könnte.

Nachdem Jan ihm ihre merkwürdige Geschichte erzählt hatte, sagte Sullins, er hätte Roger Lowe erst am vergangenen Abend festgenommen. Bei seiner Verhaftung hätte Lowe einen Beutel Marihuana und eine Schußwaffe bei sich getragen.

Lowe hatte der Polizei nahezu die gleiche Geschichte erzählt, die er versucht hatte, den Thompsons durch ihren Schwiegersohn mitzuteilen. »Der Junge hat mit Sicherheit Angst«, berichtete Sullins Jan, »aber sein Hirn ist derart von Drogen zerfressen, daß es schwerfällt, ihm irgend etwas zu glauben. Er selbst denkt, er wird verfolgt, daran besteht kein Zweifel. Aber ehrlich gesagt, ich nehme ihm seine Geschichte nicht ab.«

Sullins hatte die Akten der Polizei und des Sheriffbüros des Ellis County nach einem ungeklärten Mord durchsucht, der sich 1979 ereignet haben könnte, und hatte nichts gefunden. »Es kann schon sein, daß irgend jemand hinter diesem Kerl her ist«, sagte er, »aber ich glaube nicht, daß das mit einem Mord in Zusammenhang steht, den er beobachtet hat.«

»Hast du ihn gefragt, ob er die Mädchen gekannt hat?«

Sullins zögerte einen Moment und sagte dann: »Ja, er hat mir erzählt, er hätte Raylene gekannt. Er hat sogar behauptet, daß die Rices am Tag nach dem Verschwinden der Mädchen zu seinem Haus gekommen wären, um ihn zu fragen, ob er sie gesehen hätte.«

Zwei Wochen später kam Roger Lowe in die *Waxahachie Monument Company* und bat darum, mit Rod Montgomery sprechen zu dürfen. Ohne zu zögern fragte er mit hastiger, atemloser Stimme: »Wie sicher sind Sie, daß man die richtigen Leute für den Mord an Ihrer Tochter erwischt hat?« Er wartete nicht einmal auf eine Antwort, sondern fuhr fort zu erklären, daß er Einzelheiten über Jills Tod wüßte, die ihn selbst das Leben kosten könnten. Er hätte versucht, mit anderen Familienangehörigen zu reden, aber die hätten ihm nicht helfen wollen. Er hätte sogar mit der Polizei geredet. Er würde unbedingt Hilfe brauchen, eine Pistole – eine Maschinenpistole. Könnte Rod ihm helfen?

Als Rod Montgomery sich weigerte, begann Lowe, ausführlich zu werden. Die Männer, die hinter ihm her wären, hätten die Mädchen nach Waco und wieder zurück verfolgt und sie dann in Waxahachie ermordet. Dann hätten sie die Leichen wieder nach Waco gebracht. Er wußte sogar, wo sich das Auto befand, das man zu dem Verbrechen benutzt hatte, sagte er. »Da waren auch die Sachen der Mädchen drin, ihre Handtaschen und all das Zeug. Sie haben alles verbrannt. Ich zeige es Ihnen, wenn Sie wollen.«

Verwirrt durch die bizarre Geschichte, die sein seltsamer Besucher ihm erzählte, sagte Rod Montgomery, er würde das Auto gerne sehen.

»Es ist ein Maverick«, sagte Lowe. »Er steht draußen auf einem Schrottplatz.«

Auf dem Schrottplatz am Rande der Stadt führte Lowe Rod Montgomery zu einem Maverick, der offensichtlich von hinten nach vorne ausgebrannt war. Im Kofferraum lagen verkohlte Überreste von Kleidung.

Mit zitternden Händen und dem beißenden Geruch von Asche in der Nase stöberte Rod Montgomery schweigend einige Minuten lang in den Kleidungsresten herum. Plötzlich empfand er ein starkes Schwindelgefühl. Er spürte sein eigenes Blut durch die Adern rauschen und in seinen Schläfen pochen. Was, wenn er nun tatsächlich eines von Jills Kleidungsstücken fand? Oder womöglich ihre Handtasche?

Es war nichts dabei, das er wiedererkannt hätte.

»Wer, zur Hölle, sind Sie?« fragte Rod mit aufkommendem Ärger, als er sich von dem Wagen abwandte und den jungen

Mann ansah, der ihn zu dem Schrottplatz gefahren hatte. Die Angst, die er bei dem Mann wahrnahm, war fast greifbar.

»Ich möchte nur, daß Sie mir glauben«, sagte Lowe. »Diese Typen werden mich kriegen.« Er klang jetzt wie ein kleines Kind, das darum bettelte, daß man ihm glaubte, damit es für die Wahrheit nicht bestraft werden würde.

Am Abend des Neujahrstages erhielt Ned Butler zu Hause einen Anruf von Ramon Salinas. Er war spürbar aufgeregt. Der Polizeipräsident von Waxahachie hätte angerufen, sagte er, weil er glaubte, er wäre vielleicht an einer merkwürdigen Geschichte interessiert, die er kürzlich über die Lake-Waco-Morde gehört hätte. In knappen Worten erzählte Salinas dem Stellvertretenden Staatsanwalt die Geschichte und fragte dann: »Soll ich dort hinfahren und zusehen, was ich herausfinden kann?«

Ned Butler atmete tief durch, eine Übung, die er immer dann vollführt, wenn er versucht, seinen Ärger zu unterdrücken. Diesmal klappte es nicht. »Gottverdammt, Ramon«, sagte er, »wir haben die Schweine, die diese Kinder ermordet haben. Im Zusammenhang mit diesem Fall haben wir schon Verrückte im ganzen beschissenen Texas gejagt. Aber das ist vorbei. Wir haben die Richtigen. Ich weiß es. Sie wissen es. Und die wissen es auch.«

Ramon Salinas wünschte Ned Butler trotzdem ein frohes neues Jahr, bevor er auflegte.

Immer noch wütend, dachte Butler einen Augenblick lang über die Ironie der Tatsache nach, daß nach den Anklageerhebungen der Stadtdirektor Dave Smith beim Treffen eines örtlichen Bürgervereins gesprochen und die Polizei von Waco für ›die Aufklärung der Morde am See‹ gelobt hatte.

Er stieß einen weiteren Fluch aus und kehrte zu dem Footballspiel zurück, das er sich im Fernsehen angesehen hatte. Er würde froh sein, wenn das Verfahren gegen Deeb seinen Anfang nahm. Dann würde die Welt endlich einen detaillierten Bericht darüber hören, was Jill Montgomery, Raylene Rice und Kenneth Franks in jener Nacht vor so langer Zeit wirklich zugestoßen war.

Kapitel 38

Die Stimmung, die den Prozeß gegen Deeb umgab, unterschied sich drastisch von der, die das Verfahren gegen David Spence begleitet hatte. Es schien, daß die Neugier der meisten Bürger von Waco durch die Aussagen, die Zeitungsberichte und die Verurteilung des letzten Sommers gestillt war. Und trotz der Schwierigkeit der Aufgabe, die ihnen bevorstand, hatten die Angehörigen des Büros der Staatsanwaltschaft es nicht geschafft, hinsichtlich der Anklage gegen Muneer Deeeb die gleiche Begeisterung aufzubringen; ihre Prozeßvorbereitungen waren eine notgedrungene harte Arbeit gewesen. Die Wahrheit lautete, daß sie alle langsam genug von dem scheinbar endlosen Fall hatten.

Vic Feazell hatte ernsthaft in Erwägung gezogen, die Aufgabe der Anklagevertretung gegen Deeb an Ned Butler und seinen ersten Stellvertreter Pat Murphy abzugeben. Freunde, die sich um seine politische Karriere sorgten, hatten den Staatsanwalt darauf hingewiesen, daß seine öffentliche Beliebtheit nach dem erfolgreichen Prozeß gegen Spence einen Höchststand erreicht hatte. Das war etwas, das Feazell berücksichtigen sollte, da seine Amtszeit sich dem Ende näherte und die Kampagne zur Wiederwahl langsam in greifbare Nähe rückte. Das Verfahren gegen Deeb, so warnte man ihn, bot Vic nicht annähernd so verlockende Aussichten. Man würde von ihm erwarten, daß er Deebs Verurteilung erreichte; deshalb konnte er nicht davon ausgehen, daß man einen Sieg im gleichen Maß bejubeln würde wie das Urteil gegen Spence. Sollten die Geschworenen Deeb hingegen freisprechen, könnte er einen Großteil der öffentlichen Unterstützung, die er sich während des ersten Prozesses verdient hatte, womöglich wieder verlieren.

Feazell erwog die Vor- und Nachteile. Das Verfahren würde für ihn eine sechswöchige Abwesenheit von seinem Büro bedeuten, wo eine Unzahl anderer Angelegenheiten seine Aufmerksamkeit erforderte. Außerdem war er sich bewußt, daß die Erwirkung eines Todesurteils in einem komplizierten Fall eines in Auftrag gegebenen Mordes, bei dem der Angeklagte offensichtlich nicht unmittelbar an der Tatausführung beteiligt war, von vielen als eine der schwierigsten Herausforderungen betrachtet wurde, denen sich ein Anklagevertreter gegenübersehen konnte. Dennoch wußte Feazell, daß die Öffentlichkeit jedes Urteil, das milder war als die Todesstrafe, als einen Mißerfolg werten würde.

An einem Wochenende Anfang Januar saß Vic im Arbeitszimmer seines modernen Hauses, blickte abwechselnd auf seinen Sohn Greg, der zu seinen Füßen spielte, und durch das hintere Fenster in den kalten, klammen Tag hinaus und wog das Für und Wider gegeneinander ab. Berni, die von einem kurzen Gang zum Supermarkt zurückkam, bemerkte sofort die nachdenkliche Stimmung ihres Mannes und setzte sich neben ihn auf das Sofa, ohne zuvor noch die Einkäufe auszupacken. Sie hielt seine Hand, sagte jedoch nichts.

Vic legte seinen Arm um ihre Schultern und zog sie sanft zu sich heran. »Ich werde nach Cleburne gehen«, sagte er.

Berni, die von dieser Entscheidung nicht überrascht war, lächelte. »Das weiß ich schon seit langem.«

»Wir haben den Familien versprochen, wir würden diese Sache zu Ende führen«, sagte er. »Und genau das werden wir auch tun.«

Der erste Schnee dieses Winters fiel an einem Sonntagnachmittag Anfang Februar auf Waco, als sich Feazell, Butler und Simons im Nebenflügel des Gerichtsgebäudes trafen, um ihre Wagen für die fünfundsechzig Meilen lange Fahrt nach Cleburne zu beladen. Vergeblich hatten sie gehofft, daß sich die Begeisterung von selbst einstellen würde, je näher die Phase der Geschworenenauswahl für dieses Verfahren rückte. Mürrisch machten sie sich daran, Kartons voller Akten in den Kisten zu verstauen, außerdem eine Kaffeemaschine und andere Gegenstände, die notwendig waren, um fernab von zu Hause ein ›Büro‹ einzurichten. Sie fühlten sich unwohl bei dem Gedanken, daß sie eine Weile von ihren Familien und ihrer vertrauten Umgebung getrennt sein würden. Das neunzehntausend Einwohner starke Cleburne diente hauptsächlich als Verladebahnhof der Santa-Fe-Eisenbahnlinie und als Einkaufsquelle für die örtlichen, auf Milchwirtschaft spezialisierten Farmen. Es war nicht gerade der angenehmste Ort, um dort sechs Wochen zu verbringen.

Ein Prozeß an einem anderen Gerichtsort, vor allem, wenn die Verhandlung sich hinzieht, stellt für alle Betroffenen so etwas wie einen logistischen Alptraum dar. Die Anwälte, die gezwungen sind, mit jeder denkbaren Wendung des Verfahrens zu rechnen, müssen sichergehen, saß sie aus ihren Büros alles mitgenommen haben, was mit diesem Fall in Zusammenhang steht. Außerdem muß berücksichtigt werden, auf welche Weise die Zeugen anreisen sollen. Bei diesem Fall würden viele von ihnen aus Waco kommen, einige jedoch würden über den internationalen Flughafen in Dallas-Fort Worth anreisen müssen, der eine Fahrtstunde entfernt lag. Simons' Hauptaufgabe würde es sein, die Zeugen zu chauffieren.

Am späten Abend dieses Sonntags, nachdem sie sich am Stadtrand von Cleburne im *Gate One* Motel eingetragen hatten, klopfte Feazell an die Tür des Zimmers, in dem Butler und Simons Fernsehen guckten. Mit einem breiten Lächeln auf dem Gesicht platzte er in den Raum hinein. »Ich weiß nicht, warum«, verkündete er, »aber plötzlich habe ich bezüglich dieser Verhandlung ein gutes Gefühl.«

Zufällig hatten sich Ned und Truman kurz vorher über den unvermittelten Begeisterungsschub unterhalten, der auch sie bei ihrer Ankunft überkommen hatte.

Butler, der abgeschnittene Jeans trug, lag ausgestreckt auf dem Bett und grinste. Jetzt war er zuversichtlich; sie waren alle drei bereit. »Der gute alte *Manure* Deeb wird seinen Aufenthalt im Johnson County nicht genießen können«, sagte er. Im Verlauf der nächsten Wochen würde er den Namen des Angeklagten noch mehrfach absichtlich falsch aussprechen. »Das heißt *Mu-neer«*, korrigierte Simons lachend den Fehler.

»Ist mir scheißegal«, erwiderte Butler.

Die Anwälte waren nicht die einzigen, denen gleich zu Beginn des Verfahrens die andere Atmosphäre auffiel, die diesen Prozeß umgab. Nancy Shaw und Jan Thompson waren am ersten

Tag der Geschworenenauswahl mit dem Wagen aus Waxahachie angereist und hatten sofort festgestellt, daß das in dunkelgrauem Marmor gehaltene Innere des Gerichtsgebäudes des Johnson County jegliche Wärme oder Freundlichkeit vermissen ließ. Den beiden Frauen wurde alsbald klar, daß ihr Aufenthalt in Cleburne beträchtlich weniger angenehm sein würde als in Waco. Dort waren sie in der Bibliothek des Büros der Staatsanwaltschaft während der Verhandlungspausen herzlich aufgenommen worden, konnten Kaffee trinken und sich von der hektischen Betriebsamkeit erholen, die mit dem Prozeß einherging. In Cleburne, teilte Simons ihnen mit, würden ihnen lediglich die harten Holzbänke vor dem Gerichtssaal oder der kleine Aufenthaltsraum neben der Damentoilette im Erdgeschoß zur Verfügung stehen.

Da man Nancy als Zeugin vorgeladen hatte, war es ihr nicht gestattet, den Gerichtssaal während der Befragung der voraussichtlichen Geschworenen zu betreten. Als sie vor dem Saal auf dem Flur saß, trat der ältliche Gerichtsdiener an sie heran und sprach ihr sein Bedauern darüber aus, daß sie im Gerichtssaal nicht zugelassen war. »Ich weiß«, sagte er, »daß Sie jetzt gern dort drinnen wären, wo doch Ihr Sohn vor Gericht steht, und all das.« Irrtümlicherweise hatte er angenommen, sie wäre die Mutter von Muneer Deeb.

»Das ist nicht mein Sohn«, fauchte sie ihn wütend an. »Er ist der Mann, der meine Tochter ermordet hat.« Der Gerichtsdiener wurde puterrot und entschuldigte sich wortreich. Während des restlichen Verfahrens würde er Nancy nicht mehr ansprechen.

»Ich werde diesen Ort nicht mögen«, sagte Nancy später beim Mittagessen zu Vic.

Butler schien an dem zumeist gleichbleibenden Verfahren der Befragung potentieller Geschworener Gefallen zu finden. Die Fragen, die er und Feazell den Vorgeladenen stellten, waren relativ kurz und prägnant, während Richard McCall, der Anwalt der Verteidigung, vom Thema abschweifte und manchmal bis zu eineinhalb Stunden mit der Befragung eines einzigen

Kandidaten zubrachte. Sein Co-Anwalt Jack Holcomb verhielt sich genauso. Ned war klar, daß McCall, der, wie er wußte, die Verteidigung leiten würde, die Geschworenen mit seinen verwirrenden und unvollständigen Fragen befremdete, noch bevor die Verhandlung überhaupt begonnen hatte. Mehr als einmal mußte sich einer der voraussichtlichen Geschworenen anhören, wie sich eine von McCalls Fragen in drei, bisweilen vier unzusammenhängende Fragen verwandelte, bevor um eine Antwort gebeten wurde. Und dann zeigte der Anwalt sich verärgert, wenn die befragte Person durchblicken ließ, nichts verstanden zu haben.

Im Verlauf dieser Prozedur stand Ned Butler, im College ein hervorragender Zeichner, manchmal vom Tisch der Anklagevertretung auf und suchte sich in der ersten Reihe des Zuschauerraums einen guten Platz, von dem aus er eilig Bleistiftskizzen von McCall zeichnen konnte, während dieser potentielle Geschworene befragte. Unter eine besonders gelungene dieser Zeichnungen schrieb Ned die Frage, die McCall jedem gestellt hatte, der in den Gerichtssaal gerufen worden war: »Können Sie meinem Mandanten Muneer hier ein ebenso faires Verfahren zusichern, wie Sie es einem netten Jungen aus dem Johnson County zugestehen würden?«

Nach ein paar Tagen der Geschworenenauswahl witterte Butler eine Gelegenheit, McCall zu beweisen, daß die Anklage ihre Hausaufgaben gut gemacht hatte. Als der Verteidiger wieder einmal erklärte, daß Deeb, obwohl er Jordanier war, sich dennoch legal in den Vereinigten Staaten aufhielt, stand Ned schließlich auf, erhob Einspruch und machte dem Richter deutlich, daß er genug davon hatte, sich ständig diese Ausführungen anhören zu müssen. »Euer Ehren«, sagte er, »Tatsache ist, daß die Legalität von Mister Deebs Aufenthalt äußerst fragwürdig erscheint.«

Wenngleich McCall matt lächelte, war er sichtlich verblüfft, als Butler dem Gericht erklärte, daß der Angeklagte Marcie Blackwood im vergangenen Mai fünfhundert Dollar bezahlt hatte, damit sie ihn heiratete. »Der einzige Grund, warum wir das der Einwanderungsbehörde nicht gemeldet haben«, sagte der Stellvertretende Staatsanwalt, »ist der, daß die Verletzung der Einwanderungsbestimmungen im Vergleich zu einer Anklage wegen vorsätzlichen Mordes zweitrangig ist und daher eine Meldung unsinnig gewesen wäre.«

Deeb hatte es nicht für nötig befunden, seinen Anwälten von seiner Ehe zu erzählen. Dieser Zwischenfall war ein erstes Anzeichen für das, was noch folgen sollte. Im weiteren Verlauf der Verhandlung würde es offensichtlich werden, daß Deeb seinen Anwälten gegenüber in mehreren Punkten nicht aufrichtig gewesen war.

An dem Tag, an dem in Cleburne der zwölfte Geschworene ausgewählt wurde, erhielt Patty Pick einen Brief von Muneer Deeb. Das war das erste Mal, daß sie etwas von ihm hörte, seit er wegen seines Verfahrens in das Gefängnis des Johnson County überstellt worden war. Dem Schreiben lag ein Fünfdollarschein bei, und im Gegensatz zu einigen der belanglosen, weitschweifigen Briefe, die er ihr während der letzten anderthalb Jahre geschrieben hatte, war dieser hier kurz und anscheinend mit einer einzigen Absicht verfaßt worden.

Das Geld, schrieb er, war für den Kauf einer Schallplatte gedacht, die er Patty so schnell wie möglich zu kaufen und Kasey Rowe zu geben bat.

Das Lied mit dem Titel ›Careless Whisper‹ war zu jener Zeit populär, und Patty war der Text im großen und ganzen geläufig. Daß Deeb ausgerechnet diesen Song für Kasey auswählte, kam ihr merkwürdig vor. Nachdem sie den Brief mehrere Male gelesen hatte, beschloß sie, Truman Simons anzurufen. »Worum geht es in diesem Song?« fragte er.

»Ich denke, Sie sollten sich die Platte besorgen und sie sich einfach mal anhören«, sagte Patty.

Simons, ein Mann, der eine nostalgische Vorliebe für die populäre Musik der fünfziger Jahre offen eingesteht und noch immer die meisten der Singleveröffentlichungen von Elvis Presley besitzt, wußte wenig über die moderne Popmusik. Der erste Diskjockey, den Truman in der Hoffnung anrief, daß er dieses Lied für ihn spielen würde, sagte ihm, er hätte noch nie davon gehört.

»Es ist im Augenblick angeblich einer der bekanntesten Songs«, sagte Truman. »Er stammt von einer Gruppe namens Wham.«

»Nun, er steht nicht in den Countrycharts, Kumpel«, erwiderte der Diskjockey.

Peinlich berührt hängte Simons ein und begann, das Telefonbuch nach der Rufnummer einer Radiostation zu durchsuchen, deren Musikprogramm eher in Richtung Wham und Prince als in Richtung Tammy Wynette und Willie Nelson tendierte.

Nachdem er einige Minuten darauf gewartet hatte, daß ein anderer Diskjockey für ihn Zeit haben würde, hörte sich Simons den Song am Telefon an. Während das Lied lief, machte er sich ein paar eilige Notizen über einen Teil des Textes und begann zu lächeln. Sobald Truman den Hörer aufgelegt hatte, verließ er das Büro, um zum erstenmal seit zehn Jahren in ein Plattengeschäft zu gehen.

Wenig später spielte Simons den Song auf seiner eigenen Stereoanlage ab. Er hörte ihn sich mehrere Male an und hatte zunächst Schwierigkeiten, die Stimme des Sängers vor dem Hintergrund der elektrisch verstärkten Instrumente zu verstehen. Schließlich, nachdem er das Lied ein halbes dutzendmal gespielt hatte, fing er an, einige der Textzeilen sorgfältig niederzuschreiben:

Time can never mend
The careless whisper of a good friend
To the heart and mind, ignorance is kind
There's no comfort in the truth
Pain ist all you'll find . . .
(Die Zeit kann niemals heilen
Was das unbedachte Wort eines guten Freundes angerichtet hat
Für Herz und Verstand ist Unwissenheit am besten
Es liegt kein Trost in der Wahrheit
Du wirst nur Schmerz darin finden . . .)

und . . .

I'm never gonna dance again
Guilty feet have got no rhythm . . .
(Ich werde niemals wieder tanzen
Wer schuldig ist, kann das nicht mehr . . .)

und . . .

I should have known better than to cheat a friend . . .
Is what I did so wrong, so wrong
That you had to leave me alone?
(Ich hätte es besser wissen sollen,
als einen Freund zu hintergehen
Ist das, was ich getan habe, wirklich so falsch gewesen
Daß du mich verlassen mußtest?)

Lange Zeit saß Simons da und starrte den Block an, auf dem er die Textzeilen aufgeschrieben hatte. Es lag eine Botschaft darin. Dessen war er sich sicher. Das hier war nicht das Liebeslied eines niedergeschlagenen Häftlings. Nein, verdammt – Deeb, der wußte, daß Kasey mit Truman gesprochen hatte, wollte ihr etwas sagen.

Bei dem Gedanken an ihre erste Unterhaltung vor so langer Zeit geriet Truman immer noch in Wut. Noch immer konnte er ihre weinerliche Stimme hören: »Mir tut wirklich leid, was diesen Jugendlichen passiert ist«, hatte sie gesagt, »aber ich brauchte ein paar Sachen. Ich habe Geld gebraucht, um sie mir zu kaufen . . .« In Trumans Augen war sie genauso für die Morde verantwortlich wie der Mann, den man jetzt vor Gericht stellen würde. »Diese Schlampe«, sagte er zu sich selbst. Truman las den Text, den er niedergeschrieben hatte, ein weiteres Mal und begann, Teile davon zu unterstreichen:

. . .careless whisper of a good friend . . . there's no comfort in the truth . . . guilty feet have got no rhythm . . . is what I did so wrong?

Nach einer Weile rief er Patty an, um sich bei ihr dafür zu bedanken, daß sie ihm von dem Brief erzählt hatte. »Hört sich so an, als würde er versuchen, jemandem etwas mitzuteilen«, sagte Simons.

»So etwas Ähnliches habe ich mir auch gedacht«, entgegnete Patty.

»Nun, hören Sie, vergessen Sie es einfach. Erzählen Sie Kasey nichts davon.«

»Das hatte ich nicht vor. Diese Angelegenheit macht mir ganz schön zu schaffen.« Sie klang, als würde sie gleich in Tränen ausbrechen.

»Das geht bald wieder vorbei«, versicherte Truman ihr. »Sie treten in den Zeugenstand, erzählen, was Sie zu erzählen haben, und dann wird das alles vorbei sein. Glauben Sie mir.«

»Das hoffe ich«, sagte sie.

Simons wußte, daß die letzte Zeit hart für Patty gewesen war. Seit man Deeb nach jener ersten Verhaftung im Jahre 1982 freigelassen hatte, hatte sie Simons geholfen, sich über den Mann, der nach seiner Überzeugung in die Morde verwickelt gewesen war, auf dem laufenden zu halten. Sie hatte ihm von Telefonanrufen und Briefen erzählt, die sie von Deeb erhalten hatte, während dieser in Dallas, Houston oder auf einer seiner kurzen Reisen nach New Mexico gewesen war. Es hatte Patty nicht gefallen, die Verbindung zu Muneer aufrechtzuerhalten, aber auf Simons' und Willie Tompkins' Bitte hin hatte sie es trotzdem getan. Sie war noch nie zuvor jemandem gegenüber unaufrichtig gewesen, und es fiel ihr nicht leicht – nicht einmal bei jemandem, dem man einen Mord vorwarf. Der einzige Grund, aus dem sie eingewilligt hatte, es zu tun, war ihr Vertrauen in Simons und Tompkins – und ihre eigene Überzeugung, daß Deeb tatsächlich schuldig war.

Obwohl die Staatsanwaltschaft ihre Liste der Zeugen auf fünfunddreißig Namen zusammengestrichen hatte, würde sie annähernd den gleichen Fall präsentieren, den sie während der Verhandlung gegen Spence vorgelegt hatte. Während seines Eröffnungsplädoyers vor den sieben männlichen und fünf weiblichen Geschworenen sagte Feazell, daß die Anklage beweisen würde, daß Deeb für Gayle Kelley eine Versicherungspolice mit einer 20 000-Dollar-bei-Unfalltod-Klausel abgeschlossen, sich selbst zum Begünstigten ernannt und dann David Spence gefragt hatte, ob er jemanden wüßte, der sie umbringen würde.

Die Geschworenen, die in Richter John McLeans 249stem Bezirksgericht saßen, hörten zum erstenmal, wie Spence und seine beiden Komplicen den bizarren Plan verpfuscht hatten. Außerdem hörten sie, wie ihnen etwas versprochen wurde, auf das die Geschworenen im Verfahren gegen Spence vergeblich gehofft hatten: Feazell kündigte an, daß sie die Aussage eines der Männer hören würden, die unmittelbar an der Ausführung des entsetzlichen Verbrechens beteiligt gewesen waren.

Die erste Prozeßwoche verlief ähnlich wie die der Verhandlung vor einigen Monaten in Waco. Abermals bauten Feazell und Butler den Fall sorgfältig auf und riefen Richard Franks und Nancy Shaw in den Zeugenstand, damit diese ein weiteres Mal von den qualvollen Stunden berichteten, die der Nachricht vom Auffinden der toten Kinder vorangegangen waren. Die Männer, die im Speegleville Park zufällig auf die Leichen gestoßen waren, wiederholten ihre Geschichte, ebenso wie Deebs Geschäftspartner, der Versicherungsvertreter und Willie Tompkins.

Nancy war erleichtert, als McCall und Holcomb ihr gestatteten, nach ihrer Aussage dem Rest des Verfahrens beizuwohnen. Wie sie und die anderen im Gerichtssaal hören konnten, rückte Muneer Deeb schon bald ins Zentrum der Aussagen.

Patty Pick, nervös und jeden Blick in Muneers Richtung vermeidend, trat in den Zeugenstand und schilderte, wie einige Frauen, speziell Kasey Rowe, den Angeklagten ausgenutzt hatten, indem sie ihn dazu brachten, ihnen teure Geschenke zu machen oder Geld zu geben. Ihre Aussage war die erste, die andeutete, daß der gutangezogene, ruhige junge Mann, der auf dem Stuhl des Angeklagten saß, auch eine gewalttätige Seite besaß. Sie erzählte, wie sie mehrmals versucht hatte, ihm begreiflich zu machen, daß er ausgenommen wurde. »Schließlich«, sagte Patty, »kam er an einen Punkt, an dem er meiner Meinung nach begriff, was vor sich ging. Als wir uns eines Abends unterhielten, sagte er mir, daß er Kasey schon vor langem hätte umbringen sollen; daß sie der Grund für alles sei, was ihm zugestoßen wäre – einschließlich der Morde am See.«

Patty berichtete von einem früheren Zwischenfall bei *Skaggs*, als ein betrunkener Kunde hereingekommen war und sich an sie herangemacht hatte, während sie gerade damit beschäftigt gewesen war, die Regale aufzufüllen. »Muneer kam zu uns herüber«, sagte sie, »flippte total aus und sagte, er würde dem Mann etwas antun.« Überzeugt, daß Deeb kein Kämpfer war, hatte sie den Vorfall lachend abgetan und ihm gesagt, er solle den Mann in Ruhe lassen. Daraufhin hatte Deeb ihr erklärt: »Nicht ich werde das tun; ich werde jemand anderen dafür besorgen. Ich kenne jemanden, der so etwas macht. Wenn du Geld hast, kannst du alles haben.«

Cynthia Bernal wurde abermals aufgerufen, um die Nacht zu schildern, in der Spence vor dem Apartment aufgetaucht war, in dem sie mit Ray Payne lebte. Er hatte geschrieen, er hätte einen Radiobericht über den Mord an einer Gayle gehört und glaube, daß Deeb Gayle Kelley umgebracht hatte. Nach dem Ende ihres Berichts stellte Feazell der jungen Frau eine Frage, die er ihr in Waco nicht gestellt hatte. »Cynthia«, sagte er, »kurz bevor Sie in den Zeugenstand getreten sind, haben Sie mir von einem Ereignis erzählt, das sich früher am heutigen Tag zugetragen hat.«

»Ja, Sir.«

»Würden Sie es bitte für die Geschworenen wiederholen?«

Cynthia blickte in Richtung der Geschworenenbank und begann, mit leiser Stimme zu sprechen. »Vorhin, als ich ins Gerichtsgebäude kam«, sagte sie, »habe ich Gayle Kelley gesehen. Aber vor meinem inneren Auge sah ich in diesem Moment unentwegt Jill Montgomerys Gesicht. Es war schaurig. Es hat mir Angst eingejagt.«

»Sie haben Gayle und Jill im Methodistenheim gekannt, nicht wahr?« fragte Feazell.

»Ja, das habe ich.«

Während Cynthia aussagte, warteten Gayle Kelley und Patti Deis in Truman Simons' Zimmer im *Gate One* Motel. Nachdem sie ihre Vorladung erhalten hatte, war Patti, die inzwischen beim Militär Dienst tat, auf einen verlängerten Urlaub aus Deutschland in die Staaten zurückgekehrt. Gayle war vormittags von Houston nach Dallas geflogen. Sie waren froh, sich wiederzusehen, aber beide fürchteten sich davor, vor Gericht auszusagen. Vor allem Gayle war nervös und hatte einige Joints mitgebracht. Sie ging im Zimmer auf und ab und suchte nach einem Ort, an dem sie einen davon rauchen konnte. »Ich glaube nicht, daß es besonders schlau wäre, hier in Trumans Zimmer zu rauchen«, sagte sie lachend. »Wäre ganz schön blöd, von dem Kerl verhaftet zu werden, der unsere Rückflugtickets hat.« Statt dessen nahm sie den Telefonhörer ab und bestellte eine Pizza.

Am nächsten Morgen im Zeugenstand war Gayle entschlossen, Muneer Deeb wissen zu lassen, daß seine Anwesenheit sie nicht einschüchterte. Zu Beginn ihrer Aussage hatte er sie angelächelt und ihr sogar zugewunken. Während sie ein weiteres Mal erzählte, wie er das Apartment für sie gemietet, die Versicherungspolice abgeschlossen und welch große Wut er auf Kenneth Franks gehabt hatte, blickte sie mehrfach in Deebs Richtung und erwiderte sein Lächeln.

Als Richter MacLean kurz nach Mittag eine Pause anberaumte, wartete Feazell, bis er und Gayle vor dem Gerichtssaal waren. Er starrte sie wütend an und manövrierte sie in ein leerstehendes Büro. Sobald er die Tür hinter ihnen geschlossen hatte, fuhr er aus der Haut.

»Was versuchen Sie da oben eigentlich für eine Nummer abzuziehen?« fragt er. »Wir reden über einen Kerl, der Sie umbringen lassen wollte, und ... und *Sie sitzen da und flirten mit ihm.* Was soll diese Vorstellung?«

Feazell lief auf und ab, fuchtelte mit den Händen und fuhr mit seiner Standpauke fort. »In Waco haben Sie gute Arbeit geleistet. Sie hatten sich gut im Griff, und Sie haben bloß die Fragen beantwortet. Sie waren einfach Sie selbst. Jetzt benehmen Sie sich wie so eine Art Star. Sie machen sich selbst zum Narren.«

Die Anspannung, die Gayle während ihrer Aussage hatte unter Kontrolle halten können, brach jetzt aus ihr hervor. Verärgert und verletzt begann sie zu weinen und den Staatsanwalt zu verfluchen. »Verdammt sollen Sie sein«, rief sie, »ich tue, was ich kann. Mehr habe ich nicht zu bieten. Ich habe um diese Scheiße nicht gebeten. Ich habe genug von Ihnen und diesen Gerichtsverhandlungen. Sie und alle anderen können mich mal!«

Feazell stürmte aus dem Zimmer.

Ein paar Minuten später kam Simons herein und fand Gayle noch immer weinend vor. Verwirrt fragte er sie, was passiert war. Schluchzend und noch immer auf Feazell fluchend, erzählte sie Truman von ihrer Auseinandersetzung mit dem Staatsanwalt.

Ihre Geschichte beunruhigte Simons. Obwohl er der Aussage im Gerichtssaal nicht beigewohnt hatte, war er der Ansicht, daß Feazell überreagiert hatte. »Vic steht unter einem immensen Druck«, sagte er. »Dieser Prozeß ist ziemlich wichtig für ihn. Es wird nicht leicht sein, die Geschworenen davon zu überzeugen, daß Deeb in die Morde verwickelt gewesen ist. Wir kämpfen mit dem Rücken zur Wand, und deine Aussage ist sehr wichtig. Das mußt du dir immer vor Augen halten. Ich will nicht, daß du an etwas anderes denkst. Falls du Vic nach dieser ganzen Angelegenheit in den Arsch treten willst, prima. Vielleicht helfe ich dir sogar dabei. Aber vorerst mußt du dich zusammenreißen und tun, weswegen du hierhergekommen bist.«

Gyle nahm die Zigarette, die er ihr anbot, und lächelte matt. »Ich gebe mein Bestes«, sagte sie.

»Das ist alles, worum wir dich bitten«, sagte Simons. »Laß uns gehen und uns etwas zu essen besorgen.«

Während der Nachmittagssitzung hatte Gayle sich besser im Griff, als sie zunächst die Fragen Feazells und dann im Kreuzverhör die von McCall beantwortete. Sie war jedoch keine so gute Zeugin, wie die Anklage es sich erhofft hatte.

»Unser Fehler war«, sagte Butler, »sie in Waco so hochzujubeln. Dort war sie unverkrampft. Zur Hölle, die Geschworenen haben ihr aus der Hand gefressen.«

»Aber diesmal nicht«, warf der besorgte Feazell ein.

»Ach, ich weiß nicht«, sagte Ned. »Ein halbes Dutzend der

Leute auf der Geschworenenbank haben Kinder in ungefähr ihrem Alter. Ich denke, daß die in der Lage gewesen sind, hinter diese Fassade zu blicken und zu hören, was sie zu sagen gehabt hat.«

»Ich hoffe, Sie haben recht«, entgegnete Vic.

Als die Verhandlung in die zweite Woche ging, hatten einige der Geschworenen bereits begonnen, sich eine ausgeprägte Meinung über Deebs Schuld zu bilden. Sie hatten die Tatortfotos gesehen und die Gerichtsmedizinerin die Qualen darlegen hören, die die Opfer vor ihrem Tod hatten durchleiden müssen. Und sie hatten die überzeugende Aussage des Zahnkundlers Dr. Homer Campbell gehört. Die rücksichtslose Brutalität des Verbrechens war ihnen anschaulich vor Augen geführt worden. Daß eine solch entsetzliche Tat durch die Gier eines Mannes ausgelöst worden sein konnte, ging fast über das Begriffsvermögen der Anwesenden hinaus. Mehr und mehr achteten die Geschworenen auf Deebs Verhalten, während er zwischen seinen beiden Anwälten saß und sich abwechselnd vorbeugte, um sich auf einem Block Notizen zu machen, und sich auf seinem Stuhl zurücklehnte, um die Zeugen anzugrinsen.

Auch gerieten die Geschworenen zunehmend in Verwirrung darüber, auf welche Weise McCall seine Kreuzverhöre durchführte. Oft kam er weit vom Thema ab, bis ein Einspruch der Anklage oder eine Ermahnung des Richters seine Befragung wieder in die richtigen Bahnen lenkte. Und in der Zurückgezogenheit ihres Beratungszimmers unterhielten sich mehrere der weiblichen Geschworenen über Holcombs Angewohnheit, sich während der Zeugenaussagen andauernd die Fingernägel zu reinigen. Nach einiger Zeit schlossen die Geschworenen Wetten darüber ab, wann Holcomb seine ungepflegten Haare waschen würde.

Als der sechste Tag der Zeugenaussagen zu Ende ging, sah eine attraktive Frau mittleren Alters, die jeden Tag mit dem Wagen aus Waco gekommen war, um der Verhandlung beizuwohnen, Richard McCall dabei zu, wie er seinen Aktenkoffer packte und sich anschickte, den Gerichtssaal zu verlassen. Sie neigte sich zu einer Freundin hinüber, die neben ihr saß, und flüsterte: »Falls ich jemals in irgendwelche Schwierigkeiten geraten sollte, bitte, um Gottes willen, verpflichte nicht diesen Kerl als meinen Anwalt.«

Die elektrisierende Spannung, von der das Verfahren gegen Spence durchdrungen gewesen war, stellte sich am ersten Dienstag im März schließlich auch in Cleburne ein. Das Gerücht, daß Gilbert Melendez aussagen würde, hatte die Runde gemacht, und der Gerichtssaal war bis auf den letzten Platz gefüllt. Zu den Medienvertretern aus Waco gesellten sich in dem überfüllten Rundbau des Gerichtsgebäudes Fernsehteams und Zeitungsreporter aus Dallas und Fort Worth.

Jack Holcomb stand neben der Tür zu Richter MacLeans Amtszimmer, rauchte eine Zigarette und erzählte McCall von einer kuriosen Neuigkeit, die er vor kurzen erfahren hatte. »Als ich ein kleiner Junge war, hatten wir einen Basketballkorb an der Garage in unserer Auffahrt«, sagte er, »und alle aus der Nachbarschaft haben sich dort zum Spielen getroffen. Ein paarmal kam dieser kleine Mexikaner herüber und schloß sich uns an. Ich glaube, ich habe nie seinen Namen erfahren. Nun, neulich habe ich mich mit einem Freund darüber unterhalten, und er hat mir gesagt, wer das gewesen ist.«

McCall verdrehte die Augen; er ahnte die Pointe bereits.

»Richtig«, sagte Holcomb, »es war Gilbert Melendez.«

Unter den neuen Gesichtern im Gerichtssaal war das von David Spences Mutter. Als sie allein auf dem Flur stand, baute sich Richard Franks nur ein kurzes Stück entfernt von ihr auf, richtete seinen Fotoapparat auf sie und schoß mehrere Bilder. Tommy Witherspoon, ein Reporter des *Waco Tribune-Herald*, beobachtete die merkwürdige Szene.»Ich frage mich«, sagte er zu einem befreundeten Journalisten, »was wohl ein Psychiater zu all dem sagen würde.«

Nachdem Juanita White den Gerichtssaal betreten hatte, nahm sie neben einer freundlichen grauhaarigen Frau in der dritten Reihe Platz. Pat Murphy, der Stellvertretende Staatsanwalt, hatte Mrs. White bei ihrem Eintreten beobachtet, und sobald sie sich gesetzt hatte, sprang er auf und eilte auf den Gerichtsdiener zu. »Es wäre mir lieb«, flüsterte er, »wenn Sie nach dort drüben gehen und der Dame, die soeben hereingekommen ist, erklären würden, daß der Abschnitt, in dem sie sitzt, für die Familienangehörigen der Opfer reserviert ist.«

Der Gerichtsdiener, der wußte, daß der Abschnitt, auf den er sich bezog, nicht reserviert war, zögerte, als Murphy diskret auf Mrs. White deutete. Murphy wollte keine nähere Erläuterung abgeben und wurde nachdrücklicher. »Hören Sie, sie wird vielen Leuten Unbehagen einflößen, falls Sie dort während der Zeugenaussagen sitzt. Bitten Sie sie einfach, sich einen anderen Platz zu suchen, okay?« Der verwirrte Gerichtsdiener zuckte die Achseln. Er wußte nicht, daß die Frau, die neben Juanita White saß, Maude Simons war, Trumans Mutter.

Als Melendez in den Zeugenstand gerufen wurde, hatte Mrs. White einen Platz im hinteren Teil des Gerichtssaals. Weiter vorne saß Nancy Shaw mit Jan und Robert Thompson zusammen und hielt ein Taschentuch fest umklammert. Am Abend zuvor hatte Simons sie im Motel besucht, um sich noch einmal zu vergewissern, ob sie sicher war, daß sie Gilbert Melendez' Aussage hören wollte. Er wußte, wie sehr es sie zu erfahren drängte, was ihrer Tochter passiert war, und doch machte er sich Sorgen, wie sie darauf reagieren würde, die schrecklichen Einzelheiten zu hören. Sie versicherte Truman, daß sie mit allem, was Gilbert auch aussagen mochte, würde umgehen können.

Glattrasiert, mit ordentlichem Haarschnitt und gekleidet in einen dreiteiligen Anzug, der für seine schmächtige Statur eine Nummer zu groß wirkte, sah Gilbert, als er in den Zeugenstand trat, viel jünger aus, als er es mit seinen neunundzwanzig Jahren war. Er hatte absichtlich seine Brille nicht aufgesetzt, so daß er nicht in der Lage sein würde, die Anwesenden im Gerichtssaal deutlich zu erkennen. Stille senkte sich über die Menge, und Feazell fing mit der Befragung an.

Melendez erzählte davon, Spence und seinen Bruder Tony am Nachmittag des 13. Juli getroffen zu haben und schließlich mit ihnen im Koehne Park angekommen zu sein. Er erwähnte Davids Äußerung, daß Deeb bei einem Drogengeschäft ›übers Ohr gehauen‹ worden wäre. Angeleitet von Feazells wohlüberlegten Fragen, erklärte Gilbert, wie die drei Jugendlichen überredet worden waren, in das Auto einzusteigen, und wie Jill Montgomery protestiert hatte, als Spence anfing, ihre Brüste zu streicheln.

Rod Montgomery, dem die Tränen in die Augen stiegen, erhob sich schweigend von seinem Platz und ging auf den Ausgang des Gerichtssaals zu.

Als Melendez zu erzählen begann, daß David ein Messer gezogen und den Mädchen befohlen hatte, sich auszuziehen, und ihnen gedroht hatte, sie umzubringen, falls sie ihm nicht gehorchten, lief ein eisiges Schaudern durch Nancy Shaws Körper. Einen Augenblick lang dachte sie, sie würde ohnmächtig werden, und dann fing sie an zu weinen. In diesem Moment begriff sie, daß es ihr nicht möglich sein würde, sich anzuhören, was noch bevorstand. Auch sie verließ den Gerichtssaal. Feazell drehte sich um und wartete, bis sich die Tür hinter ihr schloß, bevor er seine Befragung fortsetzte.

Als Gilbert beschrieb, wie er Kenneth Franks bewacht hatte, während Tony Melendez Raylene Rice sexuell mißbrauchte, stand auch Richard Franks auf und eilte zum Ausgang.

Nachdem Gilbert erzählt hatte, wie er zu der Stelle hinübergegangen war, an der Jill lag, und gesehen hatte, daß sie Stichwunden in der Brust aufwies, fragte Feazell: »Wie haben Sie sich zu diesem Zeitpunkt gefühlt?«

Gilbert antwortete mit deutlicher Stimme, fühlte sich aber offensichtlich unwohl. »Es ist schwer, darüber zu reden. Es macht mir Mühe, denn es ist nicht leicht, das in Worte zu fassen. Ich kann wirklich nicht beschreiben, wie ich mich gefühlt habe. Dort draußen ist alles einfach völlig schiefgegangen.«

Während einer kurzen Unterbrechung am Nachmittag brachte Richter MacLean seine Besorgnis über die Anspannung zum Ausdruck, die sich über die Verhandlung gelegt hatte. Er erhob sich von seinem Platz, ging eiligen Schritts auf den Ausgang zu und wandte sich an Simons, der neben der mit Fenstern versehenen Tür gestanden hatte. »Ich möchte, daß sie direkt an dieser Tür stehen bleiben«, sagte MacLean. »Hier drinnen herrscht ziemlich dicke Luft. Man kann nicht absehen, was alles passieren könnte.«

Simons bemerkte die angestrengte Miene des Richters. »Ich verstehe«, sagte er.

In der verbleibenden Zeit dieses Tages berichtete Melendez detailliert von den Morden, erzählte dann, wie er weggefahren war, um seinen Pickup zu holen, und wie man die Leichen schließlich in den Speegleville Park transportiert hatte. Als Richter MacLean den Prozeßtag endlich für beendet erklärte, verließen die Zuschauer den Gerichtssaal emotional völlig ausgelaugt und wie betäubt. Einige wechselten zwar stumme Blicke, aber nur wenige redeten.

Wenngleich er während seiner Aussage ruhig und gefaßt geblieben war, kehrte Melendez an jenem Abend in einem höchst aufgewühlten Zustand ins Gefängnis des Johnson County zurück. Zitternd und unruhig befürchtete er, die anderen Insassen könnten erfahren, wer er war und daß er in Cleburne als Zeuge der Anklage diente. Als ein anderer Gefangener ihn danach fragte, behauptete er, er wäre lediglich über Nacht dort eingeliefert worden, da er nach einer Verurteilung wegen bewaffneten Raubüberfalls auf dem Transport in ein anderes Zuchthaus sei. Sein Name, sagte er, wäre Gilbert Fajardo.

Als er am nächsten Morgen in den Zeugenstand zurückkehrte, war deutlich zu erkennen, daß die Anstrengungen ihren Tribut von Gilbert forderten. Seine Stimme war heiser, als er davon erzählte, nach den Morden von einer finanziellen Vereinbarung zwischen Spence und Deeb erfahren zu haben, bei der es um einen Anteil an einer Versicherungssumme ging. Er hätte daran gedacht, die Stadt zu verlassen, sagte er aus, wäre jedoch von David gedrängt worden, abzuwarten, bis man ihn bezahlt hätte; dann würden sie zusammen verschwinden.

»Gilbert«, fragte Feazell abschließend, »warum haben Sie sich einverstanden erklärt, hierherzukommen und gegen Muneer Deeb auszusagen?«

»Ich sage aus, weil ich glaube, dies ist vielleicht ein Weg, auf dem ich wiedergutmachen kann, was passiert ist – daß ich dadurch eventuell ein wenig leichter damit leben kann. Was dort draußen geschehen ist, war furchtbar«, sagte er, »und ich will, daß die Leute wissen, was mein Anteil daran gewesen ist und wie ich dort hineingeraten bin.

Ich habe beschlossen, mich schuldig zu bekennen und auszusagen, um die Todesstrafe zu vermeiden. So, wie die Sache gelaufen ist und wie ich daran beteiligt gewesen bin, glaube ich nicht, daß ich verdient hätte, dafür zu sterben. Und ich glaube nicht, daß ich eine sonderlich gute Chance gehabt hätte, freigesprochen zu werden, falls man mich vor Gericht gestellt hätte.«

Zum erstenmal seit Beginn des Verfahrens wirkte Muneer Deeb sichtlich aus der Fassung gebracht. Als er Gilberts Aussage hörte, verhärtete sich sein Gesichtsausdruck, und er musterte den Zeugen mit gequältem Blick.

Nachdem Coy Jones, ein Deputy vom Büro des Sheriffs des McLennan County, Deeb in der Mittagspause zurück ins Gefängnis begleitet hatte, sprach er Butler an. »Ich glaube, ihr Jungs habt Deeb endlich Angst eingejagt«, sagte er.

»Wie kommen Sie darauf?« fragte Butler.

»Sobald wir ihn in seine Zelle gesteckt hatten, fiel er auf die Knie und begann, zu Allah zu beten.«

In seinem Kreuzverhör ging Richard McCall unverzüglich auf die früheren, falschen Aussagen ein, die Melendez zu Protokoll gegeben hatte. Der Verteidiger legte die Unstimmigkeiten in allen Einzelheiten dar und wies darauf hin, daß zuvor weder von einem Pickup die Rede gewesen war, den man zum Transport der Leichen benutzt hatte, noch von irgendeiner Beteiligung Tony Melendez'.

»Ich habe eine Menge Spielchen gespielt«, sagte Gilbert, »weil ich alles getan habe, was in meiner Macht stand, um Tony aus all dem herauszuhalten. Bis zu dem Zeitpunkt, an dem ich von seinem Geständnis gehört habe, wollte ich versuchen, ihn, falls irgend möglich, zu beschützen.«

»Warum das?«

»Er ist mein Bruder. Ich liebe ihn.«

Der Anwalt, der bei seinen Fragen oftmals lächelte, äußerte sich wiederholt zu der bemerkenswerten Detailgenauigkeit der Aussage, die Gilbert abgelegt hatte, und deutete die Möglichkeit an, man hätte ihn gut instruiert; daß womöglich seine Erinnerungen an jene Julinacht durch Einzelheiten aufgefrischt worden wären, die die Staatsanwälte ihm geliefert hatten.

Gilbert beugte sich auf seinem Stuhl vor und sah dem Verteidiger offen ins Gesicht, bevor er antwortete. »Der Grund, weshalb meine Erinnerung an die Ereignisse jener Nacht so gut ist«, sagt er, »ist der, daß ich dabeigewesen bin.«

Zwei Stunden später, nachdem er diese Zerreißprobe endlich ausgestanden hatte, saß Gilbert im *Gate One* Motel in Feazells Zimmer und wartete auf seinen Rücktransport nach Waco. Sheriff Jack Harwell, der nach Cleburne gekommen war, um seine Aussage zu hören, stand neben ihm, als der Staatsanwalt eintrat. Mit ernstem Gesichtsausdruck ging Feazell auf Melendez zu, der auf dem Rand eines der Betten saß, und streckte seine Hand aus. »Gilbert«, sagte er, »Sie haben uns sehr geholfen.«

Melendez lächelte und nickte bestätigend. »Ich habe ein ziemlich gutes Gefühl dabei.«

»Das sollten Sie auch«, sagte Feazell. »Sie haben vielen Leuten etwas Gutes getan.«

Es war schon fast dunkel, als Simons, in Begleitung des Stellvertretenden Staatsanwalts Pat Murphy, nach Waco fuhr, um Gilbert ins Gefängnis des McLennan County zurückzubringen. Zu Beginn der Fahrt hatten sie sich kurz über die Aussage und den bisherigen Verlauf des Prozesses unterhalten, doch je weiter sie fuhren, um so schweigsamer wurden die Männer.

Es war Gilbert, der die Stille unterbrach. »Wissen Sie«, sagte er, »Richard McCall hat mir heute einen Gefallen getan.«

»Welchen Gefallen denn?« fragte Simons verwirrt.

»Als er mich nach Tony gefragt hat – warum ich in diesen ersten Aussagen nicht die Wahrheit gesagt hatte.«

Simons, der während der Aussage nicht im Gerichtssaal gewesen war, verstand noch immer nicht.

»Nun«, erklärte Gilbert, »als er mich fragte, warum ich gelogen hätte, sagte ich ihm, ich hätte versucht, Tony zu beschützen, weil er mein Bruder sei und ich ihn liebe. Ich habe meinem Bruder noch nie gesagt, daß ich ihn liebe. McCall hat mir die Gelegenheit verschafft, es endlich doch zu tun.«

Nach einigen Meilen hielt Simons vor einem Getränkeladen an der Straße. Während Murphy und Melendez im Wagen blieben, ging Simons in das Geschäft, kehrte mit einer einzelnen Dose Bier zurück und gab sie seinem Gefangenen.

»Ich denke, die haben Sie sich verdient«, sagte er.

Kapitel 39

Richard McCall stand vor der Geschworenenbank und blickte durch eine Hornbrille, die ihm ständig von der Nase rutschte, hinab auf seine Notizen. Mit gelegentlichen Unterbrechungen, um seine Brille zurechtzurücken, hielt er ein Eröffnungsplädoyer, in dem er versprach, daß er und Jack Hilcomb in den folgenden Tagen nicht nur beweisen würden, daß ihr Mandant nichts mit dem Mord an Jill Montgomery zu tun gehabt hatte, sondern auch Gründe für ernstliche Zweifel daran liefern würden, daß David Spence des Verbrechens schuldig war, für das man ihn bereits zum Tode verurteilt hatte.

Die Verteidigung, sagte er, würde aufzeigen, daß Geld bei diesem Verbrechen kein Motiv gewesen sein konnte, und Beweise vorlegen, die dokumentieren würden, daß Muneer Deebs *Rainbowe Drive Inn* finanziell solvent war. »Als er tatsächlich in Geldschwierigkeiten kam«, sagte McCall, »konnte sich Deeb, wie so viele unter uns, auf seine Familie verlassen. Und – ich bitte Sie, das zu bedenken – wäre Geld das Motiv für die Morde gewesen, hätte er eher eine Versicherung über 50 000 Dollar abgeschlossen, anstatt der 20 000-Dollar-Police, für die er sich entschied.«

Bevor er sein Plädoyer beendete, behauptete McCall auch, daß der Mord an Jill Montgomery nicht das Resultat einer Verwechslung gewesen sein konnte. Er beabsichtigte, sagte er, Zeugen aufzurufen, die aussagen würden, daß es nicht schwierig gewesen wäre, Jill Montgomery und Gayle Kelley auseinanderzuhalten.

Zu Nancy Shaws Empörung war es die Frage der Verwechslung, die McCall als erste anzugreifen beschloß. Während des Kreuzverhörs sprach er mehrmals Jills Brustumfang an und forderte die Zeugen auf, diesbezügliche Vergleiche zu Gayle anzustellen.

Nachdem er eine frühere Bewohnerin des Methodistenheims namens Dolores Perez in den Zeugenstand gerufen hatte, stellte McCall abermals diesen Vergleich zur Debatte.

»Sie haben mit Jill und Gayle im selben Haus gewohnt?« fragte McCall.

»Jawohl, Sir.«

»Hatten Sie irgendwelche Schwierigkeiten, die beiden zu unterscheiden?«

»Nein.«

»Erinnern Sie sich daran, daß Gayle Kelley irgend etwas über Jill gesagt hat, nachdem diese ermordet worden war?«

»Ja.«

»Würden Sie dem Gericht erzählen, was sie gesagt hat?«

»Es war ungefähr zwei Wochen nach den Morden, und Gayle sagte, sie wäre froh über Jills Tod, denn sie hätte sie für hochnäsig gehalten.«

Dann befragte McCall die offensichtlich nervöse Zeugin über ihr Verhältnis zu dem Angeklagten. Dolores sagte, sie wäre regelmäßig im *Rainbow* gewesen und hätte Deeb unmittelbar vor den Morden erzählt, daß Gayle Ausgangsverbot hatte und das Heimgelände nicht verlassen durfte.

McCall drehte sich zu den Geschworenen um und brachte sein Argument vor. »Folglich ist es vernünftig, davon auszugehen, daß Muneer Deeb wußte, daß Gayle Kelley Hausarrest hatte und man ihr deshalb nicht gestatten würde, während jener Juliwoche des Jahres 1982, in der sich die Morde ereigneten, in den Koehne Park zu fahren«, sagte er.

Dolores Perez, unsicher, ob er eine Frage an sie richtete oder einfach nur zu den Geschworenen sprach, sagte nichts.

Im Kreuzverhör hielt sich Butler gar nicht erst mit Höflichkeiten auf, als er mit der Befragung der Zeugin begann. Sofort sprach er sie auf die Äußerung Gayle Kelleys an, die sie ausgesagte hatte, gehört zu haben.

»Erinnern Sie sich, wo diese Unterhaltung stattgefunden hat?« fragte er.

»Entweder waren wir in der Schule auf der Toilette oder haben an einem Morgen auf den Bus gewartet, um zur Schule zu fahren«, erwiderte die Zeugin.

»Und dieses Gespräch hat sich kurz nach den Morden im Juli 1982 ereignet?«

»Ja.«

»Wollen Sie behaupten, daß im Juli – im Sommer – Unterricht stattgefunden hat, Miss Perez?«

Schlagartig zog sich ein Ausdruck der Panik über das Gesicht der jungen Frau. Bevor sie antworten konnte, stellte Butler ihr eine weitere Frage: »Haben Sie an den Ferienkursen teilgenommen, Miss Perez? Und falls ja, fahren die Schulbusse im Sommer für gewöhnlich?« Noch vor ihren Antworten wußte er, daß sie in allen drei Fällen ›Nein‹ lauteten.

Zügig wandte Butler sich einem Zwischenfall aus dem Oktober 1981 zu, als der Teenager gegenüber der Polizei von Waco behauptet hatte, von zwei Männern entführt und vergewaltigt worden zu sein.

»Miss Perez«, sagte der Stellvertretende Staatsanwalt mit knurrender Stimme, »entspricht es nicht der Wahrheit, daß diese Anklage später fallengelassen wurde und daß Sie der Polizei gestanden haben, Sie hätten bezüglich der Vergewaltigung gelogen; daß Sie die Geschichte erfunden hatten, um im Methodistenheim einer Strafe wegen Zuspätkommens zu entgehen?«

Die junge Frau begann zu weinen und nickte. »Ich wollte doch nur, daß diese ganze Angelegenheit schnell in Vergessenheit gerät«, sagte sie.

»Ich habe keine weiteren Fragen an diese Zeugin«, sagte Butler und zeigte den Geschworenen deutlich seine Verachtung für Dolores Perez.

McCall wartete, bis die Zeugin sich beruhigt hatte, bevor er ihr eine letzte Frage stellte. »Dolores«, sagte er, »wie würden Sie Ihre Beziehung zu Muneer Deeb beschreiben?«

»Er ist wirklich nett zu mir gewesen«, sagte sie. »Ich schätze, Sie würden es respektvoll nennen. Wo immer ich auch war, ich habe ihn verteidigt.«

Butler sah von seinen Notizen auf und runzelte die Stirn. Er beugte sich zu Feazell herüber und flüsterte: »Ich habe sie zu sanft angefaßt.«

Feazell sagte nichts, lächelte jedoch. Er mußte an eine Bemerkung denken, die ein Anwalt ihm gegenüber einmal über Butlers Vorgehen bei der Befragung eines Zeugen gemacht hatte, für den er keine Achtung empfand. Ned Butler, hatte der Mann gesagt, tötet Fliegen manchmal gern mit einer Kettensäge.

Am nächsten Tag richtete die Verteidigung ihre Aufmerksamkeit auf Deebs finanzielle Lage und verschaffte Feazell und Butler die Gelegenheit, weiteres belastendes Beweismaterial für sich verbuchen zu können. Nachdem ein Angestellter der *American Bank* von Waco für die Verteidigung ausgesagt hatte, Deebs Bankguthaben hätte sich im Januar auf neuntausend Dollar belaufen, ließ Feazell eine Anzahl von Dokumenten als Beweise registrieren und nahm den Bankangestellen ins Kreuzverhör. »Nach ihren Unterlagen«, sagte der Staatsanwalt, »war das Guthaben des Angeklagten einen Monat drauf – im Februar 1981 – auf hundertdreißig Dollar gefallen. Ist das korrekt?«

»Ja, das stimmt.«

»Und im Juni 1982 betrug Deebs Guthaben zwölf Dollar.«

»Das ist richtig«, sagte der Bankangestellte.

»Und kurz darauf war sein Konto überzogen.«

»Ja, das war es.«

Obwohl McCall den schwachen Einwand erhob, sein Mandant hätte in jenem Sommer ein beachtliches Darlehen seiner Eltern erwartet, bereitete ihm das Thema der Befragung, das er selbst aufgeworfen hatte, merkliche Schwierigkeiten.

Die Managerin der Northwood Apartments sagte aus, daß Deeb das Apartment für Gayle Kelley im Juni 1982 gemietet hatte. Aber während des Kreuzverhörs gestand sie Feazell ein, daß der Scheck, der ihr der Angeklagte für die Julimiete gegeben hatte, mit dem Vermerk ›ungenügende Deckung‹ zurückgeschickt worden war. Deeb, sagte sie, schuldete den Northwood Apartments noch immer dreihundertneunundsechzig Dollar.

Sandra Sadler, die in der ersten Reihe des Gerichtssaals saß, schüttelte den Kopf und wandte sich an ihre Schwester neben ihr. »McCall«, stellte sie fest, »fängt ganz unten an und baut absolut nichts auf.« Seit einigen Tagen machte sich Sandra ernstliche Sorgen, daß die Geschworenen womöglich beginnen könnten, wegen der nutzlosen Anstrengungen, die seine Anwälte zu unternehmen schienen, Mitleid mit Deeb zu empfinden.

In der Tat hatte sich die Verteidigung keinen Gefallen damit getan, Deebs finanzielle Lage zur Sprache zu bringen. Unabsichtlich hatte sie der Staatsanwaltschaft zu dem Beweis verholfen, daß der Angeklagte, als man den mutmaßlichen Auftragsmord zum erstenmal in Erwägung gezogen hatte, nicht nur pleite, sondern sogar hoch verschuldet gewesen war.

Die Verteidigung mußte einen zusätzlichen Rückschlag einstecken, als David Spences Anwalt, Russ Hunt, in Abwesenheit der Geschworenen das Gericht davon in Kenntnis setzte, daß er mit David über McCalls Ersuchen gesprochen hatte, er sollte in diesem Prozeß aussagen. Spence würde sich, falls man ihn vorlud, bei allen Fragen auf den Fünften Zusatzartikel der Verfassung* zurückziehen, sagte er.

Als Russ Hunt nach seinem kurzen Auftritt in der Eingangshalle des Gerichtsgebäudes stand, wurde er von Tommy Witherspoon vom *Waco Tribune-Herald* angesprochen.

»Wie geht's David?« fragte der Reporter.

»Als ich ihn gesehen habe, schien er guter Dinge zu sein.«

»Glauben Sie immer noch, daß er unschuldig ist?«

»Ich habe daran keinen Zweifel.«

Witherspoon schüttelte den Kopf. »Russ«, sagte er, »glauben Sie wirklich, diese ganze Angelegenheit ist irgendeine gewaltige Verschwörung – daß diese Typen nichts mit den Morden zu tun gehabt haben? Die Anklage hat einen ziemlich soliden Fall vorgelegt.«

»Das alles ist ein einziger Haufen Scheiße.«

»Ich habe gehört, daß Sie mit David einen Vertrag für ein Buch über diese ganze Sache abgeschlossen haben.«

Hunt wirkte überrascht, dann lächelte er. »Woher haben Sie denn das?«

»Irgend jemand im Gerichtsgebäude hat davon gesprochen.«

»Auch das ist ein Haufen Scheiße«, sagte der Anwalt.

Als der Prozeß in die dritte Woche ging, trat Muneer Deeb in den Zeugenstand und unternahm den Versuch, die Aussagen

* Dieser Artikel gestattet, die Aussage zu verweigern, sofern man sich dadurch selbst belasten würde. *Anm. d. Übers.*

der Anklagezeugen in Zweifel zu ziehen. Er lächelte die Geschworenen häufig an und beteuerte wiederholt in hastigem, gebrochenen Englisch, daß die anderen seine Gespräche mit David Spence und Angestellten des Ladens, deren Zeugen sie geworden waren, mißverstanden hätten. Ein Großteil der Äußerungen, die er in der Zeit nach den Morden von sich gegeben hatte, wären nicht ernst gemeint gewesen, behauptete er. »Ich habe nur Spaß gemacht«, sagte er.

Als McCall ihn befragte, leugnete Deeb, den Tod Gayle Kelleys geplant oder seinem Geschäftspartner jemals erzählt zu haben, er wäre reich geworden, hätte sie sich in der Nacht der Morde mit den anderen Teenagern im Koehne Park aufgehalten. Sein Vater, sagte er, schickte ihm jährlich zehntausend Dollar für seinen Lebensunterhalt. Und auch, als er Alex Sanchez, den Versicherungsvertreter, angewiesen hatte, ihn als Begünstigten in Gayles Police einzutragen, hätte er ›Spaß gemacht‹.

»Gayle hatte ihm gesagt«, behauptete Deeb, »sie wüßte niemanden, den er dort eintragen könnte, und hätte gegenwärtig keinen festen Wohnsitz.«

Sein Partner, Karim Qasem, verfügte nur über einen begrenzten englischen Wortschatz, sagte Deeb, und bei seinem Versuch, den Ermittlungsbeamten und den Geschworenen mit einer Übersetzung ihrer Gespräche aus dem Arabischen behilflich zu sein, hätte er einen falschen Eindruck erweckt.

»Mr. Deeb«, sagte McCall, »waren Sie jemals in so großer finanzieller Bedrängnis, daß Sie aus diesem Grund einen Mord in Erwägung gezogen haben?«

»Nein, das war ich nicht«, antwortete Deeb mit einem Lächeln, das bereits begonnen hatte, auf einige der Geschworenen zu wirken.

Als McCall ihm schließlich den Zeugen überließ, sprang Feazell sofort von seinem Platz auf. Offensichtlich hatte er es kaum erwarten können, Deeb zu befragen.

»Seit Beginn dieser Verhandlung«, sagte er, »hat eine Vielzahl von Leuten eine Vielzahl von Aussagen zu Protokoll gegeben. Jetzt erzählen Sie uns, daß alle diese Leute – Ihre Freunde, Geschäftspartner, Kunden und Ihr Sachbearbeiter von der Bank – sich geirrt haben; daß Sie die Dinge niemals gesagt hätten, von denen die anderen unter Eid ausgesagt haben, sie von Ihnen gehört zu haben. Können Sie sich irgendwie erklären, wie all diese Leute sich irren konnten?«

»Viele der Dinge habe ich niemals gesagt«, erwiderte Deeb, »und viele der Dinge, die ich gesagt habe, haben sie anders wiedergegeben. Falls sie geschildert hätten, wie und in welcher Situation ich manches gesagt habe, wäre ein anderer Eindruck entstanden. Es gibt eine Erklärung dafür. Ich habe oft nur Spaß gemacht.«

Feazell und Butler waren der Ansicht, daß einer der nachdrücklichsten Beweise, über die die Anklage verfügte, ein Dokument war, welches aufzeigte, daß von Deeb – trotz seiner finanziellen Notlage – auf die Versicherungspolice, die er für Gayle Kelley abgeschlossen hatte, eine zweite Prämie eingezahlt worden war. Die Zahlung war eine Woche nach den Morden am See erfolgt und deutete darauf hin, daß er noch immer geplant hatte, sie umbringen zu lassen.

»Können Sie dem Gericht erklären, warum Sie diese zweite Zahlung getätigt haben?« fragte Feazell.

»Ich kann mich an diese Zahlung nicht erinnern«, gab Deeb mit kraftloser Stimme zurück.

»Erinnern Sie sich daran, zu Qasem gesagt zu haben: ›Wart's nur ab, genauso wie die Teenager am See wird auch Gayle sterben.‹

»Nein.«

»Sie glauben nicht, Sie hätten vielleicht nur ... Spaß gemacht?« In der Stimme des Staatsanwaltes lag bitterer Sarkasmus.

»Nein«, entgegnete Deeb.

Am Nachmittag des 12. März schloß die Verteidigung ihre Beweisaufnahme ab. Sie hatte zweiundzwanzig Zeugen aufgerufen.

Als die Geschworenen gegangen waren und der Gerichtssaal sich langsam leerte, saß Deeb am Tisch der Verteidigung und wartete darauf, ins Gefängnis des Johnson County zurückgebracht zu werden. Aufmerksam sah er einer Gerichtsreporterin dabei zu, wie sie ihre Tonbandmitschnitte einpackte.

»Glauben Sie, daß ich schuldig bin?« fragte Deeb.

Die Reporterin war überrascht, daß er sie ansprach, und zögerte mit einer Antwort.

Er wiederholte seine Frage. »Ich habe mich nur gerade gefragt, ob Sie glauben, daß ich schuldig bin.«

»Es liegt nicht bei mir, das zu entscheiden«, sagte sie und schlug dann eilig die Richtung zum Dienstzimmer des Richters ein.

Später an jenem Nachmittag setzte man Deeb davon in Kenntnis, daß seine Eltern nicht in der Lage sein würden, rechtzeitig genug in die Vereinigten Staaten zu kommen, um auch nur einem Teil seiner Verhandlung beiwohnen zu können. Aus Gründen, die sie nicht näher erläutert hatten, bereitete es ihnen Probleme, Visa zu bekommen.

Am folgenden Tag rief die Staatsanwaltschaft eine Reihe von Entkräftungszeugen auf, um hierdurch Deebs Aussage zu widerlegen. Willie Tompkins trat in den Zeugenstand, um noch einmal von seinen Gesprächen mit dem Angeklagten bei *Skagg's* zu berichten, und Dana Diamond wiederholte ihre Geschichte, daß Deeb ihr die Versicherungspolice gezeigt und erklärt hatte, er wäre um zwanzigtausend Dollar reicher geworden, hätte sich Gayle Kelley in der Nacht der Morde am See aufgehalten.

Eine neue Richtung verlieh dem Prozeß Doris Tucker, die junge schwarze Frau, wegen der Simons und Baier zum Lake-Air-Einkaufszentrum geeilt waren, nachdem sie bei der Abteilung für Verbrechensvorbeugung angerufen hatte. Sie wohnte in der Nähe des *Rainbow* und hatte einen Streit zwischen Deeb und Christy Juhl mitangehört. Sie hatte sich hinter einem Regal versteckt, sagte sie aus, und die heftige Auseinandersetzung belauscht.

»Der Mann, der dort drüben sitzt«, sagte sie und deutete auf den Angeklagten, »stand hinter dem Tresen, als Christine hereinkam und sagte, sie wäre wegen Davids Geld gekommen. Deeb blickte finster und spielte verrückt, als wollte er nicht, daß sie irgend etwas davon erwähnte.

Dann sagte Christine: ›Du hast versprochen, falls er es tun

würde, würdest du ihm das Geld geben.‹ Deeb begann zu fluchen und drohte ihr, die Polizei zu rufen, falls sie nicht wieder ging. Dann hörte ich sie sagen: ›Na, los, ruf sie doch an. Nachdem ich den Bullen erzählt habe, was du getan hast, werden sie dich für den Rest deines Lebens einsperren und den Schlüssel wegwerfen.‹«

Sie sagte aus, daß Deeb ängstlich und wütend gewirkt hatte, nachdem Christy gegangen war. Doris sagte, sie hätte den Laden verlassen, wäre zum Haus eines Verwandten gefahren und hätte bei der Abteilung für Verbrechensvorbeugung der Polizei von Waco angerufen, um zu berichten, was sie gehört hatte.

Als er und Butler an jenem Nachmittag vom Gerichtsgebäude zum Motel fuhren, brachte Feazell zum erstenmal seine Besorgnis über die Reaktion der Geschworenen zum Ausdruck. »Ich werde nicht schlau aus ihnen«, sagte er. »Ich glaube, wir brauchen noch mehr.«

Seit dem Beginn der Verhandlung hatten sie über die Möglichkeit diskutiert, einige der Häftlingsaussagen vorzulegen, die sie im Verfahren gegen Spence präsentiert hatten. Sie waren sich jedoch einig, daß die konservativen Geschworenen in Cleburne die verurteilten Straftäter vermutlich nicht mit Wohlwollen betrachten würden. Außerdem hatten sie geglaubt, daß die Aussagen ihrer Zeugen ausreichen würden, in diesem Fall einen Schuldspruch zu erzielen. Jetzt allerdings hatte Feazell, ein eingestandener Pessimist, so seine Zweifel.

Butler wußte, woran er dachte. »Lassen Sie uns morgen früh Daryl Beckham aufrufen«, sagte er, »und dann die Beweisaufnahme abschließen.« Das hatte Feazell hören wollen.

Sobald er im Motel eingetroffen war, begann Feazell zu versuchen, Beckham telefonisch zu erreichen. Der Ex-Häftling war einige Monate zuvor auf Bewährung freigelassen worden und arbeitete inzwischen für eine Spedition, die ihre Zentrale in der Nähe von Waco hatte. Beckhams Fahrdienstleiter verhielt sich, nachdem man ihn am frühen Abend endlich erreicht hatte, sofort unkooperativ und versicherte beharrlich, er hätte keine Möglichkeit, sich mit Daryl in Verbindung zu setzen. Feazell bemühte sich vergeblich, ihm zu erklären, wie wichtig die

Angelegenheit war, bewirkte jedoch nichts, bis der Fahrdienstleiter das Gespräch abrupt beendete. Simons hatte unterdessen auch kein Glück bei dem Versuch, Beckham oder seine Frau in ihrem Haus in Waco zu erreichen.

Fest entschlossen, Beckham als Zeugen zu bekommen, rief Feazell ein weiteres Mal den Fahrdienstleiter an. »Hören Sie«, entgegnete die jetzt feindselige Stimme, »er ist unterwegs. Es gibt keine Möglichkeit, wie ich ihn für Sie erreichen könnte.«

»Falls Sie mir lediglich verraten würden, in welcher Ecke des Staates er sich befindet«, sagte Feazell, »würden wir ihn durch die Streifenwagen auf den Highways ausfindig machen lassen. Es ist wichtig, daß wir uns so schnell wie möglich mit ihm in Verbindung setzen. Er muß bis morgen früh hier sein.«

»Sie scheinen mich nicht zu verstehen, Kumpel«, sagte der Fahrdienstleiter. »Er fährt einen Zweihunderttausenddollarschlepper mit einer Sechzigtausend-Dollar-Ladung. Wir können ihn das Gespann nicht einfach parken lassen, damit er zu Ihnen rennen kann.«

Jetzt war Feazell wütend. »Jetzt hören Sie mir mal zu, *Kumpel«,* schrie er in den Hörer. »Ich glaube nicht, daß Sie mich verstehen. Falls wir ihn nicht finden, werden Sie in unserem Sechs-Millionen-Dollar-*Gefängnis* sitzen, und Daryl findet sich vielleicht zurück im Zweihundert-Millionen-Dollar-*Zuchthaus* des Staates, falls er nicht unmittelbar morgen früh hier antanzt.« Mit diesen Worten knallte er den Hörer auf die Gabel.

Weniger als eine Stunde später rief Frank Smith, der Besitzer der Spedition, in dem Motelzimmer an. »Was, zur Hölle, geht hier vor?« verlangte er zu wissen.

Noch einmal erläuterte Vic die Notwendigkeit, mit Beckham in Kontakt zu treten.

»Sind Sie der Anwalt des Typen, der diese Kinder ermordet hat?« fragte Smith. Feazell verdrehte die Augen und seufzte. »Nein, Sir«, erklärte er geduldig. »Ich bin der Ankläger, der Staatsanwalt. Wir brauchen die Hilfe von Daryl Beckhams Aussage, um einen Schuldspruch gegen den Kerl zu erwirken, der für die Morde verantwortlich gewesen ist.«

Einen Moment lang herrschte Stille, bevor der Eigentümer

antwortete. »Er hat sein Gespann gerade in Chicago geparkt und erwartet Ihren Anruf. Ich gebe Ihnen die Nummer«, sagte er.

»Mister Smith«, sagte Feazell, »Sie wissen nicht, wie sehr wir Ihnen für Ihre Mitarbeit dankbar sind.«

»Mister Feazell«, fragte der Anrufer, »wird Daryl wegen dieser Sache Schwierigkeiten bekommen? Ich weiß, daß er durch das Verlassen des Staates gegen seine Bewährungsauflagen verstoßen hat, aber er ist ein guter Junge. Diese Fahrt war für ihn doch bloß die Gelegenheit, sich einen guten Gehaltsscheck zu verdienen. Es würde mir nicht gefallen, falls er deswegen Probleme kriegen würde.«

»Machen Sie sich deshalb keine Sorgen«, sagte Feazell. »Wir werden uns darum kümmern.«

Es war fast Mitternacht, bis endlich alle Vorkehrungen getroffen waren, um Beckham nach Cleburne zu bekommen. Nachdem er mit Feazell gesprochen hatte, fuhr der Fernfahrer direkt zum O'Hare Flughafen, wo ein Rundflugticket auf ihn wartete. Als er am nächsten Morgen in den Zeugenstand trat, hatte er seit mehr als vierundzwanzig Stunden nicht geschlafen.

Im Gerichtssaal breitete sich abermals Stille aus, als Beckham den Geschworenen von seinen Gesprächen mit Spence berichtete, die sich während seiner Haftzeit im Gefängnis des McLennan County ereignet hatten. Er erzählte, wie David gesagt hatte, Deeb wollte von ihm, daß er jemanden für den Mord an Gayle Kelley besorgte. Er sagte aus, daß David behauptet hatte, von Deeb angewiesen worden zu sein, die Leiche im Speegleville Park zurückzulassen, da man keinen von beiden mit diesem Ort in Verbindung bringen konnte.

Der dreißigjährige Fernfahrer, dessen erschöpftes Gesicht von langen Koteletten umrahmt wurde, setzte seine Geschichte mit ruhiger Stimme fort. David hatte ihm gegenüber angedeutet, sagte er, daß Deeb versprochen hätte, ihn zu seinem Geschäftspartner zu machen.

Nachdem Deeb und Spence somit in Verbindung gebracht worden waren, ließ Feazell Beckham nacherzählen, wie Spence die eigentlichen Morde geschildert hatte.

»Er sagte, es war, als hätte ihn etwas übermannt«, sagte der

Zeuge, »als wäre er eine andere Person gewesen, und sobald er mit dem Zustechen angefangen hatte, hätte er nicht mehr aufhören können. Während er mir das erzählte, schien er sich in einer Art Dämmerzustand zu befinden, und seine Augen wurden richtig glasig.«

Im Verlauf von Beckhams Aussage wandten einige der Geschworenen ihre Aufmerksamkeit vom Zeugenstand ab und richteten ihre Blicke auf Muneer Deeb. Nachdem sie fast drei Wochen lang Zeugenaussagen gehört hatten, war Daryl Beckham für einige von ihnen der glaubwürdigste Zeuge von allen.

Am späten Nachmittag dieses Tages saß Daryl Beckham in einem Flugzeug zurück nach Chicago, und Vic Feazell lieferte erneut ein leidenschaftliches Schlußplädoyer.

»Sehen Sie sich diesen Mann einfach nur an«, sagte der Staatsanwalt und deutete auf Deeb. »Eines der Dinge, die mich an diesem Fall wirklich stören, ist die Tatsache, daß er nicht wie ein Mörder aussieht. Er sieht nicht aus wie Charles Manson. Er sieht nicht einmal aus wie David Spence. Aber jemand muß nicht wie ein Killer aussehen, um nicht die geringste Wertschätzung für das menschliche Leben zu empfinden.

Meine Damen und Herren, Muneer Deeb ist ein weiterer Judas Ischariot. Er war in jener Nacht nicht am Schauplatz des Verbrechens, aber er hat seine schmutzigen Finger drin.« Feazell zeigte noch einmal die Tatortfotos und fuhr fort. »Er hat vielleicht keine Pistole oder kein Messer in der Hand gehalten, aber dies hier ist sein Werk.«

Als McCall zu den Geschworenen sprach, versicherte er ein weiteres Mal, sein Mandant hätte kein Motiv gehabt, Gayle Kelley ermorden lassen zu wollen. »Gayle Kelley ist am Leben« sagte er. »Sie lebt, weil es zwischen Muneer Deeb und David Wayne Spence niemals irgendeine Vereinbarung gegeben hat, sie umbringen zu lassen.«

Nur wenige Zuschauer verließen das Gerichtsgebäude, nachdem Richter MacLean die Geschworenen angewiesen hatte, sich zur Beratung zurückzuziehen. Während sie in der Eingangshalle umhergingen, schlossen mehrere Leute Wetten darüber ab, wie lange es dauern würde, bis die Geschworenen ein Urteil gefällt hätten. Einige rechneten mit nur zwanzig Minuten, andere kalkulierten mehrere Stunden ein. Niemand schien auch nur den geringsten Zweifel daran zu hegen, wie die Entscheidung ausfallen würde.

Richter MacLean rief die beiden stellvertretenden Geschworenen in sein Dienstzimmer, um sie darüber zu informieren, daß sie offiziell von ihrer Aufgabe entbunden waren und dem restlichen Verfahren als Zuschauer beiwohnen konnten, sofern sie das wünschten. Bevor sie gingen, fragte er sie, wie ihr Urteil ausgefallen wäre, falls sie sich unter den zwölf Stimmberechtigten befunden hätten. Beide sagten, sie hätten keinerlei Zweifel an Deebs Schuld.

»Was die Staatsanwaltschaft in den letzten Wochen geleistet hat«, sagte der Richter, »ist bemerkenswert. Die erfolgreiche Strafverfolgung eines Mordauftrages ist nahezu unmöglich.«

Die Geschworenen benötigten weniger als zwei Stunden, um Deeb für den Mord an Jill Montgomery schuldig zu sprechen.

Als sie das Gerichtsgebäude verließen, blieb Simons am oberen Ende der Marmortreppe stehen, um die kalte Abendluft tief einzuatmen. »Ist schon komisch, wie sich manche Dinge ergeben, nicht wahr?« sagte er zu Butler.

»Was meinen Sie?«

»Wissen Sie, was heute ist?«

»Mittwoch.«

»Nein, das Datum.«

»Der dreizehnte.«

»Ja, der dreizehnte«, sagte Simons. »Denken Sie doch mal nach. Die Teenager wurden an einem Dreizehnten ermordet. Ich habe Deeb das erstemal an einem Dreizehnten verhaftet. Und es war der dreizehnte, als wir ihn erneut verhaftet haben. Erinnern Sie sich an Spences Aufregung über Gail Beth Bramlett, weil er gedacht hat, es handle sich um Gayle Kelley? Sie wurde an einem Dreizehnten beerdigt.«

»Soll ich Ihnen noch etwas erzählen?« fragte Butler.

»Was denn?«

»Vorhin haben wir einen Anruf aus dem Büro erhalten. Das Oberste Gericht von Texas hat Spences Verurteilung im Fall des schweren sexuellen Mißbrauchs bestätigt. Das können Sie zu Ihrer Liste hinzufügen.«

»O Mann«, sagte Simons, »wir haben einen ziemlich guten Tag gehabt.«

»Mit Sicherheit«, pflichtete Butler ihm bei.

Vierundzwanzig Stunden später sollten sie längst nicht mehr so guter Stimmung sein.

Bevor die Geschworenen sich abermals zurückzogen, um die gleichen zwei Fragen zu beratschlagen wie ihre Amtskollegen im Verfahren gegen David Spence, ergriffen die Anwälte ein letztes Mal das Wort. Butler, der wieder mit seiner tiefen, kontrollierten Stimme sprach, deutete mehrfach auf Deeb, während er die Zeugenaussagen zusammenfaßte. »Dieser Mann«, sagte er und wandte sich von den Geschworenen ab, um den Angeklagten mit seinem Blick zu durchbohren, »sitzt vor Ihnen als derjenige, der David Wayne Spence angeheuert hat, Gayle Kelley gegen Bezahlung zu ermorden. Und als Ergebnis mußten drei Jugendliche sterben.«

Dann trat Jack Holcomb vor und machte den Geschworenen wegen ihres Schuldspruchs Vorhaltungen. »Wenngleich ich mich wegen Ihres Urteils nicht mit Ihnen streiten will, so will ich mich doch auch nicht hierhinstellen und so anmaßend sein, zu behaupten, ich wüßte, wie Sie dazu gekommen sind«, sagte er.

McCall, der die letzten Anmerkungen der Verteidigung abschloß, ermahnte die Geschworenen nachdrücklich, daß die Todesstrafe in solch einem Fall ein ›Fehlurteil‹ darstellen würde.

Schließlich war noch einmal Feazell an der Reihe. »Ich fordere Sie dringend auf«, wandte er sich an die Geschworenen, »sich von der äußeren Erscheinung dieses Mannes nicht vorgaukeln zu lassen, er wäre nicht zu dem fähig, was er getan hat. Lassen Sie sich von seinem Aussehen nicht täuschen. Sie alle kennen die Geschichte vom Wolf im Schafspelz. Und genau das haben wir hier. Mr. Deeb steckt in der Falle; einer Falle, die er sich selbst gestellt hat.«

Es war kurz vor achtzehn Uhr, als die Geschworenen, von denen viele bleich und abgespannt aussahen, aufs neue den Gerichtssaal verließen, um mit ihrer Beratung zu beginnen.

Draußen zog ein unheildrohendes Gewitter auf. Als die Geschworenen nur eine Stunde nach Beginn ihrer Beratung eine Pause zum Abendessen einlegten, fing es in Strömen zu regnen an.

Die Geschworenen wurden vom Gerichtsdiener in ein Restaurant begleitet und sprachen während ihres Essens wenig. Zwei weibliche Mitglieder der Gruppe aßen überhaupt nichts. Eine der beiden hatte einigen der Geschworenen eingestanden, daß sie bereits lange vor dem Ende des Verfahrens zu wünschen begonnen hatte, man hätte sie nicht in die Jury berufen. Sie gehörte zu den jüngsten der Anwesenden und war im Verlauf des Prozesses immer mehr zu der Überzeugung gelangt, daß man den Angeklagten für schuldig befinden würde. Schon lange bevor die Beratungen beginnen sollten, hatten ihre Gedanken sich auf ihre persönliche Einstellung zur Todesstrafe konzentriert. Obwohl sie den Anwälten während der Auswahlphase versichert hatte, daß ein Todesurteil ihrer Ansicht nach in gewissen Fällen gerechtfertigt wäre, war sie sich ihrer Sache jetzt nicht mehr sicher.

Als die Geschworenen ins Gerichtsgebäude zurückkehrten und ihre erste geheime Abstimmung durchführten, gehörte sie zu denjenigen, die nicht auf beide Fragen mit ›Ja‹ antworten konnten. Beim zweiten Durchgang war ihre die einzige Gegenstimme.

Es war fast einundzwanzig Uhr, als Feazell sich neben Butler hinsetzte. »Es sollte eigentlich nicht so lange dauern«, sagte er.

Der Stellvertretende Staatsanwalt stimmte ihm zu. Auch er begann daran zu zweifeln, daß die Geschworenen mit den Antworten zurückkommen würden, die Richter MacLean zwingen würden, Deeb zum Tode zu verurteilen. »Verdammt«, sagte er, schüttelte den Kopf und rieb sich seine müden Augen. »Ich weiß nicht, was wir noch mehr hätten tun können.«

Butler stand auf und ging auf einen der jungen Fernsehkameraleute zu, der an die Wand gelehnt auf dem Boden saß und mit gelangweiltem Gesichtsausdruck träge in einer Zeitung blätterte, die jemand anders liegengelassen hatte. »Habt ihr Jungs draußen in eurem Wagen nicht einen dieser kleinen Fernsehapparate?« fragte Butler.

»Sie meinen den Monitor?«

»Zur Hölle, ich weiß nicht, wie ihr so etwas nennt. Schlicht ein kleiner Fernseher. Kann man den nicht einfach einstöpseln und wie ein normales Fernsehgerät benutzen?«

»Natürlich.«

»Nun«, sagte Butler. »Wie wär's, wenn ihr den nach oben hier ins Büro des Sheriffs bringen würdet, damit wir ein bißchen Abwechslung haben?«

»Okay.«

Ned machte sich auf die Suche nach Truman, der auf der anderen Seite des Rundbaus mit Rod Montgomery in ein Gespräch vertieft war. »Kommt mit«, sagte Butler, »in ein paar Minuten fängt ›Polizeirevier Hill Street‹ an. Schauen wir uns an, wie die echten Bullen arbeiten.«

Während draußen der Sturm tobte, saßen Nancy Shaw, Sandra Sadler und Jan Thompson zusammen mit Berni Feazell in dem kleinen Aufenthaltsraum neben der Damentoilette. Obwohl gelegentlich eine von ihnen den gekünstelten Versuch unternahm, bei ihrem Kartenspiel Fröhlichkeit aufkommen zu lassen, baute sich mit fortschreitender Dauer des Abends eine starke Anspannung auf. Es begann danach auszusehen, daß die Feier, die Sandra im Motel zu geben gedacht hatte, noch würde warten müssen. Sie entschuldigte sich von dem Kartenspiel, um den Manager des Motels anzurufen und ihn zu bitten, den Käse und den Champagner, den sie auf ihr Zimmer bestellt hatte, wieder zurück in den Kühlschrank stellen zu lassen.

Es war ein Uhr morgens, als MacLean die Anwälte in sein Büro beorderte und sie von seinem Beschluß in Kenntnis setzte, die Geschworenen für diese Nacht abgeschieden in einem nahe gelegenen Hotel unterbringen zu lassen. Um zehn Uhr am nächsten Tag würde die Beratung fortgesetzt werden.

Es fiel noch immer starker Regen, als die Anwälte, Familienmitglieder und Reporter das dunkle Gerichtsgebäude verließen. Für McCall und Holcomb bedeutete die Verzögerung die Hoffnung, für ihren Mandanten doch noch einen Teilsieg davontragen zu können. Für das Team der Anklage war sie kein gutes Zeichen.

Als Vic und Berni am nächsten Morgen im Restaurant neben dem *Gate One* Motel saßen und Kaffee tranken, lag eine saubere Frische in der Luft. »Das wird ein schöner Tag«, sagte der Staatsanwalt und lächelte seine Frau an. Sie wußte, daß er wenig geschlafen hatte und schon vor Sonnenaufgang aufgestanden war. Er hatte sich angezogen und war dann auf dem Parkplatz des Motels auf und ab gegangen. Aber in ihm schien neuer Optimismus erwacht zu sein, denn er sah ständig auf seine Uhr. Es gefiel ihr, daß er es kaum erwarten konnte, zurück ins Gerichtsgebäude zu fahren.

Um 11 Uhr 30 verkündete der Gerichtsdiener, daß die Geschworenen zu einer Entscheidung gekommen waren und in den Gerichtssaal zurückkehren würden. Als die Geschworenen den Raum betraten und sich zu ihren angestammten Sitzplätzen begaben, nahm Feazell jeden einzelnen genau in Augenschein und bemerkte, daß mehrere von ihnen weinten. Vor allem eine junge Frau wirkte arg mitgenommen. Sie hatte sich schließlich entschieden, auf beide Fragen mit ›Ja‹ zu antworten, und so die Pattsituation beendet. Richter MacLean, der sich der Gemütslage der Geschworenen bewußt war, entließ sie aus ihrem Amt, bevor er die Strafe verhängte.

Nachdem der Prozeß nun abgeschlossen war, füllte sich der Flur mit Vertretern der Medien, die sich eifrig darum bemühten, Deebs Reaktion einzufangen. Sichtlich niedergeschlagen blinzelte er in die Scheinwerfer der Fernsehkameras, als zwei Beamte ihn aus dem Gerichtssaal geleiteten.

»Glauben Sie, daß Sie ein faires Verfahren bekommen haben?« fragte ein Reporter.

»Nein«, sagte Deeb und drehte sich dann zu der offenen Fahrstuhltür um.

Brad Montgomery stand am anderen Ende des Flurs und sah zu, wie seine Mutter interviewt wurde. Erst nachdem sie die letzte der an sie gerichteten Fragen beantwortet hatte, ging ihr Sohn auf sie zu. Lächelnd schloß er sie in die Arme. »Wir haben's geschafft«, sagte sie.

»Ja, das haben wir«, sagte er. Dann, einen Augenblick später, fragte er: »Was glaubst du, wie sich Jill jetzt fühlt?«

»Mein Sohn«, sagte Nancy, während ihr wieder Tränen in die

Augen stiegen, »ich glaube, sie muß wohl sehr froh über das sein, was heute passiert ist.«

»Das glaube ich auch«, sagte Brad.

Im *Gate One* Motel fand die verspätete Feier schließlich doch noch statt. Sandra Sadlers Zimmer war voller Leute, mit denen sie in den Jahren seit der Ermordung ihres Sohnes enge Freundschaft geschlossen hatte: Nancy Shaw und Rod Montgomery, Jan und Robert Thompson, Brad und Gloria Montgomery. Und Vic Feazell, Ned Butler, Truman Simons und Pat Murphy; Männer, für die sie immer größere Bewunderung empfunden hatte. Ihre Schwester und ihre Mutter, die ihr während der Verhandlung zur Seite gestanden hatten, waren geblieben, um den Sieg auszukosten. Richard Franks war da und unterhielt sich mit Berni Feazell und Neds Frau, Carla, die rechtzeitig genug eingetroffen war, um das Urteil zu hören. Curtis Franks, Kenneths jüngerer Bruder, saß mit Neds und Carlas Kindern zusammen und zeigte ihnen den Labradorwelpen, den er vor kurzem zum Geburtstag geschenkt bekommen hatte. Es gab keine Tränen; nur Umarmungen und Händeschütteln und erleichtertes Lachen. Für alle Anwesenden, für die Familienangehörigen der Opfer ebenso wie für die Männer, die den Fall erfolgreich vor Gericht gebracht hatten, war endlich die Zeit gekommen, sich anderen Dingen zuzuwenden. Nach einer Weile begannen die Gespräche sich hinauszuziehen, und Truman stand von seinem Platz in einer Ecke des Zimmers auf und fing an, den Leuten zum Abschied die Hand zu reichen. Es wäre an der Zeit, sagte er, die Sachen zu packen und nach Hause zu fahren.

»Nur noch eine Minute«, sagte Feazell und versperrte Truman den Weg zur Tür.

Der Staatsanwalt erhob sein Glas und nickte in Richtung des sympathischen Mannes, dem er einst mißtraut hatte.

»Auf Truman Simons«, sagte er.

Die Frage, die Brad Montgomery seiner Mutter gestellt hatte, ging Truman auf der Rückfahrt nach Waco nicht mehr aus dem

Kopf. Was hielt Jill von dem, was passiert war? Und, so begann er sich selbst zu fragen, hatten die Kinder ihren Frieden gefunden?«

Er hielt beim Büro der Staatsanwaltschaft an, um einige der Akten abzuliefern, die er aus Cleburne mit zurückgebracht hatte. Als er wieder auf den Parkplatz trat, war es später Nachmittag. Ein leichtes Nieseln drohte sich in Regen zu verwandeln. Anstatt jedoch nach Hause zu fahren, schlug Simons ein letztes Mal die Richtung zum Koehne Park ein. Da war noch eine Sache, die ihm zu tun blieb.

Simons war froh, daß die örtlichen Teenager noch nicht zu ihren abendlichen Spritztouren aufgebrochen waren und er den Ring menschenleer vorfand. Er parkte seinen Wagen und ging noch einmal in das bewaldete Gebiet, in dem die drei Jugendlichen ermordet worden waren. Einige Minuten lang stand er still da, in seiner Andacht nur unterbrochen durch ein paar Wassertröpfchen, die der Wind von dem Baldachin aus Eichen und Zedern über seinem Kopf herunterschüttelte.

Er setzte sich auf den feuchten Boden, zog die Knie unter das Kinn und dachte schweigend an die vergangenen drei Jahre zurück. Truman begann zu beten und Gott für die Stärke zu danken, die Er ihm verliehen hatte; ihm zu danken, daß der Fall endlich gelöst worden war; daß der Mord an Jill Montgomery, Raylene Rice und Kenneth Franks nicht einfach bloß ein weiterer ungelöster Mordfall geblieben war.

»O Herr«, flüsterte er, »da ist etwas, das ich wissen muß. Ich muß erfahren, wie es den Kindern geht.«

Plötzlich fühlte Truman sich unbehaglich wegen der Pistole, die im Bund seiner Jeans steckte, und wegen des Dienstabzeichens, das an seiner Hemdtasche befestigt war. Er entfernte beides und warf es zur Seite. Und als er so dasaß, versunken in die Stille des Augenblicks, verspürte er plötzlich, wie ein tiefer innerer Frieden ihn zu durchdringen begann, der sich mit nichts vergleichen ließ, das er je zuvor empfunden hatte. Es war eine Ruhe, die in ihm den Wunsch erweckte, für immer dortzubleiben, um letztendlich in dem Gefühl zu vergehen.

Er hatte seine Antwort.

Nachwort

Im Oktober 1985 wurde David Wayne Spence wegen des Mordes an Kenneth Franks vor Gericht gestellt. Der Prozeß, der wegen einer Änderung der Zuständigkeitsbereiche in Bryan, Texas, stattfand, zog nicht so viele Beobachter und Medienvertreter an wie seine erste Verhandlung – eine Tatsache, die David sichtlich enttäuschte. Zwar tauchten jeden Tag viele der bekannten Gesichter im Gerichtssaal auf – Familienangehörige, Journalisten und ein paar neugierige Zuschauer –, aber die großen Menschenmengen, die sich während seines Verfahrens in Waco um die Sitzplätze gestritten hatten, fanden sich nicht mehr ein.

Die Anklage legte unterdessen einen wesentlich verkürzten Fall vor und ging diesmal nicht näher auf die Verwechslungstheorie ein. Die von Deeb abgeschlossene Versicherungspolice wurde nur am Rande erwähnt, Gayle Kelley wurde nicht als Zeugin aufgerufen; auch die meisten der Häftlinge nicht, die in Spences erster Verhandlung erschienen waren. Feazell und Butler wollten lediglich beweisen, daß Spence Kenneth Franks erstochen hatte. Durch sein Einverständnis, vor Gericht auszusagen, hatte Tony Melendez ihnen zu der Möglichkeit verholfen, den Prozeß abzukürzen. Das wäre der einzige Weg, vertraute Tony Deputy Simons an, seinen Eltern, die an seine Verwicklung in dieses Verbrechen noch immer kaum glauben konnten, zu sagen, daß er tatsächlich schuldig war.

Somit hörten die Geschworenen sowohl Gilbert als auch Tony vom Zeugenstand aus die schrecklichen Ereignisse der Nacht des 13. Juli 1982 in allen Einzelheiten beschreiben.

Außer dem Gutachten über die Bißspuren wurde auch das Armband, das Simons im Koehne Park gefunden hatte, als Beweismaterial vorgelegt. Gloria Montgomery, Jills Schwägerin, sagte aus, daß das Schmuckstück wie ein Armband aussah, daß sie Jill gelegentlich hatte tragen sehen und das sie sich sogar einmal selbst von ihr geliehen hatte.

Bei seiner Aussage in Bryan war Dr. Jolliff hinsichtlich der

Bedrohung, die David Spence für die Gesellschaft darstellte, sogar noch nachdrücklicher, als er es in Waco gewesen war. »Ich halte ihn für gefährlich, sogar für uns hier in diesem Gerichtssaal«, sagte er. »Wenn er die Möglichkeit hätte, würde er jeden von uns Anwesenden umbringen. Ich muß gestehen, daß ich in eben diesem Augenblick Angst verspüre. Meine Handflächen sind feucht – und das nicht etwa, weil ich wegen meiner Aussage nervös wäre. Ich habe so etwas schon oft getan. Es ist wegen des Mannes, der dort drüben sitzt.« Er nickte in Spences Richtung.

Im Gegensatz zu dem ersten Verfahren gegen Spence, für das er aus Copperas Cove zurück nach Waco gekommen war, mußte Gene Deal nicht weit reisen, um gegen den Mann auszusagen, dessen Bewährungshelfer er einst gewesen war. Er hatte eine Stelle bei der Bewährungsbehörde von Bryan angenommen und mußte nur die Straße überqueren, um in das Gerichtsgebäude des Brazos County zu gelangen, in dem der Prozeß stattfand.

Davids Gemütsverfassung war nicht die gleiche, die er in Waco an den Tag gelegt hatte. Als man ihm im Gefängnis des Brazos County, in dem er untergebracht war, nicht gestattete, einen Besucher zu empfangen, geriet er in Wut und drohte, seine Zelle in Brand zu setzen. Vor Gericht versuchte er im Verlauf des Prozesses wiederholt, seinen Anwälten das Vertrauen zu entziehen. Obgleich die Verteidiger freiwillig anboten, sich von dem Fall zurückzuziehen, lehnte der vorsitzende Richter W. T. McDonald, Jr., es ab, Spences Antrag auf Abberufung stattzugeben. »Ich stelle sie ein«, wies er den Angeklagten zurecht, »und ich werfe sie auch raus.« Die herzliche Beziehung, die zwischen David, Russ Hunt und Hayes Fuller geherrscht hatte, bestand zu seinen neuen Anwälten offenkundig nicht. Obwohl Bill Vance, einer von Bryans geachtesten Strafverteidigern, und Skip Reaves, der David in dessen Verfahren wegen schweren sexuellen Mißbrauchs vertreten hatte, eine gründliche, professionelle Verteidigung aufbauten, gab es kein Anzeichen dafür, daß sie für ihren Mandanten Sympathie empfanden.

Und obwohl Hunt auch weiterhin versicherte, ihm läge

Beweismaterial vor, das Zweifel an Spences Beteiligung an dem Verbrechen erwecken würde, weigerte er sich trotz ihrer Anfragen, es mit Vance oder Reaves zu teilen.

Als Sidney Smith, der Angler, der Kenneth Franks' Leiche im Speegleville Park entdeckt hatte, aussagte, der Körper hätte flach ausgestreckt unter einem Baum gelegen und die Beine ein Stück in den Weg hineingeragt, beugte Spence sich zu Vance hinüber und sagte: »Er lügt.«

Vance wandte sich zur Seite und fragte: »David, woher wissen Sie das?« Spence antwortete nicht.

Es ist noch immer ein Geheimnis, warum in dem Brief, den Hunt und Fuller an die Bundesbehörden geschrieben haben, behauptet wird, ›die Leiche des Jungen wurde an einem Baum lehnend gefunden; sie trug seine Sonnenbrille im Gesicht . . .‹ – und das lange bevor Gilbert und Tony von Davids Äußerung berichtet hatten, daß der Finder der Leiche ›ausflippen‹ würde, weil er den toten Jugendlichen aufrecht unter einem Baum sitzend und noch immer mit der Sonnenbrille auf der Nase zurückgelassen hätte.

Woher wußten die Verfasser des Briefes, daß die Leiche in einer sitzenden Position zurückgelassen worden war?

Im Lauf der Verhandlung erhielt Vance nur wenig Unterstützung, selbst von Mitarbeitern seines eigenen Büros. Nachdem seine Sekretärin zufällig die Tatortfotos auf seinem Schreibtisch gesehen hatte, sagte sie zu ihm: »Falls der Kerl, den Sie verteidigen, das hier getan hat, dann hoffe ich, daß Sie diesmal verlieren.«

Am Donnerstag, dem 17. Oktober, berieten sich die Geschworenen nur zwei Stunden lang, bevor sie mit einem Schuldspruch zurückkehrten. Am nächsten Tag hörte Spence erneut, wie er zum Tod durch eine letale Injektion verurteilt wurde. Als Richter McDonalds die Strafe verkündete, drehte sich David zu seinem Vater im Zuschauerraum um und flüsterte: »Ich habe von dieser Scheiße wirklich langsam die Nase voll.«

Die Nachwirkungen eines Verbrechens wie der Lake-Waco-Morde enden nicht mit den tränenreichen Beerdigungen der

Opfer oder der Verurteilung und Bestrafung der Verantwortlichen. In der Tat ist die Geschichte der Morde an Jill Montgomery, Raylene Rice und Kenneth Franks für viele derjenigen, deren Leben von dieser Tragödie betroffen wurden, noch immer nicht abgeschlossen. Die Narben sind immer noch deutlich vorhanden und werden wahrscheinlich lebenslang bleiben.

Die Erkenntnis, die nach einer genauen Untersuchung eines solchen Vorfalls verbleibt, ist die, daß die Zahl der Opfer weitaus größer ist, als der oberflächliche Betrachter womöglich vermuten würde. Noch Monate nachdem das letzte juristische Kapitel geschrieben worden war, nachdem David Wayne Spence gehört hatte, wie ihn die Geschworenen in Bryan ein zweites Mal zum Tode verurteilten, litten diejenigen, die unmittelbar von dem Fall betroffen waren, immer wieder unter plötzlichen Depressionen. Jan und Robert Thompson, Jills Tante und Onkel, die während der langen Monate der Ermittlungen und Gerichtsverhandlungen bewundernswerte Stärke gezeigt hatten, suchten psychiatrische Hilfe, um die Wochen nach dem Abschluß des letzten Prozesses überstehen zu können. Jans Arzt brachte seine Besorgnis über die Tatsache zum Ausdruck, daß sie sich während der gesamten Dauer dieser schweren Prüfung niemals gestattet hatte, zu weinen. Drei Jahre voller Emotionen hatte sie in sich eingeschlossen. Tagelang zwang sie der Arzt, von dem Geschehenen zu erzählen, weil er hoffte, daß sie vielleicht endlich einem Teil der Qualen freien Lauf lassen würde, die sie so tief in sich begraben hatte. Selbst jetzt* noch, sagte sie, kommt es vor, daß sie über Jills Tod nachdenkt und es ihr Schwierigkeiten bereitet, die Fakten, die sie während der drei Verhandlungen erfahren hat, von den ›Einzelheiten‹ aus Karen Hufstetlers ›Vision‹ zu trennen.

Nach dem Prozeß gegen Deeb litt Jans Ehemann unter schweren Depressionen und war für zwei Monate arbeitsunfähig, bevor er sich gut genug fühlte, sein normales Leben wiederaufzunehmen. An dem Verfahren in Bryan nahm er nicht teil.

Freunde von Russ Hunt, David Spences Anwalt aus Waco,

* Diese und weitere Zeitangaben beziehen sich auf das Jahr 1986. *Anm. d. Übers.*

äußerten wachsende Besorgnis über Hunts unablässige fanatische Verteidigung seines Mandanten und seine bösartigen Angriffe auf Staatsanwalt Vic Feazell. Zur Überraschung vieler Angehöriger des juristischen Berufsstands schied Hunt schließlich aus einer der renommiertesten Kanzleien von Waco aus und eröffnete sein eigenes kleines Anwaltsbüro. Als ich das letztemal mit ihm sprach (einige Monate nach der ersten Verhandlung gegen Spence), sagte Hunt, er würde sich gern einmal mit Henry Lee Lucas unterhalten, dem berüchtigten Herumtreiber, der zunächst behauptet hatte, dreihundertsechzig Morde begangen zu haben, bevor bekannt wurde, daß er Hunderte von Ermittlungsbeamten durch falsche Geständnisse getäuscht hatte. Hunts Äußerung überraschte mich, und ich fragte ihn nach dem Grund. »Ich denke nur, es wäre interessant zu wissen, wo Lucas in der Nacht des 13. Juli 1982 gewesen ist« sagte er. Später, bei einem Gespräch mit Lucas, fragte ich ihn, ob er irgend etwas über die Lake-Waco-Morde wüßte. »Ja«, sagte er, »Bob Prince (ein Texas Ranger aus Waco, der gegen Lucas ermittelte) hat etliche Male versucht, mich dazu zu bringen, sie auf meine Kappe zu nehmen.«

Jack Holcomb, einer der Muneer Deeb durch das Gericht zugeteilten Verteidiger, hat Waco verlasen und praktiziert inzwischen, wie verlautet, in Houston.

Der Stellvertretende Staatsanwalt Ned Butler ist nach Amarillo, Texas, zurückgekehrt und hat dort eine eigene Kanzlei eröffnet.

Staatsanwalt Feazell rückte in den Mittelpunkt des nationalen Interesses, als er und der texanische Generalstaatsanwalt Jim Maddoc im McLennan County eine Anklagejury einberiefen, um die falschen Geständnisse von Lucas im Fall zweier Morde aus Waco zu untersuchen. Schließlich tauchte Beweismaterial auf, das darauf hindeutete, daß viele der Anklagen, die bundesweit gegen Lucas erhoben wurden, aus dem Fehlverhalten von Ermittlungsbeamten resultierten, die ihn mit Informationen über die Verbrechen versorgt hatten, um auf diese Weise entsprechende Schuldgeständnisse von ihm zu erhalten. Bald darauf wurde Feazell selbst zum Ziel der Untersuchung einer Anklagejury auf Bundesebene. Das Ministerium für

Öffentliche Sicherheit, das FBI und die Polizeibehörde von Waco versuchten, ihn in Mißkredit zu bringen – ungeachtet der Tatsache, daß seine Dienststelle in puncto Verbrechen nach wie vor die höchste Verurteilungsrate des Staates aufweist. Durch seinen Vorstoß gegen die berühmten Texas Rangers, unter deren Leitung die Einsatzgruppe stand, die die Ermittlungen gegen Lucas koordinierte, hatte Feazell einigen wichtigen Leuten auf die Füße getreten. Der Angriff auf ihn führte letztendlich dazu, daß ein bekanntes Fernsehmagazin einen Beitrag über die Angelegenheit sendete, in dem die Moral und die Beweggründe von Feazells Gegnern ernsthaft in Frage gestellt wurden. Als Ergebnis von Feazells Enthüllungen haben in der Sache Lucas mittlerweile überall in den Vereinigten Staaten peinlich berührte Beamten abgeschlossene Fälle wiederaufgenommen und viele Anklagen fallengelassen. Feazell bewirbt sich derzeit um eine zweite Amtszeit als Staatsanwalt des McLennan County.

In einer kürzlichen vom *Waco Tribune-Herald* durchgeführten Umfrage, in der die Leser gebeten wurden, die von ihnen am meisten bewunderten, noch lebenden texanischen Bürger aufzulisten, fand sich Feazell in der Gesellschaft des Countrysängers Willie Nelson, des ehemaligen texanischen Gouverneurs Bill Clements und des Footballtrainers der Baylor Universität, Grant Teaff, wieder.

Am 2. März 1986 wurde Juanita White, die Mutter von David Spence, in dem kleinen Eckhaus an der Fünfzehnten Straße, das sie einst mit ihrem Sohn geteilt hatte, ermordet aufgefunden. Sie war zu Tode geprügelt worden. Der Fall gewann eine schaurige Ironie durch die Tatsache, daß man an ihrer Leiche menschliche Bißspuren entdeckte. Mrs. Whites verlassener Wagen wurde in einem vornehmlich von Schwarzen bewohnten Stadtteil Wacos aufgespürt. Fast sofort waren Gerüchte im Umlauf, die besagten, daß sie neues Beweismaterial entdeckt hatte, welches die Schuld ihres Sohnes im Fall der Lake-Waco-Morde in Frage stellte. Während die Polizeibehörde von Waco nach Anhaltspunkten für ihre Ermordung suchte, begann Truman Simons, der nicht länger als Gefängnisaufseher tätig war, für das Büro des Sheriffs eigene Ermittlungen durchzuführen.

Als Ergebnis seiner Bemühungen wurden im Juli 1986 zwei Männer wegen dieses Verbrechens angeklagt. Keiner von beiden wußte irgend etwas von David Spence oder den Morden am See.

Die oberste Strafbehörde von Texas verweigerte David Spence die Erlaubnis, an der Beerdigung seiner Mutter teilnehmen zu dürfen.

Simons wurde vor kurzem aus einer Schar von mehr als vierhundertfünfzig Kandidaten zum *Texas Peace Officer* des Jahres 1987 gewählt.

Spence und Muneer Deeb bereiten sich unterdessen darauf vor, in ihren Angelegenheiten eigenhändig Berufung einzulegen. Bei einer Anhörung in Cleburne versuchte Richter John MacLean erfolglos, Deeb davon zu überzeugen, sich die Erfahrung seiner vom Gericht zugewiesenen Verteidiger zunutze zu machen, und verglich Deebs Vorhaben mit dem eines Mannes, der beschließt, ›seine eigene Herzoperation vorzunehmen‹. Deeb ignorierte den Rat des Richters und merkte an, er hätte während seiner Haft zwölf Stunden täglich über den Gesetzbüchern gesessen. Er und Spence bekommen sich nie zu Gesicht, dürfen sich jedoch brieflich über ihre Prozeßvorbereitungen austauschen.

David hat erneut zu Gott gefunden und hält inzwischen Briefkontakt zu seiner Ex-Frau June und seinen beiden Söhnen. Er versichert weiterhin beharrlich, er werde eines Tages freikommen und, sobald erst einmal aus der Haft entlassen, den Rest seines Lebens dem Evangelium widmen.

Auch Deeb glaubt, eines Tages auf freien Fuß gesetzt zu werden, und sagt, er beabsichtige, sein Studium fortzusetzen und einen juristischen Abschluß zu erreichen.

Christy Juhl, die mittlerweile in einem anderen Staat lebt, hat die Scheidung gegen Mahir Tumimi eingereicht, der seine amerikanische Staatsbürgerschaft noch nicht erhalten hat. Sie plant, im August wieder zu heiraten.

Karen Hufstetler lebt jetzt in einem Vorort von Dallas und hält noch immer Verbindung zu Jan Thompson.

Gilbert Melendez heiratete kürzlich per Ferntrauung Penny McNutt, eine frühere Schülerin des Methodistenheims, die bei

Deebs Prozeß in Cleburne für die Verteidigung aussagte. Während ihrer Zeit im Heim hatte Penny sowohl Jill Montgomery als auch Gayle Kelley gekannt.

Gilbert und sein Bruder Tony sitzen gegenwärtig ihre lebenslangen Haftstrafen ab und warten auf den Tag, an dem es für sie möglich sein wird, auf Bewährung freizukommen.

Jill Montgomerys Mutter hat wieder geheiratet und lebt nach wie vor in Waxahachie. Ihr Sohn Brad und seine Frau Gloria wurden im Sommer 1985 Eltern eines Jungen.

Für Jills Tante, Jan Thompson, ist der Alptraum noch nicht vorbei. Seit Anfang September 1985 hat sie eine Reihe von anonymen Telefonanrufen erhalten, die ihr sowohl Angst eingejagt als auch ihren Zorn erregt haben.

Beim erstenmal ließ der Anrufer erkennen, daß er sie für Jills Mutter hielt, und sagte mit tiefer, bedrohlicher Stimme: »Sie haben nicht den Richtigen erwischt ... und das finden wir ziemlich witzig. Sie (die Opfer) haben verdient, was ihnen zugestoßen ist ... sie hätten lediglich mehr leiden sollen.« Dann lachte er und legte auf.

Der zweite Anruf erfolgte um 2 Uhr 30 am Morgen des 21. Januar 1986. Diesmal klang der Anrufer betrunken. »Ich glaube immer noch, daß Sie einige Fragen stellen sollten.«

»Worüber?« fragte Jan.

»Über diese Sache draußen am See. Man wird zwei Unschuldige hinrichten. Dieser Ausländer und der weiße Kerl sind es nicht gewesen.«

»Woher wissen Sie das?«

»Weil ich es gesehen habe«, erwiderte der Anrufer. Dann war die Leitung tot.

Im Februar rief er ein weiteres Mal an und behauptete, er würde ihr ›von dieser Angelegenheit, die sich im Koehne Park ereignet hat‹, erzählen, falls sie ihn dafür bezahlen würde.

»Das alles ist ein für allemal vorbei«, entgegnete Jan.

»Nein, das ist es nicht«, sagte er.

Am Morgen des 10. April 1986 ging sie ans Telefon und hörte abermals dieselbe Stimme. »Ich habe gestern den ganzen Tag lang versucht, Sie zu erreichen«, sagte der Mann. »Ich hatte etwas für Sie. Aber ich schätze, es ist noch nicht zu spät dafür.«

Und dann begann er zu singen: »*Happy Birthday to Jill...*«

Am Tag zuvor wäre Jill Montgomery einundzwanzig Jahre alt geworden. Jan hatte auch ein buntes Blumengesteck vorbereitet, das sie auf das Grab ihrer Nichte hatte legen wollen. Da es aber während des ganzen Tages geregnet hatte, hatte sie beschlossen, zu warten, bis das Wetter sich aufklären würde, um die Blumen dann erst zum Friedhof zu bringen. Das Gesteck lag direkt vor ihr auf dem Küchentisch, als das grausame Lied an ihre Ohren drang.

Es war nach diesem Anruf, daß Jan endlich zusammenbrach und weinte.

ENDE

Band 13 471

Christine McGuire/
Carla J. Norton

Die Leibeigene

Deutsche
Erstveröffentlichung

An einem wunderbaren Morgen beschließt die fröhliche Colleen Stan, per Anhalter zum Geburtstag ihrer Freundin zu fahren.
Es wird ein Trip in die Hölle. Denn erst sieben Jahre später taucht sie wieder auf – verwirrt, voller Narben, bis zur Unkenntlichkeit abgemagert. Hinter ihr liegt ein unvorstellbares Martyrium: Cameron und Janice Hooker haben sie zur Sklavin gemacht, zur Leibeigenen, die ihnen die bizarrsten sexuellen Wünsche erfüllen und bis zur Erschöpfung für sie arbeiten mußte. Und sie haben ihr ihren Willen genommen.

BASTEI
LÜBBE

Sie erhalten diesen Band im Buchhandel, bei Ihrem Zeitschriftenhändler sowie im Bahnhofsbuchhandel.